TOM EGELAND
Das Nostradamus-Testament

Buch

Es ist eine kleine Sensation, als ein altes Manuskript des französischen Visionärs Nostradamus gefunden wird. Das Dokument war Forschern und Historikern bisher unbekannt. Doch auch einige Fremde haben den Wert des Nostradamus-Testaments schnell erkannt: Als der Fund auf einer Konferenz in Florenz präsentiert wird, an der auch der norwegische Archäologe Bjørn Beltø teilnimmt, wird der Forscher, der das Manuskript entdeckt hat, Lorenzo Moretti, vor den Augen aller Konferenzteilnehmer entführt. Und mit ihm verschwindet das Dokument. Unter dem Druck von Lorenzos bildhübscher Frau Angelica wird Beltø widerwillig in die Sache hineingezogen. Nostradamus' Manuskript beinhaltet nämlich eine Reihe von Codes, die gelöst werden müssen, bevor die Kidnapper dies tun. Sie scheinen auf die Bundeslade und die Tafeln, die Gott Moses ausgehändigt haben soll, hinzuweisen. Und so beginnt ein atemloser Wettlauf gegen die Zeit.

Weitere Informationen zu Tom Egeland
sowie zu lieferbaren Titeln des Autors
finden Sie am Ende des Buches.

Tom Egeland

Das Nostradamus-Testament

Thriller

Aus dem Norwegischen von
Günther Frauenlob und Maike Dörries

GOLDMANN

Die Originalausgabe erschien 2012 unter dem Titel
»Nostradamus' Testamente« bei Aschehoug, Oslo.

Dieses Buch ist auch als E-Book erhältlich.

Zitat von Umberto Eco mit freundlicher Genehmigung aus:
Umberto Eco, *Der Namer der Rose*. Aus dem Italienischen übersetzt
von Burkhart Kroeber © Carl Hanser Verlag München 1982.

Verlagsgruppe Random House FSC® N001967
Das FSC®-zertifizierte Papier *München Super* für dieses Buch
liefert Arctic Paper Mochenwangen GmbH.

1. Auflage
Taschenbuchausgabe März 2014
Copyright © der Originalausgabe 2012 by
H. Aschehoug & Co. (W. Nygaard), Oslo
Copyright © der deutschsprachigen Ausgabe 2014
by Wilhelm Goldmann Verlag, München,
in der Verlagsgruppe Random House GmbH
Umschlaggestaltung: UNO Werbeagentur München
Umschlagmotiv: © plainpicture / James Wadey
Redaktion: Michael Schickenberg
AG · Herstellung: Str.
Satz: Uhl + Massopust, Aalen
Druck und Bindung: GGP Media GmbH, Pößneck
Printed in Germany
ISBN 978-3-442-47982-5
www.goldmann-verlag.de

Besuchen Sie den Goldmann Verlag im Netz

Des Nachts sitze ich über geheimen Studien,
allein, auf bronzenem Taburett,
meine Einsamkeit geteilt nur
mit einem zuckenden Flämmchen.
Seid gewiss dessen, was ich Euch weissage.

Michel de Nostradamus
(1503–1566)

Hier ruhen die Gebeine des Michel de Nostradamus,
dem einzigen unter den Sterblichen, der für würdig
befunden wurde, zukünftige Geschehnisse in der
ganzen Welt mit fast göttlicher Feder und unter
Mithilfe der Sterne niederzuschreiben.

Inschrift auf der Marmortafel an Nostradamus' Grab
in Salon-de-Provence

Prolog

1549

Palazzo Vecchio   *Florenz*

Im flackernden Fackellicht des Kellergewölbes ließ er seinen Blick über die alten Truhen schweifen. Sie sahen solide und beständig aus. Waren aus dickem, hartem Holz. Mit ziselierten, metallenen Beschlägen und ausgeklügelten Schließmechanismen. Unfassbar, es gibt sie also wirklich, dachte er.

Im kühlen Dunkel bildeten sich Schweißperlen auf seiner Stirn. Bald siebzig Jahre – seit die Johanniter die vierundzwanzig Truhen vor den Muslimen gerettet hatten – standen sie nun hier im tiefsten Gewölbe des Vecchio-Palastes. Und kaum jemand wusste davon. Nur die mächtigen Oberhäupter der Medici ahnten, was sie beinhalteten. Erst Lorenzo *il Magnifico*. Jetzt Herzog Cosimo I.

Diese Truhen trugen so viele Namen. Das Geheimnis der Tempelritter. Cäsars Schatz. Aber der älteste Name, der die Truhen seit 1500 Jahren begleitete – seit Cäsar sie in einem Tempel im alten Rom versteckt hatte –, war der beängstigendste:

Bibliotheca Diaboli.

Die Bibliothek des Teufels.

Die Truhen bargen ein göttliches Geheimnis, hieß es. Handschriftliche Augenzeugenberichte der Propheten. Okkulte Rezepte. Magische Rituale. Aufzeichnungen von Toten. Astronomische Berechnungen und Weissagungen. Das Wissen alter Zeiten. Der Herzog hatte angedeutet, dass auch das *Buch der Weisen* darin verborgen sei, irgendwo zwischen Schriftrollen, Papyri, Pergamenten und Kodizes.

Jetzt unterlag das alles *seiner* Verantwortung. Der Fürst hatte ihn gebeten, die Truhen zu verstecken. So gut, dass sie erst gefunden würden, wenn die Zeit reif, die Welt bereit war.

Ich weiß, wo ich diese Truhen verstecken werde, dachte Michel de Nostradamus.

1995

Stanford University   *San Francisco*

Wenn Professor William Blackmore nach seiner Arbeit gefragt wurde, pflegte er zu sagen: Ich suche nach Gott. Wenn er dann gefragt wurde, ob er Theologe sei, schüttelte er den Kopf, strich sich mit der Hand nachdenklich über den Bart und antwortete säuerlich: Nein, ich bin Wissenschaftler.

Professor Blackmore schien nicht mitbekommen zu haben, dass sich die Hippiezeit und freie Liebe schon vor fünfundzwanzig Jahren in Marihuananebel aufgelöst hatten. Er hatte die langen Haare in einem Pferdeschwanz zusammengefasst, und sein Bart war schon länger nicht mehr gestutzt worden. Er trug eine löchrige Jeans und ein Flanellhemd, in der Brusttasche eine Schachtel Zigaretten. Er sprach leise, aber mit tadelloser Aussprache und einer Formulierungsgabe, die in gewaltigem Kontrast zu seinem etwas ungepflegten Äußeren stand.

Das Labor des Professors lag am Ende eines langen Flurs, der an einen in Vergessenheit geratenen Krankenhauskorridor erinnerte. An diesem späten Nachmittag stand seine Arbeit kurz vor dem Durchbruch. Nach vielen Jahren Vorbereitungen und nicht enden wollenden Monaten mit medizinischen, neurologischen und psychologischen Versuchen und Experimenten waren er und seine Mitarbeiter nun kurz vor dem Ziel.

Er war im Begriff, Gott zu finden.

Der Gott, nach dem Professor Blackmore suchte, war nicht der Gott der Bibel. Nicht der Gott des Glaubens und der Geistlichkeit. Nicht der im Himmel oder in unseren Gedanken wohnende Gott. Trotzdem war er zweifelsohne der Gott der Offenbarung und der Propheten.

Vielleicht irren sich ja alle, dachte William Blackmore gerne. Vielleicht ist der Glaube an Gott eine kollektive Zwangsvorstellung. Vielleicht, dachte er, ist Gott etwas ganz, ganz anderes.

2012

Palazzo Vecchio   *Florenz*

Herr im Himmel, dachte der Mönch und küsste das Kreuz an seiner Halskette, in deine Hände gebe ich meinen Geist und meinen Körper.

Langsam streifte der Mönch die Schlinge über seinen Kopf und zog sie zu. Das Tau rieb an seinem Adamsapfel und drückte im Nacken. Das andere Ende hatte er an dem massiven Schreibtisch befestigt. Er kletterte aufs Fensterbrett. Als er das große Fenster öffnete, flatterte seine schwarze Kutte im Wind. Seine Knie zitterten. Hinter ihm hämmerten die Männer des Kardinals an die Tür, die er mit den Werkzeugkoffern der Handwerker und einer Klappleiter blockiert hatte. Wilde Tiere, dachte er, nichts als wilde Tiere! Eine Taube flatterte herbei, setzte sich auf die äußere Ecke des Fenstersimses und legte den Kopf auf die Seite. Er dachte: Wird Gott in Gnade auf einen elenden Selbstmörder blicken? Er hoffte, dass der Herr Milde walten ließ gegenüber einem gläubigen, hingebungsvollen Mönch, der sein miserables Erdenleben trotz allem in Liebe zu Vater und Sohn und voller Sehnsucht nach dem Paradies verließ.

Im Turm hoch über ihm schlug die Glocke den ersten, schweren Schlag des Nachmittags. *Ad maiorem Dei gloriam!*, flüsterte er, beugte sich vor und hielt nach denen Ausschau, die er hatte treffen wollen, aber er konnte sie im Gewimmel der Touristen unten auf der Piazza della Signoria nicht entdecken. Sie kamen zu spät. Seine Verfolger waren ihnen zuvorgekommen. Er selbst hatte getan, was er konnte. Er hatte sie zu warnen versucht, hatte sie hierhergebeten – wohin sonst –, um ihnen alles zu erklären. Aber die Zeit war ihm davongelaufen. Sie hatten ihn aufgespürt. Eingeholt. Umzingelt. Jeden Augenblick konnten die Hyänen des Kardinals in den Raum stürmen. Welchen Befehl hatten sie erhalten? Ihn zu töten? Ihm die Zunge herauszuschneiden? Ihn zurück ins Kloster zu schleifen und gemeinsam mit den anderen aufrührerischen Mönchen in eine feuchte Kellerzelle zu sperren? Niemals. Da zog er die milde Gnade des Herrn vor. Ein letztes Mal blickte er über die Piazza. Er sah sie nicht. Dann mussten sie das Geheimnis selbst herausfinden. Das uralte Geheimnis.

So beginnt die Geschichte. Irgendwo muss sie ja beginnen. Warum also nicht hier? Oder beginnt sie eigentlich an einem ganz anderen Ort, in einer ganz anderen Zeit? Mit Professor Morettis Vortrag am Sonntagabend? Oder doch mit dem Mönch, der sich voll verwirrter Verzweiflung mit einer Schlinge um den Hals aus einem Fenster des Palazzo Vecchio stürzt? Vielleicht beginnt sie aber auch schon vor vielen tausend Jahren in einer Welt, die anders als unsere und doch so gleich war.

Vor einiger Zeit verbrachte ich eine Woche in Florenz. Es war in dieser Woche, als sich alles ereignete. Ich will nach bestem Vermögen von all dem berichten, was in diesen Tagen in Florenz geschah. Dabei kann ich noch nicht genau sagen, wann oder wo diese Geschichte begann. Auch nicht, wo sie aufhört. Noch nicht.

Ich bin seit kurzem wieder zurück in Oslo. In meinem Büro. Für die meisten ist ein Büro ein Arbeitsplatz. Für andere von uns ein Ort der Zuflucht. Eine sichere Höhle. Ein Versteck, in dem man sich verkriechen kann, wenn die Welt einen zu sehr bedrängt. Regale voll schwerer Aktenordner und Fachliteratur. Vergessene Stapel von Papier. Ausdrucke, die man sich irgendwann später anschauen will. Berichte. Eine Tüte mit Quittungen für Dienstreiseabrechnungen, die man vor sich herschiebt. Artikel. Internationale Zeitschriften.

Zurück nach Oslo zu reisen war wie die Rückkehr in eine Wirklichkeit, die ich vergessen hatte. Die schiefen Buchstaben auf meinem Namensschild an der Tür sahen aus wie ein Gebiss, das dringend eine Klammer brauchte. PRI ATDO ENT BJØ N BELTØ. Ich weiß nicht, wer die fehlenden Buchstaben geklaut hat. Vermutlich jemand, der sie dringender als ich braucht. Ein V, ein Z, ein R.

Ich sitze hinter halb geöffneten Jalousetten, die streifiges Licht hereinlassen, und schreibe. Morgen werde ich wieder aufbrechen. Nach Ägypten.

Ich habe einen Anruf bekommen. Aus der Wüste. Von Nick. Sie müssen kommen, hat er gesagt.

Ich habe ein paar Klinikaufenthalte hinter mir. Was mir keineswegs peinlich ist, nicht einen Augenblick! Es kommt vor, dass ich Selbstgespräche führe, auch das räume ich gerne ein. Manchmal wiederhole ich immer wieder meinen eigenen Namen, wie ein Mantra. Ein Ruf in der Nacht. Ein Name ist etwas, woran man sich klammern kann, wenn man droht abzurutschen. Und ich verliere mitunter schnell den Halt in der Wirklichkeit.

Nein, für Napoleon habe ich mich nie gehalten.

I

Florenz
Sonntagabend – Montagvormittag

Wenn du in das Land kommst, das dir
der HERR, dein Gott, geben wird, so sollst du
nicht lernen tun die Gräuel dieser Völker,
dass nicht jemand unter dir gefunden werde, der
seinen Sohn oder seine Tochter durchs Feuer
gehen lasse, oder ein Weissager oder Tagewähler
oder der auf Vogelgeschrei achte oder
ein Zauberer oder Beschwörer oder Wahrsager
oder Zeichendeuter oder der die Toten frage.

5. BUCH MOSE

Gott ist nicht zufrieden.
Wir haben Feinde des Glaubens im Königreich.

*Dieu n'est pas content, nous avons
des ennemis de la foi dans le Royaume.*

AUS DER ARRESTORDER FÜR DIE TEMPELRITTER,
AUSGESTELLT VOM FRANZÖSISCHEN KÖNIG PHILIPP IV., 1307

KAPITEL 1

Die Bibliothek des Teufels

FLORENZ,
SONNTAGABEND

I

Die Zukunft ist eine Ahnung. Vielleicht ein Versprechen. Eine Hoffnung. Manchmal eine Bedrohung oder eine Angst. So richtig weiß man das nie.

Als Professor Lorenzo Moretti die Bühne betrat, um seinen Vortrag über Codes und versteckte Botschaften in Manuskripten aus dem Spätmittelalter und der Renaissance zu beginnen, ahnten weder er noch wir, die wir im Saal saßen, dass das der Beginn einer Verkettung dramatischer Ereignisse sein würde, die das Leben aller, die mehr oder weniger freiwillig darin verstrickt waren, verändern sollten.

Professor Moretti war ein gut aussehender Mann, das musste man ihm lassen. Italiener. Man kennt diesen Typ. Maskulin. Graue Schläfen. Wache Augen. Hornbrille. Jeans und Blazer. Immer ein Lächeln auf den Lippen. Und immer eine passende, schlagfertige Antwort. Laut Programm war er sechzig, er sah aber aus wie ein Vierzigjähriger mit Privattrainer. Mitten auf der Bühne blieb er mit einer Selbstsicherheit, um die man ihn nur beneiden konnte, stehen und blinzelte in das scharfe Licht. Ein paar Sekunden lang genoss er den Applaus, der die hingerissenen Seufzer des weiblichen Publikums übertönte. Dann verbeugte er sich erst nach rechts, dann nach links, bühnenerfahren wie ein Konzertpianist. Und selbstverliebt wie ein Rockstar.

»Grazie. Grazie!«

Mit eleganten Bewegungen ging er zum Rednerpult. Die Mahagonifront war mit dem Wappen der Medici-Familie geschmückt, darunter vergoldete Buchstaben:

CASTELLO CATULLUS
KULTURZENTRUM

Er tippte mit dem Finger auf das Mikrofon und beugte sich vor.
»Können Sie mich hören?«
Seine tiefe Stimme hallte so laut, dass er nur ein höfliches Lachen als Antwort erhielt. Moretti rückte seinen Kragen zurecht und sah lächelnd ins Publikum. Wir waren ein paar hundert Teilnehmer. Forscher. Manch einer würde uns sicher als Nerds bezeichnen. Fachidioten. Experten für die obskursten Themen. Archäologen wie ich. Historiker, Ethnologen, Theologen und Religionshistoriker. Linguisten, Philologen, Semiotiker, Antiquare und Konservatoren. Und vielleicht auch ein paar codeknackende Kryptologen. Aus der ganzen Welt waren wir hierher in das Kulturzentrum des Castello Catullus gekommen, um an einem viertägigen wissenschaftlichen Symposium über die unzähligen Manuskripte des Mittelalters und der Renaissance teilzunehmen, die Codes, Chiffren, Rätsel, Anagramme und Prophezeiungen enthielten. Ich selbst war eingeladen worden, um den Abschlussvortrag zu halten. Über meine eigenen Funde. Mit den Jahren war da einiges zusammengekommen. Mein Haupt-

fokus sollte auf der altertümlichen Schrift liegen, die in den Medien als das *Luzifer-Evangelium* bekannt geworden war. Das ist eine lange Geschichte. Mir graute es bereits jetzt, denn ich hasse es, Vorträge zu halten. Diese intensive Aufmerksamkeit des Publikums. Der stockende Atem. Der trockene Mund, die am Gaumen klebende Zunge und das Herz, das hämmert, als wollte es den Brustkorb sprengen. Aber meine Stelle an der Universität in Oslo verlangte die Teilnahme an internationalen Kongressen. Dem konnte ich nicht entgehen.

Außerdem war ich neugierig auf die Vorträge der anderen. Professor Lorenzo Moretti war einer der führenden Renaissanceforscher und ein renommierter Medici-Experte. Seine auf zwei Tage verteilten Vorträge gehörten zu den Höhepunkten des Symposiums. Ganz zu schweigen von der Podiumsdiskussion über die Herkunft des Voynich-Manuskripts – einem unverständlichen Text aus dem fünfzehnten Jahrhundert. Und am nächsten Nachmittag sollte sich ein französischer Forscher von der Sorbonne das *Mirabilis liber* vornehmen – eine prophetische Schrift, herausgegeben 1522, die Heiligenvisionen und Prophezeiungen enthält und als die wichtigste Quelle von Nostradamus angesehen wird. Des Weiteren wollte ein griechischer Professor den Nachweis erbringen, dass Jamblichos der Urheber des *De Mysteriis Aegyptiorum* sei. Keine weltbewegenden Dinge, die es in die Schlagzeilen schaffen, aber für uns Anwesende von ganz speziellem Interesse.

II

»*Signore e signori!* Meine Damen und Herren! *Grazie!*«
Professor Morettis Stimme hatte ein tiefes, angenehmes Timbre. Einige Männer haben einfach alles. Männliches Aussehen, Haare auf der Brust, Charme und eine tiefe Stimme. Alles bekommen sie! Während für uns Restliche nichts mehr übrig bleibt. Mag sein, dass ich ungerecht bin. Aber ich empfinde ein

gewisses Recht dazu, Männer mit goldbrauner Haut, braunen Augen und einer Ausstrahlung, die die Herzen von Frauen jeden Alters schmelzen lässt, zu beneiden.

Der Blick des Professors liebkoste das Publikum.

»Da mir die Ehre zukommt, das diesjährige Symposium zu eröffnen, heiße ich Sie im Namen des Kulturzentrums der Universität Florenz herzlich hier in der alten Medici-Burg Castello Catullus willkommen.«

Es folgte eine längere Kunstpause, während der sich ein leises Raunen im Saal erhob.

»Codes!«, fuhr Moretti fort.

Das Raunen verstummte.

»Oder genauer gesagt: Chiffren. Denn das ist nicht das Gleiche. In einem Code wird ein ganzes Wort oder ein Satz durch andere Worte, Zahlen oder Symbole ersetzt. In Chiffren werden die einzelnen Zeichen nach bestimmten mathematischen Algorithmen umsortiert. Da ich in meinem Vortrag trotzdem das gebräuchlichere Wort *Code* verwende, möchte ich schon jetzt die Chiffrenpuristen unter Ihnen um Verzeihung bitten.«

Professor Moretti schlug ein Buch auf und legte es unter eine Dokumentenkamera auf dem Rednerpult. Ein Projektor übertrug das Bild auf die große Leinwand im Hintergrund der Bühne: eine kreisrunde Scheibe.

»Der Diskos von Phaistos! Eines der großen Mysterien der Archäologie! Die Scheibe aus gebranntem Lehm wurde von einem italienischen Archäologen 1908 im Minospalast auf Kreta gefunden. 3500 Jahre alt. 241 hieroglyphische Zeichen sind in Spiralform auf beide Seiten der Scheibe geprägt worden. Bis heute weiß niemand, was die Zeichen bedeuten.«

Während ich mir Stichworte notierte, löste Professor Moretti das Mikrofon aus der Halterung.

»Könige und Königinnen, Generäle und Spione, Geschäftsleute und heimliche Liebhaber. Alle haben Codes benutzt, um ihre geheimen Botschaften zu verschlüsseln. Die Weltgeschichte ist voll davon. Kleine und unwesentliche. Große und wichtige. Einige davon noch immer ungelöst. Cäsar entwickelte eine Chiffre, bei der ein Zeichen ein anderes ein paar Stellen weiter repräsentierte. In einer Botschaft an Cicero tauschte er lateinische Buchstaben mit griechischen aus. Es gibt zahllose Beispiele. Linear B. Die chiffrierten Briefe von Maria Stuart. Vigenère-Verschlüsselung. Enigma. Wir kennen das Verfahren der Frequenzanalyse, die darauf basiert, dass bestimmte Zeichen – wie das A oder das E – häufiger sind als andere. Aber heute und morgen Vormittag werden wir uns ein paar ganz besondere Kleinode vornehmen« – wie ein guter Schauspieler ließ er seine Worte kurz wirken –, »nämlich versteckte Botschaften in den Texten von Nostradamus.«

Nostradamus hat mich immer schon fasziniert. Der Prophet und Weissager. Nicht, weil ich an seine Visionen glauben würde, sondern weil die Menschen noch heute, fünfhundert Jahre später, die Geschehnisse der Weltgeschichte in seine mysteriösen Verse hineinlesen. Bereitwillig glauben sie an ihn, wie sie an Propheten, Pferdeflüsterer, Handaufleger und Geisterbeschwörer glauben.

Ursprünglich war Nostradamus ein gebildeter Pestarzt und Apotheker. Aber reich und berühmt wurde er erst, als er seine Weissagungen herauszugeben begann. Er stand in den Diensten von Königen und Generälen, Händlern und Schuhmachern. Seine Almanache und Prophezeiungen verkauften sich in ungeheuren Stückzahlen. Im 16. Jahrhundert glaubten die Menschen an Magie und Okkultismus, Alchemie und Astrologie, die Kunst der Weissagung und der Zauberei. Und Nostradamus lieferte ihnen Material. Zu gepfefferten Preisen.

Ein paar Bänke vor mir, in Reihe 8, saß eine Frau, die immer wieder meinen Blick anzog. Eine ganze Weile sah ich sie nur von hinten. Glatte, blonde Haare, schmale Schultern. Sie hatte etwas Besonderes… Als sie sich umdrehte, um ihrem Nebenmann etwas zu sagen, sah ich kurz ihr Gesicht. Hinreißend. Sie mochte in meinem Alter sein, hatte sich aber die Schönheit der Jugend bewahrt, wie es einigen Frauen auf wundersame Weise vergönnt ist.

Plötzlich drehte sie den Kopf und fing meinen Blick ein. Und dann lächelte sie mich an.

Bevor ich reagieren konnte, drehte sie sich wieder zur Bühne um.

»Hier vor Ihnen, einem Fachpublikum aus der ganzen Welt«, fuhr der Professor fort, »freue ich mich besonders, von ein paar kuriosen Neuigkeiten berichten zu können.«

Der Saal hielt erwartungsvoll den Atem an. Ich selbst war noch immer ganz benommen davon, dass die Frau in der achten Reihe mich angelächelt hatte.

Hat sie wirklich mir zugelächelt?

III

Moretti projizierte einen alten handgeschriebenen Brief an die Leinwand. Verschnörkelte, unleserliche Schrift. »Vor kurzem hat die Konservatorin der Uffizien-Bibliothek, Regina Ferrari, diesen Brief in die Hände bekommen«, sagte er und ließ seinen Blick durch den Saal schweifen. »Erkennt jemand die Handschrift?«

Murmeln. Jemand schlug Michelangelo vor, ein anderer Machiavelli, ein Dritter rief: »Leonardo da Vinci!«. Ich musste lächeln. Um mich herum rieten die Leute weiter: Galileo Galilei, Kopernikus, Kepler.

»Falsch«, sagte Moretti. »Dieser Brief, datiert auf August 1565, stammt von Nostradamus und richtet sich an Cosimo I. de'Medici, Großherzog der Toskana… Halt, ich korrigiere: Cosimo war zu dieser Zeit nur Herzog.«

Eine Sekunde Stille. Dann brach der Saal in Applaus aus. Ich ließ mich mitreißen und jubelte und klatschte begeistert. Ja, ich gebe es unumwunden zu: Ich gehöre zu den verschrobenen Leuten, die sich von einem fast fünfhundert Jahre alten Brief begeistern lassen.

»Niemand hat von der Existenz dieses Briefes gewusst«, sagte Moretti, als der Applaus abgeebbt war. »Dass die Medici Prophezeiungen von Nostradamus bestellt haben, ist unterdessen keine Überraschung. Wie üblich sah Nostradamus genau das voraus, was seine Auftraggeber hören wollten. Welche verschlungenen Wege der Brief danach genommen hat, verhüllt der Schleier der Geschichte.«

IV

Die Medici, ja. Man kennt die Geschichte. Eine Dynastie von Händlern und Schlitzohren, Politikern und Päpsten, Kriegern und Mördern, Herzogen und Königen. Was für eine Sippe. Sie begannen als Bankiers und regierten in Florenz und Norditalien ab dem 15. Jahrhundert für gut dreihundert Jahre. Sie waren die Geburtshelfer der Renaissance, Mäzene der Kunst. Die Medici waren für Genies wie Leonardo da Vinci, Michelangelo und Botticelli einfach unentbehrlich. Ja, selbst für Machiavelli.

Im 18. Jahrhundert verschwanden die Medici dann aus den Geschichtsbüchern. Einfach so. Die Sippe starb aus. Was bei all den Taugenichtsen und Bastarden, die sie in die Welt gesetzt hatten, erstaunlich war. Aber so war es.

»Heute wissen wir«, sagte Moretti, »dass der Brief von Nostradamus an die Medici in die private Sammlung der Gonzaga-Familie einging. Dann kaufte ein Antiquar Mitte des 19. Jahrhunderts die ganze Sammlung. Sie blieb bis 1997 im Familienbesitz, danach wurde sie der Bibliothek in Mantua geschenkt. Bis 2011 rührte sie dort niemand an. Im Nachhinein kann man sich fragen, warum die Forscher sich nicht gleich voller Enthusiasmus auf diese Sammlung gestürzt haben, aber bedenken Sie: Die

Gonzaga-Sammlung befand sich in einer Kiste mit Tausenden alltäglicher Dokumente von geringem historischen Interesse. Forschung kostet Geld, und man muss Prioritäten setzen. Aber zum Glück gibt es immer wieder unermüdliche Akademiker. Eine davon ist Regina Ferrari, die Konservatorin der Uffizien-Bibliothek. Sie sollte heute eigentlich hier sein, ist aber zu einem neuen Projekt abkommandiert worden, das sicher auch wieder für Schlagzeilen sorgen wird. Drei Jahre lang hat sie ihre Vorgesetzten an der Universität von Florenz bedrängt, die Durchsicht der Sammlung zu finanzieren. Schließlich gaben sie nach und bewilligten Forschungsmittel für die systematische Durchsicht, Katalogisierung und Restaurierung der Gonzaga-Sammlung. Mit jugendlichem Eifer nahm Regina Ferrari die Truhe mit den vergessenen Dokumenten in Angriff. Und unter all diesen staubigen Papieren und Pergamenten, zwischen Dokumenten und Briefen, alten Karten und Rezepten, Tagebuchnotizen und Besitzurkunden lag ein Schatz verborgen: der Nostradamusbrief.«

Professor Moretti zeigte uns ein weiteres Blatt. Oben auf der Seite hatte Nostradamus ein Symbol gezeichnet, das fast wie ein Tintenklecks aussah:

»Ein Lorbeerkranz. Das Symbol des griechischen Gottes Apollon, der römischen Feldherren und der Sieger der Olympischen Spiele. Eine Auszeichnung für Dichter und Künstler. Julius Cäsars Symbol. Und dieses Zeichen finden wir auch in Nostradamus' Werk *Orus Apollo* sowie in vielen seiner Briefe und Manuskripte. Ein Symbol, auf das ich morgen in meinem Vortrag noch zurückkommen werde. Aber es gibt noch mehr.«

Kunstpause. »In dem Brief an Cosimo hat Nostradamus Codes,

Chiffren, Rätsel und Anagramme eingebaut. Was können wir aus folgender Chiffre ableiten...«

Ein Raunen ging durch den Saal, als er die Chiffre an die Leinwand warf:

**L'ABATTES AILS BOT
MBOMAOMDCNMLEHEV C3443**

»Vollständig sinnlos. *Abattes* leitet sich von dem Verb *abattre* ab, was so viel bedeutet, wie *etwas niederzulegen* oder *niederzuwerfen*. Je nachdem kann es auch *zerstören* oder *töten* bedeuten. Es steht in der zweiten Person Einzahl Indikativ. Es könnte sogar Imperativ sein. Aber die Bindung *l'* ist vor *abattes* fehlplatziert. *Ails* könnte auf Knoblauch hinweisen, auch wenn die Pluralform in Nostradamus' Mittelfranzösisch eigentlich *aulx* heißen müsste. *Bot* gibt es auf Mittelfranzösisch allenfalls vermittelt durch die germanischen Wörter *butt*, also Tonne, oder *boot*. Und was ergibt das alles zusammen für einen Sinn? Keinen. Es ist vollkommen sinnlos! Weiter ist im Brief die Rede von einer geheimen Bruderschaft, geheimnisvollen Schlüsseln, der Bibliothek des Teufels, Blutregen, dem Orakel von Delphi, der Bundeslade und vielem mehr. Aber damit noch nicht genug: Erlauben Sie mir, Ihre Aufmerksamkeit auf die nächste Chiffre zu lenken.«

**AZCJPPOEGGWS
GRNVLGFFCGQMFVNBP**

Ein kurz geschorener, muskulöser Mann in der Reihe vor mir stand auf, entschuldigte sich bei den Leuten, an denen er sich vorbeischob, und verschwand nach draußen. Der Professor sah verschmitzt ins Publikum: »Interessant, nicht wahr? Ich habe es nicht geschafft, diese Chiffren zu entschlüsseln, freue mich aber darauf, im Laufe des nächsten Monats mit der Arbeit zu beginnen. Diejenigen von Ihnen, die meine monatliche Rundmail erhalten, werden fortlaufend informiert.«

Für mich sind Codes wie Frauen: Ich verstehe sie nicht.

V

Der Professor legte ein neues Blatt unter die Kamera und zeigte auf eine Strophe, die er in modernes Italienisch übersetzte:

> *Im Strahlenglanz des Amuletts von Delphi*
> *leuchten Visionen aus der Zukunft:*
> *Heilige Truhen – vierundzwanzig an der Zahl*
> *bergen den Schatz des Cäsar.*

> *Fürst und Seher gemeinsam*
> *wachen über der Schriften Geheimnis:*
> *Gottes Wort und Moses Tafeln,*
> *sibyllinischer Schmuck und pharaonischer Codex.*

Vereinzeltes Lachen.

Professor Moretti nickte zufrieden. »Ja, wie ich höre, haben Sie verstanden. In ein und demselben Brief an Cosimo weist Nostradamus auf das Delphi-Amulett, die Bundeslade, Cäsars Schatz, heilige Truhen und ägyptische Kodizes hin! Was soll man dazu sagen… Bundeslade und Cäsars Schatz gehören in die Welt der Mythen und Legenden. Ebenso das Amulett von Delphi. Die meisten seriösen Forscher erachten das Amulett als eine Fälschung, ein historisches Artefakt, das im gleichen Atemzug genannt wird mit dem Heiligen Gral oder dem Goldenen

Vlies. Das Orakel trug das magische Amulett an einer Kette um den Kopf, sodass es auf seiner Stirn lag. Nichtsdestoweniger wäre es fantastisch, *wenn* – und dieses Wenn muss ich mehrfach unterstreichen – es uns gelingen würde, einen Zusammenhang zwischen Nostradamus und dem geheimnisvollen Amulett, der Bundeslade und Cäsars Schatz zu finden.«

VI

Während sich der Professor vom Mikrofon abwandte und in die Hand hustete, geschah das, was manchmal geschieht, wenn viele Wissenschaftler, die nur selten mit Menschen zusammentreffen, die die gleichen Interessen und Qualifikationen haben, an einem Ort versammelt sind: Sie begannen untereinander zu diskutieren. Ich schnappte Wörter wie »unmöglich«, »lächerlich« und »haltlos« auf. Jemand schüttelte lachend den Kopf. »Also ehrlich! Man muss doch jeden Text aus dem jeweiligen Zeitgeist deuten!«, warf eine Historikerin ein. Ein maltesischer Archäologe rief dem Professor zu, dass Nostradamus zweifelsohne ein Scharlatan sei und dass die Erwähnung des Amuletts von Delphi ebenso unglaubwürdig sei wie seine astrologischen Prophezeiungen. Mit der Autorität eines erfahrenen Referenten brachte der Professor die Versammlung wieder zur Ruhe.

»Ich würde auch nicht alles unterschreiben, was Nostradamus zu Papier gebracht hat«, sagte er. »Im Gegenteil. Aber der Brief ist spannend – was auch immer man von Nostradamus' prophetischen Fähigkeiten halten mag. Mit all seinen Anspielungen und Verweisen ist der Text in der Tat eine Herausforderung. Was halten Sie zum Beispiel von folgendem Satz: *Finde den Bogen, wo Blut regnet.* Blutregen. Eines Kriminalromans würdig, nicht wahr? Diese Referenzen führen mich zu zwei weit kontroverseren Themen: Nostradamus' Testament und Cäsars Schatz.«

Wieder ging ein Raunen durch den Saal. Während der Professor die Anwesenden um Ruhe bat, legte ich mir diskret mein iPad auf den Schoß und öffnete einen Artikel aus der *Encyclopædia Britannica*:

> **Nostradamus' Testament**, ein vermutlich fiktives Manuskript, das der französische Weissager, Astrologe und Arzt Nostradamus auf seinem Totenbett verfasst haben soll. Laut dem Biografen Jean-Aimé de Chavigny enthielt das Testament religiöse Offenbarungen und Prophezeiungen, okkulte Beschwörungsformeln und die Angabe der Verstecke von Bundeslade, Delphi-Amulett und Cäsars Schatz.

»Professor Moretti«, rief ein Mann im Saal, »wollen Sie damit andeuten, dass es das Testament des Nostradamus tatsächlich gibt?«

Der Professor ließ sich von der Frage und dem darauf folgenden Lachen nicht aus der Ruhe bringen. »Ich bin ebenso skeptisch wie Sie! Aber wir sollten nie aufhören, uns zu hinterfragen! Stellen Sie sich doch einmal vor, das Testament des Nostradamus wäre tatsächlich mehr als ein Mythos. Denken Sie diesen Gedanken einmal zu Ende. Was, wenn es das Amulett von Delphi und Nostradamus' Testament tatsächlich gibt?«

Skeptisches Raunen ging durch den Saal.

VII

»Die Bundeslade!«, rief Moretti, um sich wieder die Aufmerksamkeit des Publikums zu sichern. »Das Delphi-Amulett! Und das ist noch nicht alles!«

»Einen Augenblick!« Ein älterer, etwas ungepflegter Mann erhob sich in der Reihe hinter mir. Sein Haar war dicht und grau, ebenso der Bart. Er räusperte sich laut und lange. »Professor Moretti! Sie erwähnen all diese historischen Objekte mit beträchtlicher Skepsis. Gleichzeitig deuten Sie aber die Möglichkeit an, dass sie tatsächlich existieren?«

»Alles ist möglich. Aber die überwältigende Mehrzahl der Wissenschaftler ist sich wohl einig, dass die Bundeslade und das Delphi-Amulett ins Reich der Mythen und Legenden gehören.«

»Über das Amulett von Delphi kann ich nichts sagen, aber die Bundeslade existiert!«

Gedämpftes Lachen.

»Ich weiß es, es gibt diesen Schrein mit den Gesetzestafeln! Er steht im Vatikan!«

Das Gelächter erstarb. Die Stille, die sich über das Auditorium senkte, drückte unser kollektives Mitgefühl für den Kollegen aus, der offenbar den Bezug zur Wirklichkeit verloren hatte. So etwas passiert. Ich kenne das von mir selbst.

»Ich nehme Sie beim Wort«, sagte Moretti.

»Ich …«

Die Ersten begannen, ihn zur Ruhe zu mahnen. Andere zogen an seinem Jackenärmel. Er blickte sich um und sah ein, dass die Versammlung kein Interesse an seinen Ausführungen hatte, woraufhin er sich schwer auf seinen Stuhl zurückfallen ließ.

Mild lächelnd, als wäre nichts geschehen, fuhr der Professor fort. »Die Bundeslade, das Amulett von Delphi und Nostradamus' Testament sind umstrittene Themen. Aber wie viele Anwesende hier im Saal wissen über den Schatz des Cäsar Bescheid?«

Eine Frau am äußeren Rand der ersten Reihe reckte wie ein Schulmädchen ihren Arm in die Höhe. »In dem Buch des Kirchenlehrers Ambrosius von Mailand *De Officiis Ministrorum*, geschrieben im 4. Jahrhundert, wird in Verbindung mit der Bibliothek des Teufels auch Cäsars Schatz erwähnt.«

Professor Moretti nickte anerkennend.

Ein älterer Herr erhob sich. »In Gaius Suetonius Tranquillus' Werk *De vita Caesarum* gibt es einen Hinweis auf einen Brief, in dem Cäsar Kleopatra an ihr großes gemeinsames Geheimnis erinnert – über das er natürlich nicht ein Wort verliert. Er weist in diesem Zusammenhang auch auf das Amulett von Delphi, einige magische Steine und die *Bibliotheca Ditis Patris* hin, also die Bibliothek des Teufels.«

»Ich muss gestehen, dass diese Informationen neu für mich sind«, sagte Moretti. »Anscheinend ist es doch lange her, seit ich als Junge *De Officiis Ministrorum* und *De vita Caesarum* gelesen habe.« Lachen. »Aber Spaß beiseite: Ich notiere mir diese Informationen mit großem Interesse und freue mich schon darauf, sie zu prüfen. Aber lassen Sie mich noch hinzufügen, dass der Schatz des Cäsar neben den Hinweisen bei Ambrosius und Tranquillus auch noch in der Biografie *La Vie et le Testament de Michel Nostradamus* erwähnt wird.«

VIII

Der Professor notierte sich etwas auf einem Zettel, bevor er wieder aufsah.

»Aber, liebe Freunde, es gibt noch mehr faszinierende und wundersame Dinge in Nostradamus' Brief an Cosimo. An einer Stelle weist er im Zusammenhang mit der *Bibliotheca Ditis Patris* auf den Heiligen Bibliothekar hin. Wie sollen wir das deuten? Sehr verwirrend… Ein *heiliger* Bibliothekar, der die Bibliothek des *Teufels* verwaltet? Und jetzt mache ich es noch verwirrender, noch mystischer und unbegreiflicher.« Er erhob die Stimme. »Sind Sie bereit?« Einige im Saal klatschten in die Hände. »Begeben Sie sich mit mir zurück zu einem Datum, mit dem die meisten von Ihnen etwas verbinden werden: Freitag, der 13. Oktober Anno Domini 1307.«

»Die Tempelritter!«, riefen gleich mehrere.

»Richtig! Der christliche Ritterorden entstand während der Kreuzzüge, um die Pilger und Kreuzfahrer auf ihrer Reise ins Heilige Land zu beschützen. Der Templerorden wurde von neun französischen Rittern im Jahre 1119 gegründet. Sie führten etwas ein, was das Bankwesen später wieder aufgreifen würde: Reiseschecks, die ausgestellt wurden, damit die Pilger kein Bargeld durch Europa mitschleppen mussten. Die Königshäuser und die katholische Kirche sicherten den Tempelrittern ihre volle Unterstützung zu und trugen dazu bei, dass der Orden immer reicher und mächtiger wurde. Aber plötzlich zogen sie diese Unterstützung zurück. Am 13. Oktober 1307 wurden Hunderte zurückgekehrte Tempelritter in ganz Frankreich verhaftet. Den Befehl dazu hatten der französische König Philipp IV. und Papst Clemens V. gegeben. Am 22. November 1307 erließ Clemens V. die päpstliche Bulle *Pastoralis Praeeminentiae*, in der er alle Monarchen Europas aufforderte, die Tempelritter festzunehmen und ihre Besitztümer zu beschlagnahmen. Im Jahr darauf folgten die Bullen *Faciens misericordiam* und *Regnans in coelis*. Darin schrieb er, die Tempelritter seien Ketzer, die Jesus Christus verfluchten. Sie beteten Abgötter an und seien Päderasten, die dem Satan huldigten. Plötzlich waren sie das personifizierte Böse. Aber warum? Waren die Tempelritter zu reich geworden? Waren sie so mächtig geworden, dass sie König und Kirche bedrohten? Oder gab es einen ganz anderen Grund? Der französische König und der Papst taten sich auf jeden Fall zusammen, um den Orden zu zerschlagen. Aber noch einmal frage ich: warum? Mit ihren weißen Umhängen und dem roten Kreuz darauf waren die Tempelritter die berühmtesten und gefürchtetsten Kämpfer der Kreuzzüge. Loyale Krieger für König und Kirche. Trotzdem fielen ihnen Papst und König in den Rücken, als sie nach dem Verlust des Heiligen Landes nach Europa zurückkehrten. Ein Europa in der Krise. König Philipp IV. von Frankreich war hoch verschuldet. Die Historiker nehmen an, dass der König die Ritter einerseits aus Gier festnahm, folterte und internierte, dass er andererseits aber auch fürchtete, sie könnten ihn herausfordern. Und als früherer Erzbischof von Frankreich war Papst Clemens V. ein gehorsamer Untertan des Königs. Er löste den gesamten Orden auf. Die Ritter wurden hingerichtet oder für unmündig erklärt. Sie wurden gezwungen, falsche Geständnisse abzulegen, die dann wiederum dazu beitrugen, andere zu belasten. Trotzdem kann ich mich nicht von dem Gedanken freimachen, dass der Grund dafür ein ganz anderer war. Ich sehe Ihnen an, was Sie denken! Doch, doch, ich sehe es Ihnen an! Es gab keine Verbindung zwischen Clemens V. und Nostradamus, denken Sie! Immerhin lagen zweihundert Jahre zwischen ihnen. Aber wenn wir die drei Clemens-Bullen in Kenntnis des 250 Jahre später geschriebenen Briefes von Nostradamus an Cosimo I. lesen, kann wirklich jeder von uns ins Staunen geraten. Denn in den drei Bullen behauptet Clemens V., dass die Tempelritter die Verwalter, in der Tat also die Bibliothekare, von etwas waren, das er als die *Bibliotheca Ditis Patris* bezeichnet, die Bibliothek des Teufels.«

IX

Als sich die Unruhe im Auditorium wieder gelegt hatte, stellte sich Professor Moretti neben das Rednerpult.

»Die Bibliothek des Teufels … Was ist das? Welche Texte werden dieser Bibliothek zugeschrieben? Was wissen wir darüber?« Er ließ seinen Blick über die Anwesenden schweifen, während er vergeblich auf eine Antwort hoffte. »Genau! Ernüchternd, nicht wahr? Wir wissen verblüffend wenig über die Bibliothek des Teufels. Uns ist lediglich bekannt, dass der Begriff *Bibliotheca Ditis Patris* in zweitausend Jahre alten römischen Texten erwähnt wird, und dann erst wieder in esoterischen Büchern aus dem 14. und 17. Jahrhundert.«

Der Professor sah erneut in die Runde, als wollte er überprüfen, dass wir alle auch noch wach waren und ihm zuhörten.

»Chiffren. Die Bibliothek des Teufels. Der Heilige Bibliothekar. Blutregen. Eine Schatzkammer voller Überraschungen. Und das ist noch immer nicht alles.«

Wieder verstummte die Versammlung. Moretti war wirklich ein guter Schauspieler.

»Meine Damen und Herren, in Nostradamus' Brief steht Folgendes:

… unter den Schriften, die mir in die Hände fielen, war ein uralter arabischer Text, von Papyrus auf Pergament kopiert, den ich erst jetzt dank eines freundlichen Berbers aus Andalusien übersetzen konnte. Die Schriftrolle besteht aus fünf Teilen, die den ebenso magischen wie mystischen Titel Das Buch der Weisen *tragen…«*

»*Das Buch der Weisen*?«, platzte der Mann neben mir heraus. »Nostradamus behauptet, im Besitz des *Buches der Weisen* zu sein?«

Ich selbst hatte nur flüchtige Kenntnis von diesem Werk. Es gehörte zu den wertvollsten Stücken der Bibliothek von Alexandria, und wie der Rest der sagenumwobenen Büchersammlung war auch dieses Altertumswerk bei dem Brand der Bibliothek angeblich zerstört worden. Wie konnte es da noch im 16. Jahrhundert in Umlauf gewesen sein?

Professor Moretti rückte sich die Brille zurecht und sah ins Publikum. »Das Zitat, das ich gerade vorgelesen habe, stammt aus dem Nostradamusbrief. Ich habe es einigermaßen wortgetreu wiedergegeben.«

Es verging eine halbe Minute, bis die Unruhe im Saal sich wieder legte.

»Das kann doch nicht stimmen«, protestierte eine Frau ein paar Reihen weiter hinten. Sie war aufgestanden. »Wenn das *Buch der Weisen* jemals existiert hat, muss es rund tausend Jahre vorher verschwunden sein.«

»Das ist im Prinzip richtig.«

»Entschuldigen Sie«, sagte ein jüngerer Mann. »Ich muss gestehen, dass mir das *Buch der Weisen* nichts sagt.«

Moretti lächelte den jungen Mann an. »Sie kennen das ägyptische *Totenbuch* ...«

»Natürlich!«

»...das im Neuen Reich genutzt und gelesen wurde, also vor rund 3500 Jahren bis etwa in die Zeit von Jesus. Das *Totenbuch* ist verglichen mit dem *Buch der Weisen* so etwas wie eine aktualisierte Neuausgabe. Selbst zu Zeiten Jesu war das *Buch der Weisen* unvorstellbar alt, ein mehrere tausend Jahre altes mystisches Werk voller okkulter, religiöser und magischer Riten. Die älteste ägyptische Literatur – die Pyramidentexte, die Weisheitslehre des Ptahhotep, die Sargtexte – stammt aus dem Alten Reich, also etwa 4700 Jahre vor unserer Zeit. Das ist die Zeit, in der die Menschen auf dem amerikanischen Kontinent angefangen haben, Mais und Bohnen anzubauen und Holzpflüge zu benutzen. Einige Jahre bevor in Ägypten die Sphinx aus dem Kalkstein geschlagen und die Pyramiden erbaut wurden.« Kurz sah es so aus, als wäre Professor Moretti im Begriff, in seinen eigenen Gedanken zu versinken. »Es heißt, dass die Menschen damals den Göttern näherstanden. Durch die Magie, den Okkultismus, die Geister, all die Kräfte, die wir heute nicht mehr verstehen und deshalb ablehnen. Nehmen wir die Bibel und die Bibelfundamentalisten ernst, geschah all dies wenige tausend Jahre nach der Schöpfung der Erde. Über welches Wissen verfügten unsere frühen Vorfahren? Waren sie Gott wirklich näher? All dem, das wir mit unserer modernen, rationalen Denkweise als Aberglaube und Hokuspokus abstempeln? Beherrschten sie Künste, die in Vergessenheit geraten sind? In den 4700 Jahren, die seitdem vergangen sind, haben die Menschen nur über das *Buch der Weisen* reden können. Über all das vergessene vorhistorische Wissen, das in diesem Werk versammelt war. Bis jetzt kennen wir nur den Titel und allenfalls vage Andeutungen über den Inhalt.

Meine Freunde – zum ersten Mal in der Geschichte können wir jetzt, dank Nostradamus, einen Blick auf das Inhaltsverzeichnis werfen.«

Kein Laut. Die Anwesenden warteten in vollkommener Stille. Moretti legte ein Blatt unter die Kamera.

ERSTES BUCH:	*Anrufen der Götter*
	Gespräch mit den Göttern
ZWEITES BUCH:	*Anrufen der Dämonen und Geister*
	Gespräch mit den Dämonen und Geistern
DRITTES BUCH:	*Anrufen der Toten*
	Gespräch mit den Toten
VIERTES BUCH:	*Sehen in die Vergangenheit*
	Sehen in die Zukunft

Der Professor warf einen diskreten Blick auf seine Armbanduhr und sagte: »Auf diese Kapitelüberschriften und auf noch weit mehr werde ich in meinem morgigen Vortrag zurückkommen. Für heute möchte ich meine einleitenden Auslassungen über die versteckten Botschaften und mystischen Hinweise in Nostradamus' Brief an Cosimo I. aber mit diesem akademischen Aperitif beenden. Wer von Ihnen noch nicht genug hat von kryptischen Anspielungen und alten Mysterien, ist herzlich willkommen, sich morgen nach dem Frühstück wieder hier einzufinden. Dann werde ich näher auf die Bibliothek des Teufels und das *Buch der Weisen* eingehen. Außerdem gibt es Beispiele für Anagramme und Chiffren aus Nostradamus' Werk *Les Prophéties* und seinen Almanachen. 9 Uhr, gleicher Ort, gleicher Sender.«

Aber natürlich kam es nicht so.

KAPITEL 2

Angelica

FLORENZ,
SONNTAGABEND

I

Die Zeit ist ein Wirbel, ein Sog, aus dem es kein Entkommen gibt.

Zeit, habe ich einmal gelesen, sei eine Kette aus Augenblicken. Vorbeiflackernde Ereignisse. Man kann sie nicht festhalten oder in ihnen verweilen. Zeit ist wie Sand zwischen den Fingern. Wir können uns alles ins Gedächtnis rufen, was war, und uns vorstellen, was sein wird. Aber für jeden einzelnen von uns ist die Zeit ein Strudel, in dem wir gefangen sind und in den wir tiefer und tiefer hineingezogen werden. Bis keine Zeit mehr übrig ist.

Was ist Zeit? Diese Frage hat mich immer mit Ehrfurcht erfüllt und, merkwürdigerweise, mit einem Hauch von Furcht. Professor Morettis Vortrag hatte die Ehrfurcht in mir geweckt. Als junger Mensch habe ich mir die Zeit als den uns auf Erden zugemessenen Augenblick vorgestellt. Aber später habe ich eingesehen, dass die Zeit nach unserem Tod mit der größten Selbstverständlichkeit weiterläuft, genau so wie immer: als eine endlose Kette aus Augenblicken.

Ist Zeit eine gerade Linie zwischen zwei Punkten, loyal und folgsam der Standhaftigkeit der Chronologie und der Unfehlbarkeit der Uhrwerke unterworfen? Oder schlängelt und windet sie sich in unruhigen Wirbeln, in denen Ursache und Wirkung hin und wieder die Plätze tauschen und kurze Einblicke in eine ferne Vergangenheit oder Zukunft auf unerklärliche Weise eins werden mit der Gegenwart?

Ich grübele zu viel.

Aber es ist schon eine interessante Frage. Ist Zeit flexibel, fügsam, dehnbar? Können Propheten sich in irgendeiner Form von der streng chronologischen Zeitlinie lösen, die von menschengeschaffenen Uhren und Kalendern – unseren linkischen Versuchen, die Zeit einzufangen und in Augenblicke aufzuteilen, einer kürzer als der andere – definiert wird? Besitzen Wahrsager die Fähigkeit, die Zeit unabhängig von ihrer Position in der Gegenwart zu betrachten, wie Beobachter, die nicht an die von uns als absolut betrachtete Zeitlinie gebunden sind? Unser Schicksal ist in dem Augenblick besiegelt, in dem wir geboren werden, glauben die Astrologen. Wenn das Dasein also vorherbestimmt ist, müsste es in der Theorie auch vorhersehbar sein. So wie ein Astronom die Bahn eines Kometen auf Basis seiner bisherigen Route und der Einflüsse aller anderen Himmelskörper, die er passiert, vorhersehen kann, müsste ein Mensch mit hellseherischen Fähigkeiten doch auch zukünftige Ereignisse sehen können. Sollte man meinen. Wahrsagen heißt, die Zeit aufzuheben. Aber was geschieht in dem Augenblick mit den Berechnungen des Astronomen, in dem ein unbekannter Faktor – ein unentdeckter Asteroid, die Gravitation eines schwarzen Lochs – völlig unerwartet die Bahn des Kometen beeinflusst? Dann brechen alle Vorausberechnungen zusammen. An den Hellseher wird die Komplexität des Daseins die gleichen Herausforderungen stellen. Denn selbst wenn unser Leben vorhersehbaren Faktoren unterworfen ist, bestimmt von Himmelskörpern und Göttern, ist es nur schwer vorstellbar, dass unser Schicksal nicht durch unvorhersehbare Ereignisse in eine andere Richtung als die gelenkt werden kann, die ursprünglich bei unserer Geburt für uns festgelegt wurde.

Es sei denn, auch das Unvorhergesehene ist Teil einer Ganzheit, in der alles, absolut alles, der mächtigen Hand Gottes oder des Schicksals unterworfen ist.

II

»Bjørn Beltø?«

Es war früher Abend. Ich saß vor mich hin dösend in der Bar des Kulturzentrums Castello Catullus. Als Silvio Berlusconi Ministerpräsident geworden war, war es eine seiner ersten symbolischen Handlungen gewesen, die Burg zu entstauben und zu restaurieren. »Ein architektonisches Meisterwerk, in dem die dunklen Steinformen der Vergangenheit und die strahlende Eleganz unserer Gegenwart aufeinandertreffen«, hatte ein Architekturkritiker in *La Stampa* gejubelt. Steintürme und Spiegelglas, Schießscharten und grauer Beton, Brustwehren und Aluminiumflächen. Sitzungs- und Konferenzflügel, Vortragssäle. Eine Bibliothek mit Lesesaal. Und selbstredend: eine gut bestückte Bar, in der es Gin Tonic und Erdnüsschen gab, dazu einschläfernde Tafelmusik. Der Pianist sah aus, als träumte er davon, im Savoy in London zu spielen. Der Raum war halb leer. Oder halb voll. Je nachdem. Die meisten Gäste saßen noch im Speisesaal. Alle kannten einander, zumindest kannte jeder irgendwen. Ich blätterte auf meinem iPad in der neuesten digitalen Ausgabe des *American Journal of Archaeology*. Das Tablet hatte ich mir angeschafft, um das leicht altmodische und verstaubte Image eines Dozenten der Archäologie etwas aufzupolieren. Jetzt versuchte ich stur zu ignorieren, dass jemand eben meinen Namen gesagt hatte. Ich bin sehr menschenscheu und den Segnungen der Anonymität zugeneigt, in der man sich verstecken, in die man sich einhüllen und in der man sich verlieren kann. Erst wenn man sie nicht mehr besitzt, weiß man, was man für immer verloren hat. Der Anonyme kann in einer Volksmenge untertauchen. Sich unsichtbar machen. Ich bin ein Verehrer der Anonymität. Der Camouflage des Daseins. Ich falle ungerne auf. So war es schon immer.

Ich bin Albino.

Von Fremden erkannt zu werden verblüfft mich immer wieder, daran werde ich mich wohl nie gewöhnen. Das liegt daran, dass einige meiner archäologischen Funde Schlagzeilen gemacht haben. Der Höhepunkt war der Fund eines altertümlichen Pergaments in den Ruinen des Turms von Babel in al-Hilla im Irak vor zwei Jahren. Alle Sender haben Dokumentarbeiträge darüber gebracht, von der BBC und NBC über CNN und den Discovery Channel. Im National Geographic Channel gab es sogar eine *Lucifer Week*. Meine Kollegen an der Uni Oslo nennen mich *den Promi*. Schwer zu sagen, ob da Neid mitschwingt, Schadenfreude oder unterdrückte Bewunderung. Jedenfalls bin ich jedes Mal, wenn ein Fremder mich erkennt, überrascht und – das muss ich gestehen – geschmeichelt. Darum schaute ich auch mit einer Mischung aus Verlegenheit und Neugier zu dem Mann auf, der mich angesprochen hatte.

Professor Lorenzo Moretti. Der Testosteronfürst.

Und hinter ihm: die Frau, die ich insgeheim im Auditorium bewundert hatte. Die Göttin aus der achten Reihe.

»Entschuldigen Sie die Störung«, sagte Professor Moretti mit Zahnpastalächeln. Er streckte die Hand aus. Goldring. Goldarmband. Behaarter Handrücken. Gepflegte Nägel. Maniküert? Ich kaue auf meinen Nägeln. Eine nervöse Angewohnheit, die ich nicht ablegen kann. Mit einer linkischen Bewegung legte ich das iPad auf den Tisch, erhob mich und ergriff seine Hand. Sein Händedruck war so fest, dass es fast schmerzte.

»Es ist mir eine Freude und Ehre, Herr Beltø. Ich habe Sie bereits heute Vormittag im Auditorium gesehen.«

»Die Ehre liegt ganz auf meiner Seite, Professor Moretti!«, antwortete ich auf Italienisch. Eine schöne Sprache. Wie Musik. Ein Süditaliener hat einmal zu mir gesagt, ich spräche wie ein Florentiner. Ich habe es als Kompliment aufgefasst. »Ihr Vortrag hat mir großes Vergnügen bereitet«, fuhr ich fort. »Alte Manuskripte mit Codes, Rebussen und versteckten Botschaften wecken den jugendlichen Abenteurer in mir.«

»Dann können Sie sich auf morgen freuen!« Er blinzelte und trat einen Schritt zur Seite. »Darf ich Ihnen meine Frau Angelica vorstellen.«

Angelica...

Angelica und Lorenzo Moretti. Den Göttern etwas näher als wir übrigen Sterblichen. Sie strahlten. Schön. Erfolgreich. Aftershave und Parfüm harmonierten perfekt. Solch gut aussehende, intelligente Menschen, die das Glanzcover der *Vogue* schmücken könnten, während sie ihrer Doktorarbeit über den Stellenwert des Higgs-Bosons in der theoretischen Partikelphysik den letzten Schliff geben, erfüllen mich immer mit maßloser Bewunderung.

Angelica Moretti reichte mir anmutig eine mit vielen Ringen geschmückte Hand. Sie trug so viele Armreifen, dass es an ein Wunder grenzte, dass sie überhaupt in der Lage war, den Arm zu heben.

»Ich habe viel über Sie gelesen«, sagte sie. Sie duftete nach Schlafzimmer und Blumenwiese.

»Öh«, sagte ich.

»Nennen Sie mich eine Bewunderin!«

»Öh.«

»Lorenzo und ich waren begeistert, als wir Ihren Namen auf der Teilnehmerliste gesehen haben.«

»Öh.«

Manche Frauen machen mich befangen und stumm. Andere bringen mich dazu, viel dummes Zeug zu reden. Aber ich habe dazugelernt. Definitiv. Angelica Moretti gegenüber schien es mir das Klügste zu sein, den Mund zu halten. Damit mir nicht irgendwas rausrutschte, das ich monatelang bereuen würde.

Auch aus der Nähe betrachtet konnte das Alter Angelica Moretti nicht viel anhaben. Sie hatte die Figur einer Zwanzigjährigen. Goldkarte im Fitness-Club. Zumba-Königin. Trainers Liebling. Einzig das gepuderte Netzwerk feiner Falten unter dem Kinn und um den Hals herum verriet, dass sie nicht mehr die Jüngste war.

»Freut mich«, murmelte ich und vermutete, dass es angebracht gewesen wäre, ihr die Hand zu küssen. Dass das die Art war, wie weltgewandte Männer Frauen wie Angelica Moretti begrüßten. Aber ich kriegte es nicht hin.

»Dürfen wir uns zu Ihnen setzen?«, fragte Professor Moretti. »Oder stören wir?«

Letzteres sagte er mit einem diskreten Nicken in Richtung meines iPads. Das ich nur mitgenommen hatte, um etwas hipper zu wirken und um an der Bar nicht so einsam auszusehen. Ich habe keine Probleme damit, allein zu sein. Aber die mitleidigen Blicke der anderen verkrafte ich schlecht.

Angelica schien meine Befangenheit zu spüren. Sie legte ihre Hand auf meine und flüsterte: »Wir sind große Bewunderer Ihrer Arbeit. *The Shrine of Sacred Secrets...*« Aus ihrem Mund klangen die Worte verträumt, wie der Titel eines Gedichts. Dabei ging es doch nur um einen Goldschrein, der auf einem Acker in der Nähe des Klosters Værne in Østfold gefunden worden war, einschließlich einiger alter Handschriften darin. »Das sechste Buch Mose...«, sagte der Professor. »Der Turm zu Babel...«, fügte Angelica hinzu. Damit hatten sie im Grunde meine archäologische Karriere zusammengefasst. Drei aufsehenerregende Entdeckungen. Meine eigene Fakultät zu Hause in Oslo ist nicht so beeindruckt. Ich bin nach wie vor nur Dozent.

»Dürfen wir uns setzen?«, fragte Angelica Moretti.

»Selbstverständlich!«, platzte ich heraus. Etwas zu laut. Etwas zu eifrig.

Frauen verwirren mich. Sie sind wie Katzen. Man weiß nie, woran man bei ihnen ist oder in welcher Stimmung man sie gerade antrifft. Sie erwarten, dass Männer intuitiv den Firnis aufgesetzter Lebensfreude durchschauen und erkennen, was ihnen fehlt. Von einer Sekunde auf die andere können sie sich von unbesiegbaren Amazonen in zitternde Nervenwracks verwandeln, von selbstbewussten Managerinnen in hilflose Spatzen. Sie taumeln in der ständigen Furcht durchs Leben, entlarvt zu werden. Sie tragen Geheimnisse mit sich herum, die sie vor allen anderen Menschen zu verbergen versuchen. Weil die Welt nur darauf wartet, sich in einem schwachen Moment auf sie zu stürzen und aufzudecken, wer sie *eigentlich* sind. Währenddessen versuchen sie, die Illusion der Unfehlbarkeit mit Hilfe von Schminke und Parfüm aufrechtzuerhalten, mit Sonnenbrillen, eleganten Kostümen, hübschen Schuhen und so vielen Handtaschen, dass sie damit einen Schutzwall um ihre eigene Unsicherheit bauen könnten.

Ich habe einige Frauen geliebt. Mehr als sie mich geliebt haben.

Wer war Angelica Moretti?

III

»Professor Moretti! Frau Moretti!«

Eine schrille, unsympathische Stimme.

Professor Moretti schnitt eine Grimasse. »Dino!«, rief er mäßig begeistert. Angelica schloss die Augen. Genervt. Ich drehte mich zu dem Mann um, der energisch auf uns zuhinkte. Seine Krücken knallten auf die Bodenfliesen. Er war so klein, dass er uns Sitzende nur knapp überragte, dafür aber umso fülliger.

Professor Moretti beugte sich mit einem Lächeln zu mir herüber und sagte: »Bjørn, darf ich Ihnen Dino Garbi vor…«

»Bjørn Beltø, nicht wahr?«, fiel Garbi ihm ins Wort.

»Dino glaubt, dass Nostradamus ein Prophet war.«

»Glaubt?«, rief Garbi mit affektierter Verachtung. »Darf ich mich setzen?«

Der Professor und Angelica wechselten Blicke, die Garbi nicht bemerkte, weil er bereits dabei war, sich einen Stuhl heranzuziehen.

Dino Garbi unterhielt eine Internetseite über Weissagungen, Parapsychologie und den wohltuenden Effekt des Geistes auf körperliche Defekte. Er verkaufte Naturmedizin, die alles zu heilen in der Lage war, von Impotenz über Fettleibigkeit bis zur Schwermut. Mit missionarischem Eifer reiste er in der Weltgeschichte herum und stellte auf Konferenzen seine Internetseite vor. Offenbar blieb dabei keine Zeit übrig, seine Mittelchen und Methoden auf sich selbst anzuwenden.

»Haben Sie in letzter Zeit was von Theo gehört?«, fragte Garbi.

»Wir haben telefoniert«, antwortete Moretti.

Garbi winkte einen Kellner heran und bestellte eine Bloody Mary.

»Theo ist ein bekannter Nostradamus-Forscher«, soufflierte mir Angelica. »Theophilus de Garencières – er lebt in Salon-de-Provence, der Heimatstadt Nostradamus'.«

»Wir haben Sie letzten Monat bei der internationalen Nostradamus-Konferenz in Paris vermisst«, bemerkte Dino.

»Ich war leider verhindert«, erwiderte Professor Moretti und zwinkerte mir verschwörerisch zu. »Und was halten Sie von Nostradamus, Bjørn?«

»Tja.« Unerwartete Fragen bringen mich immer aus dem Konzept. Ich brauchte ein paar Sekunden, ehe ich eine ansatzweise vernünftige Antwort zusammenbrachte. »Ich sehe Nostradamus vorrangig als vorausschauenden und talentierten Pestarzt, der irgendwann festgestellt hat, dass sich geheimnisvoll düstere Visionen hervorragend in klingende Münze umsetzen lassen.«

Der Professor lachte laut und zufrieden.

»Viele Menschen glauben aber, dass er tatsächlich über hellseherische Fähigkeiten verfügte«, warf Angelica ein.

»Ganz offensichtlich!«, bekräftigte Garbi.

»Oder«, entgegnete Moretti, »dass er nur ein Scharlatan war, der sich so vage ausgedrückt hat, dass die Nachwelt in seine Prophezeiungen hineinlesen konnte, was sie wollte.«

»Lorenzo, Lorenzo …«, sagte Dino betrübt. »Sie haben Ihren Geist noch nicht geöffnet, das sage ich Ihnen nicht zum ersten Mal. Sie lesen Nostradamus buchstäblich, wörtlich. Aber um ihn zu verstehen, müssen Sie erst einmal in die Worte eindringen, dann durch die Worte hindurch und schließlich über die Worte hinaus. Erst dann sind wir in der Lage, zwischen den Zeilen zu lesen und sie zu deuten.«

»Oder zu missdeuten …«

»Seine Vierzeiler sprechen eine deutliche Sprache!«

»Na ja, da bin ich anderer Meinung. Sie können in Nostradamus hineinlesen, was Sie wollen. Er hat sich sklavisch an das allseits bekannte Erfolgsrezept für Wahrsager gehalten, indem er vage und uneindeutige Formulierungen verwendete, voller Symbolik und Metaphern. Sehr geeignet für die unterschiedlichsten Interpretationsansätze. Ein wohlwollender Leser kann im Nachhinein aus den Formulierungen alles herausholen. Und je mehr Prophezeiungen man macht, desto größer wird die Trefferquote. Nostradamus werden etwa zehntausend Prophezeiungen zugeschrieben. Zehntausend! Pest und Dürre, Erdbeben und Überschwemmungen, Kriege und Invasionen. Natürlich tritt so die eine oder andere Ankündigung auch mal ein, selbst wenn Tausende anderer Prophezeiungen niemals in Erfüllung gehen. Im Grunde genommen ist es kein Hexenwerk, Kriege und Katastrophen, Missernten und Pandemien vorherzusagen. Früher oder später bekommt man recht. Das Geheimnis ist, in Bezug auf das Wo und Wann vage zu bleiben.«

»Hat Nostradamus nicht den Angriff aufs World Trade Center vorhergesehen?«, fragte ich.

»Ach, das …«, sagte Dino Garbi mit einem resignierten Seufzer. »Sie können nicht …«

»Nein, nein«, unterbrach Professor Moretti ihn, »das Beispiel ist sehr interessant. Sie denken natürlich an folgende Strophe …« Professor Moretti zitierte aus dem Gedächtnis:

In der Stadt Gottes wird ein großes Donnern ertönen.
Zwei Brüder werden vom Chaos in Stücke gerissen,
doch die Festung steht,
der große Führer wird sich beugen,
der dritte große Krieg bricht los, wenn die große Stadt in
Flammen steht.

»Die *Stadt Gottes* – die Weltmetropole New York City!«, fuhr der Professor fort. »Ein mächtiger *Donner* – die Flugzeuge, die in die Wolkenkratzer fliegen und explodieren. *Zwei Brüder* – die Zwillingstürme, die durchs Chaos zerstört werden, durch einen Terroranschlag. Die *Festung* hält stand – nämlich das Pentagon. *Der große Führer beugt sich* – Präsident Bushs Niederlage. Der *dritte große Krieg* – der Krieg gegen den Terror und der Terror der Islamisten gegen die westliche Welt.« Professor Moretti hob die Hände. »All diese Interpretationen lassen sich wunderbar drehen und zurechtbiegen. Gottes Stadt könnte genauso gut Jerusalem, Mekka oder Rom sein. Wann wurde New York je als *Gottes Stadt* bezeichnet? Und wie viele große Kriege hat es seit Nostradamus' Zeiten schon gegeben? Brennende Städte – nichts Ungewöhnliches im Krieg. Aber selbst, wenn sich die Argumente eins nach dem anderen auseinanderpflücken lassen, ist das alles völlig unbedeutend. Diese Verse, die in allen Zeitungen der Welt als Beweis für Nostradamus' Treffsicherheit zitiert wurden, sind nämlich gar nicht von Nostradamus verfasst worden.«

»Etwas, das alle wissen«, murrte Dino Garbi.

»Die Verse wurden nach dem Terroranschlag 2001 verfasst, von einem Studenten namens Neil Marshall. Er schrieb den Vierzeiler in einem Artikel mit dem Titel *Nostradamus. A Critical Analysis.* Er hat ihn als Beispiel dafür gebracht, dass jeder selbsternannte Prophet mit allgemeinen und vagen Bildern und Anspielungen einen Text schreiben kann, der im Nachhinein alles und nichts bedeutet.«

Dino Garbi sah aus, als hätte er in eine Zitrone gebissen.

»Dass jemand falsche Verse in seinem Namen erdichtet, kann dem großen Meister nicht angelastet werden. Lassen Sie uns lieber über etwas diskutieren, das unbestreitbar aus der Feder Nostradamus' stammt: den Großbrand in London 1666! Wie konnte Nostradamus 111 Jahre, ehe das Feuer London in Schutt und Asche legte, den Brand so detailliert beschreiben?«

»Hat er das wirklich getan?«, fragte Professor Moretti.

»Selbstverständlich!«

»Schauen wir uns an, was Nostradamus geschrieben hat – nicht, wie die Nachwelt ihn ausgelegt hat.«

Und wieder zitierte der Professor aus dem Gedächtnis:

Das Blut der Gerechten wird fließen in London,
verbrannt von Blitzschlägen zwanzig mal drei und sechs:
Die alte Dame wird von ihrem hohen Platz stürzen,
derselben Sekte viele werden umgebracht.[*]

»Klarer kann es doch nicht gesagt werden!«, triumphierte Dino Garbi.

Professor Moretti faltete die Hände über dem Bauch. »Im Originaltext von Nostradamus steht *fouldres* und nicht *feu*, wie in späteren Kopien. *Feu* bedeutet Feuer, Brand. *Fouldres* bedeutet Blitzschlag. Wie bekannt, begann der Brand aber in einer Bäckerei, nicht durch einen Blitz. Im Original schrieb Nostradamus die Zahl *de vint trois les six* und nicht *vingt & trois*, wie es fälschlicherweise in späteren Ausgaben heißt. Über Multiplizieren und Addieren gelangt man tatsächlich zur Zahl 66, die man mit etwas gutem Willen als das Jahr 1666 lesen kann. Des Weiteren gehen Ihre Gesinnungsgenossen davon aus, dass mit der *alten*

---

[*] *Le sang du iuste à Londres fera faute*
  Bruslés par fouldres de vint trois les six.
  La dame antique cherra de place haute:
  De mesme secte plusieurs seront occis.
  Les Prophéties (1555, 2. Aufl.), Centurie 2, Strophe 51.

Dame die St.-Pauls-Kathedrale gemeint ist. Aber die Kirche hat nie diesen Namen getragen und ist auch nicht eingestürzt, sondern abgebrannt.«

»Wie deuten Sie dann die Prophezeiung?«, fragte Garbi.

»Das ist keine Prophezeiung, das ist die Schilderung eines Ereignisses, das zu Nostradamus' Lebzeiten stattgefunden hat. 1555 begann die katholische Königin mit dem Beinamen Bloody Mary« – der Professor schaute mit einem Nicken auf Garbis Drink – »mit einer Säuberungsaktion unter den Protestanten in London. Viele verbrannten auf dem Scheiterhaufen. Die Glücklicheren bekamen einen Beutel mit Pulver an den Körper gebunden und starben bei der Explosion. In seinem Buch über Nostradamus bietet James Randi eine ganz andere Interpretation. Das *Blut der Gerechten* verweist auf die Protestanten. Die Blitzschläge – *fouldres* – verweisen auf die Flammen und das explodierende Pulver. Die Zahlen – *zwanzig mal drei und sechs* – sind ein Hinweis auf die Gruppen von Angeklagten, die im Schnellverfahren zur Hinrichtung verurteilt wurden. Wissen Sie, wie groß die Gruppen waren, die kollektiv verurteilt wurden? Genau: jeweils sechs Personen. *Die alte Dame* heißt im Original *la dame antique.* Im damaligen Französisch konnte *antique* sowohl alt als auch exzentrisch bedeuten. Hätte er die Absicht gehabt, das zu schreiben, was später hineingelesen wurde, hätte Nostradamus *vieille dame* geschrieben. Aber wenn wir *antique* in seiner eigentlichen Bedeutung verstehen – exzentrisch, senil –, landen wir wieder bei der verwirrten Bloody Mary. Die von ihrem königlichen Thron stürzte. Und mit der letzten Zeile – *derselben Sekte viele werden umgebracht* – sind nicht die Bewohner Londons und die Opfer des Brandes gemeint, sondern ganz konkret die Massaker an den Protestanten.«

»Aha.« Dino Garbi richtete lachend den Zeigefinger auf den Professor. »Ein Denkfehler! Nostradamus war loyaler Katholik. Warum sollte er die Protestanten in so wohlwollenden Worten umschreiben? Er war ein treuer Anhänger des Papstes und der katholischen Kirche.«

»Glaubte man! Streng genommen war er Jude. Er war ein loyaler Katholik, sagen Sie? Das wollte er alle glauben machen, weil er auf die Unterstützung der Kirche und des Papstes angewiesen war. Darum unterstützte er auch offiziell den Papst. Aber in der französischen Nationalbibliothek gibt es eine Sammlung von 51 lateinischen Briefen* zwischen Nostradamus und seinen Kunden. Die Briefe decken auf, dass Nostradamus insgeheim Sympathien für den Protestantismus und Martin Luthers Ideen hegte.«

»Sie sind nicht bereit, Ihren Geist den guten Auslegungen von Nostradamus' Texten zu öffnen!«, protestierte Garbi. »Wie erklären Sie sich dann, dass Nostradamus seinen eigenen Tod vorhergesagt hat?«

»Was ist daran schwer?«

»Er hat seinen eigenen Tod detailliert vorhergesagt – lange bevor er eintraf.«

»Hat er das? In seinen letzten Lebensjahren war er krank und angeschlagen. Er litt an Ödemen – Wasseransammlungen im Gewebe – und an Gicht. Sehr schmerzhaft. Und tödlich. Er musste kein Hellseher sein, um zu verstehen, wohin das führen würde.«

»Aber er hat das Datum seines Todes vorhergesagt!«

»Und lag anderthalb Jahre daneben.«

Dino Garbi schwieg.

Professor Moretti fuhr fort: »Nostradamus hat vorhergesagt, dass er im November 1567 sterben würde. Tatsächlich gestorben ist er im Juli 1566.«

»Siebzehn Monate sind doch nicht die Welt...«

»Und er hat mit anderen Zeitangaben noch sehr viel weiter danebengelegen. In einem Brief der französischen Königin Katharina de' Medici an ihren Patenonkel schrieb sie: ›Nostradamus hat meinem Sohn, dem König, ein ebenso langes Leben vorhergesagt wie Euch, die Ihr Euer neunzigstes Jahr noch er-

---

* Bibliothèque Nationale MS Lat. 8592.

leben werdet‹. Der Sohn, Karl IX., starb 1574, einen Monat vor seinem vierundzwanzigsten Geburtstag. Da lag Nostradamus 66 Jahre daneben.«

Garbi wollte gerade etwas entgegnen, als er vom Geschäftsführer des Kulturzentrums, Fabiano Silor, unterbrochen wurde. Ich hatte ihn beim Einchecken kurz gesehen. Er kam auf uns zu und winkte dem Professor und Angelica zu. Silor war ein großer Mann mit Spitzbart und nervöser Mimik und hätte ohne Weiteres einer Geschichte Dickens' entsprungen sein können.

»Fabiano?«, sagte Angelica überrascht.

Silor schlug die Hände zusammen.

»Was ist los?«, fragte Professor Moretti.

»Ich weiß nicht, wie ich es sagen soll! Es wurde eingebrochen!«

»Wo?«

»Es ist mir so schrecklich unangenehm. In Ihrem Zimmer!«

IV

In Zimmer 218 herrschte das reinste Chaos.

Professor Morettis und Angelicas Kleider lagen auf dem Boden verstreut. Das Bettzeug war heruntergerissen, die Koffer ausgeleert und in die Ecke geworfen worden. Die Matratzen umgedreht. Kommodenschubladen und Schranktüren aufgerissen.

Angelica zeigte auf eine Aktenmappe aus gelber Pappe, auf der mit dickem Filzschreiber geschrieben stand:

Vorträge
Nostradamus & Medici

Professor Moretti schlug die Mappe auf. Leer. Verwirrt sah er seine Frau an, die nervös an ihrer Zigarette sog.

»Jemand hat meine Vorträge gestohlen. Meine Notizen. Auszüge aus dem Nostradamusbrief. Wieso? Was wollen sie damit? Sie hätten mich doch nur fragen müssen.« Der Professor sah sich verzweifelt um und breitete die Arme aus. »Der Laptop! Weg! Ohne Laptop bin ich aufgeschmissen. Dort sind all meine Aufzeichnungen, die Kopien des Briefes und die Texte gespeichert. Alles!«

KAPITEL 3

Die Entführer

FLORENZ,
MONTAGMORGEN

I

Ich war zwölf Jahre alt, als mein Vater starb. Er ist an einer Felswand abgestürzt.

Papas Dämonen hatten an den Sicherungen herumgespielt. Mit einem Schrei, der noch immer durch meinen Kopf hallt, stürzte er in den Abgrund. Es ist nicht schwer, sich das vorzustellen. Er stürzte vierzig Meter tief und landete auf einer Steinhalde.

Ich habe seinen Schrei all die Jahre, die seitdem vergangen sind, in mir getragen.

Davon habe ich schon früher erzählt, ich weiß. Ich bin die ganze Geschichte auch langsam leid und werde mich deshalb kurz fassen. Mama hatte etwas mit Papas bestem Freund. Später, als Papa tot und begraben war, hat sie diesen Mann geheiratet. Sehr romantisch. Aber das ist eine ganz andere Geschichte.

Es gibt immer andere Geschichten, ein Danach, wenn ein Buch ausgelesen oder ein Film zu Ende ist. Es geht immer irgendwie weiter.

Papa hat den Betrug nicht ertragen. Zwar wollte er mit Mama eine offene Beziehung führen, aber Toleranz war für Papa nur eine theoretische Größe. Er hatte geplant, seinen besten Freund umzubringen, den wollüstigen Liebhaber seiner verlogenen Ehefrau. Es sollte wie ein Unglück aussehen. So etwas kam ja vor. Aber etwas ging schief. Auf jeden Fall war es am Ende Papa, der abstürzte und auf den Felsen zerschmetterte.

Ich vermisse ihn. Seine Stimme. Sein Wissen. Den trockenen Humor. Sein Lächeln. Die Neugier. Sogar seinen Geruch nach einem langen Ausgrabungstag. Er war wie ich Archäologe. Geschichtsgräber. Jemand, der Skelette freilegt und sich fragt, was das einmal für Menschen waren und wie sie gelebt haben. Papa hatte einen ungeheuren Respekt vor den Toten. Er deutete die Geschichten, die sie ihm in ihrem beredten Schweigen erzählten. Jetzt ist er selbst in der Erde begraben, die umzugraben sein Lebensinhalt gewesen war. Auf dem Friedhof von Grefsen. Ein schlichter Granitstein unter einer alten Birke. Nur sein Name ist in den roten Stein gehauen worden. Keine Jahreszahl, die Papa in der Zeit verankert. Pflichtbewusst kümmere ich mich um das Grab. Pflanze und jäte, gieße und dünge. Warum tun wir das? Um die Erinnerung an die Toten zu pflegen? Oder unsere Trauer und Sehnsucht? Wollen wir den Toten einen letzten Ankerplatz hier auf Erden sichern? Ein Grabstein ist das Monument eines Lebens. Früher oder später wird auch unser Name auf einem stehen, eingemeißelt und vergoldet.

Auch Mama ist tot. Der Krebs hat sie geholt. Vor einigen Jahren.

II

Aus irgendeinem Grund träumte ich in dieser Nacht von Mama und Papa. Das tat ich sonst nicht. Vielleicht war ich deshalb so früh aufgewacht. Ich duschte und blätterte auf dem Tablet einige norwegische Zeitungen durch, bevor ich nach unten in den Speisesaal ging. Ich hatte Glück und fand einen leeren Zweiertisch an der Glaswand zum Olivenhain. Zum Frühstück aß ich Rührei und warme Brötchen, dazu trank ich frisch gepressten Orangensaft und Kaffee.

Wenn mich die Menschen anstarren, weiß ich nie, ob sie das tun, weil sie mich wiedererkannt haben oder weil ich Albino bin.

Ein Gendefekt. Mehr nicht. Nichts, über das ich mir Gedanken mache. Außer ich sehe mich in einem Spiegel. Als Kind war das schlimmer. Da war ich immer nur *der da*. Aber heute kümmere ich mich nicht mehr darum.

Nach dem Frühstück schlenderte ich zum Vortragssaal. Angelica saß im Mittelblock in Reihe 10 und las den *Corriere della Sera*. Als sie mich sah, rutschte sie einen Sitz weiter, damit ich mich zu ihr setzen konnte.

»Bjørn«, sagte sie leise. In Ihrer Stimme schwang so ein Unterton mit… Kokett? Nein. Wohl nicht. Bestimmt nicht. Von Beginn an war mir klar gewesen, dass es ihr niemals einfallen würde, mit mir zu flirten. Ich war nicht der Typ von Mann, den eine Angelica Moretti interessant fand.

Der Saal um uns herum füllte sich langsam.

»Ist die Polizei gestern denn noch gekommen?«, fragte ich.

»Ja, nach einer Ewigkeit. Sie haben den Raum durchsucht, ohne einen einzigen fremden Fingerabdruck zu finden. Zum Glück ist der Laptop aber wieder aufgetaucht.« Sie sah mich mit einem vielsagenden Blick an. »Lorenzo hatte das Ladegerät zu Hause vergessen, weshalb er den Laptop bei einem Kollegen, der ein paar Zimmer weiter auf dem gleichen Flur wohnt, aufgeladen hat. In der Aufregung hatte er das komplett vergessen. Eingefallen ist es ihm erst wieder, als die Polizei da war.«

»Und was haben die Diebe dann mitgehen lassen?«

»Nur ein paar Ausdrucke… Das ist vollkommen unverständlich. Wer sollte ein Interesse daran haben, Lorenzos Unterlagen zu stehlen? Und warum? Was wollen die damit?«

Die Hauptperson selbst stand derweil auf der Bühne und ging auf dem Laptop noch einmal den Vortrag durch.

Um 9 Uhr wurde das Licht im Auditorium gedimmt. Ein Scheinwerfer richtete sich auf den Professor, der an den Rand der Bühne trat.

»Schön, dass Sie wieder da sind, und ein herzliches Willkommen den neuen Zuhörern«, begann er. »Heute wollen wir uns

Nostradamus' Schriften widmen, genauer gesagt den Almanachen und Prophezeiungen, und uns mit Dingen auseinandersetzen wie der Bibliothek des Teufels, dem Voynich-Manuskript und dem *Buch der Weisen*. Ich möchte den Vortrag aber mit einer kurzen biografischen Präsentation unseres Freundes und Weissagers Nostradamus beginnen.«

Michel de Nostredame wurde 1503 in der südfranzösischen Kleinstadt Saint-Rémy-de-Provence geboren. Ursprünglich hieß sein jüdisches Familiengeschlecht Gassonet, aber alle Juden in der Provence mussten sich katholisch taufen lassen, um nicht verfolgt oder ausgewiesen zu werden. Die Familie nahm deshalb den Namen Nostredame an, den er später in die lateinische Form Nostradamus umwandelte. Michel wohnte in Saint-Rémy bis er sechzehn Jahre alt war. Er war ein aufgeweckter Junge, der in Avignon Grammatik, Rhetorik, Logik, Arithmetik, Geometrie, Musik und Astronomie studierte. Alles auf Latein. An der Universität von Montpellier machte er dann noch die Ausbildung zum Arzt. Sein Examen legte er im Alter von 22 Jahren ab und kaufte sich einen viereckigen Hut, der seine Qualifikation als Arzt dokumentierte.

In dieser Zeit begann er als Pestarzt zu arbeiten. Tragischerweise starben seine Frau und seine beiden Kinder genau an dieser Krankheit. Von Trauer erfüllt, machte er sich auf eine weite Reise durch Frankreich und Italien. Später zog er nach Salon-de-Provence, wo er die reiche Witwe Anna Ponce Gemelle heiratete. Gemeinsam bekamen sie drei Söhne und drei Töchter. Er wurde schließlich Hofarzt der französischen Könige Heinrich II., Franz II. und Karl IX. und ein enger Vertrauter von Königin Katharina, auch sie eine Medici. Die Geschichte ist voller Glückstreffer und verborgener Zusammenhänge.

III

»Nostradamus schrieb seinen ersten Almanach 1550«, erklärte Professor Moretti.

Draußen hörte man in der Ferne einen Helikopter.

»Schnell wurden die Almanache ungemein populär. Sie enthielten nicht nur nützliche Informationen über Sonnenstände und Mondphasen, sondern auch Prophezeiungen über Geschehnisse im kommenden Jahr. Sachen, die man gerne wissen wollte.«

Das zunehmende Knattern der Rotoren wurde langsam störend.

»Der Erfolg spornte Nostradamus an, pro Jahr mehrere solcher Almanache herauszugeben. 1555 begann er dann mit einer ganz neuen Serie: *Les Prophéties*.«

Der infernalische Lärm ließ nun keinen Zweifel mehr daran, dass der Helikopter im Begriff war zu landen. Der Landeplatz des Kulturzentrums war eigens auf Wunsch von Berlusconi gebaut worden, der zur Eröffnung eingeflogen war, sich seither aber nie wieder hatte blicken lassen.

Die Rotoren verstummten.

Professor Moretti fuhr fort: »Über seinen Freund Gouverneur Claude de Savoie wurde Nostradamus zu Königin Katharina von Frankreich bestellt. Er reiste schnurstracks nach Paris und kam unter den Schutz der Königin. Ohne sie und andere mächtige Freunde wäre er sicher gleich Opfer der Inquisition geworden, die Weissagungen als gottlos erachtete.«

Lautes Rufen am Eingang. Der Professor breitete bedauernd die Arme aus. Plötzlich wurde die Flügeltür des Auditoriums aufgetreten.

IV

»Sitzen bleiben! Keiner rührt sich!«

Sie waren zu neunt. Bewaffnet.

Schwarze Uniformen, die irgendwie altmodisch wirkten und an Ninja-Krieger erinnerten. Sturmhauben.

Irgendwo im Saal begann jemand zu schluchzen.

Die Männer wedelten mit ihren Maschinenpistolen herum. Vier von ihnen blieben mit gezückten Waffen an der Tür stehen. Zwei liefen den Mittelgang entlang und suchten das Publikum ab.

Ich verstand nichts. Mein erster Gedanke war: Terroristen! *Hier?* Das ergab doch keinen Sinn.

Hinter mir brach eine Frau in Tränen aus. Ein Mann kauerte am Boden, die Hände über dem Kopf. Ein älterer Mann kippte jammernd nach vorn und krümmte sich zusammen.

Drei der Männer gingen nach vorn auf die Bühne. »Professor!«, sagte einer von ihnen. »Wenn Sie so freundlich wären, mit uns zu kommen.«

Wenn Sie so freundlich wären?

Professor Moretti wich ein paar Schritte zurück.

Einer der Männer packte ihn an der Schulter, während ein anderer seine Hände mit Plastikstrips fesselte. Der Dritte raffte die Unterlagen des Professors zusammen und steckte sie in eine schwarze Tüte, dann den Laptop samt Kabeln.

Den Laptop mit der Kopie des Nostradamusbriefes.

Während die Männer den Professor zum Ausgang führten und das Auditorium verließen, begann ein Alarm zu heulen. Ich weiß nicht, wer ihn ausgelöst hatte. Gleichzeitig erblickten die zwei Männer, die durch den Mittelgang liefen, diejenige, nach der sie Ausschau gehalten hatten.

Angelica.

»Frau! Los! Komm!«

Die Männer an der Tür riefen sie zur Eile an.

Durch das Heulen der Sirene hörte ich jemanden im Saal hemmungslos schluchzen.

»Frau!«, drängte der Maskierte.

»Hören Sie«, sagte ich und hob die Hände, um die Männer wegzuschieben. Wie ich das machen wollte, wusste ich nicht, aber das spielte auch schon keine Rolle mehr. Der eine von ihnen packte mich fest am Handgelenk, zog mich in einer langen, gleitenden Bewegung von meinem Sitz und warf mich auf den Boden. Der Sitz klappte laut gegen die Rückenlehne. Ich will mich nicht taffer machen, als ich bin. Es tat weh. Verdammt weh. Der andere zerrte mich grob am Hemd wieder hoch, als wöge ich nichts. Rabiat stieß er mich über den Mittelgang vor sich her, bis ich wieder zu Boden ging. Ich hatte keine Chance, das gebe ich gerne zu. Ich hätte genauso gut gegen einen Schwergewichtsringer antreten können, also blieb ich am Boden sitzen. In der Zwischenzeit war Angelica aufgestanden. Der eine der Männer winkte sie herrisch zu sich. Gehorsam machte sie sich auf den Weg, als er seinen Arm nach ihr ausstreckte. Ihre Reaktion kam vollkommen unerwartet. Ich dachte, sie wollte widerstandslos mit ihnen gehen, doch plötzlich wirbelte sie geschmeidig herum und versetzte dem Mann mit dem linken Fuß einen kräftigen Tritt an den Kiefer. Stöhnend taumelte er nach hinten. Der nächste Tritt, ebenso hoch, traf ihn an der Seite des Kopfes und schickte ihn zu Boden.

Der Mann, der mich zu Boden geworfen hatte, hob seine Maschinenpistole. Jemand schrie. Er kam aber nicht mehr dazu, zu schießen. Angelicas Tritt traf ihn mit solcher Kraft zwischen den Beinen, dass er mit einem Stöhnen zusammenklappte und sich übergab.

»Frau Moretti!«, brüllte einer der Männer an der Tür und zielte mit der Maschinenpistole auf sie. Mehrere Anwesende warfen sich zu Boden. Angelica sprang auf einen der schmalen Tische vor den Sitzen und hüpfte von einer Sitzreihe zur nächsten.

In dem Moment schienen die Männer über Funk den Befehl zum Rückzug erhalten zu haben. Die beiden, die Angelica unschädlich gemacht hatte, taumelten zu den anderen. Ich hoffte, dass sie mindestens so gedemütigt wie ich waren. Hastig verließen sie das Auditorium. Überall im Saal wurde mit der Polizei telefoniert. Erregte Stimmen riefen durch das Kreischen der Sirene. »*Sì, sì!* Castello-Catullus-Kulturzentrum! Ja, im Kulturzentrum!«

Draußen erhöhte der Helikopter die Drehzahl.

V

Der Helikopterlandeplatz lag am alten Richtplatz, an dem Hunderte von Feinden des Burgherrn über die Jahre ihr Leben gelassen hatten. Aber der Helikopter war nicht dort, sondern mitten auf dem Parkplatz gelandet. Zwischen Audis und Alfa Romeos und einem einsamen Citroën 2CV. Die Nummer des Helikopters war übermalt, und die laufenden Rotoren wirbelten Papier und Sand auf.

Mit Tränen in den Augen und voller Wut wollte Angelica zu dem Helikopter stürmen, doch ein anderer Mann und ich hielten sie zurück.

»Lassen Sie mich los, verdammt, Sie sollen mich loslassen!«, schrie Angelica über den Lärm der Rotoren hinweg.

Was hatte sie vor? Wollte sie den Helikopter mit bloßen Händen zurückhalten?

Die Maschine hob langsam ab. Ein paar Sekunden lang stand der Helikopter einige Meter still über dem Boden, als wollte er alle, die dort unten standen, verspotten. Dann drehte er langsam zur Seite ab, stieg ein paar Meter höher, senkte die Nase und verschwand hinter den toskanischen Hügeln.

VI

An der Rezeption herrschte Chaos. Wo blieb die Polizei? Die Wissenschaftler standen in Grüppchen zusammen und diskutierten. Was war passiert? Warum hier? Warum jetzt? Und warum Professor Moretti?

»Die arme Frau!«

In all dem Tohuwabohu war er mir gar nicht aufgefallen. Dabei stand der alte, grauhaarige, etwas ungepflegte Mann, der tags zuvor bei Professor Morettis Vortrag das Wort ergriffen hatte, direkt neben mir. Der, den man zu schweigen genötigt hatte, als er von der Bundeslade sprechen wollte. Er fuhr sich mit den Fingern durch den Bart. »Sagen Sie, hätten Sie ein paar Minuten Zeit?«

Eigentlich wollte ich sagen, dass es mir jetzt gar nicht passte. Was der Wahrheit entsprach. Die Entführung hatte mich wirklich mitgenommen, und ich machte mir Sorgen um Angelica. Fabiano Silor hatte sie in ein Nebenzimmer gebracht.

Er wartete meine Antwort aber nicht ab, sondern streckte mir seine Hand hin. »Bjørn Beltø, nicht wahr?« Wir begrüßten uns mit Handschlag. Er hieß Piero Ficino und zog mich zur Seite, weg von all den aufgeregten Konferenzteilnehmern. In die leere Bar. Sogar der Barkeeper war verschwunden. Ohne Zögern ging Ficino hinter den Tresen und goss uns zwei kräftige Drinks ein.

Gin Tonic. Mit Eis.

»Können wir denn einfach…«

»Psst«, sagte Ficino und reichte mir das Glas.

Ich zitterte beim Trinken so, dass das Eis im Glas klirrte.

»Ich weiß, wer Sie sind und was Sie so treiben, Beltø«, sagte Ficino so ruhig, als wäre nichts passiert.

Ich selbst konnte an nichts anderes denken als an Professor Moretti und Angelica und begnügte mich damit, ihn fragend anzusehen.

»1958 habe ich eine untergeordnete Stellung im Archiv der Glaubenskongregation der römischen Kurie bekommen. Im Vatikan. Ich hatte ein gewisses Talent für unverständliche Dokumente. Unleserliche Handschriften. Chiffren. Solche Sachen. Meine Funktion war unbedeutend und mein lockerer Lebenswandel damals leider unvereinbar mit der Lehre der Kirche. Aber das ist alles nicht von Bedeutung. Heute diene ich dem Herrn in einer kleinen Dorfgemeinde in den Hügeln nördlich von Florenz. Aber auch das ist nicht wesentlich.«

Ich trank noch einen Schluck. Meine Hand zitterte. Durch die Tür sah ich die Rezeption.

»Während meiner Zeit in der Glaubenskongregation war ich für das Kopieren und Verteilen vertraulicher Dokumente zuständig, wodurch ich Zugang zu gewissen Geheimnissen bekam. Ich will und kann nicht auf alles eingehen. Aber eines dieser Geheimnisse muss die Welt erfahren! Die Bundeslade! *Darum* geht es hier. Es gibt sie wirklich! Ich sehe Ihnen Ihre Skepsis an. Sie halten mich für einen fanatischen alten Kauz. Aber in meinem Fall geht es nicht ums Glauben – ich *weiß*, dass es sie gibt. Nostradamus ist in der Schrift *Mirabilis liber* darauf gestoßen.«

»Hören Sie, die Bundeslade ist ein Konstrukt der Bibel. Eine religiöse Allegorie, ein Symbol für das Allerheiligste. Und sollte es im Laufe der Geschichte jemals einen Schrein mit dem Namen *Bundeslade* gegeben haben, so verschwand dieser vor rund 2500 Jahren aus Salomos Tempel, als die Babylonier Jerusalem angegriffen haben. König Nebukadnezar hat diesen Schrein als Kriegsbeute mitgenommen, wenn die Juden ihn nicht vorher gerettet haben. Dann wäre er in Äthiopien gelandet. Oder sonst irgendwo, falls er nicht zerstört wurde.«

»Die Wahrheit ist ganz einfach: Die Bundeslade wurde nie zerstört. Der Schrein befindet sich im Vatikan.«

»Haben Sie die Bundeslade gesehen?«

»Sind Sie verrückt? Aber ich habe viele Dokumente über dieses Heiligtum und die Jagd nach den Steintafeln, die darin liegen sollen, gelesen. Unerlaubterweise, das gebe ich gerne zu. Die Tempelritter haben die Bundeslade gefunden und sie dem Papst übergeben. Aber Clemens V. war überzeugt davon, dass sie ihm den Inhalt unterschlagen hatten.«

»Den Inhalt der Bundeslade?«

»Die Lade als solche ist ja nur ein Schrein, um den wichtigen Inhalt zu transportieren: die zwei Steintafeln mit den Zehn Geboten, den heiligen Stab von Moses Bruder Aaron und einen Krug mit Manna, die Nahrung, die Gott den Juden während ihrer Wüstenwanderung geschenkt hat. Laut Papst Clemens V. hatten die Tempelritter diese Kleinode versteckt. Deshalb hat der Papst mit Hilfe des französischen Königs die Tempelritter festgesetzt und schließlich den ganzen Orden aufgelöst. Mit Folter versuchte er den Rittern zu entlocken, wo sie die heiligen Gegenstände versteckt hatten. Aber sie haben nichts verraten. Das waren mutige Männer. Mutig und stark. Oder sie wussten die Antwort nicht. Es ist durchaus möglich, dass die Lade leer war, als die Tempelritter sie in Jerusalem gefunden haben. Nostradamus war dem Inhalt dieses Schreins, den Steintafeln, auf der Spur. Ich glaube, er kannte ihr Versteck.«

Morettis Geschichte (I)

ZWISCHENSPIEL: VICARIUS FILII DEI
MÖNCHSKLOSTER MONTECASETTO
MONTAGVORMITTAG

Dunkelheit ... Alles, was er wahrnimmt, ist der Lärm. Die Vibration des Helikoptermotors und der Rotoren.

Und die Gerüche: Motorenöl. Schweiß.

*

Lorenzo?

Die Stimme seiner Mutter.

Er hört sie durch das Dröhnen des Motors so klar wie an jenem Tag vor fast sechzig Jahren.

Eindringlich: Lorenzo? Wo bist du?

Ein Freund, an dessen Namen er sich nicht mehr erinnern kann, hat ihn im engen Nachtschränkchen im elterlichen Schlafzimmer eingesperrt. Gualtiero? Guglielmo? Sie hatten Verstecken gespielt. Als der Kamerad sein Versteck entdeckt hatte, machte er sich einen Spaß und verriegelte die Tür. Gregorio?

Der Puls hatte in seinen Ohren gehämmert, während er gegen die immer schlimmer werdende Klaustrophobie angekämpft hatte. Er kann noch heute das Gefühl der Panik in sich wachrufen.

Irgendwann war seine Mutter nach Hause gekommen. Sie war im Laden gewesen. Ohne ein Wort über Lorenzo zu verlieren, war der Freund nach Hause gegangen.

Er hatte die Schritte seiner Mutter gehört und ihr Rufen: Lorenzo?

Hier, Mama!

Wo bist du denn?

Hier! Hier, Mama! Hier!

Aber sie hatte ihn nicht gehört.

Wie lange hatte er zusammengekrümmt in dem Nachtschränkchen gesessen? Er erinnert sich, wie er sich aufs Atmen konzentriert hatte – ein und aus, ein und aus, in tiefen Zügen. Um ihn herum undurchdringliche Dunkelheit.

Lorenzo?

Mama!

Um den strengen Geruch der Mottenkugeln nicht so stark zu riechen, hatte er nur durch den Mund geatmet. Ein und aus. Ein und aus. Und mit der Faust gegen die Tür geschlagen, aber die Enge hatte keine kräftigen Schläge zugelassen.

Seine verzweifelten Rufe: Mama! Hier! Mama!

Auch seine Stimme war zu schwach gewesen. Die Rufe blieben eingesperrt wie er.

*

Sie haben ihn auf dem Sitz festgeschnallt, Hände und Füße mit Kabelbindern gefesselt und ihm eine Mütze über den Kopf gezogen. Sein Mund ist trocken. Die Zunge klebt am Gaumen. Er kämpft die ganze Zeit gegen die Panik und Klaustrophobie an, konzentriert sich aufs Atmen. Genau wie damals als Junge. Ein und aus. Ein und aus. Tiefe, regelmäßige Atemzüge. Ein und aus. Er denkt an Angelica. Haben sie auch sie?

*

Als seine Mutter ihn schließlich eingesperrt im Nachtschränkchen fand, war er nassgeschwitzt und halb bewusstlos. Er hatte in die Hose gepinkelt. Und sich übergeben. Seine Mutter hatte den Hausarzt gerufen.

Dem Jungen fehlt nichts, hatte der Arzt gesagt, er ist mit dem Schrecken davongekommen.

Mit dem Schrecken davongekommen ...

Noch heute meidet er Aufzüge, wenn es sich einrichten lässt. Zuckt beim Geräusch einer Tür, die abgeschlossen wird, zusammen und bekommt in engen Räumen und Menschenmengen Atemnot. Manchmal wacht er nachts jäh aus Albträumen von engen dunklen Räumen auf – nach Luft ringend und mit hämmerndem Herzen.

Er fragt sich die ganze Zeit, wer sie sind. Die Mafia? Cosa Nostra? Es muss die Mafia sein. Camorra? Er begreift es nicht. Geht es um den Brief? Die Kopie haben sie doch schon gestern bekommen. Nur der Wortlaut ist wichtig. Warum müssen sie ihn dann auch noch entführen? Das muss ein Irrtum sein, sie haben den Falschen mitgenommen. So muss es sein. Er ist der Falsche. Er hat kein Geld. In seiner akademischen Welt gibt es keine Kontakte zur Mafia. Ein Irrtum. Das Ganze muss ein Irrtum sein. Ein Versehen. Ein dummer Fehler. Ein Missverständnis. Eine Verwechslung. Aber was tun sie, wenn sie den Fehler bemerken? Ihn erschießen? Gehen lassen? Werden sie ihn zurückfliegen, ihm den Staub vom Blazer bürsten und in aller Form um Entschuldigung bitten? Die Mafia entschuldigt sich nie. So viel hat er mitbekommen. Nie.

Und Angelica? Wo ist Angelica? Sie haben ihr doch hoffentlich nichts getan? Silvio? Mein Gott, sie werden Silvio doch nichts getan haben?

Vom Ruckeln des Helikopters wird ihm übel. Er denkt an seine Gefangenschaft in dem Nachtschränkchen, würgt, aber glücklicherweise kommt nichts. In der Dunkelheit der Mütze kneift er die Augen zusammen.

*

Er war Einzelkind, der Liebling seiner Eltern. Ein dürres Bürschchen, gut in der Schule, aber von Natur aus ängstlich. Große braune Augen. Dunkles Haar wie die Mutter. Am liebsten war er alleine. In seinem Zimmer. Zwischen den Spielen und Büchern, nur er allein. Draußen auf der Straße, mit den anderen Jungs, hatte er nichts zu melden. Er war nicht kräftig, war konflikt-scheu, ging denen aus dem Weg, die ihn herumkommandierten. Sie nannten ihn Leseratte. Mamas Schätzchen. Ab und zu be-zog er eine Tracht Prügel. Der Streber. Ein Talent. Seine Schul-aufsätze waren fehlerfrei und wohlformuliert. In Geschichte und christlicher Religion, Mathematik und Physik zeichnete er sich aus. Als Teenager war er umschwärmt. Er war hübsch wie ein Erzengel, und die Mädchen fanden ihn geheimnisvoll und span-nend.

*

Ich kriege keine Luft!, denkt er.

Der Helikopter fliegt eine jähe Kurve. Seine Schulter knallt gegen die Seitenwand. Unsinn!, redet er sich selber ein. Natür-lich kriegst du Luft! Das ist nur eine Mütze! Trotzdem hämmert sein Herz wie wild. Kalter Schweiß bricht ihm aus. Er konzen-triert sich, um die Angst zu vertreiben, wieder auf das Atmen. Ein, aus, ein, aus.

Der Pilot drosselt das Tempo. Der Helikopter schaukelt. Wie ein Boot auf den Wellen, denkt er. Sie setzen zur Landung an, hängen einen Augenblick dicht über dem Boden, die Rotor-blätter wirbeln Sand und kleine Steine auf. Dann haben sie Bo-denkontakt. Die Rotoren werden langsamer, das Geräusch zieht sich in sich selbst zurück. Jemand löst seinen Gurt. Die Seiten-türen gehen auf. Ungeduldige Hände zerren an seinem Blazer und ziehen ihn nach draußen. Beinahe fällt er. Er hört die noch immer rotierenden Rotorblätter, als er von Händen fortgezogen wird und vom Helikopter wegtaumelt. Unter seinen Schuhen sind Schotter und Sand. Das kann kein Flugplatz sein. Aber wer weiß?

Angelica?, sagt er.

Stille!

Wo ist Angelica?

Stille!

Die Mütze! Nehmen Sie mir bitte die Mütze ab!

Nein!

Harte, kalte Stimmen. Zwei Personen nehmen ihn zwischen sich und führen ihn weg. Die Drehzahl des Motors nimmt wieder zu, und sie werden in Sand und Staub eingehüllt. Der Helikopter hebt ab. Schiebetüren von einem Wagen werden geöffnet. Er muss einen Schritt nach oben machen. Ein großes Fahrzeug. Sie drücken ihn auf einen Sitz, schnallen ihn an. Er hört fünf, sechs weitere Personen einsteigen und sich anschnallen. Dann springt der Motor an. Reifen drehen im Schotter durch. Das Fahrzeug biegt scharf ab und drückt ihn gegen seinen Nebenmann.

*

Die Fahrt dauert ungefähr eine Stunde, wobei es schwierig ist, die Zeit abzuschätzen. Sie fahren auf einer Autobahn, folgert er aus der Geschwindigkeit und dem Geräusch der vorbeifahrenden Fahrzeuge. Irgendwann fahren sie ab und folgen einer kurvigen Landstraße. Ihm wird wieder schlecht. Diese verfluchte Mütze! Hauptsache, er muss sich nicht übergeben. Er versucht, an etwas anderes zu denken. Aber seine Gedanken kleben an der Mütze fest – und an der nicht enden wollenden Zeit in dem Nachtschränkchen.

Es geht bergauf. Watte in den Ohren.

Endlich bleiben sie stehen. Ein Walkie-Talkie wird eingeschaltet.

Alpha, sagt eine Stimme im Auto.

Das Walkie-Talkie knistert, dann: Omega.

Die Einheiten Alpha und Delta bitten um Einlass in Jesu Namen.

Mandatum …

… apostolicum.

Eine Art Zugangscode, denkt er.

Bestätigt, krächzt eine Stimme. Die erste Zahl des Tages: vier.

Die vier Evangelisten. Gottes heilige himmlische Stadt ist viereckig. Vier Kardinaltugenden: Verständigkeit, Gerechtigkeit, Frömmigkeit und Mut.

Bestätigt. Sieben.

Die sieben Sakramente: Taufe, Abendmahl, Ehe, Priesterweihe, Firmung, Beichte, Ölung.

Bestätigt. Weiter?

Die sieben Todsünden: Hochmut, Habgier, Wollust, Neid, Völlerei, Zorn, Faulheit. Die sieben Freuden und Schmerzen der Jungfrau Maria.

Bestätigt. Drei.

Die heilige Dreieinigkeit. Unser Herr Jesus Christus, am dritten Tage auferstanden von den Toten.

Amen. *Ad nutum ...*

... sanctae sedis ...

... ad maiorem ...

... Dei gloriam.

Bestätigt. *Pseudomonarchia Daemonum ...*

69!

Clavicula Salomonis ...

72!

Bestätigt. Draco bittet darum, dass ihr das Objekt im inneren Burghof abliefert.

Angekommen. Alpha an Delta – Ablieferung im inneren Burghof.

Delta bestätigt.

Objekt?, denkt er.

Ein motorbetriebener Zaun oder ein Tor wird geöffnet. Es muss riesig und schwer sein. Die Metallräder rollen quietschend über die Schienen.

Nachdem sie stehen geblieben sind und ihn aus dem Auto geführt haben, nehmen sie ihm endlich die Mütze ab. Er schnappt nach Luft. Füllt seine Lunge mit gierigen Atemzügen. Die Sonne blendet. Er sieht sich mit zusammengekniffenen Augen um. Sie befinden sich in einem von hohen Steinmauern eingerahmten Hof. Eine Burg oder Festung. Uralt. Wo bin ich? Aus einem anderen Hof, durch den sie hindurchgefahren sein müssen, um hierherzugelangen, sind taktfest marschierende Schritte und Kommandorufe zu hören. Ein Militärlager? Auch die Männer haben ihre Sturmhauben abgenommen. Kurz geschorene Haare. Schwarze Uniformen wie aus einem anderen Jahrhundert. Sie geleiten ihn die wenigen Meter zu einem Rundturm mit einer soliden Holztür mit Eisenbeschlägen und einem riesigen Handknauf. Eine steinerne Wendeltreppe führt in dem Turm nach oben. Scharf umrissene, wie mit dem Messer geschnittene Lichtquader bohren sich durch die schmalen Schießscharten in den dicken Wänden. Es ist, als würden sie sich rückwärts durch die Zeit bewegen. Eine Tür öffnet sich. Dahinter stehen drei Männer. Ohne ein Wort zu wechseln, drehen seine Entführer sich um und gehen die Treppe wieder hinunter. Die drei Männer hinter der Tür winken ihn zu sich. Er hat keine Wahl. Er tritt in einen Korridor mit weiß gekalkten Wänden. Durch grünliche Butzenscheiben erhascht er einen kurzen Blick auf eine Berglandschaft. Wo bin ich? Wer sind diese Menschen? Irgendwo weint ein Kind. Ein Kind? Hier? Er denkt an Silvio. Wo ist sein Sohn? Geht es ihm gut? Mein Gott, das wird doch wohl nicht Silvio sein, der da weint? Nein, das kann nicht sein. So grausam können sie nicht sein.

Seine Zelle liegt am Ende des Korridors. Ein großer Raum. Bett, Kommode, Schreibtisch, Schrank. Solide Eiche. Ein großes Kruzifix mit dem sterbenden Jesus. Durchs Fenster sieht er eine Landschaft mit Bergrücken, Tälern und riesigen Waldflächen. Wo sind wir?, fragt er und tritt ans Fenster. Die Zelle liegt mehrere hundert Meter über der Erde. Eine Burg direkt am Rand einer Klippe. Wo sind wir?, wiederholt er seine Frage. Die drei Männer sind bereits auf dem Weg zur Tür hinaus. Warten Sie!, ruft er, doch die Tür fällt mit einem Knall ins Schloss. Dann wird der Schlüssel herumgedreht. Er läuft zur Tür und rüttelt an der Klinke. Abgeschlossen. Natürlich. Er geht zurück ans Fenster. Es ist wie ein Blick in die Vergangenheit. Kein Auto, kein Flugzeug. Nur die öde, verlassene Landschaft.

*

Angelica, denkt er. Die Königin von Norditalien. Seit fünfzehn Jahren kennt er sie. Dreizehn davon als ihr Ehemann. Sieben als Vater von Silvio. Sie haben sich in dem Orchester des Stadtteils kennen gelernt, in dem sie beide wohnten. Er spielte Querflöte, sie Oboe. Er kriegte sie nicht mehr aus dem Kopf. Warum Oboe?, hatte er gefragt. Warum nicht?, hatte sie geantwortet. Im Laufe der Minuten, in denen sie ihm ihre Begeisterung für die Oboe beschrieb, war er ihr verfallen. Die Sprödigkeit im Timbre, hatte sie gesagt, das Kokette und doch Ernste, der klare, durchdringende Klang, in dem eine unwiderstehliche Zartheit mitschwingt. Genau wie du, hatte er gedacht, als er dort saß und sie betrachtete, das Wechselspiel in ihren Augen bewunderte, das leise Erröten, als sie einsah, dass sie ihr Musikinstrument wohl etwas zu eifrig gelobt hatte. Warum Querflöte?, hatte sie gefragt. Mein Vater hat sie beim Kartenspiel gewonnen, als ich ein Junge war, hatte er geantwortet.

Eine bemerkenswerte Frau. Wie er war sie frisch geschieden und kinderlos, als sie sich kennen lernten. Er wusste so gut wie nichts über ihren Exmann. Ein Architekt aus Rom. Sie hatte keinen Kontakt mehr zu ihm. Sie war Kulturredakteurin der Florentiner Lokalausgabe des *Corriere della Sera*. Er stellte fest, dass er schon seit Jahren ihre Reportagen und Kommentare las. Ihr Autorenkürzel war ein Qualitätsmerkmal. Als sie heirateten und sie seinen Namen annahm, legte sie sich ein neues Kürzel zu: *Amore*. Angelica Moretti. Die Chefetage des *Corriere della Sera* hatte ihr mehrfach eine leitende Position in der Hauptredaktion in Mailand angeboten, aber sie hatte abgelehnt. Ihre

Stelle als Kulturredakteurin in Florenz gab ihr eine Freiheit, die sie im hektischen Tagesbetrieb in Mailand hätte aufgeben müssen. Sie wurde immer häufiger zu Vorträgen und Podiumsdiskussionen eingeladen, zur Teilnahme an Radio- oder Fernsehsendungen. Sie hatte eine starke Wirkung, war geradlinig und aufrichtig. Eine Frau, der man zuhörte. Mehrere Parteien hatten erfolglos versucht, sie für die Politik zu rekrutieren, weil sie sie für ein politisches Talent hielten. Sprachbegabt, hartnäckig, aber immer mit einem offenen Ohr für andere. Sie äußerte sich im Fernsehen, scharfzüngig, nie oberflächlich. Doch für Angelica kam die Politik nicht in Frage. Sie hielt nichts von Politik, dem ständigen Spiel, den Kuhhandeln, der trügerischen Fassade.

Er selbst war Professor für Renaissance-Geschichte an der Universität Florenz und einer der ersten Medici-Experten. Mit den Jahren hatte er sein Fachgebiet um diverse andere Bereiche erweitert – theoretische Linguistik und Semiotik, später auch die Deutung von Handschriften und, mehr als Privatvergnügen, die Dechiffrierung alter Codes. Da er regelmäßig wissenschaftliche Artikel in anerkannten Zeitschriften nicht nur in Italien, sondern auch in Frankreich, Deutschland, England und den USA publizierte, ließ der Dekan ihn gewähren. Er wurde häufig vom italienischen Fernsehen interviewt und war derjenige, an den ausländische Fernsehsender sich wandten, wenn sie nach Florenz kamen, um Aufnahmen für Dokumentarsendungen über die Renaissance oder einen der vielen berühmten Künstler der Stadt zu machen. Die ihm eigene Kombination aus großem Allgemeinwissen und dem Talent, sich auszudrücken, hatte ihn zu einem bevorzugten Gesprächspartner der Fernsehjournalisten gemacht. Bei seinen wissenschaftlichen Kollegen war er hingegen umstritten, da er sich gern zu Themen äußerte, von denen andere mehr Ahnung hatten als er.

Zusammen verfügten sie über ein enormes Netzwerk. Sie als Journalistin und Redakteurin, er als Akademiker. Ihre Abendgesellschaften waren legendär. Künstler, Forscher, Fotomodelle,

Unternehmer, Journalisten … Angelica war die mondäne Gastgeberin, die lächelnd von Gruppe zu Gruppe schwebte und dafür sorgte, dass die Gläser der Gäste immer gefüllt waren und kein Gast alleine stand. Lorenzo war der Mittelpunkt. Er postierte sich gern vor einem der großen Fenster, die auf die Straße hinausgingen – hochgekrempelte Hemdsärmel, eine Pfeife in der einen und einen Drink in der anderen Hand – und dozierte über Themen, mit denen er seine Zuhörer fesselte. Zu fortgeschrittener Stunde konnte es passieren, dass Angelica und Lorenzo ihre Oboe und Querflöte hervorholten und ein improvisiertes Konzert gaben. Die letzten Gäste gingen selten vor vier, fünf Uhr in der Früh.

*

Es klopft an der Tür. Einen kurzen Augenblick ist er verleitet, *herein* zu rufen. Der Schlüssel dreht sich im Schloss. Die Tür geht auf.

Diesmal sind es zwei Männer. Der jüngere ist zwischen dreißig und vierzig. Schwarze Uniform. Groß, kräftig, muskulös. Sein Blick ist auf einen Punkt hinter dem Professor gerichtet. Der andere Mann ist in den Fünfzigern. Er ist schmächtig und hat graue Haare. Schwarzer Mantel mit rotem Saumbesatz und roten Knöpfen. Um den Hals trägt er eine Kette mit edelsteinbesetztem Kreuz, auf dem Kopf einen roten Pileolus, eine runde Scheitelkappe. Ein Kardinal? Unwahrscheinlich.

Guten Tag, Professor Moretti, sagt der Mann. Seine Stimme ist sanft und warm.

Was soll das? Wer sind Sie? Ich verlange eine Erklärung!

Ich bedauere die Art und Weise, mit der wir uns erlaubt haben, Sie zu uns zu holen.

Bedauern? Ich wurde *entführt*! Von bewaffneten Rowdys hierhergebracht. In einen Helikopter gezwungen. Und Sie *bedauern* das?

Wir wären gerne sanfter vorgegangen. Aber die Zeit drängt. Wir sind von Ihrer Kompetenz abhängig.

Warum haben Sie es nicht einfach mit *fragen* probiert?

Sie sind ein vielbeschäftigter Mann. Wir wissen, wie Ihre Antwort ausgefallen wäre.

Was gibt Ihnen das Recht, sich auf diese absolut ungehörige Art und Weise zu *bedienen*? Wer zum Teufel sind Sie?

Ich würde es sehr schätzen, wenn der Herr Professor uns solche Profanitäten ersparen würde.

Wut flammt in Lorenzo auf. Mit erhobener Hand – um dem Kardinal mit dem Finger vor dem Gesicht herumzufuchteln – macht er einen Schritt nach vorn. Er bekommt nicht mit, dass der Jüngere sich bewegt, aber plötzlich ist er da, direkt vor ihm, und hält ihn in einem schmerzhaften Griff fest.

Schon gut, Draco, sagt der Kardinal.

Das Muskelpaket lässt Lorenzo los. Draco.

Lorenzo massiert sich den Arm. Schielt zu Draco, der stramm dasteht und auf seinen Punkt starrt, als hätte der Auftritt eben nie stattgefunden.

Sind Sie Kardinal?, fragt Lorenzo mit einer Kopfbewegung in Richtung des roten Pileolus.

Sehr aufmerksam, Professor Moretti.

Wer seid ihr?

Gottes demütige Diener.

Ha.

Ich verstehe ja, dass Sie aufgewühlt sind, Professor, das können Sie mir glauben. Und ich bitte demütigst um Verzeihung für das Unrecht, das wir zweifelsohne begangen haben.

Der Kardinal legt die Hände aneinander und verneigt sich. Professor Moretti, sagt er mit leiser, flüsternder Stimme, als wollte er sich für die Störung entschuldigen. Er scheint nach den passenden Worten zu suchen. Professor Moretti, Sie haben den Brief gefunden, den Nostradamus an Cosimo I. geschrieben hat.

*

Der Anruf kam an einem frühen Sonntagmorgen. Vor einem Monat ungefähr. Angelica schlief. Er selbst hatte wach gelegen und auf die Dämmerung gewartet. Er wollte nicht zu früh aufstehen. Das erinnerte ihn ans Älterwerden. Sein Großvater war immer früh aufgestanden, in die Küche geschlurft, hatte sich Kaffee gemacht und durch das Küchenfenster die erwachende Stadt beobachtet. So hatten sie ihn dann irgendwann auch gefunden – in der Küche, tot, den lauwarmen Kaffee vor sich auf dem Küchentisch.

Im ersten Augenblick hatte er das Klingeln des Handys für den Wecker gehalten. Angelica schnaufte und drehte sich um. Er nahm das Telefon und meldete sich: *Moretti.* Leise. Flüsternd. Theo hier, sagte eine Stimme. Es dauerte einige Sekunden, ehe er den französischen Akzent mit dem Namen zusammenbrachte. Theophilus de Garencières wohnte in Salon-de-Provence in Frankreich. Er hatte den Kontakt zu dem schnurrigen Nostradamusforscher seit einem Forschungsaufenthalt in der Stadt gepflegt. Sie waren sich in fast allen Punkten uneinig, was Nostradamus betraf, trotzdem hegte er Sympathien für den sturen und rechthaberischen Franzosen, der jede seiner absurden Behauptungen über Nostradamus mit einem Lächeln und einem Funkeln in den Augen, das durchaus als selbstironisch gedeutet werden konnte, begleitete. Am Telefon hatte Theo ihm erzählt, dass die Uffizien-Konservatorin Regina Ferrari auf einen mit Chiffren und Anagrammen gespickten Brief von Nostradamus an Großherzog Cosimo gestoßen sei. Der Brief hätte einfach so zwischen anderen Dokumenten der Gonzaga-Sammlung gelegen und musste wohl versehentlich dort gelandet sein. Eine nicht unwesentliche akademische Sensation, musste Lorenzo eingestehen. Aber wieso rief Regina Ferrari ihn nicht selber an? Immerhin waren sie alte Kollegen.

Sie traut sich nicht, sagte Theo, nicht so früh am Sonntagmorgen. Ich soll dir ausrichten, dass sie dich in den Uffizien erwartet. Jetzt.

Schnell hatte er sich etwas übergezogen und war aufgebrochen, ohne sich zu rasieren. Regina Ferrari wartete vor einem der Seiteneingänge, als er seinen Alfa Romeo verkehrswidrig halb auf dem Bürgersteig parkte. Sie begrüßten sich. Sprachen leise miteinander. Sie sah aus wie zwanzig. Das dachte er jedes Mal, wenn er sie traf. Zierlich und dunkel. Braune, ernste Augen. Nicht unähnlich der Angelica von vor fünfzehn Jahren.

Der Brief lag in einer Kunststoffhülle in ihrem Büro. Ehe sie ihm die Hülle reichte, hielt sie einen kurzen Vortrag über die Gonzaga-Sammlung. Aus ihrem Mund klang das Ganze sehr viel nüchterner als bei Theo, auch wenn Lorenzo hinter ihrer Zurückhaltung einen unterdrückten Eifer erahnte. Dann gab sie ihm die Kunststoffhülle mit dem Brief. Hinter seiner professoralen und reservierten Fassade spürte er eine kindliche, erwartungsvolle Vorfreude. Ein Brief von Nostradamus an Cosimo de'Medici!

Ein bemerkenswerter Brief. Stellenweise war die Handschrift kaum zu entziffern. Aber die Chiffren waren klar und deutlich notiert. Er summte zufrieden. Nicht zu glauben! Codes und Anagramme. Astrologische und prophetische Weissagungen. Lobreden auf Cosimo I. und die französische Königin Katharina, die beide Nachfahren des Medici-Stammvaters Giovanni di Bicci de'Medici waren. Ungeduldig überflog er den Brief. Versuchte, die Krähenfüße zu entziffern, den Brief in einen historischen Kontext zu stellen. Wieso Chiffren? Möglicherweise wegen Katharina de'Medicis Position am französischen Hof? Die Tochter von Lorenzo II. de'Medici und Gräfin Madeleine de la Tour d'Auvergne hatte den Prinzen geheiratet, der später König Heinrich II. von Frankreich geworden war. Der Text war ein Sammelsurium aus Glückwünschen, Vorhersagen und Chiffren. Wie üblich warf Nostradamus großzügig mit Komplimenten um sich und versprach ein langes, glückliches Leben voller Reichtum, Liebe und Erfolg.

*

Der Kardinal hüstelt ungeduldig.

Wenn es um den Brief von Nostradamus an Cosimo geht, bin ich nicht der Richtige, sagt Lorenzo.

Jetzt stellen Sie Ihre Autorität auf diesem Gebiet aber gehörig unter den Scheffel, Professor. Wir suchen schon lange nach diesem Brief. Sehr lange. Seit fünfhundert Jahren.

Stille.

Lorenzo schaut vom Kardinal zu Draco.

Fünfhundert Jahre?, wiederholt Lorenzo mit einem ungläubigen Lachen.

Irgendwo in der Burg, gedämpft von dicken Steinwänden, läutet eine Kirchenglocke. Er glaubt, Mönchsgesang zu hören, aber so leise, dass er sich nicht sicher ist, ob er sich das nur einbildet.

Wer seid ihr?, fragt er erneut.

Gottes Diener. Durch die Jahrhunderte haben wir viele verschiedene Namen gehabt. Heute nennen wir uns stolz Vicarius Filii Dei. Stellvertreter des Sohnes Gottes. Jeder Einzelne von uns hat sein Leben dem heiligen Dienst geweiht.

Lorenzo streicht mit den Fingerspitzen über seine linke Wange. Er müsste sich rasieren.

Das ist nicht möglich, sagt er. Vicarius Filii Dei gibt es nicht.

Euch das glauben zu machen war achthundert Jahre lang unser Ansinnen.

Wie die meisten anderen hatte er geglaubt, Vicarius Filii Dei sei nur ein Hirngespinst von Verschwörungstheoretikern. Laut Mythos residierte Vicarius Filii Dei in einer Kombination aus Festung und Kloster und wurde von einem Kardinal *in pectore* geleitet. Formal war der Orden der Inquisition unterstellt, aber seine bloße Existenz, ganz zu schweigen von seinen mysteriösen Aufgaben, war stets als Spekulation abgetan worden. Man hatte köstlich darüber gelacht.

Wie ist das möglich?, fragt Lorenzo. Wie konnte der Orden achthundert Jahre lang im Geheimen existieren?

Der Lachanfall des Kardinals kommt überraschend. Draco verzieht keine Miene.

Nun, sagt der Kardinal, nachdem er sich wieder beruhigt hat, erklärt sich das nicht von selbst? Wir haben die haarsträubendsten Gerüchte über unsere Existenz in Umlauf gebracht. Indem wir das Unwahrscheinliche untermauert haben, ist es uns gelungen, uns selbst zu einer Illusion zu machen, einer Fiktion, an die nur die Fanatischsten glauben. Und diejenigen, die uns hätten entlarven können, haben sich am Ende fürs Schweigen entschieden. Professor, wir haben einen Auftrag für Sie.

Der Kardinal zieht eine Kopie des Briefes von Nostradamus an Cosimo aus einer Ledermappe.

Sie sollen die Chiffren für uns entschlüsseln, sagt er.

Mein lieber Kardinal, Sie werden verstehen … Zum einen ist die Dechiffrierung jahrhundertealter Codes sehr zeitaufwändig und oft unmöglich. Zum anderen habe ich nicht die Absicht, mit Ihnen zusammenzuarbeiten.

Professor, Professor …, sagt der Kardinal mit einem Seufzen.

Was glauben Sie, wieso wir Sie gewaltsam hierhergebracht haben?, fragt Draco. Es ist das erste Mal, dass er sich zu Wort meldet. Seine Stimme ist tief und rau. Wir wissen um Ihre Verdienste, Ihre Integrität, Ihre akademische Unabhängigkeit. Und natürlich war uns klar, dass Sie sich weigern würden, mit uns zu kooperieren. Aber wir brauchen Sie. Sie sind ein Werkzeug Unseres Herrn, Professor. Wie wir alle. In Demut und Andacht.

Lorenzo verdreht die Augen und verschränkt die Arme vor der Brust. Die Worte erstaunen ihn. Nicht nur der religiöse Wahn dahinter, sondern ebenso sehr Dracos gepflegte Ausdrucksweise. Er sieht aus wie ein Schläger, redet aber wie ein Priester.

Sicher wäre es möglich, andere … *Codeknacker* zu finden, sagt der Kardinal und betont das Wort verächtlich. Aber Ihre Kompetenz und Ihr historisches Wissen sind unumstritten. Es geht hier um mehr als Worte, mehr als Geheimzeichen, mehr als isolierte Codes. Es geht um das grundsätzliche Verständnis der Gedankenwelt des Renaissancemenschen, der Medici, Menschen wie Nostradamus und Cosimo I. Und darum brauchen wir Sie und keinen anderen.

Wieso ist es so wichtig für Sie, die Chiffren zu knacken?

Wir suchen nach Gott.

Nach Gott? In einem Brief von Nostradamus an einen der Medici?

In Ihrem Vortrag haben Sie auf Nostradamus' Testament verwiesen. Dabei scheinen Sie gar nicht zu wissen, was das eigentlich ist …

Wenn es das überhaupt geben sollte, ist es eine Sammlung versteckter Hinweise auf … Was weiß ich. Man kann viel über Nostradamus sagen, aber besonders gottesfürchtig war er nicht. Er war viel mehr an Medizin, Astrologie und Magie interessiert als am Herrgott.

Nostradamus interessiert uns nicht als Person. Aber er wusste etwas über die Bundeslade.

Lorenzo kann sich ein leises Lachen nicht verkneifen.

Der Kardinal legt die Stirn in Falten.

Nostradamus wusste, wo die Bundeslade versteckt wurde. Jahves Schrein mit den Gesetzestafeln! In der Bundeslade verbirgt sich Gott.

Ich bitte Sie, den Gesetzesschrein gibt es nicht, das ist ein bibelmythologisches Symbol. Hätte die Bundeslade je existiert, wäre die Weltgeschichte …

Der Kardinal hebt die Hand. Was immer Sie glauben, mein Freund, ist von geringer Bedeutung. Ihr Auftrag ist es, uns zu helfen, die Lade zu finden.

Halten Sie mich für einen Zauberer?

Aus der Antwort des Kardinals sprach tiefster Ernst: Nein. Das wüssten wir.

Sie sind doch nicht ganz bei Trost …

Um die Bundeslade zu finden, müssen wir zuerst einmal Nostradamus' Testament aufspüren. Dafür haben wir Sie geholt. Das ist Ihr Auftrag.

Bedaure. Kein Interesse.

In unserem Besitz befindet sich eine heilige Schrift – so heilig, dass sie nicht einmal in der Bibel erwähnt wird, weil die Weisheit darin nur für wenige Auserwählte bestimmt ist. Diese Schrift prophezeit vier Reiter, die das Armageddon, den Weltuntergang, verkünden sowie Jesu Rückkehr, um die Lebenden und die Toten zu richten.

Die Offenbarung des Johannes?

Nein. Nicht die Apokalypse. Ein anderer Text. Draco?

Er ist voller Vorzeichen, sagt Draco. Pest! Krieg! Hungersnöte! Tod! Wir Menschen waren blind, dass wir diese Zeichen nicht erkannt haben. Alle Zeichen der Endzeit sind da.

Draco weiß alles über den Tag des Jüngsten Gerichts, sagt der Kardinal wie ein stolzer Vater.

Und Sie wollen jetzt die Bundeslade finden, weil Sie glauben, das Ende der Welt stünde bevor? Dass Sie das Jüngste Gericht heraufbeschwören können, wenn Sie die Bundeslade finden und Ihre Befehle direkt von Gott entgegennehmen? Das hört sich so wahnwitzig an, dass ... Er schüttelt den Kopf, vollendet den Satz nicht.

Sie haben fünf Tage, sagt Draco.

Fünf Tage?

Fünf Tage, wiederholt der Kardinal.

Hören Sie! Alan Turing und sein Team in Bletchley Park haben *Jahre* gebraucht, um den Enigma-Code zu knacken. Und ich soll in fünf Tagen alleine einen fünfhundert Jahre alten Code entziffern? Alte Chiffren lassen sich nicht mal eben so auflösen. Das ist eine enorme Arbeit, die Wochen, ja, Monate in Anspruch nehmen kann. Selbst wenn ich wollte, würde ich es in so kurzer Zeit nicht schaffen. Nicht in fünf Tagen. Aber die Zeitfrage ist unwesentlich. Weil ich nicht will. Kommt nicht in Frage.

Professor, bei allem Respekt. Enigma war ein extrem komplizierter Code. Nostradamus verfügte weder über das technische Werkzeug noch über das Wissen, um eine komplexe Chiffrierung von diesem Schwierigkeitsgrad zu entwickeln. Wir wissen beide, dass Sie durchaus imstande sind, alte, primitive Codes zu dechiffrieren.

Und trotzdem braucht das Zeit. Viel Zeit. Aber das ist unwesentlich. Ich will nicht.

Der *Wille*, sagt der Kardinal, ist niemals unbeugsam. Wir haben damit gerechnet, dass Sie nicht kooperieren wollen. Aber natürlich werden Sie Ihre Meinung ändern.

Das habe ich nicht vor.

Dieser Stolz…

Vergessen Sie es.

Mein lieber Professor Moretti, ich bin nicht Ihr Feind, ich…

Nein, sage ich!

Professor, sagt Draco mit sarkastischem Unterton. Wie weit würden Sie gehen für Ihren Stolz, Ihre Integrität, Ihre Unabhängigkeit, Ihr querköpfiges Verhalten?

Dieser Ton… In Lorenzo spannt sich etwas an.

Draco verlässt den Raum. Lorenzo und der Kardinal warten schweigend. Sie sehen sich an.

Die Tür geht auf. Draco kommt zurück. Er schiebt einen kleinen Jungen vor sich her in die Zelle.

Silvio.

II

Florenz
Montagvormittag – Nachmittag

Die auf den Tod harren,
und er kommt nicht, die nach ihm graben,
mehr als nach Schätzen

Hiob

Der Tod überfalle sie!
Mögen sie lebendig
zur Unterwelt fahren!

Psalmen

KAPITEL 4

Das Gebet

FLORENZ,
MONTAGVORMITTAG

I

Mein Fach ist die Archäologie. Die Lehre vom Alten. Von
allem, was Wert hat. Und von allem, was uns das Gestern lehren
kann. Wenn wir in der Bruthitze sitzen und uns durch die Kul-
turschichten graben – ein gelehrtes Wort für Erde, Lehm, Steine
und Pferdemist –, suchen wir nicht in erster Linie nach Pfeilspitzen, Broschen, Knochenkämmen und alten Münzen. Wir suchen nach unserer eigenen Geschichte. Danach, wer wir waren.
Wer wir sind.

Was ist Zeit? Mir wird ganz schwindelig, wenn ich darüber
nachdenke. Zeit ist eine Hummel, die durch die Geschichte
fliegt. Eine Fliege, die gegen das Küchenfenster stößt. Ein Kind,
das geboren wird, oder ein Alter, der stirbt. Die Archäologie ist
der eitle Versuch, den Lauf der Zeit anzuhalten. In Vergangenes
hineinzuschauen. Archäologie und Psychologie hängen auf bemerkenswerte Weise zusammen. Der Psychologe gräbt im Hirn,
denn auch der Geist des Menschen ist voller Pfeilspitzen, Broschen, Knochenkämme und Münzen. Verborgene Schätze und
Alltagsgegenstände. Halb vergessene Erinnerungen. Und das
eine oder andere, von dem man sich gewünscht hätte, es wäre nie
wieder an die Oberfläche gekommen.

Wir haben alle unsere kleinen schmutzigen Geheimnisse, von
denen wir nicht wollen, dass jemand sie ans Licht zerrt und ruft:
»Seht her, was ich gefunden habe!«

II

Nicht meine Sache. Wirklich nicht. Nein.

Die Bundeslade? Die Steintafeln mit den Zehn Geboten? Das *Buch der Weisen*? Das Amulett von Delphi? Die Bibliothek des Teufels? Ha, ha. Nein, vielen Dank! Das ist nichts für mich. Danke der Nachfrage. Über die Jahre bin ich schon in zu viele Unannehmlichkeiten hineingeraten. Irgendwann reicht es. Spätestens dann, wenn uniformierte Männer mit Maschinenpistolen in einem Helikopter eingeflogen werden. Wenn professionelle Kidnapper eine militärische Kommandoaktion ausführen, um einen Professor mit Fachgebiet »Mittelalterliche Manuskripte« zu entführen.

Dann bin ich der Letzte, der den Helden spielen muss.

Wie gesagt, das ist nicht mein Ding.

Unten im Rezeptionsbereich war die Polizei noch immer mit ihren Verhören beschäftigt. Autoritär auftretende Männer in stramm sitzenden Uniformen. Misstrauische, verständnislose Blicke. *Ein Professor? Entführt?* Die Verwirrung stand ihnen ins Gesicht geschrieben. *Manuskripte?* Bestimmt hätten sie sich gewünscht, es wäre ein Kongress für Drogenbarone aus Kolumbien gewesen. Damit hätten sie besser umgehen können. Aber *Chiffren?*

Ich hatte meine Aussage schon gemacht, sie hatte aber auch nicht mehr Licht ins Dunkel gebracht als die meiner Kollegen. Danach war ich schnell wieder nach oben in mein Zimmer verschwunden. Durch den Spalt der Gardine sah ich auf den Parkplatz. Hinter einer vorläufigen Absperrung hatten Journalisten eine Art Pressezentrum eingerichtet. Frisch geschminkte Reporterinnen redeten voller Eifer in einen Wald aus Kameras und Mikrofonen. Kabel wanden sich zu riesigen Ü-Wagen, auf deren Dächern Satellitenschüsseln prangten.

Mutlos ließ ich mich auf das Hotelbett sinken. Was war nur mit mir los? Lag es in meinen Genen, dass ich immer wieder in solchen Situationen landete? Das war ungeheuer anstrengend. Ich war kein Held. Nicht mal im Traum. Ich will nach Hause, wenn es um mich herum zu stürmen beginnt. Will in meine Wohnung und alle Türen abschließen. Will die Wirklichkeit aussperren und Vivaldi hören. Mehr nicht. Deshalb hatte ich mich von all dem Lärm und Aufruhr in mein Zimmer zurückgezogen, mein Sanktuarium. Dieses Mal wollte ich nicht in die Sache hineingezogen werden.

Da klopfte es an der Tür.

Ich hätte es wissen müssen.

Ein paar Sekunden tat ich so, als wäre ich nicht da. Saß mucksmäuschenstill auf meinem Bett und hielt die Luft an.

Aber es klopfte weiter. Unnachgiebig.

III

Manchmal weiß man einfach, dass man die Tür nicht öffnen sollte, wenn es klopft. Dass es kein gutes Ende nehmen wird, nicht gut enden kann.

Trotzdem hat man keine Wahl.

Ich stand vom Bett auf. Hielt die Luft an. Und öffnete die Tür.

Angelica Moretti.

Wer sonst?

Blass, verängstigt, wunderschön.

»Bjørn«, sagte sie. Es klang wie *Bjorn*. Wie mit einem Bonbon im Mund.

Und dann begann sie zu weinen.

Was sollte ich tun? Sie wegschicken? Natürlich nicht. Ich ließ sie herein. Sie blieb in der Mitte des Zimmers stehen, ich schob ihr einen Stuhl hin und setzte mich selbst auf die Bettkante.

»Entschuldigung«, murmelte sie.

Wofür?, dachte ich.

»Ich habe die Beherrschung verloren«, fuhr sie fort. »Draußen beim Helikopter. Ich weiß, dass Sie es gut meinten, als Sie mich zurückgehalten haben. Ich war nicht ich selbst.«

»Wollen Sie etwas trinken? Ein Glas Wasser?«

Sie nickte. Ich ging ins Bad und ließ das Wasser etwas laufen, ehe ich die Plastikverpackung von einem der Zahnputzgläser entfernte und es füllte. Sie leerte das Glas in wenigen Zügen. Ohne zu fragen, ob es in Ordnung sei, zündete sie sich mit zitternden Fingern eine Zigarette an.

»Sie haben Silvio entführt«, sagte sie.

»Silvio?«

»Unseren Sohn. Mein Gott! Er ist erst sieben!« Die letzten Wörter schrie sie förmlich. »Unsere Haushälterin Beatrice hat ihn wie immer zur Schule gebracht. Da haben sie ihn abgefangen. Direkt vor der Schule. Mein Gott, vor der Schule! Einen siebenjährigen Jungen! Was sind das nur für Unmenschen?«

»Was sagt die Polizei dazu?«

»Was sollen sie sagen? Sie ermitteln mit allen zur Verfügung stehenden Kräften. Wären Sie bereit, mir zu helfen, Bjørn?« Sie beugte sich vor und ergriff meine Hand. Starrte mich mit diesen… mit ihren Augen an. »Sie müssen mir helfen! Bitte, Bjørn.« Die ganze Zeit über klang mein Name nach *Bjorn*.

Ich bin Archäologe. Mein Fachgebiet ist das Nachdenken und Abwägen. Ich bin jemand, der Wochen unter der brennenden Sonne und danach Monate in einem kalten Museumsarchiv verbringen kann. Ich bin ein Systematiker, ein Analytiker. Ich bin nicht dazu geschaffen, mich mit gewalttätigen Entführern herumzuschlagen. Ich bekomme schnell Angst, und ich verabscheue Gewalt und Schmerzen. Ihr helfen? Die Antwort musste ein laut schallendes Nein sein. Aber der flehende Blick, die warme Hand und ihr nach Menthol riechender Atem machten mich schwach. So ist das immer. Ich bin hartnäckig, aber nicht willensstark. Stellt man mich vor eine bittende Frau, bin ich hilflos.

»Natürlich helfe ich Ihnen!«, sagte ich. Ich, ein Ritter in strahlender Rüstung.

IV

Nicht meine Sache. Wie gesagt. Nein.

Aber ich war längst verloren. Was für ein Idiot ich doch war. Ein Idiot! *Natürlich helfe ich Ihnen!*

Ich gebe es unumwunden zu: Natürlich hatte ich mich in Angelica Moretti verliebt.

Ob sie das wusste?

Selbstverständlich.

Frauen merken so etwas immer. Sie sind mit einem Gefühlsbarometer ausgestattet, das intuitiv einen verliebten Mann erkennt, wie sehr er sich auch hinter einer Mauer aus Lachen, aufgesetzter Gleichgültigkeit, Ironie oder lautem Rülpsen versteckt.

Ich selbst bin recht mittelmäßig darin, meine Gefühle zu verbergen. Gleichzeitig ging ich davon aus, dass Angelica Moretti es gewohnt war, Männer zu verhexen. Eine Frau, für die unsere Bewunderung eine Selbstverständlichkeit war, die sie mit etwas hochmütiger Nachsicht entgegennahm. *Ja, ja, ja, da wären wir also wieder.* Vielleicht blickte sie ja gnädig darauf, dass ich sie anbetete wie ein Welpe sein Herrchen. Sie war mit ganzer Seele Frau, doch leider auch die Frau eines anderen Mannes. Was mich nicht daran hinderte, mich in sie zu verlieben. Zu meinen vielen Schwächen gehört es, mich immer wieder in das Unerreichbare zu verlieben: Die viel zu schönen Frauen. Die viel zu klugen. Die, die einen anderen lieben.

Was an Angelica Moretti ließ mein Herz schneller schlagen? Die simple Antwort könnte lauten: das Offensichtliche. Ihre Schönheit, ihre Figur, ihr verspielter Blick, ihr Lachen. Aber das waren nur banale Klischees. Es muss noch etwas anderes gewesen sein. Etwas tiefer Liegendes. Ich erkannte etwas in ihr, das ich nicht in Worte fassen kann. Eine Verletzlichkeit hinter ihrer mondänen Eleganz und Weltgewandtheit. Etwas Unausgesprochenes. Als gäbe es unter der äußeren, sichtbaren Hülle Angelica Morettis eine andere Version von ihr. Eine Frau, die sie in Schach zu halten versuchte. Vermutlich projizierte ich meine eigenen inneren Widersprüche und Schwächen in sie hinein. Es passiert mir immer leicht, dass ich mich in anderen spiegele.

»Warum sehen Sie mich so seltsam an?«, fragte sie.

»Ich muss Sie etwas fragen.« Das sagte ich nur, um Zeit zu schinden, in der ich fieberhaft nach einer Frage suchte. Dann fiel mir etwas ein. »Als sie kamen, um Sie zu holen. Die Entführer, im Auditorium. Was ist da passiert?«

Sie zögerte einen Augenblick. »Sie waren doch dabei...?«

»Deshalb frage ich ja. Wie haben Sie das geschafft...?«

»Taekwondo.«

»Der Kampfsport?«

»Taekwondo ist eigentlich eher ein Gemütszustand. Kein Kampfsport. Eine Lebensanschauung. Aber natürlich geht es dabei auch um Selbstverteidigung.«

»Eine ziemlich effektive Lebensanschauung für solche Anlässe.«

»Ich habe den schwarzen Gürtel, und in meiner Freizeit arbeite ich auch als Trainerin.« Sie sah sich um und nahm das Wasserglas vom Nachttischchen. »Ist es okay, wenn ich das als Aschenbecher benutze?«

Ich stand auf und ging ans Fenster, betrachtete die Journalisten und Polizisten auf dem Parkplatz. Dann setzte ich mich wieder aufs Bett. Eine Sprungfeder der Matratze gab ein erwartungsvolles Knirschen von sich.

»Ich verstehe nicht, worum es überhaupt geht«, sagte ich.

Angelica sah mich fragend an. Als wartete sie auf eine Fortsetzung oder noch besser: ein Fazit. Das ich aber nicht hatte. Schließlich zuckte sie mit den Schultern. »Letzten Endes geht es vermutlich um Geld.«

»Na ja. Private Sammler werden kaum Hunderttausende für eine spektakuläre Entführung aus einem Kulturzentrum investieren.«

»Und für ein antiquarisches Kleinod ungeahnten Wertes?«, fuhr sie fort.

»Das Amulett von Delphi?«

»Das Amulett, das Testament des Nostradamus, die Bibliothek des Teufels. Vielleicht ist das noch gar nicht alles.«

»Die Bundeslade«, sagte ich und erzählte Angelica von dem alten Dorfpfarrer, der meinte, es ginge bei dem Ganzen einzig und allein um die Bundeslade und die Gesetzestafeln.

»Ich habe das Gefühl, der Brief von Nostradamus an Großherzog Cosimo ist eine Art verschlüsselte Schatzkarte«, sagte ich.

»Lorenzo war genau dieser Meinung.«

»Kein seriöser Forscher glaubt daran, dass es das Amulett von Delphi tatsächlich gibt. Oder das Testament des Nostradamus, die Bibliothek des Teufels, die Bundeslade. Und von Cäsars Schatz hat bis jetzt kaum jemand gehört. Das sind alles nur Legenden und Mythen, die einer Wahrheit entsprungen sind, die mit der Zeit total verdreht worden ist.«

Obwohl? Als ich so darüber nachdachte, warum sollte das Orakel von Delphi nicht ein Amulett auf der Stirn getragen haben? Ich stellte mir die Priesterin Pythia auf ihrem dreibeinigen Taburett vor. Die meisten denken beim Orakel von Delphi an *eine* Wahrsagerin. Aber das Orakel war keine einzelne Frau, es war eine Institution. Mehr als tausend Jahre lang verbreitete das Orakel von Delphi seine Visionen. Wenn dieses Amulett von Pythia zu Pythia vererbt worden war und tatsächlich existiert hatte, war sein Wert kaum zu beziffern.

»Warum sollte ausgerechnet Nostradamus eine Verbindung zu diesem Amulett haben?«, fragte ich.

»Warum nicht? Nostradamus hat sich ja selbst als Orakel gesehen – als Wahrsager. Er könnte doch irgendwie über das geheime Versteck des Amuletts gestolpert sein. Laut seinem Biografen Jean-Aimé de Chavigny enthält sein Testament nicht nur Prophezeiungen und religiöse Offenbarungen, sondern auch Beschreibungen, wo die diversen legendären Schätze versteckt sind.«

»Ist es denkbar, dass Nostradamus noch andere okkulte Rätsel und Mythen hinzugefügt hat, um die eigentliche Funktion des Textes zu überdecken – nämlich den Weg zu einem sehr konkreten Schatz? Indem er das Amulett im gleichen Atemzug nennt wie die Bundeslade und Cäsars Schatz, erreicht er genau, was er will: Niemand glaubt an den Wahrheitsgehalt. Vielleicht sind all die fantastischen Geschichten nur dazu da, die eigentliche Funktion des Textes zu verbergen.«

»Lorenzo ist noch nicht dazu gekommen, den Brief zu deuten. Seine Theorie war aber, dass die Chiffren möglicherweise einen Weg zu dem Amulett weisen könnten.«

»Und deshalb wurde er entführt?«

»Ich glaube schon. Aber was weiß ich? Eine andere Erklärung habe ich nicht. Sie müssen auf der Jagd nach dem Amulett sein.«

»Wenn es nicht um etwas ganz anderes geht.«

»Etwas ganz anderes …«, wiederholte sie nachdenklich. Und konzentrierte sich dann wieder. »Was auch immer sie suchen – wir müssen es vor ihnen finden! Das Leben von Lorenzo und Silvio hängt davon ab.«

»Als Erstes müssten wir die Codes entschlüsseln. Und danach den Schatz finden. Vor ihnen.«

Ich hörte selbst, wie verrückt das klang.

»Sie haben sowohl die Kopie des Briefes als auch Lorenzos Laptop«, sagte Angelica.

»Habt ihr keine weiteren Kopien von dem Brief gemacht?«

»Wir dachten doch niemals, dass so etwas geschehen könnte. Außerdem gibt es ja das Original.«

»Wo?«

»Das hat Regina Ferrari, die Konservatorin der Uffizien.«

»Sie hat den Originalbrief?«

»Ja.«

»Dann lassen Sie uns fahren. Wir müssen uns eine Kopie besorgen. Und sie warnen.«

V

Das Gedächtnis ist ein launischer Freund. In diesem Augenblick erinnerte ich mich plötzlich an eine etwas merkwürdige E-Mail-Korrespondenz, die ich einige Jahre zuvor gehabt hatte. Ich hatte eine ägyptische Mumie und einige Originaltexte entdeckt, unter denen sich auch ein 6. Buch Mose befand. Mitten in all dem Aufruhr bekam ich eine E-Mail von einem Italiener, einem privaten Sammler. Er war ein Experte für die Bundeslade, alte Manuskripte, Originale und Abschriften von biblischen Texten, die auf dem Schwarzmarkt kursierten, Papyruskodizes und Pergamente, Inkunabeln aus der Frühzeit der Buchdruckerkunst und Renaissanceschriften. Sein Name war Tomasso Vasari. Im Laufe der zwei Monate, in denen wir uns über meinen Fund austauschten, erwähnte er auch sein Interesse für Nostradamus, seine Prophezeiungen und verschlüsselten Schriften. Irgendwann hatte ich nicht mehr auf seine E-Mails geantwortet. Konnte er uns jetzt von Nutzen sein? Angelica half mir, ihn im Internet zu suchen. Aber es gab ihn nicht. Auf jeden Fall nicht elektronisch. Keine Telefonnummer, keine Adresse. Von meinem iPad schickte ich ihm eine E-Mail, in der ich mich für mein Schweigen entschuldigte und ihm erklärte, dass ich in Italien sei und mich an der Suche nach Professor Lorenzo Moretti und seinem Sohn Silvio beteiligen wolle. Zudem deutete ich an, dass ich auf der Spur der Bundeslade sei – eine gewaltige Übertreibung, aber für jemanden wie Vasari ein erfolgversprechender Köder –, und bat ihn, so schnell wie möglich Kontakt zu mir aufzunehmen.

Unterdessen gelang es Angelica, Regina Ferrari aufzuspüren. Ihr Vorgesetzter hatte sie nach Bologna beordert, wo eine Gruppe britischer Forscher das verschollene Originalmanuskript von William Shakespeares Schauspiel *Cardenio* gefunden hatte. Regina erzählte, dass sie im Radio von der Entführung erfahren habe und nun auf der Autobahn zwischen Bologna und Florenz sei. Angelica verabredete sich mit ihr für eine Dreiviertelstunde später vor den Uffizien. Wir mussten uns den Originalbrief sichern, bevor uns jemand zuvorkam.

KAPITEL 5

Die Falle

FLORENZ,
MONTAGNACHMITTAG

I

Auf der Ebene vor der Burg, wo Handwerker, Zigeuner, Gaukler und herumreisende Barbiere im Mittelalter und später ihre lärmenden Lager aufgeschlagen hatten, lag der Parkplatz. Mitten darauf, zwischen potenten Alfa Romeos und brünstigen BMWs, hatte ich mein Auto abgestellt. Meine Bolla. So habe ich sie getauft. Ich habe sie rosa gestrichen, mit schwarzen Punkten. Ich höre schon das Lachen, aber ich mag meine Bolla. Für mich ist das ein Statement. Ein stiller, sichtbarer Protest gegen den Snobismus auf vier Rädern. Wohl deshalb habe ich sie gern. Mag sein, dass es komisch klingt, ein Auto gernzuhaben, aber so ist es. Wir sind auf einer Wellenlänge. Wir fallen in der Menge auf. Bolla ebenso wie ich. Ich war den ganzen Weg von Norwegen nach Italien gefahren. Das Institut hätte mir natürlich den Flug bezahlt, aber ich fahre gerne Auto. Es ist gut für die Nerven. Auch wenn es nicht so schnell geht. Mit Bolla ist man nie schnell unterwegs. Schließlich ist sie eine Ente, ein Citroën 2CV.

Angelica sah mich fragend an, als ihr klar wurde, welches Auto mir gehörte.

»*Coccinella?*«, fragte sie.

Ich wusste, was das bedeutete: Marienkäfer.

II

Vom Castello Catullus fuhren wir durch verschlafene Dörfer, die man offenbar irgendwo im Mittelalter vergessen hatte, und weiter über rollende Hügel, durch Olivenhaine und verstaubte Weinberge, bis wir die erste der Autobahnen erreichten, die uns nach Florenz führten. Angelica saß die ganze Zeit neben mir und redete über ihren Sohn.

Ich parkte Bolla im Parkhaus an der Ponte Vecchio. Dann gingen wir über die Brücke, bahnten uns einen Weg durch das Gewimmel der Touristen und gelangten schließlich zu den Uffizien. Regina Ferrari drückte ihre Zigarette aus, als sie uns sah. Sie nahm Angelica tröstend in die Arme und sagte etwas, das ich nicht verstand. Angelica drückte sie noch einmal. Dann wandte Regina Ferrari sich mir zu und gab mir die Hand.

»Ich hoffe, der Brief ist an einem sicheren Ort«, sagte Angelica, als wir durch die Bibliothek zu Regina Ferraris Büro eilten. Unsere Schritte hallten an den Wänden wider.

»Ich habe ihn in einer Schublade meines Schreibtischs eingeschlossen«, antwortete sie.

»Der ist nicht im Tresorraum?«, fragte Angelica so scharf, dass Regina Ferrari abrupt stehen blieb.

»Frau Moretti«, erwiderte die Konservatorin leicht gereizt, »auch wenn der Brief eine Kostbarkeit ist, konnte ich mir bis jetzt wirklich nicht vorstellen, dass er für jemand anderes als mich von Interesse sein könnte.«

»Entschuldigen Sie«, sagte Angelica. »Das sollte keine Kritik sein. Aber nach allem, was mit Lorenzo und Silvio geschehen ist…«

»Das verstehe ich natürlich«, sagte Regina Ferrari, schon wieder milder gestimmt. »Aber als ich Freitagnachmittag hier abgefahren bin, war ja noch nichts geschehen. Und der Brief… Nun, der Brief war zu diesem Zeitpunkt nicht mehr als eine antiquarische Kuriosität.«

Die Tür ihres Büros war unverschlossen. Sie schaltete das Licht ein, hängte ihren Mantel an einen Haken an der Wand und setzte sich an ihren massiven Schreibtisch. An einer Schnur an der Schreibtischlampe hingen die Schlüssel für die Schubladen.

Sie schloss die Schublade unter der Tischplatte auf und öffnete sie. Ein paar Sekunden saß sie still da und starrte hinein. Dann nahm sie wahllos ein paar Blätter heraus und wandte sich schließlich uns zu.

»Ich verstehe das nicht…«

Angelica: »Was?«

»Wie ist das möglich? Das kann doch nicht angehen. Der Brief ist weg!«

Ich wollte gerade anmerken, dass nicht viel kriminelle Energie nötig sei, sich in ein unverschlossenes Büro zu begeben und eine Schublade zu öffnen, deren Schlüssel an der Schreibtischlampe baumelte, doch in dem Moment wurden wir unterbrochen. Eine graue Büromaus klopfte an die geöffnete Tür. Mit der allen Büroangestellten eigenen Gleichgültigkeit allem gegenüber, was sie nichts angeht, übersah sie Angelica und mich und gab Regina ein Zeichen.

»Da sind Sie ja endlich! Bernardo Caccini war hier und hat nach Ihnen gefragt. Er hat mich gebeten, Sie zu grüßen. Und die Professoren sind da!«

»Welche Professoren?«

»Von der Päpstlichen Universität Gregoriana. Soll ich ihn mitnehmen?«

»Wen?«

»Sie sind wegen des Briefes von Nostradamus gekommen. Sind Sie heute nicht ganz auf dem Damm, Regina? Sie wirken so zerstreut. Die Professoren der Gregoriana sind hier!«

»Es sind Professoren aus Rom hier?«

»Ja, um den Nostradamusbrief abzufotografieren!«

»Es tut mir leid«, sagte eine Stimme hinter uns. »Wir haben die Vereinbarung direkt mit Ihrem Vorgesetzten getroffen. Hat er Sie nicht informiert?«

Zwei Männer in grauen Anzügen standen draußen auf dem Flur. Einen davon erkannte ich wieder. Es war der Mann, der am Abend zuvor mitten in Professor Morettis Vortrag den Saal verlassen hatte. Der andere war breitschultrig, groß und kurz geschoren.

Als sie Angelica Moretti und mich erblickten, erstarrten beide. Nur einen kurzen Augenblick, aber lange genug, um sie zu verraten. Sie wussten, wer wir waren. Und dann wussten sie vermutlich auch, warum wir hier waren. Aber genau wie ich ließen sie sich nichts anmerken.

Das war gar nicht gut.

»Mit meinem Vorgesetzten? Wen meinen Sie?«, fragte Regina Ferrari noch immer verwirrt. »Sie haben mit Carlo Conti gesprochen?«

Das ist eine Falle, hätte ich am liebsten gesagt, trauen Sie denen nicht. Aber ich konnte sie nicht warnen. Solange sie nicht wussten, dass sie entlarvt waren, waren wir im Vorteil.

»Wir kommen von der *Pontificia Università Gregoriana* in Rom. Ich bin Professor Mancini, und das ist mein Kollege Professor Colombo.« Beide verbeugten sich leicht. »Unser Dekan hat mit Ihrem Vorge… mit Herrn Conti vereinbart, dass wir Gelegenheit erhalten, den Brief abzufotografieren.« Er lächelte breit. »Sie haben da ja eine akademische Sensation gefunden, Frau Ferrari, zu der wir Ihnen nur gratulieren können.«

»Danke«, antwortete sie noch immer perplex. Sie musste auf eine wohlbehütete Kindheit und ein ebensolches Leben zurückblicken, da sie noch immer keine Gefahr witterte. »Ich würde Ihnen ja gerne helfen …«

»Das wissen wir zu schätzen.«

»… aber der Brief ist weg.«

»Wie meinen Sie das – weg? Wurde er woanders hinge-bracht?«

»Nein, er ist verschwunden. Jemand muss ihn gestohlen haben.«

Die zwei Männer tauschten Blicke.

»Jemand hat ihn gestohlen?«, wiederholte einer der beiden.

Der andere sah mich anklagend an.

»Der Brief lag in der Schublade da« – Regina drehte sich um und zeigte auf ihren Schreibtisch –, »als ich nach Bologna gefahren bin. Jetzt ist er nicht mehr da.« Sie wandte sich an die Sekretärin. »Könnten Sie die Polizei rufen?«

»Moment!«, sagte einer der beiden Männer und packte die kleine Frau an der Schulter.

»Regina?«, piepste sie.

»Was erlauben Sie sich?«, sagte Regina streng. »Was geht denn hier vor? Was soll das? Und wer sind Sie? Ich kenne mich an der Universität Gregoriana gut aus. Von welchem Institut kommen Sie?«

Ein winziges Zögern. Nun dämmerte es auch Regina. Das waren keine Abgesandten der Universität.

Angelica trat einen Schritt auf sie zu. Beide wichen zurück, als wüssten sie von ihrem schwarzen Gürtel in Taekwondo.

»Was wollen Sie hier?«, fragte Regina Ferrari mit ängstlicher Stimme.

»Wir wollen den Brief sehen!«

Die zwei Männer sahen von Regina Ferrari zu mir und dann zu Angelica.

»Wo ist der Brief?«, fragte einer der beiden Angelica.

»Ich weiß es nicht«, antwortete sie.

»Sie beide haben ihn doch«, sagte der andere und wandte sich an mich.

»Wir?«, fragte ich überrascht. Es sollte männlich, spontan und entrüstet klingen. Ein ebenso wütender wie gekränkter Ausbruch, der alle weiteren Beschuldigungen im Keim erstickte. Das

Brüllen eines Löwen, das die zwei Männer zurückweichen ließ. Aber nichts da. Es klang ziemlich jämmerlich. *Wir*? Dünn, nasal und etwas panisch.

»Wo sind Lorenzo und Silvio?«, fragte Angelica.

»Wo ist der Brief?«

»Haben Sie denn keinen Anstand? Einfach ein Kind zu entführen?«

»Geben Sie uns den Brief! Jetzt!«

»Wir sind auch gerade erst gekommen«, sagte ich. »Gemeinsam mit Frau Ferrari, um uns den Brief näher anzusehen. Genau wie Sie. Wir haben ihn nicht.«

»Ruhe!«

»Wenn Sie Silvio etwas antun…«, zischte Angelica. Ihre Stimme war kaum hörbar, aber trotzdem wirkte sie mit einem Mal bedrohlich. »Wenn Sie Silvio oder Lorenzo auch nur ein Haar krümmen, wenn Sie…«

»*Schweig, Frau!*«

III

Blitzschnell, als hätten sie lange vor dem Spiegel dafür geübt, zogen beide ihre Pistolen.

»Sie kommen jetzt mit uns«, sagte der eine in autoritärem Ton.

Automatisch hoben wir die Hände, aber sie befahlen uns, sie wieder herunterzunehmen. Wahrscheinlich, um keine Aufmerksamkeit zu erregen. Hastig durchsuchten sie Angelica und mich nach Waffen. Und nach dem Brief.

»Wo haben Sie ihn versteckt?«, fragte der eine.

»Wir haben den Brief nicht«, sagte ich.

»*Wo?*«

Als wir nicht antworteten, sagte der andere: »Wir kriegen die Antwort – und den Brief – auf andere Weise.«

Mit gezückten Waffen führten sie uns über den Flur und weiter in den öffentlichen Bereich der Uffizien. Niemand schrie, niemand reagierte, wenn uns überhaupt jemand bemerkte.

»Wir müssen irgendwie abhauen«, flüsterte ich Angelica zu.

»Sind Sie verrückt?«

»Das ist unsere einzige Chance!«

»Die erschießen uns!«

»Nicht hier, nicht unter all diesen Menschen.«

Als hätten sie gehört, worüber wir gesprochen hatten, befahlen sie uns stehen zu bleiben. Auf der anderen Seite des Saals kamen zwei bewaffnete Wachen zum Vorschein.

»Ruhig!«, sagte einer der Männer mit schmalen Lippen.

»*Ad maiorem Dei Gloriam!*«, sagte der andere. Leise. Sehr leise. Er konnte nicht ganz bei Trost sein. *Zur größeren Ehre Gottes.* Der Wahlspruch der Jesuiten.

Ich witterte die Gefahr. Ich sah sie in seinem Blick. Ein Aufblitzen, das ich aus der Nervenklinik kannte.

Ich nahm Angelicas Hand.

»Lauf!«

Auf jeden Fall versuchten wir es.

Einen Schritt ... zwei ...

IV

Sie schossen zuerst auf Angelica. Der Schuss war erstaunlich leise, ein trockener Knall. Wie von einer Spielzeugpistole. Oder von einem Knallbonbon. Schalldämpfer, dachte ich.

Angelica fiel um. Stöhnend, von Krämpfen geschüttelt.

Ich hätte niemals gedacht, dass sie es tun würden. Nicht hier.

Die zwei Wachen liefen nun auf uns zu. Ein Kind begann zu weinen.

Ich drehte mich um. Hob die Hände und sah, wie sich der Finger um den Abzug legte und abdrückte. Ich hörte die gedämpfte Explosion, als der Schuss sich löste. Die Zeit verging plötzlich wie in Slow Motion. Mit den Augen folgte ich dem Projektil von der Mündung bis zu dem Punkt auf meiner Brust, an dem es mich traf. Wie der Tritt eines Pferdes. Die Knie gaben unter mir nach. Ich fiel um.

Von der Einschussstelle breitete sich ein Gefühl der Lähmung in meinem ganzen Körper aus. Stechende Schmerzen. Ich konnte nicht atmen.

Bildfetzen. Die Männer, die ihre Waffen auf die Wachen gerichtet hatten. Sie mussten sich hinlegen und ihre Pistolen wegwerfen.

Ich hatte Krämpfe.

Ich zitterte. Vielleicht starb ich.

Fühlte es sich so an zu sterben?

So?

Ich habe keine Angst vor dem Tod. Ich glaube an keinen Himmel. Und auch nicht an die Hölle. Für mich ist der Tod ein ewiges Nichts – wie das, aus dem wir kommen, wenn wir geboren werden. Aber vor dem Sterben habe ich Angst. Vor der Klaue, die sich um das Herz legt. Der Panik, die einen erfasst, wenn man weiß, dass es vorbei ist. Wenn man die Kontrolle über den Wagen verliert und auf den Lastwagen zuschleudert. Wenn der Fuß wegrutscht und der Abgrund immer näher kommt. Vor den Tagen und Wochen in einem Krankenhausbett, umgeben von den Nächsten, wenn einem das Morphium in die Adern tropft und man ganz genau weiß, dass einen jeder Atemzug dem Tod näherbringt.

Ich will im Schlaf sterben. Ohne zu wissen, dass ich sterbe.

Stattdessen starb ich jetzt. Nach einem Schuss in die Brust. Die Muskeln zuckten in tödlichen Krämpfen. Mein Körper war gelähmt. Meine Beine. Arme. Alles. Sogar die Zunge. Ich wollte schreien, bekam aber nicht einmal ein Röcheln heraus.

Jetzt, dachte ich, jetzt sterbe ich.

Morettis Geschichte (II)

ZWISCHENSPIEL: BIBLIOTHEK
MÖNCHSKLOSTER MONTECASETTO
MONTAGNACHMITTAG

Die Klosterbibliothek liegt im Nordwestflügel und umfasst die gesamte erste Etage des ehemaligen Skriptoriums bis hinein in den massiven Rundturm. Durch die Fenster hoch oben in der Wand fällt das Licht in schrägen Säulen herein. Alte elektrische Lampen verströmen ein mattes Licht aus Nischen, in denen einst Fackeln und Talglichter flackerten. Die Mönche führen Lorenzo und Silvio zwischen den Regalen entlang, die sich bis unter die vier, fünf Meter hohe Decke strecken. Schmale Holzleitern lehnen daran. Zwischen zwei Regalen sieht Lorenzo dicke Spinnweben. Eingeklemmt zwischen zwei Büchern steht eine Marienfigur mit Jesuskind. Links von einem der hohen Bogenfenster hängt ein gewebter Wandteppich mit dem Wappen der Johanniter. Das Symbol der Tempelritter hängt nur wenige Meter entfernt. In der Mitte des Raumes steht ein sicher drei Meter hohes Kreuz mit gerissenen Balken. Gotische Rippengewölbe, Strebepfeiler und Strebebögen. Schwere Steine. Nacktes Gemäuer. Bücher, nichts als Bücher. Die Jahrhunderte haben einen hauchdünnen Staubschleier an den Stellen gebildet, wo Lappen und Staubwedel nicht hinkommen. Was für ein magischer Ort, denkt er. Die Buchrücken – Zehntausende an der Zahl – formen symmetrische Muster aus Leder und vergoldeten Lettern. Die Regale erstrecken sich in alle Richtungen. Im dunklen Schein erschöpfter Glühbirnen durchqueren sie schlummernde Säle. In Regalen und Nischen stehen Ikonen und Reliquienschreine. Vor seinem inneren Ohr hört er den Nachklang gregorianischer Gesänge. An einer Wand hängt ein Kreuz mit dem leidenden Christus. Staub schwebt über Reihen mit Büchern und Schachteln voller Handschriften auf Papyrus, Pergament, Papier. War ich schon mal hier?, denkt er. Oder habe ich etwas darüber gelesen? Er denkt an Ecos Bibliothek in *Der Name der Rose*, Zafóns Friedhof der vergessenen Bücher, an die sich biegenden Buchregale der Großeltern daheim in Genua. Düfte aus der Vergangenheit: Papierstaub, Tinte, trockenes Leder.

Zwischen den Regalreihen steht ein Mann und erwartet sie. Eine lange, hagere Gestalt. Die Mönchskutte flattert um seine Knöchel. Sein Blick weicht aus, als er ihn einzufangen versucht. Er begrüßt zuerst Silvio. Geht in die Hocke und fragt ihn, ob er Bücher mag. Silvio schüttelt den Kopf. Der Mönch lacht, wuschelt ihm durchs Haar und erhebt sich wieder.

Willkommen, sagt er. Ich bin Francesco, der Bibliothekar.

Er streckt seine Hand aus. Lorenzo ergreift sie zögernd. Francescos Händedruck ist knochig und schlaff.

Francesco führt sie weiter durch die Irrgänge des Labyrinths, die gar kein Ende nehmen wollen. Sie kommen an einem Glaskasten mit schräger Klappe vorbei. Unter der dicken, unebenen Scheibe liegt ein teilweise zerfallener Brief. Lorenzo bleibt stehen, beugt sich darüber.

Der erste Thessalonicherbrief, sagt Francesco.

Paulus?

Ja. Das Original.

Es vergehen einige Sekunden, ehe Lorenzo aufgeht, was der Bibliothekar gerade gesagt hat.

Wie meinen Sie das – das Original?

Dies ist das Original. Die Theologen gehen davon aus, dass Paulus zwischen sieben und zehn der vierzehn neutestamentlichen Apostelbriefe verfasst hat, die ihm zugeschrieben werden. Der erste Brief an die Thessalonicher ist einer der Texte, die Paulus ganz sicher geschrieben hat. Wahrscheinlich wurde er gut fünfzig Jahre nach der Kreuzigung Jesu verfasst. In dem Fall ist dieser Brief – er schlägt mit der flachen Hand leicht auf die Glasscheibe – der älteste im Neuen Testament.

Aber sind die Originale nicht in den Jahrhunderten nach der Kreuzigung verloren gegangen?

Der Bibliothekar breitet die Arme aus. Das ist mir auch zu Ohren gekommen…

Gleich hinter der Vitrine führt er sie in ein kleines Studierzimmer. Schreibtisch, Stühle, Regale. Vor der Tür stehen zwei Mönche.

Hier, sagt Francesco, können Sie in aller Ruhe arbeiten.

Lorenzo liegen mehrere spitze Antworten auf der Zunge, aber er schweigt.

Wenn Sie etwas brauchen, fährt Francesco fort, melden Sie sich.

Silvio bekommt einen Stapel weißer Blätter und eine Handvoll Buntstifte von Francesco. Er setzt sich an den Tisch und beginnt zu malen. Feste, schnelle Striche. Kein Motiv. Jedenfalls nichts, was Lorenzo erkennt.

Das Licht fällt schräg in den Raum. Sie haben ihm eine Kopie des Briefes von Nostradamus an Cosimo I. gegeben, einen linierten Schreibblock, fünf gelbe Bleistifte, ein Radiergummi und ein Lineal. Mit diesen einfachen Hilfsmitteln soll er dem Brief von Nostradamus seine Geheimnisse entlocken.

*

Er hat Francesco gebeten, ihm alles rauszusuchen, was die Bibliothek über die Medici, Nostradamus und den Themenbereich hat, den er untersuchen soll. Der Mönch hat Kisten voller Bücher, Briefe und alter Dokumente angeschleppt. In einem der Stapel stößt er auf einen Artikel, den er selbst geschrieben hat:

CORRIERE DELLA SERA, 20. FEBRUAR 2012

NOSTRADAMUS HAT DEN TOD KÖNIG HEINRICHS II.
NICHT VORHERGESEHEN

Von Professor Lorenzo Moretti

In einem Feature-Artikel über paranormale Phänomene im CORRIERE DELLA SERA vom 12. Februar wurde behauptet, der französische Wahrsager Nostradamus habe den Tod König Heinrichs II. im Jahr 1559 vorhergesehen. Es wundert mich, dass eine seriöse Zeitung diese Art von Spekulationen ohne Widerspruch stehen lässt. Daher nehme ich mir die Freiheit, um den Abdruck einiger kritischer Vorbehalte zu bitten.

Der Tod des französischen Königs Heinrich II. – Ehemann von Katharina de' Medici, die verantwortlich für die Bartholomäusnacht war, in der mehrere tausend Hugenotten massakriert wurden – ist eine von Nostradamus' bekanntesten Prophezeiungen. Die Vorhersage legte nicht nur das Fundament für Nostradamus' Berühmtheit zu seinen Lebzeiten, sondern wird auch heute noch eifrig von seinen Anhängern angeführt.

Die Strophen, die der CORRIERE DELLA SERA in seinem Artikel anführt, stammen aus einer Ausgabe aus dem 19. Jahrhundert, die voller Übersetzungsfehler, Fehlinterpretationen und wohlwollender Anpassungen ist, die im Wissen über das Ereignis nachträglich hinzugefügt wurden. Es folgt eine Übersetzung, die auf Nostradamus' Originalversen basiert, aus *Les Prophéties*, verlegt und gedruckt von Macé Bonhomme (1555):

Le lyon jeune le vieux surmontera
Der junge Löwe wird den alten bezwingen
En champ bellique par singulier duelle:

Auf dem Schlachtfeld durch einzigartiges Duell:
Dans caige d'or les yeux luy creuera,
Im goldenen Käfig werden die Augen ihm ausgestochen,
Deux classes vne, puis mourir, mort cruelle.*
zwei Wunden eine, zu sterben grausamen Tod.

Lassen Sie mich Ihnen zuerst ins Gedächtnis rufen, was an jenem schicksalsschwangeren Tag geschah. Am 30. Juni 1559 wollte der König den Friedensvertrag feiern, den er mit Königin Elisabeth I. von England und Philipp II. von Spanien geschlossen hatte. Als Teil der Feierlichkeiten wurde ein Ritterduell arrangiert. König Heinrich war ein geschickter Reiter und konnte mit der Lanze umgehen. Beim Place des Vosges in Paris traf König Heinrich im friedlichen Wettstreit auf seinen Freund Gabriel de Lorges, Graf von Montgomery. Aber etwas lief fürchterlich schief: Ein Fehler führte dazu, dass die Lanze des Grafen den Helm und Schädelknochen des Königs durchbohrte. Ein Splitter drang in das Gehirn ein. Eine gute Woche später starb der König an der Infektion.

Lassen Sie uns einen Blick auf die Argumente derer werfen, die meinen, der Vers sage den Tod des Königs voraus: Die Anhänger von Nostradamus interpretieren den *jungen Löwen* als Gabriel de Lorges, Graf von Montgomery, und den *alten* (Löwen) als König Heinrich II. Warum? Weder der Graf von Montgomery noch Heinrich II. oder die französischen Könige generell benutzten den Löwen als Symbol. Das waren die Briten. Das heraldische Symbol des Franzosenkönigs war ein Kampfhahn. Wenn Nostradamus uns hätte verständlich machen wollen, dass er über Heinrich II. schrieb, hätte er ihn als *Kampfhahn* umschrieben! Wieso er den Graf von Montgomery als *jungen Löwen* bezeichnet haben sollte, ist ebenso unerklärlich. Nichts verbindet den Grafen mit einem Löwen. Auch deutet die Tatsache, dass der junge Löwe den alten bezwingt, einen Altersunterschied an. Aber der König und Gabriel de Lorges waren praktisch gleich alt.

---

* *Les Prophéties* (1555, 2. Aufl.), Centurie 1, Strophe 35.

Der König starb nicht auf dem Schlachtfeld und auch nicht im Krieg, wie es im Vers heißt. Das Ritterduell fand mitten in Paris statt. Solche Wettkämpfe waren in großen Teilen Europas ein beliebter Sport der Oberklasse. Ein Spiel. Jemanden zu verletzen – geschweige denn zu töten – wäre ein grober Verstoß gegen die Regeln und die Etikette gewesen. Die Anhänger von Nostradamus' prophetischen Fähigkeiten deuten den *goldenen Käfig* als den Helm des Königs. Aber der Helm war nicht aus Gold, nicht einmal vergoldet. Auch wurden die Augen des Königs nicht durchbohrt. Dass der König einen grausamen Tod starb, ist nicht übertrieben. Aber abgesehen von dem traurigen Ende des Königs ist in der Prophezeiung streng genommen nicht eine einzige präzise Information zum Geschehen zu finden.

Warum also die Verse nicht auf eine andre Weise deuten? Lassen Sie uns – den Theorien von James Randi und Louis Schlosser folgend – annehmen, dass Nostradamus eigentlich einen anderen König meinte, einen anderen Heinrich: den berüchtigten Heinrich VIII. von England. Und nehmen wir einmal an, Nostradamus hätte kein Ereignis in der Zukunft vorhergesagt, sondern ein Ereignis, das zwanzig Jahre zuvor stattgefunden hatte. Was spricht für diese Theorie? Im Wappen Heinrichs VIII. finden wir einen Löwen. Der 44 Jahre alte König (der junge Löwe) sperrt den 58 Jahre alten Thomas More (den alten Löwen) in das königliche Gefängnis – den Tower of London. Könnte der *goldene Käfig* eine Umschreibung ebendieses ehrwürdigen Towers sein, in dem das Gold für die Tatsache steht, dass der Tower das Gefängnis für Könige, Adelige und Reiche war? Der König und Sir Thomas More hatten lange einen *Krieg* auf Englands religiösem *Kampfplatz* ausgefochten. Nach einer wenig gerechten Verhandlung gewann Heinrich VIII., und More erlitt einen schmerzvollen Tod: Er wurde enthauptet.

Wenn diese Deutung richtig ist, können die Verse folgendermaßen analysiert werden:

Der junge Löwe = König Heinrich VIII.

Wird bezwingen = vor Gericht besiegen

Den älteren = Sir Thomas More

Auf dem Schlachtfeld = der religiöse Machtkampf

Durch einzigartiges Duell = Gerichtsverhandlung

Im goldenen Käfig = Tower of London

Ihm die Augen ausstechen = im übertragenen Sinne: ihn überzeugen, ihn zwingen, die Wahrheit zu »sehen«

Zwei Wunden eine = zuerst der Sieg vor Gericht, danach das Todesurteil

Zu sterben grausamen Tod = Enthauptung

Es mag der Einwand kommen, dass diese Deutung reine Fantasie ist. Aber das gilt wohl für die meisten Deutungen von Nostradamus' Texten. Aber summa summarum hat diese alternative Deutung mehr logisch, historisch und symbolisch richtige Bezüge als die so offensichtlich falsche Vermutung, dass es in dem Vers um den Tod des französischen Königs Heinrich II. geht. Nicht zu vergessen: Nostradamus ist nachweislich davon ausgegangen, dass König Heinrich II. ein langes Leben haben würde! Am 14. März 1557 – zwei Jahre *nach* Niederschrift der Prophezeiung und zwei Jahre *vor* dem Tod des Königs – schrieb Nostradamus an ebendiesen König Heinrich und sagte ihm ein langes Leben voraus. Und nicht genug damit. Er bezeichnete den König sogar als einen unverwundbaren Monarchen! Der Brief existiert heute noch und kann von jedem Interessierten eingesehen werden. Sollte Nostradamus den König nicht bewusst angelogen haben, ahnte er nicht, dass der Monarch 1559 einen schmerzvollen Tod erleiden sollte – weder, als er 1555 die Prophezeiung schrieb, noch in seinem Brief an den König 1557.

Hinter ihm räuspert sich der Bibliothekar.

Kann ich dem Herrn Professor noch irgendetwas bringen?

Er hat nicht bemerkt, dass Francesco stehen geblieben ist. Er legt den Artikel zurück.

Francesco, fragt er, was wissen Sie über die Prophezeiung?

Welche Prophezeiung?

Der Kardinal hat mir von vier Reitern erzählt …

Francesco zuckt zusammen. Der *Kardinal* hat von dem heiligen Text erzählt?, sagt er leise.

Er sagte, der Text sei die Ankündigung des Jüngsten Gerichts.

Die Textrolle mit der Prophezeiung, sagt Francesco, ist eine der heiligsten Reliquien unseres Ordens. Es wundert mich, dass der Kardinal beschlossen hat, dieses Geheimnis mit einem Außenstehenden zu teilen.

Er …

Gibt es sonst noch was?

Danke, vorläufig nicht. Ich melde mich.

Francesco verneigt sich. Einen Augenblick später ist er weg.

*

Lorenzo schaut auf den Brief von Nostradamus. Manche Abschnitte sind in klaren, deutlichen Buchstaben geschrieben. Andere Partien sind mehr oder weniger unleserlich. Dieser Technik bediente sich Nostradamus bei privaten Aufträgen ganz bewusst. Je unsicherer er sich bei der Formulierung seiner eigenen Vorhersagen war, desto nachlässiger war seine Schrift. Es gibt ganze Stapel von Briefen, in denen die Auftraggeber ihm verzweifelt und zornig schreiben, dass sie weder seine Handschrift entziffern noch irgendetwas Sinnvolles aus den Krakeleien herauslesen könnten. Aber einem mächtigen Mann wie Cosimo I. de' Medici gegenüber hätte Nostradamus es niemals gewagt, vage Vermutungen oder schlechte Arbeit auf diese Weise zu vertuschen. Daher mussten die undeutlichen Abschnitte eine andere Funktion haben. Sollten sie etwas tarnen? Zum Beispiel Spiegelschrift? Er notiert sich im Kopf, um einen Spiegel zu bitten.

Der handschriftliche Brief von Nostradamus ist in sich einzigartig. Heute existieren nur noch wenige, wenn überhaupt, persönlich von Nostradamus angefertigte Handschriften. Selbst die gedruckte Originalversion der Prophezeiungen ist verloren. Nach seinem Tod wurden viele Fälschungen gedruckt, mit Versen und ganzen Strophen, die lange nach den vorhergesagten Ereignissen zugefügt wurden.

Nostradamus … Dieser Scharlatan. Herr der Leichtgläubigen. So einfach zu entlarven. So einfach zu widerlegen. Und trotzdem glauben erstaunlich viele Menschen, dass Nostradamus Hitler und den Zweiten Weltkrieg hat kommen sehen, weil er immer wieder auf einen *Hister* verweist, was als Fehlschreibung von *Hitler* interpretiert wird.

Bestien, wild vom Hunger, werden den Fluss durchschwimmen
Viele Teile des Lagers [Heeres] werden gegen Hister stehen …[*]

Aber *Hister* ist keine Umschreibung oder Fehlschreibung von *Hitler*. *Hister* ist ein geografischer Name. Ein Ort. Zu Nostradamus' Zeit war *Hister* der lateinische Name für das Gebiet um den unteren Teil der Donau. So könnte er fortfahren. Wenn die Gutgläubigen nur hören wollten. Der letzte Satz in der gleichen Strophe enthält *de Germain*. Nostradamus-Anhänger lesen das als *den Deutschen*, was bestätigen würde, dass es Hitler ist, um den es hier geht. Aber Deutschland heißt auf Französisch *Allemagne*. Bis ins 16. Jahrhundert bedeutete *de germain* auf Alt- und Mittelfranzösisch Bruder oder naher Verwandter.

L'ABATTES AILS BOT

Was konnte Nostradamus damit gemeint haben? Er schreibt die Buchstaben in eine willkürliche Reihenfolge, TABASBALSOTTEIL, sucht nach neuen Wörtern. Nichts. Er schreibt alle

---

[*] *Bestes farouches de faim fluues tranner:*
Plus part du camp encontre Hister sera …
Les Prophéties (1555, 2. Aufl.), Centurie 2, Strophe 24.

gleichen Buchstaben hintereinander. AAABBEILLSSOTTT. Nichts. Mischt sie neu: LOSTBATATEISBAL. ILASOTTBA-BELSTA. BALBATTEIATOSS. Nichts.

Er hört ein Geräusch hinter sich. Es ist Francesco, der eine Karaffe Wasser und zwei Gläser bringt. Silvio leert das Glas in einem langen Zug. Er selbst trinkt langsam, in kleinen Schlucken. Das Wasser ist brunnenkalt. Silvio rülpst.

*

In einem der alten Bücher, die er sich hat bringen lassen, ist ein Verweis auf das *Buch der Weisen* zu finden. Das vermutlich ganz anders hieß, als es geschrieben wurde. Die Nachwelt hat immer den Hang, Altes zu verherrlichen. Es mystischer zu machen, als es ist. Auch der Titel *Das Totenbuch der Ägypter* ist neueren Datums. 1842 hat der deutsche Ägyptologe Karl Richard Lepsius den Namen *Totenbuch* erstmals verwendet. Die Ägypter selbst hatten es in ihrer blumigen Bildsprache *Buch vom Heraustreten ins Tageslicht* genannt.

Ehrlich gesagt ist er immer schon davon überzeugt gewesen, dass das *Buch der Weisen* ein Konstrukt ist. Eine solche Sammlung vergessener Weisheiten aus alten Zeiten wäre zu schön, um wahr zu sein. Okkulte Zugänge in die Sphären der Geister, der Toten, der Götter, der Dämonen – zu Kräften, die wir heute nicht mehr als wirklich oder konkret auffassen. Es heißt, die Bundeslade stelle eine Direktverbindung zwischen dem Himmelreich und der Erde her. Eine offene Pforte zwischen Gott und den Menschen. Das glauben die Mönche. Sie suchen die Bundeslade, um direkt mit Gott in Kontakt zu treten. Könnte das *Buch der Weisen*, so es dies denn gäbe, eine Art Gebrauchsanweisung sein? Ein esoterisches Handbuch für die Verbindung ins Jenseits? Ein Lehrbuch für Propheten und Wahrsager – ein Schulbuch für all diejenigen, die sich nicht an Zeit und Raum und Naturgesetze gebunden fühlen. Für alle, die an so etwas glauben. Er muss lächeln. Von denen gibt es offensichtlich genug. Er denkt an das Inhaltsverzeichnis. Wie baff er bei der ersten Lektüre von Nostradamus' Brief gewesen war. Götter, Dämonen und Tote herbeirufen. Mit ihnen kommunizieren. In die Vergangenheit und Zukunft schauen. Kein Kleinkram.

*

Francesco kommt zurück und setzt sich neben Silvio. Die beiden zeichnen. Francesco scheint nicht ganz normal zu sein... Es ist nicht so sehr das, was er sagt, weshalb Lorenzo so denkt. Es ist etwas in seinem Blick, seiner Ausstrahlung. Er lebt nicht in der gleichen Wirklichkeit wie wir, denkt er. Es ist unmöglich, Blickkontakt mit ihm zu bekommen. Seine Augen wandern rauf, runter, zur Seite. Wie bei zwei gleichen Magnetpolen, die sich abstoßen.

Ein feiner Junge, sagt Francesco.

Danke.

Auch wenn er keine Bücher mag.

Im Gegensatz zu Ihnen, sagt Lorenzo.

Der Bibliothekar starrt vor sich hin, ehe er antwortet: Ich arbeite seit meiner Aufnahme als Novize in der Bibliothek.

Eifrig und stolz beginnt er zu erzählen: Vicarius Filii Dei hat schon immer das Wort verehrt. Die Literatur. Bücher. Gott ist in den Worten. Bereits im 13. Jahrhundert, als der Orden gegründet wurde, begannen unsere Brüder eine ansehnliche Sammlung alter religiöser Pergamente aufzuarbeiten. In all den Jahren haben wir die wichtigsten Werke der Gegenwart gesammelt. Bibelhandschriften, natürlich. Aber auch weltliche Texte. Auf dem privaten Markt würden all unsere Erstausgaben, Folianten, Kodizes und Inkunabeln zusammen mehrere hundert Millionen Euro einbringen. Später zeige ich Ihnen gerne ein paar Meisterwerke unserer Sammlung. Falls wir die Zeit haben und es sich ergibt. Oh, was für Schätze! *Psychomachia. Beowulf. Legenda sanctorum. La Chanson de Roland. Codex Regius. Heimskringla. Regula non bullata* von Franz von Assisi. *Dies Irae. Stabat Mater. Nibe-*

lungenlied. Roman de la rose. The Canterbury Tales. Divina Com-media von Dante. *Canzoniere* von Petrarca. *Decamerone. Malleus Maleficarum.* Sogar mehrere tausend Inkunabeln vom Ende des 15. Jahrhunderts: *Hypnerotomachia Poliphili.* Gutenbergs 42-zeilige Bibel. *Liber Chronicarum. Peregrinatio in Terram Sanctam.* Er macht eine Pause, um Luft zu holen.

All diese Werke befinden sich hier?, fragt Lorenzo.

Ja. Hier. In der Bibliothek. Aber wir haben selbstverständlich auch neuere Literatur. Machiavelli. Shakespeare, Bacon, Milton, Voltaire, Rousseau, Brontë.

Und das haben Sie all die Zeit für sich behalten?

Für uns behalten? Es gehört doch uns.

Als würde ihn das Thema nicht länger interessieren, wendet Francesco seine Aufmerksamkeit wieder Silvio zu.

Francesco?, sagt Lorenzo vorsichtig.

Ich habe zu tun!

Habe ich was Falsches gesagt?, denkt er. Der Mönch muss es als Kritik aufgefasst haben, als ich angedeutet habe, dass sie die Existenz der Bibliothek geheim gehalten haben. Na gut, ihre eigene Existenz haben sie schließlich auch verheimlicht. Das wird wohl zusammenhängen.

Francesco, sagt er noch einmal.

Ich habe zu tun!

Ich brauche einen Spiegel.

Francesco schaut auf, sieht ihn aber nicht an.

Was wollen Sie mit einem Spiegel?

Ich will schauen, ob es in dem Brief spiegelverkehrten Text gibt.

Verstehe. Bedauerlicherweise gibt es hier im Kloster keinen Spiegel. Eitelkeit ist ein Werk des Teufels. Aber selbstverständlich werde ich Ihnen einen Spiegel besorgen.

Francesco hat Silvios Vertrauen gewonnen. Der Junge klettert auf den Schoß des Mönches, um mit ihm gemeinsam zu malen. Francesco hat ein Kreuz gezeichnet. Silvio hat etwas gekritzelt, das einen Engel darstellen soll. Francesco nimmt einen gelben Buntstift und malt einen Heiligenschein über den Kopf des Engels.

Hastige Schritte in der Bibliothek. Der Kardinal und sein Gefolge. Francesco springt so hektisch auf, dass Silvio von seinem Schoß rutscht.

Francesco!, sagt der Kardinal knapp.

Kardinal!, antwortet Francesco.

Einige Sekunden vergehen. Der Bibliothekar schaut am Kardinal vorbei, sein Gesicht verfinstert sich, die Kiefermuskeln spannen sich an. Der Kardinal macht eine ruckartige Bewegung mit dem Kopf, worauf Francesco den Raum verlässt. Der Kardinal sieht sich Silvios Bild an.

Ein schönes Kreuz, sagt er.

Das hat Francesco gemalt, sagt Silvio.

Was hast du gemalt?

Den Engel.

Der Kardinal lächelt, nickt. Dann dreht er sich zu Lorenzo um.

Was haben Sie herausgefunden?

Noch nichts. Aber ich habe einen Vorschlag.

Ja?

Lassen Sie Silvio gehen. Dann arbeite ich mit Ihnen zusammen. Rückhaltlos.

Das tun Sie auch jetzt schon.

Sie brauchen ihn nicht. Lassen Sie ihn gehen. Ich bitte Sie.

Mein lieber Freund, Sie werden doch sicher verstehen, dass Silvio unsere Versicherung für Ihren Kooperationswillen ist.

Haben Sie vor…

Wir sind uns Ihres Kooperationswillens sicher.

Aber Silvio…

Ich denke, es ist das Beste für ihn, dass er hier ist. Bei uns. Bei Ihnen. Angelica wird auch bald da sein.

Hier? Haben Sie sie auch entführt?

Bald.

Haben Sie…

Sehen Sie mich nicht so erschrocken an. Wir werden ihr nichts tun. Wir wollen sie nur hierherholen. Wie weit sind Sie gekommen?

Sie wollen eine Prozentangabe? Das lässt sich bei der Dechiffrierung eines Textes nie so genau sagen. Außerdem würde es mir sehr helfen, wenn ich wüsste, wonach ich suche.

Das habe ich Ihnen doch bereits gesagt.

Für das Dechiffrieren alter Codes muss man wissen, wie diejenigen, die die Codes entwickelt haben, dachten.

Wir suchen…

…nach Gott. Das weiß ich. Aber ich vermute, dass Sie das nicht buchstäblich meinen. Ich muss genau wissen, wonach wir suchen. Also, was glauben Sie wollte Nostradamus Cosimo I. in diesem Brief mitteilen?

Der Kardinal zögert einen Augenblick, ehe er antwortet: Wo sich der Schatz der Tempelritter befindet.

Lorenzo schluckt. Zuerst die Bundeslade, jetzt auch noch der Schatz der Tempelritter.

Erkennen Sie denn nicht selbst die Verrücktheit dieses Projektes?, fragt er. Nichts von diesen Dingen existiert wirklich. Es sind Illusionen, von Menschen geschaffene Symbole, weil wir Mysterien brauchen, Konspiration, Rätsel. Er hebt die Stimme. Aber keins von diesen Dingen gibt es wirklich!

Es heißt auch, Vicarius Filii Dei würde es nicht geben.

Das ist etwas anderes. Der Mythos um Vicarius Filii Dei entspricht in etwa den Mutmaßungen darüber, was die Freimaurer hinter verschlossenen Türen treiben. Die Bundeslade und der Schatz der Tempelritter sind konkrete Objekte. Gegenstände. Oder genauer gesagt: die Vorstellung der Menschen davon.

Der Kardinal scheint nicht zuzuhören. Jahrhundertelang haben sie gesagt, es gäbe uns nicht, sagt er.

Und wie sieht Ihrer Meinung nach dieser Schatz aus? Ist es Gold? Religiöse Reliquien? Oder glauben Sie…

Das Wissen, unterbricht ihn der Kardinal. Über den Weg zu Gott.

Sie glauben, die Tempelritter kannten einen heimlichen Weg zu Gott?

Sie sind doch sicher ein gottesfürchtiger Mann, Professor. Gott spricht durch Propheten zu den Menschen. Warum sollte es nicht tatsächlich möglich sein, eine Pforte zwischen uns Menschen und Gott zu öffnen? Einen Durchgang. Ist das so undenkbar für Sie? Jesus hat Petrus die Schlüssel zum Himmelreich gegeben. Petrus, dem wichtigsten Jünger. Diese Schlüssel zu Gottes Reich hat Petrus weitergegeben. Wie also sollen wir das theologische Prinzip der apostolischen Nachfolge verstehen? Das bedeutet doch, dass die Kirche der geistliche Nachfolger der Jünger ist. Jesus Christus hat seinen Jüngern versprochen, bis zum Ende der Welt bei ihnen zu sein. Und wir, Professor Moretti, sind Repräsentanten der Jünger Christi.

Die Gnostiker meinten, dass es geheime Jünger gab, die Jesu verborgene und wahre Lehre kannten.

Die Gnostiker!, schnauft der Kardinal. Ketzer! Die Wahrheit ist diese: Die Folge kann nicht durchbrochen werden. Petrus ist der Fels, auf den Jesus seine Kirche gebaut hat. Als Linus im Jahr 68 Papst wurde, als Erster nach dem heiligen Petrus, war das heilige Vorsehung.

Möglich. Viele Päpste haben sowohl den Papststuhl als auch Gottes Namen besudelt.

Der Mensch ist nicht unfehlbar. Ich…

Draco kommt hereingestürmt, die Augen zusammengekniffen. Er nickt dem Kardinal kurz zu. Die beiden verlassen das Studierzimmer, kommen aber gleich darauf zurück.

Bjørn Beltø, sagt der Kardinal. Kennen Sie den?

Er ist Teilnehmer der Konferenz. Ich habe gestern Abend mit ihm gesprochen. In der Bar. Darüber hinaus kenne ich ihn nicht.

Arbeiten Sie mit ihm zusammen?

Nein.

Er hat das Original von Nostradamus' Brief gestohlen.

Bjørn Beltø?

Er und Ihre Frau.

Was sagen Sie da?

Sie haben den Brief aus Regina Ferraris Büro entwendet. Bjørn Beltø und Ihre Frau.

*

Silvio weint leise vor sich hin.

Sie sind zurück in der Zelle. Silvio liegt im Bett. Er versucht, die verzweifelten Schluchzer zu unterdrücken, anscheinend sind sie ihm peinlich. Darum schaut Lorenzo nicht nach seinem Sohn. In unregelmäßigen Abständen holt Silvio Luft durch die Nase. Silvio ist immer so ängstlich. Von wem hat er das? Von Angelica? Oder von ihm? Wahrscheinlich von ihm. Wenn sie spät von einer Party nach Hause kamen, konnte es sein, dass Silvio hellwach in seinem Bett saß und auf sie wartete. Er sprach es nie klar aus, aber Lorenzo wusste, dass er Angst hatte, sie würden nicht wieder zurückkommen. Dass sie in der Nacht verschwinden könnten, sich in nichts auflösen, ihn alleine zurücklassen. Er war selbst mit dieser irrationalen Furcht aufgewachsen. Sie hatten es mit Argumenten und Erklärungen versucht. Eltern lassen ihre Kinder nicht einfach allein, hatten sie gesagt, Mütter und Väter lieben ihre Kinder, das verstehst du doch? Ja, doch, das verstand Silvio. Aber schon beim nächsten Mal, als sie spät nach Hause kamen und den Babysitter verabschiedet hatten, saß Silvio wieder in der Dunkelheit und wartete auf sie. Hier in der Zelle schlief er mehr als sonst. Vielleicht lag das an der Angst. Der Langeweile. Und, denkt er, paradoxerweise wohl auch daran, dass ich hier bin, bei ihm, die ganze Zeit. In der verschlossenen Zelle braucht er wenigstens nicht zu fürchten, dass ich ihn verlasse.

Er war dreiundfünfzig gewesen, als Silvio geboren wurde. Zu diesem Zeitpunkt hatte er sich eigentlich längst damit abgefunden, nicht mehr Vater zu werden. Selbst, als er mit Angelica zusammenkam, hatte er nicht auf Kinder zu hoffen gewagt. Als sie eines Morgens aus dem Bad kam und ihm mitteilte, sie sei schwanger, hatte er zu weinen begonnen. Er, der nie weinte. Noch am gleichen Abend wussten sie, wie das Kind heißen sollte. Silvio, wenn es ein Junge, Silvana, wenn es ein Mädchen wurde. Ein Wunschkind. Geliebt. Verwöhnt. Gut in der Schule. Torwart in der Fußballmannschaft. Wie viele ältere Väter, die ein Kind bekamen, auf das sie nicht mehr zu hoffen gewagt hatten, überschüttete Lorenzo Silvio mit Liebe und Aufmerksamkeit. Angelica fand manchmal, dass es zu viel des Guten sei. Du unterdrückst damit seine Selbstständigkeit, warf sie ihm vor, du musst ihm mehr Raum geben. Lorenzo wiederum fand sie oft zu streng mit ihrem Sohn. Ein scharfer Blick, ein strenger Seufzer, ein harter Unterton in der Stimme. Lauter kleine Dinge. Ihm gegenüber konnte sie auch so sein, aber er zweifelte nie an ihrer Liebe. Vielleicht, dachte er manchmal, versucht sie damit nur, mein übertriebenes Behüten aufzuwiegen, indem sie sich ein paar Schritte zurückzieht. Er hatte sie nie danach gefragt.

Bereits in einer frühen Phase ihrer Beziehung hatte er entdeckt, wie empfindsam sie war. Eine unbedachte Bemerkung konnte sie völlig aus der Bahn werfen. Von einer Sekunde auf die andere war sie komplett verändert. Er hatte nie herausgefunden, wo genau diese unsichtbare Grenze verlief. Sie reagierte auf zwei unterschiedliche Weisen. Entweder ging sie an die Decke, oder sie zog sich ganz in sich zurück. Verstummte vollständig. Er wusste nicht, was schlimmer war.

Angelica war nicht mit ihm entführt worden. Wieso nicht? Es war ihr offenbar gelungen zu entkommen. Zusammen mit Bjørn Beltø. Was für ein ungleiches Paar. Aber es war clever von ihr, sich mit dem norwegischen Archäologen zusammenzutun. Er packte die Dinge an, suchte nach Lösungen. Und Angelica weiß sich zu wehren. Ein kleines Lächeln. Angelica kommt immer zurecht. Jedes Mal, wenn er an sie denkt, hört er das hohe Timbre ihrer Oboe. Wenn sie spielt, wird sie eins mit dem Instrument. Man muss wohl Musiker sein, um das zu verstehen. Er selbst ist musikalisch auf eine andere, oberflächlichere Art. Er beherrscht die Technik. Aber zwischen ihm und der Musik ist eine unsichtbare Wand. Er verschwindet nie ganz in ihr. Nicht wie Angelica. Er hat sie einmal gefragt, wieso sie keine Musikkritiken schreibe. Über Platten. Konzerte. Immerhin war sie Kulturredakteurin und eine talentierte Musikerin. Sie hatte ihn angesehen. Lange. Verstehst du das wirklich nicht?, hatte sie gefragt. Nein, hatte er geantwortet. Ich liebe die Musik viel zu sehr, um sie kritisieren zu können. Sie war so schwach. Und zugleich so stark. Angelica war ein Mensch der Gegensätze. Woher kam ihre Verletzlichkeit? Woher nahm sie ihre Kraft? Es war, als trage sie ein Geheimnis mit sich herum, das sie mit niemandem teilen wollte. Eines Sonntagmorgens – sie waren schon einige Jahre zusammen – hatte er sie in einer Milchlache liegend in der Küche gefunden, die Knie ans Kinn hochgezogen, die Arme um die Beine geschlungen. Sie hatte am ganzen Leib gezittert. Noch heute, so viele Jahre später, war das Gefühl der Panik in ihm lebendig. Er hatte nicht verstanden, was mit ihr los war, dachte im ersten Augenblick, es wäre ein Hirnschlag. Mein Gott, Angelica, hatte er gerufen, was ist passiert? Halt mich fest, hatte sie geantwortet, nicht mehr, nur das: Halt mich fest! Und er hatte sie festgehalten. Eine gute halbe Stunde hatte er sie im Arm gehalten, ihr beruhigend ins Ohr geflüstert, sie ganz langsam entspannt. Er hatte sie ins Bad getragen, sie in die Wanne gelegt und Wasser einlaufen lassen, so heiß, dass es ihr fast die Haut verbrühte. Trotzdem hatte sie gezittert. Was war über sie gekommen? Noch Jahre später hatte er auf eine Erklärung gewartet. Aber es gab keine. Eine Art Weltschmerz, der Schmerz des Lebens, behauptete sie, ein existenzieller Schmerz. Er hatte nie verstanden, was sie damit meinte. Sie, die von Wörtern lebte, hatte nie die richtigen gefunden. Nach dem Bad hatte er sie abgetrocknet und ins Bett gebracht, wo sie eingeschlafen war. Später, er hatte im Büro eine Vorlesung vorbereitet, hatte er sie spielen hören. Albinonis *Adagio in g-Moll*. So zart, so schön. Er war vor der Schlafzimmertür stehen geblieben, ohne dass sie ihn gesehen hatte. Sie spielte mit geschlossenen Augen. Dann legte sie plötzlich das Instrument weg, zog die Decke über sich und schlief wieder ein.

Er sieht sich in der Zelle um, als suche sein Blick nach einem Halt. Er geht ans Fenster, schaut über die Landschaft. Fragt sich, wo er ist. Wie ist es möglich, dass ein paramilitärischer Orden katholischer Mönche so viele Jahrhunderte im Verborgenen überleben kann? In einer Burg, einem Kloster. Weit weg von den Menschen, so viel ist sicher. Aber das Kloster ist trotz allem nicht unsichtbar. Es muss Menschen geben, die von seiner Existenz wissen. Und dass es mit Mönchen bevölkert ist. Vermutlich geht die Lokalbevölkerung davon aus, dass sich die Mönche mit ganz anderen Dingen beschäftigen, als es tatsächlich der Fall ist, denkt er. Jesuiten. Benediktiner. Franziskaner. Zisterzienser. Was auch immer. Eine geschlossene Institution für Ausbildung und Kontemplation. So was in der Art.

*

Irgendwann im Laufe des Nachmittags bringt ein Mönch etwas zu essen. Groß und drahtig, in einer altmodischen schwarzen Wollkutte. Die Kapuze ist weit und verbirgt das Gesicht. Um die Taille hat er einen grauen Gürtel gebunden. Die Kutte ist so lang, dass sie über den Boden schleift. Er verneigt sich, zuerst vor Lorenzo, dann vor Silvio.

Mein Name, sagt er leise, ist Bartholomäus.

Lorenzo weiß nicht, was er darauf antworten soll. Schließlich sagt er: Sie wissen vermutlich, wer wir sind?

Selbstverständlich.

Dann können Sie uns vielleicht sagen, warum wir hier sind?

Soweit ich weiß, hat der Kardinal Ihnen den Grund genannt.

Also…

Tut mir leid. Ich habe keinen Rang, ich entscheide nichts, ich bin ein einfacher Ordensbruder.

Der uns einen Besuch abstattet?

Oh, entschuldigen Sie, das habe ich vergessen: Der Kardinal hat mir den Auftrag gegeben, mich um Ihr leibliches Wohl zu kümmern.

Leibliches Wohl?

Ja? Essen. Trinken. Alles, was…

Mir ist sehr wohl die Bedeutung von *leibliches Wohl* bekannt. Ich finde die Wortwahl nur ein wenig seltsam – in Anbetracht der Umstände.

Selbstverständlich. Tut mir leid. Drei Mahlzeiten am Tag: *prima, sesta* und *vesper*. Und jeden Morgen bringe ich Ihnen einen Obstteller und einen Krug Wasser.

Jeden Morgen? Wie lange haben Sie vor, uns hierzubehalten?

Gibt's hier einen McDonald's?, fragt Silvio.

Die beiden Männer sehen ihn verständnislos an.

Sobald der Auftrag ausgeführt ist, werden Sie natürlich nach Hause gebracht, sagt Bartholomäus.

Lorenzo weiß, dass er lügt, hört es an seinem Tonfall, sieht es an seinem ausweichenden Blick. *Nach Hause gebracht* … Damit er zur nächsten Polizeistation gehen und die Entführung anzeigen kann? Nie im Leben…

Bartholomäus wendet sich an Silvio.

Spielst du Fußball?

Ein bisschen.

Welche ist deine Lieblingsmannschaft?

Fiorentina.

Natürlich, das hätte ich mir auch denken können.

Und Ihre?

Ich kenne mich mit Fußball nicht aus.

Aber für irgendwen müssen Sie doch sein?

Juventus, vielleicht.

Silvio tut so, als müsste er sich übergeben. Bartholomäus lacht. Als sein Lachen verebbt ist, fragt Lorenzo ihn geradeheraus: Warum sind wir hier, Bartholomäus?

Das dürfen Sie mich nicht fragen. Nicht diese Dinge. Ich bitte Sie. Sie sind hier, um uns bei der Lösung des Codes zu helfen. Das ist alles, was ich weiß.

Euch helfen? Sagen sie das?

Ich weiß nichts von diesen Dingen. Ich arbeite in der Küche. Das ist nicht mein Bereich.

Aber Sie sehen, dass wir gefangen sind?

Nur vorübergehend. Ich bedaure das wirklich. Aber ich kann nicht darüber reden. Das ist nicht meine Entscheidung. Ich würde Ihnen liebend gerne helfen.

Ein Vater und sein Sohn. Silvio ist gerade mal sieben. Sieben Jahre! Sie sind unser Gefängniswärter, Bartholomäus.

Nein. Das bin ich nicht. Wirklich nicht. Ich bringe Ihnen Ihr Essen. Mehr nicht. Ich bin Gottes Diener. Ich versuche, Ihnen den Aufenthalt so angenehm wie möglich zu machen. Ich habe keinen Rang. Ich entscheide nichts. Wenn der Kardinal entschieden hat, Sie zu uns zu holen, bin ich sein loyaler Diener. Der Kardinal weiß am besten, was zu tun ist.

Und wenn der Kardinal einen Fehler macht?

Kein Mensch ist unfehlbar. Aber auch, wenn der Kardinal ein Mensch wie Sie und ich ist, steht er Unserem Herrn näher als wir.

Sie werden uns niemals gehen lassen, denkt Lorenzo. Das ist ganz klar. Ich weiß zu viel. Über die Burg. Den Kardinal. Über Vicarius Filii Dei. Selbst wenn ich den Code für sie löse und alles tue, wozu sie mich auffordern, werden sie uns töten. Alles andere wäre zu riskant. Wir waren in dem Moment zum Tode verurteilt, als der Kardinal und Draco unsere Zelle betreten haben, oder spätestens, als der Kardinal uns gesagt hat, wer sie sind. Aber wahrscheinlich waren wir schon lange verurteilt, bevor wir überhaupt hierhergebracht worden sind.

III

Florenz – Salon-de-Provence
Montagnachmittag – Dienstagabend

Und als er solches gesagt, rief er mit lauter Stimme:
Lazarus, komm heraus! Und der Verstorbene kam heraus,
an Händen und Füßen mit Grabtüchern umwickelt und
sein Angesicht mit einem Schweißtuch umhüllt.

JOHANNESEVANGELIUM

Denn du bist der Herr über die Furcht und über den Sieg.
Du, der du alles siehst, Herrscher über das Beständige,
Schöpfer der Ewigkeit.

ÄGYPTISCHES TOTENBUCH

KAPITEL 6

Die Auferstehung

FLORENZ,
MONTAGNACHMITTAG – MONTAGABEND

I

In der Nacht, in der Mama starb, saß ich die ganze Zeit über an ihrem Bett.

Ich bin nie ein einfacher Sohn gewesen, bin immer meine eigenen Wege gegangen und war nie bereit, mich anzupassen. Mama hat ihr Bestes gegeben, um das zu kaschieren. Dass sie sich dabei nur widerwillig zu meinem Albinismus bekannte, habe ich mir wohl nur eingebildet. Aber ich habe ihr trotzdem einiges vorzuwerfen. Dass sie Papa betrogen und dann auch noch Trygve Arntzen geheiratet hat, Papas illoyalen Freund und Mamas Liebhaber. Dass sie getrunken und Pillen genommen hat und dass sie mich unbewusst von sich weggeschoben hat, als mein Halbbruder Steffen auf die Welt kam. Aber in ihrer letzten Nacht habe ich nichts dergleichen gedacht. Da war sie einfach nur meine Mutter. Klein und ängstlich. Ein winziger Kopf auf einem viel zu großen, weißen Kissen. Eingefallene Wangen. Trockene, blasse Lippen. Ein fahler Blick. Ein Schlauch war an ihre Wange geklebt worden und verschwand in ihrer Nase, und über einen Tropf bekam sie Morphium.

Die meiste Zeit schlief sie. Aber manchmal sah sie auf und begegnete meinem Blick.

Die Ärzte hatten ihr noch ein paar Monate gegeben. Im besten Fall ein Jahr. Aber plötzlich gab sie auf. Konnte nicht mehr. Das Krankenhaus rief mich im Büro an. Trygve Arntzen wurde von einer Konferenz in New York zurückgerufen. Steffen sprang ins Auto und machte sich von einer Hütte in Trysil sofort auf den Weg zurück. Aber keiner von ihnen kam rechtzeitig. Mama starb mit ihrer Hand in meiner. Dieses eine Mal hatte es nur uns beide gegeben. Es geschah um 04.37 Uhr in der Nacht zum Donnerstag. Im einen Augenblick hörte ich sie atmen, leise röchelnd, als wäre in ihrem Hals kein Platz mehr für die Luft. Dann war alles still.

Für Mama war die Zeit ein für alle Mal stehengeblieben.

II

Schmerzen. Entfernte Geräusche, aufgeregte Stimmen. Sirenen.
Wo bin ich?
Die Gedanken wollten keine Form annehmen. Nichts machte Sinn. Wie wenn man aus einem packenden Traum aufwacht.
Dann erinnerte ich mich.
Mein Gott, man hat auf mich geschossen.
Ich war nicht ohnmächtig gewesen. Oder doch? Ich war mir nicht sicher. Hatte kein Gefühl für die Zeit.
Waren Sekunden vergangen? Minuten?
Wo war ich.
Auf dem Boden.
Ich lag auf dem Boden. Auf dem harten Boden der Uffizien.
Ich schlug die Augen auf.
Mein ganzer Körper schmerzte. Vom Kopf bis zu den Zehen. Es war unerträglich. Man hatte noch nie auf mich geschossen. Ich kann das nicht weiterempfehlen.
Ich fasste an meine Brust. Kein Blut. Nicht ein Tropfen.
Jemand tätschelte meine Wange.
Eine Frauenstimme: »Bjørn!«
Angelica. Angelica?
»Bjørn? Bist du wach?«

»Was?«

»Bleib ruhig liegen!«

»Aber...«

»Sie haben uns mit... Wie haben Sie das genannt?«

»Elektroschockpistole«, sagte der Wachmann. Er stand direkt hinter Angelica. Ein rundlicher Kerl mit einer weit weniger futuristischen, mechanischen Pistole. »Als sie die gesehen haben, haben sie sich ergeben.« Der Wachmann wedelte mit seiner Waffe herum.

»Krankenwagen und Polizei müssten jeden Augenblick hier sein«, sagte Regina Ferrari. Sie stand mit dem Handy am Ohr da.

Draußen verstummte erst die eine, dann die andere Sirene.

Dann strömten sie in den Raum. Polizisten. Sanitäter.

III

Angelica und ich wurden durch Horden von Touristen zu den Rettungswagen getragen. Mit vollen und streng genommen unnötigen Sirenen wurden wir zur Notaufnahme des Universitätskrankenhauses gebracht, wo die Ärzte feststellten, dass wir nicht nur am Leben, sondern weitestgehend unverletzt waren.

Ich weiß alles über Krankenhäuser, war schon oft genug da. Es ist mein Kopf, irgendwelche genetisch bedingten Fehlschaltungen. Ein Cocktail aus angeborenen und selbstverschuldeten Neurosen. Aber ich muss niemandem leidtun. Wirklich nicht. Ich will auch nicht jammern. Ich versuche bloß zu erklären, wer ich bin. Früher hätten sie mich bestimmt für verrückt erklärt. Heute kaschieren sie das mit anderen Worten. Man wird *eingewiesen*... Ich rede nicht oft darüber. Nicht, weil ich mich schäme. Aber die Leute gucken dann so komisch. *In einer Irrenanstalt?* Ich habe keine Lust, immer alles zu erklären, schlucke schweigend meine Pillen. Ich habe keine Ahnung, wie sie wirken, weiß aber, dass sie mein Hirn betäuben. Wie eine nasse Decke auf Glut. Psychopharmaka. Nervenmedizin. Wenn das Herz nicht so schlägt, wie es soll, nimmt man Betablocker. Beta-Adrenozeptor-Antagonisten. Wenn das Hirn streikt, greift man zu selektiven Serotonin-Wiederaufnahmehemmern. Lange Worte. Magische Wirkstoffe. Und davon wird man dann wieder gesund? Krankheiten sind mit Scham verbunden. Etwas, worüber man besser schweigt, wonach man nicht weiter fragt. Krebs… Herzprobleme… Nerven. Vor allem die Nerven. *Ach? Sie haben Nervenprobleme?* Mitgefühl. Und schon sagen wir nichts mehr. Als würden wir empfänglicher für Krankheiten, wenn wir darüber reden. Als würden Neurosen und Leukämie mit galoppierendem Verlauf in höchstem Maße anstecken, sobald wir die Worte nicht mehr in einen Kokon aus Schweigen hüllen.

IV

Das Krankenhaus behielt uns noch ein paar Stunden da. Zur Sicherheit.

Wir waren unseren Verfolgern entkommen. Aber jetzt glaubten sie, dass *wir* den Originalbrief aus Regina Ferraris Büro gestohlen hatten.

Zur Sicherheit zogen Angelica und ich aus unseren Zimmern aus. Der Geschäftsführer des Castello Catullus, Fabiano Silor, gab uns die Möglichkeit, unsere Zimmer mit zwei anderen Konferenzteilnehmern zu tauschen. Das Kulturzentrum hatte zahlreiche Anrufe bekommen. Von Journalisten. Aber auch von Forschern und anderen Akademikern. Ein Professor der Gregoriana-Universität, die Chefbibliothekare der Biblioteca Medicea Laurenziana und der Biblioteca Apostolica Vaticana. Ein Konservator des Archivum Secretum Vaticanum. Ich fragte Silor, ob er den alten Dorfpfarrer zu mir schicken könnte, doch der hatte es wegen der Dramatik vorgezogen, bereits die Heimreise anzutreten. Silor schrieb mir seine Nummer auf einen gelben Haftnotiz-Zettel. Dann bat ich ihn herumzufragen, ob sich jemand die verschlüsselten Passagen notiert hatte, die Professor Moretti in seinem Vortrag vorgestellt hatte, oder ob jemand ein Video von dem Vortrag gemacht hatte.

Angelica hatte geduscht und sich umgezogen. Auf die Idee war ich gar nicht gekommen. Als sie mich hereinließ, telefonierte sie gerade. *Polizia*, sagte sie mit lautlosen Lippenbewegungen. Ich entnahm ihrem Gesichtsausdruck, dass es nichts Neues gab. Sie legte auf und warf das Handy aufs Bett.

»Oh, Bjørn …«, seufzte sie und setzte sich. »Was geht hier nur vor? Jetzt glauben die, wir hätten das Original des Briefes. Aber wenn *die* es nicht haben – wo ist es dann?«

»Das ist eine gute Frage. Die beiden waren offensichtlich da, um das Original zu stehlen. Aber da das Original bereits weg war, muss es sich jemand anderes geholt haben. Die Frage ist nur, wer?«

Nach den dramatischen Widrigkeiten des Tages machte sich Angelica, was durchaus zu verstehen war, vor allem Sorgen um ihren Sohn und ihren Ehemann und war nicht wie ich von der Frage besessen, wie die Geschehnisse zusammenhingen.

»Soll ich gehen?«, fragte ich. »Wollen Sie alleine sein?«

»Nein, nein.« Für einen Moment kam wieder Leben in sie. »Es ist gut, dass Sie hier sind.«

Ihre Verwundbarkeit erweckte in mir das Bedürfnis, meine Arme um sie zu legen, sie zu trösten und zu wiegen und ihren Rücken zu streicheln.

Ihr Handy klingelte. Sie nahm es vom Bett.

»Unbekannte Nummer«, sagte sie. »*Pronto!*« Ihr Gesicht erstarrte. Sie sagte kaum etwas, bevor sie wieder auflegte.

»Wer war das?«, fragte ich.

»Das wollte er nicht sagen, nur, dass er mit mir sprechen muss.«

»Wer kann das gewesen sein? Einer der Kidnapper?«

»Vielleicht. Ich weiß es nicht. Kann schon sein.«

»Und was hat er gesagt?«

»Dass wir gemeinsame Interessen haben.«

»Gemeinsame Interessen? Und welche sollen das sein?«

»Ich weiß es nicht! Ich konnte jetzt nicht mit ihm reden.«

»Aber wenn die Entführer anrufen, müssen Sie sich doch anhören, was sie zu sagen haben, Angelica.«

Sie krümmte sich zusammen und brach in Tränen aus. Ich setzte mich neben sie und legte ihr den Arm um die Schultern. Sie drückte sich an mich. Mit leichten, vorsichtigen Bewegungen streichelte ich ihr über Arm und Rücken. Viel zu sagen gab es nicht. Ihr Weinen wurde schwächer, und irgendwann hörte ich nur noch ihren stockenden Atem. Wir saßen eine ganze Weile so da. Schließlich nahm sie Papiertaschentücher aus ihrer Tasche, wischte sich die Tränen ab und putzte sich die Nase. Ich stand auf und trat ans Fenster. Draußen auf dem Parkplatz hatte sich eine Gruppe standhafter Journalisten – die meisten waren schon gefahren – um einen Grill versammelt, den irgendjemand organisiert hatte. Auch die Polizisten waren gefahren, als hätten Medien und Polizei in kollektivem Einverständnis erkannt, dass der Professor demnächst irgendwo aus dem Arno gefischt oder gefesselt auf irgendeinem Rastplatz gefunden würde.

Ein Chevrolet Silverado hielt mitten auf dem Parkplatz, blieb einen Moment lang stehen und fuhr dann wieder weg. Bedeutungslos. Eine Bagatelle. Sicher ein lokaler Weinbauer, der mit eigenen Augen den Ort des Geschehens sehen wollte. Oder …

»Haben Sie die Kraft, noch einmal mit mir zu Regina Ferrari zu gehen?«, fragte ich.

»Warum?«

»Wir haben nicht wirklich mit ihr gesprochen. Über den Brief, die Besonderheiten des Textes.«

»Aber der Brief ist doch weg!«

»Vielleicht hat sie sich ja Notizen gemacht oder den Brief kopiert …«

»Schon gut.«

»Und noch etwas anderes: Wir gehen die ganze Zeit davon aus, dass sie die Wahrheit gesagt hat. Was, wenn man ihr nicht trauen kann? Wir können doch nicht wissen, ob sie nicht mit denen unter einer Decke steckt.«

Ich bat sie, einen Koffer mit dem Allernotwendigsten zu packen. Zur Sicherheit. »Die Entführer gehen davon aus, dass wir jetzt den Brief haben«, sagte ich. »Man kann nie wissen...«

V

Regina Ferrari wohnte in einem Mietshaus in einer belebten Straße im Zentrum von Florenz. Die Abendsonne stand niedrig, die Luft roch nach Abgasen, nach dem Duft der Blumen auf den Hotelterrassen und nach dem Parfüm der Frauen, die Hand in Hand mit ihren Männern über die Promenade schlenderten. Ein Bogengang zog sich um das gesamte Erdgeschoss des Hauses herum. Die zweiflügelige Eingangstür lag zwischen einem Tabakladen und einer Eisdiele. Ein Hausmeister kniete auf dem Boden und reparierte das Türschloss, als Angelica und ich vor dem Eingang parkten.

»Regina Ferrari?«, fragte Angelica.

»Zweiter Stock«, antwortete er sauer, »rechts.«

Der alte Aufzug war klaustrophobisch eng und hatte eine klappernde Gittertür, fünf Druckknöpfe und eine kaputte Lampe. Ein verzierter Zeiger deutete selbstsicher auf die drei, als der Fahrstuhl im zweiten Stock hielt. Ich musste die Gittertür anheben, damit ich sie öffnen konnte. Wir kamen auf einen Flur mit gebrochenen schwarzen Fliesen. Drei Wohnungen. FERRARI stand auf einem Zettel, der mit Heftzwecken an der Tür rechts befestigt worden war. Angelica klingelte. Das Geräusch erinnerte an eine defekte Schulglocke, laut und schrill. Ein Laut, der Tote aufwecken konnte.

Von drinnen hörten wir ein Krächzen.

Während wir warteten, bemerkte ich die Kerben und Kratzer an Schloss und Türrahmen. Mit den Fingerkuppen drückte ich leicht gegen die Tür. Sie öffnete sich. Die Halterung der Türkette lag am Boden.

Angelica und ich sahen uns beunruhigt an.

»Regina?«, fragte Angelica vorsichtig. Dann noch einmal lauter: »Regina? Regina Ferrari?«

Wir gingen hinein. Der Gestank nach Rauch ließ mich schaudern. Süßlich und beklemmend.

Der Flur war kaum größer als der Aufzug. Zwei Kunstplakate an der Wand. Die Tür rechts führte in ein Badezimmer. Geradeaus lag eine schmale Küche. Schränke mit Schiebetüren, ein Spülbecken und ein Kühlschrank. Hier war nicht einmal Platz für eine Brotkiste.

»Regina Ferrari?«, sagte ich laut.

Hinter der Küche lag das Wohnzimmer, auch dieses schmal und eng, möbliert mit einem Sofa, einem Tisch und einem an der Wand montierten Flachbildschirm. Daneben stand ein Käfig, in dem ein gelbgrüner Wellensittich munter krächzte. Auf dem Tisch lag ein Stapel glänzender Modemagazine. Linkerhand war eine geschlossene Tür.

»Regina?«, rief ich.

Ich klopfte an die Tür. Fest. Sie konnte das unmöglich überhören. Auch wenn sie schlief. Aber man konnte ja nie wissen. Vielleicht war sie ja nicht allein.

»Regina?«, wiederholte Angelica laut.

Ich legte die Hand auf die Klinke und öffnete die Tür.

KAPITEL 7

Der Ritualmord

FLORENZ,
MONTAGABEND

I

Regina Ferrari lag nackt auf dem Bett. Die Hände auf dem Bauch gefaltet. Zwischen den Fingern steckte ein Rosenkranz. Eine Gebetsschnur. Das Kruzifix ruhte auf ihrem Bauchnabel.

Sie war tot, daran gab es keinen Zweifel, und ihre Haut war so weiß wie das Laken unter ihr. Die Augen waren weit geöffnet. Der Mund stand offen. Als hätte der Tod sie in einem Schrei ereilt.

Angelica taumelte stöhnend nach hinten.

Vor ein paar Jahren habe ich meinen guten Freund Christian Keiser auf gleiche Weise vorgefunden. Tot in seinem Bett. Auf einem Laken aus Seide. Nackt. Blassblau. Eingehüllt in den Gestank von Räucherstäbchen und Verwesung. Christian war ermordet worden. Von den verrückten Fanatikern Luzifers, den Dráculsângeern. Ihr Hauptsitz war ein Kloster im rumänischen Transsylvanien. Sie zapften ihren Opfern in einem barbarischen religiösen Ritual das Blut ab. Der morbide Ritus ging bis ins Mittelalter zurück, als man dem Blut noch magische, göttliche Fähigkeiten zuschrieb.

Aber hier? In Italien? 2012?

Das Ausblutenlassen hatte nicht nur einen religiösen Zweck. Manche Sekten zapften ihren Opfern das Blut ab, um ihnen Informationen zu entlocken. Der Blutverlust wirkte wie ein körpereigenes Wahrheitsserum.

Hatten sie Regina Ferrari getötet, um Informationen von ihr zu bekommen? Oder um sie daran zu hindern, Informationen preiszugeben?

II

»Hallo? Regina?«

Der Hausmeister stand in der Tür.

»Ich wollte nur sichergehen, dass Sie wirklich zu Frau Ferrari gegangen sind. Ich…« Er verstummte. Sein Blick klebte an Angelica, die wie angewurzelt dastand und weinte. Er schluckte. »Ist alles in Ordnung?«

»Rufen Sie die Polizei!«, sagte ich.

»Das habe ich schon getan.«

»Schon?«

»Ja, wegen des Einbruchs.«

»Rufen Sie sie noch einmal an!«, sagte ich. »Sofort!«

»Warum das denn?«

Ich schob Angelica vor mir her durch die Küche zurück auf den Flur. »Weil hier ein Mord passiert ist!«

»Ein Mord?« Der Hausmeister starrte uns nach, als wir über die Treppe nach unten liefen. »Was ist denn passiert? Hat jemand Regina ermordet?«, rief er uns nach.

»Rufen Sie die Polizei!«

III

Ich ließ Bolla an und setzte den Blinker. Ein Audi bremste, und ich fuhr auf die Straße. Einer der Vorteile, Ente zu fahren, ist das Mitleid der anderen Verkehrsteilnehmer.

Angelica hörte gar nicht mehr auf zu weinen.

Im Rückspiegel bemerkte ich einen Chevrolet Silverado, der

mit Abblendlicht im Halteverbot stand. Wie ein hungriges Krokodil glitt der Wagen in den langsam fließenden Verkehr. Angelica bemerkte, dass ich immer wieder unruhig in den Rückspiegel sah, und drehte sich um. Der Chevy versuchte aufzuholen. Er lag vielleicht sieben oder acht Autos hinter uns. »An der Ampel rechts! Rechts!«, rief sie plötzlich energisch.

Im Spiegel sah ich, dass der Chevrolet sehr weit links fuhr. Ich bog abrupt nach rechts ab. Die Ampel war rot. Sehr rot. Autos hupten, und Fäuste wurden geballt.

Man kann über Bolla viel Gutes sagen. Sie ist ein Auto mit Charakter. Und Charme. Sie strotzt vor Selbstbewusstsein und Selbsterhaltungstrieb. Ihr Motor hat eine eigene Seele. Aber sie ist letzten Endes doch nur ein Citroën 2CV. Eine Ente. Rosa mit schwarzen Punkten. Eigentlich fand ich die unkonventionelle Farbe und die Punkte frech und selbstironisch. Doch jetzt waren sie gleichbedeutend mit Schwierigkeiten. Es ist nicht leicht, sich mit Bolla unsichtbar zu machen.

Ich fuhr mit Vollgas in die kleine Seitenstraße. Dann links in eine noch schmalere Straße. Die Scheinwerfer des Chevrolet strahlten mich noch immer im Rückspiegel an. Ich fuhr auf die Straße, die am Arno entlangführt. Die Abendsonne stand tief. Ich fuhr so schnell ich konnte. Was nicht schnell war. Bolla hatte nicht mehr als 29 müde Pferdestärken und fuhr ihr ganz eigenes Tempo.

Die ganze Zeit über sah ich Regina vor mir. Die arme Regina.

Angelica rief die Polizei an. Sie wollte sich vergewissern, dass der Mord gemeldet worden war, und ihnen sagen, dass die Mörder in diesem Augenblick Jagd auf uns machten. Aber der Polizist am Telefon schien ziemlich begriffsstutzig zu sein. »Nein«, sagte sie mehrmals. »Wir können nicht auf die Wache kommen. Wir werden verfolgt!« Pause. »Ein Chevrolet Silverado!« Pause. »Weil er uns verfolgt!« Pause. »Nein, wir wissen nicht, wer sie getötet hat, aber die Vermutung liegt nahe, dass es die gleichen Menschen waren, die Lorenzo und Silvio entführt haben.« Pause. »Sind Sie verrückt? Natürlich waren wir nicht da, als sie getötet wurde!« Pause. »Ich glaube, dieses Gespräch führt zu nichts. Adieu!« Sie beendete das Gespräch und schrie: »Nach links!«

Ich fuhr an einem unsicheren Fahrradfahrer vorbei und umkurvte ein paar Mülltonnen, die gefährlich weit auf der Straße standen.

»Links!«

Hinter uns hörten wir eine Autohupe und wütende Stimmen. Der Chevrolet hatte den Fahrradfahrer gestreift. Und die Mülltonnen.

»Glaubt die Polizei uns nicht?«, fragte ich.

Ich streifte ein abgestelltes Moped, dessen Anhänger vollgepackt war mit Melonen. Der Besitzer – ein Kerl mit Hut und Bierbauch – fluchte mir mit geballter Faust hinterher.

»Das war ein totaler Vollidiot!«, schimpfte Angelica. »Als wären wir die Hauptverdächtigen.«

»Wir?«

»Er hat uns aufgefordert, uns unmittelbar auf der Hauptwache einzufinden.«

Ich bin ein gesetzestreuer Mann. Mein normaler Reflex wäre gewesen, der Polizei zu gehorchen. Nicht nur, um bei den Ermittlungen behilflich zu sein, sondern auch, weil eine Flucht häufig wie ein Schuldeingeständnis wirkt. Andererseits lag es auf der Hand, dass wir keine Vorteile von einem Besuch bei der Polizei haben würden. Die zwei oder drei Tage, die sie brauchen würden, um unsere Unschuld zu erkennen, durften wir nicht verlieren. Jetzt war es definitiv das Wichtigste, Professor Moretti und Silvio zu finden.

»Rechts!«, rief Angelica.

»Wirklich?«

»*Rechts!*«

Ich steuerte Bolla in einen schmalen Spalt. Der rechte Außenspiegel schrappte an der Hauswand entlang und brach ab.

Der Chevrolet musste eine Vollbremsung machen, um die Kurve überhaupt zu schaffen. Der breite Wagen setzte zurück und klappte die Außenspiegel an. So gewannen wir ein paar wertvolle Meter. Die nächste Gasse war lang und schmal und mündete wenige hundert Meter vor uns auf eine stark befahrene Straße. »Nach links! Und dann da in die Garage, hinter dem Fiat!«

Ich hatte keine Zeit zu fragen, sondern fuhr durch das offen stehende Garagentor. Ich ließ das Bremspedal los, damit die Rücklichter uns nicht verrieten. Gleich darauf bogen die Entführer um die Ecke. Der Fahrer musste glauben, dass wir es bis zur Hauptstraße geschafft hatten. Der Chevy rollte schwarz glänzend vorbei.

KAPITEL 8

Das Zimmer

FLORENZ,
MONTAGABEND

I

Wir blieben fünf Minuten in der Garage stehen, bevor ich es wagte, wieder herauszufahren. Ich wurde das Bild von Regina auf ihrem Bett nicht los. Nackt und tot, unendlich blass. Das unschuldige Opfer einer unsäglichen Bosheit und Brutalität. Trauer, Angst und Verwirrung lähmten mich geradezu.

Statt über die Hauptstraße zu fahren, schlichen wir durch die Labyrinthe und kleinen Gässchen von Florenz. Angelica kannte sich aus wie in ihrer Westentasche. Bei einem Hotel nicht weit vom Arno entfernt fuhren wir auf den Hinterhof und parkten auf einem Platz, der laut Schild für den *Hoteldirektor* reserviert war. Er war ein Freund von Angelica. »Jemand, dem ich vertraue«, versicherte sie mir. Sie ging durch eine Hintertür und blieb ziemlich lange weg. Als sie endlich zurückkam, reckte sie den Daumen in die Höhe. »Eigentlich ist das Haus voll«, sagte sie. »Wie die ganze Stadt. Aber sie haben uns trotzdem noch ein Zimmer organisieren können.«

Ein Zimmer?

Ein Zimmer?

II

Ein kleiner Raum mit Doppelbett, zwei Nachttischchen, einer Kommode, einem Stuhl und einem Fenster zum Hinterhof. Als wir unsere Koffer abgestellt hatten, war es eigentlich voll.

»Mein Gott, Bjørn!«, flüsterte Angelica. »Mein Gott!«

In ihrem Blick las ich die Verwirrung über den Tod von Regina Ferrari, die Entführung ihres Ehemanns und Sohns, ja, über die gesamte unglückselige Situation. Persönlich war ich – trotz des Schocks über Reginas Schicksal – erfüllt von einer nervösen Unruhe, bald ein nicht allzu breites Doppelbett mit Angelica Moretti teilen zu sollen.

Die Fragen türmten sich in mir auf, füllten meinen Kopf und summten wie aufgescheuchte Fliegen durch mein Hirn. Wer hatte Angelicas Mann und Sohn entführt und dann auch noch Regina Ferrari getötet? Und nicht zuletzt: Warum? Hatten sie versucht, ihr irgendwelche Informationen zu entlocken? Oder hatten sie sie getötet, damit sie ihr Wissen nicht mit uns teilen konnte? Gab es hier in Italien einen Mönchsorden, der das Blut anbetete und den rituellen Aderlass zu seinen Sakramenten zählte? Wo war die Verbindung zu Nostradamus? Und den Medici? Angelica und ich tauschten Fragen und Gedanken aus, ohne weiterzukommen. Angelicas Handy klingelte unablässig, bis sie es irgendwann abschaltete. Während wir redeten, kam Angelicas Freund, der Hoteldirektor, und brachte uns zwei Omeletts und eine Flasche Wein. Nachdem er gegangen war, aßen wir schweigend auf dem Bett. Ein Bett für Ehepaare und Liebespaare. Angelica stellte das Tablett auf den Flur und sah zu mir hinüber. Dieser Blick … Ich wusste nicht, was ich sagen sollte. Ohne jede Vorwarnung brach sie in Tränen aus. Sie schluchzte wie ein verwundetes Tier. Ich kannte dieses Schluchzen aus der Nervenklinik. Es hinterließ Kratzspuren in der Seele. Irgendwann verstummte sie ebenso plötzlich, wie sie zu weinen begonnen hatte. Sie saß still da und zitterte.

»Wie geht es Ihnen?«, fragte ich schließlich. Weil man so etwas fragt. Weil man etwas sagen musste. Dabei kannte ich die Antwort.

»Danke«, murmelte sie. »Es geht schon.«

Aber das tat es nicht. Und es nützte absolut nichts, dass ich hier saß und ihr über den Rücken streichelte.

In der Handtasche fand sie die Schachtel mit ihren Zigaretten.

»Silvio ist doch noch ein Kind«, sagte ich. »Sie werden ihm bestimmt nichts tun.«

Sie musste ihre zitternde Hand mit der anderen festhalten, um sich die Zigarette anzuzünden.

»Sie haben Ihren Mann gekidnappt, weil sie ihn brauchen. Und Ihren Sohn, um ihn unter Druck zu setzen. Aber sie werden keinem von beiden etwas antun. Damit würden sie überhaupt nichts erreichen.«

Ich schämte mich. Das waren nichts als Worte. Leere Worte. Mehr hatte ich nicht zu bieten.

»Angelica«, fuhr ich schließlich fort, »glauben Sie, dass uns der Nostradamus-Experte helfen kann, den wir gestern an der Bar getroffen haben?«

»Dino Garbi? Vergessen Sie's, das ist ein Scharlatan!«

»Sie haben gestern noch einen anderen Namen genannt. Lang und kompliziert. Jemand, der in Nostradamus' Heimatstadt wohnt.«

»Theo? Da sagen Sie was ... Theophilus de Garencières. Er weiß mehr über Nostradamus als jeder andere, aber ich kenne ihn nicht persönlich. Lorenzo kennt ihn. Theo betreibt ein eigenes Forschungszentrum über Nostradamus. Er ist überzeugt von Nostradamus' seherischen Fähigkeiten.«

»Lassen Sie uns zu ihm fahren!«

»Er wohnt in Frankreich.«

»Umso besser. Dann kommen wir hier weg.«

»Aber Theo weiß bestimmt nichts über das hier ...«

»So dürfen wir nicht denken, Angelica, das bringt uns nicht weiter. Wir müssen wie Archäologen denken. Wie Detektive der Geschichte. Wir müssen Informationen sammeln. Aus unterschiedlichen Quellen. Mit Menschen reden, die uns weiterhelfen können. Die kleinste Information kann wertvoll sein. In der Summe können diese Informationen zu einem besseren Verständnis führen. Im besten Fall zu den Entführern und zu Lorenzo und Silvio.«

»Jetzt, wo Sie es sagen, kommt mir in den Sinn, dass Lorenzo Theo bei nächster Gelegenheit besuchen wollte. Theo wollte ihm etwas zeigen.«

III

Schlafenszeit.

Angelica ging zuerst ins Bad. Sie brauchte eine Ewigkeit. Erst duschte sie. Dann machte sie sich zurecht. Ich sah das Ritual in Gedanken vor mir. Zähneputzen, Abschminken, Nachtcreme, Haare bürsten. Gott weiß, was alles dazugehört, damit eine Frau gut und ohne die Angst schlafen kann, im Laufe der Nacht einzutrocknen.

Während sie im Bad war, rief ich Piero Ficino an und fragte ihn, ob er sich die drei Chiffren notiert habe, die Professor Moretti vorgestellt hatte. Das war nicht der Fall. Ich setzte mich mit meinem iPad aufs Bett und versuchte herauszufinden, ob es eine Verbindung zwischen den Dráculsângeern und italienischen Mönchsorden gab. Durch die Geschichte ziehen sich die wunderlichsten roten Fäden. Ich fand nicht mehr als eine obskure Webseite über religiöse Konspirationstheorien. Auf dieser Seite wurde aber auf ein Dokument verwiesen, das 1865 in einem Schlossarchiv in Navarra in Spanien gefunden wurde und in dem von einem heimlichen Konzil die Rede war, das 1540 zwischen den Dráculsângeern, der Societas Jesu – also den Jesuiten – und einem Orden namens Vicarius Filii Dei abgehalten wurde. Alle weiteren Verweise auf die Vicarius Filii Dei mündeten in neuen Konspirationstheorien oder Behauptungen, dass der Orden entweder fiktiv oder schon vor Hunderten von Jahren aufgelöst worden sei. Im *Corpus Iuris Canonici*, einer Sammlung zum römisch-katholischen Kirchenrecht, fand ich einen Hinweis auf den Orden. Der Begriff tauchte auch in dem falschen römischen Kaiserdekret bekannt als *Konstantinische Schenkung* auf. Mit diesem umstrittenen Dokument wurde dem Papst nicht nur angeblich die Macht über Rom übertragen, sondern über große Teile des römischen Reichs. In dem Text wurde Petrus persönlich als Vicarius Filii Dei bezeichnet – als Stellvertreter des Sohnes Gottes. Die ersten Protestanten nutzten den Text und den Begriff, um den Nachweis zu erbringen, dass der Papst der Antichrist sei. Indem er Jesus verhöhne und seinen Platz hier auf Erden einnehme, wolle der Antichrist die Prophezeiungen der Bibel erfüllen und damit das Ende einläuten, argumentierten sie. Armageddon. Das Jüngste Gericht. Und dieser Antichrist – glaubten die führenden Protestanten im 16. Jahrhundert – sei kein Geringerer als der Papst persönlich. Das Oberhaupt der katholischen Kirche. Jedenfalls war der Orden Vicarius Filii Dei irgendwo im Niemandsland zwischen organisierter Religion und Aberglaube anzusiedeln. Verirrte Lämmer … Verstanden sie nicht, dass Gott nicht zu fassen war? Die Bundeslade war ein Bild für Gottes Nähe – kein Gegenstand. Sonst hätte man sich genauso gut auf die Suche nach dem Garten Eden machen können. Oder im Einwohnermeldeamt nach Adam und Eva suchen können. Sollte der geldverliebte französische Pestarzt und Seher Nostradamus mit einem Mal ein Auserwählter Gottes sein – ein Prophet auf einer Stufe mit Moses und Hesekiel, Samuel und Johannes dem Täufer? Niemals. Es musste eine andere Erklärung geben.

Als Angelica aus dem Bad kam, trug sie ein attraktives Nachthemd und duftete nach allerlei Cremes. Um die Haare hatte sie sich ein Handtuch gewickelt. Ich wusste nicht, wohin ich meinen Blick richten sollte.

Mein eigenes Abendritual war nüchtern, kurz und wenig spannend. Ich ging aufs Klo, duschte und putzte mir die Zähne. Und das war's. Ich hatte nicht einmal einen Pyjama dabei, war ich doch nicht im Traum auf die Idee gekommen, in dieser Nacht mit einer Frau in einem Hotelzimmer landen zu können.

Zum Glück hatte Angelica bereits das Licht ausgemacht, als ich aus dem Bad kam. Ich legte Hose und Hemd über einen Stuhlrücken und schob mich in den Umschlag aus straffen Decken und Laken.

Stille.

Mein Herz hämmerte wie wild.

Ich lag regungslos da, die Arme dicht am Körper, damit ich sie nicht versehentlich anstieß.

Stille.

Wir lagen schweigend im Dunkeln, beide mit klopfendem Herzen, weil wir wussten, wie nah wir einander waren.

Ich mag Frauen, und einige wenige Frauen haben mich geliebt. Eine Weile. Vermutlich war ihre Fürsorge größer als die Anziehungskraft, die von mir ausging. Die Hingabe größer als das Begehren. Ich wecke die Mutterinstinkte in ihnen. Süßer, kleiner Bjørn. Ich selbst verliebe mich immer in die falschen Frauen. In Frauen wie Angelica, als wünschte ich mir unbewusst, abgewiesen zu werden.

Ich spürte die Wärme ihres Körpers, ließ mich von ihr einhüllen. Ich stellte mir ihre Brüste vor, ihre Schenkel, das Grübchen, wo Nacken und Schultern ineinander übergehen, die Ellenbeugen, den weichen Bauch, den Nabel, die Hüften, den Po, die Knie, Beine und Füße – ich sehnte mich danach, den mir so nahen Körper zu küssen. Ich atmete kurz und hektisch.

»Müde?«, fragte Angelica.

Ich antwortete nicht, mein Herz hämmerte wild, und ich hatte keine Kontrolle mehr über Atem oder Stimme. War das eine Einladung? *Müde?* Wollte sie, dass ich mich zu ihr hinüberschob, sie umarmte und tröstete, sie zärtlich küsste und dann liebte – wenn auch nur, um die Angst für ein paar Minuten auf Abstand zu halten? Fragte sie deshalb?

Müde?

»Ein bisschen«, sagte ich atemlos.

Lügner. Ich war nicht müde. Aber es war das Einzige, das ich zu sagen wagte. Jedes weitere Wort hätte verraten, wie keuchend mein Atem ging.

Vor meinem inneren Auge sah ich ihren nackten Körper im Mondlicht, das durch die Gardinen fiel, unter dem meinen liegen.

Dann hörte ich sie Luft holen. So nah, so wunderbar nah.

»Gute Nacht«, sagte Angelica Moretti.

KAPITEL 9

Theophilus

SALON-DE-PROVENCE,
DIENSTAGNACHMITTAG

I

Ich denke viel über die Unendlichkeit nach.

Noch so eine Wahnvorstellung, ein weiteres Beispiel für die Unzulänglichkeit des menschlichen Gehirns. Wir sind nicht in der Lage, uns die Unendlichkeit vorzustellen. Etwas, das ewig währt. Und so ist es auch gar nicht. Das unendliche Universum ist krumm. Bewegt man sich lange genug in ein und dieselbe Richtung, landet man irgendwann wieder an seinem Ausgangspunkt. Ja, aber was gibt es jenseits der Krümmung, der Unendlichkeit? Andere Universen, wie manche Physiker glauben? Oder NICHTS? Unser Gehirn ist genauso wenig in der Lage, sich einen Begriff wie NICHTS vorzustellen. Jenseits der Naturgesetze und der Gravitation gibt es NICHTS. Nicht einmal Leere. Keine Dunkelheit. Eben NICHTS. Aber was ist NICHTS? Unsere Vorstellungskraft kann das Konzept nicht erfassen. Selbst NICHTS versuchen wir mit ETWAS zu füllen. Mit einer Vorstellung von irgendetwas, das dem NICHTS Konturen oder einen Inhalt gibt. Partikel. Strahlung. Dunkle Materie. Die unsichtbare, mächtige Schwerkraft. Versteckt Gott sich in den Naturgesetzen? Sind die Naturgesetze und Gott womöglich sogar eins? Diese Frage habe ich einmal einem Pastor gestellt. Der Pastor sah mich lange an und meinte schließlich, dass ich das mit Gottes Wesen offenbar nicht verstanden hätte. Wohl wahr. Trotzdem hat der Gedanke mich nicht mehr losgelassen. Denn mit welchem Recht behauptete der Pastor, er hätte das Wesen Gottes verstanden? Durch Lektüre und Studium? Durch Beten? Jedenfalls nicht durch Demut.

II

Die Sonne flimmerte zwischen schleierdünnen Wolken hindurch, als wir Salon erreichten, ein südfranzösisches Städtchen ein paar Meilen nördlich von Marseille. Eine Freundin Angelicas hatte uns ihren Wagen geliehen, ein winziges Gefährt. Einen Mini. Bolla stand unter einer Plane im Hinterhof des Hotels in Florenz. Sicherheitshalber. Allmählich setzte meine Paranoia wieder ein.

Die Fahrt zog sich. Sieben Stunden. Weder Angelica noch ich redeten viel. Sie weinte zwischendurch. Beim Gedanken an Regina Ferrari krampfte sich mir der Magen zusammen. Waren wir schuld an ihrem Tod? Warum war sie umgebracht worden? Von wem? Trauer und Neugier, dicht beieinander. Der Mord hatte eine bizarre und erschreckende Kuriosität zur Tragödie gemacht.

Ich manövrierte den Mini durch verschlafene Straßen. Salon-de-Provence hatte seine Wurzeln in der Römerzeit. Und so sah es auch immer noch aus. Es hatte einen ganz speziellen Charme. Enge, dunkle Gässchen. Kopfsteinpflaster. Kirchen mit gewaltigen Glockentürmen. Sogar eine Burg gab es, das Château de L'Empéri. Katharina de' Medici hatte angeblich hier gewohnt, als sie mit Nostradamus' Hilfe Zukunftspläne geschmiedet hatte.

Ich parkte im Ortskern, auf einem Parkplatz neben einem Friedhof mit Mausoleen und prächtigen Monumenten über schlummernden Grabkammern.

III

Theophilus de Garencières wohnte im ersten Stock eines baufälligen Hauses in einer Seitenstraße des Boulevard Nostradamus. Die furchige Eingangstür sah aus, als hätte sie in einem früheren Leben als Schlachtbank gedient. Sie hing schief an völlig verrosteten Angeln. Die Treppe neigte sich bedrohlich zur Seite, und die Stufen gaben unter jedem Schritt knarrend nach. Das Geländer wackelte, und die Klingel funktionierte nicht. Trotzdem öffnete Theophilus de Garencières uns die Wohnungstür, ehe wir überhaupt angeklopft hatten. Wie eine Spinne, die reglos in ihrem Netz gesessen und nur darauf gelauert hatte, dass ihr jemand in die Falle ging.

»Frau Moretti! Herr Beltø! Willkommen!«, piepste er mit hoher Stimme, die fast ins Falsett ging. Er war ein klapperdürrer Mann mit langen, schlaksigen Gliedmaßen, die an einem gebeugten, behaarten Körper hingen. Ich stellte mir vor, wie er Angelica und mich mit seinen Facettenaugen beobachtete und kalt und gefräßig in Tausende kaleidoskopische Spiegelsplitter teilte. Ich war wohl noch etwas benommen von der langen Fahrt... Stand er auf unserer Seite oder gehörte er einem misanthropischen Netzwerk von Fanatikern an, die nicht einmal davor zurückschreckten, Kinder zu entführen und unschuldige Konservatoren zu ermorden, um an ein paar uralte Dokumente zu kommen, die die meisten von uns – seien wir mal ganz ehrlich – völlig kaltgelassen hätten?

Er bat uns in seine Wohnung, wo ein Duftmix aus sonnenwarmem Staub, kubanischem Zigarrenrauch und gekochtem Kohl in der Luft hing. Eine Wohnung voller Bücher. Überladene Regale, die vom Boden bis zur Decke reichten. Kippelige Buchstapel auf dem Boden. Das Gewicht dieser ansehnlichen Buchsammlung allein hatte das Gebäude sicher schon einen halben Meter in die Erde gedrückt und zu der Baufälligkeit und dem

Abhandenkommen jeglicher rechter Winkel beigetragen. Im Wohnzimmer hatte er zwischen Buchstapeln und schiefen Zeitungs- und Zeitschriftenstalagmiten einen Platz für uns freigeschaufelt. Dabei hätte er, wie er amüsiert erzählte, endlich seine verschwundene Couchgarnitur aus den Siebzigern wiedergefunden.

»Nichts Neues von Professor Moretti?«, fragte er.

Angelica schüttelte den Kopf.

»Unfassbar!«, sagte er. »Und die arme Regina. Meine liebe, gute Freundin. Ich habe heute Morgen von dem Mord gelesen. Tragisch!«

Er steigerte sich so in seine Verzweiflung hinein, dass nicht auszumachen war, ob sie nur gespielt oder aufrichtig war. Aber wir hatten ohnehin keine andere Wahl, als ihm zu vertrauen. Indem wir ihn angerufen und dieses Treffen vereinbart hatten, hatten wir unsere Kehlen entblößt. Aber ehrlich gesagt machte er auch keinen bedrohlichen Eindruck auf mich. Wobei es ja oft gerade die sind, auf die man sich am meisten verlässt, vor denen man sich am stärksten in Acht nehmen sollte. Theophilus de Garencières ging in die Küche und kam mit Kaffee und einer Schale Kekse zurück. Er schenkte den Kaffee in winzige Tassen und nahm sich eine Makrone. Ich starrte fasziniert auf seine Hände, auf die Finger, die in schönster Harmonie zitterten.

»Am Telefon…«, begann er, stellte aber fest, dass sein Mund zu voll war, weshalb der Rest der Frage sich verzögerte, bis er fertig gekaut und geschluckt hatte. »Am Telefon haben Sie angedeutet, dass Sie sich… verfolgt fühlen?« Die Art, wie er das fragte, verriet, dass er abzuwägen versuchte, ob die Befürchtung berechtigt oder hysterisch war.

»Ja«, sagte Angelica. »Sie sind auch hinter uns her.«

»*Sie?*«

»Wir wissen nicht, wer sie sind.«

De Garencières nickte nachdenklich.

»Vermutlich religiöse Fanatiker«, sagte ich.

»Wie kommen Sie darauf?«

»Die Art und Weise, wie Regina Ferrari ermordet wurde, unter anderem. Haben Sie schon mal von den Dräculsângeern gehört? Oder Vicarius Filii Dei?«

»Selbstverständlich. Erstere wurden vor einigen Jahren effektiv von den rumänischen Behörden aufgelöst. Von Letzteren hat seit dem 16. Jahrhundert niemand mehr gehört.«

»Wir glauben«, sagte ich zögernd, »dass die Erklärung für die Entführung in der Vergangenheit zu suchen ist.«

»Bei Nostradamus? Warum sollten Sie sonst hierherkommen?«

»Sieht so aus. Jemand aus unserer Zeit sucht nach … Also, ich weiß nicht, wonach sie suchen, aber allem Anschein nach etwas, wovon Nostradamus Kenntnis hatte.«

»Ich beschäftige mich jetzt seit fast vierzig Jahren mit Nostradamus und seinen Texten. Aber etwas Derartiges ist mir noch nie untergekommen«, sagte er, wieder mit dieser zögerlichen Skepsis. »Ich nehme an, Sie sehen einen Zusammenhang zwischen der Entführung und dem Brief, den Regina Ferrari in der Gonzaga-Sammlung entdeckt hat?«

»Sie kennen die Geschichte?«, fragte Angelica.

»Ob ich sie kenne? Ich habe Lorenzo doch den Tipp mit Regina Ferraris Fund gegeben. Ich habe sie bei ihrer Arbeit mit der Gonzaga-Sammlung sozusagen als eine Art inoffizieller Berater begleitet. Hat er das Ihnen gegenüber nie erwähnt? Typisch Lorenzo. Na ja. Ich habe ihn in aller Herrgottsfrühe an einem Sonntagmorgen angerufen, um ihn zu informieren. Arme Regina …«

»Was können Sie über den Brief sagen?«, fragte ich.

»Die Gonzaga-Sammlung … Fragen Sie lieber, was ich nicht dazu sagen kann. Federico II. Gonzaga, Markgraf und später Herzog, regierte Mantua – wie aus Shakespeares *Romeo und Julia* bekannt – bis zu seinem Tod im Jahr 1540. Papst Leo X. berief ihn zum Oberbefehlshaber der päpstlichen Truppen. Es heißt, die Geschichte sei eine Anhäufung von Zufällen. Jedenfalls war Leo X., der sein Amt von 1513 bis zu seinem Tod 1521 bekleidete, ein Medici. Sein Geburtsname war Giovanni de' Medici, Sohn von Lorenzo, dem berühmten Herrscher der florentinischen Republik. Darum ist es eigentlich nicht weiter verwunderlich, dass ein Brief an die Medici am Ende bei den Gonzagas landete.«

»Und wo kommt Nostradamus ins Bild?«, fragte ich.

»Darüber sagt die Geschichte nichts. Vielleicht verfügte er über Informationen aus einem Werk, das die Welt verloren glaubte. Das *Buch der Weisen* wird ja im Brief erwähnt. Oder das vierte Buch Henoch?« Er zögerte und sprach dann so leise weiter, dass er kaum zu verstehen war. »Vielleicht war es ja etwas über die Bibliothek des Teufels? Ein Nachkomme von Federico Gonzaga – Guglielmo Gonzaga, Markgraf und später Herzog von Montferrat – ist Gegenstand einer von Nostradamus' Prophezeiungen. Hat das etwas zu bedeuten? Unmöglich zu sagen. Zu Lebzeiten haben Nostradamus, die Gonzagas und die Medici über ihre Verbindung geschwiegen. Von daher wird es nicht ganz einfach sein, fünfhundert Jahre später etwas darüber herauszubekommen.«

»Es muss doch *irgendetwas* geben, das uns weiterhelfen kann?«

»Wer weiß«, murmelte de Garencières mit einem Funkeln in den Augen. Mit der Treffsicherheit eines Bibliothekars trat er an eins der Regale und zog ein dünnes Büchlein heraus. »Dies«, sagte er, »ist die Faksimileausgabe der 1568er-Ausgabe von Nostradamus' *Prophezeiungen*, gedruckt von Benoist Rigaud in Lyon. Im Musée Arbaud in Aix-en-Provence liegt auch ein Exemplar. Klein, nicht wahr? Sieben mal zehn Zentimeter. Zweihundert Seiten. Die Version wurde nur zwei Jahre nach Nostradamus' Tod gedruckt, nach der Vorlage seiner Originalausgabe. Viele Ausgaben, die in den folgenden Jahrhunderten publiziert wurden und den meisten unserer heutigen Übersetzungen zugrunde liegen, sind voller Fehler, Verfälschungen und Missverständnisse.«

Er senkte die Stimme. »Darf ich meine äußerst private Theorie äußern? Ich vermute, Nostradamus hat etwas Großes vorhergesehen. Etwas Gefährliches. Etwas, das zu erfahren die Welt noch nicht reif war. Etwas, das die Allgemeinheit auf keinen Fall erfahren durfte. Ein Dritter Weltkrieg, der Weltuntergang, Armageddon? Ein Komet? Ein alles vernichtender Vulkanausbruch? Ein religiöses Geheimnis ungeahnter Dimension?«

IV

Ich stelle mir vor, dass Menschen wie Theophilus de Garencières unter einer Glasglocke leben, wo alles Unmögliche möglich ist, alles Lächerliche Wahrheit ist und die gesunden Einwände des Skeptikers als Sturheit, Misstrauen und Fantasielosigkeit ausgelegt werden. Wo wir anderen außerhalb der Glasglocke auf nachprüfbare Logik und kritisches Hinterfragen setzen, geben sie sich unsichtbaren Kräften hin, Göttern und Geistern, toten Seelen, Engeln und Dämonen.

Auf der anderen Seite des Tisches rieb sich Theophilus de Garencières vergnügt die Hände. »Okkultismus! Mystik! Magie! Astrologie!« Jedes Wort eine kleine begeisterte Explosion. »In unserer Zeit regiert der Rationalismus! Die Vernunft! Wir wollen alles begreifen und anfassen können. Das war ganz anders für Nostradamus. Er lebte in einer Zeit, in der die Menschen aufrichtig an die Mysterien des Lebens und des Todes glaubten. Damals gab es keinen künstlichen Widerspruch zwischen der Wissenschaft und den verborgenen Kräften der Natur. Sie sahen Zusammenhänge, wo wir Widersprüche sehen. Nostradamus war ein Kind seiner Zeit. Nach außen: ein hochgebildeter und belesener Pestarzt und Apotheker, ein geachteter Bürger. Zugleich: ein Prophet und Mystiker, der Okkultismus und Magie praktizierte. Hätte er nicht so gute Kontakte gehabt, wäre er sicher auf dem Scheiterhaufen gelandet. Vergessen Sie nicht, das war die Hochphase der Inquisition, die den Glauben verteidigen und alle falschen Doktrinen niederschlagen sollte. Wie Hexerei, Hellseherei, den Glauben an Magie und an Geister, die nicht in der Bibel stehen. Alles, wofür Nostradamus stand! Warum also wurde er nie aus dem Verkehr gezogen, vor ein Tribunal gestellt und zum Tode verurteilt als der ketzerische Zauberer, der er war? Weil Nostradamus Umgang mit den Allermächtigsten pflegte. Den Medici. Der französischen Königsgemahlin Katharina. Michelangelo. Sogar Machiavelli. Erstaunlicherweise. In einem Brief von Machiavelli an den großen Künstler Michelangelo – ein Brief, der in den Hinterlassenschaften Nostradamus' gefunden wurde, mit seinen persönlichen Anmerkungen am Rand – werden die Medici als *unsere florentinischen Wohltäter* bezeichnet. Wieso, kann man sich fragen, war Nostradamus im Besitz eines privaten Briefes von Machiavelli an Michelangelo?«

V

Der Florentiner Niccolò Machiavelli war nicht nur Schriftsteller, Dramatiker, Poet und Philosoph, sondern auch Historiker, Diplomat und Stadtkanzler von Florenz. Sein bedeutendstes Werk ist *Der Fürst*, eine politische Analyse, ein Handbuch für Despoten, eine Gebrauchsanweisung für Diktatoren, das ABC des Ränkespiels und ausgeklügelter Machtergreifung. Ein Jahr, nachdem die Medici in Florenz wieder die Macht übernommen hatten, erschien *Der Fürst*. Machiavelli verlor seine Ämter und um ein Haar das Leben. Er wurde selbst zum Opfer der Methoden, die er skrupellos aufstrebenden Herrschern empfahl: Internierung, Arrest und Folter.

»Nostradamus … Machiavelli … Michelangelo …«, murmelte ich gedankenverloren.

»Und nicht genug damit: In einem Schreiben von Michelangelo an Nostradamus verweist der große Künstler auf einen geheimen Pakt mit Machiavelli über etwas, das sich in *la catted-rale della diocesi di Roma* befunden habe – und jetzt in Sicherheit gebracht worden sei. Worum geht es da? Und wo in Sicherheit gebracht?«

Ich sah den mächtigen Petersdom vor meinem inneren Auge. Die prachtvollen Deckengemälde in der Sixtinischen Kapelle sind Michelangelos berühmtestes Kunstwerk. War es denkbar, dass der Künstler in der berühmten Deckenmalerei eine versteckte Botschaft hinterlassen hatte? Michelangelo war vorrangig als Maler und Bildhauer bekannt, aber er war ein ebenso talentierter wie gefragter Architekt gewesen. Unter anderem war er am Bau der Biblioteca Medicea Laurenziana und der Medici-Kapelle, einer Erweiterung der San-Lorenzo-Basilika, beteiligt.

Theophilus de Garencières riss mich aus meinen Gedanken.

»Es ist wirklich bemerkenswert, dass ein Mann wie Nostradamus, der vor Galileo Galilei lebte, sich erdreistete anzudeuten, dass die Erde weder der Mittelpunkt des Sonnensystems noch des Universums ist. Er hat die Mondlandung vorhergesagt, genau genommen das ganze Raumfahrtprogramm.«

»Nostradamus?«

De Garencières deklamierte aus dem Gedächtnis:

Im Winkel des Mondes wird er gehen,
wo er gefangen und in fremdes Land gebracht wird,
die unreifen Früchte werden für großen Skandal sorgen,
großer Tadel, für die anderen ein großes Lob. [*]

Für uns, die wir nicht über die Begabung eines Theophilus de Garencières verfügten, alte Texte zu deuten, hätte Nostradamus

---

[*] *Dedans le coing de Luna viendra rendre,*
  Où sera prins & mis en terre estrange,
  Les fruicts immeurs seront à grand esclandre,
  Grand vitupere, à l'un grande louange.
  Les Prophéties (1555, 2. Aufl.), Centurie 9, Strophe 65.

sich gerne etwas klarer und eindeutiger ausdrücken dürfen. Im Winkel des Mondes? Unreife Früchte? Angelica und ich saßen grübelnd da, bis Theo, etwas enttäuscht, uns eine Lösung anbot:

»Sehen Sie denn nicht das Offensichtliche? In einer Zeit, in der ein Genie wie Leonardo da Vinci an der Konstruktion einer Flugmaschine scheitert, wagt Nostradamus zu äußern, dass der Mensch eines Tages seinen Fuß auf den Mond setzen wird. Bis weit ins vorige Jahrhundert hinein war Raumfahrt undenkbar. Wenn man sich den verschiedenen Deutungsmöglichkeiten öffnet, sieht man, dass Nostradamus den gesamten Wettlauf der Russen und Amerikaner um die Herrschaft im Weltraum vorhergesehen hat.«

»In dem Text, den Sie gerade vorgetragen haben?«

»Wir müssen die Gesamtheit deuten. Strophe 65, Centurie 9, nicht wahr? 65 ist keine zufällige Zahl, sie steht für die Jahreszahl 1965. In dem Jahr hat die NASA sich aus dem Gemini-Programm verabschiedet und ab dann ins Mondlandeprogramm Apollo investiert. Und was geschah? Bei einem Countdown-Test auf der Erde wurde Apollo 1 durch einen Brand zerstört, der drei Astronauten das Leben kostete. Das gesamte Apollo-Programm war eine *unreife Frucht*! Die Katastrophe war eine große Schande, ein nationaler *Skandal*. Unterdessen kosteten die Russen aus, dass ihr eigenes Raumfahrtprogramm gute Fortschritte machte. *Ein großes Lob*. Centurie 9 verweist auf die letzte Ziffer in der Jahreszahl 1969, als das Mondmodul Eagle von Apollo 11 auf dem Mond landete. Die letzten Zeilen sind auch ein Hinweis auf die Tragödie von 1986, als die Challenger-Raumfähre explodierte. Das Raumfahrtprogramm war *eine unreife Frucht*, unfertig, geprägt von Chaos und Sparzwängen. Zeitgleich verbuchten die Russen, *die anderen*, einen Riesenerfolg mit der Raumsonde Mir und heimsten *großes Lob* ein. Hier! Lesen Sie, dann werden Sie Nostradamus' Methodik besser verstehen!«

Er reichte mir die Kopie eines Artikels.

So weissagte Nostradamus

Von Theophilus de Garencières
Vorsitzender der *Gesellschaft der Freunde Nostradamus'*

Selbst der eingefleischteste Skeptiker muss eingestehen, dass Nostradamus die Fähigkeit besaß, in die Zukunft zu schauen. Viele haben versucht herauszufinden, welcher okkulter Techniken der Meister der Wahrsagekunst sich bediente, um den Zeitnebel zu durchdringen und Visionen zu empfangen über Ereignisse, die Hunderte von Jahren in der Zukunft lagen. Fakt ist, dass Nostradamus unterschiedliche Techniken anwandte. Dass er Astrologe war, ist allgemein bekannt. Aber er beherrschte auch eine Reihe magischer und okkulter Rituale, die im 16. Jahrhundert in Gebrauch waren, nicht zuletzt die uralte Praxis, bei der der Hellseher in eine Schale mit Wasser schaut, bis die Visionen kommen. Viele verwendeten zu diesem Zweck Kristallkugeln, aber eine Schale Wasser hatte den gleichen Effekt: Indem er sich selber in Trance versetzte, konnte der Hellseher Ereignisse in der Vergangenheit, Gegenwart oder Zukunft sehen. Viele religiöse Gemeinschaften kennen Varianten der Kristallomantie als Quelle heiliger Offenbarungen. In der Kirche Jesu Christi der Heiligen der Letzten Tage (»Mormonen«) tragen die Mitglieder der obersten Präsidentschaft und des Kollegiums der Zwölf Apostel den Titel »Prophet, Seher und Offenbarer«. Der Ausdruck stammt von den Sehersteinen, auf die der Kirchengründer Joseph Smith sich berief, als ihn seine Offenbarung von Gott ereilte. Im *Buch Mormon* sind die Steine unter den Namen Urim und Thummim* erwähnt und waren laut der mormonischen Lehre »ein von Gott geschaffenes Instrument, um dem

---

* Hebräisch für »Licht« und »Recht«.

Menschen beizustehen, die Offenbarungen des Herrn anzunehmen«.
Urim und Thummim sind keine mormonische Erfindung, bereits in
den Büchern Mose* finden Urim und Thummim als heilige Steine Erwähnung. Die Hohepriester benutzten sie, um Antworten von Gott
zu bekommen**. In einem Brief beschreibt Nostradamus folgende
Technik, um Kontakt zu den Geistern aufzunehmen:

Nach neun aufeinanderfolgenden Nächten, von Mitternacht bis rund
vier Uhr, mit einem Lorbeerkranz auf dem Haupte, einen Ring mit einem blauen Stein an meinem Finger, teilte mir der gute Geist eine
Einsicht mit. Ich griff mir einen Schwanenfederkiel (dreimal verbot
der Geist mir, den Kiel zu benutzen) und folgte seinem Diktat wie von
poetischem Irrsinn erfüllt. Dann, an unseren ausgezeichneten Geist
gewandt, fragte ich ihn, ob er mich – sowie seinen treuen Bérard, einen Alchemisten ohnegleichen – lehren wollte, wie man Gold her-
stellt und Schwefelkies reinigt und veredelt. So, den Hals mit Lorbeer-
und Oleanderzweigen geschmückt, flehte ich meinen Schutzengel
an, diese Transmutationen [Verwandlungen] durchzuführen und
mich mit ehrlichen Orakeln zu inspirieren, kraft meiner Fürbitten an
Jesus Christus, die Jungfrau Maria und meinen unsichtbaren Patron,
den Erzengel Michael.***

Unabhängig von der Technik, die man anwendet, ist es wichtig,
sich zu vergegenwärtigen, dass die Kunst der Wahrsagerei eine der
menschlichen Seele innewohnende Fähigkeit ist. Die Magie liegt
nicht in der Kristallkugel oder dem Gegenstand verborgen, dessen
sich das Medium bedient, sondern in der Seele des Mediums.

---

* Urim und Thummim werden auch schon beim Propheten Esra
erwähnt (2, 63) und bei Nehemia (7, 65).
** 2. Buch Mose, Kap. 28, Vers 30.
*** Nostradamus in einem auf August 1562 datierten Brief an seinen
Kunden François Bérard.

»Na, was sagen Sie?«, fragte de Garencières.

Ich versuchte – ohne Erfolg – meine Gegenargumente vorzubringen, indem ich behauptete, Nostradamus schriebe so vage, allegorisch und metaphorisch, dass man im Nachhinein alles Mögliche in seine Texte hineinlesen könnte. De Garencières schnaubte verächtlich. Er meinte, dass man sich nur demütigst dem Klarblick Nostradamus' unterwerfen könne und dass meine Skepsis auf der fantasielosen Rationalität des modernen Menschen basiere. »Sie argumentieren haargenau so wie Professor Moretti!«, sagte er und blätterte in dem Stapel Papiere vor sich. »Hier können Sie seine Antwort lesen:«

Nostradamus kopierte das Orakel von Delphi

Von Professor Lorenzo Moretti

In der letzten Ausgabe von »Freunde des Nostradamus« (Nr. 6, Juni 2009) schreibt Theophilus de Garencières über die Weissagungsmethoden von Nostradamus. In der ersten Strophe in *Les Prophéties* schildert Nostradamus, wie er sich selbst in prophetische Trance versetzte:

Des Nachts sitze ich über geheimen Studien,
allein, auf bronzenem Taburett,
meine Einsamkeit geteilt nur mit einem zuckenden Flämmchen.
Seid gewiss dessen, was ich Euch weissage.

Estant assis de nuit secret estude,
Seul repousé sus la selle d'æ rain,
Flambe exigue sortant de solitude,
*Fait proferer qui n'est à croire vain.**

---

* *Les Prophéties* (1555, 2. Aufl.), Centurie 1, Strophe 1.

Die Prozedur, die Nostradamus hier beschreibt, basiert auf dem Zauberformelbuch *De Mysteriis Aegyptiorum**. Dieses Buch, das okkulte Zauberformeln und magische Rituale enthielt, war im 16. Jahrhundert sehr populär. *De Mysteriis Aegyptiorum* beschreibt die Methoden der weissagenden Priesterinnen des Orakels von Delphi. Nostradamus hielt sich bis ins kleinste Detail an die Beschreibung. Bei Jamblichos können wir nachlesen, dass das Orakel von Delphi – exakt wie bei Nostradamus – die Götter auf einem Hocker sitzend empfängt, in göttlichem Licht, während sie mit heiligem Wissen erfüllt werden, also Visionen. Was zeichnet die Methoden der Pythia von Delphi aus? Sie saß auf einem dreibeinigen Schemel, kaute Lorbeerblätter und starrte in eine Schale mit heiligem Wasser aus der Kassotis-Quelle. Nostradamus hat diese Beschreibung einfach in *Les Prophéties* übernommen.

Die Priesterinnen, die im Orakel von Delphi dienten, hießen Pythia. Gut über tausend Jahre – vom achten Jahrhundert vor Christus bis ins Jahr 393 nach Christus – verkündete Pythia ihre Visionen. Die Pythia wurde aus einer Gruppe Frauen mit tadellosem Charakter und hoher Moral ausgewählt. Mehrere Jahrhunderte kamen sie aus gebildeten, kultivierten Aristokratenfamilien, dann wieder war die Pythia eine ungebildete Frau aus einfachen Verhältnissen. In den ersten Jahrhunderten war die Pythia gern eine jugendliche Jungfrau, später wurden reifere Frauen mittleren Alters vorgezogen. Die Priesterinnen des Apollon-Tempels waren privilegiert und genossen einen hohen sozialen Status. Neun Monate im Jahr war Pythia aktiv. Die Saison für Weissagungen begann im Frühjahr. Zur Vorbereitung der Pythia gehörten etliche religiöse Reinigungsriten wie Fasten und Baden in Quellwasser. Für jede

---

* Vermutlich verfasst von Jamblichos, der zwischen 200 und 300 n. Chr. lebte, neu herausgegeben in Venedig (1497) und später in Lyon (1549).

Weissagungssitzung ging sie nach unten in ihre Kammer und atmete heiliges Gas ein. Manche Leute behaupten, dass die Weissagungen ein wirres Gestammel ohne Sinn und Verstand waren, das erst von männlichen Priestern aufgeschrieben und dann übersetzt werden musste. Andere wiederum behaupten, das Orakel habe seine Weissagungen klar und deutlich direkt an die Frager weitergegeben.

Das Orakel von Delphi war Teil einer gigantischen Tempelanlage, die Apollon geweiht war. Der Tempel lag am Südhang des Parnass zwischen der griechischen Stadt Lamia und dem Golf von Korinth. In der Hochzeit des Orakels wurden bis zu drei Pythien gleichzeitig eingesetzt, um die große Nachfrage nach Weissagungen zu bewältigen. Wer eine Vision von Pythia wünschte, musste Lorbeerblätter mitbringen, Opfertiere und nicht zuletzt Geld. Weissagungen waren damals wie heute ein lukratives Geschäft. Seit der Bronzezeit zog das Parnass-Gebirge Menschen an, die sich dem euphorischen Zustand hingaben, in den man dort manchmal versetzt wurde. Der Historiker Diodorus Siculus erzählt von einem Hirten, der entdeckte, dass eine seiner Ziegen sich sehr merkwürdig benahm, nachdem sie in eine Felsspalte gefallen war. Als er selbst dort hinunterkletterte, wurde er von einer Göttlichkeit erfüllt, die ihn klar in die Vergangenheit und Zukunft schauen ließ. An genau dieser Stelle wurde der Apollon-Tempel errichtet. Die bekannteste Theorie ist wohl, dass die Pythia berauschende Dämpfe – Ethylen oder Methan – einatmete, die aus Erdspalten unter dem Tempel emporstiegen. Auch der griechische Historiker Plutarch, der als Hohepriester im Apollon-Tempel diente, berichtete von den Gasen aus dem Erdreich. In seinem Werk *Moralia* schrieb er, dass die unterirdische Kammer der Pythia von Düften der süßesten und kostbarsten Parfüme erfüllt sei. In modernem Sprachgebrauch würden wir wahrscheinlich sagen, dass Pythia schlicht und ergreifend high war. Nostradamus seinerseits hatte zwar keine aus der Erde dringenden Rauschmittel zur Verfügung, aber es herrscht wenig Zweifel darüber, dass der französische Prophet – inspiriert von den Schilderungen in *De Mysteriis Aegyptiorum* – die Methoden des Orakels von Delphi bis ins kleinste Detail kopierte.

Um die Suche in eine etwas konkretere Richtung zu lenken, schlug ich vor, dass wir uns einmal das Wort *Blutregen* genauer ansehen sollten – Professor Morettis Kurzversion von Nostradamus' metaphorischem *Finde den Bogen, wo Blut regnet*. Leider wusste Theophilus de Garencières dazu nicht mehr zu sagen als Angelica und ich. Da Nostradamus ein Meister des Verpackens von geheimen Botschaften in Anagrammen war, versuchten wir es mit Vertauschen der Buchstaben, was uns aber auch nicht weiterbrachte. »Professor Moretti und ich haben uns bis zum Ende über Anagramme gestritten«, sagte de Garencières und entschuldigte sich augenblicklich: »Tut mir leid, ich meine das natürlich nicht wörtlich. Aber noch in der letzten Mail, die der Professor mir geschickt hat, ging es um ebendieses Thema.«

»Haben Sie vielleicht noch andere Ideen?«, fragte ich. »Haben Sie und Professor Moretti mal über ein Thema diskutiert, das die jüngsten Ereignisse erklären könnte?«

Er sah mich an, fast prüfend, ehe er nickte. Dann ging er mit kantigen Bewegungen zu einem der Regale, fuhr mit dem Zeigefinger über die Buchrücken und zog etwas heraus.

»*Orus Apollo!*«

Triumphierend hielt er das Buch in die Luft. In seiner Stimme schwang Andacht mit, als er fortfuhr: »Das Original befindet sich in Lyon. Die Handschrift stammt von Nostradamus, geschrieben irgendwann vor 1555, vermutlich eine Nachdichtung des griechischen Altertumswerkes *Hieroglyphica*. Das Werk stellt noch heute ein großes Rätsel dar. Es enthält viele Chiffren und amüsante Anagramme. Wie dieses …«

LYCIA E PORTA

Ich ließ mir die Worte auf der Zunge zergehen. *Lycia e Porta*. Versuchte, einen Sinn hineinzubringen. »Lycia war vor etwa 2700 Jahren ein Zusammenschluss von Stadtstaaten in der südwestlichen Türkei«, sagte ich, mich herantastend. »*Porta*... Hat das was mit Giovanni Porta zu tun?«

»Dem Komponisten?«, fragte Angelica.

»Nein, dem Wissenschaftler, der für seine Arbeit mit Codes bekannt war.«

»La Porta ist eine Gemeinde auf Korsika«, schlug Angelica vor.

Theophilus de Garencières lachte in sich hinein. »Sie haben mit alldem so weit recht. Und zugleich liegen Sie ganz falsch.«

»Der semantische Sinn der Wörter ist unwesentlich«, sagte ich. »Wenn dies ein Anagramm ist, müssen die Buchstaben zu einem ganz anderen Wort zusammengesetzt werden.«

»Genau«, sagte de Garencières. »Und es haben sich im Laufe der Geschichte einige Codeknacker daran versucht. Dies hier ist die Lösung mit den meisten Anhängern...«

Er schrieb LYCIA E PORTA auf ein Blatt Papier und malte dann Pfeile dazu, die zeigten, wie die Buchstaben für zwei andere Wörter umgestellt werden mussten.

Oracle Pytia. Das Orakel von Delphi.

Diese Lösung half uns auch nicht weiter. Im besten Fall war sie ein Fingerzeig, ein vager Wegweiser.

»Und nicht genug damit«, sagte de Garencières. »In *Orus Apollo* finden sich Verweise auf Ägypten, Cäsar, Kleopatra, auf die Tempelritter und Johanniter und nicht zuletzt auf Geheimnisse, die in Werken der Bibliothek von Alexandria versteckt waren. Nostradamus deutet an, dass sie okkulter, magischer und religiöser Natur sind. Und dass die Lösung immer zu finden ist beim...« Er blätterte weiter und zeigte auf zwei Worte im Text:

ROTABILE OBICI

Rotabile ist vom lateinischen *rotabilis* abgeleitet, hat etwas mit Transport zu tun und kann vielleicht mit *rollen* übersetzt werden.

Obici? Ein Eigenname und ein Krankenhaus. De Garencières drehte das Blatt um, schrieb etwas und zeigte uns die Lösung:

Bibliotecario! Bibliothekar!

Aber welcher Bibliothekar?

»Sie wollten wissen, ob ich noch mehr Ideen habe«, sagte de Garencières. »Ja, habe ich. Ideen, aber keine Lösungen.«

Er zog ein loses Blatt zwischen den Seiten von *Orus Apollo* hervor und hielt es ins Licht. Oben erkannte ich das Symbol, das ich bei Professor Morettis Vortrag auf dem Brief von Nostradamus an Cosimo I. de' Medici gesehen hatte.

»Dieses Blatt ist eine Rarität«, sagte er. »Sie gehören jetzt zu den wenigen Menschen auf der Welt, die diese Abschrift zu Gesicht bekommen haben. Die zwölf losen Blätter sind ein antiquarisches Kleinod – eine handgeschriebene Abschrift der verloren gegangenen Erstausgabe von Nostradamus' *Les Prophéties*.«

»Wie sind Sie daran gekommen?«, fragte ich interessiert.

»Über einen Freund in Grosseto. Tomasso Vasari. Das ist eine lange Geschichte. Er wiederum hatte sie von einem Antiquar in Rom erstanden, einem gewissen Luigi Fiacchini, irgendwann in den Neunzigern.«

Ich zuckte zusammen, verkniff mir aber zu erwähnen, dass sowohl Vasari als auch Fiacchini alte Bekannte von mir waren.

»Noch mehr Chiffren. Oder Anagramme. Für die ich leider keine Lösung habe. Ich habe, ehrlich gesagt, nicht die leiseste Ahnung, worauf sie sich beziehen oder was sie bedeuten.«

De Garencières sah uns entschuldigend an, als er auf die erste Chiffre zeigte.

Libico β

»Ich hatte gehofft, Professor Moretti könnte mir da weiterhelfen«, sagte er. »Wenn er mich hier besucht hätte, wie angekündigt.«

»Typisch Lorenzo«, sagte Angelica. »Immer zu wenig Zeit. Immer im Verzug.«

De Garencières sah Angelica an, als suche er nach Worten, mit denen er sie trösten, sie beruhigen und ihr versichern könne, dass am Ende sicher alles gut ausgehen würde.

»Haben Sie versucht, es zu dechiffrieren?«, fragte ich.

»Selbstverständlich! Aber ich bin kein Fachmann. Darum habe ich auf Professor Moretti gehofft. Er hätte sicher mehr damit anfangen können.«

»*Libico* bedeutet libysch«, sagte Angelica, als wollte sie die Abwesenheit und das Versäumnis ihres Ehemannes wiedergutmachen, indem sie für ihn antwortete.

»Das weiß ich«, sagte de Garencières.

»Und der letzte Buchstabe ist das griechische Beta«, bemerkte ich.

»So weit war ich auch schon«, antwortete er geduldig. »Aber das *libysche Beta* ... Was bedeutet das? Die Zeichen müssen einen anderen Sinn bergen, eine verschleierte Bedeutung.«

»Die in fünfhundert Jahren niemand aufgedeckt hat?«, entgegnete ich.

»Sie verstehen nicht. Den Code-Experten standen diese Chiffren fünfhundert Jahre lang nicht zur Verfügung. Niemand hat sie je gesehen! Diese Zeichen, Codes, Anagramme, Rebusse oder was immer das sein mag, sind nie in den späteren Ausgaben von Nostradamus' Werken aufgetaucht. Es gibt sie ausschließlich in der Erstausgabe. Die – sicher nicht zufällig – verschwunden ist. Diese Abschrift wurde 1927 von einem bibliophilen Antiquar in einer vergessenen Handschriftensammlung in der maltesischen Nationalbibliothek in Valletta entdeckt.«

»Valletta?«, unterbrach ich ihn. »Sie wissen schon, dass die Bibliothek 1555 vom Malteserorden gegründet wurde? Und der Malteserorden ist das Gleiche wie der Johanniterorden.«

»So ist es! Seit ich im Besitz dieser Abschrift bin, versuche ich, sie zu decodieren. Aber ich habe einfach kein Talent. Darum habe ich Professor Moretti in den Ohren gelegen, mich zu besuchen. Aber er hat mir wahrscheinlich nicht recht geglaubt…«

Ich kannte Professor Moretti zwar nicht sonderlich gut, aber es hätte mich nicht überrascht, wenn er sich Männer wie Theophilus de Garencières und ihre vermeintlichen Schatzkammern voll jahrhundertealter Geheimnisse auf Armeslänge vom Leib hielt.

De Garencières blätterte weiter.

δέκα Mei

»Die griechischen Zeichen δέκα, oder *deca*, bedeuten *zehn*«, sagte er. »*Mei* heißt *mein*. Aber was bedeutet es? Zum Schluss habe ich noch einen besonderen Leckerbissen:«

ϣϫϫϫ††ϯϥϧϭϩ

»Koptisch«, sagte ich.

»Das ist auch das Einzige, was ich herausgefunden habe.«

Ich versuchte mich daran, den Text zu deuten. Ein ϣ, drei ϫ, zwei †, ein ϯ, ein ϥ, ein ϧ, ein ϭ, ein ϩ. Würde ich den Zeichen etwas Vernünftiges abringen können?

Nein. Nichts. Absolut nichts.

Ich starrte lange auf die Chiffren.

Fünfhundert Jahre bargen sie nun schon ihr Geheimnis.

Aber alles Starren half nichts. Es hilft selten zu starren.

»Sagt Ihnen das etwas?«, fragte de Garencières.

»Nein. Aber ich habe eine Frage. Warum haben Sie nicht bei anderen Codierungsexperten Rat gesucht?«

»Bei jemand anderem als Professor Moretti? Das würde mir nie in den Sinn kommen. Aber er ist nicht gekommen!«

»Hätten Sie ihm Ihre Fragen nicht per Post oder Mail schicken können?«, hakte ich nach.

Er sah mich bestürzt an. »Ausgeschlossen! Sind Sie des Wahnsinns? Vollkommen ausgeschlossen! Niemals im Leben würde ich das aus der Hand geben und verschicken. Die gesamte Branche ist durchseucht von Betrügern, Fälschern, Blutsaugern, Verrätern und Zynikern, die ihre eigene Mutter ans Messer liefern würden, um ein so seltenes Dokument wie dieses in die Finger zu bekommen.«

Angelicas Kehle entrang sich ein Schluchzer.

Er schluckte, als ihm aufging, was er gerade gesagt hatte. Um es durch eine Entschuldigung nicht noch schlimmer zu machen, sprach er rasch weiter: »Erst, nachdem ich Professor Moretti kennen gelernt hatte und wusste, dass ich mich auf ihn verlassen kann, habe ich es gewagt, ihn hierher einzuladen. Aber er hatte nie Zeit! Hätte er sich nur die Zeit genommen … Ich habe ihn mit allem Möglichen versucht zu locken. Er hätte diese Chiffren sicher im Handumdrehen entschlüsselt. Aber er hat mich wohl nicht ernst genommen«, fügte er still und nachdenklich hinzu.

Weder Angelica noch ich sagten etwas.

Mit Theophilus de Garencières' widerwilliger Genehmigung fotografierte ich die Manuskriptseiten und Chiffren mit meinem iPad. Es war ganz offensichtlich, dass es einen Zusammenhang gab, welchen allerdings, das war weit weniger klar.

»Wissen Sie«, fragte de Garencières Angelica, »ob Lorenzo

jemals die andere Spur weiterverfolgt hat, von der ich ihm erzählt habe?«

»Welche andere Spur?«

»Na ja, vielleicht eher ein Tipp. Ich habe ihm zwei Tipps gegeben. Regina Ferrari und die Gonzaga-Sammlung war der eine.«

Er stockte. Ich sah Regina Ferrari vor mir. Im Büro der Uffizien, interessiert, mit Feuereifer. Danach tot in ihrem Bett. Ermordet. Ausgeblutet. Auch de Garencières schien an sie zu denken, denn er senkte die Stimme, als er weitersprach:

»Der andere Tipp betraf einen Brief der französischen Königin Katharina de' Medici an Nostradamus. Ein umstrittener Brief, der sich inzwischen in den französischen *Archives nationales* befindet.«

»Wieso umstritten?«, fragte ich.

»Es ist absurd, aber etliche Leute glauben, es handele sich um eine Fälschung.«

Er ging zu einer Kommode, zog eine Schublade auf und fischte ein Blatt heraus. »Eine Kopie«, sagte er und reichte es uns.

Ein merkwürdiger Brief war das. Die Königin schien ihre Sinne nicht ganz beieinanderzuhaben. Sie lobte Nostradamus' paranormale Fähigkeiten und verwies in schwülstigen Worten auf Cäsar, Kleopatra, Michelangelo, Machiavelli, die Tempelritter und Johanniter, einen historischen Schatz und die Bundeslade. Sie zog eine direkte Linie von Cäsars Schatz zum französischen König Philipp IV., der, wie sie meinte, auf der Spur des Schatzes gewesen sei, als er das Massaker an den Tempelrittern veranlasst hatte. Ja, ebendiese Jagd auf Cäsars Schatz habe Philipps Zorn gegen die widerspenstigen Tempelritter geschürt, behauptete die Königin in dem Brief.

Mein Blick suchte Angelicas Augen und blieb daran hängen. Ich konnte ihren Ausdruck nicht deuten.

Für Verschwörungstheoretiker ist der verborgene Schatz der Tempelritter eine mythische Verlockung. Was brachten die

Tempelritter aus Jerusalem mit? Der Tempelberg ist heiliger Boden für Christen, Juden und Muslime. Was also erbeuteten die Ritter dort? Was mochten sie in verborgenen Grotten tief unter dem ehemaligen Tempel Salomos gefunden haben? Den heiligen Gral? Die Bundeslade? Jesu Kreuz und Dornenkranz? Geheime Buchrollen, die neues Licht auf Jesu Lehre warfen? Okkulte Schriften aus dem alten Ägypten? Enorme Mengen Gold und Edelsteine? Die Tempelritter waren unfassbar reich. Hatte König Philipp IV. deshalb die Anführer gefangen genommen und grausamster Folter unterzogen? Oder hatten sie tatsächlich die Bundeslade gefunden, wie Piero Ficino behauptete? Hatten sie ihr Geheimnis verraten? Nein. König Philipp hatte seinen gehorsamen Untertan Papst Clemens V. auf seine Seite gezogen, damit der ihn bei der Verfolgung und Zerschlagung des Tempelritterordens unterstützte. Waren sie zu mächtig geworden für den König und den Papst? Der letzte Großmeister des Ordens, Jacques de Molay, wurde 1314 auf einer Insel in der Seine in Paris auf dem Scheiterhaufen verbrannt. Und das, obgleich Papst Clemens V. die Tempelritter bereits 1308 – in einem geheimen Dokument, das erst im Jahre 2001 entdeckt wurde, als ein italienischer Forscher in den geheimen Archiven des Vatikans auf das Chinon-Pergament *Vitae Paparum Avenionensis* stieß – von allen gegen sie gerichteten Anklagen freigesprochen hatte. Ehe die Flammen ihn verzehrten, stieß Jacques de Molay noch einen Fluch über König und Papst aus, in dem er sagte, dass er sie noch vor Ablauf eines Jahres vorm Gottesgericht wiedersehen würde. Ob das, was dann passierte, Zufall war oder Molays gutem Kontakt zum Jenseits geschuldet, wissen wir nicht. Aber Papst Clemens V. starb einen Monat später, König Philipp ein Jahr danach.

»Ich habe die Antwort von Nostradamus an die Königin gelesen«, sagte de Garencières. »Die ist nicht minder merkwürdig. Das Original ist im Besitz der Universitätsbibliothek von Florenz.«

»Haben Sie eine Kopie?«, fragte ich.

»Leider nein. Der Konservator wollte es mich nicht kopieren lassen, der Sturkopf. Er ist Leiter der Manuskriptsammlung an der Universitätsbibliothek in Florenz. Immerhin hat er mich in seiner unermesslichen Gnade den Brief lesen lassen.«

»Er heißt Carlo Cellini«, sagte Angelica. »Ich habe ihn mal interviewt.«

Dämmerung. Die Sonne schimmerte bleich am Himmel, als Angelica und ich uns einige Stunden später von Theophilus de Garencières und seinem reichen Fundus an Mysterien verabschiedeten. Ich hatte – vielleicht unbewusst oder auch nicht – Angelicas Hand ergriffen. Sie ließ sich nichts anmerken. Wie ein Paar schlenderten wir durch die stillen Gassen zurück zum Auto. Zum Glück war der Ausflug nicht umsonst gewesen. Ein neuer Name: Carlo Cellini. Und drei Chiffren.

Libico β. δέκα Mei. ⵉⵛⵛⵛⵜⵜⵜⵯⵀⵓⵣ.

Jetzt hatten wir etwas Konkretes, auf das wir uns stürzen konnten.

Morettis Geschichte (III)

ZWISCHENSPIEL: VIGENÈRE-CHIFFRE
MÖNCHSKLOSTER MONTECASETTO
DIENSTAG

Und wenn wir uns tatsächlich in der Bibliothek des Teufels befinden? Lorenzo lächelt. Neben ihm sitzt Silvio und zeichnet. Vor dem Studierzimmer sieht er Reihen von Regalen, schwer beladen mit der Weisheit der Jahrhunderte. Lederne Buchrücken. Vergessene Verfasser, vergessene Titel. Vielleicht ist Satans Beitrag zur Literatur ja gerade das Vergessen, denkt er. Das erste Mal hat er von der Bibliothek des Teufels in einem Vortrag von Professor Poliziano der Universität Bologna gehört. Sein Thema waren die Werke *De Mysteriis* und *De Officiis Ministrorum*. Beide aus der Feder des Kirchenlehrers Ambrosius von Mailand, verfasst im vierten Jahrhundert, lange bevor Ambrosius heiliggesprochen worden war. In seinen Werken erwähnt Ambrosius in Zusammenhang mit einem Hinweis auf Cäsar auch die Bibliothek des Teufels. Tausend Jahre später nahm Papst Clemens V. den Faden in seiner *Pastoralis Praeeminentiae* wieder auf, in der er behauptete, die Tempelritter seien die Bibliothekare von Satans eigener Büchersammlung. Noch unverständlicher war der Hinweis in einem Brief, den der Großmeister der Johanniter, Pierre d'Aubusson, an Lorenzo de' Medici schrieb, als die Türken 1480 Rhodos belagerten: »*Mein Herr, ich mache mir Sorgen um die Schriften, die von manch einem Papst – Gott bewahre ihre heilige Einfalt – als ›Bibliothek des Teufels‹ be-*

zeichnet worden sind…« Auf was zielt er mit dieser ungeheuer respektlosen Formulierung ab?

Silvio seufzt.

Alles okay, Partner?, fragt Lorenzo.

Ich langweile mich.

Versuch, an etwas Lustiges zu denken.

Kann ich dir helfen, Papa?

Später. Vielleicht später.

Es vergehen ein paar Minuten. Francesco kommt. Er reicht Lorenzo ein Buch – *Steganographia* von Trithemius – und sagt, dass ihm das vielleicht von Nutzen sein könnte. Er hat auch ein Buch für Silvio dabei: Die Erstausgabe von *Pinocchio* von Carlo Collodi. Du musst aber sehr vorsichtig blättern, sagt Francesco. Das Buch ist so alt, dass es schnell kaputtgehen kann.

Danke, sagt Lorenzo.

Francesco stehen Tränen in den Augen. Er will etwas sagen, reißt sich dann aber zusammen. Lorenzo wartet. Silvio blättert vorsichtig in dem alten Buch.

Francesco schüttelt den Kopf. Das ist nicht richtig, sagt er. Leise.

Was ist nicht richtig?, fragt Lorenzo.

Francesco sieht von Silvio zu Lorenzo und schlägt dann den Blick nieder. Das hier, flüstert er. Er will nicht, dass die zwei Wachen ihn hören. Ein Kind, flüstert er. *Ein Kind!* Der Kardinal…

Eine der Wachen hustet. Francesco zuckt zusammen.

Wissen Sie, wer der Kardinal ist?, fragt Francesco nach einer Weile. Ich habe gerade erfahren, dass…

Ja? Reden Sie weiter.

Dieser Ort hier ist nicht…

Francesco hält inne, schüttelt den Kopf. Er will nicht weiterreden und sagt dann doch was: Als ich herkam, dachte ich noch…

Wieder schweigt er.

Was versuchen Sie mir zu sagen, Francesco? Wer ist der Kardinal? Was ist das hier für ein Ort?

Professor, wissen Sie, wer ich bin?
Sie sind Francesco, der Bibliothekar.
Ich, flüstert er und streckt die Brust heraus, bin ein Pazzi.
Ein Pazzi? Wie meinen Sie das?
Ein Pazzi! Sagt Ihnen das Datum 26. April 1478 etwas?
Natürlich. Die Pazzi-Verschwörung.

Meine Vorväter!, sagt Francesco stolz. Denken Sie daran, Professor Moretti. Ein Pazzi! Tränen laufen über Francescos Wangen. Lorenzo versteht nichts. Francesco erhebt sich, streicht Silvio sanft über die Haare und verlässt eilig den Raum. Silvio sieht seinen Vater fragend an, der den Zeigefinger an die Lippen legt und ihn zum Schweigen mahnt. Silvio liest weiter *Pinocchio*. Lorenzo fährt sich mit den Fingern durch die Haare, während er seine Aufmerksamkeit wieder auf den Brief richtet. Er sucht nach versteckten Spuren. Starrt auf das Blatt:

L'ABATTES AILS BOT
MBOMAOMDCNMLEHEV C3443
AZCJPPOEGGWS
GRNVLGFFCGQMFVNBP

Anagramme? Transpositionscodes? Vigenère-Chiffren? Skytale? Substitutionskryptografie? Eine Variante des hebräischen Atbasch? Es gibt so viele Möglichkeiten, und jede Alternative eröffnet eine Vielzahl von Deutungsmöglichkeiten. Beim Dechiffrieren kommt es in erster Linie auf das Versuchen an. Aber wo anfangen? Ein Versuch ohne jeden Anhaltspunkt ist bloßes Raten. Das kann Jahre dauern.

Er vertieft sich in die Zeichen *C3443*. Ist C eine römische Zahl? Aber warum steht der Rest dann in arabischen Zahlen? Warum steht dort nicht CIIIIVIVIII? Wobei man das auch als C4662 lesen könnte, wenn IIII 4 repräsentiert. Oder C225162. Die

Ziffern hätten mit Bindestrichen getrennt werden müssen, um eindeutig zu sein: C-III-IV-IV-III. 100-3-4-4-3?

Aber das ergibt keinen Sinn. Ein Zahlencode? Wie hängt der mit L'ABATTES AILS BOT zusammen? Er braucht eine Richtung, einen Schlüssel, irgendetwas Konkretes, womit er arbeiten kann. Ohne jede Hypothese auf eine Chiffre loszugehen ist ebenso hoffnungslos, wie im Atlantik ohne Kompass, Sextant oder Chronometer eine kleine Insel finden zu wollen.

*

Am späten Nachmittag werden sie zurück in die Zelle gebracht. Als der Mönch Bartholomäus mit dem Essen kommt – gekochtes Hammelfleisch, Reis und Gemüse –, setzt er sich auf einen Stuhl am Fenster. Er bleibt dort sitzen, während Lorenzo und Silvio essen. Sie sind hungrig. Nach der Mahlzeit legt Silvio sich aufs Bett. Lorenzo stellt den Teller des Jungen auf seinen und platziert sie mit den Bestecken auf dem Tablett.

Haben Sie keine Angst, dass ich Sie mit Messer und Gabel angreifen könnte?, fragt Lorenzo.

Der Mönch schüttelt lächelnd den Kopf.

Lorenzo wartet darauf, dass Bartholomäus sich erhebt, das Tablett nimmt und gegen die Tür tritt, damit die Wachen draußen auf dem Flur ihn rauslassen. Aber er rührt sich nicht.

Oh, sagt Lorenzo. Ein Freundschaftsbesuch?

Der Mönch macht eine undefinierbare Geste.

Wie lange sind Sie schon Mönch?

Lange.

Alles in allem betrachtet, ist der Unterschied zwischen Vicarius Filii Dei und den Roten Brigaden nicht sonderlich groß. Oder al-Qaida. Ihr Fundamentalisten habt alle einen Tunnelblick.

Wir dienen einer höheren Sache.

Das sagen alle Terroristen und Fundamentalisten.

Papa, sagt Silvio vom Bett aus. Sind das Terroristen?

Nein, antwortet er schnell, das sind keine Terroristen.

Silvio legt sich wieder hin und starrt an die Decke. Draußen vom Flur ist Husten zu hören.

Wir sind nicht böse, sagt Bartholomäus. Wir leben für unsere Überzeugung.

Das sagt ein Selbstmordattentäter auch von sich.

Gott hat uns berufen.

Mit Hilfe der Bundeslade wollt ihr Kontakt mit Gott aufnehmen, um das Ende der Welt einzuläuten?

Eine alte Prophezeiung erzählt von den vier Pferden der Endzeit. In der Offenbarung geht Johannes auf etwas Ähnliches ein. Aber nicht einmal Johannes sieht das große Ganze. Die Prophezeiung, von der ich rede, ist eine apokryphe Schrift. Die findet sich nicht in der Bibel. Dafür ist sie viel zu heilig.

Zu heilig für die Bibel?

Sie ist nicht für aller Augen bestimmt.

Sie meinen, dass eine alte Prophezeiung Ihnen das Recht gibt, Menschen zu entführen? Sogar Kinder? Nur weil Sie glauben, dass es die Bundeslade wirklich gibt?

Bartholomäus blickt zu Boden, will nicht antworten.

Was tue ich hier? Was macht Silvio hier? Können Sie mir das sagen? Wir wurden mit Gewalt hierhergeholt. Gegen unseren Willen.

Verehrter Professor, versuchen Sie zu verstehen, was Vicarius Filii Dei ist. Wir sind kein braver Zisterzienserorden. Wir sind direkt dem Papst unterstellt, direkt Gott, wir sind das Werkzeug des Papstes, um Gottes Reich hier auf Erden zu schützen und zu erweitern.

Sie setzen sich an Gottes Stelle?

Niemals. Wir sind nur demütige Diener vor dem Herrn. In unserem Tun aber resolut und konsequent.

Gandhi sagte einmal: Ich mag euren *Christus*. Ich mag nur eure *Christen* nicht. Eure *Christen* sind ganz anders als euer *Christus*. Ihr, die ihr immer so gerne Gott und Jesus vorschiebt, habt noch viel zu lernen.

Sie irren sich. Es ist der Herr, der unsere Schritte lenkt. Sind Sie ein gläubiger Mann, Professor Moretti?

Er zögert, weiß nicht, was er antworten soll.

Haben Sie sich Ihren Kinderglauben bewahrt? An einen weißhaarigen, barmherzigen Gott, der voller Gnade auf alle Gläubigen blickt? Denken Sie nie, dass Gott in seiner Allmacht viel komplexer ist? Wir Menschen werden Gott nie verstehen, ebenso wenig wie ein Fisch einen Fischer verstehen kann. Sie klagen meine Brüder an, Gesetze und Moralkodizes zu brechen, sehen aber nicht die Komplexität Gottes. Die Komplexität von Glauben und Kirche. Sie sehen alles nur von Ihrem ganz persönlichen Standpunkt. Und glauben Sie mir, ich kann Sie verstehen. Sie fühlen sich gekränkt, weil Ihnen Ihre Freiheit genommen wurde, weil die Freiheit Ihres Sohnes genommen worden ist, aber Sie schaffen es nicht – trotz Ihres Professorentitels –, das Gesamtbild zu sehen. Für Gott sind wir Menschen wie die Fische im Meer für den Fischer. Gott liebt jeden von uns, gleichzeitig ist jeder einzelne aber unbedeutend. Wenn ein Waldweg an einem Ameisenhaufen vorbeiführt, treten Sie viele Ameisen tot. Quält das Ihr Gewissen?

Was versuchen Sie zu sagen? Dass das Töten von Menschen wie das Zertreten von Insekten ist?

Nicht für uns. Nicht für Sie und mich. Aber im Gesamtbild, das keiner von uns zu sehen in der Lage ist, weil es Gottes Bild ist. Ihr und mein Leben sind bedeutungslos. Wie die Leben der Erstgeborenen in Ägypten bedeutungslos waren – vom ältesten Sohn des Pharaos bis zum ältesten Sohn einer Sklavin wurden sie Gott geopfert. Wie die Leben der Sünder in Sodom und Gomorrha bedeutungslos waren. Wie die Leben all jener, die bei der Sintflut gestorben sind, bedeutungslos waren. Wir sind alle Gottes Geschöpfe. Der Herr hat uns erschaffen. Er tut mit uns, was er will. Für Gott gelten die von Menschen gemachten Gesetze, unsere Moral und Ethik nicht.

Ich dachte Moral und Ethik entsprängen der christlichen Barmherzigkeit.

Gott liebt uns nicht weniger, weil er uns auslöscht. Er tut das in Liebe.

Sie sind doch nicht ganz bei Trost.

Wer den rechten Glauben hat, wird Gott in der Ewigkeit des Paradieses genießen. Wie viele Jahre Sie in Gestalt eines Menschen hier auf Erden leben dürfen, hat keine Bedeutung.

Sie sind verrückt, sagt Lorenzo. Ihr ganzes Räsonnement ist ein einziger Irrtum. Angefangen von Ihrem Gottesverständnis bis hin zu der megalomanischen Überzeugung Ihres Ordens, als Stellvertreter Gottes zu agieren, in seinem Namen, in seinem Geiste.

Sie missverstehen mich. Wir sind die Werkzeuge seines Willens.

Und wer definiert Gottes Willen?

Seine demütigen Diener. Der Papst. Der Kardinal.

Wie?

Gott lässt ihn verstehen, was Sein Wille ist.

Gott hat den Kardinal verstehen lassen, dass wir entführt werden sollen? Mein Sohn und ich?

An sich ist keiner von Ihnen wichtig. Auch ich nicht. Nur Gottes Wille zählt. Sie sind mit einem ganz konkreten Ziel hierhergebracht worden. Ein Ziel, das wichtiger ist als Sie oder Silvio, wichtiger als ich oder der Kardinal, wichtiger als der Papst.

Um einen verfluchten Code zu dechiffrieren! Wie wichtig kann so etwas wohl sein?

Der Code ist nur ein Mittel zum Zweck. Wir müssen die Codes entschlüsseln, um die Bundeslade und Gott zu finden!

Das ist doch Wahnsinn! Die Bundeslade gibt es nicht. Und *wenn* es sie gibt, ist auch sie nur … ein Gegenstand! Eine Truhe mit zwei Steintafeln.

Bartholomäus senkt die Stimme: Mit der Lade können wir mit Gott kommunizieren. So steht es in der Bibel geschrieben. Gott wird durch die Bundeslade zu uns sprechen. Die Lade öffnet einen heiligen Kanal direkt zu Gott. Im zweiten Buch Mose steht, dass der Herr mit Mose zusammenkommen und mit ihm reden will vom Gnadenthron herab, zwischen den beiden Cherubim.

Gott meinte das bestimmt nicht wörtlich…

Stellen Sie sich das vor!, sagt Bartholomäus mit einer Heftigkeit, die erkennen lässt, dass er Lorenzos Kommentar nicht gehört hat: Ein Kanal zu Gott!

Ich dachte eigentlich, Gott bräuchte keine Hilfsmittel, um mit uns zu reden.

Sie verstehen nicht, wir Menschen brauchen das, nicht Gott. Wir brauchen das, um uns vor seiner Herrlichkeit zu schützen! Niemand kann mit Gott reden und leben. Das können nur die Propheten. Die Bundeslade wird es uns Menschen ermöglichen, Gottes Stimme zu hören, ohne zu vergehen. In der Gnade Gottes.

Wenn das so ist, verstehe ich natürlich, warum Sie sich diese Truhe sichern wollen.

Der Blick des Mönchs löst sich aus der Ferne des Himmelreichs und richtet sich auf Lorenzo.

Was Sie glauben, spielt keine Rolle. Wie ich sind Sie bedeutungslos. Sie haben eine Arbeit zu erledigen. Sie müssen den Code knacken, Professor Moretti. Also bitte.

Sie geben uns nicht genug zu essen.

Essen? Wozu Essen? Sie bekommen genauso viel wie wir anderen.

Silvio hat die ganze Zeit Hunger.

Er ist ein Kind. Alle Kinder haben Hunger.

Ganz offensichtlich haben Sie keine Kinder.

Ich werde sehen, was ich tun kann.

*

Am Nachmittag werden sie zurück in die Bibliothek gebracht. Silvio beginnt wieder zu malen. Er selbst sitzt da und starrt auf Nostradamus' Zeichen. Im Strom der Worte des Briefes hat er sich an der Formulierung *L'ABATTES AILS BOT* festgebissen. *Etwas niederwerfen* oder *niederlegen. Zerstören* oder *töten. Knoblauch. Tonne* oder *Boot.* Danach die Reihe mit Buchstaben und Zahlen. MBOMAOMDCNMLEHEV C3443. Worte. Nichts als Worte. Worte ohne Inhalt. Aber genau diese Sinnlosigkeit legt nahe, dass gerade diese Worte mehr beinhalten. Etwas, das sich in den Worten versteckt. Ein Anagramm? *L'ABATTES AILS BOT*. Er schreibt die Worte auf einen Zettel, starrt konzentriert darauf und lässt die Buchstaben in Gedanken hin und her treiben. Und dann, wie so oft, entdeckt er die Lösung in nur wenigen Sekunden. Natürlich! Das Anagramm verbirgt einen Namen: *Battista Bellaso*.

Ha!, ruft er. Eine Vigenère-Chiffre!

Das Prinzip der Vigenère-Verschlüsselung wurde erstmals 1553 von Giovan Battista Bellaso in dem Buch *La Cifra* erwähnt, war im Grunde aber eine Weiterentwicklung der Gedanken, die Leon Battista Alberti fast hundert Jahre zuvor in *De cifris* zu Papier gebracht hatte. Der französische Kryptologe Blaise de Vigenère arbeitete an einer vergleichbaren Verschlüsselung. Als Fachmann hatte Lorenzo an einigen Debatten teilgenommen, in denen es um die Frage gegangen war, ob nun de Vigenère oder Bellaso die Ehre der Erfindung dieser Verschlüsselung zukam. Oder ob sie beide ihren Beitrag dazu geleistet hatten. De Vigenère ging als Sieger hervor. Noch 1917 stand in der *Scientific American*, dass die Vigenère-Verschlüsselung nicht lösbar sei – obwohl es dem Mathematiker und Philosophen Charles Babbage bereits 1850 gelungen war, sie zu knacken. Bis etwa ins 16. Jahrhundert war der Schwachpunkt fast aller Verschlüsselungen die sogenannte monoalphabetische Substitution – die bedeutet, dass das gleiche Zeichen immer durch den gleichen Buchstaben ersetzt wird. Damit brauchen die Kryptologen nur auf die Frequenzanalyse zurückzugreifen. In vielen Sprachen ist der Buchstabe E der häufigste. Wenn der weitaus seltenere Buchstabe Q in einem chiffrierten Text am häufigsten vorkommt, liegt die Vermutung nahe, dass das Q einfach das E ersetzt. So arbeiten die Kryptologen sich Buchstabe für Buchstabe durch einen Text. Mit mathematischer Logik.

Die Vigenère-Verschlüsselung ist anders. Sie nutzt nicht nur ein, sondern insgesamt sechsundzwanzig Schlüsselalphabete, um eine Nachricht zu codieren. Die Folge ist, dass sich das Zeichen für den gleichen Buchstaben im Laufe eines Textes ändert. Aus dem E wird nicht nur Q, sondern auch eine ganze Reihe anderer Buchstaben. Will man verschlüsselte Texte austauschen, müssen sich Absender und Empfänger auf ein Schlüsselwort einigen. Erst mit Hilfe dieses Schlüsselwortes kann der Empfänger die Zeichen aus der richtigen Reihe des Vigenère-Quadrats ablesen. Lautet das Schlüsselwort *oracle*, legt man dieses so oft über den unverschlüsselten Text, bis jeder Buchstabe mit einem Buchstaben des Schlüsselwortes korrespondiert.

Als Diplomat musste de Vigenère immer wieder verschlüsselte Nachrichten schicken. *Le chiffre indéchiffrable* wurde die Verschlüsselung genannt: der unlösbare Code. In jeder der sechsundzwanzig Zeilen des Quadrats ist das Alphabet um eine Stelle verschoben. Ausgehend von dem Schlüsselwort, das sich fortlaufend wiederholt, sodass jeder Buchstabe einen Buchstaben des Schlüssels erhält – den man aus dem Quadrat ausliest – entsteht eine Sammlung von Zeichen, die sich den meisten Dechiffrierungsmethoden entzieht.

Das Vigenère-Quadrat. Ein Chaos von Zeichen. Als wollte man im Sternenhimmel einer klaren Nacht nach einer Botschaft suchen. Oder ein Muster in den Sandkörnern am Strand, im Schleier des Regens oder im Tanz der Schneekristalle. Trotzdem liegt hinter dem Chaos ein Muster verborgen. Mit mathematischen Methoden und kreativer Logik kann man dem Nebel der Zeichen die versteckte Botschaft entlocken. Mit Hilfe des Schlüsselwortes ist die Dechiffrierung nur eine Frage von Zeit und Geduld. Wie also lautet das Schlüsselwort, und wo kann er es finden? Er muss lachen. Die Antwort ist offensichtlich. Man muss nur hinschauen. Richtig hinschauen:

**L'ABATTES AILS BOT
MBOMAOMDCNMLEHEV C3443**

Ein Schlüssel.
   Ein Anagramm.
   Ein Verweis.
   MBOMAOMDCNMLEHEV C3443.
   Die letzte Zeile ist natürlich der Verweis.

*

Die Bibliothek ist für den Abend geschlossen. Sie sind wieder in der Zelle. Er hat die Kerze auf seinem Schreibtisch angezündet. Die Flamme flackert im Windzug, der durch das Fenster hereindringt. Mit Stift und Lineal hat er ein Vigenère-Quadrat auf ein weißes Blatt Papier gezeichnet.

Klartext	A B C D E F G H I J K L M N O P Q R S T U V W X Y Z
1	B C D E F G H I J K L M N O P Q R S T U V W X Y Z A
2	C D E F G H I J K L M N O P Q R S T U V W X Y Z A B
3	D E F G H I J K L M N O P Q R S T U V W X Y Z A B C
4	E F G H I J K L M N O P Q R S T U V W X Y Z A B C D
5	F G H I J K L M N O P Q R S T U V W X Y Z A B C D E
6	G H I J K L M N O P Q R S T U V W X Y Z A B C D E F
7	H I J K L M N O P Q R S T U V W X Y Z A B C D E F G
8	I J K L M N O P Q R S T U V W X Y Z A B C D E F G H
9	J K L M N O P Q R S T U V W X Y Z A B C D E F G H I
10	K L M N O P Q R S T U V W X Y Z A B C D E F G H I J
11	L M N O P Q R S T U V W X Y Z A B C D E F G H I J K
12	M N O P Q R S T U V W X Y Z A B C D E F G H I J K L
13	N O P Q R S T U V W X Y Z A B C D E F G H I J K L M
14	O P Q R S T U V W X Y Z A B C D E F G H I J K L M N
15	P Q R S T U V W X Y Z A B C D E F G H I J K L M N O
16	Q R S T U V W X Y Z A B C D E F G H I J K L M N O P
17	R S T U V W X Y Z A B C D E F G H I J K L M N O P Q
18	S T U V W X Y Z A B C D E F G H I J K L M N O P Q R
19	T U V W X Y Z A B C D E F G H I J K L M N O P Q R S
20	U V W X Y Z A B C D E F G H I J K L M N O P Q R S T
21	V W X Y Z A B C D E F G H I J K L M N O P Q R S T U
22	W X Y Z A B C D E F G H I J K L M N O P Q R S T U V
23	X Y Z A B C D E F G H I J K L M N O P Q R S T U V W
24	Y Z A B C D E F G H I J K L M N O P Q R S T U V W X
25	Z A B C D E F G H I J K L M N O P Q R S T U V W X Y
26	A B C D E F G H I J K L M N O P Q R S T U V W X Y Z

So sieht es in all seiner Einfachheit aus, in all seiner Komplexität.

Silvio wälzt sich in seinem Bett hin und her und schluchzt im Schlaf. Lorenzo dreht sich zu seinem Sohn um, betrachtet ihn, um zu sehen, ob er wach ist und Trost braucht. Der Junge schlägt die Augen auf.

Papa?

Ich bin hier.

Kommt Mama?

Bald.

Was machst du?

Nichts Spannendes.

Darf ich das mal sehen?

Natürlich.

Schlaftrunken klettert Silvio aus dem Bett und geht zum Schreibtisch. Er starrt auf das Quadrat und fragt: Was ist das?

Ein Code.

Das?

Ich brauche diesen Zettel, diese Buchstaben, um den Code zu entschlüsseln.

Und wie machst du das?

Du weißt, was ein Code ist?

Eine geheime Nachricht.

Richtig.

Und wie macht man das?

Willst du das wirklich wissen?

Ja.

Sollen wir einen Code machen?

Ja!

Er hebt Silvio auf seinen Schoß und nimmt einen leeren Zettel.

Sollen wir mal den Namen Nostradamus chiffrieren?

Ja. Was heißt chiffrieren?

So nennt man das, wenn man einen Code macht. Zuerst schreiben wir den Namen so hin:

Klartext: **NOSTRADAMUS**

Was ist ein Klartext?

Das Wort, das wir codieren wollen.

Dann mach das doch!

Erst brauchen wir ein Schlüsselwort.

Warum?

Der, der den Code schreibt, und der, der ihn verstehen soll, brauchen das gleiche Schlüsselwort, um zu wissen, wo im Quadrat – er tippt mit dem Zeigefinger leicht auf das Vigenère-Quadrat – sie die Buchstaben finden, die sie brauchen. Also, um einen Code zu machen, brauchen wir erst ein Schlüsselwort:

Schlüsselwort: **MEDICI**

Dann legen wir das Schlüsselwort über das Wort, das wir codieren wollen, und wiederholen das so oft, bis es genauso lang ist wie das Wort darunter. So:

Schlüsselwort: **M E D I C I M E D I C**
Klartext: **N O S T R A D A M U S**

Siehst du, dass das N des Klartextes genau unter dem M des Schlüsselwortes liegt?

Ja.

Und jetzt gehen wir ins Vigenère-Quadrat, um das M wiederzufinden. Siehst du? Linie zwölf beginnt mit einem M. Diese Reihe brauchen wir für den ersten Buchstaben. Also N. Und das N finden wir in der obersten Reihe, da, wo Klartext steht. Siehst du es? Und dann gehen wir mit dem einen Finger vom N nach unten und mit dem anderen vom M nach rechts. Und da, wo sie sich treffen, finden wir einen neuen Buchstaben. Siehst du, welchen?

Ein Z.

Ja, das Z. Also ist das Z der erste Buchstabe des Codes, des Chiffretextes. Das N in Nostradamus ist mit Hilfe des M des Schlüsselwortes zu einem Z geworden. Verstehst du?

Ja, ich glaube schon. Und der Rest?

Das muss man jetzt Buchstabe für Buchstabe machen:

Schlüsselwort:	M	E	D	I	C	I	M	E	D	I	C
Klartext:	N	O	S	T	R	A	D	A	M	U	S
Chiffretext:	Z	S	V	B	T	I	P	E	P	C	U

Schließlich hat man ein ganz neues Wort. ZSVBTIPEPCU. Und was bedeutet das?

Nostradamus.

Siehst du, dass aus den zwei S in *Nostradamus* in unserem Chiffretext zwei ganz unterschiedliche Buchstaben geworden sind? Ein V und ein U.

Ja, das war gar nicht schwer.

Nicht, wenn man weiß, wie man es machen muss. Aber viele hundert Jahre lang glaubte man, dass sich dieser Code nicht entschlüsseln ließe.

Silvio gähnt.

Bist du müde?

Nein.

Soll ich weitererklären?

Ja.

Willst du wissen, wie man das andersherum macht? Wie man einen Code wie diesen löst?

Ja.

Er hat gerade erst zu erklären begonnen, als er hört, dass Silvio schläft. Er trägt ihn zum Bett und deckt ihn zu.

*

Noch eine Stunde bleibt er sitzen und arbeitet. Er sucht nach einem Schlüsselwort, das den Chiffren Sinn gibt. Er experimentiert. Probiert das eine oder andere aus. Was für ein Schlüsselwort kann Nostradamus verwendet haben? MBOMAOMD-CNMLEHEV C3443. Er denkt an Theophilus de Garencières in Salon… Hatte er nicht von einer anderen Spur gesprochen?

185

Auch wenn in Theos konspirativer Welt alles gleich eine Spur war, die kleinste Sache. Deshalb war es auch unmöglich, ihn ernst zu nehmen. Er schaffte es einfach nicht, Informationen zu gewichten, setzte nie irgendwelche Prioritäten. Für ihn war alles gleich wichtig, gleich sensationell. MBOMAOMDCNMLEHEV C3443. Was bedeutet das? Er sucht nach einem Muster. Versteckten Zeichen. Schließlich kann er nicht mehr. Sein Kopf will nicht mehr. Ist leer. Er kann seine Gedanken nicht mehr zusammenhalten. Er steht auf und achtet darauf, dass die Stuhlbeine nicht über den Boden kratzen. Pinkelt in den Nachttopf, den die Mönche bereitgestellt haben, richtet den Strahl auf den Rand, damit das Plätschern Silvio nicht weckt. Dann wäscht er sich in der Wanne die Hände. Das Wasser ist lauwarm. Mondlicht fällt durch das Fenster. Andere Lichter sind nicht zu sehen. Und auch keine Autos. Keine Häuser. Er bleibt am Fenster stehen und starrt nach draußen, bevor er lautlos zum Bett geht. Silvio schläft. Sein Mund steht halb offen. Gleichmäßige, tiefe Atemzüge. Er setzt sich vorsichtig auf die Bettkante, um den Jungen nicht zu wecken. Ein paar Minuten bleibt er so sitzen und beobachtet seinen Sohn. Er erkennt nicht viel von sich selbst in ihm wieder, aber Angelica wohnt in den weichen Zügen seines Gesichts. Zärtlich fährt er mit der Fingerkuppe über seine Haut. Sie ist weich und glatt. Wieder muss er an Angelica denken. An ihre Haut. Ihre Augen. Wenn er mitten in der Nacht wach wird, dreht er sich gerne zur Seite und beobachtet sie im Dunkeln. Manchmal liegt sie dann mit offenen Augen da. Wach. Was ist los?, fragt er dann. Und jedes Mal antwortet sie: Nichts, ich kann bloß nicht schlafen. Sie hat ihm nie erzählt, an was sie in diesen Momenten denkt. Er vermisst sie. Wo ist sie jetzt? Was tut sie? Sie muss außer sich sein vor Angst. Angelica ist abhängig davon, dass alles seinen gewohnten Gang geht. Dass die Routinen eingehalten werden. Für sie sind das die Fixpunkte ihres Lebens. Silvio hat diese unterdrückte Angst geerbt. Er verliert schnell die Ruhe. Lorenzo spürt, wie müde er ist. Er knöpft sich das Hemd auf. Und hält inne. War da nicht ein Geräusch? Draußen im Dunkel blinkt es rot, der Lichtschein reflektiert am Fenster. Es muss gerade erst zu leuchten begonnen haben, sonst hätte er das Licht gesehen, als er am Fenster stand. Warum blinkt es? Warum rot? Er faltet sein Hemd zusammen und legt es unter dem Bett auf den Boden. Ferne, schnelle Schritte. Rufen. Türschlagen. Er zieht die Hose aus. Irgendwo beginnt eine Sirene zu heulen. Tief und klagend. Er tritt ans Fenster. Lauscht. Die Geräusche sind durch die Entfernung gedämpft. Durch die Wände. Er legt eine Hand hinters Ohr und konzentriert sich. Rufe. Hastige Schritte. Eine Alarmsirene. Der rote Lichtschein blinkt im Fenster.

Mein Gott, denkt er, ist das Feuer?

IV

FLORENZ
NACHT AUF MITTWOCH – MITTWOCH

Ihr sollt keine Wahrsagerei, keine Zeichendeuterei treiben.
…
Wenn in einem Mann oder einem Weib
ein Totenbeschwörer oder Wahrsagergeist steckt,
so sollen sie unbedingt sterben.

3. BUCH MOSE

KAPITEL 10

Das Grab des Cäsar

AUF DEM WEG NACH FLORENZ, NACHT AUF MITTWOCH

I

Ein Archäologe ist ein Detektiv der Geschichte. Wir finden Ordnung, wo andere nur Chaos finden, sehen Muster, wo für andere nur Unordnung ist. Wir graben, wo andere niemals graben würden.

Aber ich will mich nicht selber loben. Detektiv? Ich bin kein Held und ganz sicher nicht taff. Ein rauer Kerl, in den die Frauen sich verlieben? Ha, ha. Alkoholprobleme? Fehlanzeige. Ein schwieriges Privatleben? Tja, streng genommen habe ich kein Privatleben, über das es sich zu reden lohnt.

Aber ich bin hartnäckig. Das schon. Ich gebe nicht so schnell auf.

Die Feldarbeit ist nur ein kleiner Teil der archäologischen Tätigkeit. Das Wichtigste geschieht danach. Wenn wir die Funde mit in unsere Magazine, Labore und Werkstätten nehmen. An diesem Punkt trennt sich die Spreu der Archäologen vom Weizen, also den Neugierigen, Geduldigen, denjenigen, die nach den vergessenen Geschichten suchen, die sich hinter einem verblassten Schmuckstück oder einer Klinge von einer fernen Küste verbergen.

Ein Archäologe ist ein Systematiker. Wir schnappen kleine Details auf, die ein größeres Bild ergeben. Ein Knochen hier, ein Backenzahn da. Eine Münze, die aus einer anderen Epoche als die anderen stammt. Ein Schwert aus einer römischen Legion.

Etwas, das heraussticht, das nicht an den Fundort gehört, das eine andere Geschichte erzählt.

Der Besuch bei Theophilus de Garencières war voller solcher Funde. Kleine, unbedeutende Details und größere, wichtigere Hinweise. Aber genau wie wir Archäologen nur selten unmittelbaren Nutzen aus den morschen Schuhsohlen oder rostigen Werkzeugen ziehen können, die wir in einer uralten Kulturschicht finden, war es nicht leicht, das Gesamtbild all der Hinweise zu erkennen, die de Garencières uns gegeben hatte. Ich brauchte Zeit. Jetzt ging es ans Organisieren, Sortieren und Systematisieren.

II

Die Scheinwerfer schnitten einen Tunnel aus Licht in das Dunkel. Wir hatten Salon verlassen und folgten einer verworrenen Route entlang alter Landstraßen. Ohne das Navi wären wir vermutlich irgendwo im Mittelalter gelandet. Angelica hatte Carlo Cellini angerufen, den Leiter der Manuskriptsammlung der Universitätsbibliothek Florenz, den Theophilus uns empfohlen hatte. Er war bereit, uns zu empfangen. Wir hofften, dass er uns die Antwort lesen lassen würde, die Nostradamus an Königin Katharina geschrieben hatte.

»Die Tempelritter …«, begann Angelica. »Wenn jemand über die zu reden beginnt, wird mir immer ganz anders.«

»Ich weiß nicht, ob ich es dann sagen soll«, amüsierte ich mich, »aber ich weiß eine ganze Menge über die Tempelritter. Und über die Freimaurer! Es gibt tatsächlich Leute, die behaupten, der eigentliche Auftrag des Templerordens habe darin bestanden, in den Ruinen von Salomos Tempel in Jerusalem einen verborgenen Schatz zu finden. Ich weiß, das klingt nach der Besessenheit eines alten Mannes – aber was, wenn die Tempelritter tatsächlich einen Schatz gefunden haben?«

»Ohne jemals darüber zu sprechen?«

»Das waren Ehrenmänner.«

»Irgendeiner hätte es verraten, früher oder später.«

»Außer es gab nur wenige Eingeweihte, die zudem hingerichtet wurden.«

»Wegen des Schatzes?«

»*Schatz* klingt so banal. Wie wär's mit einer Reliquie oder Erkenntnis?«

Angelica schwieg einen Moment lang, ehe sie sagte: »Ich habe mir über eine andere Möglichkeit Gedanken gemacht. Kann es das verschollene Grab von Julius Cäsar sein, nach dem wir suchen?«

»Cäsars Grab?«

»Ja? Könnte die Medici-Kapelle in Florenz nicht eigentlich ein monumentales Grabmal für Cäsars sterbliche Überreste sein?«

»Moment mal. Zufolge der Historiker zerstörten die Westgoten die Grabstellen von Cäsar, Hadrian und Marcus Aurelius bei ihrem Angriff auf Rom im Jahre 410. Die Gräber befanden sich im Castel Sant'Angelo – der Engelsburg –, wo alle Urnen zerstört und die Asche im Wind zerstreut wurde.«

»Und was, wenn Cäsars Urne bereits an einem geheimen Ort versteckt war, als die Westgoten Rom angriffen? Es ist doch vorstellbar, dass die Medici – mit Hilfe des Papstes – auf die Spur dieser Grabstelle gekommen sind.«

»Warum sollte der Papst den Medici ein derart großes Geheimnis verraten?«

»Bjørn, denken Sie doch mal nach. Wer war der Papst?«

»Zu der Zeit war das Leo X. Der den Bann über Luther verhängt hat.«

»Und Leo X. war ein geborener …«

Ich musste lächeln. »Giovanni de' Medici.«

»Und wer war einer der Initiatoren des Baus der Medici-Kapelle?«

»Papst Leo X.«

»Bleiben wir mal bei dem Gedanken, dass die Medici Cäsars Grab nutzen wollten, um ihre eigene Machtposition zu festigen. In diesem Fall wäre es weiß Gott kein Zufall, dass Michelangelo persönlich den Auftrag erhielt, die Medici-Kapelle zu entwerfen.«

»Warum so ein grandioses Projekt? Cäsars Grab…«

»Weil Machiavelli sie auf die Idee gebracht hat, ist doch klar. Die Illusion der Macht! Die Medici wollten Cäsars Ruf nutzen, um ihre eigene Machtposition zu stärken. Und sie engagierten Machiavelli, Michelangelo und schließlich Nostradamus für diese Arbeit.«

»Ich verstehe nicht, was Machiavelli dabei für eine Rolle gespielt haben soll. Die Medici waren doch seine Erzfeinde. Das Erste, was die Medici taten, als sie 1512 die Macht über Florenz zurückerobert hatten, war, Machiavelli den prestigeträchtigen Posten als Kanzler der Stadtregierung zu nehmen und ihn ins Gefängnis zu werfen, wo er sogar gefoltert wurde.«

»Trotzdem schrieb Machiavelli den *Fürst* für Giuliano di Lorenzo de' Medici und widmete ihn später Lorenzo di Piero de' Medici. War das Machiavellis Versuch, sich bei seinen Herrschern einzuschmeicheln? Oder haben Machiavelli und die Medici versucht, etwas viel, viel Größeres zu kaschieren?«

»Zum Beispiel, dass Machiavelli Cäsars Urne von Rom nach Florenz bringen sollte?«

»Was weiß ich«, sagte Angelica.

»Hm«, sagte ich.

III

Danach sagte ich eine ganze Weile nichts. Wir fuhren eine halbe Stunde durch das Dunkel. Die Schweinwerfer strahlten Schwärme von Insekten an, und ein verirrter Nachtfalter klatschte gegen die

Scheibe. Zu guter Letzt brach ich das Schweigen: »Ich habe auch eine Theorie.«

Angelica legte den Kopf zur Seite und sagte etwas, das sich wie »Hm« anhörte.

»Nach der Zerschlagung des Templerordens konnten die Johanniter über Jahrhunderte in Ruhe und Frieden für Könige und Päpste arbeiten, aber sie waren ständig bedroht von den Türken, den Muslimen und dem Osmanischen Reich. Sie wissen bestimmt, wohin die Johanniter gingen, als das Heilige Land von den Muslimen verwüstet wurde?«

»Nach Rhodos.«

»Und später, als die Türken die Johanniter aus Rhodos vertrieben, erhielten die Mönche Malta von dem deutsch-römischen Kaiser Karl V. Trotzdem haben die Türken sie weiterhin angegriffen. Sie haben bis 1798 auf Malta standgehalten, als Napoleon Bonaparte auf seinem Weg nach Ägypten dort Station gemacht hat. Da fragt man sich doch: Was wussten die mächtigen Anführer der Muslime über die Johanniter, auf was hatten sie es abgesehen? Meine Theorie setzt an diesem Punkt an. Ist es möglich, dass die Tempelritter ihren geheimen Schatz den Johannitern überlassen haben? Schließlich waren sie Brüder im Glauben und Geiste. Nehmen wir mal an, die Johanniter haben den Schatz der Tempelritter mit nach Rhodos und Malta genommen. Und nehmen wir weiter an, dass die osmanischen Anführer wussten, was die Ritter aus Jerusalem mitgenommen hatten. Aus dem Tempel. Deshalb haben sie immer wieder angegriffen und nie aufgegeben. Warum waren die osmanischen Herrscher so besessen in ihrer Jagd auf die Johanniter? Wovon kann Süleyman auf seinem Totenbett erzählt haben, das seinen Nachfolger Selim II. veranlasst hat, die Angriffe auf die Johanniter fortzusetzen?«

»Vom Schatz aus Jerusalem …«, schlug Angelica vor.

IV

Wir legten Kilometer um Kilometer in der Dunkelheit zurück. Jedes Mal, wenn uns ein Polizeiwagen entgegenkam, krümmte ich mich hinter dem Steuer zusammen. Ich fuhr gleichmäßig und nur etwas schneller als erlaubt. Das Autoradio war auf einen Sender eingestellt, der immer wieder schwächer wurde und Rockmusik aus den Siebzigern spielte. Mitten in *Hold the Line* kam mir ein Gedanke. »Piero Ficino!«

Angelica schrak aus ihrem Halbschlaf auf und fragte: »Was ist mit ihm?«

»Das ist dieser Dorfpfarrer! Der in der römischen Kurie mit den alten Manuskripten gearbeitet hat. Er kann uns helfen!«

»Wie?«

»Angelica, er war Archivar im Vatikan! Er kennt sich mit Chiffren aus. Er kann uns bei den Anagrammen helfen. Und er kennt sich mit alten Schriften aus.«

Ich fuhr auf einen Parkplatz und hielt unter ein paar Bäumen an. Ich hatte noch immer den zerknitterten Post-it-Zettel mit seiner Telefonnummer in der Tasche und tippte im Licht der Innenlampe seine Nummer.

Piero Ficino nahm das Gespräch gleich entgegen. Er hörte interessiert zu, als ich zusammenfasste, was im Laufe der letzten Tage geschehen war. Ja, er wusste über Regina Ferraris Tod Bescheid. Furchtbar, furchtbar … Und er hatte auch von Theophilus de Garencières gehört, einem seltsamen Kauz, und von Carlo Cellini, den er als formellen Pedanten, wissenschaftlich aber korrekt und zuverlässig bezeichnete. Er war begeistert, als ich ihn fragte, ob wir ihm einen Besuch abstatten dürften.

Während ich mein Telefonat mit Piero Ficino beendete, gab Angelicas Handy ein Signal von sich. Eine SMS. Angelica grub es aus der Tiefe ihrer Handtasche aus und las laut:

Frau Moretti, Ihrem Mann und Ihrem Sohn geht es gut. Aber meine Brüder sind im Begriff, Sie einzuholen. Ad maiorem Dei gloriam! Zur größeren Ehre Gottes. Amen!

»Lorenzo und Silvio geht es gut!«, rief sie. Ihr Gesicht strahlte freudig. »Und er weiß, wo sie sind. Oh, Bjørn! Es geht ihnen gut!«

Ich selbst machte mir mehr Sorgen darüber, dass irgendwer im Begriff war, uns einzuholen.

»*Meine Brüder*«, wiederholte ich. »Nutzt nicht die Mafia diese Ausdrucksweise?«

»Aber bestimmt nicht *Zur größeren Ehre Gottes*. Oh Bjørn, er schreibt, dass es ihnen gut geht, das ist das Wichtigste.«

»Er kann einer von ihnen sein, Angelica! Ich meine, ich will Ihre Hoffnung nicht schmälern. Wirklich nicht. Aber das kann eine Falle sein. Lesen Sie, was er geschrieben hat: *Ad maiorem Dei gloriam …* Der Wahlspruch der Jesuiten. Die gleichen Worte haben die Männer in den Uffizien gesagt, bevor sie auf uns geschossen haben.«

Angelica biss sich auf den Fingerknöchel. Eine neue SMS. Ich nahm ihr das Handy aus der Hand und las laut vor:

Vertrauen Sie niemandem! Nicht meinen Ordensbrüdern. Wir müssen uns in Florenz treffen. Ich trage den Namen Francesco de' Pazzi. Ad maiorem Dei gloriam! Zur größeren Ehre Gottes. Amen!

»Jetzt schreibt er *Ordensbrüder*«, sagte ich. »Das bedeutet doch, dass er ein Mönch ist.«

»Er gibt es selbst zu! Wenn das eine Falle wäre, würde er das doch niemals tun!«

»Trotzdem hat er die Nachricht von einer verborgenen Nummer aus geschickt. *Vertrauen Sie niemandem*, schreibt er. Und dann will er, dass wir *ihm* vertrauen?«

»Bjørn! Das ist die erste handfeste Spur, die wir haben! Ich will ja nicht undankbar klingen, aber all Ihre Chiffren und Anagramme ... Mein Gott, verstehen Sie denn nicht? Ich bekomme Lorenzo und Silvio nicht zurück, indem wir diese Rätsel lösen.«

Ihre Chiffren und Anagramme? Seit wann waren es *meine*? Ich war davon ausgegangen, dass es *unsere* Rätsel waren. Außerdem war ich nicht ihrer Meinung, sondern im Gegenteil davon überzeugt, dass die alten Codes die Informationen enthielten, die wir brauchten, um Professor Moretti und ihren Sohn aufzuspüren. Irgendwo in dem Dschungel aus Chiffren, Anagrammen, Metaphern und Rätseln verbarg sich die Lösung. Es war nicht bloß eine zeitraubende Sackgasse, die alten Anagramme zu dechiffrieren, wie es sich bei Angelica plötzlich anhörte, sondern ganz im Gegenteil ein zielgerichteter, wenn auch mühsamer Prozess, der uns bald einen Weg zum Professor und Silvio weisen würde, dessen war ich mir sicher. Genauso sicher war ich mir, dass die SMS dieses Francesco de' Pazzi – ganz sicher ein falscher Name – direkt in eine Falle führte.

In das Netz der Spinne.

»Warum nennt er sich Francesco de' Pazzi?«, fragte ich. »Nennt er sich wirklich nach dem Francesco der Pazzi-Verschwörung?«

Kurzer Rückblick – fünfhundert Jahre zurück:

DIE PAZZI-VERSCHWÖRUNG

Florenz,
Sonntag, 26. April
1478

Hochmesse im Dom, eine riesige Menschenmenge senkt die Köpfe. Mitten unter den Bürgern der Stadt: Lorenzo und Giuliano de' Medici.

Der erste der elf Glockenschläge leitet die lange geplante Pazzi-Verschwörung ein.

Die Wurzeln der Florentiner Familie Pazzi lassen sich bis in die Zeit der Kreuzzüge zurückverfolgen. Sie fühlen sich weit vornehmer als die Emporkömmlinge der Medici – neureiche Grünschnäbel, die über dunkle Machenschaften viel zu viel Geld und Macht auf sich vereinigt hatten. Mit Unterstützung anderer, die die Medici aus ganzer Seele hassen – wie die Familie Salviati, Girolamo Riario und Papst Sixtus IV. –, arbeiten die Pazzi schon lange an ihrem Plan einer gewaltsamen Machtübernahme. Indem sie die Brüder Lorenzo und Giuliano liquidieren und die Stadtregierung stürzen, wollen sie die Herrschaft über Florenz gewinnen.

Schwer tönen die Kirchenglocken.

Mit einem Mal erheben sich zwei Priester – Mafei und Stefano – und zücken ihre Messer. Mafei legt seine Hand auf Lorenzos Schulter. Und sticht zu.

Doch Lorenzo reagiert blitzschnell. Er wirft sich zur Seite, und das Messer verfehlt knapp die Halsschlagader. Zornig und voller Angst zückt Lorenzo sein Schwert. Dann ist also doch etwas dran an den Gerüchten von einem bevorstehenden Putsch!, denkt er.

Beim Anblick des Schwertes weichen Mafei und Stefano zurück. Sie wollten Lorenzo und Giuliano töten, ehe diese Widerstand leisten konnten, und sind nicht auf einen Kampf vorbereitet. Nicht Mann gegen Mann.

Aus der Wunde im Nacken blutend und geschützt von seinen Anhängern bringt Lorenzo sich in der Sakristei in Sicherheit.

Giuliano de' Medici hat weniger Glück. Während Mafei und Stefano auf Lorenzo losgingen, wurde er von zwei anderen Männern angegriffen.

In blankem Hass stechen sie wieder und wieder auf ihn ein, insgesamt neunzehn Mal.

Stöhnend vor Schmerzen verblutet Giuliano auf dem Kirchenboden.

Die Namen der Mörder: Bernardo di Bandino Baroncelli und Francesco de' Pazzi.

Zeitgleich rückt eine andere Gruppe bewaffneter Männer auf den Palast vor.

Dann läuft alles aus dem Ruder. Alles.

Im Inneren des Palastes werden die Männer zum Warten in verschiedene Räume geführt. Gehorsam wie Lämmer folgen sie den Anweisungen. Unterdessen haben die Palastwachen Lunte gerochen und greifen die aufgeteilten Gruppen der Aufrührer an, während sich aus Richtung der Kirche ein aufgebrachter Mob nähert. Sie wollen den Mord an Giuliano rächen und ihre Regierung schützen. Fünf Attentäter werden übermannt und einer nach dem anderen mit Stricken um den Hals aus den Fenstern des Palastes geworfen. Als makabres Symbol des missglückten Putsches – und unter dem Beifall der Menschenmenge unten auf der Piazza – baumeln die Körper vor der Steinfassade des Palastes.

Einer der Männer ist Francesco de' Pazzi.

V

Wir fuhren weiter durch die Nacht. Ich saß im Licht der entgegenkommenden Autos hinter dem Lenkrad und dachte über unsere diversen Theorien nach. An die arme Regina Ferrari. Und an die drei Chiffren, die wir von Theophilus de Garencières bekommen hatten:

Libico β. δέκα Mei. Щꭓꭓꭓ†††Чђϭɘ.

Trotz der späten Stunde war der Verkehr auf der Autobahn recht dicht. Mir war das ganz recht. So waren wir eins von Tausenden von Scheinwerferpaaren. Manchmal geht es bei einer Flucht darum, sich in der Menge zu verstecken. Unsichtbar für diejenigen zu werden, die einen suchen.

KAPITEL 11

Spuren

FLORENZ,
MITTWOCHMORGEN

I

Ich war immer der Gehorsame. Der Bravste in der Klasse, der sich immer gemeldet und geduldig auf das Nicken der Lehrerin gewartet hat. Der sich nie auf dem Schulhof geprügelt und immer brav sein Pausenbrot gegessen hat. Zu Hause habe ich meine Hausaufgaben gemacht, während meine Klassenkameraden in der Nachbarschaft Blödsinn machten. Ich war der, der immer *Ja, Mama* gesagt hat und ständig bereit war, andere zu trösten. Ich bildete mir ein, heilende Kräfte zu haben, dass mein Trost und mein Verständnis anderen über jede Sorge hinweghalfen. Reserve-Jesus haben mich damals die Jungs auf dem Schulhof genannt.

In mir schlummert halt kein Revoluzzer. Mit den Jahren ist das etwas besser geworden. Man wird Teenager, hat die üblichen Probleme. Man verabscheut Autoritäten und alles, was einem gesagt wird. Doch tief in mir wohnt noch immer der fügsame, loyale Junge.

II

Früh am Morgen näherten wir uns total erschöpft Florenz. Wir parkten auf einem Rastplatz hinter ein paar Bäumen und der öffentlichen Toilette, und ich schlief auf der Stelle ein.

Als ich wieder aufwachte – nicht von Vogelgezwitscher, sondern vom Knallen eines Mülleimerdeckels –, saß Angelica hellwach neben mir und starrte durch die Frontscheibe. »Guten Morgen«, murmelte ich schlaftrunken. Sie antwortete nicht. Sah mich nicht an, starrte einfach nur nach draußen. »Angelica?« Erst als ich sie berührte, zuckte sie zusammen. »Guten Morgen«, wiederholte ich. Sie schien mich nicht wiederzuerkennen. Dann begann sie zu lachen, doch aus dem Lachen wurde schnell Weinen. Kurze, rhythmische Schluchzer. »Angelica?« Und dann noch einmal lauter: *»Angelica?«*

Langsam schien sie wieder zu sich zu kommen. Sie lächelte nervös, zupfte sich die Haare zurecht und sagte: »Ich glaube, ich war gerade etwas abwesend.«

Etwas später schalteten wir unsere Handys wieder ein. Angelica hatte mehr als dreißig SMS erhalten. Einige von der Polizei, die darauf bestand, dass sie sich meldete, viele von Freunden und Kollegen, eine vom Leiter des Kulturzentrums, der bedauerte, niemanden gefunden zu haben, der Notizen oder Fotos von den komplizierten Codes gemacht habe, und noch eine von dem Mönch, der sich Francesco de' Pazzi nannte:

Frau Moretti. In den Augen meines Herrn bin ich ein Sünder. In denen meines verräterischen Kardinals ein Judas. Aber mein Gewissen ist rein. Dass Professor Moretti geholt wurde, um uns beizustehen, kann ich noch akzeptieren. Aber dass auch der unschuldige Silvio ein Teil des Spiels geworden ist, geht mir zu weit. Ich bin kein Ordensbruder mehr, sondern ein Flüchtling. Wir müssen uns treffen! Ad maiorem Dei gloriam! Zur größeren Ehre Gottes. Amen! Fd'P

»Er hat seinen Orden verlassen, Bjørn.«

»Eine Falle«, insistierte ich.

III

Auf dem iPad rief ich die Fotos der Chiffren auf, die ich bei Theophilus de Garencières gemacht hatte. Als ich sie betrachtete, hatte ich plötzlich das Gefühl, eine Lösung zu sehen, ohne sie wirklich greifen zu können.

Lycia e Porta und *Rotabile Obici* bedeuteten also *Orakel von Delphi* und *Bibliothekar*. Aber was war mit den drei letzten Chiffren?

Libico β. δέκα *Mei.* ⱵↃↃↃ†††ᓀᖾᕋꝫ.

Das mussten auch Anagramme sein. Während wir uns ein Baguette auf einer der Kunststoffbänke des Rastplatzes teilten, spielte ich mit den Buchstaben.

Libico β. δέκα *Mei.* ⱵↃↃↃ†††ᓀᖾᕋꝫ.

»Die Buchstaben, nicht der Wortlaut sind wichtig«, erklärte ich Angelica, die nicht sonderlich interessiert wirkte.

»Die Anagramme sagen uns nicht, wo Lorenzo und Silvio gefangen gehalten werden!«, sagte sie mürrisch. »Francesco de' Pazzi ist eine viel handfestere Spur.«

»Mag sein. Wenn er uns keine Falle stellt. Aber auch die Chiffren können Spuren enthalten, die uns weiterhelfen.«

»*Orakel von Delphi* und *Bibliothekar*? Also ehrlich, Bjørn! Können Sie mir verraten, welchen Nutzen wir daraus ziehen sollen?«

Ich konnte ihr keine vernünftige Antwort geben. Und auch keine unvernünftige. Natürlich war sie ungeduldig, das war gut zu verstehen.

Libico β ... δέκα *Mei* ... ⱵↃↃↃ†††ᓀᖾᕋꝫ ...

Libico β

Der griechische Buchstabe Beta. Konnte es so einfach sein ... Mit Großbuchstaben schrieb ich:

LIBICO BETA

Wie in Trance starrte ich lange auf die Buchstaben, ließ sie umhertanzen und die Plätze tauschen. Plötzlich sah ich die Lösung. So ist das häufig bei Anagrammen. Wie wenn man Scrabble spielt. Im ersten Augenblick ist alles Chaos, bis sich dann plötzlich die Worte offenbaren. Ein verdammt leichtes Anagramm. Durch Austauschen der Buchstaben bekam ich:

»*Biblioteca*«, wiederholte ich.

Eine Bibliothek …

Orakel von Delphi. Bibliothekar. Bibliothek.

Ein Muster. Zweifelsohne. Aber keine Lösung. Nichts, was uns weiterhalf. Aber was war mit den restlichen Chiffren?

δέκα *Mei.* ⲰⲶⲶⲶⲦⲦⲦⲤⲒⲎⲤⲰ.

Waren auch das Anagramme? Vermutlich. Dann aber ganz anderen Typs als die ersten. β und δέκα waren griechische Zeichen. ⲰⲶⲶⲶⲦⲦⲦⲤⲒⲎⲤⲰ waren koptische.

Angelicas Handy riss mich aus meiner Grübelei. Sie antwortete vorsichtig: »Ja?« Sie hörte wortlos zu. Als sie fertig war, fasste sie sich an die Brust. »Das war er.«

»Francesco de' Pazzi?«

»Er sagt, er wäre auf der Flucht. Vor denen, die Lorenzo und Silvio haben. Er wirkte etwas panisch. Hat Angst um sein Leben. ›Sie sind hinter mir her‹, hat er mehrmals gesagt. Als ich ihn fragte, wer *sie* sind, hat er gesagt: ›die Medici‹.«

»Was? Die Medici sind im 18. Jahrhundert ausgestorben.«

»Er behauptet, dass sie noch immer unter uns sind. Und er besteht darauf, dass wir uns treffen. Sobald er seinen Verfolgern entkommen ist.«

»Wo? Und wann?«

»Er will uns eine SMS schicken. Und er hat gesagt, dass das

alles viel größer ist, als wir uns vorstellen können. Er wirkte vollkommen…«

»Besessen?«

»Verrückt!«

KAPITEL 12

Die Medici-Päpste

FLORENZ,
MITTWOCHMORGEN

I

Alle tragen wir ein bisschen Wahnsinn in uns. Ich mehr als andere. Das ist nichts, wofür man sich schämen muss. Man braucht keine Wahnvorstellungen zu haben oder Stimmen zu hören, um den Wahnsinn zu spüren. Er lauert in den dunklen Winkeln unseres Innern. In unseren Gedanken und Fantasien, in den Träumen, in allem, was wir denken oder tun, wenn wir uns unbeobachtet glauben. Die meisten können ihn verbergen und in Schach halten.

In der Weltgeschichte wimmelt es nur so von Leuten wie mir, die nicht wirklich reinpassen. Im Mittelalter wurden solche Menschen auf dem Scheiterhaufen verbrannt. Heutzutage bekommen wir blaue Pillen, die wir mit Wasser und Selbstverachtung schlucken.

II

Der Konservator Carlo Cellini erwartete uns vor der humanistischen Bibliothek der Universität. Ein kleiner Mann mit großen Augen, Glatze und einer Andeutung von Bart, der wie geschminkt wirkte. Er trug einen grauen Anzug, der frisch gebügelt aussah.

»Sie wollen also den Brief lesen, den Nostradamus an die französische Königin Katharina geschrieben hat«, bemerkte er freudig, nachdem er Angelica auf beide Wangen geküsst und mich mit einem Handschlag begrüßt hatte.

»Gehe ich recht in der Annahme, dass dies in Zusammenhang mit den jüngsten Ereignissen um Professor Moretti und Regina Ferrari steht?«

»Natürlich«, antwortete Angelica.

»Natürlich«, wiederholte Carlo Cellini mehrmals, in einem so selbstverständlichen Ton, dass ich nicht verstand, wieso er die Frage überhaupt gestellt hatte.

Er führte uns durch die Bibliothek und weiter in sein Büro, wo er bereits eine Kopie von Nostradamus' Brief in einer Plastikhülle für uns vorbereitet hatte.

»Wir schützen das Original so gut wir nur können«, erklärte er. »Die Welt ist voller Verschwörungstheoretiker. Theophilus de Garencières ist nur einer von vielen. Wir können ihnen die Informationen nicht verwehren, aber man muss ja auch nicht entgegenkommender als unbedingt nötig sein. Bei Ihnen ist das natürlich was ganz anderes. Sie können gerne eine Kopie haben.«

»Könnten Sie den Inhalt kurz zusammenfassen?«, fragte Angelica.

»Nostradamus' Brief ist ebenso zweideutig wie seine Prophezeiungen und Verse.« Er hielt das dicht beschriebene Blatt ins Licht. »Er schreibt von einem mir unerklärlichen Zusammenhang zwischen *Orus Apollo, Codex Amiatinus, Mirabilis liber, De honesta disciplina* und *Corpus Hermeticum.* Dazu nennt er die Bundeslade und das Orakel von Delphi, das Delphi-Amulett und etwas, das er *Cäsars Schatz* nennt. Auch die Tempelritter und Johanniter werden abgehandelt.«

»Wird auch *Blutregen* in dem Text erwähnt?«, fragte ich.

»Blutregen?«

»Ja. Wenn man nach etwas sucht, wo es *Blut regnet* – wo schaut man dann am besten nach?«

»Oh je«, sagte Carlo Cellini. »Das kann ich Ihnen leider nicht sagen. An einer Stelle schreibt er von den *treuen Hütern, die den Pfaden des Blutes folgen*, was immer das heißen mag, und weiter, dass die *Kundigen und Eingeweihten Anleitung finden* würden in seinem letzten Almanach, den Prophezeiungen, den prophetischen Enthüllungen der frommen Heiligen und im Kodex des Hieronymus.«

»Apropos Verschwörungstheoretiker«, bemerkte ich. »Haben Sie schon einmal von dem Mönchsorden Vicarius Filii Dei gehört?«

»Stellvertreter des Sohnes Gottes. Ein fiktiver Orden. Wie die Bruderschaft vom Berg Zion. Ganz zu schweigen von den Illuminati. Der Illuminatus-Orden war zwar ganz richtig ein Geheimbund, der 1776 gegründet wurde, um in einer Welt voller selbst ernannter und vorurteilsbelasteter Autoritäten für die Ideale der Aufklärung zu kämpfen. Und da kommen die Verschwörungstheoretiker ins Spiel, die behaupten, die Illuminati würden noch heute unter uns leben, ganz im Geheimen, und die Weltgeschicke mit Hilfe von Staatsoberhäuptern und internationalen Konzernen lenken.«

Angelica seufzte demonstrativ. »Wie ist das also alles zu verstehen?«

»Lassen Sie es uns wie die Ingenieure halten«, sagte Carlo Cellini, »und die Probleme in möglichst kleine Einheiten aufteilen. Eine gigantische Hängebrücke zu bauen kommt einem anfangs als völlig unmögliches Unterfangen vor. Teilt man aber die Arbeit in kleinere Abschnitte auf, wird es plötzlich überschaubar.«

»Schießen Sie los!«, sagte ich.

»Also … *Orus Apollo* ist Nostradamus' eigene Nachdichtung des griechischen Altertumswerkes *Hieroglyphica*. *Mirabilis liber* ist eine prophetische Schrift aus dem 16. Jahrhundert mit Heiligenvisionen und Prophezeiungen. *Corpus Hermeticum* ist ein Werk über Magie und Alchemie, das angeblich gegen Ende des 3. Jahrhunderts geschrieben wurde und 1455 in Florenz zirkulierte, mit Unterstützung von Cosimo de' Medici und einigen

Schriftgelehrten an seinem Hof. *Codex Amiatinus* ist die Version der Vulgata-Bibel, die in der Bibliothek Laurenziana liegt. Uralte Texte, mit anderen Worten.«

»Was ist mit den kryptischen Hinweisen?«

»Mit der Formulierung *die treuen Hüter, die den Pfaden des Blutes folgen* sind vermutlich *die Kundigen und Eingeweihten* gemeint. Und mit den *prophetischen Enthüllungen der frommen Heiligen* kann er eigentlich nur auf das *Mirabilis liber* anspielen. Der *Kodex des Hieronymus* verweist offensichtlich auf den *Codex Amiatinus*. Der *Almanach* war Nostradamus' jährlich herausgegebenes Buch der Weissagungen. Er hatte 1550, nach einer langen Italienreise, damit begonnen. Der Erfolg des Almanachs war enorm. Kein Wunder also, dass er sich entschloss, jedes Jahr einen herauszugeben, teilweise sogar mehrere pro Jahr. Insgesamt umfassen die Almanache 6338 Prophezeiungen. Dazu kommen noch die Weissagungen in *Les Prophéties* und die Vorhersagen, die er für private Auftraggeber schrieb.«

III

Carlo Cellinis Zusammenfassung verwirrte mich vollends, ich kam nicht mehr mit. Wie um alles in der Welt sollte ich an all die uralten Schriften kommen? Wo sollte ich mit der Suche beginnen? Und wo war der Zusammenhang zwischen den unzähligen Schriften der Vergangenheit und dem Drama, in dem wir uns gegenwärtig befanden?

In Ermangelung einer ordentlichen Frage zeigte ich Carlo Cellini auf meinem iPad das Foto mit den zwei ungelösten Chiffren von Theophilus de Garencières.

δέκα Mει

ШꙄꙄꙄ††ꚋꚠ৯৩

»Sagt Ihnen das was?«

Cellini setzte sich eine runde Nickelbrille auf und legte die Stirn in Falten. »Hm. Griechische, lateinische und koptische Buchstaben…«

»Ist Ihnen das schon mal untergekommen?«

»Noch nie.«

Carlo Cellini überhörte Angelicas und meinen gemeinsamen Seufzer und las weiter in dem Brief von Nostradamus an Katharina.

»Nostradamus schreibt hier, dass er *Männer von Ehre* in ganz Europa kontaktieren will. *Männer von Ehre* können alles sein, Mönche, Adelige oder Könige, aber ich schätze mal, er meint damit den gleichen Bund, auf den er früher im Text verweist – die *Eingeweihten.*«

»Wer soll das sein?«, fragte Angelica.

»Ein Bund…«, wiederholte ich. »*Männer von Ehre.* Was, wenn es den heute noch gibt?«

»Nicht sehr wahrscheinlich«, sagte Cellini.

»Vielleicht sind es die, die Lorenzo und Silvio entführt haben«, schlug Angelica vor.

»Die Johanniter gibt es heute noch«, gab ich zu bedenken. »Viele mittelalterliche Orden, Sekten oder Glaubensgemeinschaften existieren bis heute, wenn auch teilweise unter völlig anderen Namen. Etliche der Freimaurerlogen, die heute aktiv sind, wurden im 15. und 16. Jahrhundert gegründet.«

»Trotzdem ist *Männer von Ehre* eine viel zu unpräzise Bezeichnung für einen Bund oder etwas in der Art, der etwas Bestimmtes sucht«, sagte Cellini.

»Apropos suchen… Haben Sie Nostradamus' Almanache hier?«

»Selbstverständlich«, antwortete der Konservator. Er verschwand kurz und kam mit einer Kiste voller alter Bücher zurück, verschiedenen Ausgaben der *Almanache*. Vorsichtig begannen wir, darin zu blättern.

In einem Almanach von 1555 fand ich das Symbol, das ich suchte.

In dem Vers unter dem Lorbeerkranz stand ein versteckter Hinweis auf das *Corpus Hermeticum*, die okkulte Schrift aus dem 3. Jahrhundert, und auf das *Mirabilis liber*.

»Was ist das?«, platzte Angelica heraus, frustriert ob der verwirrenden Informationsmenge. »Wo sollen wir denn bloß anfangen, dieses Knäuel zu entwirren? Jede Spur führt nur zur nächsten.«

»Genau auf diese Weise haben sie miteinander kommuniziert«, sagte ich. »Mit Hinweisen auf Hinweise auf Hinweise. Wir müssen versuchen, alle Fäden zu entwirren, und sehen, wohin uns das führt.«

»Auf die Gefahr, Sie noch mehr zu verwirren...«, sagte Cellini mit einem entschuldigenden Lächeln. »Es geht um Nostradamus' Verhältnis zum Heiligen Stuhl, also zum Papst.«

Er holte eine Pappmappe, die einen im Juli 1565 datierten Brief von Königin Katharina an Papst Pius IV. enthielt.

»Wieso hat Katharina an ihn geschrieben?«, fragte ich.

»Der Brief ist ziemlich unklar. Aber wie ich ihn verstehe, bittet sie den Papst, Nostradamus unbehelligt von der Kirche und der Inquisition seinen Angelegenheiten nachgehen zu lassen.«

»Weil er Magie und Wahrsagerei betrieb?«

»Glücklicherweise hatte Nostradamus einen guten Draht zur katholischen Kirche und zum Papst. Er kam glimpflich davon. Aber wissen Sie, wer Papst Pius IV. war, der 1559 mit fast 60 Jahren zum Papst gewählt wurde? Er war der erste Papst, der es unterließ, die Namen der sogenannten Kardinäle *in pectore* zu veröffentlichen. Papst Pius IV. wurde unter dem Namen Giovanni Angelo geboren. Und sein Nachname war Medici.«

»Noch ein Medici!«, platzte ich heraus. »Wie Leo X.!«

»Ja, sie teilten den Namen und das Amt. Giovanni und Giovanni Angelo waren nicht die einzigen Päpste aus dem Medici-Clan. Die Medici waren mächtig und reich und der Papststuhl heiß begehrt. In weniger als hundert Jahren – zwischen 1513 und 1605 – dienten vier Medici als Päpste. Der erste, Giovanni de' Medici*, war der Mächtigste. Er amtierte unter dem Namen Leo X. Er gab große Almosen an die Armen. Und wie die meisten Medici war er ein Mann der Literatur. Er investierte viel Arbeit in den Aufbau der Vatikanbibliothek. Aber er war auch ein hedonistischer Heuchler. Der massenhafte Verkauf von Ablassbriefen, um den Bau des Petersdomes zu finanzieren, trug unter anderem dazu bei, dass Martin Luther seine 95 Thesen verfasste. So gesehen trägt er ein Stück weit Mitverantwortung für die Reformation und den Protestantismus. 1521 exkommunizierte er Luther mit der Bulle *Docet Romanum Pontificem.* Ihr da oben in Skandinavien« – Cellini sah mich an – »solltet wissen, dass Leos Verhalten euch gegenüber zu der frühen skandinavischen Reformation geführt hat. Er machte sich derart unbeliebt, dass mehrere Kardinäle beschlossen, ihn zu vergiften. Aber daraus wurde nichts.«

IV

Carlo Cellini verstummte, als Angelicas Handy piepste. Sie zeigte mir die Textmeldung von Francesco de' Pazzi:

In Gefahr! Mir könnt ihr trauen! Ad maiorem Dei gloriam! Zur größeren Ehre Gottes. Amen! Fd'P

---

* Geb. 1475, gest. 1521. Papst 1513–1521.

In Gefahr? Meinte er sich selbst? Oder uns?

»Tut mir leid«, sagte Angelica zu Cellini, der unmittelbar den Faden in seinem Vortrag wieder aufnahm.

»Nachfolger von Leo X. war Papst Clemens VII., sein leiblicher Vetter und Adoptivbruder. Clemens VII. hieß ursprünglich Giulio di Giuliano de' Medici*. Sein Vater wurde im Zuge der Pazzi-Verschwörung ermordet. Guilio wurde nur einen Monat nach dem gescheiterten Staatsstreich geboren. Und er war es – als Papst –, der Heinrich VIII. die Absage erteilte, seine Ehe mit Katharina von Aragón für ungültig erklären zu lassen, weil sie mit Prinz Arthur verheiratet gewesen war. Sein Nein führte zum Bruch zwischen der katholischen Kirche und dem englischen Königreich. Clemens VII., der interessanterweise dem Johanniterorden angehörte, starb nach dem Verzehr von Grünem Knollenblätterpilz. Dann gäbe es da noch Pius IV. – Giovanni Angelo Medici** –, den ich bereits erwähnt habe. Der letzte der Medici-Päpste war Alessandro de' Medici***. Wie Leo XI. erreichte er nichts. Er trat sein Papstamt am 1. April an und starb 26 Tage später.«

Der Papst ... der Bischof von Rom. Vorsteher der katholischen Kirche. Monarch des Vatikanstaates. Nachfolger des Apostels Petrus. Und für einige: Gottes Stellvertreter auf Erden. Und vier von ihnen hatten dem Medici-Clan angehört ...

Wieder piepste Angelicas Handy. Das wurde langsam lästig. Mit einem Lächeln entschuldigte sie sich bei Cellini und zeigte mir die Mitteilung:

13 Uhr. Piazza della Signoria. Unterm Glockenturm. Fd'P.

---

* Geb. 1478, gest. 1534. Papst 1523–1534.
** Geb. 1499, gest. 1565. Papst 1559–1565.
*** Geb. 1535, gest. 1605. Papst April 1605.

Kein *Ad maiorem Dei gloriam*! Kein *Zur größeren Ehre Gottes*. Kein *Amen*! Er schien es eilig zu haben. Oder er hatte den Glauben verloren.

Angelica sah auf die Uhr. »Uns bleibt noch reichlich Zeit.«

»Eine Falle!«, sagte ich leise. Nicht leise genug.

»Was für eine Falle?«, platzte Carlo Cellini mit unverhohlener Neugier heraus.

V

»Je mehr wir erfahren, desto verwirrter werde ich«, klagte Angelica.

Wir hatten uns von Carlo Cellini verabschiedet und überquerten gerade den Platz vor der Bibliothek. Den Mini hatten wir in einem Parkhaus am Stadtrand versteckt und waren mit dem Stadtbus ins Zentrum gefahren. Ursprünglich hatten wir vorgehabt, jetzt den Wagen zu holen und hoch in die Berge zu Piero Ficino zu fahren. Aber Angelica bestand darauf, das Treffen mit Ficino auf nach dem Treffen mit Francesco de' Pazzi zu verschieben.

Ich schaltete mein eigenes Handy wieder ein. Eine ganze Lawine an SMS. Norwegische Medien und Kollegen, die von den Vorfällen in Italien gelesen hatten. Und eine Mitteilung von Tomasso Vasari. Er freute sich, von mir zu hören, und entschuldigte sich, dass er sich nicht eher gemeldet hätte, aber er sei für einen Routineeingriff im Krankenhaus gewesen. Er lud Angelica und mich zu sich nach Grosseto ein und gab eine Adresse an, die er mich, ziemlich melodramatisch, bat, vertraulich zu behandeln.

Ich blieb stehen, um ihm zu antworten. Angelica nutzte die Gelegenheit und fischte eine Zigarette heraus. Raucher sind Meister des Augenblicks. Aber ehe sie überhaupt einen Zug genommen hatte, fasste sie mich am Arm. Fest. Ihr Gesicht war verzerrt. Sie zeigte mit einem Nicken auf eine Zeitung, die vor dem Zeitungskiosk hing, neben dem wir stehen geblieben waren.

Ein großes Foto von Theophilus de Garencières und zwei kleinere von Angelica und mir schmückten die Titelseite.

Zusammenhang zwischen Mord in französischer Kleinstadt und Entführung und Mord in Italien?

Salon-de-Provence (AP) – Die französische und italienische Polizei sehen einen Zusammenhang zwischen dem Mord an dem französischen Nostradamus-Forscher Theophilus de Garencières gestern Abend und der Entführung Professor Lorenzo Morettis und seines Sohnes Silvio. Ebenso wird eine Verbindung zu dem Ritualmord an Regina Ferrari vermutet.

Die Polizei möchte so schnell wie möglich Kontakt zu Morettis Ehefrau Angelica und dem norwegischen Archäologen Bjørn Beltø aufnehmen, die an beiden Tatorten gesehen wurden.

Theophilus de Garencières wurde von der Gendarmerie gefunden, nachdem die italienische Polizei ihre französischen Kollegen gebeten hatte, zu überprüfen, ob Moretti und Beltø sich in seiner Wohnung in der südfranzösischen Stadt Salon aufhielten. Die Polizei äußerte sich noch nicht zu Details im Mordfall, aber zuverlässige Quellen bezeichnen die Umstände als »bizarr«.

VI

»Oh, mein Gott«, flüsterte Angelica. »Nein, nein, nein!«

Schockiert starrte ich auf das Foto von Theophilus de Garencières. Der arme Mann. Dieser freundliche, hilfsbereite Mensch. Ein Kaiser in seinem Reich aus Büchern und abstrusen Theorien. Mein Gott, in was war ich da schon wieder hineingeraten?

Ich wurde von Angelica aus meinen Gedanken gerissen, die mich anstieß. Starr hielt sie den Blick auf vier Männer auf der anderen Seite des Platzes gerichtet, vielleicht fünfzehn, zwanzig Meter von uns entfernt, neben einem grünen Müllcontainer.

Die Kidnapper. Die Mörder. Zweifellos. Und jetzt hatten sie uns aufgespürt.

Sie fielen nicht weiter auf, aber ihre schwarze Kleidung war unverkennbar. Einer von ihnen hatte ein Fernglas auf den Eingang der humanistischen Bibliothek gerichtet.

Angelica und ich hatten die Bibliothek mit einer Gruppe Studenten verlassen, weshalb sie uns offenbar nicht entdeckt hatten.

Wir zogen uns hastig in den Schatten eines Lieferwagens zurück. Zwei der vier Männer standen über etwas gebeugt, das der eine von ihnen in der Hand hielt. Ein Mobiltelefon? GPS? Wir waren zu weit entfernt, um erkennen zu können, was es war. Einer von ihnen sprach in ein Walkie-Talkie.

In dem Augenblick raste ein Auto auf den Platz, ein schwarzer Buick Regal. Mit Diplomaten-Kennzeichen. Die vier Männer in Schwarz gingen in die Hocke und waren nicht mehr zu sehen. Das Auto machte eine Vollbremsung. Das Warnblinklicht wurde eingeschaltet. Die Türen flogen auf. Zwei Männer sprangen heraus. Bürstenschnitt. Der eine schob die Pilotenbrille auf die Nasenspitze und ließ den Blick über den Platz schweifen.

Angelica und ich standen regungslos im schützenden Schatten des Lieferwagens.

Zwei weitere Männer stiegen aus dem Fond des Buick aus

und liefen zum Haupteingang der Bibliothek. Wenige Minuten später kamen sie zurück und setzten sich wieder in den Wagen. Der Fahrer sagte etwas in ein Mikrofon, ich konnte nicht hören, was. Angelica und ich drückten uns gegen die Seitenwand des Lieferwagens. Mit quietschenden Reifen fuhr der Buick an. Vorbei an den Männern neben dem Müllcontainer. Vorbei an Angelica und mir.

Und bremste.

Setzte zurück.

Die Seitenscheibe fuhr herunter.

Der Fahrer sah uns an.

»*Well, well, well.*«

Amerikanischer Akzent. Ihm fehlte nur ein Cowboyhut. Und ein Strohhalm im Mund.

»*Mr Belto. Mrs Moretti. Howdy!*«

VII

Wir rannten los.

Ich habe generell nichts gegen Amerikaner. Aber ich möchte nicht von ihnen umgebracht werden.

Die zwei auf dem Rücksitz stürzten heraus und nahmen unsere Verfolgung auf. Genau wie die vier Männer in Schwarz, die aus ihrem Versteck hinter dem Müllcontainer gestürmt kamen.

Himmel und Hölle!

Der Platz vor der Universitätsbibliothek war ziemlich eng Der Buick krachte volle Breitseite in einen geparkten Volvo, der mit laut heulender Alarmanlage in eine Reihe abgestellter Vespas gedrückt wurde. Dann machte der Buick einen scharfen U-Turn und holte die laufenden Männer ein. Die Stoßstange kickte einen der Schwarzgekleideten beiseite, der auf dem Kühler eines geparkten Fords landete.

Die Einbahnstraße Via del Castellaccio ist eine schmale,

kurvige Gasse im Schatten hoher Hausfassaden. Mitten auf der Straße kam ein Müllwagen auf uns zu. Angelica und ich schlüpften zwischen dem Wagen und der Hauswand hindurch. Der Buick hupte den Müllwagen an. Der Müllwagen hupte den Buick an. Die Müllmänner waren wenig beeindruckt von den Diplomaten-Kennzeichen.

Angelica hatte meine Hand ergriffen. Ich schnappte nach Luft. Wir stürmten die schmale Seitenstraße hinunter, vorbei an einer Reihe grauer Abfalleimer, raus auf die Via dei Servi.

Zwischen den Dächern war die gewaltige Kuppel von *Il Duomo* zu sehen, der Kathedrale. Hinter uns war das wütende Hupen des Müllwagens zu hören und die hitzigen Rufe der Männer, die versuchten, uns einzuholen. Wir liefen Hand in Hand weiter die Via dei Servi hinunter. Was die Leute wohl gedacht haben? Die Schöne und das Biest. Nach fünfzig Metern bogen wir rechts in die Via dei Pucci. Dann links in die Via Ricasoli, die auf die Piazza vor der *Basilica di Santa Maria del Fiore* mündete. Die Marmorfassade der riesigen Kathedrale strahlte weiß im Sonnenschein. Rotes Kuppeldach. Baubeginn 1296. Natürlich verschwendete ich in dem Augenblick keinen Gedanken an derartige Details. Ich mag ja ein Nerd sein, aber so ein Nerd dann auch wieder nicht.

Wir wurden langsamer. Wollten nicht unnötig Aufmerksamkeit auf uns ziehen. Wir hielten uns die ganze Zeit in der Nähe von Touristengruppen auf, in der Hoffnung, so in der Menge zu verschwinden.

Ich drehte mich um und hielt nach unseren Verfolgern Ausschau. Konnte sie nirgendwo sehen. Aber an den Bewegungswirbeln in der Menschenmenge ahnte ich, wo sie sich befanden. Wir überquerten den Platz in einer laut lamentierenden Gruppe Amerikaner. Wie in einem Sog gefangen, wurden wir mit ihnen in die Kathedrale gezogen. Dort trennten wir uns von den Amerikanern und schlossen uns einer niederländischen Reisegruppe an.

Am Eingang, zwischen Köpfen und Reiseleiter-Wimpeln, sah ich unsere Verfolger.

Wir erreichten einen Seiteneingang. Angelica und ich duckten uns und schlüpften hinaus. Ein Aufseher sah uns erstaunt an.

»Rückenschmerzen«, murmelte ich, begleitet von einer international verständlichen Geste.

Morettis Geschichte (IV)

ZWISCHENSPIEL:
DIE ZAHL DES TIERES – 666
MÖNCHSKLOSTER MONTECASETTO
MITTWOCH

Hast du Hunger?, fragt Lorenzo.

Nein.

Du musst essen.

Ich will nicht.

Sie waren aufgewacht, als Bartholomäus das Frühstück gebracht hatte. Brot, Butter, Käse, Marmelade, zwei gekochte Eier, Saft, Milch, Kaffee.

Lorenzo fragt: Was ist heute Nacht passiert?

Bartholomäus wendet sich ab.

Die Sirenen? All der Aufruhr? Was ist passiert?

Bartholomäus' Augen werden feucht, und er verlässt die Zelle ohne ein Wort.

*

Nach dem Frühstück werden sie von Wachen geholt und in die Bibliothek gebracht. Francesco ist nicht zu sehen. Aber er hat einen Stapel weiße Blätter auf Silvios Platz gelegt und Malstifte. Lorenzo setzt sich an den Schreibtisch, um mit den Codes weiterzumachen. Eine Vigenère-Verschlüsselung. Jedes Zeichen durch ein anderes ersetzt. Aber nicht durch das gleiche Zeichen. Nach einer Weile bittet er eine der Wachen, Francesco zu holen.

Die Wache geht. Kurz darauf kommt sie mit dem Kardinal und Draco wieder.

Guten Tag, Professor Moretti. Guten Tag, Silvio.

Wo ist Francesco?

Er ... steht heute nicht zur Verfügung.

Ist er krank? Verreist?

Etwas in der Art, ja. Vater Nicola wird Ihnen in Francescos Abwesenheit als Bibliothekar zur Verfügung stehen.

Wann kommt er zurück?

Der Kardinal sagt: Ich hatte eine Idee. Kann das Voynich-Manuskript etwas mit der Sache zu tun haben? Was, wenn Nostradamus hinter dem Voynich-Manuskript steht?

Lorenzo zieht die Stirn in Falten. Das Voynich-Manuskript ist ein Mysterium. Das Buch ist in unverständlichen Zeichen und in einer niemandem bekannten Sprache geschrieben, die die Wissenschaft noch heute verblüfft. Das Buch besteht aus 240 handgeschriebenen Seiten aus feinstem Pergament. Bis heute haben die erfahrensten Kryptologen der Welt dieses Manuskript noch nicht entschlüsseln können.

Warum sollte Nostradamus etwas mit dem Manuskript zu tun haben?, fragt er.

Kann er die Hinweise auf die Bundeslade zwischen den Zeichen versteckt haben?

Kardinal, das Voynich-Manuskript ist älter als Nostradamus. Als das Pergament an der Universität von Arizona C14-datiert wurde, fand man heraus, dass das Leder von einem Tier stammt, das zwischen 1404 und 1438 gelebt hat.

Der Text und die Zeichnungen können jünger sein. Es kann altes Leder beschrieben worden sein.

Das McCrone Research Institute hat die Tinte analysiert. Sie kamen zu dem Schluss, dass Text und Zeichnungen kurz nach der Präparierung des Leders erstellt wurden. Also hundert Jahre vor Nostradamus.

Ich verstehe. Gut, gut. Nur ein Gedanke.

Der Kardinal dreht sich um und will gehen.

Kardinal …

Ja?

Heute Nacht? Was war da los?

Machen Sie sich darüber keine Sorgen.

Ich hatte Angst, es könnte brennen.

Sie sind in Sicherheit.

Sollte es doch ein Feuer geben …

Beruhigen Sie sich.

Kardinal, ich darf Sie daran erinnern, dass wir eingesperrt sind!

*

Im 19. Jahrhundert gelang es Charles Babbage, einen Weg durch das Labyrinth einer Vigenère-Verschlüsselung zu finden.

In einem monoalphabetischen System wird ein Buchstabe immer durch den gleichen anderen Buchstaben ersetzt. In polyalphabetischen Systemen wird ein Buchstabe immer durch einen anderen ersetzt. Als Vigenère seine Arbeit in der Abhandlung *Traité des Chiffres* publizierte, markierte das den Übergang von der monoalphabetischen zur polyalphabetischen Substitutionschiffrierung. Mit Hilfe von mehreren Alphabeten wurde ein Buchstabe durch ganz unterschiedliche Chiffrezeichen ersetzt. Anders ausgedrückt: Der gleiche Buchstabe wird auf unterschiedliche Weise verschlüsselt.

Lange suchte Charles Babbage nach einem Spalt in der glatten Oberfläche der Chiffre. Und er fand ihn schließlich. 1854 gelang es ihm, die Logik aufzudecken, die Vigenères Geniestreich zugrunde liegt.

Ein Schlüsselwort.

Um eine Vigenère-Chiffre zu lösen, braucht man ein Schlüsselwort. Ein geheimes Wort, das der Absender und der Empfänger kennen. Das ist die Stärke der Chiffre. Das Schlüsselwort gibt einem die Chance, Ordnung in das Chaos der scheinbar willkürlichen Zeichen zu bringen.

Mit Hilfe von Mathematik, Deduktion und unzähligen Versuchen analysierte Babbage die Länge des Schlüsselwortes aus der Häufigkeit bestimmter Buchstaben. Zeichen für Zeichen arbeitete er sich zum Schlüsselwort vor. Aber Babbage hatte keine Eile. Er war nicht mit seinem Sohn in Gefangenschaft.

Lorenzo hat eine Liste mit möglichen Schlüsselwörtern erstellt. Wörter, die Nostradamus theoretisch benutzt haben könnte. Die Liste wirkt endlos. Er fügt Wort an Wort und probiert sie aus, ehe er eines nach dem anderen wieder durchstreicht.

~~Les Prophéties~~	~~Cosimo~~	~~Clemens VII.~~
~~Almanach~~	~~Nostradamus~~	~~Mirabilis liber~~
~~Presages~~	~~Lorenzo~~	Pastoralis Praeeminentiae
~~Quatrain~~	~~Piero~~	De Officiis Ministrorum
~~Medici~~	~~Alessandro~~	De Mysteriis Aegyptiorum
~~Savonarola~~	~~Leo X.~~	Orus Apollo
~~Florenz~~	~~Katharina~~	De vita Caesarum
~~Giovanni~~	~~Pius IV.~~	Regnans in coelis

*

Vater Nicola ist das genaue Gegenteil von Francesco. Er ist klein, hat eine gedrungene Statur und stechende Augen. Ihm die Hand zu geben fühlt sich an, als drücke man aufgegangenen Hefeteig.

Ich hoffe, Sie haben alles, was Sie brauchen?

Francesco hat mir einen Spiegel versprochen.

Einen Spiegel? Wirklich?

Ja, um nach spiegelverkehrten Zeichen zu suchen.

Ich werde sehen, was ich machen kann.

Er spürt es sofort. Er mag Nicola nicht. Vertraut ihm nicht. Er hat etwas Hinterlistiges, Berechnendes. Seine Stimme, seine Ausstrahlung, sein Blick. Sie wecken Lorenzos Misstrauen.

*

Er denkt an Angelica. Er liebt die Widersprüche in ihr. Die Zerbrechlichkeit und ihre Kraft. Die Schwäche und ihren Mut. Die

Angst und die Unternehmungslust. Den Schwermut und ihren Humor. All diese sich widersprechenden Eigenschaften. Der langweiligste Mensch, denkt er, muss jemand sein, dessen Seele nicht eine Kerbe hat. Angelica ist anders… Vor vier Jahren hat er das Rezept gefunden, als er auf der Suche nach den Autoschlüsseln war. Versteckt im Seitenfach ihrer Handtasche. *Fluoxetin.* Später hatte er dann im Arzneimittelhandbuch nachgeschlagen. Ein Antidepressivum. Er hatte sie noch am gleichen Abend damit konfrontiert. Sie war vollständig zusammengebrochen. Niemand sollte das wissen. Nicht einmal er, ihr Ehemann. Er war so wütend gewesen, so verletzt. Etwas vor Arbeitskollegen und Freunden zurückzuhalten war eine Sache. Aber vor ihrem Ehemann! Ich… Die Scham, schluchzte sie. Welche Scham?, hatte er gefragt. Er hatte Depressionen nie mit Scham verbunden. Aber die Konfrontation hatte etwas bewirkt. Sie begann, sich ein bisschen zu öffnen. Stück für Stück. Auch wenn er nie ganz genau wusste, welche innerlichen Kämpfe sie ausfocht.

Silvio hat die gleichen Züge wie Angelica, wenn sie lächelt. Die Augen und der Blick. Er mag gar nicht daran denken, wie viel Sorgen Angelica sich jetzt machen muss. Vor allem um Silvio. Er weiß, wie unruhig er selbst sein würde. Schon die kleinste Kleinigkeit – wenn er mal zu spät von der Schule kam oder die Sirene eines Krankenwagens zu hören war – konnte eine Unruhe auslösen, die sich erst legte, wenn Silvios Schritte draußen im Treppenhaus zu hören waren. Er rannte immer, wenn er auf der Treppe war. Egal, ob rauf oder runter. Als hätte der kleine Körper einen Konstruktionsfehler, sodass Gehen unmöglich war. Er musste rennen. Immer.

Lorenzo blickt zu seinem Sohn. Lächelt. Ihre Blicke begegnen sich.

Was machst du?, fragt Silvio.

Denken, rechnen.

An was denn?

Eigentlich an nichts.

Nichts.

Nur ein Spiel.

Ein Spiel?

Mit Buchstaben und Zahlen. Codes.

Silvio hat sich schon immer für Codes begeistert, für die Geheimnisse versteckter Muster. Das hat er sicher von mir. Natürlich hat er das von mir.

Was rechnest du denn aus, Papa?

Er zuckt die Schultern.

Du kannst doch nicht mit Buchstaben rechnen.

Natürlich kann man das.

Wie das denn?

Buchstaben können Zahlen repräsentieren.

Repräsentieren?

Ein Buchstabe kann den Platz einer Zahl einnehmen.

Warum?

Er lächelt seinen Sohn an. Silvio sieht auf den Zettel.

Warum hast du *Vicarius Filii Dei* geschrieben?

Nur so zum Spaß.

Was bedeuten die Zahlen?

Die haben nichts zu bedeuten. Wie gesagt, bloß ein Spiel. Erinnerst du dich daran, dass ich dir von der Zahl des Tieres erzählt habe?

Ja! Die steht in der Bibel. In der Offenbarung von Johannes!

Weißt du noch, was das für eine Zahl ist?

666!

Genau. Aber was bedeutet 666?

Weiß ich nicht.

Dafür gibt es viele Theorien. Viele glauben, das Tier ist der Teufel. Andere glauben, dass die 666 eine falsche Übersetzung ist, die entstand, als man den Namen des babylonischen Gottes Marduk aus der Keilschrift übersetzte. Für wieder andere repräsentiert die Zahl 666 den verhassten römischen Kaiser Nero.

Nero? Nero ist doch keine Zahl.

Lorenzo lächelt. Der Junge ist klug.

Er sagt: In vielen Sprachen, zum Beispiel Hebräisch und Aramäisch, hat jeder Buchstabe einen Zahlenwert. Aus dem Griechischen wurde Kaiser Neros Name *Nerōn Kaisar* ins Aramäische übertragen. *Nrwn qsr*. Er schreibt die Namen der aramäischen Zeichen auf, dahinter die Schriftzeichen und den Zahlenwert:

Resch	ר	200
Samech	ס	60
Qoph	ק	100
Nun	ן	50
Waw	ו	6
Resch	ר	200
Nun	נ	50
Summe		**666**

So, sagt er, haben sie aus Kaiser Nero die biblische Zahl abgeleitet. Auf die gleiche Weise gelang es den Christen viele hundert Jahre später, auch den Propheten Mohammed mit dem Teufel in Verbindung zu bringen. In seiner Kreuzzugbulle *Quia maior* nutzte Papst Innozenz III. die Zahlenmagie, um zu beweisen, dass 666 nicht nur Mohammed bedeutete, sondern dass der Islam nach 666 Jahren zugrunde gehen würde.

Wie das denn?, fragt Silvio.

Numerologie.

Hä?

Zahlenmagie.

Was ist Zahlenmagie?

Ein Aberglaube. Oder ein Glaube.

Und was ist da der Unterschied?

Der Glaube ist in der Religion verankert. Aberglaube hat weder eine Verankerung in der Religion noch in der Wissenschaft.

Das verstehe ich nicht.

Denk nicht drüber nach, ich verstehe auch nicht immer alles.

Zahlenmagie, wiederholt Silvio.

Zahlenmagie bedeutet, einen Zusammenhang zu sehen zwischen Zahlen, der Natur, den Menschen, Phänomenen und Geschehnissen.

Was für Zusammenhänge?

Das ist genau die Frage: Was für Zusammenhänge?

Hä?

Es geht gar nicht darum, dass man das versteht. Man kann versteckte Muster finden. Oder man formt Zahlen und Zeichen so um, dass sie eine Botschaft bilden.

Er nimmt einen Zettel und schreibt *Vicarius Filii Dei* darauf, von oben nach unten:

```
V       F       D
I       I       E
C       L       I
A       I
R       I
I
U
S
```

Jetzt ersetzen wir den Namen durch römische Zahlen.

Okay.

Was steht für die römische Zahl V?

Fünf.

I?

Eins.

C?

Hundert.

A?

Pause.

Silvio?

A? Ist das eine römische Zahl?

Nein. Eben nicht. A ist keine römische Zahl. Deshalb zählt

A als null.

Silvio lacht.

Und R?

R ist auch keine römische Zahl.

Richtig. Wieder null.

Aber das ist doch dumm.

Nicht unbedingt. Wenn wir so weitermachen, Buchstabe für Buchstabe, kriegen wir ein Schema, das so aussieht:

V	5	F	0	D 500
I	1	I	1	E 0
C	100	L	50	I 1
A	0	I	1	= 501
R	0	I	1	
I	1	= 53		
U (V) .	5			
S	0			
= 112				

Silvio starrt lange auf die Zahlen.

Ja und?, fragt er schließlich.

Zähl doch mal zusammen.

Was?

Die drei Ergebnisse.

Im Kopf?

Du kannst das auch schriftlich rechnen.

Er schiebt dem Jungen einen leeren Zettel hinüber. Silvio schreibt:

```
    112
+    53
+   501
   666
```

Die Zahl des Tieres.

V

Florenz – Grosseto – Rom
Mittwochnachmittag –
Donnerstagvormittag

Die Augen des HERRN behüten die Erkenntnis,
aber er verwirrt die Reden des Betrügers.

SPRÜCHE

Als er mit Mose auf dem Berge Sinai zu Ende
geredet hatte, gab er ihm die beiden Tafeln
des Zeugnisses; die waren steinern und
mit dem Finger Gottes beschrieben.

2. BUCH MOSE

KAPITEL 13

Boboli-Garten

FLORENZ,
MITTWOCHNACHMITTAG

I

Wie ein fruchtbarer Garten Eden schlummerte der Boboli-Garten nur einen Steinwurf vom Ponte Vecchio entfernt. Angelica und ich setzten uns in dem kühlen Schatten der Bäume ins frisch gemähte Gras. Die Bäume saßen voller zwitschernder Vögel, und die Sonne brach durch das Laub der Bäume.

Ein paar Minuten saßen wir still da und versuchten uns zu sammeln. Und zu verstehen.

»Zuerst Regina«, sagte Angelica mit dünner Stimme. »Dann Theophilus. Und wer ist der nächste? Wir? Mein Gott, Bjørn, was geht hier vor? Wer sind die? *Wer?* Und warum haben die es auf uns abgesehen? Wir wissen von allen doch am wenigsten! Warum werden die, mit denen wir reden, getötet? Und woher wissen die, wo wir die ganze Zeit über sind?«

Dass sie vor Reginas Haus auf uns gewartet hatten, konnte ich verstehen. Es war recht wahrscheinlich gewesen, dass wir sie noch einmal aufsuchen würden.

Aber Theophilus? Und Carlo Cellini?

Angelica und ich kamen beinahe zeitgleich auf die Antwort. Im Nachhinein erschien es logisch. Natürlich hätten wir früher daran denken müssen. Aber Angelica und ich steckten beide so im Nebel unserer Angst und Verwirrung fest, dass es nicht immer leicht war, logisch zu denken.

Wortlos nahmen wir die SIM-Karten aus unseren Handys.

Irgendwo außerhalb unseres Blickfelds wurde ein Rasenmäher angelassen. Vögel flogen auf. Mein Blick folgte vier Ameisen, die einen Käfer durch das Gras zu ziehen versuchten. Der Anblick der sich abrackernden Ameisen und des toten Käfers brachte mich auf einen schrecklichen Gedanken. Carlo Cellini! War er in Gefahr? Ich bat Angelica, die SIM-Karte noch einmal in ihr Handy zu stecken und ihn anzurufen, um ihn zu warnen. Er musste sich in Sicherheit bringen.

Wenn es nicht bereits zu spät war.

II

Es war glücklicherweise nicht zu spät.

Als Angelica mit ihm gesprochen und ihm den Tag verdorben hatte, nahm sie die SIM-Karte wieder aus ihrem Telefon.

»Er hat Angst«, sagte sie.

»Das verstehe ich nur zu gut.«

Wir stützten uns auf die Ellenbogen und beobachteten die bedächtige Langsamkeit des Parks.

»Was meinen Sie, wie kann dieser Francesco de' Pazzi uns helfen?«, fragte ich.

»Er weiß, wo sie sind, Bjørn. Er weiß, wo Lorenzo und Silvio versteckt sind.«

»So ganz traue ich dem aber noch immer nicht.«

»Wenn er etwas zu verbergen hätte, hätte er bestimmt nicht vorgeschlagen, uns vor dem Glockenturm auf der Piazza della Signoria zu treffen – zweifellos der Ort in Florenz mit den meisten Touristen.«

Ein Flugzeug schleppte hoch oben am Himmel seinen Kondensstreifen hinter sich her.

Ich dachte an die Briefe, Manuskripte und Verschlüsselungen. Losgelöste Bruchstücke von etwas viel Größerem. Etwas, das wir nicht überschauten.

Ich sah zu Angelica. »Was verbindet all diese Menschen, Geschehnisse und Texte quer durch die Jahrhunderte?«

»Ich weiß es nicht, ich habe wirklich keine Ahnung!«

Ich dachte: Niemand hat das bis jetzt herausgefunden, weil niemand das große Ganze gesehen hat. Weil niemand gewusst hat, wonach er suchen sollte. Ja, dass es überhaupt etwas zu suchen gab.

Mit einem Grunzen legte ich mich auf den Rücken und betrachtete die Fetzen Himmel, die ich durch die Baumkrone sehen konnte. Voller Missmut. Ich hatte gehofft, dass uns die Gespräche mit all den Experten dem Verständnis näherbringen würden. Der Einsicht. Stattdessen war unsere Verwirrung nur noch größer geworden. Sämtliche Fäden führten entweder ins Nichts oder endeten in einem unauflösbaren Knoten.

Ich nahm den Zettel mit den Chiffren aus der Jackentasche:

Lycia e Porta wurde zu *Oracle Pytia* – das Orakel von Delphi.

Rotabile Obici wurde zu *bibliotecario* – Bibliothekar.

Libico β bedeutete *biblioteca* – Bibliothek.

Zwei Anagramme blieben noch: δέκα Mei und Шᛉᛦᛦᛏᛏᛏᛇᚻᚼᛤ.

Wie sollte ich diese beiden lösen?

Streng genommen hatte ich Nostradamus mit Hilfe von Theophilus die einfache Technik entlockt, die seinen Anagrammen zugrunde lag. Zuoberst auf ein anderes Blatt schrieb ich:

δέκα Mei

In lateinischen Buchstaben: *Deca Mei*.

Deca hieß auf Griechisch zehn. *Mei* hieß mein oder mir. Aber das ergab keinen Sinn. Die Verwendung sowohl des griechischen als auch des lateinischen Alphabets diente nur der Verwirrung. Nicht ohne Erfolg, das konnte ich bestätigen.

δέκα Mei.

Deca Mei.

Trotzdem war das Anagramm alles in allem ebenso einfach

wie das erste. Es ging wieder nur darum, neue Positionen für die Buchstaben zu finden:

Medicea.
  Lateinisch für Medici.
  Angelica, die die Dechiffrierung über meine Schulter verfolgt und zwischendurch eigene Vorschläge gemacht hatte, platzte plötzlich hervor: »Bjørn, wir sind spät dran!«
  Ich sah auf die Uhr. Zehn vor eins. In zehn Minuten hatten wir unsere Verabredung mit dem Mönch, der sich Francesco de' Pazzi nannte.
  Konnte er uns wirklich zu Professor Moretti und Silvio führen, wie Angelica hoffte?
  Oder lockte er uns in eine Falle?

KAPITEL 14

Der Mönch

FLORENZ,
MITTWOCHNACHMITTAG

I

Ein Schrei.

Ein Schrei kann so viel beinhalten. Furcht, Erschrecken, Verzweiflung, Panik. Ein Schrei weckt aber auch immer das Gefühl für Gefahr. Etwas, das du nicht sehen willst, nicht wissen willst, etwas, mit dem du nichts zu tun haben willst.

In dem Gewimmel auf der Piazza della Signoria war es nicht leicht zu erkennen, woher der Schrei kam. Tausende von Touristen füllten an diesem Nachmittag den Platz. Angelica und ich taten, was alle taten: Wir blieben abrupt stehen und sahen uns um.

Wie eine Herde Tiere in der Savanne die Gefahr witterte, war die Menschenmenge auf der Hut. *Wer hat da geschrien? Wo? Und warum?*

An den überfüllten Restauranttischen unter dem riesigen Glockenturm erhoben sich die Leute. Was war geschehen?

Carol, hat da nicht jemand geschrien? Hast du das gehört?

Noch ein Schrei. Schrill und herzzerreißend.

Jemand streckte den Arm aus und zeigte nach oben.

Und da sahen wir ihn.

Den Mönch.

Er war aus einem der Bogenfenster hoch über dem Platz geklettert und klammerte sich an den Mittelpfosten des Fensters. Es war leicht zu sehen, dass er Angst hatte. Er presste sich an den Rahmen. Der Wind ergriff seine schwarze Kutte. Er drehte den Kopf und sah ins Gebäude. Vielleicht versuchte jemand, ihn zu beruhigen, damit er wieder ins Zimmer kam. Oder jemand bedrohte ihn, sodass er nur noch springen konnte.

»Mein Gott!«, flüsterte Angelica. »Das ist er.«

»Wer?«

»Das muss er sein!« Sie musste ihre Stimme erheben, um das Geschrei um sie herum zu übertönen: »Francesco de'Pazzi.«

Eine Taube flatterte ein paar Mal am Fenster vorbei und setzte sich dann neben ihn auf den Fenstersims.

Hoch über uns in dem fast hundert Meter hohen Turm schlug die Turmuhr schwer und dröhnend.

Der Mönch beugte sich vor. Er schien in der Menschenmenge irgendetwas zu suchen. Uns? Einen Moment lang rührte er sich nicht und sah nach unten. Er zögerte. Voller Angst.

Und dann sprang er ohne jede Vorwarnung in die Tiefe.

II

Vor Entsetzen wandte ich mich ab. Kniff die Augen zusammen. Ich wollte das nicht sehen.

Ein kollektiver Aufschrei ging durch die Menschenmenge.

Als ich wieder aufblickte, sah ich, dass der Mönch nicht unten auf den Steinen der Piazza della Signoria aufgeschlagen war, sondern dass er sich erhängt hatte.

Sein Körper hing eingehüllt in die schwarze Mönchskutte an einem Seil aus dem Fenster des Palastes und zuckte in Todeskrämpfen.

Ich dachte: Wie Francesco de'Pazzi am Sonntag, dem 26. April 1478.

Fünf oder sechs Polizisten kamen angerannt. Angelica und ich hielten uns die Hände vor die Gesichter und versteckten uns hinter einer Gruppe Touristen. Irgendwo ertönte eine Sirene. Oben am Palastfenster waren sie bereits dabei, ihn wieder hochzuziehen.

Angelica ergriff meinen Arm und drückte sich an mich. Es fühlte sich gut an.

»Jetzt können Sie das mit der Falle wohl abschreiben«, sagte sie.

Mir kam ein neuer Gedanke. Ich nahm ihre Hand und zog sie vom Platz in eine Seitengasse. Verwirrt sah sie mich an.

»Bjørn, was tun Sie?«

»Entweder wussten sie, dass er uns hier treffen wollte, oder sie haben ihn bis hierher verfolgt.«

»Ja und?«

»Auf jeden Fall bedeutet das, dass sie jetzt hier sind!«

KAPITEL 15

Piero Ficino

FLORENZ,
MITTWOCHNACHMITTAG

I

Piero Ficino wohnte in einem Dorf knapp fünfzig Kilometer von Florenz entfernt. In einer ganz anderen Welt. Wir parkten den Mini im Schatten des Lagers eines verschlafenen Lebensmittelladens. Ficinos Haus war aus Natursteinen errichtet worden und von einem schwarzen schmiedeeisernen Gitter auf einem weiß gekalkten Sockel umgeben. Ich fragte mich, welche jugendlichen Sünden er begangen haben musste, um von der römischen Kurie hierher, in diese vergessene Idylle in den Bergen, verbannt worden zu sein.

Ein junger Hund kam kläffend auf uns zu, als wir auf das Haus zugingen. Piero Ficino öffnete die Tür, sah sich nervös um und bat uns eilig herein. Erst als er die Tür hinter uns geschlossen hatte, atmete er tief durch und hieß uns wie gute alte Freunde willkommen.

Ein großer, brauner Koffer stand direkt hinter der Tür. Darauf lagen ein Hut und ein Regenschirm.

Er folgte meinem Blick: »In Anbetracht der Tatsache, wie es einigen der anderen ergangen ist, die mit Ihnen gesprochen haben, ziehe ich es vor, meine lang ersehnten Ferien zu nehmen. Wenn ich wiederkomme, wird sich das alles wohl wieder etwas beruhigt haben.«

»Gott behüte Sie«, sagte Angelica.

Wir gingen ins Wohnzimmer und setzten uns. Ich eröffnete

unser Gespräch mit einer Frage, die für mich immer wichtiger wurde: »Vater, gibt es einen Orden, der sich Vicarius Filii Dei nennt, oder ist der nur erdichtet?«

Mit der Sanftmut eines Priesters goss Piero Ficino Kaffee in unsere Tassen, bevor er antwortete: »Vicarius Filii Dei… Es ist lange her, dass ich diesen Namen zuletzt gehört habe…«

»Gibt es diesen Orden?«

»Wie ich schon an dem Vormittag gesagt habe, an dem Professor Moretti gekidnappt wurde, habe ich Ende der Fünfzigerjahre eine einfache Stellung in der Glaubenskongregation der römischen Kurie gehabt. Damals wurde die katholische Kirche von einer unerklärlichen Mordserie an katholischen Pfarrern erschüttert. Von Messina im Süden bis Trient im Norden. Insgesamt sieben Priester wurden nackt und ausgeblutet auf den Altären ihrer Kirchen gefunden. Es hieß, sie hätten sich an kleinen Jungs vergriffen. Wer weiß? Diese Behauptungen wurden niemals dokumentiert oder bewiesen. Die Serienmorde wurden aber auch niemals aufgeklärt. Ich selbst habe, in aller Bescheidenheit, in einer vatikanischen Kommission mitgearbeitet, die zu ergründen versucht hat, ob es für die Art der Morde irgendwelche historischen Vorbilder gäbe. So bin ich auf einen Mönchsorden gestoßen, der den Namen Vicarius Filii Dei trug. Ein finsterer, übler Orden. Es hieß, dass es diesen Orden nicht mehr gäbe. Ich war mir da nicht so sicher, es gelang mir aber auch nicht, das Gegenteil zu beweisen. Viele der Rituale – wie das Ausbluten und die Nacktheit – hatten Ähnlichkeit mit einer Serie ähnlicher Morde in den 1850er-Jahren. Man sollte doch meinen, dass ich da etwas auf der Spur war? Ich legte die Resultate meiner Untersuchung meinem Vorgesetzten vor. Er war erschüttert. Aber als er diese Informationen an seine Vorgesetzten weiter oben im System übergab, wurde das Ganze unter den Teppich gekehrt. Vicarius Filii Dei, bekamen wir zu hören, sei ein Fantasieprodukt, erschaffen von den Gegnern der katholischen Kirche. Allein die Andeutung, dass es sie noch geben könnte –

und damit natürlich der Verdacht, dass sie etwas mit den Priestermorden zu tun hatten – wäre Wasser auf die Mühlen all jener, die gegen die Kirche waren. Wir bekamen einen Maulkorb. Um es zu sagen, wie es war. Die Untersuchungskommission wurde aufgelöst. Alle Materialien – wie meine historische Dokumentation – wurden beschlagnahmt und im Geheimarchiv des Vatikans abgelegt.« Ein listiges Lächeln huschte über Piero Ficinos Gesicht. »Ich habe ihnen natürlich nicht gesagt, dass ich von all meinen Berichten einen Durchschlag hatte. Hier«, sagte er und schob einen Zettel in unsere Richtung, »das ist die alte Kopie.«

Archiv
Congregatio pro Doctrina Fidei
November 1958

Vicarius Filii Dei
Vorläufiger Teilbericht

Vertraulich

Bei der Untersuchung der Priestermorde ist die Kommission in mehreren Fällen auf Hinweise auf den (angeblichen) Mönchsorden Vicarius Filii Dei gestoßen. Zwar haben wir keine endgültigen Beweise dafür gefunden, dass diese Organisation/dieser Orden tatsächlich existiert, unsere Untersuchungen haben aber ergeben, dass Vicarius Filii Dei zum ersten Mal um das Jahr 750 in dem falschen römischen Kaiserdekret Constitutum domini Constantini imperatoris erwähnt wird. Es gibt die Ansicht, dass Vicarius Filii Dei und Vicarius Christi de facto Decknamen für den Papst selbst waren. In der verbotenen protestanti-

schen Niederschrift Antichristus aus dem
16. Jahrhundert findet sich die Behauptung,
dass der Papst bereits im 13. Jahrhundert
den geheimen Orden Vicarius Filii Dei gegründet habe, um Mönche durch eine soldatische
Spezialausbildung für Sondereinsätze zu trai-
nieren, mit denen weder der Papst noch die
römische Kurie in Verbindung gebracht werden
wollten (Beispiele: Kreuzzug, Inquisition,
die Zerschlagung der Tempelritter, Hexenver-
folgung, die Massaker an den Katharern und
Hugenotten). Das Archivum Secretum Vaticanum
hat der Kommission bislang keinen Zugang zu
Dokumenten gewährt, die diese Behauptung bestätigen oder entkräften könnten (Fußnote 3).
Vicarius Filii Dei wird überdies in einigen
aus dem 15. Jahrhundert stammenden Aufzeichnungen in der römischen Kirche Santa Croce
in Gerusalemme erwähnt. In einem Dokument,
das 1865 im Schlossarchiv in Navarra gefunden
wurde und das per Kurier ins Archivum Secretum Vaticanum gebracht wurde, wo es mit der
Signatur ZYC-1003132-AD1865 archiviert worden sein soll, wird (hier muss ich einfügen
»angeblich«, da mir ja kein Zugang zum Archiv gewährt wurde – Fußnote 7) auf ein Konzil verwiesen, das 1540 zwischen Vicarius Filii Dei, den Jesuiten und den Drăculsângeern
abgehalten wurde. Das rituelle Ausbluten ist
im Übrigen eine religiöse Praxis, die eng in
Verbindung mit den rumänischen Drăculsângeern
steht. In der Jesuitenschrift Ratio Studiorum
(1599) wird auf ein Schisma verwiesen, wobei
offenbleibt, ob der Text wörtlich oder alle-

gorisch zu verstehen ist. Vicarius Filii Dei
ist unbestätigten Gerüchten zufolge der Congregatio pro Doctrina Fidei unterstellt und
wird von einem Kardinal in pectore angeführt,
was bedeutet, dass der Kardinal im Geheimen
ernannt wurde und dass sein Name nur dem engsten Umfeld des Papstes bekannt ist. Den gleichen unbestätigten Gerüchten zufolge sind die
Vicarius Filii Dei im Besitz einer umfangreichen Büchersammlung. Diese Bibliothek ist ein
Teil des Klosters, das in Wahrheit wohl als militärisches Fort anzusehen ist. Der Wahlspruch
von Vicarius Filii Dei lautet: Ad maiorem Dei
gloriam (Zur größeren Ehre Gottes). Zentral in
ihrem Glauben steht eine (angebliche) Prophezeiung – möglicherweise basiert diese auf einem
der Urtexte der Offenbarung des Johannes –, in
der der Untergang der Welt und die Wiederkehr
Jesu eingeläutet werden von vier Pferden mit
Namen: Pest, Krieg, Hunger und Tod (Fußnote 5).
Um unsere Untersuchung fortsetzen zu können,
wartet die Kommission darauf, Zugang zu den er-
wähnten Dokumenten zu bekommen, die wir bisher
nicht lesen durften.

gez. Untersekretär Piero Ficino

»Hier«, sagte Piero Ficino und zeigte uns einen anderen Zettel,
»das ist ein Auszug aus der angeblichen Prophezeiung. Ich bin
in den Vatikanarchiven auf eine Abschrift aus dem 17. Jahrhundert gestoßen, aber mehr als das konnte ich nicht kopieren. Leider hört das mitten in einem Satz auf. Meine Vorgesetzten haben eingegriffen und mir die weitere Arbeit untersagt. Aber die
Kopie haben sie nie entdeckt.«

Archiv
Congregatio pro Doctrina Fidei
November 1958

Die Prophezeiung

– Aus einer apokryphen Schrift, datiert auf
85 n. Chr. –

Abschrift von Quellentext 208439-Yv-8943
Archivum Secretum Vaticanum
gez. Untersekretär Piero Ficino

Und siehe! Ein Tor öffnete sich in den Himmel, und ein mächtiger Engel mit der Stimme einer Posaune sprach: Steiget auf, und ich werde dir und deinen Dienern all das zeigen, was geschehen wird, jetzt und immerdar. Und zum Vorschein kamen vier Reiter auf vier Pferden: der erste ritt auf einem weißen Pferd mit Namen Pest, der andere auf einem roten mit Namen Krieg, der dritte Reiter kam auf einem schwarzen Pferd, dessen Name Hunger war, und der vierte Reiter kam auf einem falben Pferd namens Tod. Und der mächtige Engel rief: Wenn diese vier Reiter in der Finsternis der Weltennacht vom Himmel herabreiten, verkünden sie den Untergang der Erde und die Erlösung der Seelen. Denn Jesus Christus sitzt zur Rechten Gottes, des allmächtigen Vaters. Von dort wird er kommen, zu richten die Lebenden und die Toten. Und hervor trat Jesus, der Herr, um mir den tiefsten Abgrund des Totenreichs zu zeigen…

»Kann dieser Orden Lorenzo und Silvio entführt haben?«, fragte Angelica unruhig.

Piero Ficino breitete die Arme aus. »Das weiß ich wirklich nicht, Frau Moretti. Ich persönlich weiß nicht einmal, ob es ihn gibt oder ob das bloß Gerüchte sind. Die Kirche des Papstes war schon immer Opfer zahlreicher Verleumdungen.«

»Das Fort, auf das da verwiesen wird, dieses Kloster – wo befindet sich das?«

»Wenn es dieses Kloster überhaupt gibt, ist es mir unbekannt.«

»Wer könnte das wissen?«

»Der Vatikan, natürlich. Aber wenn sie das geheim halten wollen, dann halten sie das geheim. Wenn Sie wüssten, was die in all den Jahren geheim gehalten haben.«

Wir diskutierten weiter über die Möglichkeiten, mehr über Vicarius Filii Dei herauszufinden. Als wir nicht weiterkamen, bat ich Piero Ficino, mir etwas über das *Mirabilis liber* zu erzählen, eine Sammlung von Prophezeiungen, herausgegeben in Frankreich im Jahre 1522, die Nostradamus für seine eigenen Weissagungen genutzt hatte.

»*Mirabilis liber* ...«, sagte er nachdenklich und fast mit zärtlichem Ton. Man muss wirklich ein Buchliebhaber sein, um die Begeisterung eines Gleichgesinnten für all das zu verstehen, was alt ist und auf Papier gedruckt. Er ging langsam zu seinem Regal und nahm zwei Bücher heraus. »Hier habe ich eine Version von Edouard Bricons französischer Übersetzung aus dem Jahre 1831 und einen Nachdruck der ursprünglichen Ausgabe aus dem Jahr 1522. Viele von Nostradamus' Weissagungen sind Bearbeitungen von Texten aus dem *Mirabilis liber*. Der Autor ist unbekannt, aber das *Mirabilis liber* gibt eine Reihe von Prophezeiungen christlicher Heiliger wieder. Die Kirche war nicht sonderlich begeistert darüber. Die Schrift landete schnurstracks auf dem *Index Librorum Prohibitorum*.«

Der *Index Librorum Prohibitorum* war die Liste der Werke, die die katholische Kirche verboten hatte. Begonnen wurde sie be-

reits im frühen 16. Jahrhundert, aber erst 1559 institutionalisierte
die Kirche die Schrift, um ketzerische Werke wie das *Mirabilis
liber* oder Texte von Unruhestiftern wie Luther oder Calvin zu
verbieten. Es ist beinahe unglaublich, aber diese Liste wurde tatsächlich bis 1948 geführt und erst in den Sechzigerjahren vom
Papst ad acta gelegt.

Piero Ficino fuhr fort: »Das *Mirabilis liber* besteht aus zwei
Teilen – einem lateinischen und einem französischen – und ist
voll von Bränden und Kriegen, Invasionen und Revolten, Dürren
und Überflutungen, Erdbeben und Pest, Hunger und Kometen-
einschlägen. Eine Endzeitprophezeiung nach der anderen, aber
die Menschen liebten dieses Buch! Noch viele hundert Jahre
später behaupteten die französischen Revolutionäre, dass der eigentliche Keim der Revolution aus dem *Mirabilis liber* stammte.
Und am Rande will ich auch noch erwähnen, dass das *Mirabilis liber* vorhergesehen hat, dass die Araber in Europa einwan-
dern. Aber sehr treffsicher war diese Schrift nie, das kann man
wirklich nicht sagen – schließlich hat sie auch die Auflösung der
katholischen Kirche vorhergesagt, die Ankunft des Antichristen
und den Untergang der Erde. Vor fünfhundert Jahren ...«

II

Wir saßen lange da und blätterten auf der Suche nach irgendwelchen Spuren durch das *Mirabilis liber*, aber ohne Erfolg. Um
es vorsichtig auszudrücken. Ich fragte Piero Ficino nach dem
Wort *Blutregen*, doch dieser Begriff sagte ihm nichts. Plötzlich machte sein Zeigefinger einen Satz über die aufgeschlagene
Seite. Ich starrte auf die Stelle, auf die er tippte.

L'Arche d'alliance.

Die Bundeslade.

»Das Ganze ist ziemlich kryptisch«, sagte Piero Ficino. »Das
ist ein Hinweis auf den *Codex Amiatinus* – die älteste existente

Version der Bibel des heiligen Hieronymus. Vulgata. Sie wurde im 4. Jahrhundert aus dem Hebräischen und Griechischen ins Lateinische übersetzt und enthält Randbemerkungen, die bis heute kein Theologe oder Historiker erklären kann.«

»Was für Randbemerkungen?«

»Ich glaube, das ist im 2. Buch Mose, Kapitel 40, wo Mose über die Bundeslade schreibt.« Er holte eine alte Bibel hervor und schlug sie auf. »Genau wie ich gedacht habe!«, sagte er und zeigte mir die Stelle:

Und er nahm das Gesetz und legte es in die Lade und tat die Stangen an die Lade und setzte den Gnadenthron oben auf die Lade, brachte die Lade in die Wohnung und hängte den Vorhang auf und verhüllte so die Lade des Gesetzes, wie ihm der HERR geboten hatte. (…) Da bedeckte die Wolke die Stiftshütte und die Herrlichkeit des HERRN erfüllte die Wohnung. Und Mose konnte nicht in die Stiftshütte hineingehen, weil die Wolke darauf ruhte und die Herrlichkeit des HERRN die Wohnung erfüllte. Und immer, wenn die Wolke sich erhob von der Wohnung, brachen die Israeliten auf, solange ihre Wanderung währte. Wenn sich aber die Wolke nicht erhob, so zogen sie nicht weiter bis zu dem Tag, an dem sie sich erhob. Denn die Wolke des HERRN war bei Tage über der Wohnung, und bei Nacht ward sie voll Feuers vor den Augen des ganzen Hauses Israel, solange die Wanderung währte.[*]

»An den Rand des *Codex Amiatinus* hat irgendjemand eine seltsame Bemerkung geschrieben. Aber da ich den Kodex natürlich nicht hierhabe« – er lachte leise –, »muss ich aus dem Gedächtnis zitieren. Der Hinweis ergibt wirklich keinen Sinn, und er wird von niemandem ernst genommen. Wenn ich mich richtig

---

[*] 2. Buch Mose, Kap. 40, Vers 20/21, 34-38.

erinnere, steht da: *So sog auch Pythia* – also das Orakel von Delphi – *den göttlichen Odem des Herrn ein und erlangte die Gabe der Hellsichtigkeit.*«

III

Ich zog den Zettel mit den Anagrammen aus der Innentasche meiner Jacke. Ein Strahlen ging über Piero Ficinos Gesicht. »Großer Gott! So etwas habe ich seit meiner Arbeit im Vatikan nicht mehr gesehen!«

Ich erklärte ihm das zugrundeliegende Prinzip und die Bedeutung der ersten zwei Anagramme. Aber das letzte – ⳡⲱⲭⲭⲭⲧⲧⲧⳡⳑⲋⳝ – war die größte Knacknuss.

»Können Sie damit etwas anfangen?«, fragte ich voller Hoffnung.

»Nicht direkt«, sagte Piero Ficino. »Aber wenn auch die letzte Chiffre ein Anagramm ist, kann das ja nicht so schwer sein. Sehen wir mal…«

ⳡⲱⲭⲭⲭⲧⲧⲧⳡⳑⲋⳝ

Das koptische Anagramm war komplizierter als die ersten zwei. Dass es Piero Ficino trotzdem gelang, den Code zu knacken, lag nicht nur an seiner Erfahrung mit Chiffren. Ebenso wichtig war die Tatsache, dass die vorangehenden Anagramme mehr als nur andeuteten, auf was dieses letzte Rätsel hinauslief.

»Also…«, murmelte er eifrig. Gebeugt über das Anagramm erinnerte er an einen Uhrmacher, der tief in seine Welt der Zahnrädchen versunken war.

In einem ersten Schritt ersetzte er die koptischen Zeichen durch lateinische. Aber die Zeichen korrespondierten nicht. Stattdessen folgten sie einer anscheinend willkürlichen – oder gut versteckten – Logik. Deshalb mussten wir eine ganze Weile suchen, um wirklich korrespondierende Zeichen zu finden, dann ging aber alles recht schnell:

Laurenziana!

Vorher hatten wir schon *Biblioteca (Libico* β*)* und *Medicea (δέκα Mei)*.

In der Summe ergab das: *Biblioteca Medicea Laurenziana*.

Und was wurde in der Biblioteca Laurenziana aufbewahrt? Der *Codex Amiatinus*.

Angelica und ich sahen uns an. »Die Lösung ist beim Bibliothekar zu finden! Alles deutet in die gleiche Richtung. Der Bibliothekar der Biblioteca Medicea Laurenziana.«

»Der Heilige Bibliothekar«, murmelte Angelica. »Ich erinnere mich daran, dass Lorenzo erwähnt hat, Nostradamus habe in seinem Brief an die Medici diesen Begriff verwendet. Es ist durchaus realistisch, dass diese Funktion in Verbindung mit der Biblioteca Medicea Laurenziana steht.«

»In der Laurenziana arbeiten mehrere Bibliothekare«, sagte Piero Ficino. »In diesem Zusammenhang muss dann wohl der Chefbibliothekar gemeint sein.«

»Wissen Sie, wer das ist?«, fragte ich.

Angelica wurde blass. »Der Chefbibliothekar heißt Bernardo Caccini«, sagte sie kalt.

IV

»Ein Freund von Lorenzo! Ein Freund!« Angelica schlug mit der Hand auf das Armaturenbrett. »Verdammt, ein Freund, Bjørn! Wie konnte er ...«

Früher Abend. Wir fuhren über die gleiche schmale Landstraße zurück nach Florenz. Es herrschte wenig Verkehr.

Piero Ficino hatte uns einiges zum Nachdenken mit auf den Weg gegeben. Als hätten wir nicht so schon genug offene Fragen.

Angelica war aufgewühlt. Die Wut kam tief aus ihrem Inneren, wo sie sich mit Furcht, Unruhe und Sorge vermischte.

Die drei Anagramme aus der Erstausgabe von Nostradamus' *Les Prophéties*, die als handschriftliche Kopie in die Hände von Theophilus von Garencières gelangt war, hatten uns zu dem Heiligen Bibliothekar geführt. Keinem Geringeren als dem Chefbibliothekar der Biblioteca Medicea Laurenziana.

Alles passte zusammen. Er musste hinter der Entführung stecken. Und hinter den Morden. Er brauchte Nostradamus' Chiffren. Natürlich. Der Chefbibliothekar war die Schlange, die sich im Gras verbarg.

Und er war ein Freund von Professor Moretti.

»Wenn wir doch die Polizei anrufen könnten«, seufzte ich.

»Die Polizei?«, rief Angelica. »Damit sie uns festnehmen? Und tagelang verhören? Während die Entführer mit Lorenzo und Silvio alles nur Erdenkliche anstellen? Glauben Sie, die Polizei wird einen Haftbefehl gegen den Chefbibliothekar der Laurenziana, Bernardo Caccini« – sie spuckte den Namen angewidert aus – »ausstellen, bloß weil ein paar alte Codes das Lösungswort *Bibliothekar der Biblioteca Medicea Laurenziana* ergeben haben?«

Ich musste ihr recht geben. Der Staatsanwalt würde in fünfhundert Jahre alten Anagrammen kaum schwerwiegende Beweise sehen. Während Angelica noch einmal mit den Fäusten auf das Armaturenbrett hämmerte, stellte ich mir vor, wie wir leicht hysterisch auf der Wache standen und einem skeptischen *commissario* klarzumachen versuchten, dass er aufgrund der Entschlüsselung von ein paar Anagrammen einen Haftbefehl für einen geachteten Bürger der Stadt ausstellen sollte. Und wo, würde der Polizist fragen, sind Sie auf diese Anagramme gestoßen? Hm, würden Angelica und ich im Chor stottern. Die waren unter den losen Blättern einer handschriftlichen Abschrift der verschollenen Erstausgabe von Nostradamus' *Les Prophéties,* die wiederum in seinem Werk *Orus Apollo* gesteckt haben, einer Übersetzung der griechischen Altertumsschrift *Hieroglyphica …*«

»Und was machen wir dann?«, fragte Angelica wie an sich selbst gerichtet. »*Was zum Henker machen wir dann?*«

Ich fuhr an den Straßenrand und blieb stehen. Schaltete den Motor aus. Starrte ins Dunkel. Dann wandte ich mich Angelica zu.

»Ich hasse mich selbst für diesen Vorschlag … Aber haben wir eine Wahl?«

»Was für ein Vorschlag? Was für eine Wahl? Von was reden Sie?«

»Wenn Bernardo Caccini hinter der Entführung steckt – und wir die Polizei nicht um Hilfe bitten können –, müssen wir uns selbst um ihn kümmern.«

»*Kümmern?* Aber Bjørn. Wie sollen denn wir, Sie und ich, uns um Bernardo Caccini *kümmern*?«

»Kennen Sie jemanden, der eine Waffe hat?«

KAPITEL 16

Die Hüter der Schrift

FLORENZ,
MITTWOCHABEND

I

Die massive Tür zu Bernardo Caccinis Büro in der Laurenziana-Bibliothek stand halb offen. Durch den Spalt sah ich mit vergoldeten und verzierten Buchrücken bedeckte Regalwände. Steinfliesenboden, handgeknüpfte persische Teppiche. Eine Standuhr tickte hohl und langsam vor sich hin. Über der Uhr hing ein Gemälde von Cosimo de' Medici in Rüstung. Vor dem Schreibtisch aus tiefrotem Mahagoni standen zwei Ledersessel.

Bernardo Caccini sah nicht aus wie ein skrupelloser Kidnapper und Mörder, das musste man ihm lassen. Er war ein distinguierter älterer Herr. Schulterlanges, graues Haar. Grauer Bart. Anzug. Schlips. Er hatte die Lesebrille auf die Nasenspitze geschoben und begutachtete ein altes Dokument, das er unter die Leselampe hielt. Als er uns in der Türöffnung bemerkte, rief er »*Ah!*«, senkte die Hand und schaute uns lächelnd über den Rand seiner Brille an.

»Frau Moretti. Herr Beltø. Willkommen!«

Der Revolver in meiner Jackentasche war bleischwer. Geölt und mit sechs Patronen geladen. Wir hatten ihn von einem Freund Angelicas geliehen. Meine Hand zitterte, als ich sie fester um den Griff schloss, den Revolver aus der Tasche zog und auf das Wappen auf dem roten Schlips vor Bernardo Caccinis Brustkorb zielte.

»Rühren Sie sich nicht!«, kommandierte ich mit unsicherer Stimme.

»Meine Güte…«

Ich machte drei, vier Schritte in das Büro hinein. Langsam, wachsam. Ich sah mich um. Der Raum war so groß, dass Bernardo Caccini ein ganzes Bataillon darin hätte verstecken können. Mönche. Dämonen. Man weiß nie, was in den Schatten lauert. Angelica folgte mir dicht auf den Fersen.

»Ich bin alleine«, versicherte Caccini.

Ich sah mich weiter um. Warf Cosimo de' Medici einen Blick zu, den er erwiderte.

»Ich bitte Sie«, sagte Caccini mit sanfter, tiefer Stimme. »Legen Sie die Waffe weg, ich bin nicht gefährlich.«

Er lächelte. Furchtlos. Selbstbewusst.

Mich legte er damit nicht rein. »Sie scheinen nicht überrascht zu sein, uns zu sehen?«

Bernardo Caccini nahm die Lesebrille ab und schaute zur Wand, wo vier Monitore den Eingangsbereich der Bibliothek zeigten. Er hatte uns kommen sehen. Und hatte nicht die Flucht ergriffen. Oder sich bewaffnet. Keine Verstärkung angefordert.

Angelica ging um den Schreibtisch herum und stellte sich direkt neben ihn.

»Wo sind Silvio und Lorenzo?«

»Frau Moretti, ich…«

Mit einer jähen Bewegung schnappte sie sich einen Brieföffner vom Schreibtisch und drückte ihm die Spitze an die Kehle.

»*Wo?*«

Bernardo Caccini wich nach hinten aus. Der Brieföffner ritzte die Haut unter dem Adamsapfel an, ein Blutstropfen presste sich hervor.

»*Wo sind Silvio und Lorenzo?*«

»Angelica«, sagte ich mit der beruhigendsten Stimme, die mir zur Verfügung stand, klang aber wahrscheinlich eher hysterisch. »Ich ziele mit einer Pistole auf den Mann, Sie brauchen ihm nicht noch was in den Hals zu stechen.«

Angelica atmete schnaufend durch die Nase. Verzweifelt. Ihre

Augen waren weit aufgerissen, sie schien nicht ganz von dieser Welt.

»Ich will Ihnen ja gerne antworten, Frau Moretti«, sagte Caccini. »Aber nehmen Sie bitte den Brieföffner von meiner Kehle, das ist schmerzhaft und unangenehm.«

Sie kam wieder zu sich. Machte einen Schritt nach hinten. Blieb stehen und starrte ihn zornig an.

»Revolver!«, berichtigte Caccini mich. »Keine Pistole, ein Revolver. Ein Nagant, wenn ich mich nicht irre. 7,5 mm. Konstruiert und produziert von der belgischen *Fabrique d'armes Émile et Léon Nagant.* Prachtvolle Waffe. Wenn man ein solches Adjektiv verwenden will für etwas, das trotz allem nur eine Funktion hat: zu töten.«

»Wo«, sagte Angelica, »sind Silvio und Lorenzo?«

»Ja, wo?«, wiederholte ich. Und um besonderes Gewicht hinter das Fragezeichen zu legen, zog ich den Revolverhahn mit einem bedrohlichen Klicken nach hinten.

Caccini hob abwehrend die Hände. »Seien Sie bitte vorsichtig, der Abzug des Nagant mag störrisch wirken, ist aber sehr empfindlich.«

»*Wo sind sie?*«

»Ich weiß es nicht, Frau Moretti. Ich nehme ja mal an, dass Sie mich aufsuchen, weil es Ihnen gelungen ist, Nostradamus' Anagramme zu entschlüsseln. Und jetzt verdächtigen Sie mich, an der Entführung von Professor Moretti und dem kleinen Silvio beteiligt zu sein. Und damit auch an den Morden an Regina Ferrari und Theophilus de Garencières. Falsch. Ich habe weder mit der Entführung noch mit den Morden etwas zu tun.«

»Ich glaube Ihnen nicht«, sagte Angelica.

»Denken Sie doch mal nach. Wie sollte Nostradamus fünfhundert Jahre im Voraus den Schuldigen eines Verbrechens benennen? Glauben Sie im Ernst« – er lachte glucksend –, »dass er hellseherische Fähigkeiten hatte?

»Alles weist auf Sie hin!«

»Wenn dem so wäre, Frau Moretti, warum habe ich Sie dann Ihrer Meinung nach am Montagnachmittag angerufen?«

»Das waren Sie?«, sagte sie nach kurzer Pause.

»Das war ich.«

»Sie haben behauptet, wir hätten gemeinsame Interessen?«

»Korrekt, ich...«

»Was für gemeinsame Interessen?«

»Dem Rätsel auf den Grund zu gehen.«

Während er sprach, betrachtete ich seine Mimik. Das schmale Gesicht. Die Augen. Die langen Pianistenfinger. Seine würdevolle Pose. Er hatte die rechte Hand auf seine Brust gelegt, wie für einen Eid. Und da sah ich ihn. Den Ring. Einen schweren, goldenen Siegelring mit einer bekannten Gravur.

»Woher haben Sie den Ring?«, fragte ich.

Er lächelte, schüttelte fragend den Kopf.

»Ich kenne das Symbol«, fuhr ich fort. »Von Nostradamus.«

»Der Lorbeerkranz. Sie sind ein aufmerksamer Mensch. Na ja, nicht verwunderlich bei Ihrem Beruf. Der Lorbeerkranz ist unser Symbol und der Ring aus reinem Gold. Gut zweitausend Jahre alt.« Er sah uns amüsiert an. »Er hat einst am Finger Julius Cäsars gesteckt.«

II

Angelica und ich hatten auf den Ledersesseln Platz genommen. Der Revolver lag auf meinem Schoß. Allmählich glaubte ich Bernardo Caccini, dass er auf unserer Seite stünde.

»Das Ganze ist eine lange Geschichte«, sagte er mit einem charmanten, entwaffnenden Lächeln. »Und eine mehrere hundert Jahre alte Geschichte. Eigentlich mehrere tausend Jahre, wenn man es genau nimmt.«

»Wie ist es möglich, dass Sie einen Ring tragen, der einst an Julius Cäsars Finger steckte?«, fragte ich mit gleichen Anteilen von Skepsis und gespannter Neugier.

»Der Ring folgt einem Amt, das zu bekleiden ich die Ehre habe. Vor fünfhundert Jahren hat Nostradamus ihn getragen.«

»Haben Sie etwas mit Vicarius Filii Dei zu tun?«, fragte Angelica, noch immer aggressiv.

»Die Antwort lautet Ja und Nein. Ja insofern, dass sie seit fünfhundert Jahren auf das Wissen meiner Vorgänger aus sind. Und nein, falls Sie damit meinen, ob ich ein verdeckter Mönch bin.«

»Es gibt sie also doch?«, platzte ich heraus.

»Vicarius Filii Dei? Natürlich gibt es sie. Sie wollen nur nicht gefunden werden. Wenn Sie mir nun gestatten, mich Ihnen vorzustellen, ebenso wie die Bruderschaft, die ich repräsentiere.«

Er räusperte sich, richtete sich auf und sagte in feierlichem, formellem Ton: »In meiner Funktion als Chefbibliothekar der Biblioteca Medicea Laurenziana bekleide ich ein historisches Amt. Man wird nicht als Chefbibliothekar an der Laurenziana eingestellt, man wird auserwählt. Ich bin Ringträger und Großmeister eines Ordens, von dessen Existenz niemand – nicht einmal der Vatikan – etwas ahnt. Fünfhundert Jahre lang haben wir unsere Pflicht erfüllt und ein Geheimnis gehütet, loyal gegenüber unserem Orden und voller Respekt vor den Menschen, die zu ihrer Zeit den Schatz bewacht und später im Namen der Medici-Familie den Orden gegründet haben: Machiavelli, Michelangelo und Nostradamus. Die Aufgabe unseres Ordens ist es, vierundzwanzig Truhen zu bewachen.« Er hielt inne. »Die Wahrheit ist aber die, dass wir sie gar nicht bewachen. Wir suchen sie!«

»Schatzkisten?«, fragte ich mit jungenhaftem Eifer.

»Nennen Sie sie gerne Schatzkisten, denn das sind sie auf ihre ganz eigene Weise. Sie enthalten weder Schmuck noch Gold, sondern etwas viel Wertvolleres. Nostradamus' Brief, den Regina Ferrari entdeckt und der zu der Entführung von Professor Moretti geführt hat, enthält die Information, die uns in die Lage versetzt, die vierundzwanzig Truhen aufzuspüren. Ende des 16. Jahrhunderts ging dieser Brief verloren.«

»Welchen Orden repräsentieren Sie?«, fragte ich. »Die Freimaurer? Illuminati? Oder warten Sie … Sagen Sie nicht, Sie sind ein Tempelritter!«

Er lachte herzlich und lange. »Nein, ich bin sicher kein versprengter Tempelritter. Ich bin Großmeister einer alten und friedfertigen Bruderschaft, eines Ordens, von dem niemand weiß. Wir sind keine Freimaurer, keine Tempelritter, keine Illuminati.« Er wartete eine Sekunde. »Wir sind Bibliothekare.«

III

Ich habe Bibliotheken schon immer gemocht.

Als ich ein Junge war, wenn die Kinder aus der Nachbarschaft mal wieder nichts mit dem verrotzten Albino zu tun haben wollten, habe ich Zuflucht in der Bibliothek gesucht.

Die anderen Kinder hatten jede Menge gemeine Namen für mich. Schneemann. Eisbär. Rotauge. Ich war nie einer von ihnen. Niemand klingelte je bei mir zu Hause. Ich gehörte nicht dazu. Blieb als Letzter übrig, wenn die Alphatiere der Klasse im Turnunterricht die Mannschaften wählten.

Aber in der Bibliothek, bei den freundlich lächelnden Bibliothekaren, war ich immer willkommen.

»Es mag seltsam anmuten«, sagte Bernardo Caccini mit seinem ruhigen Lächeln, »aber wir sind ein Bund von Bibliothekaren. Wir teilen unsere Bibliophilie, unsere Liebe zum Buch. Zu Texten, Worten, Geschichten. Zur Form, zum Einband, Papier, Leim – all das! Und seit fünfhundert Jahren hüten wir gemeinsam ein Geheimnis.«

»Welches?«

»Das des Schatzes. Werfen wir einen Blick in die Vergangenheit. Unser Orden wurde, wie gesagt, von Machiavelli und Michelangelo ins Leben gerufen und von Nostradamus und Cosimo I. unter dem Namen *Der Heilige Hüterorden von Cäsars Schriften* gegründet. Ich bescheide mich damit, ihn kurz *Hüter der Schrift* zu nennen. Und die Mitglieder waren immer Bibliothekare. Mit mir und meinen Vorgängern an der Spitze, den Chefbibliothekaren der Laurenziana. So lange haben die Hüter der Schrift das Geheimnis bewacht. Loyal und gewissenhaft. Wir tragen diesen Ring« – er hob die Hand mit dem Siegelring –, »seit Nostradamus ihn auf seinem Sterbebett dem nächsten Großmeister des Ordens nach ihm überreicht hat. Seitdem wird der Ring von einem Großmeister an den nächsten weitergegeben. Und nun steckt er, wie Sie sehen, an meinem Finger. Wenn ein Großmeister der Hüter der Schrift sein Amt aufgibt, steht schon der nächste bereit, um seinen Platz einzunehmen. Nur die Integersten, die das moralische und ethische Rückgrat haben, werden in den Orden aufgenommen und dürfen den Treueid ablegen. Nicht viel anders als bei den Freimaurern. Aber ohne deren Hang zu Religiösem und Okkultem. Das Ablegen des Treueeides bindet uns bis an unser Lebensende an den Orden. Wenn ich nicht mehr bin, steht mein stellvertretender Chefbibliothekar bereit, mein Amt zu übernehmen.«

»Wer sind die anderen Ordensmitglieder?«, fragte ich.

»Wir sind nicht viele. Ich und zwei weitere Chefbibliothekare – der eine in Wien, der andere in Paris – bilden zusammen *Cäsars Loge*. Eine Art innerer Rat. Die Aufgabe von *Cäsars Loge* ist es, dafür zu sorgen, dass der Großmeister und Ringträger nach seinem Tod ersetzt wird. Dass der Richtige, ein würdiger Kandidat, zum neuen Chefbibliothekar an der Laurenziana ernannt und in das Geheimnis eingeweiht wird. Nur ich und die beiden anderen Ratsmitglieder aus Cäsars Loge kennen dieses Geheimnis. Außer uns gibt es vierundzwanzig mehr oder weniger nichtsahnende Chefbibliothekare, über ganz Europa verteilt, die nicht wissen, wovon sie ein Teil sind. Nicht einmal wir drei Logenmitglieder wissen, wer die vierundzwanzig anderen sind. Nostradamus hat ein ausgetüfteltes System entwickelt: Die vierundzwanzig Bibliothekare wissen nichts voneinander. Sie wissen nichts von mir oder Cäsars Loge. Sie wissen nur, dass sie Teil einer geschlossenen und geheimen Bruderschaft mit dem Namen *Der Heilige Hüterorden von Cäsars Schriften* sind, mehr nicht. Beim Antritt ihres Postens als Chefbibliothekar der jeweiligen Bibliothek bekommen sie ein unsigniertes, auf 1565 datierendes Dokument mit dem Familiensiegel der Medici zu lesen, in dem ihnen mitgeteilt wird, dass sie von nun an in *den Heiligen Hüterorden von Cäsars Schriften* aufgenommen sind und dass ihr Amt geheim ist. Nostradamus wollte es so.«

»Wer überreicht ihnen das Dokument?«

»Was glauben Sie?«, sagte er sanft lächelnd. »Die Freimaurer. Wer sonst? Seit Ende des 16. Jahrhunderts verwalten die Freimaurerlogen in Europa die vierundzwanzig Dokumente und sorgen für die Einweihung jedes neuen Chefbibliothekars. Aber auch die Freimaurer wissen nicht, was *der Heilige Hüterorden von Cäsars Schriften* ist oder was er bewacht. Aber loyal und mit Diskretion erfüllen sie die ihnen von Nostradamus auferlegte Aufgabe. Und selbst wenn im Laufe der Jahre irgendwann einmal etwas schiefgegangen wäre, weil sich zum Beispiel jemand nicht an die Instruktionen gehalten hätte, wäre das kein größeres Drama, da die vierundzwanzig Chefbibliothekare keine wirkliche Funktion haben. Zu Nostradamus' Zeiten waren sie tatsächlich Wächter und Hüter im eigentlichen Wortsinn. Aber heute nicht mehr. Heute ist von dem System nur noch die Hülle übrig.«

»Vierundzwanzig Chefbibliothekare in einer Bruderschaft, die so geheim ist, dass sie nicht einmal wissen, was sie bewachen?«, fasste ich skeptisch zusammen.

»Die Bibliothekare und die Freimaurer betrachten das Ganze wohl eher als historische Kuriosität. Ein Ritual, das man nicht zu ernst nehmen muss, aber trotzdem weiterführt. Der eine oder andere ahnt möglicherweise, dass irgendwann irgendwelche Schriften an einem geheimen Ort in der Bibliothek versteckt wurden, aber keiner weiß etwas Genaues.«

»Haben Sie nie versucht, die anderen zu finden?«

»Und ob ich das habe, aber ich kann nur raten. Alle Hüter der Schrift sind angehalten, ihr Amt geheim zu halten. Sollte ich also einem Kollegen die direkte Frage stellen, würde er sich vermutlich nicht zu erkennen geben. Nostradamus hat ausführliche Anweisungen gegeben, wie die Geheimhaltung verwaltet und erhalten werden soll. Und wenn trotzdem mal einer den Kodex brechen und verraten sollte, dass er Mitglied *des Heiligen Hüterordens von Cäsars Schriften* ist, wäre ich auch nicht viel klüger. Ohne Nostradamus' Testament weiß ich nicht, wo ich nach den Truhen suchen soll. Meine Vorgänger haben über ein ausgeklügeltes System aus Codes, Chiffren, Rebussen, Metaphern und Anagrammen untereinander kommuniziert. Sie schmuggelten alle Absprachen und detaillierten Pläne mit Hilfe von Codes in Briefen und Handschriften oder gedruckten Büchern hin und her. Es war alles bis ins kleinste Detail abgesprochen und geplant. Der Lorbeerkranz war das Erkennungssymbol, mit dem Nostradamus Cosimo und den anderen Mitgliedern des inneren Kreises der Hüter der Schrift ankündigte, dass sich eine Chiffre, ein Anagramm oder eine andere geheime Botschaft in dem Text verbarg. Das ist ein wenig so, wie wenn wir heute verschlüsselte E-Mails schreiben. Für Sie, die Sie mehr oder weniger über einige dieser Codes gestolpert sind, muss das alles sehr verwirrend sein, geradezu unverständlich. Für diejenigen aber, die das System entwickelt haben, hatte es eine klare Logik. Heute sind nur noch wenige der codierten Nachrichten und Instruktionen erhalten, Bruchstücke davon.«

Bernardo Caccini ließ seinen Blick lange auf Angelica ruhen, dann sah er mich an.

»Die Information, die ich jetzt mit Ihnen teilen möchte«, sagte er, »wurde zweitausend Jahre geheim gehalten. Männer von Ehre haben ihr Leben geopfert, um sie zu schützen. Das klingt schwülstig und pompös? Mag sein. Trotzdem sind die Worte wahr.«

»Welche Information?«, fragte Angelica ungeduldig.

»Ich will Sie auf eine Reise in die Vergangenheit mitnehmen. Zurück ins alte Rom. Nach Ägypten. 1565, ein Jahr vor seinem Tod, hat Nostradamus diese Zeilen in seine eigene gedruckte Ausgabe des *Almanach* geschrieben:«

Und der Tag wird anbrechen,
an dem Cäsars Geheimnis
mit anderen Würdigen geteilt wird:
Die Wahrheit soll ans Licht kommen.

»Cäsars Geheimnis hat weder etwas mit dem Orakel von Delphi zu tun noch mit der Bundeslade – zwei Mysterien, denen mein Orden noch nicht ganz auf den Grund gegangen ist –, sondern mit etwas ganz anderem.«

»Was?«, fragte ich, vor Aufregung ganz kurzatmig.

»Unser Geheimnis ist der Welt heute noch genauso unbekannt wie damals im 16. Jahrhundert – und zu Cäsars Lebzeiten. Alles, was ich Ihnen jetzt erzähle, stammt aus Briefen und Dokumenten, die in der Biblioteca Medicea Laurenziana und im geheimen Archiv des Vatikans aufbewahrt werden. Aber wieso, werden Sie sich fragen, vertraue ich Ihnen das Geheimnis jetzt an? Wie unser Gründer Nostradamus in seinem Vers sagt, gibt es für alles eine Zeit. Wir waren immer davon überzeugt, dass dieser Tag kommen wird. Der Tag, an dem wir unser Geheimnis mit der Welt teilen wollen. Und diese Zeit ist jetzt gekommen. Ich habe mit meinen beiden Kollegen aus *Cäsars Loge* diskutiert. Wir sind uns einig, dass wir das Geheimnis lange genug bewahrt haben. Professor Moretti und Silvio wurden entführt. Zwei Menschen haben bereits mit dem Leben bezahlt. Und viele vor ihnen. Diese tragischen Einzelschicksale sind trotzdem nicht der Hauptgrund für meinen Entschluss, Nostradamus' Worten zu folgen, indem ich das Geheimnis preisgebe. Der Hauptgrund heißt *Vicarius Filii Dei*. Sie betreiben ihre Endzeitsehnsucht mit einem Fanatismus, der mir Angst macht. Denn ich weiß, was dieser Orden imstande ist zu tun. Wie die Antwort al-Qaidas auf das Christentum würden sie in ihrem blinden Fanatismus schnell zum Äußersten greifen, um ihre Ziele zu erreichen. Gewalt. Terrorismus. Und was ist das Ziel von Vicarius Filii Dei? Genau, das Jüngste Gericht! Die Endzeit. Der Weltuntergang. Jesu Wiederkunft.« Pause. »Und manche Leute sind verrückt genug, das beschleunigen zu wollen. In einem seiner letzten Verse schreibt Nostradamus, dass Mönche die Welt in Brand stecken werden. Diese Mönche, schreibt er weiter, sehen sich selbst als Soldaten Gottes auf Erden. Und er gibt ihnen einen Namen: *Vicarius Filii Dei*, Stellvertreter des Sohnes Gottes. Wir haben eine gut platzierte Quelle in ihrem Orden, der von einem Kardinal geleitet wird, auf den der Papst keinen Einfluss hat: Maximo Romano. Ein gefährlicher Mann. Manch einer würde ihn als verrückt bezeichnen. Er hat große Ambitionen, in seinem und in Gottes Namen. Keine gute Kombination. Und sein Stellvertreter ist Draco Rizzo. Noch instabiler, noch gefährlicher. Blitzintelligent und skrupellos. Er wurde als Junge in den Orden aufgenommen. Der Orden erkannte schnell sein ungewöhnliches Talent. Sie schickten ihn zur Ausbildung nach Oxford, wo er seinen Doktor in Theologie machte. Seine Doktorarbeit über das Jüngste Gericht – *Frühchristliche Eschatologie: Antichrist, Apokalypse und die Kaiserkritik der Kirchenväter* – ist auf dem Gebiet das meistzitierte Werk schlechthin.« Er stieß einen tiefen Seufzer aus. »Ich sehe jetzt, wie weit Vicarius Filii Dei bereit ist zu gehen, und frage mich, was als Nächstes kommen wird? Ich will es gar nicht wissen. Doch, die Zeit ist reif. Inzwischen gibt es Gründe genug.«

»Gründe wofür …?«

»Gründe, Cäsars Schatz zu suchen – oder die Bibliothek des Teufels, wenn Sie so wollen. Und ihn mit der Welt zu teilen.«

IV

Es drängte sich einem förmlich der Gedanke auf, dass er uns lauter Unsinn erzählte. Aber die Geschichte war zu abenteuerlich, zu detailliert, zu absurd, als dass er sich das alles ausgedacht haben konnte.

»Und was ist Cäsars Schatz?«, fragte ich.

»Bücher. Genauer: Schriften. Buchrollen. Und Kodizes. Wir suchen nicht nach den Truhen, um uns zu bereichern, obwohl sie sicher schwindelerregende Summen wert sind. Wir haben es auf den Inhalt abgesehen. Das Wissen über unsere alte Welt.«

»Ein Wissen, das die Tempelritter verwaltet haben?«

»Tja, indirekt. Wer waren eigentlich diese Tempelritter? Auf Latein heißen die Tempelherren *Pauperes commilitones Christi Templique Solomonici*. Der Name ist ein Hinweis auf Salomo, den Sohn Davids und Batsebas. Salomo errichtete den Tempel in Jerusalem. Unter ihm blühte Israel, aber nach seinem Tod wurde das Land in zwei Teile gespalten: einen im Norden, einen im Süden. Bevor die Tempelritter im frühen 14. Jahrhundert von den Soldaten des Königs gefangen und liquidiert wurden, ist es ihnen gelungen, den Schatz, den sie in Jerusalem erobert hatten, an ihre Brüder im Johanniterorden zu übergeben. Die ihn wiederum nach Rhodos brachten.«

»Und was ist das nun für ein Schatz?«, fragte ich, immer verwirrter.

»*Bibliotheca Alexandrina!*«

»Wie bitte? Die Bibliothek von Alexandria?«

»Die größte Wissenssammlung der Antike. Eine Schatzkammer!«

Bernardo Caccini stand auf und ging auf und ab, während er dozierte.

»Die Bibliothek in Alexandria wurde in den Jahren 250 bis 300 vor Christus von Ptolemaios I. und II. eingerichtet und gegründet. Teile der Bibliothek befanden sich im königlichen Schloss im Stadtteil Brucheion, eine kleinere Abteilung in dem heiligen Serapis-Tempel im Stadtteil Rhakotis. Die Sammlung umfasste, systematisiert und katalogisiert, das Wissen der gesamten Mittelmeerkultur. Schriften auf Griechisch und Latein, Hebräisch, Arabisch und in vielen anderen Sprachen. Lyrik, Prosa und Drama. Philosophie. Religion. Mathematik. Astronomie und Astrologie. Magie. Alle Schiffe, die Alexandria anliefen, waren verpflichtet, sämtliche Schriften an Bord abzugeben, damit die Bibliotheksschreiber sie kopieren und ins Griechische übersetzen konnten. Die alexandrinische Bibliothek war nicht nur die größte Bibliothek ihrer Zeit, sondern auch ein Gelehrtenzentrum für Wissenschaft, Forschung und Kultur. Und dann – die Katastrophe! Die Bibliothek brennt ab, die Sammlung, alles Wissen für immer verloren! Wie konnte das geschehen? Es gibt viele Theorien. Laut Plutarch fiel die Bibliothek den Flammen zum Opfer, als Cäsar Alexandria 47 vor Christus belagerte. Über Cäsars Angriff auf Alexandria schrieb Plutarch, dass der seine Schiffe, um sie nicht an den Feind zu verlieren, ansteckte. Von den brennenden Schiffen aus verbreitete sich das Feuer schnell und zerstörte unter anderem die große Bibliothek.[*] Andere schieben den Christen die Schuld in die Schuhe. Die wissenschaftlichen Sammlungen der Bibliothek widersprachen den Lehren der Bibel und dem neuen Glauben. Nach der anerkannten *Encyclopædia Britannica* zerstörte im Jahr 391 ein christlicher Mob die Bibliothek, angespornt vom römischen Kaiser Theo-

---

[*] *Bíoi Parálléloi* von Plutarch.

dosius I. und Bischof Theophilius, sozusagen als christliche Abrechnung mit dem Heidentum.«

»Moment mal«, sagte ich. »In der neueren Forschung heißt es doch, die Bibliothek wäre nie abgebrannt, sondern die Auflösung und der Zerfall hätten sich über mehrere Jahrhunderte hingezogen.«

»Auch wahr. Aber all diese Theorien sind uninteressant.«

»Neues Wissen und neue Theorien sind nie uninteressant.«

»In diesem Fall schon. Denn hinter der offiziellen Version, die Universitäten und Fachhistoriker seit tausendfünfhundert Jahren lehren, steht eine ganz andere Geschichte. Die *eigentliche* Geschichte.«

Er zog eine Schublade seines Schreibtisches auf und nahm einen Stapel Papiere heraus. »Diesen Text« – er tippte leicht auf den Stapel – »hat Julius Cäsar im Jahr vor seiner Ermordung geschrieben. Das ist nicht das Original – um Himmels willen, das bewahren wir in einem klimatisierten Tresorraum hier in der Laurenziana auf. Der Text wurde nie veröffentlicht. Das wäre was gewesen! Im Laufe der Jahrhunderte haben nur eine Handvoll Menschen ihn lesen dürfen.«

Angelica und ich beugten uns gespannt in unseren Sesseln nach vorn.

»Was schreibt er?«, fragte sie.

»Er berichtet, was mit der alexandrinischen Bibliothek passiert ist.«

»Und das wäre?«, drängte ich, ungeduldig wie ein kleines Kind.

»Das, was ich Ihnen jetzt erzähle, basiert auf Cäsars eigener Nacherzählung. Und auf anderen Texten in den Jahren danach. Die wahre Geschichte... Eine Konspiration von welthistorischer Dimension.«

Angelica biss sich auf die Unterlippe, während ich Bernardo Caccini mit offenem Mund anstarrte wie ein Schwachkopf.

Er zögerte einen Augenblick. »In Wahrheit wurde die Bibliothek in Alexandria niemals zerstört.«

Die Zeit ist ein Fluss, eine Flut an Ereignissen und Strömungen, die langsam vorbeifließt. Wir alle sind Teil davon. Akteure. Beobachter. Stumme Zeugen. Jeder von uns ist in die Geschichte verwoben. Die Gegenwart ist die Endstation der Geschichte, wir leben im letzten Außenposten der Zeit. Der morgige Tag ist ein Versprechen. Die Zukunft eine Ewigkeit.

Aber die Vergangenheit haben wir gemeinsam. Die Geschichte.

Wie wir sie kennen.

Und die keiner von uns wirklich kennt.

Nächste Seite: In Zeile 8 dieser Inschrift aus dem ersten Jahrhundert steht ein Hinweis auf die Bibliothek in Alexandria. Die Inschrift ist Tiberius Claudius Balbilus gewidmet. Er war in Alexandria geboren worden und aufgewachsen, hatte aber lange in Rom gelebt. Unter Kaiser Caligula flüchtete er zurück nach Alexandria, kehrte aber unter Claudius wieder zurück nach Rom. Er wurde zum Hohepriester im Hermes-Tempel in Alexandria ernannt und zum Leiter der Bibliothek. Die Inschrift ist dem dritten Band von *Forschungen in Ephesos* (Wien, 1923) entnommen.

TI·CLAVDIO TI·CLAVDI
I F· QVIR
BALBILLO
PROC·ASIAE·ET AEDIVM·DIVI·AVG·ET
ET·LVCÓRVM·SACRÓ
RVMQVE·OMNIVMQVAE·SVNT·ALEXAN
DREAE·ET·IN·TÓTÁ·AEGYPTÓ·ET·SVPRÁ·MV
SEVM·ET·AB·ALEXANDRINA·BYBLIOTHECE
ET·ARCHIERE·ET·AD·HERMEN·ALEXAN
DREÓN·PER·ANNÓS· ET·AD·LÉGÁTI
ÓNES·ET·RESPÓNSA· CAESARIS·AVG·
DIVI·CLAVDI·ET·TRIB·MILITI·LÉG·XX·ET·PRAE
FABR·DIVI·CLAVDI·ET·D·D·IN·TRIVMPHÓ·A·DIVÓ
CLAVDIO
PVR

Die geheime Geschichte der Bibliothek

Alexandria, Ägypten   *47 v. Chr.*

Fässer und Tonnen auf brüchigen Anlegern, geteerte Taue, Winden und Seile, fremde Sprachen, Schreien und Rufen. Schiffe aus weit entfernten Häfen – Athen und Byzanz, Massilia und Karthago, Barcino und Aquileia, von Jaffa im Osten bis Lissabon im Westen. Schlaffe Segel schlugen im Wind. Mit einem Lächeln beobachtete Julius Cäsar das rege Leben unten im Hafen. Er hatte den Geruch des Meeres schon immer geliebt. Besonders hier, wo sich der mächtige Fluss ins Meer ergoss und sich das Süßwasser des Nils mit dem Salzwasser mischte und der charakteristische Brackwassergeruch entstand, der ihn immer an seine Kindheit erinnerte. Wie oft hatte er als Kind unten am Fluss gespielt? Gebadet und geangelt. Einer seiner Onkel hatte ihm das Fechten beigebracht. *Vielleicht gefällt mir Alexandria so gut, weil es mich an Zuhause erinnert,* dachte er.

Auf der Insel Pharos, die ein Stück vor der belebten Hafeneinfahrt lag, ragte der enorme Leuchtturm in die Höhe. Ein majestätisches Bauwerk, das Rom würdig gewesen wäre. Doch langsam alterte es – zweihundert Jahre waren vergangen, seit der griechische Architekt und Ingenieur Sostratos von Knidos den weiß glänzenden Turm errichtet hatte.

Kleopatras Lieblingskatze kam angeschlichen, drückte sich an sein Bein und warf ihm mit ihren grünen Augen einen Blick zu, bevor sie weiter zur Königin lief.

Hinter ihm im Palast lag die Bibliothek von Alexandria. Die größte Bibliothek der Welt sollte bald ihm gehören. Schon lange schmiedete er seine Pläne für die Zukunft Roms. Großartige Pläne. Eine seiner Visionen war eine gigantische Bibliothek. Eine Büchersammlung, die der in Alexandria in nichts nachstand. Im Gegenteil, sie sollte noch größer werden! *Die Bibliothek des Cäsar*. Eine einmalige Bibliothek, über die die Gelehrten der ganzen Welt voller Ehrfurcht und Respekt redeten. Eine Bibliothek, um die die Götter die Menschen beneideten. Eine Bibliothek, in der das gesamte Wissen der Menschheit zu finden sein sollte. Er drückte den Goldring fest auf seinen Unterarm. Es amüsierte ihn, den Abdruck des Lorbeerkranzes auf seiner sonnengebräunten Haut zu sehen.

Die Bibliothek des Cäsar ...

*

Seine loyalen Helfer, allesamt gebildete Männer, durchstöberten die Bibliothek. Sie umfasste mehr als eine halbe Million Schriftrollen. Beim Jupiter! Aber auf das meiste konnten sie verzichten. Fürs Erste wollte er nur vierundzwanzig Truhen füllen. Zehntausend Schriftrollen. Die allerwichtigsten Texte. Den Rest konnten sie sich ja noch später holen.

Dieses Mal konzentrierten sie sich auf die wirklich wesentlichen Dokumente: Pythagoras, Archimedes, Aristoteles, Euklid, Platon, Zarathustra, Sophokles, Pytheas, Sokrates, Solons *Atlantis*. Homers *Ilias*. Und natürlich die *Odyssee* und die *Septuaginta*. Aber das war nur der Anfang der Liste. Jede Rolle wurde sorgsam in Seide gehüllt und dann zum Schutz eingewachst. Poesie und Philosophie, Wissenschaft. Welche Schätze das doch waren! Eine erste Kostprobe hatte er schon nehmen dürfen. Das *Buch der Weisen*. Die uralte Sammlung lehrte einen, wie man in Kontakt mit seinen toten Ahnen treten konnte – und mit den Göttern. Und sie sollte einem zeigen, wie man in die Vergangenheit und in die Zukunft schauen konnte. Aber es gab noch so viel mehr. Magische und okkulte Schriften. Ausführliche Berichte über Alchemie und Astrologie. Zauberformeln. Medizinische Rezepte. Und ein Dokument, aus dem hervorging, wo die Juden ihre geheimnisumwobene Bundeslade versteckt haben sollten. Jahve, der Gott der Juden, war Cäsar egal, aber ihm war zu Ohren gekommen, dass die Bundeslade eine mächtige Waffe sein sollte. Und mächtige Waffen, dachte Cäsar, konnte man immer gebrauchen.

*

Unter den unermesslich wertvollen Schriftrollen hatte auch das Amulett von Delphi gelegen. Der heilige Schmuckstein des Orakels. Wie um alles in der Welt hatten die Ägypter es geschafft, sich dieses Amulett zu sichern? Erst vor 37 Jahren sei es aus dem Apollon-Tempel in Hellas hierher in den Serapis-Tempel gebracht worden, hatte ihm Kleopatra erzählt. Kleopatra hatte kein weiches Herz, ihr Gemüt war schwierig. Dass er Schriftrollen aus der Bibliothek entfernen wollte, war schon schlimm genug, aber das Amulett von Delphi ... Sie war außer sich vor Wut. Er hatte versucht, sie davon zu überzeugen, dass es nur zum Schutz der Schriften und des Amuletts sei. Aber sie hatte sich nichts vormachen lassen. In Intelligenz stand sie ihm in nichts nach. Zum Schutz!, hatte sie ihn angefaucht. Glaubst du etwa, ich verstehe nicht, dass das alles Kriegsbeute ist? Du nimmst das alles mit, weil du glaubst, dass es dir noch einmal von Nutzen sein könnte.

Er hatte sie mit Küssen und Liebkosungen zu beruhigen versucht, aber ihre Lippen waren kalt wie Marmor gewesen.

*

In der Nacht, in der sie die Bibliothek von Alexandria ihrer Schätze beraubten, schien der Vollmond von einem klaren Himmel. Die Götter sind heute Nacht mit mir, dachte Cäsar. Er stand gemeinsam mit Kleopatra und den Wachen draußen vor dem Königspalast und sah den Wagen nach, die die Truhen zum Schiff brachten. Die Schriftgelehrten schliefen. Und die anderen kümmerte das nicht. Die Fischer, Hafenarbeiter und Bauern konnten nicht lesen. Welche Bedeutung sollten diese Schriftrollen da für sie haben? Zur Sicherheit hatte er seine Leute aber beauftragt, jeden Wirt der Stadt zu bestechen. An diesem Abend flossen Bier und Wein in Alexandria in Strömen und umsonst – ein Gruß des römischen Kaisers Julius Cäsar. Hunderte von sturzbetrunkenen Ägyptern taumelten grölend durch die Straßen. Hin und wieder versuchte jemand, auf einen der Wagen zu klettern, doch all diese Versuche wurden brutal niedergeschlagen. Deine Wachen müssen meine Untertanen doch nicht gleich erschlagen, bemerkte Kleopatra. Sie sprachen Griechisch untereinander. Er konnte kein Ägyptisch, und sie war des Lateinischen nicht mächtig.

Morgen, dachte er, wenn das Schiff mit den Schriftrollen längst aus dem Hafen ausgelaufen ist und unter vollen Segeln im Wind steht, zünden wir eines der alten Kriegsschiffe an, die im Hafen vor Anker liegen. Und dann legen wir in der Bibliothek Feuer. Es reicht sicher, einen Arm voll Papyrusrollen anzuzünden. Die perfekte Tarnung.

*

So kam es, dass der Römer Julius Cäsar die Bibliothek von Alexandria ausräumte und die wichtigsten Werke in vierundzwanzig Truhen nach Rom brachte.

Rom   *44 v. Chr.*

Dick und schwer und bleiern hing der Nebel über den Straßen
Roms. Es stank nach Kloake und Müll. Ein Rudel herrenloser
Hunde knurrte. Die Menschen hasteten frierend zurück zu ihren Häusern, und wer den alten Tempel am Rand der Stadt passierte, machte einen großen Bogen um die sieben schwer bewaffneten Soldaten, die das Heiligtum bewachten. Vor dem Tempel
war erst vor kurzem eine Statue errichtet worden. Ein grausamer
Gott, halb Ziege, halb Mensch, mit Klauen, Schwanz und Hör-
nern.

   Es hieß, der Gott Seth habe im Gotteshaus Einzug gehalten. Seth, so verlauteten die Gerüchte, sei der ägyptische Gott
der Finsternis und des Chaos. Auch der neue Name des Tempels verhieß nichts Gutes: Ditis-Patris-Tempel. Dis Pater war
ein beängstigender Gott, er herrschte über die Unterwelt. Hinter
den bewachten Türen des Tempels lagen – versteckt unter den
schweren Steinplatten des Bodens – die vierundzwanzig Truhen
aus Alexandria.

*

Noch viele Jahre, nachdem Cäsar mit dreiundzwanzig Messerstichen beim Theatrum Pompeium getötet worden war, lagen die
Truhen unter dem Boden des Ditis-Patris-Tempels. Die wenigen, die das Geheimnis kannten, bewachten es gut.

KAPITEL 17

Die Truhen

FLORENZ,
MITTWOCHABEND

I

»Das ist die geheime Geschichte der Bibliothek von Alexandria …«, sagte Bernardo Caccini leise.

»Unglaublich!«, entfuhr es mir.

»Stimmt das denn wirklich?«, fragte Angelica.

»Warten Sie«, sagte Bernardo Caccini, »die Geschichte ist damit noch nicht zu Ende. Sie wird noch besser.«

Unbewusst fuhr er mit dem Finger über den Lorbeerkranz von Cäsars Ring. Seine Stimme zitterte, als er fortfuhr:

»Das Herz der Bibliothek von Alexandria gibt es noch immer. Die vierundzwanzig Truhen mit den wichtigsten Werken sind an geheimen Orten hier in Europa versteckt.«

»Mein Gott!«, flüsterte Angelica.

Ich selbst war so verblüfft, dass mir die Worte fehlten.

II

Wir brauchten ein paar Minuten, um uns zu sammeln. Angelica und ich waren voller Fragen und platzten vor Neugier auf den Rest der Geschichte.

Konnten die wichtigsten Werke der Bibliothek von Alexandria wirklich bewahrt worden sein? Wie war das möglich? Und nicht zuletzt: Wo befand sich die Sammlung nun?

»Beruhigen Sie sich«, beschwichtigte uns Caccini amüsiert, offensichtlich dankbar darüber, sein Geheimnis endlich mit jemandem teilen zu können. »Lassen Sie mich Ihnen den Rest der Geschichte Schritt für Schritt erzählen. Zu allererst: Warum? Was um alles in der Welt wollte Cäsar mit den Schriftrollen aus der Bibliothek von Alexandria? Die Antwort ist ebenso einfach wie banal: Er wollte eine noch größere, noch schönere Bibliothek bauen. Aber dahinter steckte noch etwas Ernsteres, denn Cäsars Größenwahn kannte keine Grenzen: Gleichzeitig bereitete er einen Krieg gegen die Imperien seiner Verbündeten vor. Er befahl den Wiederaufbau von Karthago und Korinth. Er setzte eine Polizei ein und änderte das Steuersystem. Er prügelte Landreformen durch und provozierte den Senat mit seinen Andeutungen, zum König ausgerufen werden zu wollen. Er setzte es durch, dass sein eigener julianischer Kalender eingeführt und der Monat *quintilis* in *julius* umgetauft wurde. Im Senat durfte er auf einem goldenen Thron sitzen, und er trat, wann immer er wollte, im Triumphgewand auf. Zum Entsetzen seiner Gegner war der Diktator Julius Cäsar im Begriff, sich zu einem Gott aus Fleisch und Blut aufzuspielen. Und mitten in diesem militärischen, politischen und persönlichen Ränkespiel arbeitete Cäsar mit großem Eifer daran, diverse Prachtbauten in Rom errichten zu lassen. Monumentale Gedenkstätten für die Ewigkeit. Einen enormen Tempel zu Ehren des Kriegsgottes Mars – und seiner selbst. Ein gigantisches Theater. Und die größte Bibliothek der Welt.«

»Und dafür stahl er die Buchsammlung, ohne dass irgendjemand es mitbekam«, fasste ich zusammen.

»Die Ägypter konnten nichts dagegen tun. Cäsar war der inoffizielle König des Landes. Wer zu heftig protestierte, wurde aus dem Weg geräumt. Andere wurden mit Druck zum Schweigen gebracht. Auf jeden Fall bekam er seinen Willen.«

»Ohne dass das offiziell bekannt wurde?«

»Cäsar war klug. Er bestach die Geschichtsschreiber. Die

Deckoperation war so gelungen, dass spätere Geschichtsschreiber und Autoren wie Strabo, Aulus Gellius, Ammianus Marcellinus und Orosius ihm auf den Leim gingen. Alle wiederholten nur, dass Cäsar durch einen bedauerlichen Unfall das Feuer in der Bibliothek verursacht habe. Alle ließen sich täuschen. Der Geograf Strabo besuchte Alexandria siebenundzwanzig Jahre später. Er schilderte die Stadt im Detail und verlor nicht ein Wort über die Bibliothek. Warum nicht? Weil nicht mehr viel von ihr übrig war. Oder, um es anders auszudrücken: Was noch da war, bestand aus unbedeutenden Schriftrollen, für die niemand sich interessierte. Die wichtigsten Werke hatte Cäsar in seinen vierundzwanzig Truhen fortgeschafft. Den Rest wollte er später holen, wenn seine Bibliothek in Rom fertig war.«

»Warum all diese Bezeichnungen – *Bibliotheca Ditis Patris*, *Bibliotheca Diaboli*, Bibliothek des Teufels?«

»Cäsars Männer verbreiteten das Gerücht, dass es sich bei der Sammlung um die Schriften einer okkulten Sekte handelte, die den ägyptischen Gott Seth – Setan – anbetete, den Gott der Dunkelheit und des Chaos. Sie gaben den Schriftrollen einen neuen Namen, als sie sie nach Rom geschafft hatten: *Bibliotheca Ditis Patris*. Dis Pater war der römische Gott der Unterwelt, und er verschmolz später mit den griechisch-römischen Göttern Pluto, Orcus und Hades. *Bibliotheca Ditis Patris* war für die Römer der damaligen Zeit ein erschreckender Name. Als die verschiedenen Päpste im Laufe der Geschichte von der Existenz der Sammlung erfuhren, glaubten sie, Cäsar habe Schriften gefunden, die Satan verehrten, dabei hat Satan in der Religionsmythologie zu Cäsars Zeiten kaum eine Rolle gespielt. Sie glaubten an okkulte und religiöse Informationen. An astrologische Prophezeiungen und Weissagungen. Zauberformeln. Einen Hinweis auf den Inhalt der Bundeslade. Für uns hat die Bundeslade einen mythologischen, legendären Nimbus. Für Cäsar nicht. Das alles geschah ja ein Menschenalter vor Jesu Geburt. Außerdem gehörte Cäsar einer ganz anderen Kultur an. Er verehrte die römischen Götter. Für ihn waren die Bundeslade oder das Amulett von Delphi allenfalls fremdartige und okkulte Gegenstände. Wenn auch vielleicht etwas, das ihm von Nutzen sein konnte. In seinen Memoiren verliert Cäsar nicht eine Zeile darüber, wie er mit Hilfe von Kleopatra und seinen Verbündeten in Ägypten die Bibliothek geplündert hat. Aber gewisse Dinge sind dann doch ans Licht gekommen. Ambrosius von Mailand weist in seinem Werk *De Officiis Ministrorum* indirekt darauf hin. Desgleichen Gaius Suetonius Tranquillus in *De vita Caesarum*.«

»Und was ist dann mit den Truhen passiert?«

»Das weitere Schicksal der Truhen liegt weitestgehend im Dunkeln. Die Geschehnisse werden kaum mehr erwähnt. In den Dokumenten jener Zeit finden sich allenfalls noch vage Andeutungen in irgendwelchen Nebensätzen. Es heißt, dass Kaiser Claudius die vierundzwanzig Truhen aus dem Ditis-Patris-Tempel geholt hat, um sie im Keller des Kaiserpalastes zu verwahren. Im Jahre 64 brannte Rom. Viele Jahre glaubten die Eingeweihten, dass auch die Truhen ein Opfer dieses Feuers geworden waren. Aber nein. Neros Selbstmord im Jahre 68 leitete das *Vierkaiserjahr* ein: Galba, Otho, Vitellius und Vespasian. Einer von ihnen, Vespasian, hatte die Truhen ein paar Jahre zuvor nach Jerusalem gebracht. 66 hatte Vespasian nämlich von Nero den Auftrag bekommen, den Aufruhr der Juden in Judäa niederzuschlagen. Vespasian hielt sich während des Bürgerkrieges im Nahen Osten auf. Der jüdische Widerstandskämpfer und Kommandant Flavius Josephus wurde von Vespasian besiegt, trotzdem entwickelte sich eine Freundschaft zwischen ihm und dem Römer. In seinem historischen Werk über die Geschichte der Juden, *Antiquitates Judaicae*, schreibt Flavius Josephus voller Wärme über Vespasian und erwähnt in einem ansonsten unverständlichen Nebensatz, dass Vespasian seinem Vertrauten *die alexandrinische Sammlung überlassen* habe. Einige Jahre später, im Jahr 70, wurde der Zweite Tempel niedergebrannt und zerstört. Aber die Truhen konnten gerettet werden. Tausend Jahre lang lagen sie hernach geschützt und verborgen in einer Grotte des Tempelbergs.«

»Bis die Tempelritter sie fanden?«, wagte ich mich vor.

»1118 gründete der Franzose Hugo von Payens den Orden der Tempelritter. Der König von Jerusalem, Balduin, ließ die Ritter in der al-Aqsa-Moschee neben dem Felsendom und den Ruinen des alten Tempels ihr Lager aufschlagen. Dort fanden die Tempelritter die Höhle, in der sich der Brunnen der Seelen befunden haben soll. Sie soll viele Schätze beinhaltet haben. So auch die Bundeslade. Und die vierundzwanzig Truhen mit den Schätzen aus der Bibliothek von Alexandria. Die Tempelritter brachten alles in Sicherheit – erst nach Akkon, dann nach Zypern, wohin sie gemeinsam mit den Johannitern flohen. Dann überließen die Tempelritter die alexandrinischen Truhen den Johannitern, die sie mit nach Rhodos nahmen.«

»Und jetzt befinden sie sich an verschiedenen Stellen in Europa?«

»Ja, aber wir wissen nicht, wo.«

»Ohne die Hinweise in Nostradamus' Testament kommen wir also nicht weiter?«

»Nein.«

Er warf kurz einen Blick auf die Monitore und erstarrte. Auf dem Bildschirm sahen wir, dass fünf oder sechs Männer die Bibliothek betraten.

Alle schwarz gekleidet.

»Die Mönche!«, rief Bernardo Caccini.

III

Hastig führte er uns aus seinem Büro und nach unten in eine Besenkammer am Ende des Flurs. Bevor ich noch protestieren konnte, wie schlecht dieses Versteck sei, öffnete Bernardo Caccini eine Geheimtür – ein Teil der Wandverkleidung der Kammer. Caccini nahm eine Taschenlampe, die an einem Haken hing, und führte uns in einen schmalen, steinernen Gang.

»Eine der vielen Fluchtrouten, die die Medici gebaut haben, um ihren Feinden entkommen zu können«, erklärte er.

Nach etwa fünfzehn Metern bog der Gang ab und endete an einer steilen, nach unten führenden Wendeltreppe. Am Fuß der Treppe öffnete Caccini eine massive Tür, die in einen Lagerraum führte, der voller Tonnen und Kisten stand. Dem Geruch nach standen sie schon seit der Zeit der Medici dort. Von hier aus liefen wir durch einen Keller, der schließlich an einer niedrigen runden Warenluke endete. Mit Hilfe eines Holzhammers schlug Caccini das rostige Schloss auf und öffnete die Luke. Angelica kroch als Erste nach draußen. Als auch ich draußen war, sagte Caccini: »Ich muss hierbleiben.«

»Sind Sie verrückt?«, fuhr ich ihn an und erinnerte ihn an das, was mit Regina Ferrari und Theophilus de Garencières geschehen war.

»So weit wird es nicht kommen«, sagte Caccini. »Ich habe die Verantwortung für diese Bibliothek. Sie werden mich niemals finden, nicht in diesem Haus. Aber beeilen Sie sich jetzt. Sehen Sie zu, dass Sie wegkommen!«

IV

Unsere Schuhsohlen trommelten über die Pflastersteine.

Wir liefen durch eine schmale Gasse, ich ein paar Meter vor Angelica. Erst wusste ich nicht, wo ich war. Dann wurde mir klar, dass der Geheimgang uns in das Viertel geführt hatte, in dem wir geparkt hatten. Auf dem kleinen Platz vor der Medici-Kapelle. Blöd. Klüger wäre es gewesen, etwas weiter entfernt zu parken. Wir waren mit zwei Autos gekommen. Angelicas Freund hatte uns nicht nur seinen Revolver, sondern auch seinen betagten Fiat geliehen. Einen rostigen Panda, Baujahr 1980. Wie

Bolla fuhr auch dieser Wagen mit einer Mischung aus Benzin und Trotz. Ursprünglich hatten wir vorgehabt, den Mini noch am Abend wieder bei Angelicas Freundin abzuliefern und dann mit dem Fiat weiterzufahren, aber diesen Plan konnten wir jetzt vergessen, denn als wir uns näherten, sahen wir sie schon auf der Motorhaube sitzen und auf uns warten. Zwei auf dem Fiat, zwei auf dem Mini. Mönche. Sie waren schwarz gekleidet und hatten die Arme verschränkt.

Angelica und ich blieben wie angewurzelt stehen.

Die Männer standen auf. »Den Brief!«, rief einer von ihnen. Ich kam nicht einmal dazu, ihnen zu sagen, dass wir ihn nicht hatten.

Links von uns trat ein Mann aus einem Hauseingang, der zwischen Angelica und mir lag. Er hatte sich dort versteckt.

Ich tastete nach dem Revolver in meiner Tasche, kriegte ihn aber nicht heraus, irgendwie schien er sich an einer Naht verhakt zu haben. Verzweifelt zerrte ich an der Waffe herum.

Der Mönch war jetzt bereits bei Angelica. Ich riss und zerrte an dem Griff der Waffe. Das Korn des Laufs schien festzuhängen. Passiert so etwas eigentlich auch anderen Menschen oder nur mir?

Angelica holte zu einem hohen Tritt aus und traf den Mann über dem Ellenbogen. Ich hörte, wie sein Arm brach. Ein trockenes Knacken. Er taumelte ein paar Schritte zurück und hielt sich den seltsam geknickten Arm.

Zwei weitere Mönche kamen aus angrenzenden Hauseingängen. Sie hatten offensichtlich nicht mitbekommen, wie es ihrem Kollegen ergangen war, und gerieten in ein wahres Feuerwerk aus Schlägen und Tritten, als Angelica auf sie losging. Frontaltritte, Roundkicks, Schläge, Snaps. Kurz darauf lag einer bewusstlos am Boden, während der andere sich keuchend den Bauch hielt.

Ich hatte es inzwischen geschafft, den Revolver zu ziehen, und wedelte mit ihm herum. Einige Passanten betrachteten uns mit verständlicher Unruhe und Angst. Einer von ihnen redete hektisch in ein Handy.

»Ihr Schweine!«, schimpfte Angelica. »Wenn Silvio oder Lorenzo etwas passiert…«

Ich richtete den Revolver auf die beiden Mönche, die sich mir näherten.

»Stopp!«

Sie hielten nicht an. Vielleicht lag das an meinem Italienisch. Vielleicht daran, dass sie keine Angst hatten oder einfach nur dumm waren.

»Stopp!«, rief ich noch lauter.

Sie gingen weiter. Vermutlich glaubten sie, dass ich nicht schießen würde. Aber das tat ich.

Der erste Schuss ging auf den Boden und prallte von dort in Richtung eines Taubenschwarms ab, der aufflatterte. Der Schuss ließ die Mönche für einen Moment innehalten. Dann gingen sie weiter. Auf mich zu. Sie mussten wirklich glauben, dass ich es nicht noch einmal versuchen würde. Aber das tat ich. Und dass Gott auf ihrer Seite war. Er war es nicht.

Dieses Mal zielte ich auf den Schenkel eines der Männer, schoss und traf. Mit einem kurzen Schrei ging er zu Boden.

Irgendwo war eine Polizeisirene zu hören. Hinter mir tauchten weitere zwei oder drei Mönche auf, die jetzt aber etwas zu zögern schienen. Während ich sie weiterhin mit der Waffe bedrohte, öffnete ich die Tür des Fiats, setzte mich hinein, verriegelte die Tür und ließ den Motor an. Mit der Hupe gab ich Angelica ein Zeichen. Einer der Mönche versuchte, die Tür aufzureißen. Wenn er es etwas fester versucht hätte, hätte es ihm vielleicht sogar gelingen können. In der Zwischenzeit hatte Angelica sich in Richtung Mini bewegt. Sie schlüpfte hinein und verschloss die Türen. Mit den Handflächen schlugen die Mönche auf die Fenster. Ich legte den Gang ein und fuhr los. Angelica folgte mir. Ein Mönch stellte sich mir in den Weg und wollte mich mit gespreizten Fingern aufhalten. Ich fuhr ohne zu halten auf ihn zu, sodass er auf die Motorhaube kippte. Ein oder zwei Sekunden lang verhakten sich unsere Blicke, während er sich zu fragen schien, ob er sich an den Scheibenwischern festhalten könnte. Doch etwas in meinem Blick musste ihm wohl gesagt haben, dass das nicht sonderlich klug wäre, denn schließlich ließ er los und rollte sich seitlich von der Motorhaube. Im Rückspiegel sah ich, dass ein Chevrolet Silverado mit Vollgas aus einer Nebenstraße raste. An der ersten Kreuzung fuhr ich nach rechts. Angelica folgte mir. Die Verfolger auch. Eine schmale Gasse. Sehr schmal. Angelica war direkt hinter mir. Unsere Verfolger zehn bis fünfzehn Meter dahinter. Mitten in der Gasse bremste ich und hielt an. Angelica verstand meinen Plan sofort. Sie machte den Motor des Mini aus, zog die Handbremse an und nahm die Schlüssel mit. Noch ehe unsere Verfolger verstanden hatten, was vor sich ging, lief sie zum Fiat und stieg ein. Ich gab Gas und fuhr weiter.

Wir hatten unsere Verfolger mit dem Mini in der schmalen Gasse blockiert.

KAPITEL 18

Nacht in Piombino

FLORENZ – GROSSETO, NACHT AUF DONNERSTAG

I

In den Schatten. Sie sind in den Schatten, glaube mir. Davon verstehe ich etwas. Immer in den Schatten. Die Dämonen. Die kleinen Teufel. Die abscheulichen kleinen grünen Geister, die in mir hausen und die sicher bereits wieder ihre Campingstühlchen aufgeklappt, den Grill angezündet und sich ein Bier genehmigt haben, während sie voller Hoffnung darauf warten, dass alles zur Hölle geht. Und das wird es. Früher oder später. Sie sehen grinsend zu, wenn du in einem Augenblick der Faulheit ganz zufrieden mit der Wendung bist, die dein Leben genommen hat. Und sie treten dich tief in den Dreck, wenn du das Gefühl hast, dein Leben endlich in den Griff zu bekommen. Oh, frag mich nicht. Nicht nach Göttern oder Engeln, Dämonen und Teufeln. Für mich ist Religion ein kollektiver Wahn. Die Akzeptanz des Absurden. Zu glauben heißt, sich dem Ungewissen hinzugeben und sein Leben auf erdichteten Antworten aufzubauen. Auf Wunschträumen. Manche finden ihren Gott in heiligen Schriften, in der Unfehlbarkeit der Dogmen, gestützt von der Überzeugungskraft sakraler Liturgien. Andere suchen Gott am Rand des Daseins, wo niemand sucht, der nicht hofft, etwas zu finden, was sich nicht finden lässt. Schutzengel. Okkulte Helfer. Verstorbene Urahnen. Die Vorstellung von einem Gott, der über uns wacht und uns Gutes will. Die ultimative Sehnsucht. Die Kraft des Glaubens... Aber alle Religionen haben zwei Seiten.

Eine innere Balance. Hell und Dunkel. Yin und Yang. Weiß und Schwarz. Wärme und Kälte. Stille und Lärm. Ruhe und Chaos. Güte und Bosheit. Und um Götter und Engel auszubalancieren, haben wir Teufel und Dämonen. Wir finden sie in den Schatten. Da hausen sie. Halb versteckt, halb sichtbar. Immer in den Schatten. Für wen hältst du dich eigentlich?, keifen sie, ebenso lautlos wie schrill, wenn dir endlich etwas gelungen ist. Dann kommen sie angerannt, um die Sonne abzuschirmen, die endlich in dein Leben gekommen ist. Ja doch, sie sind in den Schatten. Immer in den Schatten.

II

Wie ein Schiff auf einem Ozean aus Dunkelheit pflügten wir durch die Nacht. Florenz lag hinter uns. Eine gefährliche Stadt. Das war klar. Wir fühlten uns jetzt wieder etwas sicherer. Waren bereits weit weg. Auch wenn sie uns in Florenz einigermaßen unter Kontrolle gehabt hatten, konnten sie uns im Moment kaum aufspüren. Weder die Banditen noch die Polizei. Die Einladung von Tomasso Vasari passte perfekt. Statt den direkten Weg nach Grosseto zu nehmen, machten wir einen Umweg über Lucca und Pisa. Nur um mögliche Verfolger zu verwirren. Mönche und anderes Pack. Angelica und ich machten uns Sorgen um Bernardo Caccini. War es ihm so ergangen wie Regina Ferrari und Theophilus de Garencières? Und was war mit Carlo Cellini und Piero Ficino? Wir hielten an mehreren Tankstellen an und telefonierten. Carlo Cellini ging gleich ans Telefon. Aus irgendeinem Grund – vielleicht wusste er nichts, das gefährlich oder geheim war – war er kein Ziel für die Mönche. Piero Ficino hatte sein Handy ausgeschaltet, ein neuer Ansagetext verkündete aber, dass er auf einer längeren Reise sei. Bernardo Caccini ging nicht ans Telefon, was aber nichts heißen musste. Er konnte in Deckung gegangen sein. Geflohen. Wie wir. In Livorno rief

Angelica die Polizei an und bat sie, die Laurenziana-Bibliothek genau zu untersuchen. Ihren Namen nannte sie nicht. Wir hasteten weiter durch die Nacht. Morgen, sagte ich, könnten wir von Grosseto weiter nach Rom reisen, die Kathedrale untersuchen und nach weiteren Spuren fahnden. Ich hatte das sichere Gefühl, dass in der *cattedrale della diocesi di Roma* etwas auf uns wartete. Vielleicht das Geheimnis von Machiavelli, Nostradamus und Michelangelo?

III

Vor Piombino parkten wir unter ein paar Bäumen auf einer Anhöhe. Wir hätten einen fantastischen Blick über das tyrrhenische Meer gehabt, wäre es nicht so dunkel gewesen. So blinkte nur die eine oder andere Laterne in dem schwarzen Abgrund, der vor uns lag. Wir hatten uns entschlossen, im Auto zu schlafen. Es kam uns sicherer vor, als in einem Hotel abzusteigen. In vielerlei Hinsicht. Wir hatten uns Essen besorgt, Wasser und eine Flasche toskanischen Rotwein. Obwohl es mitten in der Nacht war, konnte Angelica nicht schlafen. Sie war viel zu aufgeregt. Eine Straßenlaterne schien ins Auto, und in dem bläulichen, leicht metallischen Licht kam es mir zum ersten Mal so vor, als sähe ich die wahre Angelica Moretti. Die eigentliche. Diejenige, die hinter der glitzernden, so adrett geschminkten Fassade mit den lockigen blonden Haaren und dem fröhlichen Lachen versteckt war. Ihre Schönheit war wie eine dünne Schicht Plastik, die sich über etwas Undefinierbares zog, das man nur erahnen konnte. Eine Schicht, die auf vielen anderen Schichten lag. Und ganz unten erahnte ich einen Kern, der nicht so faltenfrei und schön, nicht so adrett war. Als wäre Angelica Morettis Schönheit auf seltsame Weise ein Trugbild, erschaffen von der Vorstellung ihrer Schönheit. Ihre vollen Haare, die Schminke, ihre Figur, die rot lackierten Nägel und der Schmuck, den sie trug, bildeten ein verführerisches Blendwerk, eine äußere Schale, eine Maske, die ihr wahres Ich, das sie nur ungern zeigte, verdeckte.

Wir saßen da und redeten. Ich erzählte ihr von meinem Leben, von meinem Vater und von meiner schwierigen Beziehung zu meiner Mutter. Sie fragte mich, ob zu Hause denn eine Lebensgefährtin auf mich wartete. Im Moment nicht, sagte ich. Eine blanke Lüge – ich hatte seit Jahren schon keine Freundin mehr. Als ich ihr von meinen Aufenthalten in der Nervenklinik erzählte, begann sie zu weinen. Es dauerte ein paar Minuten. Ich sagte nichts. Dann putzte sie sich die Nase, wischte sich die Tränen ab und erzählte mir, dass sie in einem Orchester Oboe spielte. Dort hätte sie Lorenzo getroffen. Sie arbeitete in der Kulturredaktion des *Corriere della Sera* in Florenz. Ich hatte drei Tage gemeinsam mit ihr verbracht, ohne auch nur vage zu ahnen, dass sie Journalistin war. Sie erzählte mir von Silvio und Lorenzo. Dem Flötenspieler. Ich lächelte, nickte und träumte davon, derjenige zu sein, zu dem sie nachts unter die Decke kroch.

»Glauben Sie mir, dass ich mich in Ihnen wiedererkenne?«, fragte sie.

Die Frage kam so überraschend, dass ich ihr die Antwort schuldig blieb. Mir fiel nicht einmal ein ironischer Kommentar ein. Angelica Moretti erkannte sich in mir wieder?

»Sie sehen auf sich selbst herab«, fuhr sie fort. Das war nicht ganz richtig. Ich sehe nur all die Schwächen, die die anderen nicht sehen. Wie viel Kraft verwende ich darauf, all diese Unzulänglichkeiten zu verbergen? Und warum? Um die Menschen glauben zu lassen, ich wäre ein ganz anderer Mensch als der, der ich bin? Angelica erwartete aber gar keine Antwort. »Sie nutzen Ihr Selbstbild als Schild gegen die Wirklichkeit«, behauptete sie. Darüber musste ich nachdenken. Wusste sie mehr über Bjørn Beltø als ich? Ich hatte viele Antworten auf der Zunge, aber Angelica kam mir zuvor. »Aber es liegt keine Größe darin, sich selbst kleinzumachen, Bjørn. Sie sollten damit aufhören«, sagte sie mit leiser, freundlicher Stimme. Trotzdem klang es wie eine Zurechtweisung.

Ich antwortete nicht. Angelica suchte nach Worten. Sie hatte sich in einem rhetorischen Labyrinth verfangen und merkte es selbst. Schließlich begann sie wieder zu weinen. So ganz klar war sie wohl nicht im Kopf. Das war nicht herablassend gemeint, sondern einfach eine Feststellung. Ich selbst bin ja auch nicht ganz klar im Kopf.

Sie streckte den Arm aus und streichelte mir kurz über die Hand. Eine entschuldigende Liebkosung.

»Nachts«, sagte sie, »nachts liege ich manchmal wach, lausche Lorenzos Schnarchen und vermisse die Freiheit. Das Recht auf mein eigenes Leben. Darauf, allein zu schlafen.« Sie lachte kurz. Kalt. Ohne Freude und ohne Humor. Sie stieß nur ein kurzes Ha-ha-ha aus. »Wussten Sie, dass ich vor Lorenzo mit einem anderen Mann verheiratet war? Aber nein, woher sollten Sie das wissen. Wir waren zwei Jahre verheiratet. Er hieß Giorgio. Er hat mich verlassen, und wissen Sie, warum? Weil ich ihn betrogen habe.« Wieder dieses kalte Lachen. »Die tolle Angelica hat ihn betrogen, und nicht nur mit einem, sondern gleich mit mehreren.«

Sie starrte vor sich in die Luft. Wie ich. Ins Dunkel. Ich wusste nicht, was ich sagen sollte. Gewisse Dinge will man von anderen doch gar nicht wissen.

Sie fuhr fort: »Die Schuld dafür kann ich natürlich meinen Nerven geben. Meinem Mangel an Selbstvertrauen. Oder meinem Drang nach Bestätigung. Aber das wären alles nur schlechte Entschuldigungen und Lügen. Ich bin irgendwie falsch zusammengesetzt, Bjørn. Mit mir stimmt etwas nicht. In all den Jahren, in denen ich Single war, fühlte ich nur Leere. Und als ich dann verheiratet war, fehlte mir gerade diese Leere. Auch wenn das keinen Sinn ergibt. Vielleicht sollte ich nicht Leere sagen, sondern Freiheit? Die Freiheit, die trotz allem ein Bestandteil dieser Leere war. Es gab eine Zeit, da habe ich all die Frauen mit ihren Kinderwägen und Ehemännern gesehen und gedacht, nein, so willst du nie werden. So unfrei. An einen Mann gebunden, an ein Kind, an Konventionen. Das bin nicht ich. Trotzdem habe ich Giorgio geheiratet. Ich war verliebt. Verliebt und dumm. Ich war schon immer der Meinung, dass Verliebtheit eine Form von Wahnsinn ist. Waren Sie jemals richtig verliebt, Bjørn? Verstehen Sie, was ich meine? Ich heiratete in einem Rausch der Liebe. War besessen. Aber ich habe schnell kapiert, dass die Ehe ein Käfig ist. Und so habe ich mich mit anderen getroffen. Ich will mich nicht selbst entschuldigen, ich habe mich Giorgio gegenüber wirklich nicht fair verhalten. Ich war eine Schlampe. Nein, nein, Sie brauchen mir nicht zu widersprechen, ich weiß das.«

Pause. Ich sagte nichts. Hatte nichts zu sagen.

»Es kommt vor, dass ich Silvio beim Schlafen zusehe und mich frage, wie herzlos ich eigentlich war, dass ich ihn in die Welt gesetzt habe. Verstehen Sie dieses Gefühl? Auch wenn Sie ein Mann sind? Können Sie sich vorstellen, wie hoffnungslos es ist, eine Mutter wie ich zu sein? Ich verstehe ja nicht mal, was mit mir los ist. Bin ich wirklich so banal und einfach, wie ich mich anhöre? Mein Gott, was fehlt mir nur?« Ihr Lachen war laut und schrill. »Wie verrückt muss man eigentlich sein, dass der eigene Sohn erst entführt werden muss, damit man erkennt, wie unendlich lieb man ihn hat? Wenn Sie wüssten, wie verzweifelt ich mir wünsche, dass das alles zu einem guten Ende kommt, Bjørn! Nicht nur wegen all der offensichtlichen Gründe. Ich …« Sie suchte nach dem richtigen Wort, dem richtigen Sinn. »In den letzten Tagen habe ich eingesehen, dass ich einen neuen Anfang brauche! Eine Möglichkeit, um Lorenzo und Silvio zeigen zu können, wer ich bin. Wer ich sein sollte.«

Eine ganze Weile lang sagte keiner von uns etwas. Angelica wirkte verlegen. Sie musste eingesehen haben, dass sie zu weit gegangen war. Dass sie mich in etwas eingeweiht hatte, das mich nichts, aber auch gar nichts anging. Wir tranken Rotwein aus der

Flasche und aßen Ciabatta mit Salami. Draußen vor der Scheibe schwirrten riesige Mücken herum. Die Stille war beklemmend. Aber ich verkraftete jetzt keine weiteren Geständnisse, nicht von ihr, nicht von mir.

»Sind Sie müde?«, fragte ich.

»Eigentlich nicht, aber wir sollten wohl versuchen zu schlafen.«

»Ja, das sollten wir wohl.«

Wir kippten die Sitze so weit es ging nach hinten, aber ein Himmelbett wurde nicht gerade daraus. »Gute Nacht«, sagte ich. Allein die Tatsache, diese Worte zu sagen – zu ihr, als gäbe es nur uns zwei auf der Welt –, wärmte mir das Herz. Sie streckte ihren Arm aus und streichelte mir über die Wange. Lächelte traurig.

»Gute Nacht, Bjørn.« *Bjorn ...*

KAPITEL 19

Tomasso Vasari

GROSSETO,
DONNERSTAGMORGEN

I

Alles an ihm war schief und verwachsen. Der Kopf und der Hals.
Der Mund. Die Schultern. Der ganze Körper neigte sich nach
links. Als hätte man ihn verdreht und zusammengestaucht und
wüsste nun nicht mehr, wie er ursprünglich ausgesehen hatte.

»Willkommen in der Casa Grosseto«, sagte er. *»Ich bin Tomasso
Vasari.«*

Streng genommen sagte er das nicht. Die Begrüßung war auf
einem PC gespeichert und wurde von einer Roboterstimme über
einen Lautsprecher ausgesprochen. Er saß in einem elektrischen
Rollstuhl, der an ein Mondlandefahrzeug erinnerte.

»ALS«, erklärte er. Auch diese Antwort war vorprogrammiert.
*»Amyotrophe Lateralsklerose. Die Hölle, um es deutlich zu sagen. Die
motorischen Nervenzellen werden angegriffen. Ich preise jeden neuen
Tag.«*

Seine Hände lagen auf einer Sensortastatur, über die er den
Rollstuhl manövrierte und kommunizierte. Er lenkte sein Leben
mit den Fingerspitzen.

Der Elektromotor seines Rollstuhls summte leise, als er vor
uns her in ein großes Arbeitszimmer fuhr, das wie ein Bühnen-
bild aussah. Ein gigantischer, altmodischer Globus auf einem
Goldstativ. Ein vergoldetes Teleskop, das noch von Galileo Galilei hätte stammen können. Und Bücher, selbstverständlich. Ein
Meer an Büchern.

Eine Krankenpflegerin in weißer Hose und grünem Kasack kam herein und brachte Kaffee und Gebäck. Sie setzte ihn im Rollstuhl zurecht und ging wieder.

Vasari rief eine weitere vorprogrammierte Nachricht auf: »*Es ist mir eine Ehre, mit Ihnen zusammenarbeiten zu dürfen, Bjørn Beltø. Auch wenn ich an den Rollstuhl gefesselt bin, habe ich Ihre Arbeit über die Jahre mit großem Interesse verfolgt.*« Er drehte sich so weit nach rechts, dass er Angelica im Blick hatte. »*Frau Moretti, ich kenne Ihren Ehemann Lorenzo nicht persönlich, bin aber sehr wohl vertraut mit seinem fachlichen Ruf und seinen Auszeichnungen. Ich hoffe, ich kann mit Informationen beitragen, die Ihnen helfen, ihn und Ihren Sohn zu finden.*«

II

Tomasso Vasari war ein rollendes Lexikon, was die Mysterien um die Bundeslade betraf. Mit den Fingerkuppen aktivierte er fertig programmierte Vorträge über die unterschiedlichsten Theorien um das Verschwinden der Lade und ihre Bedeutung für das Judentum, Christentum und den Islam.

»*Sie kennen natürlich die Geschichte der Schriftrollen vom Toten Meer, die nach dem Krieg in Qumran entdeckt wurden*«, sagte die Roboterstimme. »*Unter Forschern zirkuliert das Gerücht, dass in Höhle 11 eine einzigartige Handschrift gefunden wurde. Neben der Tempelrolle – einer Offenbarung Gottes an Moses –, Versionen des dritten und fünften Buchs Mose, Hesekiel, den Psalmen und der Kriegsrolle über den Krieg zwischen den Söhnen des Lichtes und der Finsternis soll dort auch ein Exemplar vom vierten Buch Henoch gefunden worden sein. Wie bekannt, gibt es eigentlich nur drei Bücher. Obgleich ein viertes Buch in den historischen Listen der Bibliothek von Alexandria erwähnt wird. Das vierte Buch Henoch wird gern in einem Atemzug mit anderen verloren gegangenen Texten aus dem Altertum erwähnt wie dem Buch der Weisen. Henoch war nicht ir-*

*gendwer, er stammte von Adam ab und war Noahs Urgroßvater. Er
stand Gott sehr nah, heißt es. Und das, was das vierte Buch so interessant macht, ist die Tatsache, dass es die komplette Geschichte der
Bundeslade enthält.«*

»Was ist aus dem vierten Buch Henoch geworden, nachdem
es aufgetaucht war?«, fragte ich.

*»Laut denen, die vor Ort mit dabei waren, haben es die Amerika-
ner mitgenommen.«*

»Die Amerikaner? Also die CIA?«

»Wahrscheinlich.«

»Steht noch woanders als in der Bibel und im vierten Buch
Henoch etwas über die Bundeslade?«

*»Oh ja. Im hebräischen Tanach, dem jüdischen Bibelkanon. Und in
den Büchern der Makkabäer, die einen Teil der apokryphen Schriften
im Alten Testament ausmachen. Selbst im Koran wird die Bundeslade erwähnt.«*

Er rief einen Text auf seinen Bildschirm.

*Das Zeichen seiner Herrschaft ist, dass euch eine Lade gegeben
wird, darin Frieden von eurem Herrn ist und ein Vermächtnis
aus dem Nachlass vom Geschlecht Moses und Aarons – die Engel
werden es tragen. Gewiss, darin ist ein Zeichen für euch, wenn
ihr Gläubige seid.*[*]

»Sagen Sie«, sagte Vasari, *»sind Sie auf der Spur der Bundeslade?«*

»Das«, antwortete ich, »wird sich noch rausstellen. Aber wir
haben schon einiges an Hinweisen gesammelt. Und wir fragen
uns, ob das Zufall sein kann. Falls es etwas zu finden gibt.«

»In biblischer Zeit hat es die Bundeslade auf jeden Fall gegeben.«

»Wie im Alten Testament beschrieben?«

*»Das hängt davon ab, ob man gläubig ist. Aber dass die Israeliten
ein transportables Heiligtum erschaffen haben, das sie mitgenommen*

---

[*] Koran, Sure 2, Vers 248.

haben und das am Ende in dem Tempel in Jerusalem landete, ist nicht unwahrscheinlich.«

»Eine Truhe, in der die Steintafeln mit den Zehn Geboten aufbewahrt wurden?«

»Und wieder ist die Antwort abhängig vom religiösen Standpunkt. Die einen glauben, Gott hätte Moses die Steintafeln mit den Zehn Geboten auf dem Berg Sinai überreicht. Ganz konkret und im buchstäblichen Sinn. Das dürfte ein spektakulärer Auftritt gewesen sein.«

Er rief ein Bibelzitat auf den Schirm:

Als nun der dritte Tag kam und es Morgen ward, da erhob sich ein Donnern und Blitzen und eine dichte Wolke auf dem Berge und der Ton einer sehr starken Posaune. Das ganze Volk aber, das im Lager war, erschrak. Und Mose führte das Volk aus dem Lager Gott entgegen, und es trat unten an den Berg. Der ganze Berg Sinai aber rauchte, weil der HERR auf den Berg herabfuhr im Feuer; und der Rauch stieg auf wie der Rauch von einem Schmelzofen, und der ganze Berg bebte sehr. Und der Posaune Ton ward immer stärker. Und Mose redete, und Gott antwortete ihm laut.*

Mit einer minimalen Bewegung der Fingerkuppen löschte er den Text vom Bildschirm.

»Andere wiederum meinen, die Schilderung der Übergabe sei allegorisch zu verstehen, die Gebote als religiöse und moralische Anweisungen. Und der Stein stehe als Symbol für ewige Gültigkeit.«

»Wenn wir nun also nach der Bundeslade und den Steintafeln mit den Zehn Geboten suchen – was können wir da eigentlich zu finden erwarten?«

»Außer einer Truhe mit Steintafeln? Sagen Sie es mir. Eine Bestätigung? Verständnis? Einsicht? Oder etwas ganz, ganz anderes?«

»Können Sie sich erinnern, ob Ihnen im Zusammenhang

---

* 2. Buch Mose, Kap. 19, Vers 16–19.

mit der Bundeslade irgendwann einmal der Ausdruck *Blutregen* untergekommen ist?«, fragte ich. »Dass man nach einem *Bogen* suchen soll, wo *Blut regnet*?«

Seine Finger bewegten sich über die Tastatur. »*Nein*«, sagte die Roboterstimme kurz und bündig.

»Was ist mit Cäsars Grab?«, fragte Angelica.

Vasari dachte eine Weile nach, ehe er die Antwort schrieb. »*Cäsar soll in der Engelsburg, die zweihundert Jahre nach seinem Tod errichtet wurde, seine letzte Ruhestätte gefunden haben. Die Grabmale der einstigen Kaiser und Herrscher wurden während des Angriffs der Westgoten im Jahr 410 zerstört. Das ist alles, was ich weiß.*«

»Gibt es irgendeine Verbindung zwischen der Bundeslade und Pythia?«, fragte ich. »Sie kennen ja sicher die Randnotiz im *Codex Amiatinus* – über Pythia, die den göttlichen Odem des Herrn einatmete und die Gabe der Hellsichtigkeit erlangte.«

Er tippte seine Antwort ein. »*Eine Verbindung zwischen der Kiste mit den Geboten und Pythia kommt mir unwahrscheinlich vor. Die Geschichte von Mose ist nicht konkret datiert, aber anhand historischer Referenzen legen viele Historiker Moses Lebenszeit in die Zeit um 1400 vor Christus. Plus/minus ein paar hundert Jahre. Das Orakel von Delphi ist mindestens sechshundert Jahre jünger. Rein theoretisch könnte die Bundeslade in den Apollon-Tempel gebracht worden sein, aber die Geschichte von Pythia und dem Tempel ist so gründlich dokumentiert, dass eher unwahrscheinlich ist, dass die Gebotstruhe über tausend Jahre lang in aller Heimlichkeit dort stand.*«

»Aber die Randnotiz …«, erinnerte ich ihn.

»*Eine Randnotiz hat in sich keinen großen Wert. Die Mönche, die alte Texte kopierten, haben alles Mögliche an den Rand geschrieben. Im frommen Wunsch, einen Fehler im Text zu korrigieren oder einen Gedanken zu vertiefen, bis zu simplen Schmierereien oder dem Versuch, komisch zu sein. Auch wenn die Anmerkung für uns heute unverständlich ist, war sie das zu der Zeit, als der Text geschrieben wurde, nicht unbedingt. Es heißt, der* Codex Amiatinus *enthalte versteckte Hinweise auf die Bundeslade. Ehe die Krankheit mich ein-*

geholt hat, habe ich wochenlang in der Biblioteca Laurenziana über dem Kodex gebrütet. Und nichts habe ich gefunden! Was natürlich nicht bedeuten muss, dass nicht doch etwas zu finden gewesen wäre – für ein Auge, das genau wusste, wonach es suchen musste.«

»Kennen Sie Bernardo Caccini?«, fragte ich.

»Den Chefbibliothekar der Laurenziana-Bibliothek? Nicht persönlich, aber ich habe mit ihm über diverse historische und theologische Fragen korrespondiert. Warum fragen Sie?«

»Wir versuchen, die bibliophilen Netzwerke zu durchschauen.« Obgleich wir gelobt hatten, das große Geheimnis für uns zu behalten, konnte ich mir die Frage an Vasari nicht verkneifen: »Was wissen Sie über die Bibliothek von Alexandria?«

Nichts an seiner Reaktion deutete darauf hin, dass er Kenntnis von dem Geheimnis hatte, das Bernardo Caccini Angelica und mir gegenüber gelüftet hatte. Es dauerte eine Weile, bis er die wortreiche Antwort zu Geschichte und Verfall der Bibliothek eingegeben hatte.

»Und wo wir schon einmal bei alten Schriften sind«, sagte er schließlich, *»habe ich eine ganz andere Information, die Sie sehr interessieren könnte.«*

III

Er setzte seinen Rollstuhl in Bewegung und fuhr zu einem Tisch, auf dem eine braungelbe Aktenmappe lag. Darauf stand:

NAG HAMMADI
CODEX XIV

Kodex 14?

Das hieß, dass die Mappe entweder eine Fälschung oder eine Sensation barg. Die Nag-Hammadi-Schriften, eine Sammlung frühchristlicher Texte aus der Gnosis, die 1945 in Ägypten entdeckt wurden, bestehen aus zwölf ledergebundenen Papyrusbänden. Oder dreizehn, wenn man den losen Bogen mitrechnet, der in Kodex 6 lag.

Es gibt keinen Kodex 14 in der Nag-Hammadi-Bibliothek.

»In dieser Mappe liegt die Fotokopie einer 1800 Jahre alten koptischen Handschrift, die 1945 in Nag Hammadi gefunden wurde. Der Text ist die Abschrift einer sehr viel älteren Handschrift. Eine übersetzte und modernisierte Fassung des koptischen Textes liegt bei. Das Interessante an dem Text ist, dass er gewisse Ähnlichkeiten mit anderen alttestamentarischen Texten aufweist. Zugleich ist er eine Beschreibung der Bundeslade und der Steintafeln mit den Zehn Geboten.«

»Kodex ... 14?«, sagte ich fragend.

Tomasso Vasari lächelte. Die Grimasse machte sein Gesicht noch schiefer. *»Sie kennen Ihr Nag Hammadi.«*

»Ich weiß zumindest, dass es keinen Kodex 14 gibt.«

»Weniger als fünfzig Menschen auf der Welt wissen von der Existenz des Kodex 14.«

»Wie sind Sie an diese einzigartig seltene Handschrift gekommen?«

»Ich würde Ihnen gerne erzählen, dass ich sie in einer Höhle gefunden habe, als ich noch jung und beweglich war. Aber in Wirklichkeit habe ich sie von einem Antiquar in Rom gekauft, Luigi Fiacchini, der sie seinerseits 1977 auf verschlungenen Wegen über Schwarzmarkthändler, Antiquare, korrupte Museumsleiter und Zwischenhändler erstanden hatte.«

Luigi, der alte Schuft ...

Wir öffneten die Mappe und warfen einen kurzen Blick auf die Kopie.

ヨΥヨλ

---

* Die Zeichenkombination ist als *Tetragramm* bekannt, was »die vier Buchstaben« bedeutet. Das paläohebräische Alphabet wurde vom 10. Jh. v. Chr. bis ins 2. Jh. n. Chr. verwendet.

So schrieb sich der Eigenname JHVH – Jahve – in paläohebräischer Schrift. Der nachfolgende koptische Text war für Angelica und mich nicht lesbar, darum blätterten wir direkt zu der Übersetzung weiter.

Und vor mir, auf dem Boden, steht die Gesetzestruhe, Lob sei dem Herrn; die Truhe ist aus Akazienholz, zweieinhalb Ellen lang, eineinhalb Ellen breit und eineinhalb Ellen hoch, verkleidet mit reinem Gold innen wie außen und Goldkanten ringsum. Vier Goldringe und vier Füße, zwei an jeder Seite. Stangen aus Akazienholz, eingefasst in Gold, sind auf beiden Seiten durch die Ringe geschoben, damit die Truhe getragen werden kann. Und ich sehe zwei Cherubim aus gehämmertem Gold, mit ausgebreiteten Schwingen, einander zugewandt, einen auf der einen, einen auf der andern Seite des Gnadenthrons. Die Gesetzestafeln sind unter Tüchern aus feinstem Leinen und feinster Wolle verborgen – violett, purpurrot und karmesinrot –, und als die Tücher aufgeschlagen werden, sehe ich die heiligen Gebotssteine in der Truhe. Und siehe, es sind zwei Gebotssteine, silbrig weiß wie das Haar unseres Herrn und silbergrau wie der Berg Sinai, und ich trete näher heran, in den Glorienschein der Gesetzestafeln, und werde vom Odem des Herrn erfüllt.

»*Was glauben Sie, was das ist?*«, fragte Vasari.

Ein weiterer vorprogrammierter Satz, als hätte er die ganze Nacht dieses Gespräch vorbereitet und den Verlauf vorhergesehen.

»Eine frühe Version der Mosebücher?«, schlug ich vor.

»*Nein. Dies ist der einzige Bericht eines Augenzeugen der Bundeslade, der nicht in der Bibel steht. Das Interessanteste kommt aber auf der nächsten Seite. Dort können Sie nachlesen, welchen Eindruck die Bundeslade auf den unbekannten Verfasser macht.*«

Meine Knie zittern und geben nach. Auf der Erde kniend sehe ich vor meinen Augen die klarsten Farben, leuchtend, wie ich es nie zuvor erlebt habe: Rot und Orange, Gelb und Grün, Blau und Indigo, Violett und Türkis. Um mich herum erwacht alles zum Leben, alles, was tot war, die Steine auf der Erde, die Berge in der Ferne, alles lebt, alles atmet. Siehe, und ich sah: Der Himmel öffnet sich vor meinen Augen, ich blicke ins Paradies, Hosianna! Tausende von Engeln strahlen wie purstes Gold und glänzendstes Silber, und sie singen mit glockenklaren Stimmen. Und siehe, in einem Augenblick sehe ich den Herrn, unseren Gott, der seine Pracht am Himmel und auf der Erde entfaltet, er, der über den Cherubim thront, er tritt vor mich, und ich lobe den Herrn, meinen Fels, meine Burg, der den Himmel senkt und auf die Erde herabsteigt, getragen von Cherubim, mit donnernder Stimme, in seinem Licht offenbart sich die Herrlichkeit des Paradieses. Und in der Gegenwart des Herrn löst die Zeit sich auf, denn es gibt keine Zeit mehr, keine Vergangenheit, keine Gegenwart, keine Zukunft, alles ist eins, alles ist jetzt, alles ist gewesen und alles soll sein: Ich sehe in einem Blick die Vergangenheit und Zukunft der ganzen Welt, seit Gott die Erde erschuf bis zum allerletzten Tag; ich sehe jeden Tag, der kommen wird, ich sehe Kriege und Leid, Untergang und Tod. Alles sehe ich. Voller Verzweiflung schreie ich meine Trauer hinaus, und zwei der Priester tragen mich fort von der Bundeslade und den Gesetzestafeln, und siehe, indem verschwindet der Anblick des Paradieses, und ich falle in einen tiefen, tiefen Schlaf.

»Wieso haben Sie nie jemandem von diesem Text erzählt?«, fragte ich verblüfft.

»Das habe ich mich nicht getraut. Immerhin habe ich die Handschrift auf dem Schwarzmarkt erstanden. Zu meiner Ehrenrettung muss ich allerdings anführen, dass ich anonym eine Kopie an die For-

scher geschickt habe, die mit der Analyse der Nag-Hammadi-Schrif-
ten befasst sind. Was mich natürlich nicht von meiner moralischen
und juristischen Verantwortung freispricht.«

IV

Die bekannteste der zweiundfünfzig gnostischen Schriften in
der Nag-Hammadi-Bibliothek ist das Thomas-Evangelium.
Viele meinen, dass der Nag-Hammadi-Fund Aufschluss darüber gibt, wie kritische und alternative Texte der Zensur zum
Opfer fielen und nie ins Neue Testament aufgenommen wurden. Die Wahrheit ist weit weniger dramatisch. Es hatte einfach
nicht alles Platz in der Bibel. Nur die Überlieferungen mit der
größten religiösen und theologischen Autorität in den Jahrhunderten nach Jesu Kreuzigung wurden in den biblischen Kanon
aufgenommen.

Jedenfalls konnte ich keine offenbaren Hinweise im Kodex 14
entdecken. Also entschloss ich mich, eine meiner vagen Hypo-
thesen an einem Experten wie Tomasso Vasari auszuprobieren.

»Ich habe den Verdacht, dass die Lösung – oder zumindest ein
entscheidender Hinweis – im Petersdom zu finden ist. In einem
Brief von Michelangelo an Nostradamus – den wir bei Theophilus de Garencières lesen durften – verwies Michelangelo auf
Machiavelli und ein gemeinsames Geheimnis. Was für ein Geheimnis mag er damit gemeint haben? Etwas, das aus der Kathedrale der römischen Diözese in Sicherheit gebracht wurde?«

»Bjørn«, sagte Angelica. »Der Petersdom war nie die Kathedrale von Rom. Roms Kathedrale ist die Laterankirche!«

Ihre Berichtigung und ihr missbilligender Blick trieben mir
die Schamesröte ins Gesicht.

Vasari gab etwas in die Vorlesemaschine ein. »*Es ist sehr unwahrscheinlich, dass ein Medici was auch immer in Rom versteckt
haben soll. Michelangelo, ja, aber Machiavelli oder die Medici? Nie-*

mals! Wenn ich eine Vermutung äußern darf, glaube ich eher, dass der Hinweis von Michelangelo damit zusammenhängt, wer zu der Zeit Kardinalpriester der Laterankirche war.«

»Was selbstverständlich alle wissen …«, nuschelte ich.

Wieder ließ er sich Zeit, einen Text einzutippen, der einen Hauch von Komik barg, als er mit der metallischen Stimme vorgetragen wurde.

»Von 1508 bis 1534 hieß der Kardinalpriester Alessandro Farnese. Und wer war das? Genau, der spätere Papst Paul III. Der 1542 die römische Inquisition ins Leben rief. Und wer war sein Sekretär? Genau, der junge Marcello Cervini degli Spannochi – der spätere Papst Marcellus II. Vielleicht ging es bei Michelangelos Geheimnis um ihre Verbindung zu Vicarius Filii Dei? Marcello Cervini degli Spannochi war ein Studienfreund Francesco Franciottos, der später Kardinal des Mönchsordens wurde. Oder ging es möglicherweise um etwas so Banales wie einen Architektenauftrag, den Michelangelo im prachtvollen Farnese-Palast des Hauptpriesters in Rom ausführte? Als Versteck für den Medici-Schatz kamen weder der Petersdom noch die Laterankirche in Frage. Es muss um etwas ganz anderes gegangen sein. Und es ist ganz offensichtlich, dass die Medici auf einem Geheimnis historischen Ausmaßes saßen.«

Die Bibliothek von Alexandria, dachte ich, wollte aber nichts verraten.

»Sie banden die gelehrten Männer ihrer Zeit an sich – Machiavelli, Michelangelo, Nostradamus«, fuhr Vasari fort. *»Aber diese Männer hätten sich sicher nicht in die kleinlichen machtpolitischen Intrigen der Medici einspannen lassen. Es muss um etwas weitaus Größeres gegangen sein. Wir haben immer angenommen, dass die Bundeslade eine Legende ist, ein allegorisches Symbol für das Allerheiligste. Inzwischen frage ich mich immer öfter, ob die Bundeslade vielleicht doch noch heute existiert.«*

KAPITEL 20

Die Haie

GROSSETO – ROM,
DONNERSTAGVORMITTAG

I

So hat jeder von uns seine fixen Ideen und Ticks. Tomasso Vasari war damit nicht allein. Ich selbst hatte einen ganzen Stall voll davon. Autoritäten provozieren mich. Professoren. Parkwächter. Das Finanzamt. Alle, die mir ihre absoluten Wahrheiten um die Ohren hauen wollen, ihre Verordnungen, ihr Regelwerk, ihre Haarspaltereien. Begegnungen mit Paragrafenreitern wecken das bösartige, querulante Wesen in mir, eine zischende Giftschlange im Gras, ein giftspeiender Gnom, der stur die Stellung hält, bis das Räumkommando mit Schilden und Tränengas und Wasserwerfern kommt und mich in eine Ecke mit allen anderen verbockten Streithammeln spült.

II

Als wir durch Civitavecchia fuhren, hing ein riesiger Militärhelikopter über der Straße. Wie ein riesiger Mistkäfer, der Probleme hatte, sich in der Luft zu halten.

»Suchen die uns?«, fragte ich.

»Du bist ja noch paranoider als ich«, antwortete Angelica.

Paranoid? Dabei hatte ich ihr noch nicht einmal von den drei Autos erzählt, die ich die letzten Kilometer im Rückspiegel beobachtet hatte. Eins hatte in einer Auffahrt bei Ortobello gestanden und war auf die Autobahn gefahren, als wir vorbeikamen. Ich konnte mir denken, wie Angelica reagiert hätte, amüsiert und zurechtweisend: Bjørn, wir befinden uns auf der Autobahn nach Rom, da ist es nicht ungewöhnlich, dass Autos unser Tempo halten.

Es ist nur so, hätte ich erwidern können, dass selbst die Paranoiden hin und wieder tatsächlich verfolgt werden.

Bei Ladispoli standen zwei Polizeiwagen und zwei Hummer auf dem Randstreifen. Im Rückspiegel sah ich sie beschleunigen und sich in den Verkehr einfädeln. An der Ausfahrt zum Leonardo-da-Vinci-Flughafen, wo die Autobahn eine Linkskurve macht, waren alle Verfolger verschwunden.

Und *das* machte mich richtig nervös.

III

Am Stadtrand von Rom, auf halber Strecke zwischen Flughafen und Zentrum, fuhr ich zu einer Tankstelle ab. Im Radio lief Eros Ramazzotti. *Quanto amore sei.* Das Auto brauchte Benzin, Angelica musste auf die Toilette. Sie hatte während der gesamten Fahrt nichts gesagt. Als bereute sie ihre Bekenntnisse von gestern Abend und machte mir nun einen stummen Vorwurf, dass ich sie nicht gebremst hatte. Als ob das alles meine Schuld wäre. Verstehe einer die Frauen … Sie unterstellen uns Männern nicht nur Gedanken und Motive, die wir nie gehabt haben, sondern zwingen uns dann noch dazu, die Verantwortung dafür zu übernehmen. Mit ihren stummen Vorwürfen. Ich setzte sie vor der Toilette ab und fuhr weiter zu den Zapfsäulen. Ausländische Tankstellen verwirren mich und machen mich nervös. Im Ausland ist alles anders. Tankt man selber oder wartet man darauf, bedient zu werden?

Ich rolle gerade langsam an den Zapfsäulen vorbei, als ein Wagen direkt hinter Angelica eine Vollbremsung macht.

Ein Chevrolet Silverado.

IV

»*Angelica!*«, rufe ich, so laut ich kann. Aber sie hört mich nicht.
Also hupe ich. Hart und lärmend. Drücke die Hand fest auf die
Hupe.

Jetzt dreht sie sich um. Zu spät. Viel zu spät. Zwei Männer aus
dem Chevy stürmen zu ihr. Das sind *sie*. Die Mönche. Schwarz
gekleidet. Sie sind direkt hinter ihr. Mit der rechten Hand taste
ich nach dem Revolver, den ich unter dem Kartenbuch im Hand-
schuhfach versteckt habe. Ehe Angelica mitkriegt, was los ist,
und sich zur Wehr setzen kann, haben sie sie überwältigt. Endlich kriege ich den Revolver zu fassen. Sie zerren sie in den Chevy.
Da draußen geht alles ganz schnell, hier drinnen schrecklich langsam. Ich öffne die Autotür und taumele heraus. Ein Buick Regal
bremst wenige Meter vor dem Chevy, nicht weit von mir entfernt.
Ich fuchtele mit dem Revolver in der Luft herum, um bedrohli-
cher zu wirken, als ich bin. Um sie daran zu hindern, Angelica mit-
zunehmen. Mit wenig Effekt. Niemand sieht mich. Ich wackele
ein, zwei Schritte vor. Panisch. Kann nicht klar denken. Planlos.
In meinem Kopf herrscht ein einziges Chaos. Ich will einfach nur
Angelica helfen. *Sempre tu, giovane amore mio*, brüllt Eros aus dem
Auto. Aus dem Buick steigen zwei Männer. Sie sehen mich immer
noch nicht. Bin ich unsichtbar? Sie knien sich im Schutz des vorderen Kotflügels auf den Boden. Einer gibt einen Schuss auf den
Chevy ab. Wollen sie Angelica treffen? Die Mönche? Das Projektil prallt von der Frontscheibe ab. Panzerglas? Der Chevy gibt
Gas. Aus Versehen löst sich ein Schuss aus meinem Revolver. Die
Heckscheibe des Buick explodiert in einem milchweißen Scher-
benschauer. Jetzt werden sie auf mich aufmerksam. Da ich hinter
ihnen stehe und mit einem Revolver auf sie ziele, fassen sie die Situation etwas anders auf als ich. Sie lassen ihre Waffen fallen. Heben die Arme über den Kopf. Ergeben sich. Aber was nützt mir
das? Ich habe keine Ahnung, was ich mit ihnen machen soll. Sie

als Kriegsgefangene nehmen? Wer sind sie eigentlich? Haben sie es auch auf Angelica abgesehen? Wieso haben sie auf das Auto der Mönche geschossen? Aus Mangel an Antworten stürze ich mich in den Fiat. Setze zurück. Die zwei Männer aus dem Buick haben ihre Pistolen aufgehoben. Keine Ahnung, ob sie hinter mir herschießen. Um mich so schnell wie möglich in Sicherheit zu bringen, donnere ich über einen Bordstein, quer durch ein Blumenbeet und über den angrenzenden Gehweg auf die Straße. Quietschende Reifen bremsender Autos. Wütendes Hupkonzert der anderen Verkehrsteilnehmer. Der Buick folgt mir mit Vollgas. Überholt mich. Na, so was. Sie nehmen die Verfolgung des Chevys auf. Vor mir sehe ich, wie der Buick die Mönche einholt und den Chevy rammt. Wie zwei gierige Haie, die um die gleiche Beute kämpfen. Die beiden Wagen rauschen über eine Straßenkreuzung und verschwinden hinter einer Bergkuppe. Ich schalte runter, was wenig nützt. Der allererste Panda von Fiat ist mit einem luftgekühlten 652-Kubik-Zweizylinder-Motor ausgerüstet. Perfekt geeignet für jede Nähmaschine.

V

Nachdem ich die Ampel gerade noch beim Umspringen von Grün auf Rot hinter mir gelassen hatte, wurde ich von einer Armada Polizeiautos mit Blaulicht und Sirene eingeholt. Gott weiß, wo die jetzt herkamen. Verkehrskontrolle? Wohl kaum. Okay, die Ampel war definitiv roter als grün gewesen, ich gebe es ja zu. Aber für die meisten Italiener ist eine Ampel ohnehin eher eine Empfehlung als eine Vorschrift.

Einer der Polizeiwagen schoss an mir vorbei und stellte sich vor mir quer. Ich musste voll in die Eisen gehen, um ihm nicht in die Seite zu krachen. Ich sprang aus dem Auto und zeigte hinter den zwei flüchtenden Autos her: »Ein Buick! Ein Chevrolet! Angelica Moretti!«, schrie ich.

Ich hatte geglaubt, die Armada würde die Verfolgung aufnehmen. Aber nein. Die Polizeiwagen blieben stehen.

»*Hände hoch!*«, krächzte es aus einem Lautsprecher.

»Sie haben Angelica Moretti entführt!«, rief ich.

Jetzt hatten schon mehrere Polizisten ihre Waffen auf mich gerichtet.

»*Runter!*«

»Angelica Moretti!«

»*Auf den Bauch legen und die Arme zur Seite strecken!*«

»Angelica Moretti! In dem Chevy! Sie wurde entführt!«

»*Runter!*«

»Moretti! Lorenzo Morettis Frau!«

»*Runter!*«

»Buick! Chevy!«

»*Runter! Runter! Runter! Sofort!*«

»Folgen Sie dem Chevy! Sie wurde entführt!«

Sie hörten mir überhaupt nicht zu. Oder sie verstanden mich nicht.

Oder es war ihnen scheißegal.

Ich legte mich bäuchlings auf den sonnenwarmen, staubigen Asphalt. Arme und Beine zur Seite gestreckt. Ein grober Klotz bohrte mir sein spitzes Knie in die Wirbelsäule. Ein anderer setzte sich rittlings auf meine Beine. Zwei Mann griffen je eine Hand, bogen meine Arme auf den Rücken und legten mir stramme Handschellen an. Um mich herum knackte und rauschte es aus Polizeifunk und Walkie-Talkies.

»Angelica Moretti! Entführt!«, versuchte ich es erneut.

Zwei Polizisten zogen mich an den Oberarmen hoch und führten mich zu einem zivilen Kastenwagen wie einen ungezogenen Jungen. Sie unterzogen mich einer Leibesvisitation und beschlagnahmten alles, was sie in meinen Taschen fanden. Dann schubsten sie mich auf die Sitzbank und ketteten die Handschellen an die Seitenwand.

»Angelica Moretti!«, rief ich zum Gott weiß wievielten Mal.

»Man hat sie entführt! Männer in einem Chevrolet Silverado haben sie entführt!«

VI

In jeder Kurve und mit jeder Bremsung wurde ich hin und her geschleudert. Sie hätten mir wenigstens den Luxus einer gepolsterten Grünen Minna gönnen können. Draußen war in unregelmäßigen Abständen das Heulen einer Sirene zu hören. Offenbar wurden wir von einem Polizeiwagen durch den dichten Verkehr eskortiert.

»Ihr hört mir nicht zu«, sagte ich.

Nein, das taten sie nicht.

»Ich habe nichts mit den Morden zu tun.«

Keine Reaktion.

»Darum habt ihr mich festgenommen, stimmt's? Ihr verdächtigt mich, etwas mit den Morden an Regina Ferrari und Theophilus de Garencières zu tun zu haben. Und natürlich stecke ich auch hinter der Entführung von Professor Moretti und Silvio.«

Schweigen.

»Aber ich bin unschuldig. Nur, damit das gesagt ist.«

Sie würdigten mich nicht einmal eines Blickes.

Nach einer halben Stunde, ich konnte es schlecht schätzen, wurden wir langsamer. Ich hörte das Scheppern eines Tores, das sich öffnete. Die Abfahrt war steil und kurvig.

Eine Tiefgarage. Wahrscheinlich im Keller unter dem Polizeipräsidium in Rom.

Das Auto hielt an.

Eine schwere Tür ging auf und wieder zu.

Schritte.

Die hintere Tür des Kastenwagens wurde geöffnet.

KAPITEL 21

Der Kardinal

ROM,
DONNERSTAGNACHMITTAG

I

Der Mann, der draußen wartete, trug einen schwarzen Umhang
mit rotem Saum und roten Knöpfen. Er hatte eine Kette um den
Hals und eine rote Scheitelkappe auf dem Kopf.

Ein Kardinal.

Hinter ihm standen zwei kräftige Männer in schwarzen Uniformen.

Die vier Polizisten, die mit mir im Auto saßen, senkten ihre
Köpfe und murmelten: »Eure Eminenz.«

Der Kardinal nickte mir zu. Die Andeutung eines Lächelns
umspielte seinen Mund, als die Polizisten mir die Handschellen
abnahmen und ich mir die roten Handgelenke rieb.

»All das hier tut mir außerordentlich leid«, sagte der Kardinal.

»Eminenz«, murmelten die Polizisten, als sie an dem Kardinal vorbeigingen und durch eine graue Stahltür verschwanden.

Wir befanden uns, wie ich vermutet hatte, in einer Tiefgarage.
Zwei der Wände waren aus glattem Beton, zwei andere erinnerten an eine uralte Burgmauer.

Sie führten mich aus der Garage durch ein Labyrinth von
Gängen. Dann gingen wir eine Treppe hoch und kamen neuerlich
in ein Netzwerk von Gängen. Als wir schließlich das Büro des Kardinals erreicht hatten, blieben die zwei Wachen draußen stehen,
während der Kardinal die Eichentür öffnete und mich hereinbat.

Das Büro war klein. Nackt. Weiß gekalkte Wände. Ein schmales Bücherregal, gefüllt mit ledernen Buchrücken mit goldener Prägung. An der Wand hinter dem Schreibtisch hing ein Kruzifix. Ein Bild von der Jungfrau Maria neben der Tür.

»Angelica Moretti!«, platzte ich heraus. »Wo ist sie?«

Der Kardinal setzte sich hinter seinen Schreibtisch und zeigte auf einen Stuhl. Ich setzte mich.

»Frau Moretti ist leider nicht in unserem Gewahrsam.«

»Versuchen Sie es gar nicht erst! Ihr habt sie direkt vor meinen Augen entführt.«

Er hob abwehrend die Hände und sagte: »Ich weiß nicht, wo sie ist. Hier ist sie nicht.«

»Und warum bin ich dann hier?«

»Nun, wir haben gemeinsame Interessen.«

»Ach ja?«

»Die Bundeslade.«

»Und Nostradamus' Testament?«

»Das Testament kann uns nur den Weg weisen.«

»Zur Bundeslade?«

»Wir sehen das alles in einem größeren Zusammenhang. Den Weg zu Gott. Die Bundeslade ist eine irdische Verbindung zum Reich Gottes.«

Ich dachte mir meinen Teil. Ein paar Sekunden lang blieben wir sitzen und maßen uns mit den Augen.

»Wer sind Sie?«, fragte ich. »Sind Sie wirklich Kardinal? Oder haben Sie bloß Spaß daran, sich wie einer zu verkleiden?«

»Ich bin das demütige und unbedeutsame Werkzeug unseres Herrn.«

Irgendwo ertönte schwer eine Glocke. Ich sah aus dem Fenster. Und erstarrte.

II

Schräg gegenüber sah ich ein wohlbekanntes Profil.

Die majestätische Kuppel der Peterskirche.

Ich befand mich im Vatikan.

Ich hatte noch nie Probleme mit dem Glauben. Mit der Kirche als Institution hingegen sehr wohl.

Der Glaube ist eine innere Überzeugung, eine Glut. Er ist wie eine Suche nach etwas Unsichtbarem, das man aber doch spüren kann. Der Glaube ist Hoffnung.

Die Kirche hingegen institutionalisiert den Glauben. Die Kirche macht Regeln. Sie sagt dir, was du glauben und wie du leben sollst. Sie verbietet und droht. Die Kirche insistiert. Mit ihren Dogmen und Liturgien entreißt sie dem Glauben jegliches Staunen.

»Ich sehe, wo wir sind«, sagte ich.

Er bewegte den Kopf hin und her. »Das ist kein Geheimnis. Und doch wohl auch keine Überraschung? Dem Vatikan ist über die Jahrhunderte schon viel vorgeworfen worden, wobei das meiste Lügen und Konspirationstheorien sind.«

»Trotzdem sitze ich hier. Als Ihr Gefangener. Im Vatikan.«

»Eine bedauerliche Notwendigkeit, um ein Ziel zu erreichen, das wichtiger ist als Ihre persönliche Freiheit.«

»Aber Sie können nicht einfach …«

»Warten Sie!«, unterbrach er mich. »Den Spielregeln der Gesellschaft zu folgen ist ein Privileg all jener, die sich den Politikern und Juristen unterordnen. Wir dienen Gott und sind nur dem Herrn Rechenschaft schuldig.«

»Dann hat Gott Ihnen den Auftrag und das Mandat erteilt, einfach vorzugehen, wie es Ihnen gefällt? Hat Gott Sie beauftragt, eine Gruppe bewaffneter Männer auszusenden, um Professor Moretti zu holen?«

»Alles, was wir tun, geschieht im Sinne Gottes und in seinem Namen. Wobei es ja wohl klar ist, dass wir unsere Aufträge nicht von ihm erhalten. Wir sind ja keine Propheten. In unserer menschlichen Schwäche müssen wir selbst die Methoden wählen, mit denen wir unsere Ziele erreichen. Die auch die Ziele unseres Herrn sind.«

»Und was, glauben Sie, hält Gott davon, dass Sie auch den Sohn des Professors und nun auch seine Frau entführt haben? Und dass Sie unschuldige Menschen ermordet haben?«

»Niemand ist wirklich ohne Schuld! Oder können Sie das von sich behaupten, Beltø? Gott sieht das nicht so eng.«

»Warum diese Hetzjagd auf Angelica Moretti und mich?«

»Ihre Kompetenz, Herr Beltø, ist nicht unbedeutend. Frau Moretti ist ihrerseits ein Druckmittel für den Professor. Aber in erster Linie wollen wir uns den Originalbrief sichern. Wir brauchen ihn. Um Sie daran zu hindern, Nostradamus' Codes vor uns zu dechiffrieren.«

»Wir haben den Brief nicht.«

»Oh, wir wissen, dass Sie ihn bei Regina Ferrari geholt haben, unmittelbar bevor unsere Männer Sie aufzuhalten versucht haben.«

»Angelica und ich haben den Brief nicht gestohlen. Und Ferrari hatte gar nicht die Zeit, den Brief zu verstecken. Wir waren bei ihr, als sie nach Florenz zurückkehrte und zum ersten Mal wieder ihr Büro betrat. Der Brief muss von jemand anderem gestohlen worden sein.«

Der Kardinal musterte mich. »Wir sind zum Glück im Besitz von Professor Morettis Kopie«, sagte er. »Für das Original war Fräulein Ferrari bereit zu sterben. Entweder sie hat den Brief an Sie weitergegeben oder sie hat ihn selbst versteckt. Ihre Standhaftigkeit kann man wirklich nur bewundern. Ihr Tod war eine bedauerliche Konsequenz ihrer eigenen Entscheidung. Wir haben ihr eine Chance gegeben, die sie nicht ergriffen hat.«

»Und Sie sind nicht einmal auf die Idee gekommen, dass sie

die Wahrheit sagen könnte? Dass der Brief ihr tatsächlich gestohlen worden ist?«

Es klopfte an der Tür. Ein kleiner Engel von Kirchendiener brachte Tee und Gebäck. Er schenkte uns in zwei weißen Tassen ein.

»Was wollen Sie von mir?«, fragte ich, als der Engel wieder davongeflogen war.

»Wir kennen Ihre Aktivitäten.« Er sah mich mit seinem Priesterblick an. Dann fügte er etwas Seltsames hinzu: »Wenn irgendjemand in der Lage ist, die heiligen Steintafeln in der Bundeslade zu finden, dann Sie, lieber Beltø.«

»Ich glaube nicht, dass die Bundeslade existiert. Ich habe also ganz sicher nicht vor, nach ihr zu suchen.«

»Sehen Sie denn nicht, dass der Herr in seiner Güte uns den Weg gewiesen hat?«

»Ich glaube nicht einmal an Gott.«

»Zum Besten der Menschheit. Das müssen doch selbst Ungläubige erkennen.«

»Zum Besten der Menschheit?«

»Was ist Gerechtigkeit?«, fragte er. »Können Sie mir das sagen? Hängen die Gerechtigkeit und das Spiel des Zufalls zusammen? Seit fünfhundert Jahren suchen wir nach Nostradamus' Testament. Nach der Bundeslade. Nach Cäsars Schatz. Fünfhundert Jahre! Zielgerichtet und systematisch! Dass wir einen Mann bei dem Kongress im Castello Catullus hatten, war kein Zufall. Wir überwachen alle Kongresse und Seminare, die uns weitere Informationen liefern könnten. Sie werden sich also vorstellen können, welch ein Ruck durch unseren Mann ging, als Professor Moretti den codierten Brief von Nostradamus an Großherzog Cosimo vorgelegt hat. Leider war er nicht gerade einer unserer besten Männer. Das Erste, was er tat, war noch nach Protokoll: Er hat uns informiert. Aber der Einbruch in Morettis Zimmer war amateurhaft. Er hat zwar die Papierkopie des Briefes mitgenommen, aber es ist unverzeihlich, dass er nicht erkannt hat, dass

Morettis Computer sich im Zimmer eines Kollegen befunden hat. Und ebenso unprofessionell war es, dass er das Hotelzimmer verlassen hat, ohne es aufzuräumen und alle Spuren zu beseitigen. Erst einen Tag später hat eines meiner professionelleren Teams die Sache wieder geradegebogen. Sie haben den Professor geholt. Eine andere Einheit stieß bei Regina Ferrari auf Sie und Frau Moretti. Das war wirklich ein Zufall. Meine Männer waren einzig und allein dort, um den Originalbrief zu holen. Genau wie Sie. Manchmal entstehen einfach Situationen, in denen sich die Rücksicht auf einzelne Menschen einer größeren, wichtigeren Aufgabe unterordnen muss. Wie im Krieg. Im Krieg ist das Individuum weniger wichtig als das Ziel: der Sieg. Die Konsequenz sind zahlreiche Tote. Für die Generäle repräsentieren die Truppen Zahlen, nicht Einzelindividuen. Die Kritiker der Kirche haben die Kreuzzüge immer als ein Beispiel für den Machtmissbrauch der Kirche angeführt. Dabei führten die Kreuzritter nur den Missionsbefehl Jesu aus. Jesus hat seine Apostel aufgefordert, alle Völker zu seinen Jüngern zu machen.«

»Dann ist die Jagd auf die Bundeslade so etwas wie ein heiliger Krieg?«

»Ein heiliger Auftrag. So wichtig, dass die Rücksichten, die wir sonst genommen hätten, hintangestellt wurden. Ob das rechtens war, ist eine offene Frage. Unser guter, gerechter Gott wird uns richten. Im Gegensatz zu allen anderen Geschöpfen wird der Mensch von Gott gerichtet. Das ist unsere Auszeichnung, die uns aus der Schöpfung hervorhebt.«

»Bis es schließlich Blut regnet?«

»Wie bitte?«

»Ein Ausdruck im Brief des Nostradamus. *Finde den Bogen, wo Blut regnet.* Ich nehme an, Sie wissen, wo das ist?«

»Ach das. Die Formulierung ist mir auch aufgefallen. Ich hoffe, dass Professor Moretti gerade diese Passage entschlüsseln kann.«

»Warum haben Sie Theophilus de Garencières getötet?«

Der Kardinal machte eine Bewegung mit der Hand, als wollte er die Frage einfach wegwischen.

»Und warum Francesco de' Pazzi?«

»Hat er sich wirklich so genannt? De' Pazzi? Eine traurige Geschichte. Er hieß Francesco Alfieri. Den Namen de' Pazzi muss er sich selbst zugelegt haben. Er hatte die Verantwortung für unsere Bibliothek. Mit den Jahren hat er psychische Probleme bekommen. Sowohl persönlicher als auch religiöser Art. Er war besessen von der Pazzi-Verschwörung gegen die Medici. Eine Psychose. Vermutlich hat er sich deshalb so genannt – er fühlte sich wie ein Verräter, ein Judas. In mir hat er so etwas wie einen Medici gesehen. Nicht ohne Grund. Einen Tag, nachdem wir Moretti und Silvio geholt hatten, ist er aus dem Kloster geflohen. Er hatte wohl die abstruse Idee, sie befreien zu können und uns zu verraten. Aber es war leicht, ihn aufzuspüren. Bei Ihnen war das viel schwerer. Unsere Leute standen bereit, als er sich vor den Glockenturm gestellt hat, um Sie zu treffen. Francesco war eine tickende Zeitbombe. Wer in unseren Orden eintritt, trifft damit eine Entscheidung fürs ganze Leben. In unserem Einweihungsritual geloben wir mit der Hand auf der Bibel und im Namen Gottes, bis zu unserem Tode ein Ordensbruder zu bleiben. Im wahrsten Sinne des Wortes. Die Brüder, die sich entscheiden, die Bruderschaft und den Orden zu verlassen – im Laufe der Geschichte waren das nicht viele –, treten damit nicht nur aus unserer heiligen Bruderschaft, sondern auch aus der Gnade Gottes.«

»Und kaltblütig wie ein Mafiaboss ließen Sie ihn töten, weil er aus Ihrer ›Gemeinschaft‹ ausgebrochen war?«

»Wir weihen unsere Leben Gott! Ein heiliges Gelöbnis kann man nicht einfach so brechen. Die Treueschwüre der Mafia binden die Mitglieder an die Gemeinschaft und die ökonomischen Interessen der Bande. Unser Treueschwur bindet uns an Gott. Selbst ein Ungläubiger wie Sie muss doch wohl eingestehen, dass es da einen gewissen Unterschied gibt, Herr Beltø. Aber wir haben ihn nicht getötet.«

»Nicht? Sie meinen, er hat sich freiwillig aus dem Palazzo Vecchio gestürzt? Mit einem Seil um den Hals?«

»So ist es, ja. Francesco hat Selbstmord begangen. Glauben Sie mir. Er hat selbst die Entscheidung getroffen, aus dem Leben zu scheiden. Bruder Francesco ist in den Palast geflüchtet, als er uns gesehen hat. Dort verschanzte er sich in einem leeren Saal, der gerade restauriert wird. Die Arbeiter machten gerade Pause. Francesco stand im Fenster, als unsere Leute den Raum betraten. Da ist er gesprungen.«

»Und Ihr Vorgehen hat den Segen des Papstes?«

»Auch wenn ich dem Heiligen Vater Bericht erstatte und mein Orden über ein kleines Büro hier im Vatikan verfügt, heißt das nicht, dass ich Seine Heiligkeit in alle Details unseres Wirkens einweihe. Er muss nicht alles wissen.«

»Dann weiß der Papst nicht, dass Sie verantwortlich für die Entführung von Professor Moretti und seinem Sohn sind?«

»Nein.«

»Und er weiß auch nicht von Angelica und mir?«

»Natürlich nicht. Gewisse Dinge enthalten wir dem Heiligen Vater lieber vor.«

KAPITEL 22

Der letzte Medici

VATIKAN,
DONNERSTAGNACHMITTAG

I

Die Decke der Zelle war gewölbt wie in einem Weinkeller. Unter dem weiß gekalkten Putz erahnte ich das Mauerwerk.

Ein einfaches Bett, eine leere Kommode, ein Nachttischchen mit einer Bibel. An der Wand ein Kruzifix. Sonst nichts.

Meine Zelle.

Sie lag im Keller eines abgelegenen Flügels des Vatikans. Nach dem Gespräch mit dem Kardinal war ich durch ein Netz von Fluren und Treppen hierhergebracht worden. Zu guter Letzt waren wir zu einem kurzen Quergang mit fünf soliden Türen gekommen. Draußen vor der Tür zum Zellengang stand eine Wache der Schweizergarde.

Wofür brauchten sie diese Zellen eigentlich? Für ungehorsame Kardinäle? Widerspenstige Pfarrer oder verrückt gewordene Bischöfe?

Oder für Heiden wie mich?

Männer. Macht. Missbrauch derselben. Der Kardinal, dieser verblendete Misanthrop, war nur ein Beispiel dafür, wie sehr das schiefgehen kann. Judentum, Christentum und Islam basieren auf den Werten des Patriarchats. Da gibt es keinen Platz für Frauen. Nicht einmal für Göttinnen. Lange bevor Jahve mit seinen breiten Schultern und spitzen Ellenbogen in der Welt des Glaubens Einzug hielt, betete die Menschheit ein Pantheon

317

warmblütiger Göttinnen an – fruchtbare Symbole des Lebens selbst. Doch Jahve wollte die Macht mit niemandem teilen, und ganz sicher nicht mit einer Frau. Weder mit Inanna noch mit Astarte. Nicht mit Isis, Aphrodite oder Aschera. Aus Wut auf eine Frau, die ihm vielleicht einmal nahestand? Auf dreitausend Jahre alten Tontafeln, die in der historischen Stadt Ras Schamra in Syrien gefunden worden sind, wird Göttin Aschera als Partnerin des mächtigsten aller Götter genannt. In archäologischen Funden aus dem alten Israel wird sie als *Jahves Aschera* bezeichnet. Hatte Gott, dieser Einzelgänger und Sonderling, tatsächlich eine Frau, eine Geliebte oder Freundin? Jedenfalls ging die Priesterschaft hart zu Werke, um diese heidnische Himmelskönigin zu beseitigen. Im Alten Testament wird sie immer wieder zu den Abgöttern gezählt, die vernichtet werden müssen. Weder starke Frauen noch konkurrierende Götter fanden in dem aufkeimenden Judentum Platz. Priester und Prediger unterdrückten die Frauen. Deshalb freue ich mich über die Theorie, dass die Göttinnen in der Heiligen Dreieinigkeit weiterleben, denn die Gnostiker meinten, dass mit Vater und Sohn und Heiliger Geist nichts anderes gemeint war als: Vater, Sohn und *Mutter*. *Geist* ist auf Hebräisch weiblich. Aber die höchste Wertschätzung hat die Frau im Katholizismus erlebt. Weltweit wird die Mutter Gottes als waschechte Göttin verehrt. Die Kirche akzeptiert das widerwillig. Welch Wunder. Schließlich hat sie den Sohn Gottes geboren. Noch dazu als Jungfrau.

II

Stille.

Kein Laut, keine Stimme, kein Schritt.

Das letzte Geräusch, das ich hörte, war der Schlüssel, der die Tür verschloss. Nicht scharf und kurz wie bei modernen Schlössern, sondern klirrend und mit dem typischen mechanischen Klicken.

Ich saß auf dem Bett. Was sollte ich sonst tun? Ziellos blätterte ich durch die abgegriffene Bibel. Wer hatte sie vor mir gelesen? Wie lange hatte die Person in dieser Zelle in der Tiefe des Vatikans gehockt?

Ich dachte an die kleinen Dinge. Die ebenso wichtig sind. Die ganz kleinen Dinge … Den Geruch eines zertretenen Wurms an einem Regentag. Das Glitzern der Sonne in den Wassertropfen auf einem Spinnennetz. Das Brennen einer sonnengewärmten Luftmatratze auf nasser Haut. Das Kitzeln ganz hinten im Hals, wenn man zu viele Kokosteilchen gegessen hat. Man darf die kleinen Dinge nicht vergessen.

III

Als die Tür geöffnet wurde und der Kardinal in der Türöffnung stand, lag ein seltsamer Schleier über seinen Augen. Ich erkannte ihn wieder, aber er war nicht derselbe.

»Ich habe Ihnen etwas mitgebracht«, sagte er.

Es war seine Stimme, aber trotzdem stimmte irgendetwas nicht.

Draußen im Gang sah ich zwei der schwarz gekleideten Männer. Fürchtete er wirklich, dass ich ihn übermannen und allein den Weg aus diesen Katakomben in die Freiheit finden würde?

Er reichte mir eine Kopie des Briefes von Nostradamus an Cosimo de'Medici, die ich zögernd entgegennahm.

»Sehen wir mal, wer von Ihnen zuerst fertig wird«, sagte er.

»Wer von *Ihnen*?«

»Ja, Sie oder Professor Moretti.«

»Zuerst *fertig*?«

»Mit der Dechiffrierung der Codes. Legen Sie los, ich will wissen, was da steht.«

»Ich bin nicht der Richtige dafür. Das habe ich doch schon gesagt.«

»Verstehen Sie denn nicht, dass das zu Ihrem eigenen Besten ist?«

Es war, wie mit einem Betrunkenen zu reden. Er hörte nicht zu, verstand nicht, befand sich in einer Welt, zu der niemand sonst Zutritt hatte. Ich weiß, wovon ich rede. So ging es mir auch, als ich in der Klinik war. Erst jetzt wurde mir klar, warum er anders wirkte. Ich hätte die Signale gleich erkennen müssen. Den verschleierten Blick, die aufgeschwemmte Haut des Gesichts, die Ringe unter den Augen und die so müde wirkende Zunge.

Der Kardinal stand unter dem Einfluss von Medikamenten.

Er musste meinen musternden Blick bemerkt haben. Plötzlich sah er auf. »Vielleicht haben Sie ja langsam mal verstanden, wer ich bin? Mein Name ist Maximo Romano. Ich bin Kardinal *in pectore* des heiligen Ordens der rechtmäßigen Diener Jesu, besser bekannt unter dem Namen Vicarius Filii Dei.«

Er sprach mit einer gravitätischen Selbstverständlichkeit. Vicarius Filii Dei – der Orden, von dem sowohl Piero Ficino als auch Bernardo Caccini gesprochen hatten.

»Seit fünfhundert Jahren sind die Vicarius Filii Dei die geheimen Soldaten des Papstes«, sagte der Kardinal. »Unsere tapferen Kriegermönche haben für den Heiligen Vater viele gefährliche Aufträge ausgeführt.«

Das SEK des Vatikans, dachte ich.

Pause. Er atmete schwer durch die Nase.

»Wissen Sie, wer Giovanni Battista Gastone war?«

»Er gilt als der letzte Medici.«

»Beeindruckend, Beltø. Aber eine eher traurige Geschichte über den menschlichen Verfall. Er wurde 1671 als Sohn von Cosimo III. de' Medici und Prinzessin Marguerite Louise d'Orléans von Frankreich geboren. Um die Allianz der Mächte zu stärken, wurde er mit einer reichen Witwe verheiratet. Anna Maria Franziska. Ein widerwärtiges Frauenzimmer. Unangenehm, boshaft, dominant, hässlich und extrem fett. Giovanni verabscheute sie vom ersten Moment an. Sie behauptete im Gegenzug, Giovanni sei impotent und untauglich im Bett. Es kam, wie es kommen musste. Sie bekamen keine Kinder, und Giovanni wurde apathisch und depressiv. Auch wenn er bis zu seinem Tod Regent über die Toskana war, lebte er ein bedauernswertes Leben. Und als er entschlief, starb mit ihm das stolze Geschlecht der Medici aus.«

»Danke für die Vorlesung.«

»Aber … 1724 bekam er einen Sohn mit einer genuesischen Adeligen. Ich will mich kurz fassen. Dieses uneheliche Kind wurde der Stammvater der stolzen genuesischen Familie Romano.«

»Lassen Sie mich raten: Sie sind sein Nachfahre?«

»Ja, ganz richtig: Jetzt bin ich der letzte Medici.«

IV

Um ganz ehrlich zu sein, ich habe Probleme mit Stammbäumen.

Beginnen wir mit der Bibel. Ja, warum nicht? Matthäus und Lukas vollbringen beide das Meisterstück, Marias Ehemann Josef dem Königsgeschlecht zuzuordnen und seine Ahnen bis zu König David zurückzuverfolgen. So erfüllen sie das im Alten Testament gemachte Versprechen eines Messias, eines gesalbten Königs aus dem Geschlechte Davids. Aber Moment mal! Wenn uns Josef und Maria nichts verschwiegen haben, war Josef gar nicht Jesu Vater. Was sollen dann diese erdichteten Familienbande von Jesu Stiefvater – wo der eigentliche Vater doch Gott ist?

Der letzte Medici? Wenn Giovanni Gastone 1724 ein uneheliches Kind hatte, wie viele Nachkommen dieses Kindes gab es dann heute? Dreihundert? Hunderttausend? Und Maximo Romano behauptete nun, *der letzte Medici* zu sein? Aber wegen mir durfte er seine irrwitzigen Wahnvorstellungen ruhig behalten.

Als er kurz darauf wieder ging, hatte er mir die Kopie des Briefes, einen linierten Block und ein paar Kugelschreiber gegeben.

»Und wie lange wollen Sie mich hier gefangen halten?«, rief ich ihm nach.

Er blieb in der Tür stehen, drehte sich noch einmal um und sah mich mit gerunzelter Stirn an.

»Ich dachte, das hätten Sie verstanden«, sagte er.

»Wie lange?«

»Bis Sie den Code gelöst haben.«

V

Ein Gefängnis kann physisch sein, ebenso gut aber auch psychisch. Die Gefangenschaft ist eine Probe, eine Herausforderung. Ich verstehe nicht, wie es Leute schaffen, in Gefangenschaft so lange durchzuhalten. Nelson Mandela saß 27 Jahre im Gefängnis, 18 davon auf Robben Island. Der Mann mit der eisernen Maske war 34 Jahre lang in Gefangenschaft, viele davon in einer Zelle in dem Fort auf der Île Sainte-Marguerite vor Cannes. Wie hat er die Jahre in seiner engen Isolation überstanden? In einer Zelle werden aus Minuten Stunden und aus Tagen Jahre. Ich muss gegen Klaustrophobie ankämpfen, gegen Panikattacken, gegen die Überzeugung, gleich keinen Sauerstoff mehr zu haben.

Wie lange wollen sie mich hier festhalten?

VI

Hinter einer verschlossenen Tür vergeht die Zeit langsamer.

Eine Glocke zerlegt die Zeit und misst die Minuten. Aber die Zeit ist keine gegebene Größe. Sie kann unendlich langsam, aber auch schrecklich schnell vergehen. Die Relativitätstheorie hat sicher eine Erklärung dafür.

In der Zelle im Keller des Vatikans jedenfalls verging die Zeit langsam.

In der Ferne waren gedämpfte, dumpfe Laute zu hören. Unwirklich. Als erreichten sie meine Gehörgänge aus einer anderen Zeit, einer anderen Dimension.

Es roch unbestimmbar und irgendwie säuerlich. Das Aroma der Zeit? Abgestanden. Stein, Zement und Putz, das Holz der Tür, Feuchtigkeit und Furcht.

Abwechselnd auf dem Bett liegend und sitzend, ließ ich meinen Blick durch die Zelle schweifen und suchte nach etwas, worauf ich meinen Blick heften konnte.

Die Tür. Dick und solide. Oben rund. Das Schlüsselloch umgeben von Schmiedeeisen. Die Klinke aus Eisen.

Die einfache, grauweiße Kommode hatte zwei Türen und zwei Schubladen.

Ein Nachttischchen in der gleichen charakterlosen Farbe wie die Kommode.

Die Bibel. Schwarz, mit der golden geprägten Schrift *La Sacra Bibbia*.

Das Kruzifix. Blank. Aus Silber. Ganz oben mit dem INRI-Ornament:

IESVS-NAZARENVS-REX-IVDAEORVM.

Jesus von Nazareth, König der Juden.

Am Kreuz ein leidender Jesus mit Lendenschurz. Der Körper in Goldtönen mit blutenden Wunden. *Eli, Eli, lama asabtani?*

Mein Gott, mein Gott, warum hast du mich verlassen?

VII

Ich musste eingenickt sein. Ich lag auf dem Bett, beide Füße auf dem Boden.

Wie lange haben sie vor, mich hier festzuhalten?

Seltsamerweise haben sie mir nicht einmal meinen Schlüsselbund abgenommen. Sie sind wohl nicht davon ausgegangen, dass mir die Schlüssel in meiner misslichen Lage irgendwie von Nutzen sein könnten.

Ich ging zur Tür. Kniete mich hin. Das Schloss musste mehrere hundert Jahre alt sein. So sah es jedenfalls aus. Das Schlüsselloch war so groß, dass ich den Finger hineinstecken konnte.

Ich sah nach draußen, konnte aber nur die Wände des davorliegenden Gangs erkennen.

An meinem Schlüsselbund hingen fast nur kleine, schmale Schlüssel von Zylinderschlössern. Aber ich hatte auch einen Bartschlüssel von einem Kellerverschlag im Historischen Museum in Oslo bei mir. Mit klopfendem Herzen schob ich den Schlüssel ins Schlüsselloch.

Keine Chance.

Das Schlüsselloch wirkte mit meinem Schlüssel darin groß wie ein Hangar. Der Schlüssel griff nicht, nichts passte oder ließ sich drehen, er war einfach zu klein.

Ich brauchte etwas Größeres. Ich drehte mich um und ließ meinen Blick durch die spartanische Zelle schweifen. Konnte ich hier irgendetwas nutzen? Mein Blick fiel auf das Kruzifix.

VIII

Man sollte Respekt vor religiösen Symbolen haben. Aber auch vor der Freiheit des Individuums.

Ich bin sicher, dass Jesus Verständnis für mein blasphemisches Tun gehabt hätte. Ich nahm das Kruzifix von der Wand und brach vorsichtig die Jesusfigur ab, die an das Silberkreuz geleimt war. Ohne das Kreuz sah Jesus gar nicht mehr so leidend aus. Ein bisschen sah er aus wie ein Fischer, der zu zeigen versuchte, wie groß der Lachs war, den er gefangen hatte. Ich legte die Figur auf die Bibel auf dem Nachtschränkchen, ging mit dem Silberkreuz zur Tür und kniete mich hin. Als Ganzes war das Kreuz zu groß, um als Dietrich herzuhalten, aber es gelang mir, die Querstrebe abzubrechen. Ich schob die Spitze des Silberstabes in den Türspalt und begann zu hebeln. Mit kurzen, vorsichtigen Bewegungen gelang es mir, das Silber zu einem einfachen hakenförmigen Dietrich zu biegen. Gespannt schob ich den Haken in das Schloss. Erst kratzte er nur an der Innenwand des Schlosses herum, doch dann spürte ich einen nachgebenden Widerstand. Ich drückte fest zu. Knirschend gab etwas nach, etwas im Schloss bewegte sich, doch dann rutschte der Dietrich mit einem lauten Klacken ab. Ich hielt die Luft an. Hatte jemand etwas gehört? Nach einer Minute unternahm ich den nächsten Versuch. Ich umklammerte den Stab mit aller Kraft und drehte ihn herum. Die Haut meiner Handfläche brannte, als sich der primitive Schlossmechanismus zur Wehr setzte. Doch dann gab er plötzlich nach, und der Riegel schnalzte zurück.

Wieder blieb ich sitzen und wartete auf das Geräusch von sich eilig nähernden Schritten.

Dann legte ich die Hand auf die Klinke, drückte sie nach unten und öffnete die Tür einen Spaltbreit. Draußen war niemand zu sehen.

Ich schlüpfte in den halbdunklen Gang hinaus und lief in die Richtung, aus der wir gekommen waren. Wenn ich zurück in die Garage fand, konnte ich mich hinter einem Auto oder den Mülltonnen verstecken und dann nach draußen fliehen. Das war auf jeden Fall mein Plan. Aber würde ich den Weg durch das Labyrinth von Gängen und Treppen finden? Am Ende des Gangs kam ich zu einer Treppe, die nach oben in eine Halle führte, von der drei Flure abzweigten. Ich wusste nicht mehr, wohin ich musste, entschied mich für den rechten Flur, machte aber auf dem Absatz kehrt, als ich Stimmen hörte. Ich rannte zurück in die Halle und nahm den mittleren Flur. Er führte zu weiteren Türen, die alle verschlossen waren. Zurück in die Halle. Wieder waren Stimmen und Rufe zu hören. Hatten sie meine Flucht bemerkt? Am Ende des linken Korridors sah ich Menschen. Mir blieb keine andere Wahl, als wieder nach unten in den Keller zu laufen. Aber wohin dann? Ich rannte an meiner Zelle vorbei zur Tür am Ende des Gangs. Plötzlich wurde mir bewusst, dass dies vermutlich die Tür war, die von dem Schweizergardisten bewacht wurde, sodass ich einen Abzweig nach rechts nahm, der über eine weitere Treppe nach oben führte. Er führte zu einer Tür, die endlich einmal nicht verschlossen war. Ich öffnete sie vorsichtig. Und erstarrte.

Morettis Geschichte (V)

ZWISCHENSPIEL:
DAS VERSCHWUNDENE BUCH
MÖNCHSKLOSTER MONTECASETTO
DONNERSTAGABEND

Papa? Werden die uns umbringen?, flüstert Silvio.

Lorenzo sieht von dem Bogen Papier auf, mit dem er sich die letzte Stunde beschäftigt hat. Schaut zu den Wächtern, die vor der Kammer in der Bibliothek stehen. Sie scheinen Silvios Frage nicht gehört zu haben.

Uns umbringen?, wiederholt er.

Ja?

Warum sollten sie uns umbringen?

Weil wir wissen, wer sie sind.

Und?

Weil sie denken, dass wir der Polizei alles erzählen.

Er hat zu viele Filme gesehen, denkt Lorenzo, oder er ist ein besonders aufgewecktes Kind. Er streckt den Arm aus und streichelt Silvio über die Wange, die Stirn. Sie glüht.

Nein, Silvio, sie werden uns nicht umbringen.

Woher weißt du das?

Sch, sagt er und lächelt beruhigend. Er hat keine Antwort auf die Frage. Weil er genau das Gleiche wie sein Sohn denkt.

Silvio legt den Kopf auf den Tisch. Nach einer Weile ist er eingeschlafen. Er schläft viel. Flucht in den Schlaf. Vor der Angst, der Langeweile.

Diese endlosen Stunden über einem Wirrwarr aus Zeichen.
Bis er plötzlich versteht. Endlich.

**L'ABATTES AILS BOT
MBOMAOMDCNMLEHEV C3443
AZCJPPOEGGWS
GRNVLGFFCGQMFVNBP**

Er lächelt. Die beiden oberen Zeilen unterscheiden sich von den beiden unteren – sie zeigen den Weg zum Schlüsselwort. MBOMAOMDCNMLEHEV ist eine Transpositionschiffre. Die Zeichen wurden einfach umsortiert. Ein systematisches Anagramm. Ein dreizeiliger Transpositionscode vom Wort ITALIA würde folgendermaßen angelegt:

Zeile für Zeile gelesen ergibt das:

ILTIAA

MBOMAOMDCNMLEHEV ist eine entsprechende vierzeilige Transpositionschiffre. Horizontal in einer Zeile gelesen ist es nur eine zufällig zusammengesetzte Reihe von Buchstaben. Teilt man die Buchstabenreihe aber in ein vierzeiliges Transpositionsdiagramm auf und liest vertikal entlang der Pfeile, ergibt sich plötzlich ein Sinn.

Also:

MACÉ BONHOMME MDLV

Macé Bonhomme ist der Name eines Buchdruckers, MDLV die römische Jahreszahl 1555.

MBOMAOMDCNMLEHEV verweist mit anderen Worten auf die Ausgabe von Nostradamus' *Les Prophéties* von 1555, verlegt von Macé Bonhomme.

Der Rest der Chiffre – C3443 – muss der Hinweis sein, wo in dieser Buchausgabe das Schlüsselwort zu finden ist. Jetzt ist es klar. Er erhebt sich und bittet eine der Wachen, Nicola zu holen. Als der Mönch endlich kommt, sagt Lorenzo: Ich brauche ein Buch.

Da sind Sie am rechten Ort.

Ich weiß aber nicht, ob Sie es in Ihrer Bibliothek haben.

Welches Buch?

Nostradamus' Ausgabe von *Les Prophéties*, das 1555 von Macé Bonhomme in Lyon verlegt wurde.

Was wollen Sie damit?

Ich vermute, dass darin das Schlüsselwort ist, der Schlüssel zum Code.

Ich werde sehen, was ich machen kann.

Beschaffen Sie es! Ohne das Buch kann ich die Codes nicht entschlüsseln. *Les Prophéties*. Macé Bonhomme. Lyon. 1555.

*

Er erahnt ein größeres Bild, das er noch nicht greifen kann. Er selbst ist nur ein kleiner Teil des großen Ganzen, ohne zu wissen, um was es sich dabei handelt. Er soll nur eine Aufgabe lösen und muss es nicht verstehen. Er ist nur einer von vielen. Einer, der ein Problem lösen soll. Und er hat keine Eile. Die Zeit ist auf seiner Seite. Auf seiner und auf Silvios Seite. Er wird den Mönchen nicht alles preisgeben. Nicht, bevor er es absolut muss. Solange sie ihn brauchen, sind er und Silvio sicher. Seine Kompetenz, sein Wissen, hält sie am Leben. Das ist die einzige Trumpfkarte, die er hat. Hauptsache, Silvio geschieht nichts. Er muss den Jungen retten.

*

Sie werden zurück in die Zelle gebracht, wo Bartholomäus sie bereits erwartet. Auf dem Tisch steht dampfend heiße Fleischsuppe und frisch gebackenes Brot. Silvio löffelt die Suppe in sich hinein und tunkt das Brot in die Brühe.

Lorenzo sieht Bartholomäus an. Stimmt etwas nicht?, fragt er.

Ich weiß nicht. Ich bin unruhig. Es passiert so viel. Das gefällt mir nicht.

Was beunruhigt Sie? Was passiert?

Francesco ist weg. Der Kardinal ist abgereist. Draco ist rastlos. Draco macht mich unruhig. Ich habe den Eindruck, er gibt Sie auf, Lorenzo.

Was meinen Sie damit – mich aufgeben?

Bartholomäus antwortet nicht.

*

Nach der Mahlzeit werden sie zurück in die Bibliothek gebracht, wo Nicola schon auf sie wartet.

Wir haben ein Problem.

Wer hat das nicht …

Wir werden aus Francescos Katalogisierungssystem nicht schlau.

Wie meinen Sie das?

Die Bücher in der Bibliothek sind nach einem alten bibliografischen System sortiert, das wir seit dem 13. Jahrhundert verwenden. In den letzten Jahren hat Francesco begonnen, das System zu modernisieren. Kurz und gut, die Sammlung von Nostradamus' Büchern ist nicht mehr an der Stelle, wo sie eigentlich sein sollte.

Ich brauche aber genau dieses Buch, um den Code knacken zu können, sagt Lorenzo.

Sie begeben sich gemeinsam mit einer Reihe Hilfsbibliothekare auf die Suche. Mehrere Stunden durchkämmen sie alle Regalreihen. Morsche Buchrücken. Gotische, vergoldete Lettern. Ledereinbände. Vom Boden bis unter die Decke. Meter um Meter.

Plötzlich hören sie Nicola irgendwo aus einem dunklen Winkel der Bibliothek rufen. Lorenzo und die anderen eilen zu ihm. Nicola hat die Abteilung für Weissagungen und Prophezeiungen gefunden, nicht unter *Ketzerische Prophezeiungen*, wo sie ursprünglich einsortiert war, sondern unter *Religiöse Visionen*. Eine skandalöse Platzierung, wenn man Nicola glauben darf.

Die anderen sammeln sich hinter ihm. Eifrig sucht er weiter nach Nostradamus' Schriften. Und bleibt wie angewurzelt stehen.

Die Nostradamus-Sammlung ist weg. Eine meterlange Lücke klafft schwarz und leer in der Reihe alter Buchrücken.

Über 170 Milliarden Galaxien soll es im Universum geben, von kleinen mit nur zehn Millionen Sternen bis hin zu riesigen Galaxien mit hundert Billionen Sternen.

100 000 000 000 000 Sterne. In ein und derselben Galaxie.

Und ungefähr 170 Milliarden Galaxien …

Nicht weiter verwunderlich, dass man da schon mal ins Grübeln kommt, ob es einen Gott gibt, der die schwindelerregende Leere zwischen den Galaxien, Sternen und Planeten füllt. Die einen meinen, Gott wäre eine Kraft, die die Unendlichkeit des Universums zusammenhält. Andere glauben, dass Gott ganz woanders sei.

Nächste Seite: Gegen Ende des Mittelalters symbolisieren in Teilen Europas ein dreiblättriges Kleeblatt und ein Dreieck die heilige Dreifaltigkeit – Vater, Sohn und Heiliger Geist.

Die Jagd auf Gott

Stanford University
Palo Alto bei San Francisco
Kalifornien

1999–2012

Ist Gott tot?

TIME-MAGAZIN (TITELSEITE)
8. APRIL 1966

Gott ist tot.

FRIEDRICH NIETZSCHE
ALSO SPRACH ZARATHUSTRA
1883

1

1999

»Gott ist nicht im Himmel, nicht in der Kirche, nicht in der Natur um uns herum. Gott ist irgendwo. Aber wo?«

Professor William Blackmore schaute in den halb vollen Vorlesungssaal und sah verschlafene, gleichgültige Gesichter. Die meisten Studenten wählten sein Fach, weil ihm der Ruf vorauseilte, kontrovers und exzentrisch zu sein. Einige, weil sie irrigerweise glaubten, bei ihm wären leicht gute Zensuren zu holen.

»Im Herzen?«, schlug ein Student vor.

Er suchte den Blick des jungen Mannes. Konnte nicht ausmachen, ob er es ernst meinte.

»Nein. Das Herz ist ein Muskel. Wo finden wir Gott?«

»In der Seele?«, sagte eine Studentin.

»In dem Maße, wie wir Seele und Bewusstsein gleichsetzen, aber wer weiß schon, was die Seele ist? Die anderen? Wo finden wir Gott?«

Leere Blicke.

Professor Blackmore tippte sich mit der Fingerspitze an die Stirn.

»*Hier*. Im menschlichen Gehirn.«

Obgleich er die Behauptung als Provokation in den Raum warf, kamen kaum Reaktionen. Der eine oder andere hob die Augenbraue. Ein Kerl mit dünnem Bart gähnte.

»Wo sonst?«, sagte eine junge Frau mit rötlichem Haar.

»Sie haben vollkommen recht«, sagte Blackmore mit einem Anflug von Enthusiasmus. »*Wo sonst?* Jede abstrakte Idee – und eine Gottheit ist trotz allem eine abstrakte Idee – ist ein Ergebnis der Reflexionen des denkenden Menschen. Und komplexere Gottheiten und

Religionen sind das Ergebnis der gesammelten Reflexionen vieler Tausender Menschen. Die Bibel ist ein Meisterwerk! Und das sage ich als Atheist. Die Bibel ist eine literarische Spitzenleistung und eine theologische Schatzkammer. Denken Sie nur daran ... Über mehr als tausend Jahre wurde die Vorstellung von Gott – und der gesamten komplexen Theologie, die dem Gottesglauben zugrunde liegt – kultiviert und veredelt. Tausend Jahre, das muss man sich mal auf der Zunge zergehen lassen! Die klügsten Köpfe. Die größten Denker. Die eloquentesten Erzähler. Zusammen haben sie die Bibel erschaffen. Gefolgt von einer ganzen Völkerwanderung an Theologen. Die sie gedeutet, den alten Texten einen neuen Klangboden gegeben haben. Ein neues Verständnis. Neue Antworten. Die Gläubigen würden sicher sagen, dass der ganze Prozess vom Heiligen Geist gesegnet war. Dass ...«

»Was hat all das mit Gott zu tun?«, fragte der junge Mann mit dem Bart. »Die Bibel ist ein Buch.«

»Für viele Menschen ist die Bibel weit mehr als ein Buch. Aber ich will Ihnen trotzdem antworten. So wie die Bibel und die Religion ein Produkt kollektiver menschlicher Schöpferkraft sind, entsteht die individuelle Vorstellung vom Göttlichen – nicht von Gott, sondern von etwas universell Göttlichem – in Ihrem und meinem Kopf. Meine Hypothese ist noch viel konkreter: Die Vorstellung des Menschen vom Göttlichen ist eine direkte Folge der Reizung eines Bereichs im Gehirn, der auf Latein *Lobus temporalis* heißt. Schläfenlappen.«

Auf der Leinwand des Auditoriums wurde die Skizze eines menschlichen Gehirns sichtbar. Er zeigte auf eine schraffierte, längliche Fläche, die sich von der Schläfe weiter nach hinten streckte.

»Der Schläfenlappen. Einer von vier Großhirnlappen. Er ist mit dem Gehör verbunden, unserem Sprachverständnis und visuellen Signalen. In den Schläfenlappen finden Sie auch den *Hippocampus*, besonders wichtig für das Langzeitgedächtnis. Aber Sie sind keine Medizinstudenten, ich will mich also kurz fassen.«

»Gut!«, rief jemand.

Verstreutes Lachen.

»Wir können messen, welche Hirnfunktionen in welchen Teilen des Gehirns aktiviert werden, abhängig davon, was wir tun oder denken. Nehmen wir als Beispiel den Humor – unsere Fähigkeit, Komik zu verstehen und uns darüber zu amüsieren. Humor ist eine individuelle Angelegenheit. Im Gehirn ist der Humor, grob vereinfacht, in der mittleren Falte des Schläfenlappens der Hirnrinde und der unteren Falte im Stirnlappen der Hirnrinde lokalisiert. Dort, wo auch das Sprachverständnis angesiedelt ist. Die Mittelfalte des Schläfenlappens brauchen wir, um der Sprache einen Sinn abzugewinnen. Die untere Falte des Stirnlappens ist da, um Inhalte im Licht unserer erlernten Erfahrungen und unseres angeeigneten Wissens zu bearbeiten. So könnte ich fortfahren …«

Die gleiche Stimme: »*Bitte nicht!*«

Mehr Gelächter.

»Die verschiedenen Bereiche des Gehirns steuern unterschiedliche Funktionen. Um es einfach zu sagen, aktiviert der Künstler andere Bereiche des Gehirns als der Mathematiker. Gleichzeitig ist das Gehirn sehr viel komplexer, als dass wir jedes einzelne Gefühl oder jeden Gedanken einem bestimmten Bereich zuordnen könnten. Einige Hirnbereiche arbeiten zusammen und ergänzen sich. Dennoch ist es möglich, das Gehirn in Sektoren aufzuteilen, die mit bestimmten Fähigkeiten und Gefühlen korrespondieren. Ein Teil unserer Kenntnis darüber basiert auf Erkrankungen. Hirntumore und Hirnschläge können Teile des Gehirns zerstören, was sich als Verlust von Sprache oder Motorik äußert. Mit Hilfe von technologischen Hilfsmitteln wie Magnetresonanztomografie, dreidimensionalen Schnittbildern und natürlich Elektroden sind wir in der Lage, Hirnaktivitäten zu messen. Eine Studie hat gezeigt, dass Patienten mit Schizophrenie größere Hohlräume in den Seitenventrikeln des Gehirns haben als gesunde Testpersonen. So analysieren wir das Gehirn und seine Funktionen Bereich für Bereich. Und jetzt kommen wir zum zentralen Punkt. Auch religiöse Gefühle können in begrenzten Bereichen des Gehirns lokalisiert werden. Gebet und religiöse Kontemplation. Religiöse Ekstase. Zungenreden. All das aktiviert die gleichen Bereiche im Gehirn. Untersuchungen haben gezeigt, dass Patienten mit Hirntumoren oder anderen physischen Schäden im Scheitellappen des Gehirns ihre religiöse oder spirituelle Einstellung geändert haben. Wir haben mehrere voneinander unabhängige Untersuchungen von Gehirnen von Christen, Juden, Muslimen und Buddhisten durchgeführt. Kein Unterschied. Gleiche Aktivität in gleichen Hirnbereichen. Unsere religiösen Gefühle können in hohem Grad dem Stirnlappen und den Schläfenlappen zugeordnet werden, die Aktivität lässt sich in diesen Bereichen des Gehirns messen. Aber wir haben auch noch andere Indikatoren. Epileptiker bringen uns interessanterweise dem Verständnis von Gott näher.«

Er registrierte ein paar hochgezogene Augenbrauen. Gut. Der Rest der Studenten stierte ihn abwartend und teilnahmslos an. Nicht gut.

»Wie also bringen uns die Epileptiker Gott näher?«, fragte er.

»Epilepsie ist eine Funktionsstörung im Gehirn«, sagte die Rothaarige.

Ich muss mir ihren Namen notieren, dachte er. »Korrekt. Epilepsie ist ein neurologischer Zustand, der von einer Störung der elektrischen Aktivität in der Hirnrinde herrührt. Es gibt über vierzig verschiedene Formen von Epilepsie. Bleiben Sie ganz ruhig, ich werde sie nicht alle aufzählen. Eine Form, die das Thema des heutigen Tages berührt, heißt Schläfenlappenepilepsie. Wo liegt nun der Zusammenhang zwischen epileptischen Anfällen und Gott? Durch die Geschichte hinweg gibt es zahlreiche Beispiele von Epileptikern, die nach einem Anfall von paranormalen und religiösen Erlebnissen berichten. Ich gehe davon aus, dass Sie den polnischen Komponisten und Pianisten Frédéric Chopin kennen? Sein ganzes Leben hindurch litt Chopin an Anfällen grauenvoller Halluzinationen. Während eines Konzertes 1848, unmittelbar, bevor er mit dem berühmten Trauermarsch anfangen wollte, erhob er sich und verließ die Bühne. In einem späteren Brief schrieb er, was ihn dazu bewogen hatte: ›Ich wollte den Marsch spielen, als ich plötzlich aus dem halb geöffneten Klavier ein verfluchtes Wesen auftauchen sah, das sich mir in der grausamen Nacht im Kartäuser-Kloster gezeigt hatte.‹ Chopin hatte sich also eingebildet, ein Monster aus dem Instrument kriechen zu sehen. Ein anderes Beispiel ist aus Valldemossa auf Mallorca überliefert, wo Chopin eine Zeit lang mit seiner Geliebten George Sand wohnte. Als seine Geliebte eines Nachts nach Hause kam, war Chopin überzeugt davon, dass sie beide tot waren. Chopin sah Gespenster! Schreckliche Wesen. Diese Visionen konnten Sekunden oder Minuten anhalten. Er fühlte sich in eine andere Wirklichkeit versetzt. Litt er an Schizophrenie? Nein. Können Sie sich denken, woran Chopin litt?«

Er sah sich erwartungsvoll im Saal um. Die Antwort war so offensichtlich. Aber es kam kein Vorschlag.

»Chopin litt an Schläfenlappenepilepsie«, antwortete er selbst.

Keine Reaktion. Kein Erstaunen.

»Schläfenlappenepilepsie ist die häufigste Form der Epilepsie. Was können wir von diesem Beispiel ableiten? Störungen im Schläfenlappen können Wahnvorstellungen auslösen. Der eine sieht Gespenster und Monster. Andere sehen Gott.«

»Aber, Professor!« Wieder die Rothaarige. »Was, wenn es Gott ist, der festgelegt hat, dass religiöse Gefühle in einem bestimmten Bereich des Gehirns verankert sein sollen?«

Er lächelte sie an. Er hatte etwas übrig für aufgeweckte Studenten. Ließ sich gerne von ihnen herausfordern. »Und was, wenn es gar keinen Gott gibt, wenn unsere Götter nur ein Produkt der menschlichen Hirnaktivität sind?«

»Wenn es tatsächlich einen Gott gibt«, erwiderte sie, »und dieser Gott uns mit Haut und Haar und Hirn erschaffen hat, ist es schwer zu sagen, was zuerst da war – der *Gott* oder die *Vorstellung von einem Gott*.«

Das Interesse eines einzigen Studenten zu wecken war die ganze mühsame Vorlesungsreihe wert. Ihm graute jedes Jahr vor den Vorlesungen. Die leeren Blicke. Der Dunst von Alkohol und Pot und billigem Parfüm. Ihn interessierte einzig und allein die Forschung – die langen Tage und Nächte im Labor. Es war jedes Jahr dasselbe Theater, derselbe Streit mit dem Dekan, verschont zu werden. Und jedes Jahr der Brief, der ihm eine bestimmte Anzahl Vorlesungen auferlegte.

William Blackmore war ausgebildeter Neurobiologe. Wie er sich aktuell nennen sollte, wusste er nicht. Philosoph? Psychiater? Historiker? Religionsforscher? Parapsychologe? Quacksalber und Gauner? Seine Forschung hatte sich in eine Richtung bewegt, die die Universitätsleitung in zunehmendem Maße beunruhigte. Er machte Jagd auf Gott.

Blackmores Faszination für Gott war nicht religiös begründet. Er war überzeugt davon, dass die Gottessehnsucht des Menschen ein psychischer Reflex war. Es konnte kein Zufall sein, dass alle Kulturen zu allen Zeiten ihre Götter verehrt hatten. Unterschiedliche Götter. War die Religiosität von Gott eingepflanzt? Oder vom Menschen selbst geschaffen? Für Blackmore war die Antwort einleuchtend: Der Mensch war nicht nach Gottes Bild geschaffen. Im Gegenteil. Gott war nach dem Bild des Menschen geschaffen. Und das wollte er beweisen.

*

William Blackmores Faszination für das menschliche Gehirn entsprang einer Tragödie, die sich 1966 in Austin im Bundesstaat Texas abgespielt hatte. William war damals 16 Jahre alt gewesen.

Am späten Abend des 31. Juli setzte sich Charles Whitman, ein allem Anschein nach normaler junger Mann und nur neun Jahre älter als er selbst, an die Schreibmaschine und schrieb:

```
Ich kann nicht genau sagen, was mich dazu
treibt, diesen Brief zu schreiben. Vielleicht
tue ich es, um eine vage Begründung für meine
Taten zu hinterlassen.
```

Als er den Brief fertig geschrieben hatte, fuhr er zu seiner Mutter, erdrosselte sie und stach ihr mehrfach mit einem Messer ins Herz. Danach schrieb er einen weiteren Brief an diejenigen, die später in der Tragödie ermitteln würden: »An alle, die es betrifft: Ich habe gerade meine Mutter umgebracht und bin sehr aufgewühlt, das getan zu haben.« Er fährt nach Hause. Seine Frau Kathy schläft schon. Er tötet sie mit mehreren Messerstichen. »Ich liebe sie wirklich«, hatte er am Vorabend geschrieben. »Sie war mir eine gute Frau, wie es sich jeder Mann nur wünschen kann. Ich kann keinen rationalen Grund dafür nennen.« Dem maschinengeschriebenen Brief ist eine handschriftliche Notiz angefügt: »3 Uhr morgens. Beide tot.«

Ich kann mir vorstellen, dass es so scheint, als hätte ich meine Lieben brutal umgebracht. Aber ich will nur schnell und sorgfältig meine Arbeit machen. Wenn meine Lebensversicherungspolice noch gilt, zahlen Sie bitte meine Schulden... Spenden Sie den Rest anonym einer Stiftung für Geisteskrankheiten. Möglicherweise kann die Forschung weitere Tragödien dieser Art verhindern.

Charles Whitman fährt weiter zur Universität von Texas. Dort begibt er sich in den Turm auf dem Campus-Gelände. Mit dem Gewehrkolben erschlägt er eine Angestellte vor der Aussichtsplattform, die seinen Ausweis sehen will. Kurz darauf schießt er auf eine Gruppe Touristen, die die Treppe heraufkommen. Zwei von ihnen sterben. Er begibt sich auf die Aussichtsplattform. Zwölf Minuten vor zwölf fällt der erste Schuss. Von seiner Scharfschützenposition in der 28. Etage schießt er zielsicher auf alles, was sich unten auf der Straße bewegt. Im Laufe der folgenden 96 Minuten trifft er 42 Menschen. 11 sterben. Am Ende wird er selbst beschossen und von der Polizei getötet. Erst danach findet die Polizei seine ermordete Mutter und die Ehefrau – samt der Briefe, die er hinterlassen hat und in denen er seine Verzweiflung und Verwirrung über die Persönlichkeitsveränderung schildert, die er durchlaufen hat:

In letzter Zeit verstehe ich mich selbst nicht mehr. Ich sollte ein durchschnittlicher, normaler und intelligenter junger Mann sein. Jedoch kürzlich (ich kann nicht mehr sagen, wann es begann) wurde ich ein Opfer vieler ungewöhnlicher und vernunftwidriger Gedanken.

Im gleichen Brief bittet er die Behörden, seine Leiche zu obduzieren, um zu überprüfen, ob etwas mit seinem Gehirn nicht in Ordnung sei. Und ganz richtig: Die Pathologen finden in Charles Whitmans Gehirn einen Tumor von der Größe einer Münze. *Glioblastoma multiforme.* Der Tumor drückt auf die Amygdala – einen Kernbereich im Schläfenlappen. Eine der komplexen Funktionen dieses Bereichs ist die Stimulierung des Angstempfindens. Und noch wichtiger: Die Amygdala beeinflusst unser Aggressionsempfinden. Den Brief, den er nach der Ermordung seiner Mutter geschrieben hat, beendet er so: »Wenn es einen Gott gibt, möge er meine Taten verstehen und mich danach richten.«

Whitmans letzte Äußerung hatte William Blackmore nie losgelassen. *Wenn es einen Gott gibt.* Und wenn es einen guten Gott gab – wie hatte er da Whitmans ungeheuerliche Taten zulassen können? Das entbehrte jeder Logik. Er las theologische Bücher zu dem Thema. Er sprach mit einem Priester darüber. Trotzdem ergab es keinen Sinn. Die Theologen hatten in ihrem Unvermögen dem Ganzen einen Namen gegeben: *Theodizee.* Das Problem des Übels in der Welt. Als ob sie mit der Benennung des Problems wegtheoretisieren konnten, dass ein gütiger und allmächtiger Gott zuließ, dass die Welt voller Leid und Bösem war. Indem er dem Menschen einen freien Willen gab, wusch Gott seine göttlichen Hände in Unschuld und ließ seinen Geschöpfen alles Übel der Welt widerfahren. Wenn es einen solchen Gott wirklich gibt, dachte William Blackmore, will ich nichts mit ihm zu tun haben. Und dennoch wurde dieser Gott von Millionen von Menschen angebetet, so wie sie vor ihm Zeus und Apollon, Amun-Re und Odin anbeteten. Sie ehrten ihn in blinder …

2

2002

… und grenzenloser Anbetung. Wie diese Frau. »Ich habe Gott gesehen!«, rief sie. »Halleluja!«

Religiöse Ekstase, dachte William Blackmore. Jedes Mal aufs Neue erschreckend.

Ihre Wangen waren nass von Tränen. Ihr Körper zitterte. Zwei Forscher halfen ihr auf ein Sofa, wo sie zusammensackte.

»Hört ihr?« Die junge Frau streckte beide Arme aus. Wie bei einem Erweckungsgottesdienst. »Ich habe den Herrn, meinen Gott, gesehen! Ja! Halleluja! Ich habe meinen Gott gesehen!«

Ein Assistent gab ihr ein Glas Apfelsaft zu trinken. Sie trank gierig, ehe sie fortfuhr, leiser: »Ich habe ihn gesehen! Ich habe unseren Herrn und seinen eingeborenen Sohn, Jesus Christus, gesehen! Halleluja!«

Verblüffend, dachte Blackmore. Einige der Versuchspersonen reagierten kaum, anderen wurde schwindelig und schlecht. Acht von zehn nahmen die Anwesenheit von *Etwas* wahr – etwas Geistigem, das nicht physisch greifbar war. Während einige wenige – offensichtlich besonders empfindsame und tief religiöse Personen – Visionen bekamen.

Sie sahen Gott.

Blackmore ging zu dem Sofa, auf dem die junge Frau saß. Er nahm ihre Hand. Sie zitterte noch immer.

»Danke, Professor Blackmore«, sagte sie. Andächtig. »Sie haben mich Gott sehen lassen! Dafür danke ich Ihnen!«

Er nickte. Lächelte. Strich ihr väterlich über den Kopf. Er wollte ihr religiöses Erlebnis nicht mit prosaischen Details über die elektromagnetische Stimulation der Schläfenlappen durch die ENMSH-Apparatur kaputt machen.

»Alles in Ordnung mit Ihnen?«, fragte er fürsorglich.

Sie nickte. Lächelte ihn an. »Es ging mir nie besser, Professor. Niemals! Danke! Tausend Dank!«

Weißt du überhaupt, was du gerade erlebt hast?, dachte er. Für die junge Frau existierte offenbar keine Welt – oder kein Himmel – ohne Gott. So gesehen bestätigten die Halluzinationen nur ihre Überzeugung. Von Gott. Dem Einen.

Das erste Gebot hatte William Blackmore immer besonders fasziniert. *Du sollst keine anderen …*

3

2003

… Götter haben neben mir. Er fand es auffällig, dass ausgerechnet dieses Gebot das erste und wichtigste von allen war. Die gebieterische Machtsprache … Als Gott konnte man es sich leisten, autoritär und überheblich aufzutreten. Aber implizit schwang in dem Gebot mit, dass es andere Götter gab – die anzubeten man nicht auf die Idee kommen sollte. Und wenn es tatsächlich so war, dass es nur einen Gott gab, wieso machte er dann ausgerechnet einen winzigen Stamm von Wüstenhirten zu seinem auserwählten Volk? *Wieso?* Das ergab doch keinen Sinn. Er glaubte nicht daran. Einzelne frühchristliche Gnostiker meinten, es gäbe einen allmächtigen Gott über niedriger stehenden Göttern. Jahve behauptete steif und fest, alle anderen Götter wären falsch. Die ägyptischen Götter. Die griechischen Götter. Die römischen Götter. Abgötter, allesamt. Tote Götter. Im Westen stand der Jahve der Juden – der Gott von Abraham, Isaak und Jakob, der Retter der Israeliten, Vater von Jesus – allein auf dem Schlachtfeld als der einzige und wahre Gott. Der Eine. Es war und blieb fragwürdig, wieso dieser allmächtige Gott sich ein paar windgepeitschten Ziegenhirten aus der Wüste im kargen Nahen Osten offenbart hatte.

Wieso hatte er sich zum Gott für diesen kleinen Stamm ausgerufen? Was war mit dem Rest der Welt, dem Rest der Menschheit? War es nicht sehr viel wahrscheinlicher, dass dieser Stamm von Ziegenhirten sich einen *eigenen* Gott erschaffen hatte? Um diese Fragen und Paradoxe kreisten Blackmores Gedanken seit Jahrzehnten.

Hinter den matten Drahtglasfenstern der Stanford-Universität hatte Professor Blackmore ein modernes neurobiologisches Labor aufgebaut. Der enthusiastische Mitarbeiterstab bestand aus Hirnchirurgen, Neurobiologen, Philosophen und einem versoffenen Theologen. In dem hervorragend ausgerüsteten Labor verfügte er über Technik, die Außenstehende vor Neid erblassen ließ: ein neuroradiologischer CT-Scanner, eine nuklearmedizinische Gammakamera, ein nagelneuer Positronenemissionstomograf. Blackmore hatte den ENMSH entwickelt: *Experimental Neuroscientific Magnetic Solenoid Helmet*. Die Medien hatten ihm einen griffigeren Namen gegeben: *God Helmet*. Gotteshelm. Der ENMSH sah aus wie ein Motorradhelm, barg aber eine Apparatur, die ein rotierendes Magnetfeld erzeugte, das die Schläfenlappen stimulierte. Der Gotteshelm war ursprünglich nicht dazu entwickelt worden, um Gotteswahrnehmungen zu lokalisieren. Ursprünglich war er konstruiert worden, um zu untersuchen, ob die menschliche Wahrnehmung des Ichs hauptsächlich von der rechten oder linken Gehirnhälfte gesteuert wurde. Die Forscher in Blackmores Team stellten schnell fest, dass mehrere Versuchspersonen nicht nur angaben, sich an frühere Leben erinnern zu können, sondern auch die Anwesenheit von Schemengestalten und Geistern spürten. Und die besonders Gläubigen erlebten Gottes Gegenwart. Der Gotteshelm war dabei äußerst umstritten, und je mehr an die Öffentlichkeit drang, desto lauter wurde die Kritik. Von Gläubigen, aber auch von neutralen Forschern. Die Kollegen monierten den geringen empirischen Wert der Untersuchungen und den umso größeren Interpretationsspielraum. Die Universitätsleitung hieß die Versuche nicht gut. Aber Blackmore war mit den Jahren ein gefeierter Forscher geworden, der regelmäßig in wissenschaftlichen Fachzeitschriften publizierte. *Brain Research Reviews, Journal of Biological Chemistry, Devel-*

opmental Psychobiology, Psychological Reports, Journal of Theoretical Biology. Sie ließen ihn gewähren.

Er hatte sich …

4

2004

… eine Zigarette angezündet und einen Whisky mit drei Eiswürfeln eingeschenkt. Eine alte Vinyl-Platte aufgelegt. Seine Wohnung war winzig. Wohnzimmer, Schlafzimmer, Küche. Mehr brauchte er nicht. Er war selten zu Hause.

William Blackmore sah sich selber als echtes Kind der Sechziger und der Hippiezeit. The Doors. Grateful Dead. Led Zeppelin. Und der beste von allen: Jimi Hendrix. Der Gott der Gitarre. Wenn er an diese Zeit zurückdachte, war sie in einen diffusen Nebel aus Musik, Literatur, Politik, Marihuana und freiem Sex gehüllt. Er hatte Tolkien und Kerouac gelesen. Hatte den Bart und die Haare wachsen lassen. Definierte sich als Rebell. Gegen Autoritäten. Gegen Machtmissbrauch. Was für ein Witz, dachte er jetzt. Die gesamten Sechziger waren ein einziges selbstgefälliges Klischee. Alle Keime aufrichtigen Engagements waren frühzeitig plattgetrampelt worden. Sie waren alle Teil des Systems. Nur auf eine andere Weise. Aber das hatten sie nicht gesehen. Sie hatten sich für so verdammt alternativ gehalten. Aber sie hatten den Whisky durch Pot ersetzt, Glenn Miller durch Jim Morrison, Schlafzimmersex durch Vögeln im Park. Er hatte in der Zeit viele Freundinnen gehabt. Aber er hatte sie alle gehen lassen. Ihm fehlte das Gen für Ehe, Kinder, lebenslange Liebe. Das war nicht sein Ding. Er war abhängig von dem Rausch des Verliebtseins und der Lust. Sobald die Besessenheit sich legte, begann er, sich zu langweilen. Ein egozentrischer Drecksack. So wurde er von vielen seiner Verflossenen bezeichnet. Vielleicht hatten sie ja recht. Dabei wollte er niemanden verletzen, meinte es nie böse. Aber seine Beziehungen hielten nie länger als ein paar Monate. Dann kamen die Siebziger. Das Studium und die Forschung nahmen mehr Platz in seinem Leben ein. Lange Tage und Abende an der Universität. Die Jagd nach Gott … Die Wahrheit war, dass er nie eine Frau an seiner Seite vermisst hatte. Es passierte immer noch, dass er sich verliebte. In Kolleginnen. Junge Studentinnen. In die Frauen von Kollegen. Das Muster aus jungen Jahren wiederholte sich. Nach wenigen Monaten verlor er das Interesse. Er rief nicht mehr an.

Gott war zur …

5

2006

… Besessenheit geworden. Er hatte kein Problem damit, das einzugestehen.

Ihn zu finden. Im menschlichen Gehirn.

Denn dort befand sich Gott. Im Gehirn. Davon war er felsenfest überzeugt. Er hatte gerade einen ganz frischen Bericht von einem Forscherteam bekommen, das die Hirne einer Gruppe von Pfingstlern scannte. Die Ergebnisse waren eindeutig und bestätigten alle seine Vermutungen. Während die Pfingstler in Zungen sprachen, zeigten die Messungen, dass die Aktivität im Sprachzentrum des Gehirns abnahm. Dafür stieg die Aktivität in den Bereichen des Gehirns, die die Gefühle steuerten.

Er konnte stundenlang auf einer Bank im Park auf dem Universitätsgelände sitzen und sich den Sternenhimmel anschauen. In alten Zeiten hatten sie dort oben ihre Götter gesucht. Im Himmel. Und heute? Die alten Götter waren allesamt tot. Die Kirche sprach von Gott im Himmel, aber das waren Floskeln. Denn *wo* genau war der Himmel oder das Paradies, *wo* die Hölle? Wenn es sie überhaupt gab als konkrete Orte. Aber die gab es nicht. Nur in den Köpfen derer, die daran glaubten und sich so sehr wünschten, dass es so war. Dass das Leben irgendeine Form von *Sinn* hatte. Für William Blackmore bestand der Sinn des Lebens darin, hier und jetzt zu leben. Hedonistische Kapitulation. Wenigstens war er ehrlich sich selbst gegenüber. Dem Leben gegenüber. Die Heuchelei seiner religiösen Kollegen provozierte ihn. Jeden Sonntag saßen sie mit gefalteten Händen in der Kirche, und am Montag vögelten sie Bachelorstudenten in der Besenkammer. Sie priesen Jesu Barmherzigkeit und unterstützten gleichzeitig Kriege und die Todesstrafe. Sie reduzierten die Religion auf ihre persönliche Lebenslüge. Wenn die Christen wenigstens nach der Lehre Jesu leben würden. Gegen Jesus hatte er nichts. Liebe deinen Nächsten und so weiter. Jesus war ein prima Kerl! Er glaubte nur nicht, dass Jesus Gottes Sohn war, empfangen durch den Heiligen Geist, geboren von der Jungfrau Maria, gekreuzigt, gestorben und begraben, am dritten Tage auferstanden und nun zur Rechten Gottes, des allmächtigen Vaters, sitzend. *No way.* Für Blackmore war Jesus ein jüdischer Hippie, ein Rebell, ein religiöser Revoluzzer, ein Reformator, ein moralischer Philosoph und Querdenker. Ein Fels. Aber tot. Sehr tot.

So saß er auf der Bank im Park und ließ die Gedanken schweifen. Irgendwann begab er sich nach Hause und ging ins Bett. Er konnte nicht…

2008

… schlafen. Das war nicht ungewöhnlich. Trotz seiner theoretischen Einsichten über die Funktionen des Gehirns hatte er nicht immer die Kontrolle über sein eigenes. Er blieb liegen und dachte nach. Gedanken und Träume verwoben sich miteinander. Diese langen, wachen Stunden in der Dunkelheit der Nacht ...

Nahtoderlebnisse. Das wunderbare Licht am Ende des Tunnels. Selbstbeobachtung aus der Vogelperspektive, über dem eigenen Körper schwebend. Astralreisen. Seelenwesen, Geister, Engel. Für all dies, dachte Blackmore, gab es eine natürliche Erklärung. Interessanterweise war Epilepsie ein wichtiger Schlüssel zum Verständnis religiöser Ekstase bis hin zum Erleben parapsychologischer Phänomene. Gemeinsam mit Chirurgen, Psychiatern und Biologen hatte Blackmore eine große Anzahl von Epilepsie-Patienten untersucht. Die Ergebnisse hatten alle verblüfft und waren in einem umfangreichen Artikel im *Journal of Neuroscience* veröffentlicht worden: Schwache elektrische Impulse im Gehirn konnten bei gesunden Menschen Wahnvorstellungen hervorrufen. Wahnvorstellungen, die die Patienten selbst als wirklich, wahr und konkret empfanden. Eine zweiundzwanzigjährige Patientin, der sie Elektroden in die temporoparietale Region des Gehirns implantiert hatten, nahm die Anwesenheit eines fremden Schattenwesens wahr, das alle ihre Bewegungen spiegelte. Ein fünfundfünfzig Jahre alter Mann mit täglichen Epilepsie-Anfällen fühlte, wie ein Fremder in seinen Kopf und Körper eindrang und die Kontrolle übernahm. Als sie sein Hirn scannten, entdeckten sie eine Schädigung im *Sulcus intraparietalis posterior*, einer Stelle im hinteren Bereich des rechten Stirnlappens. Eine dreiundvierzigjährige Epileptikerin, deren Hirnregion *Gyrus angularis* mit elektrischem Strom stimuliert wurde, erlebte, wie sie ihren Körper verließ und unter der Decke schwebte, von wo sie sich und die Ärzte betrachtete.

Ein Kollege von Blackmore, Professor Olaf Blanke aus dem Labor für kognitive Neurowissenschaft an der Universitätsklinik in Genf, war noch weiter gekommen. In Experimenten mit Epilepsie-Patienten war es Blanke und seinem Forscherteam gelungen, mit Hilfe elektrischer Impulse das Gefühl wachzurufen, dass die Seele den Körper verlässt. Und nicht genug damit: Sie hatten es geschafft, die »Seele« wieder einzufangen und in den Körper zurückzuholen. Als britische Forscher 1500 Herzinfarktpatienten untersuchten, stellten sie fest, dass die Hirnprozesse in manchen Fällen noch eine gewisse Weile nach dem Zeitpunkt weiterliefen, den die Mediziner normalerweise als Zeitpunkt des Todes definiert hätten. Das Gehirn schaltete sich nicht unmittelbar ab, sondern kämpfte weiter. Mentale Krämpfe, dachte Blackmore. In dem sterbenden Patienten entstanden visuelle und gefühlsmäßige Wahrnehmungen. Das Gefühl von Ruhe und Frieden, von Wärme und Liebe umhüllt zu werden. Der Blick zurück auf das eigene Leben und ein plötzliches und universelles Verständnis von *Allem*. Das Gefühl der Anwesenheit verstorbener Verwandter. Der Anblick des eigenen Körpers – und der Ärzte, die lebensrettende Maßnahmen daran vornahmen. Das Gefühl einer Reise durch Zeit und Raum, durch einen Tunnel, auf ein göttliches Licht zu. Die Schlussfolgerung der Forscher war eindeutig: Die Sauerstoffreduktion im Sterbeprozess löste eine intensive elektrische Aktivität im Gehirn aus. Und die Wahrnehmungen und Bilder, die beim Fehlen von lebenswichtigem Sauerstoff im menschlichen Gehirn entstanden, ähnelten sich frappierend. Darum gaben auch so viele wiederbelebte Menschen sehr ähnliche Beschreibungen davon ab, was sie im Totenreich erlebt hatten. Und irgendwo dort war auch die religiöse Wahrnehmung zu finden, dachte Blackmore. Gott. Oder die Götter. Denn der religiöse Glaube der jeweiligen Person füllte die Todeshalluzinationen mit Inhalt. Ein gläubiger Christ sah Gott oder Jesus und wurde von ihrer Liebe umschlossen. Ein Buddhist würde das Nirwana sehen. Ein Muslim Allah und Mohammed begegnen. Im Todeskampf schöpfte das Gehirn aus seinem gesamten Vorrat an Erinnerungen, Erkenntnissen, Vorstellungen und Erfahrungen. Dazu zählte auch der Glaube. Er erfüllte sich selbst und verstärkte die Überzeugung vom Göttlichen, das uns im Tod erwartete. Erfüllt von solchen Reflexionen glitt Blackmore langsam …

7

2012

… in den Schlaf, in die Nacht, in die Träume.

Im Morgengrauen klingelte das Telefon. Er wälzte sich auf die Seite und tastete nach dem Handy auf dem Nachtschrank.

»Blackmore? Professor? Sind Sie wach?«

Die Stimme am anderen Ende war tief. Militärisch. Ungeduldig. Die Worte schwappten in Blackmores schläfrigem Gehirn hin und her, ohne Halt zu finden. Mit einem unhörbaren Stöhnen ließ er den Kopf zurück aufs Kissen sinken.

»William? Nick hier! Bist du noch dran?«

Der Wecker zeigte 4.57 Uhr. Er würde erst in einer Stunde klingeln. Seine Morgenroutine war ihm heilig. Dusche. Eine Zigarette. Eine Tasse Kaffee. Schnelles Frühstück. Noch eine Tasse Kaffee. Erst dann war er in der Lage, die zehn Minuten zum Labor zu radeln.

Er presste den Hörer ans Ohr. »Ich bin hier. Tut mir leid. Ich versuche gerade, wach zu werden.«

»Spannende Neuigkeiten. Wir haben soeben eine Nachricht aus der Botschaft in Rom bekommen.«

»Rom?«

»Ja. Du weißt schon … Rom? Italien? Europa?«

Lachen. »Lass hören.«

»Montagmorgen um kurz nach neun Uhr lokaler Zeit wurde ein italienischer Professor namens Lorenzo Moretti von einem Wissenschaftskongress in Florenz gekidnappt. Die Entführung fand mitten in einem Vortrag über einen Brief von Michel de Nostradamus an Cosimo I. de' Medici statt. Ein Brief, der Chiffren enthält.«

»Wirklich?«

»Wir haben allen Grund zur Annahme, dass die Chiffren den Weg zu Nostradamus' Testament und weiter zur Bundeslade zeigen.«

»Haben wir den Brief?«

»Bedaure.«

»Die Chiffren?«

»Genau genommen haben wir nicht mehr als einen entführten Professor und einen verschwundenen Brief.«

»Was wissen wir über den Brief?«

»Nicht viel. Unser Mann auf dem Kongress hat eine kurze Zusammenfassung davon geschickt, was der Professor noch mitteilen konnte, ehe er entführt wurde. Die Zusammenfassung wurde mir in einer verschlüsselten Mail geschickt, ich bringe sie mit.«

»Und die Entführer?«

»Unbekannte Gruppierung. Professionell. Sie sind mit einem Sikorsky S-76 Spirit gekommen. Maskiert. Bewaffnet mit Steyr TMP 9 mm. Militärische Präzision. Die ganze Aktion hat maximal sechs Minuten gedauert.«

»Soldaten?«

»Kaum. Eher eine paramilitärische Gruppierung. Islamistische Terroristen? Auch unwahrscheinlich. Keiner von denen, die wir auf dem Plan haben, hätte die Ressourcen für so eine Aktion. Kommunistische oder anarchistische Terroristen? Das bezweifeln wir. Die würden wir kennen. Die Mafia? Eine Möglichkeit. Unsere Leute sprechen gerade mit der Camorra, Cosa Nostra, 'Ndrangheta, La Stidda, Sacra Corona Unita und wie sie alle heißen. Aber – auch hier Zweifel unsererseits. Wir haben den Vatikan um Beistand gebeten, bislang aber noch keine Antwort erhalten. Aber es geht noch weiter. Professor Morettis Frau ist mit knapper Not entkommen. Sie ist auf der Flucht. Wahrscheinlich befürchtet sie, dass die Entführer, die ihren Mann und Sohn mitgenommen haben, auch hinter ihr her sind. Wir gehen davon aus, dass sie versucht, die Chiffren zu finden, um ihren Mann und Sohn damit freizukaufen. Die Einsatzkräfte der Botschaft sind den beiden auf der Spur.«

»Den beiden?«

»Sie werden es nicht glauben, mit wem zusammen sie auf der Flucht ist.«

»Dem Papst?«

»Ha, ha. Sie hat sich mit einem norwegischen Archäologen zusammengetan.«

»Norwegischer Archäologe? Doch nicht etwa …«

»Doch!«

»Wirklich?«

»*Yes, Sir!* Bjørn Beltø!«

Die Stimme am Telefon gehörte Nick Carver.

Blackmore hatte Nick und seine besondere Spezialeinheit vor drei Jahren kennen gelernt: DARPA Abteilung XIII.

Er erinnerte sich noch deutlich an die erste Begegnung. Er war von der Sekretärin aus einer Vorlesung gerufen worden. »Ein Vertreter der *Behörden* ist hier und will mit Ihnen reden.« Er war in sein Büro geeilt. Durch die Glaswand hatte er ihn zum ersten Mal gesehen. Grauer Anzug. Pilotensonnenbrille in der Brusttasche. Kurz geschoren. *Behörden.* Kein Zweifel. Der Fremde erhob sich und reichte ihm die Hand. Fester, energischer Händedruck.

»Womit kann ich Ihnen helfen?«, fragte Blackmore. »Wie ich höre, sind Sie ein Vertreter der *Behörden.*« Ein angedeutetes Lächeln. »In meinen Ohren klingt *Behörden* immer ein wenig beunruhigend. Aber folgen Sie mir. Eine Tasse Kaffee?«

Er führte den Gast in sein Büro, wo die Sekretärin bereits eine Thermoskanne Kaffee und zwei Tassen hingestellt hatte.

»Mein Name ist Nick Carver. Und ich muss gestehen« – entwaffnendes Lachen –, »dass ich eine Bundesbehörde repräsentiere.«

»Nicht das Finanzamt, hoffe ich?«

»Nein. Ich bin Oberst bei der DARPA.«

»DARPA?«

»*Defense Advanced Research Projects Agency.*«

»Das hört sich … gewaltig an.«

»Wir sind glücklicherweise weit weniger bekannt als FBI, CIA und NSA. Nichtsdestoweniger sind wir dem amerikanischen Verteidigungsministerium unterstellt.«

»Dem Pentagon. Und?«

»Die DARPA wurde 1958 ins Leben gerufen. Seitdem sind wir die Spezialeinheit des Pentagons für die Entwicklung hochtechnologischer Waffen.«

»Oberst Carver, lassen Sie es mich Ihnen gleich sagen, dass ich ein friedliebender Mann bin. Ich würde sogar so weit gehen, mich als Pazifisten zu bezeichnen. Wenn Sie also hier sind, um mich für Ihre waffentechnologische Entwicklung zu rekrutieren, bin ich sicher nicht der Richtige.«

»Ich will ehrlich zu Ihnen sein. Letztendlich dreht sich alles, was wir tun, um militärische Überlegenheit. Um Technologie. Um Forschung auf höchstem Niveau. Darum, Gott in militärischen Konflikten auf unserer Seite zu haben.«

Blackmore sah Carver fragend an. »Gott? Auf Ihrer Seite?«

»Ich weiß, das hört sich merkwürdig an. Aber der Präsident und seine Vorgänger haben schon immer Wert darauf gelegt, dass die USA und Gott in jedem Konflikt auf derselben Seite stehen. Ich persönlich habe keine militärische Ausbildung. Ich bin Historiker und habe in Yale promoviert.«

»Und was macht ein Mann mit Ihrem Hintergrund als Oberst bei der DARPA?«

»Ich bin operativer Leiter der Abteilung XIII.«

»Das sagt mir auch nichts.«

»Es wissen nur sehr wenige Menschen von unserer Existenz. Und noch weniger, was wir treiben.«

»Und was treiben Sie?«

»Professor Blackmore, lassen Sie mich zuerst betonen, dass ich Sie besuche, weil ich glaube, dass wir uns gegenseitig nützlich sein könnten. Aber Sie sind nicht als sicher eingestuft. Im Gegenteil, möchte ich fast sagen. Sowohl die CIA als auch das FBI haben dicke Akten über Sie.«

»Das überrascht mich nicht.«

»Kann ich mich darauf verlassen, dass das, worüber wir heute hier sprechen, unter uns bleibt?«

»Selbstverständlich … Ich werde vielleicht in gewissen Kreisen als radikal eingestuft. Aber ich wähle die Demokraten und bin Patriot.«

»Die Abteilung XIII hat die Verantwortung für einige Bereiche, die die Waffenexperten der DARPA als relativ unwichtig einstufen. Wahrscheinlich wurde die Abteilung deshalb abgespalten und hier in Kalifornien angesiedelt, so weit weg von der Ostküste, wie es nur eben geht.«

»Was ist Ihre Aufgabe?«

»Zuerst einige Hintergrundinformationen: Die amerikanischen Behörden waren schon immer interessiert an Phänomenen, die von der Wissenschaft nicht akzeptiert werden. Bereits 1951 gründete der Geheimdienst der US-Luftwaffe ein Projekt mit dem Codenamen *Blue Book*. Das *Project Blue Book* hatte zur Aufgabe, mit Hilfe wissenschaftlicher Methoden die Glaubwürdigkeit angeblicher UFO-Sichtungen zu untersuchen und festzustellen, ob diese UFOs die Sicherheit des Landes gefährdeten. Offiziell wurde das Projekt 1970 beendet. Die gesamten Siebziger hindurch bis 1995 beschäftigten sich verschiedene öffentliche Behörden außerdem mit parapsychologischer Forschung, die den Streitkräften nützlich sein könnte. Der Codename für dieses Unternehmen war *Stargate Project*. Die Abteilung XIII der DARPA wurde 1976 gegründet. Drei Jahre darauf richteten die amerikanischen Streitkräfte das alternative und parapsychologische Forschungsprogramm *First Earth Battalion* im Hauptquartier der *Special Forces* in Fort Bragg ein. Sie haben vielleicht den Film *Männer, die auf Ziegen starren* gesehen? Darin geht es um dieses Projekt. Heute forscht das *US Department of Homeland Security* unter strenger Geheimhaltung über all diese Dinge. Die DARPA-Abteilung XIII ist eine eigene Pentagon-Einheit. Parapsychologie ist nur ein kleiner Teil von dem, womit wir uns beschäftigen. Unsere Hauptaufgabe besteht darin, historische und archäologische Funde und Theorien zu erforschen, auszuwerten und wenn möglich für militärische Zwecke nutzbar zu machen. Die meisten unserer Angestellten haben keinen militärischen Hintergrund, sondern sind Analytiker der Fachbereiche Archäologie, Geschichte, Theologie und Sprachwissenschaft. Und jetzt sind wir auf der Spur von etwas ganz Fantastischem. Das Ganze begann mit einem Fund in Ägypten vor gar nicht allzu langer Zeit.«

»Ägypten?«

»Typisch, oder? Selbst zweitausend Jahre nach Ägyptens Blütezeit passieren dort die wesentlichen Dinge. *Well, well.* Die hohen Herren haben uns alle Ressourcen zugesagt, die wir brauchen. Sie haben ihre militärischen Motive, das will ich nicht unter den Teppich kehren. Sie kennen das ja.« Er verstellte die Stimme. »*Weltherrschaft! Militärische Übermacht!* Sie wissen, wie das ist. Ich persönlich bin nicht sonderlich interessiert an den technologischen Möglichkeiten. Nennen Sie mich gerne naiv. Einen Idealisten. Mir geht es vorrangig um Wissen.«

»Von was für einer Art von Wissen sprechen Sie jetzt?«

»Alles Mögliche. Esoterisches Wissen. Okkultes und hermetisches Wissen. Religiöses und geistiges Wissen.«

»Ich will doch wirklich nicht hoffen, dass die amerikanischen Behörden solchem New-Age-Geschwätz auf den Leim gegangen sind.«

»Sie verstehen das falsch ...«

»Das hoffe ich!«

»Unsere Forschungsarbeit hat nichts mit Übersinnlichem und Aberglaube zu tun, Professor Blackmore.«

»Das hört sich aber verdächtig danach an.«

»Unsere Vorfahren haben ihre Beobachtungen aus ihrer Zeit heraus interpretiert, nach damaligem Verständnis. Sie verfügten nicht über das nötige Wissen, ihre Funde und Erfahrungen in einen wissenschaftlichen Kontext zu stellen. Sie fanden Götter, wo wir Naturgesetze finden. Aber Sie sind nicht allein mit Ihrer Skepsis, Professor Blackmore. Die meisten Leute vom Pentagon, der CIA und selbst der DARPA betrachten uns als Scharlatane und Wirrköpfe. Dabei sind wir seriöse Forscher. Ich will das Altertum nicht überbewerten. Die Menschen damals haben an viele seltsame Dinge geglaubt. Aber sie verfügten auch über ein einzigartiges Wissen über heute längst Vergessenes. Sie kennen doch sicher die Spekulationen um das *Buch der Weisen*. Die geballte Ansammlung von Wissen, das – wenn wir es wieder für uns entdecken würden – auch heute noch einzigartig wäre. Aber das Altertum liegt weit zurück. Wir müssen uns gar nicht so weit in die Vergangenheit zurückbegeben, um den Keim der Arbeit zu finden, die jetzt ganz neue Aktualität erfährt. 63 Jahre genügen.«

»1946? Die Schriftrollen vom Toten Meer?«

»Ganz genau. 1946 hat ein Hirte in einer Höhle in Qumran im Westjordanland ein paar alte Schriftrollen entdeckt. Im Laufe der folgenden Jahre fanden Archäologen nicht weniger als 972 Texte aus der hebräischen Bibel, große Teile dessen, was wir das Alte Testament nennen. Aber eigentlich interessiert uns das Jahr 1956 und der Fund in Höhle 11. Dort fand sich unter anderem die neun Meter lange Tempelrolle*, die in Form einer Offenbarung von Gott an Moses detaillierte Anweisungen für den Bau eines Tempels sowie Vorschriften über Opfergaben und Tempelriten enthält. Der Tempel wurde nie gebaut. Stattdessen errichtete König Salomo den ersten Tempel in Jerusalem, um die Bundeslade zu beherbergen und den Israeliten einen heiligen Ort zu geben, an dem sie Jahve ehren konnten. Vier der Schriftrollen aus Höhle 11 befinden sich in Privatbesitz und konnten bisher noch nicht untersucht werden. Eine von ihnen ist das Buch Henoch auf Aramäisch. Eine zweite kam 1957 in unseren Besitz. Im Jahr darauf wurde die DARPA gegründet. Wer war Henoch? Einer von Adams Nachfahren und Noahs Urgroßvater. Das Alte Testament schreibt über Henoch:«

Und Henoch wandelte mit Gott. Und nachdem er Metuschelach gezeugt hatte, lebte er 300 Jahre und zeugte Söhne und Töchter, dass sein ganzes Alter ward 365 Jahre. Und weil er mit Gott wandelte, nahm ihn Gott hinweg, und er ward nicht mehr gesehen.**

»Es gibt eigentlich nur drei Bücher Henoch. Bis das vierte Buch Henoch in Höhle 11 auftauchte.«

»Das *vierte* Buch?«, wiederholte Blackmore.

»Niemand außer einem kleinen Kreis von Archäologen und Ge-

---

* Texte 11QT^a und 11QT^b.
** 1. Buch Mose, Kap. 5, Vers 22–24.

heimdienstleuten weiß von der Existenz des vierten Henoch-Buches. Es befindet sich in einem Tresor der CIA in Langley. Das vierte Buch Henoch ist der Ausgangspunkt für das, weshalb ich Sie aufgesucht habe. Es gab eine Abschrift von Henochs viertem Buch in der Bibliothek in Alexandria. So wie auch vom *Buch der Weisen*. Henochs viertes Buch erzählt die ganze Geschichte der Bundeslade – nur nicht, wo sie abgeblieben ist. Unsere Leute haben es 1957 gelesen. Und seit 52 Jahren suchen wir nach der Lade.«

»Und jetzt haben Sie sie gefunden?«

»Nein. Wir haben etwas noch Großartigeres gefunden.«

»Großartiger als die Bundeslade?«

»Professor Blackmore, wir haben etwas entdeckt, das Sie garantiert sehr interessant und relevant für Ihre Forschung finden werden.«

»Und wie definieren Sie meine Forschung?«

»Sie suchen nach Gott.«

Blackmore lachte herzlich los. »Clever! Ja, ich suche nach Gott! Wie wahr! Die Theologen suchen nach dem Gott des Glaubens, dem Gott der Spiritualität, dem Gott der Verwunderung. Ich bin Biologe, ich suche nach einem anderen Gott.«

»Das weiß ich.«

»Ach ja? Was wollen Sie mir dann erzählen? Dass die amerikanischen *Behörden* Gott gefunden haben?«

Nick Carver hielt einen Augenblick inne, ehe er antwortete:

»In gewisser Weise: Ja.«

VI

Rom
Nacht auf Freitag

Als **Bundeslade** (hebräisch: *Aron habrit*) wird
ein mythischer Kultgegenstand des Volkes Israel bezeichnet.
Sie enthielt nach biblischer Darstellung die Steintafeln
mit den Zehn Geboten, die Mose von Gott erhielt.
Die Lade war der biblischen Beschreibung zufolge eine mit
Gold überzogene und mit zwei Tragebalken versehene
Truhe aus Akazienholz.

ENCYCLOPÆDIA BRITANNICA

Und du sollst den Gnadenthron auf die Lade
mit dem Gesetz tun, die im Allerheiligsten steht.

2. BUCH MOSE

KAPITEL 23

Nick Carver

VATIKAN,
NACHT AUF FREITAG

I

»Bjørn Beltø, welche Freude!«

Erst ging ich davon aus, dass es der Kardinal war, der auf der anderen Seite der Tür mit all seiner wahnhaften Gigantomanie, seinen pompösen Visionen von der Bundeslade und seiner verwässerten Blutslinie auf mich wartete.

Aber nein.

Es war ein Mann in meinem Alter, vielleicht ein paar Jahre älter. Er trug einen grauen Anzug und hatte kurz geschorene Haare.

Hinter ihm standen zwei Wachen der Schweizergarde.

»Machen Sie einen Spaziergang?«, fragte er lachend, und an seinem Akzent hörte ich, dass er Amerikaner war. »Und wohin des Wegs? Sie wissen doch wohl, dass man in diesen unendlichen Kellergängen Monate herumirren kann?« Er blinzelte mir kameradschaftlich zu. »Angeblich spuken hier unten noch immer Mönche aus der Renaissance herum.«

»Wer sind Sie?«, fragte ich resigniert.

Ich war von dem Amerikaner, den Schweizergardisten und einem Mann, den ich als einen der Männer in dem schwarzen Buick wiedererkannte, in ein Büro geführt worden. Hinten im Raum saß ein Mann um die sechzig. Seine grauen Haare hatte er in einem Pferdeschwanz zusammengefasst. Er war unrasiert.

Sie hatten mir mein Handy gegeben, das die Polizei bei meiner Festnahme konfisziert hatte. Wie sollte ich das verstehen? Eine Reihe von SMS kam herein. Ich sagte nichts, sondern saß nur angespannt auf meinem Stuhl.

»Ich verstehe ja, dass Sie misstrauisch und beunruhigt sind«, sagte der Amerikaner. »Sie standen in den letzten Tagen unter einem unmenschlichen Druck. Aber es gibt für alles eine ganz natürliche Erklärung. Zuerst möchte ich Ihnen versichern, dass wir auf Ihrer Seite sind.«

»Wie meinen Sie das – *auf meiner Seite*? Sie halten mich hier gegen meinen Willen gefangen!«

»Das sind nicht *wir*. Lassen Sie es mich Ihnen erklären und gleich vorwegschicken, dass ich Ihre Skepsis verstehe. Ich an Ihrer Stelle wäre ebenso misstrauisch wie Sie. Das ist eine ganz normale Reaktion.«

»Wo ist Angelica, die Sie entführt haben?«

»Angelica geht es gut.«

»Gut? Sie ist gekidnappt worden.«

»Lassen Sie mich Ihnen das erklären. Weder Sie noch Angelica Moretti sind Gefangene. Jetzt nicht mehr.«

»Ich kann also gehen?«

»Wenn Sie wollen. Sie können den Vatikan sofort verlassen, wenn Sie das wünschen. Aber ich hoffe sehr, dass Sie mich erst anhören. Das liegt in Ihrem eigenen Interesse. Wir möchten, dass Sie mit uns zusammenarbeiten.«

Ich traute meinen eigenen Ohren nicht.

»Geben Sie mir ein paar Minuten«, sagte er. »Nur ein paar Minuten. Dann werden Sie verstehen.«

Er reichte mir sein Handy. Auf dem Display sah ich eine Aufnahme von Angelica.

»Bjørn«, sagte sie. *Bjorn.* »Es geht mir gut. Machen Sie sich keine Sorgen. Ich bin in guten Händen. Der Mann, der Ihnen diese Aufnahme zeigt, heißt Nick. Ich vertraue ihm. Ich sage das nicht unter Druck, Bjørn, aber ich kenne Sie ja. Deshalb bitte ich

Sie, Nick zuzuhören und ihm zu vertrauen. Mir zuliebe. Und für Lorenzo und Silvio.«

Ich sah den Amerikaner – Nick – fragend an und reichte ihm das Handy.

»Einen kleinen Augenblick«, sagte er und startete eine neue Aufnahme. CC. Carl Collins. Noch ein Amerikaner. Mit ihm hatte ich vor ein paar Jahren viel zu tun gehabt. Er hatte eine wichtige Funktion im *Lucifer Project* und arbeitete in einer Spezialabteilung der CIA. Sie mussten wissen, dass ich meinem alten Freund CC voll und ganz vertraute.

»Hi, Bjørn. Ich denke noch immer gerne an unsere gemeinsame Zeit – ist jetzt schon verdammt lange her.« Er zwinkerte mir zu. »Nick hat mich gebeten, dir gegenüber zu bestätigen, dass er der ist, für den er sich ausgibt. Wirklich, Bjørn, für Nick lege ich meine Hand ins Feuer. Du kannst ihm vertrauen!«

»Es heißt, Sie könnten ganz schön starrköpfig sein?«, sagte dieser Nick.

Ich begegnete seinem Blick. Versuchte, ein erleichtertes Lächeln zurückzuhalten. »Okay, Nick, dann sagen Sie mir schon, wer Sie sind.«

II

»Mein Name ist Nicolas Carver. *Call me Nick!* Formell betrachtet bin ich Oberst der amerikanischen Armee. Das da drüben« – er deutete mit dem Kopf auf den Mann mit dem Pferdeschwanz – »ist mein Mitarbeiter William Blackmore.«

Er grüßte mich mit zwei Fingern an der Stirn.

»Ich gehöre zu einer Einheit namens DARPA«, fuhr Nick Carver fort. »*Defense Advanced Research Projects Agency.* Kurz zu unserem Hintergrund: 1957 schickten die Russen Sputnik 1 in den Weltraum. Eine knallende Ohrfeige für die USA. Die DARPA wurde 1958 gegründet und erhielt den anspruchsvollen

Auftrag, dafür zu sorgen, dass die militärische Technologie der USA immer führend ist.«

»Lassen Sie mich raten«, sagte ich. »Nostradamus hat irgendeine magische Superwaffe vorhergesagt, die Sie bauen wollen!«

Nick Carver brach in wildes Gelächter aus. »Keineswegs. Die DARPA arbeitet zwar mit Hochtechnologie, aber ich gehöre der Abteilung XIII an. Unser Fokus richtet sich auf historische Kleinode biblischen oder religiösen Charakters. Wir konzentrieren uns auf archäologische Funde.«

»Archäologie im Pentagon?«

»Das hat sich so entwickelt, ja. Aber es gibt dafür seine Gründe. Der Vorteil ist, dass wir über unbegrenzte Mittel verfügen. Und damit meine ich Geld, personelle Ressourcen und Technologie. Das Pentagon kümmert sich so gut wie gar nicht darum, was wir tun. Die DARPA hat ihre eigene europäische Dependance, sie ist der Botschaft in Italien angegliedert. Unsere Leute wurden routinemäßig über die Entführung von Professor Moretti informiert. Die DARPA hat mit der operativen Einheit der Botschaft zusammengearbeitet, um Sie ausfindig zu machen und den Aufenthaltsort des Professors zu ermitteln. Kein Wunder, dass Sie sich überwacht gefühlt haben. Wir haben Sie tatsächlich nicht aus den Augen gelassen. Wir wollten vor der Kontaktaufnahme Ihre und Angelica Morettis Rolle verstehen. Wir haben Sie beobachtet, Ihre Handys überwacht und Ihren Wagen mit einem GPS-Sender versehen. Wir haben Sie sogar über einen Spionagesatelliten verfolgt. Sie haben die SIM-Karten aus Ihren Handys genommen, das war klug von Ihnen, Sie haben aber vergessen, dass auch Ihr iPad eine SIM-Karte hat. Es tut mir leid, dass wir so vorgehen mussten, aber wir brauchten Sie wirklich. Schließlich ging es nicht nur darum, Ihre Bewegungen zu verfolgen, sondern auch um Informationen über diejenigen, die Sie verfolgt haben.«

»Die Mönche?«

»Ja, Vicarius Filii Dei, ein obskurer religiöser Orden, der ...«

»Ich weiß Bescheid! Hätten Sie nicht verhindern können, dass Angelica und ich von denen entführt wurden, als wir nach Rom kamen?«

»Das haben wir doch. Weitestgehend. Unsere Leute haben den Chevrolet der Kidnapper verfolgt und schließlich angehalten. In der Zwischenzeit wurden Sie aber von einer Gruppe Polizisten verhaftet, die für Kardinal Maximo Romano arbeiten. Aber wir wussten ja, wohin man Sie bringen würde. Deshalb war es nur eine Frage der Zeit, bis unsere Diplomaten sich mit denen des Vatikans ausgetauscht hatten, um Sie freizubekommen. Angelica Moretti ist an einem sicheren Ort in unserer Obhut. Die Einheit von Vicarius Filii Dei, die sie entführt hat, haben wir festgesetzt.«

»Was haben sie gesagt?«

»Kein Wort. Daran arbeiten wir aber noch.«

»Folter?«

»Thiopental. Ein Medikament, das ihre Widerstandskraft angreift und gleichzeitig ihr Hirn stimuliert, sodass es leichter ist, sich an die Wahrheit zu halten, als Lügen zu erzählen.«

»Dann kann ich jetzt nach Hause fahren?«

»Ja, natürlich können Sie nach Hause fahren.« Pause. »Wir hätten aber lieber, dass Sie bleiben. Wir würden gerne mit Ihnen zusammenarbeiten. Und mit Angelica Moretti. Sie kennen die Details dieses Falls besser als wir alle. Angelica kann uns Tipps und Hinweise zur Arbeit und Denkweise ihres Mannes geben.« Er lachte kurz und entwaffnend. »Und bei Ihnen versteht es sich von selbst, was für eine Ressource Sie mit Ihrer Erfahrung und Ihrem Background für uns sind. Wir hätten Sie gerne in unserem Team.«

»Angelica und ich werden von der Polizei gesucht. Sie glauben, dass wir etwas mit den Morden an Regina Ferrari und Theophilus de Garencières zu tun haben ...«

»Jetzt nicht mehr, das haben wir geregelt.«

»Wie das denn?«

»Machen Sie sich darüber keine Gedanken. Wenn wir so etwas wollen, dann kriegen wir das auch hin. In Zusammenarbeit mit den italienischen Behörden und dem Vatikan – und damit meine ich alle, von der Schweizergarde bis zum Papst persönlich, von der römischen Kurie bis zum Nachrichtendienst – haben wir Vicarius Filii Dei unter Aufsicht.«

»Suchen Sie auch nach der Bundeslade?«

»Wir suchen alle nach dem Gleichen. Wir sind uns nur nicht einig, was das ist. Erlauben Sie mir, Sie daran zu erinnern, was die DARPA ist. Die Abteilung XIII ermittelt archäologische Funde von biblischem und religiösem Charakter. Die Darstellungen in der Bibel sind aber nicht immer ganz präzise. Vor zwei-, dreitausend Jahren hatten sie nicht die Technologie, die wir heute haben. Deshalb deuteten die Menschen, die die Bibel schrieben, einzelne Geschehnisse aus einer religiösen Perspektive. Alles bekam eine göttliche Erklärung. Was das konkret bedeutet, werde ich Ihnen beizeiten noch aufzeigen – versprochen. Vorausgesetzt, Sie arbeiten mit uns zusammen!«

»Und welche Rolle spielt Kardinal Maximo Romano?«

»Wie der Papst und die meisten seiner Kardinäle ist auch Maximo Romano von der Unfehlbarkeit der Bibel überzeugt. Ein schwieriges Fahrwasser. Kardinal Romano führt die Vicarius Filii Dei schon seit vielen Jahren an. Und mit den Jahren hat er mehr und mehr Macht bekommen. Die meiste Zeit diente er unter Papst Johannes Paul II., der möglichst wenig mit Vicarius Filii Dei zu tun haben wollte. Ihm missfiel ihre Tätigkeit, und er hat sich von ihnen distanziert. Aber so bekam Romano die Gelegenheit, den Orden nach seinem Gusto umzugestalten und zu entwickeln. Er wurde ein Staat im Staat, und Romano eine Art selbsternannter Reservepapst und General. Ende der Achtzigerjahre fand er heraus, dass seine Familienlegende tatsächlich stimmte – seine Familie stammte von einem unehelichen Medici-Zweig ab. Damit entwickelte er wie Cäsar oder Napoleon ein vollkommen übersteigertes Selbstbild. Er wollte ein neuer

Berlusconi werden, ein wiederauferstandener Medici, der Italien einen neuen Kurs gibt.«

»Wo ist er jetzt?«

»Er ist noch immer hier im Vatikan. Wir werden ihn bald festnehmen. Aber vorher möchte noch jemand mit Ihnen sprechen.«

KAPITEL 24

Pius XIII.

VATIKAN,
NACHT AUF FREITAG

I

Papst Pius XIII. war ein bemerkenswert kleiner Mann. Viel kleiner, als er auf all den Zeitungsbildern wirkte. Er hatte eng zusammenstehende Augen, eine breite Nase und schmale Lippen.

In diesem Augenblick saß er vor mir, auf einem mit weißem Stoff bezogenen Stuhl mit schräger Rückenlehne und zwei soliden Armlehnen. Er trug eine weiße Soutane mit einer weißen Mozzetta und einem weißen, verzierten Ordensband. Ein dickes Kreuz hing an einer Goldkette vor seiner Brust. Er wirkte wie ein Engel, so weiß war er, nur seine Schuhe waren rot.

»Eure Heiligkeit«, sagte Nick Carver. »Das ist Bjørn Beltø.«

Der Papst sah mich an und schien zu lächeln. »Das ist also der berühmte Beltø.«

Ich wusste nicht recht, wie ich grüßen sollte. Ich stehe dem Papst nicht gerade oft von Angesicht zu Angesicht gegenüber. Sollte ich ihm die Hand geben? Niederknien? Mich verbeugen? Schließlich tat ich, was die anderen taten, und machte eine tiefe Verbeugung.

»Eure Heiligkeit«, murmelte ich. Ich hatte wirklich keine Ahnung, was ich tun sollte. Man musste doch wohl Katholik sein, um niederzuknien und den goldenen Fischerring an seiner Hand zu küssen?

»Ich möchte mich im Namen der Kirche für all das entschuldigen, was Ihnen Vicarius Filii Dei im Namen des Heiligen

Stuhls angetan haben«, sagte der Papst etwas altertümlich. »Adrian«, fuhr er an einen jüngeren Priester hinten im Raum gerichtet fort, »könnten Sie Kardinal Maximo Romano zu uns rufen?« Dann richtete er seine Aufmerksamkeit wieder auf mich. »Wenn ich das richtig verstanden habe, sind Sie bereit, uns beizustehen, um den Untaten, die meine verwirrten Untertanen begangen haben, auf die Spur zu kommen und endlich wieder Ordnung zu schaffen?«

Dem Papst kann man Hilfe ja wohl kaum verwehren. Ich meine, wenn er einen persönlich bittet? Das kommt sicher nicht oft vor.

Als spüre er meine Verunsicherung, sagte er mild: »Ich kenne Ihre Lebensphilosophie. Aber bedenken Sie, dass sich nicht nur die katholische Kirche, die römische Kurie und der Heilige Stuhl für das Rätsel interessieren, das Sie, nebst vielen anderen, zu lösen versuchen. Diese Sache ist für die ganze Menschheit von Bedeutung. Für unsere Beziehung zu Gott. Wenn ich auch weiß, dass Sie keine besondere Beziehung zu Gott haben. Aber, junger Mann, das ist ganz in Ordnung. Sie werden das Licht schon noch erblicken und unserem Herrn begegnen.«

Er meinte es sicher nicht so, aber irgendwie konnte man das auch als Drohung auffassen.

II

Als Kardinal Maximo Romano ein paar Minuten später hereingeführt wurde, blieb er wie angewurzelt stehen. Sein Blick huschte vom Papst zu mir und wieder zurück. Zögernd ging er bis zum Heiligen Vater, kniete nieder und küsste seinen Ring.

»Heiliger Vater ...«

Das tiefe Seufzen des Papstes war Antwort genug. Er bedeutete dem Kardinal, sich zu erheben. »Kardinal Maximo Romano. Sie haben mich aufs Tiefste enttäuscht.«

»Es tut mir weh, das zu hören, Heiliger Vater«, antwortete der Kardinal, der Heuchler.

Irgendwo klang munter eine Glocke, die in ihrer ganz eigenen Zeit zu leben schien.

Der Papst sagte: »Vor vielen hundert Jahren wurde Vicarius Filii Dei als ein Werkzeug des Papstes gegründet, um das Wort Gottes durchzusetzen. Durch die Zeiten haben die Ordensbrüder unserer Sache gedient. Der Sache unseres Herrn. Unter größter Geheimhaltung haben viele meiner Vorgänger die Dienste genutzt, um in der Grauzone zwischen dem vergänglichen Erdenleben und den himmlischen Sphären etwas ausrichten zu können. Sogar unser Herr braucht mitunter angstlose, loyale Soldaten. Deshalb durfte Vicarius Filii Dei existieren. Im Geheimen. Ohne unnötige Einmischung. Die Päpste haben dem Orden und seinem Kardinal *in pectore* in all den Jahrhunderten vertraut und seinen selbstlosen Gehorsam als selbstverständlich angesehen. Ja, ich weiß, dass viele meiner Vorgänger mit dem Orden nichts zu tun haben wollten. Trotzdem ließ man ihn gewähren. Andere haben den Orden für die schändlichsten Missetaten genutzt – ich habe die Dokumente in unseren Archiven gelesen. Aber Sie, Kardinal Maximo Romano, haben das Glaubensgelöbnis gebrochen, das Sie einmal gegeben haben, um den Vicarius Filii Dei als Diener des Herrn und als gehorsamer Untertan des Papstes vorzustehen. Die Macht, die Ihnen gegeben worden ist, haben Sie für Ihre eigenen Interessen missbraucht. Sie haben die Vicarius Filii Dei zu Ihrer eigenen Sekte und Armee gemacht.«

»Aber…«

»Glauben Sie etwa, wir hätten das nicht verfolgt und voller Sorge auf Ihre politischen Ambitionen geschaut? Wir waren schon lange bereit einzugreifen.«

»Ich…«

»Aber mit der Entführung von Professor Moretti und seinem unschuldigen Sohn – ganz zu schweigen von den schändlichen

Morden – sind Sie zu weit gegangen. Viel zu weit. Wir haben vieles akzeptiert und nicht sehen wollen. Aber Mord und Entführung sind Verbrechen.«

»In Gottes Namen, Heiliger Vater – sie standen unserer Operation im Wege!«

»Und das unglückselige Schicksal von Bruder Francesco ...«

»Selbstmord, Heiliger Vater. Das kann meinen Männern nicht angelastet werden. Sie wollten ihn nur zurückholen. Er hat eine Gefahr für den Orden dargestellt. Und für sich selbst. Niemand – nicht einmal ich – konnte davon ausgehen, dass er aus einem Fenster springt.«

»Aus einem Fenster des Palazzo Vecchio, mit einem Seil um den Hals! Sehen Sie denn nicht selbst, was aus Ihnen geworden ist?«

Der Kardinal senkte den Kopf.

»Sie haben Ihre Männer zu ebenso zynischen wie scheinheiligen Verbrechern gemacht! Sie sind schon lange keine demütigen Soldaten des Herrn mehr. Sie arbeiten für Sie, Maximo Romano! Und Sie dienen weder dem Herrn noch mir, sondern nur sich selbst und Ihren eigenen, korrupten Interessen!«

Mit diesen Worten nickte er einem Mann zu, der an der Tür stand und zwei uniformierte Wachen der Schweizergarde hereinließ.

»Kardinal Maximo Romano«, sagte der Papst mit lauter Stimme, »ich enthebe Sie hiermit Ihres Amtes als Kardinal und stelle Sie unter Arrest.«

Die zwei Gardisten führten den Kardinal aus dem Saal.

III

Als die schwere Tür geschlossen wurde, wandte der Papst sich wieder mir zu.

»Unangenehm, aber notwendig. Ich wollte, dass Sie dabei

sind, um Ihnen zu zeigen, wie ernst mir die Sache ist. Ich stehe nicht hinter den Untaten von Vicarius Filii Dei, und ich distanziere mich von allem, was sie getan haben.«

Ich verbeugte mich leicht.

»Heiliger Vater, uns fehlen noch immer Informationen über die Lage des Klosters«, warf Nick Carver ein. »Wir haben allen Grund zur Annahme, dass Professor Moretti und sein Sohn dort gefangen gehalten werden.«

»Ich werde Ihnen helfen. Auch wenn ich damit eine alte Tradition breche.« Wieder richtete er seinen Blick auf mich. »Werden Sie uns helfen, Bjørn Beltø?« Er lächelte nachsichtig. »Werden Sie uns helfen, die Bundeslade zu finden?«

Man schlägt dem Papst keine Bitte aus. Nicht einmal ein Ketzer wie ich bringt da ein Nein über die Lippen. Trotzdem war die Frage einfach zu groß, zu wahnsinnig.

»Heiliger Vater, es ist nicht so, dass ich nicht wollte, aber mit allem Respekt, es fällt mir schwer, nach etwas zu suchen, an das ich nicht glaube.«

»Woran glauben Sie nicht?«

»An die Existenz der Bundeslade.«

Er sah mich schweigend an.

»Ich bin mir nicht einmal sicher, ob sie jemals existiert hat«, erklärte ich.

Er nickte vor sich hin. »Durchaus verständlich. Adrian, könnten Sie Kammerherrn Acciaiuoli rufen.«

IV

Der Kammerherr war ein gestrenger, autoritär auftretender, schon recht betagter Mann mit blutunterlaufenen Augen und einem langen, spitzen Gesicht, das den Eindruck von Humorlosigkeit und Autorität noch unterstrich. »Einer der engsten Vertrauten des Papstes«, flüsterte mir einer der zivilen Mitarbeiter zu. Der Papst winkte ihn zu sich und flüsterte ihm etwas ins Ohr. Der Kammerherr zuckte zusammen und sah mich mit einem Blick an, in dem Missbilligung und Skepsis lagen. Dann folgte eine geflüsterte Debatte zwischen dem Papst und seinem Vertrauten. Sie endete damit, dass Acciaiuoli sich verbeugte und mir mit einem Rucken des Kopfes zunickte, woraus ich wohl entnehmen sollte, ihm zu folgen.

Der Kammerherr und zwei Schweizergardisten führten mich über endlose Flure. Treppen hinauf und wieder hinunter. Durch Türen und Sicherheitsschleusen. Nach zehn oder fünfzehn Minuten kamen wir in einen moderneren Flügel, der am ehesten an eine Bank erinnerte. Wir mussten durch weitere drei Sicherheitsschleusen – samt Metalldetektoren und Röntgengeräten –, bis wir das Vorzimmer eines streng gesicherten Tresorraums erreichten. Zwei bewaffnete Wachen standen rechts und links neben der massiven Tür, über der vier rote Lampen leuchteten. Hinter getönten Scheiben sah ich einen Raum voller Monitore und technischer Ausrüstung.

Kammerherr Acciaiuoli trat an einen futuristischen Apparat und platzierte beide Hände mit gespreizten Fingern auf einer dunklen Glasplatte, die sogleich aufleuchtete. Gleichzeitig hielt er sein Gesicht vor ein Gerät mit zwei Okularen. Ein Irisscanner?

»Acciaiuoli 1937«, sagte er langsam und deutlich.

Eine Serie von Pieplauten ertönte, und eine der roten Lampen wurde grün.

»Kammerherr, würden Sie mir bitte den Tagescode A nennen?«

»*Deuteronomium: Dominus Deus noster, Dominus unus est*«, sagte der Kammerherr langsam und deutlich.

Erneut piepte es. Eine weitere Lampe leuchtete grün.

»Tagescode B?«

»*Wajikra* 6, 5 bis 9.«

Die dritte Lampe wurde grün. Auf einem Bildschirm über der Tür leuchteten folgende hebräische Zeichen auf:

וְאָהַבְתָּ אֵת יְיָ אֱלֹהֶיךָ בְּכָל לְבָבְךָ וּבְכָל נַפְשְׁךָ וּבְכָל מְאֹדֶךָ:
וְהָיוּ הַדְּבָרִים הָאֵלֶּה אֲשֶׁר אָנֹכִי מְצַוְּךָ הַיּוֹם עַל לְבָבֶךָ:
וְשִׁנַּנְתָּם לְבָנֶיךָ וְדִבַּרְתָּ בָּם
בְּשִׁבְתְּךָ בְּבֵיתֶךָ וּבְלֶכְתְּךָ בַדֶּרֶךְ וּבְשָׁכְבְּךָ וּבְקוּמֶךָ:
וּקְשַׁרְתָּם לְאוֹת עַל יָדֶךָ וְהָיוּ לְטֹטָפֹת בֵּין עֵינֶיךָ:
וּכְתַבְתָּם עַל מְזוּזֹת בֵּיתֶךָ וּבִשְׁעָרֶיךָ:

Wajikra. Eine alte jüdische Lobpreisung des Herrn. Hier? Im Vatikan?

»Danke«, sagte die Stimme im Lautsprecher. »Tagescode C?«

»JHWH«, antwortete der Kammerherr.

Auf dem Bildschirm wurde der Wajikra-Text ersetzt durch die Zeichen:

$$\exists Y \exists \lambda$$

Die paläohebräische Version von *JHWH*: Jahve. Gott.

Als die vierte Lampe grün aufleuchtete, wurde das scharfe Licht im Vorzimmer gedimmt. Mit einem hydraulischen Fauchen öffnete sich die Tresortür ein paar Zentimeter weit. Der Kammerherr nickte in Richtung der getönten Scheibe, und die Tür ging weiter auf.

V

Ich weiß nicht, was ich erwartet hatte, aber das nicht:

Der ganze Raum war mit Zeltbahnen aus feinstem gesponnenen Leinen und violetter, purpurroter und karmesinroter Wolle ausgekleidet. Die Stoffbahnen hingen an goldenen Haken an Schlaufen aus violetter Wolle. Auch die Decke war mit Stoff verkleidet, der aber aus einem anderen Material war. Der Boden war aus Holz und schien zu schwanken, als würde er von Sockeln getragen.

Der Kammerherr führte mich in eine Nische mit eigener Dusche. An der Wand hing ein seidenes Gewand zum Überwerfen.

Er nickte in Richtung der Dusche und des Gewands.

Ich duschte und zog mich um. Als ich aus der Nische trat, hatte auch er sich umgezogen.

Hinten im Raum hing ein Vorhang aus Wolle und Leinen. Cherubimmotive waren kunstfertig in den Stoff gewebt worden. Der Vorhang hing an vier goldverkleideten Pfosten, die auf silbernen Sockeln standen.

Der Kammerherr führte mich in den nächsten Raum, in dem ein bronzenes Weihwasserbecken stand. Er tauchte die Finger ins Becken und segnete uns beide.

Wir waren von Stoffen umgeben. Lange Bahnen aus feinstem Leinen hingen an Reihen von Pfosten, die in bronzenen Sockeln verankert waren. Die Spitzen waren mit Silber verkleidet und mit Streben aus Silber verbunden.

Um weiterzukommen, mussten wir an einer weiteren gewebten Decke vorbei, auch diese aus Leinen und Wolle: violett, purpurn und karmesinrot.

Der innerste Raum war dunkel. Ein paar schwache Glühbirnen schalteten sich automatisch ein, als wir eintraten.

Der Kammerherr kniete nieder. Ich tat automatisch das Gleiche.

Mitten im Raum stand ein Sockel.

Darauf prangte eine Truhe aus Holz und Gold.

Anderthalb Meter lang und fast einen Meter breit und hoch.

Auf dem Deckel zwei Cherubim aus Gold. Sie sahen sich an. Mit entfalteten Flügeln.

Überrascht und entgeistert hielt ich die Luft an. Das gestehe ich ein. Mir blieb tatsächlich die Luft weg.

Ein kaltes, fast betäubendes Gefühl der Ehrfurcht durchrieselte meinen Körper, als mir bewusst wurde, was da vor mir stand.

Die Bundeslade.

Morettis Geschichte (VI)

ZWISCHENSPIEL: VERWUNDERUNG
MÖNCHSKLOSTER MONTECASETTO
NACHT AUF FREITAG

Der Sternenhimmel erfüllt das ganze Fenster. Die Zelle ist dunkel. Lorenzo sitzt mitten im Raum in einer Art Schneidersitz und sieht nach draußen. Die Sterne funkeln. Die Nacht ist zeitlos. Silvio schläft in seinem Bett, wälzt sich hin und her und jammert leise. Bestimmt träumt er wieder von Angelica. Lorenzo weiß, wie eng verbunden der Junge mit ihr ist.

Wo kann das Buch von Nostradamus, das er braucht, um den Schlüssel zu finden, nur sein?

Das Geräusch eines Schlüssels im Schloss lässt ihn zusammenzucken. Dann geht die Tür auf. Es ist Bartholomäus. Das Flurlicht erhellt die Zelle. Lorenzo nickt in Richtung Silvio und legt den Finger vor die Lippen. Bartholomäus versteht. Er kommt in die Zelle und schließt leise die Tür. Lorenzo bleibt im Dunkel auf dem Boden sitzen. Bartholomäus' Schritte. Ein Streichholz streicht über die Reibfläche der Schachtel und entzündet ein scharfes Licht. Der Mönch zündet die Kerze auf dem Schreibtisch an und zieht den Stuhl zu sich. Beim Kratzen der Stuhlbeine blicken beide zu Silvio. Dann nimmt Bartholomäus seufzend Platz, während Lorenzo ihn fragend ansieht.

Es ist etwas passiert, sagt Bartholomäus leise, fast flüsternd.

Was?

Wir haben einen Anruf aus dem Vatikan erhalten. Der Kardinal ist unter Arrest gestellt worden. Auf direkten Befehl des Papstes. Wir verstehen das nicht. Bartholomäus schüttelt den Kopf und breitet die Arme aus. Das ist Satans Werk, sagt er. Satans Eingreifen. Wieder ein Beispiel, dass die alte Prophezeiung die Wahrheit sagt. Das Ende ist nahe. Der Kardinal unter Arrest! Bartholomäus senkt die Stimme: Ich mache mir Sorgen um Sie.

Um uns? Um Silvio und mich?

Der Herr will, dass ich nach Ihnen sehe. Draco ist jetzt an die Stelle des Kardinals getreten. Er ist ungeduldig und hat nicht die Barmherzigkeit Romanos.

Bartholomäus, Sie müssen uns helfen!

Sie sehen einander an.

Morgen früh, sagt Bartholomäus. Auf dem Weg in die Bibliothek. Ich werde Ihnen helfen.

Und wie?

Es gibt geheime Ausgänge, durch die ich Sie nach draußen bringen kann.

Und die Wachen?

Die kann ich ablenken. Können Sie den Code im Laufe der Nacht dechiffrieren?

Mir fehlt das Buch!

Ohne das geht es wirklich nicht?

Das habe ich doch schon so oft erklärt.

*

Als Bartholomäus geht, bleibt Lorenzo verwundert und voller Fragen zurück.

Der Kardinal unter Arrest? Im Vatikan? Wo bleibt dann die Polizei? Die Kavallerie? Warum kommt niemand, um sie zu retten? Die Polizei hätte sie doch längst finden müssen. Es kann doch nicht so schwer sein, die Drahtzieher dieser Entführung und ihren Aufenthaltsort zu ermitteln? Wenn der Papst den Kardinal unter Arrest gestellt hat, muss er doch Bescheid wissen.

Der Papst würde der Polizei keine Informationen vorenthalten. Oder womöglich doch?

Er braucht mehr Zeit. Wegen Silvio. Vor allem wegen Silvio. Und er denkt: Solange sie mich brauchen, stehen wir unter ihrem Schutz. Mein Wissen ist unsere beste Waffe. Unser Schild. Aber was, wenn er den Code für die Mönche doch irgendwann dechiffriert? Er zweifelt daran, dass sie dann die Türen öffnen und ihn und Silvio einfach gehen lassen. Niemals. Das hat er Dracos kaltem, gleichgültigem Blick entnehmen können. Und auch in Bartholomäus' Augen hat er Mitleid und Verzweiflung gesehen.

Es gibt Grenzen, wie sehr er die Zeit in die Länge ziehen kann. Die Geduld der Mönche ist nicht unbegrenzt. Sie wissen ganz genau, dass das Netz sich um sie zusammenzieht. Früher oder später wird die Polizei kommen. Die Zeit ist der alles entscheidende Faktor.

Er hat die Kiste mit den verschiedenen Nachschlagewerken aus der Bibliothek mit in seine Zelle genommen. Nun sitzt er da und blättert sie ziellos durch. Er schlägt *Steganographia* von Trithemius auf. Das Buch, das Francesco ihm bei ihrem letzten Gespräch zugeschoben hat. Es ist aus dem Jahr 1499 und enthält die ersten primitiven Beispiele der polyalphabetischen Substitutionschiffrierung.

Ein handgeschriebener Zettel rutscht aus den Seiten. Er liest:

~ LM ~ ILP! ~ F ~

VII

VATIKAN
NACHT AUF FREITAG

Hinter dem zweiten Vorhang war der Teil
der Stiftshütte, der das Allerheiligste heißt.
Hier stand das goldene Räuchergefäß und
die Bundeslade, die ganz mit Gold überzogen war.

BRIEF AN DIE HEBRÄER

Die Päpstliche Kommission für Heilige Archäologie
liegt im Palast des Päpstlichen Instituts für
Christliche Archäologie in der
Via Napoleone III, 1, I-00185 Rom.

WEBSITE DES VATIKANS

KAPITEL 25

Die Bundeslade

VATIKAN,
NACHT AUF FREITAG

I

Vor mir in dem klimatisierten, nur mit gedämpftem Licht erhellten Raum stand die größte Reliquie der Bibelgeschichte: die Bundeslade. Ich sah zu den violetten, purpurroten und karmesinroten Tüchern auf, die uns umgaben, und erkannte erst jetzt den in der Bibel beschriebenen Zelttempel.

»Sind wir in der Stiftshütte?«, fragte ich andächtig.

»Natürlich nicht«, schnaubte der Kammerherr. »Das ist eine geweihte Nachbildung, errichtet nach Gottes Anweisungen, wie es im Alten Testament geschrieben steht.«

»Und die Bundeslade? Ist das auch eine Kopie?«

»Nein.« Er hielt einen Moment inne. »Die ist echt.«

II

Macht eine Lade aus Akazienholz, zwei und eine halbe Elle soll die Länge sein, anderthalb Ellen die Breite und anderthalb Ellen die Höhe. Du sollst sie mit feinem Gold überziehen, innen und außen, und einen goldenen Kranz an ihr ringsherum machen. Und gieß vier goldene Ringe und tu sie an ihre vier Ecken, so daß zwei Ringe auf einer Seite und zwei auf der andern seien. Und mache Stangen von Akazienholz und überziehe sie mit Gold und stecke sie in die Ringe an der Seite der Lade, daß man sie damit trage. Sie sollen in den Ringen bleiben und nicht herausgetan werden. Und du sollst in die Lade das Gesetz legen, das ich dir geben werde. Du sollst auch einen Gnadenthron machen aus feinem Gold; zwei und eine halbe Elle soll seine Länge sein und anderthalb Ellen seine Breite. Und du sollst zwei Cherubim machen aus getriebenem Golde an beiden Enden des Gnadenthrones, so daß ein Cherub sei an diesem Ende, der andere an jenem; daß also zwei Cherubim seien an den Enden des Gnadenthrones. Und die Cherubim sollen ihre Flügel nach oben ausbreiten, daß sie mit ihren Flügeln den Gnadenthron bedecken und eines jeden Antlitz gegen das des andern stehe; und ihr Antlitz soll zum Gnadenthron gerichtet sein. Und du sollst den Gnadenthron oben auf die Lade tun und in die Lade das Gesetz legen, das ich dir geben werde. Dort will ich dir begegnen und vom Gnadenthron aus, der auf der Lade des Gesetzes ist, zwischen den beiden Cherubim will ich mit dir alles reden, was ich dir gebieten will für die Israeliten.[*]

So steht es geschrieben.

Gott hat Mose befohlen, ein Heiligtum zu bauen, in dem die Steintafeln mit den Zehn Geboten aufbewahrt werden sollten. *Dort will ich dir begegnen*, heißt es. Dort will Gott Mose treffen. Schenkt man der Bibel Glauben, war die Bundeslade nicht nur eine Truhe, sondern auch ein Treffpunkt. Ein Ort, an dem Gott sich seinem Propheten offenbaren konnte. Ein Kommunikationskanal. *Dort will ich dir begegnen und vom Gnadenthron aus, der auf der Lade des Gesetzes ist, zwischen den beiden Cherubim will ich mit dir alles reden, was ich dir gebieten will für die Israeliten.*

Und jetzt stand sie nur wenige Meter vor mir. Kein Wunder, dass mein Herz hämmerte.

»Das ist unfassbar! Vollkommen unfassbar!«, murmelte ich.

---

[*] 2. Buch Mose, Kap. 25, Vers 10–22.

»Aber ich verstehe das nicht. Warum bekomme ausgerechnet *ich* Zutritt?«

»Das«, sagte der Kammerherr streng, »ist eine sehr berechtigte Frage.«

»Warum?«

»Weil der Heilige Vater es so wollte.«

»Ich dachte, nur die Tempeldiener und der Hohepriester hätten Zutritt zum Allerheiligsten.«

In der Bibel steht geschrieben:

Den Stamm Levi sollst du nicht zählen noch seine Summe aufnehmen unter die Israeliten, sondern du sollst sie zum Dienst bestellen an der Wohnung des Gesetzes, an all ihrem Gerät und allem, was dazugehört. Sie sollen die Wohnung tragen, und alle Geräte und sollen sie in ihre Obhut nehmen und um die Wohnung her sich lagern. Und wenn man weiterzieht, so sollen die Leviten die Wohnung abbrechen. Wenn aber das Heer sich lagert, sollen sie die Wohnung aufschlagen. Und wenn ein Fremder sich naht, so soll er sterben. Die Israeliten sollen sich lagern, ein jeder in seinem Lager und bei dem Banner seiner Heerschar. Aber die Leviten sollen sich um die Wohnung des Gesetzes lagern, damit nicht ein Zorn über die Gemeinde der Israeliten komme. So sollen die Leviten ihren Dienst versehen an der Wohnung des Gesetzes. Und die Israeliten taten alles; wie der HERR es Mose geboten hatte.[*]

Und wenn ein Fremder sich naht, so soll er sterben.

»Nicht einmal die Leviten[**] hatten Zugang zu dem Zelttempel, in dem die Bundeslade sich befand«, sagte der Kammerherr.

---

[*] 4. Buch Mose, Kap. 1, Vers 50–54.
[**] Die Leviten waren die Nachkommen Levis und dienten als Priester und Tempeldiener. Mose war Levit.

»Die Leviten durften nur das Zelt errichten und es wieder abbauen. Rein kamen sie nie. Nur der Hohepriester hatte die Erlaubnis, ins Zelt zu gehen.«

Mein ganzes Leben hadere ich schon mit meinem Selbstvertrauen. Mitunter halte ich mich nicht für einen richtigen Kerl. Kein Wunder also, dass ich es merkwürdig fand, dass ich – ausgerechnet ich – bis in das Allerheiligste vordringen durfte, bis zu dem Ort, an dem Gott zu den Menschen sprach.

Der Hohepriester.

Und ich.

III

»Es gibt eine ganz einfache Erklärung«, sagte Acciaiuoli. »Die Bundeslade ist leer.«

»Leer?«

»Ja, leider.«

»Aber wie …«

»Deshalb haben Sie ja Zutritt bekommen. Und auch ich, um genau zu sein. Was Sie vor sich sehen, ist nur die Lade. Die Hülle, wenn Sie so wollen. Der heilige Inhalt fehlt.«

»Die Steintafeln?«

»Samt Aarons Stab und einem Krug mit Manna, wenn wir den alttestamentarischen Bibelstellen Glauben schenken wollen. Alles ist weg.«

»Und wo ist es?«

»Wenn wir das wüssten, Beltø, befänden Sie sich jetzt nicht hier.«

»Aber Sie haben die *Truhe*?« Ich nickte in Richtung der Bundeslade.

»Die Bundeslade, ja, aber eben ohne Inhalt. Die Tempelritter haben sie aus Jerusalem mitgebracht, aber als der Papst sie bekam, war sie leer.«

»Und warum zeigen Sie sie mir?«

»Weil der Papst mich darum gebeten hat. Ich habe ihm das natürlich auszureden versucht, aber der Heilige Vater hat darauf bestanden.«

»Aber warum?«

»Beltø, Sie wirken gar nicht so schlau, wie Ihre Fürsprecher das darstellen. Seine Heiligkeit will Sie natürlich davon überzeugen, dass es die Bundeslade gibt und sie nicht bloß ein mythischer Gegenstand ist.« Er warf einen Blick auf die Lade und sah mich dann herablassend an. »Aus Gründen, die ich selbst nicht nachvollziehen kann, möchte der Papst, dass Sie mit uns zusammenarbeiten.«

Mir lag noch ein *Warum* auf der Zunge, aber ich war die arrogante Art des Kammerherrn langsam leid.

»Und wenn ich … das weitererzähle?«, fragte ich. Am ehesten wohl, um ihn zu ärgern.

Widerstrebend richtete er seinen blutunterlaufenen Blick noch einmal auf mich.

»Lieber Beltø. Es heißt, Sie seien eine Autorität auf Ihrem Feld. Trotzdem muss ich mich fragen, wer Ihnen denn so etwas glauben würde …«

Morettis Geschichte (VII)

ZWISCHENSPIEL: DIE BOTSCHAFT
MÖNCHSKLOSTER MONTECASETTO
NACHT AUF FREITAG

~LM~ILP!~F~

Lorenzo hat nicht geschlafen. Sein Körper zittert vor Unruhe. Die ganze Nacht über hat er mit der handschriftlichen Botschaft von Francesco dagesessen, neben sich die Vigenèrechiffre, einen Stapel leere Zettel und einen Bleistift. *~LM~ILP!~F~* Was bedeutet das? Draußen ist es noch immer dunkel. Jeden Augenblick graut der Morgen. Er spürt, dass er der Lösung ganz nah ist. *~LM~ILP!~F~* Das kann nur eine Botschaft sein. Zweifellos eine wichtige. Aber was bedeutet sie?

Silvio wälzt sich hin und her, stöhnt im Schlaf und tritt die Decke weg.

Ich sollte auch ein bisschen schlafen, denkt er. Silvio hat sich wie ein Säugling zusammengerollt und lutscht am Daumen. Das hat er schon seit vielen Jahren nicht mehr gemacht. Lorenzo lächelt traurig. Der Daumen gibt ihm vielleicht ein bisschen Sicherheit und bringt ihn Angelica näher.

Er bläst die Kerze aus, zieht sich aus, kriecht ins Bett und schläft sofort ein.

KAPITEL 26

Die Steintafeln

VATIKAN,
NACHT AUF FREITAG

I

Götter und Teufel. Engel und Dämonen. Zauberer und Wahrsagerinnen. Scharlatane und Quacksalber. Die Welt ist voll von ihnen. Die Geschichte ebenfalls. Und noch immer glauben wir an ihren Hokuspokus, ja nicht nur das: Wir beten sie an. Als wenn sie uns zuhören würden. Lernen wir denn niemals? Wir dürfen die Geschichte von Apollon und Cassandra nicht vergessen. Vor lauter Liebe und Großmut schenkte Apollon seiner Auserwählten die Fähigkeit, in die Zukunft zu blicken. Trotzdem wollte sie ihn nicht. Typisch Frau! Apollons Rache war süß: Er belegte sie mit dem Fluch, dass niemand an ihre Weissagungen glaubte. Auch als sie den Fall Trojas vorhersagte und vor dem trojanischen Pferd warnte, begegnete man ihr nur mit Misstrauen. Auf jeden Fall zeigt die Geschichte, dass man sich nicht mit Göttern anlegen sollte. Oder mit mächtigen Männern.

»Geht es Ihnen gut, Beltø?«

Fabrizio Biniscottis Frage klang verständnisvoll und freundlich. Der kleine, sympathische Mann mit dem kugelrunden, kahlen Schädel war der Chefkonservator der Päpstlichen Kommission für Heilige Archäologie. Ich saß in einem tiefen Sessel in seinem Büro. Nick Carver und William Blackmore – der mit dem Pferdeschwanz – standen am Fenster. Hinter ihnen im Dunkel glänzten Hausdächer und Kuppeln im spärlichen Licht der Nacht.

»Das alles ist ... einfach überwältigend«, sagte ich. »Die Bundeslade ...«

»Ich habe vollstes Verständnis«, sagte er. »Ich habe genau wie Sie reagiert, als ich die Lade das erste Mal sehen durfte.«

»Wie lange haben Sie sie schon?«

»Die Lade – also die Truhe – ist seit 1306 im Besitz der katholischen Kirche.«

»1306 ...«, wiederholte Nick Carver mit einem munteren Lächeln in meine Richtung.

»Das Jahr vor der Verfolgung der Tempelritter«, sagte ich.

»Der Großmeister der Tempelritter Jacques de Molay brachte die Bundeslade aus Jerusalem mit, wo sie sie in einer Grotte im Tempelberg gefunden hatten«, sagte Biniscotti. »Die Ritter nahmen die Lade mit zurück nach Europa und überreichten das Heiligtum Papst Clemens V. Aber dem Papst reichte das nicht, er verdächtigte die Tempelritter, den Inhalt, also die Steintafeln, gestohlen zu haben. Und damit nicht genug. Es hieß, die Tempelritter hätten noch andere Schätze behalten, die sie in der Grotte gefunden hatten.«

Die Steintafeln nicht, aber die Truhen aus der Bibliothek von Alexandria, dachte ich.

»Hat der Vatikan einen Verdacht, was genau die Tempelritter zurückgehalten haben sollen?«, fragte ich vorsichtig.

»Die Steintafeln!«, sagte Fabrizio Biniscotti. »Zweifellos die Steintafeln. Aber wer weiß? Vielleicht auch Aarons Stab oder den Krug mit Manna?«

Der Vatikan hat keine Ahnung von den vierundzwanzig Truhen aus der alexandrinischen Bibliothek, dachte ich.

»Die Dokumente im Geheimarchiv des Vatikan sind etwas unklar«, erklärte Biniscotti. »In einem davon wird auf einen Schatz des Cäsar hingewiesen. Des Weiteren wissen wir, dass die Johanniter auf Rhodos 175 Jahre später vierundzwanzig Truhen gerettet haben. Die Herkunft dieser Truhen ist unbekannt. Sie sollen etwas enthalten haben, das als ›Bibliothek des Teufels‹ beschrieben wurde, oder *Bibliotheca Ditis Patris*. Hinweise darauf finden sich bis zurück in Cäsars Zeiten immer wieder. Das Ganze ist ein großes Mysterium, und ich fürchte, wir haben mehr Fragen als Antworten. Die Bibel ist leider auch nicht eindeutig, was den Inhalt der Bundeslade angeht.« Biniscotti suchte ein paar Zettel mit Zitaten zusammen. »Im ersten Buch der Könige steht, dass die Bundeslade nur die Steintafeln enthielt:

Und es war nichts in der Lade als nur die zwei steinernen Tafeln des Mose, die er hineingelegt hatte am Horeb, die Tafeln des Bundes, den der HERR mit Israel schloß, als sie aus Ägyptenland gezogen waren.[*]

Aber im zweiten Buch Mose ist zu lesen:

Und Mose sprach zu Aaron: Nimm ein Gefäß und tu Manna hinein, den zehnten Teil eines Scheffels, und stelle es hin vor den HERRN, daß es aufbewahrt werde für eure Nachkommen.[**]

Und im vierten heißt es:

Und Mose legte die Stäbe vor dem HERRN nieder in der Hütte des Gesetzes. Am nächsten Morgen, als Mose in die Hütte des Gesetzes ging, fand er den Stab Aarons vom Hause Levi grünen und die Blüte aufgegangen und Mandeln tragen. Und Mose trug die Stäbe alle heraus von dem HERRN zu allen Israeliten, daß sie es sahen und ein jeder nahm seinen Stab. Der HERR aber sprach zu Mose: Trage den Stab Aarons wieder vor die Lade mit dem Gesetz, da-

---

[*] 1. Könige, Kap. 8, Vers 9.
[**] 2. Buch Mose, Kap. 16, Vers 33–34.

mit er verwahrt werde zum Zeichen für die Ungehorsamen, daß ihr Murren vor mir aufhöre und sie nicht sterben.[*]

In dem Brief an die Hebräer, der neutestamentarischen Schrift, die immer wieder auf das Alte Testament und den Alten und den Neuen Bund verweist, steht geschrieben:

Denn die Stiftshütte war da errichtet. In ihrem vorderen Teil waren die Leuchter, der Tisch und die Schaubrote, und er heißt: das Heilige. Hinter dem zweiten Vorhang war der Teil der Stiftshütte, der das Allerheiligste heißt. Hier stand das goldene Räuchergefäß und die Bundeslade, die ganz mit Gold überzogen war; in ihr war der goldene Krug mit dem Himmelsbrot und der Stab Aarons, der gegrünt hatte, und die Tafeln des Bundes.«[**]

»Welcher Version sollen wir also Glauben schenken?«, fragte ich.

»Schwer zu sagen. Nicht einmal die Kirchenväter haben die Bibel buchstäblich genommen. Lesen Sie Augustinus, einen der größten Theologen der frühen Kirchenzeit. Er postuliert in seinem Werk *De Genesi ad Litteram*, dass die Bibel gedeutet werden muss und nicht buchstäblich gelesen werden darf. Der große Thomas von Aquin verwies auf den beinahe tausend Jahre älteren Augustinus, um zu unterstreichen, dass man sich niemals auf nur eine Deutungsmöglichkeit festlegen solle. Es ist ein Mythos, dass die alten Christen engstirnige Hardliner waren.«

»Aarons Stab ist heute sicher nur noch ein vertrocknetes Stück Holz, und das Manna muss weit über dem Verfallsdatum sein, selbst wenn es vom Himmel kam«, warf William ein.

»Und nach alldem sucht die Päpstliche Kommission für Heilige Archäologie?«, fragte ich.

---

[*] 4. Buch Mose, Kap. 17, Vers 7–11.
[**] Brief an die Hebräer, Kap. 9, Vers 2–5.

»Als wir gegründet wurden, lautete unser ursprüngliches Ziel, die Katakomben Roms zu erforschen und zu bewahren, wie auch die anderen heiligen Stätten von antiquarischem oder archäologischem Interesse«, antwortete Biniscotti. »Ganz im Stillen haben wir uns aber auch an archäologischen Projekten in der ganzen Welt beteiligt.«

»Um die Steintafeln zu finden?«

»Die Steintafeln, das Kreuz Jesu, die Dornenkrone. Den Heiligen Gral. Bibelmanuskripte. Es gibt so viel, wonach man suchen kann…«

»Nur leider nicht so viel zu finden«, sagte William Blackmore.

Sie haben wirklich nicht die Spur einer Ahnung von der Bibliothek in Alexandria, dachte ich verblüfft, hatte aber nicht vor, irgendetwas zu verraten. Noch nicht. Nicht bevor ich mir wirklich sicher war, dass sie die Wahrheit sagten, dass Nick Carver und Fabrizio Biniscotti tatsächlich mein Vertrauen verdienten und Angelica in guten Händen war. Erst dann wollte ich sie in Bernardo Caccinis großes Geheimnis einweihen.

»Es ist gut möglich, dass Sie dieser Spur bereits hinreichend gefolgt sind«, sagte ich, »aber haben Sie sich mal genauer mit dem *Codex Amiatinus* auseinandergesetzt?«

Fabrizio Biniscotti verzog nicht eine Miene.

»Warum der *Codex Amiatinus*?«, wollte Nick Carver wissen.

»In einer Abschrift der verschwundenen Erstausgabe von Nostradamus' *Les Prophéties* aus dem Jahre 1555 sind wir auf drei weitere Anagramme gesto…«

»Sie besitzen ein Exemplar der Erstausgabe von 1555?«, unterbrach Biniscotti mich begeistert.

»Nein, aber wir standen in Kontakt mit einem Mann, der eine exakte Abschrift einiger Seiten hatte. Er wurde von den Mönchen getötet. Theophilus de Garencières.«

Ich schrieb die drei entzifferten Anagramme auf:

Libico ß
δέκα Mei
ⵓⵞⵝⵝⵝⵜⵜⵜⵞⵀⴳⴰ

BIBLIOTECA
MEDICEA
LAURENZIANA

»Und in der Biblioteca Medicea Laurenziana wird der *Codex Amiatinus* aufbewahrt«, sagte Fabrizio Biniscotti langsam. »Die älteste existierende Version der *Biblia Vulgata*, Hieronymus' lateinische Übersetzung des Alten Testaments aus dem Hebräischen und des Neuen Testaments aus dem Griechischen. Wie Sie sicher verstanden haben, ist Nostradamus nur eine der unklaren Figuren, die dieses historische Rätsel bevölkern und zwischen denen es zahlreiche Verbindungen gibt. Wo zum Beispiel ist der Zusammenhang zwischen Nostradamus' Auftrag auf der einen Seite und der Verschiffung von vierundzwanzig Truhen aus Rhodos nach Italien auf der anderen?«

Die Bibliothek von Alexandria, dachte ich.

II

»Ich habe von einem historischen Rätsel gesprochen«, sagte Fabrizio Biniscotti. »Und es ist wirklich eins! Ein echtes Mysterium! Wir haben leider nur Fragmente von Informationen.«

Er atmete tief durch.

»Der Schlüssel zu dem Ganzen liegt natürlich bei den Tempelrittern und den Johannitern. Als Jacques de Molay und seine Tempelritter im frühen 14. Jahrhundert verfolgt wurden, waren die Johanniter eine mächtige und reiche Organisation mit Ordensbrüdern in ganz Europa. Sie erhielten Geschenke und Häuser von den wohlhabendsten und einflussreichsten Familien Europas, von Königen und Adeligen, Fürsten und Aristokraten. Nach dem Untergang der Tempelritter übernahmen die Johanniter große Teile ihrer Reichtümer. Sie waren international plötzlich der einzige religiöse Ritterorden.«

»Aber warum entgingen die Johanniter der Verfolgung?«

»Die Tempelritter sind ins Herz von Europa zurückgekehrt, um ihre Tätigkeit fortzusetzen, und gerade deshalb wurden sie von den Königen und Herrschern, die ihre Arbeit im Heiligen Land gefördert hatten, als Bedrohung empfunden. Die Johanniter hingegen sind ins Exil gegangen. 1310 eroberten sie Rhodos und errichteten ihr neues Hauptquartier umgeben von einem Bollwerk aus Verteidigungsanlagen. Die ganze Insel war eine gigantische Festung. Von dort aus konnten die Johanniter – im Gegensatz zu den nach Hause zurückgekehrten Tempelrittern – ihren Kampf gegen die Ungläubigen, die verhassten Muslime, fortsetzen. Den Königen und Kirchenfürsten Europas war das sehr recht. Mehr als zweihundert Jahre lang herrschten die Johanniter über Rhodos. Erst 1522 mussten sie sich der muslimischen Übermacht beugen. Ein paar Jahre später bekamen die Johanniter von König Karl V. Malta geschenkt, und von da ab waren die Johanniter europaweit unter ihrem neuen Namen bekannt: Malteserorden. Das Wachstum der Johanniter ging einher mit der Blütezeit der Medici. Durch Kriege, Eroberungen und strategische Ehen wuchs die Macht der Medici. Ihr Oberhaupt, Lorenzo *il Magnifico* war ein mächtiger Herrscher über die florentinische Republik. Als er 1492 starb, folgte ein halbes Jahrhundert blutiger Machtkämpfe innerhalb der Medici-Familie. Abspaltungen, Konspirationen und Morde waren an der Tagesordnung. Verschiedenste Fraktionen kämpften um die Kontrolle über die Familiendynastie.«

Auf dem Schreibtisch vor Fabrizio Biniscotti türmte sich ein Stapel Dokumente. Einige sahen richtig alt aus, bei anderen handelte es sich um Fotokopien, Faksimiles und Ausdrucke.

»In dieser Dokumentensammlung finden Sie einige der Hintergründe der Mysterien, die wir jetzt zu lösen versuchen. Zuerst sollten Sie den Brief vom Großmeister der Johanniter Pierre d'Aubusson an Lorenzo *il Magnifico* lesen, der sich im Geheimarchiv der Laurenziana befindet. Des Weiteren finden sich hier

Briefe und Aufzeichnungen von Lorenzo selbst, von Papst Leo X., Lorenzo di Piero de' Medici d. J., Nicholò Machiavelli, Papst Clemens VII. und Großherzog Cosimo de' Medici. Ganz zu schweigen von all den Briefen und Tagebuchaufzeichnungen von Nostradamus, die teils in der Laurenziana, teils in unserer Bibliothek hier im Vatikan archiviert sind. Ich empfehle Ihnen auch den Bericht eines Fischers namens Sotirios aus dem Dorf Lindos auf Rhodos. In seiner Jugend nahm er an einer spektakulären Rettungsaktion teil. Seine Aufzeichnungen auf dem Totenbett 1527 wurden später von Schreibern des geheimen vatikanischen Archivs bearbeitet, ebenso die Briefe und Aufzeichnungen von Männern wie Marcello Cervini degli Spannochi und Francesco Franciotto. Und dann möchte ich Ihnen noch einige Briefe, Notizen und Tagebucheinträge zu lesen geben, die in Archiven und Museen in Griechenland, der Türkei, Frankreich und Italien zusammengetragen wurden. In der Summe erzählen sie die geheime Geschichte der Johanniter, der Medici-Familie und des Nostradamus. Gehen wir aber zuerst zurück ins Jahr 1480. Die Johanniter hatten die Kontrolle über Rhodos, aber der türkische Sultan Mehmet II. hatte seinen gierigen Blick auf die Insel gerichtet. Am 23. Mai griffen die Türken schließlich an. Mit Katapulten und Kanonen beschossen sie den ganzen Juni und Juli die Stadt. Tag und Nacht.«

Fabrizio Biniscotti schob den Stapel Dokumente zu mir herüber.

Die geheime Geschichte der Johanniter

Rhodos,
28. Juli im Jahre des Herrn 1480

Meinem verehrten und höchst respektierten Freund,
dem unbestrittenen Oberhaupt der Stadt Florenz,
dem hochwohlgeborenen Lorenzo il Magnifico –

Freund und Exzellenz! Demütig und mit allem Respekt schreibe ich Euch. Ich bringe diese Zeilen mit zitterndem Stift zu Papier. Es ist Morgen. Wie ein nie enden wollendes Donnern, ja wie Vulkane dröhnen die Kanonen der Türken. Die Angriffe nehmen einfach kein Ende. Schon den ganzen Sommer schlagen Kanonenkugeln ein, und es regnet Steine und Feuer. Unsere Burg erzittert von den einschlagenden Felsbrocken, wie von Fausthieben aus der Hölle. Erschlagene Soldaten und die Leichen einfacher Bürger werden auf Wagen durch die schmalen Gassen der Stadt gezogen. Die türkische Armada liegt draußen vor dem Hafen vor Anker. Tagelang haben sie versucht, den St.-Nikolaus-Turm an der Hafeneinfahrt zu erobern. Sultan Mehmet hat ein Riesenheer aus Janitscharen und Söldnern zusammen-

getrommelt, ja sogar Christen aus dem Balkan kämpfen auf seiner Seite. Es sind Tausende und Abertausende. Wo sind all meine Verbündeten? Hier sind sie nicht. Sie müssen weit entfernt sein. Wir sind allein, verehrtester Lorenzo il Magnifico, allein mit Christus gegen die Übermacht der Türken, die von dem gefürchteten Großwesir Gedik Ahmet Pascha angeführt wird, der bereits 1453 Konstantinopel erobert hat.

Die Armee, über die ich in diesen Mauern verfüge, zählt nur 387 Johanniterritter und 2141 Turkopolen (unsere verdienten Söldner und Bogenschützen, die uns auch schon im Heiligen Krieg zur Seite gestanden haben). Dazu noch eine Handvoll ältere Mönche und Prioren, gute Diener des Herrn, die für den Kampf aber natürlich unbrauchbar sind. Unsere Flotte umfasst 15 Kriegsschiffe, die ich aber längst in Sicherheit gebracht habe, damit sie von den Türken nicht versenkt werden können, und die wir brauchen werden, sollte Gott uns über die Türken siegen lassen.

Mein Herr, ich mache mir Sorgen um die Schriften, die von manch einem Papst – Gott bewahre ihre heilige Einfalt – als »Bibliothek des Teufels« bezeichnet worden sind, und um das magische Amulett, über das wir gesprochen haben, als ich das letzte Mal die Ehre hatte, Euch unter vier Augen sprechen zu dürfen. Ihr habt Euch damals großmütig angeboten, den Schatz gegen die Muslime und andere böse Kräfte zu schützen. Jetzt erkenne ich, gleich den Tempelrittern, als sie uns den Schatz überließen, dass die Zeit gekommen ist. Ich habe Kriegsrat gehalten und listige Pläne geschmiedet. Ohne Nutzen. Die Übermacht der Türken erstickt alles schon im Keim. Die Gesandten des Sultans haben uns aufgefordert, uns zu ergeben. Aber das kommt gar nicht in Frage. Die Bedingungen sind heidnisch und indiskutabel. Meine Ablehnung hat Mehmet wütend gemacht, sodass die Türken eine letzte Offensive auf die Jüdische Mauer begonnen haben. Sie füllen den Graben mit Steinen und Lockermaterial, um ihn überwinden und in die Stadt vordringen zu können. Sie sind dermaßen in der Überzahl, dass ich nicht sicher bin, ob unser Festungswall sie aufhalten kann. Der Sohn des Satans, Mehmet II., erträgt den Gedanken nicht, dass Rhodos in den Händen von uns Christen ist. Schon seit ich vor vier Jahren zum Großmeister gewählt wurde, hetzt er mir seine Horden auf den Hals. Doch so zahlreich und entschlossen wie jetzt waren sie noch nie. Mein Freund und Herr, noch habe ich es nicht gewagt, den Heiligen Schatz auf Reisen zu schicken – zu groß war meine Angst, er könne in die Hände der Türken fallen. Doch jetzt bleibt mir keine andere Wahl. Ich befürchte, dass die Türken die Mauern jederzeit überwinden können. Erlaubt mir, Euch daran zu erinnern, dieses unser Geheimnis vor Papst Sixtus IV. – Gott sei mit ihm – geheim zu halten. Ihn ehrt zwar sein Einsatz gegen das Imperium Turcicum, aber wie Ihr selbst besser als alle anderen wisst, hat sein schandhafter Bund mit den Pazzi …

– – –

Freund und Exzellenz! Mitten in meinem gestrigen Brief ereilte mich die niederschmetternde Meldung, dass die Türken – genau wie ich es befürchtet hatte – im Begriff waren, die Mauern zu überwinden. Ich musste die Feder zur Seite legen und in den Kampf eilen. Gemeinsam mit meinem Vizekanzler Guillaume Caoursin habe ich mich meinen tapfer kämpfenden Soldaten angeschlossen. Zu Tausenden haben die Türken sich über die aufgefüllten Wallgräben und die Reste der zerschossenen Mauern gewälzt. Sie kamen wie ein schier endloses Heer von Ratten. Ich selbst habe einige kleinere Verletzungen davongetragen. Meine Männer kämpften heroisch, aber die Wahrheit ist, dass wir alle kurz davor waren, unseren Mut und unsere Hoffnung zu verlieren. Die Übermacht war einfach zu groß, bis sich auf einmal zeigte, dass uns gerade dies zum Vorteil war, denn diejenigen, die es bis auf die Mauerkrone schafften, konnten nicht schnell genug auf der Innenseite nach unten klettern, bevor sie von den Nachrückenden zu Tode gestoßen oder von unseren Bogenschützen getroffen wurden. Die wenigen, die es doch nach unten in die Stadt schafften, konnten beinahe unmittelbar übermannt und getötet werden. Irgendwann zogen die Türken sich ermattet zurück. Gott sei Dank!

Wir haben gesiegt! Aber zu welchem Preis? Wir haben viel zu viele Ritter, Turkopolen und Zivile verloren. Die einst so mächtige Festung ist nur mehr eine zerschossene Ruine.

Ich sende Euch diesen versiegelten Brief durch einen meiner engsten Vertrauten. Ich hoffe, dass er durch die Mauern der Belagerer kommt und Euren Palast unversehrt erreicht. Das magische Amulett und die Truhen mit den Schriften folgen – so Gott will – in wenigen Tagen.

Euer demütiger Diener,
Pierre d'Aubusson, Großmeister
L'ordre des Hospitaliers de Saint-Jean de Jérusalem et de Rhodes

Mittelmeer *1480*

Peitschender Regen und weiße Gischt. Der Himmel hing schwarz und bedrohlich über dem Fischerboot, das mitten in der Nacht von Lindos aus in See stach. Die Segel knatterten im Wind, und die zuckenden Blitze und der rollende Donner erinnerten Sotirios an das Grollen der Kanonen, als der Angriff auf die Stadt Rhodos im Sommer begonnen hatte. Bei Nordostwind hatte man in Lindos sogar den Gestank des Pulvers und der verwesenden Leichen riechen können. Viele seiner Kameraden, junge Fischer, Handwerker und Kaufleute waren in die Stadt gegangen, um sich den Johannitern anzuschließen. Die Mönche standen ihnen nah. Vor fast zweihundert Jahren hatten die Johanniter ihre massive Burg auf Lindos errichtet, eine großartige Verteidigungsanlage, errichtet auf den Ruinen einer byzantinischen Festung.

Gemeinsam mit Ciro und Achelous stand Sotirios durchnässt und kalt vom Regen vorn im Bug und starrte in die Nacht. Sie hielten nach türkischen Kriegsschiffen Ausschau. Dabei konnte man bei diesem Unwetter beim besten Willen nichts erkennen. Der Regen war wie eine Wand aus Wasser. Er hatte keine Ahnung, wohin sie fuhren. Der Kapitän wollte nichts verraten. Aber die Heuer war mehr als gut, viermal so hoch wie sonst.

Die Ladung war in der vergangenen Nacht mit vier Lastpferden gebracht worden. Insgesamt waren es vierundzwanzig Truhen gewesen. Die Seeleute hatten lange warten müssen, bis die

Gruppe der Ritter, verkleidet als einfache Bauern und Fischer, endlich gekommen war. Zehn von ihnen waren wortlos mit an Bord gegangen. Sie saßen unter Deck und ließen die Truhen nicht aus den Augen. Nie zuvor hatte Sotirios größere, kräftigere Männer gesehen. Das waren die Elitesoldaten des Großmeisters. Aber warum beteiligten sie sich nicht an dem Kampf um die Stadt? Warum waren sie hier auf dem Meer auf dem Weg zu einem unbekannten Hafen? Sotirios verstand das alles nicht. Was konnte in diesen Truhen sein? Gold? Edelsteine? Nein, dann wären sie viel schwerer gewesen. Reliquien vielleicht?

Das Boot pflügte durch die Wellen, und Kaskaden von Wasser schwappten über das Deck. Er klammerte sich ans Rigg. Der Kapitän war nie zuvor bei einem solchen Wetter ausgelaufen. Erst gegen Mitternacht wurde Sotirios klar, dass sie ganz bewusst bei diesem Sturm ausgelaufen waren. Aber warum in einem kleinen Fischerboot und nicht in einem der majestätischen Kriegsschiffe der Johanniter?

Sturm und Regen flauten in der zweiten Nachthälfte etwas ab. Als der Morgen graute, waren sie auf der offenen See. Der warme Südwind straffte die Segel, und das Meer lag glasklar und ruhig vor ihnen. Am Vormittag kamen einige der Rittermönche an Deck. Sie wandten ihre Gesichter in den Himmel, schlossen die Augen und beteten. Unter den Lumpen, die sie trugen, erkannte Sotirios glänzende Kettenhemden und silberne Riemen. Aber noch mehr verblüfften ihn ihre schweren, verzierten Schwerter. Groß genug, um einen Mann mit einem Schlag entzweizuteilen. Sotirios versuchte den Blick eines dieser Riesen einzufangen, aber sie sahen durch ihn hindurch, er war unsichtbar für sie. Der Einzige, dessen Nähe sie akzeptierten, war der Kapitän. Aber selbst er wurde zu einem winselnden Welpen, wenn einer der Ritter ihn ansprach.

In der Dämmerung sah er die Südküste von Kreta am Horizont vorbeiziehen. Das Kielwasser glitzerte grün. Er versuchte den Kapitän zu fragen, warum sie einen derart südlichen Kurs hielten, erntete aber nur ein Fauchen und die Aufforderung, seine Arbeit zu machen. Gemeinsam mit Achelous hielt er nach Schiffen Ausschau. Ciro schlief. Jedes Mal, wenn sie am Horizont einen Punkt ausmachten und ihre Warnung in den Wind schrien, änderte der Kapitän den Kurs.

*

Nach fünfzehn Tagen auf offener See kreiste plötzlich ein Schwarm Möwen über ihrem Boot. Wieder war in der Ferne Land zu erkennen. Sizilien? So weit von zu Hause entfernt war Sotirios noch nie gewesen. Aber statt einen nördlichen Kurs einzuschlagen und in Richtung der Straße von Messina zu segeln, drehte der Kapitän das Boot in Richtung Süden. Sotirios versuchte sich die Karte in Erinnerung zu rufen. Segelten sie zwischen Sizilien und Malta hindurch? Wohin wollten sie denn? Tunesien? Spanien? Marokko? Seine Gedanken wurden jäh von Ciro durchbrochen, der ein kleines, schnelles Boot entdeckt hatte. Der Kapitän schlug einen nördlicheren Kurs ein, aber das Boot hielt direkt auf sie zu. Auch die weiteren Versuche des Kapitäns, dem Boot auszuweichen, schlugen fehl, es änderte immer wieder seinen Kurs.

Seeräuber!, rief der Kapitän.

Sie waren zu acht. Bärtige, zahnlose, in Lumpen gehüllte Wesen. Mit Blut im Blick und bewaffnet mit Äxten und Schwertern. Drei von ihnen waren schwarz wie die Nacht. Ihr Boot war kleiner, schneller und leichter zu manövrieren als das schwere Fischerboot des Kapitäns. Sie rammten das Boot seitlich und kletterten einer nach dem anderen an Bord. Einige von ihnen grinsten, andere brüllten. Sotirios, Achelous und Ciro suchten hinter dem Kapitän Schutz. Wo blieben die Rittermönche? Wollten sie unter Deck sitzen bleiben, bis die Seeräuber zu ihnen herunterkletterten? Was, wenn sie erst die Mannschaft angriffen? Wollten die Ritter sie wirklich hier oben sterben lassen?

Der vorderste der Seeräuber, anscheinend so etwas wie ihr Anführer, rief etwas in einer unbekannten Sprache. Vermutlich forderte er Geld oder die Ladung. Oder wollte er das ganze Boot?

Ich verstehe nicht!, sagte der Kapitän auf Griechisch und breitete ratlos die Arme aus. Der Seeräuber wedelte mit seiner Axt herum. Die sieben anderen bauten sich neben ihm auf. Jetzt grinsten alle. Herablassend. Wohl wissend, wie furchteinflößend sie aussahen. Und dass sie den Kapitän und seine Mannschaft jederzeit erschlagen und in Fischfutter zerlegen konnten.

Eine Möwe flog seitlich am Schiff entlang. Ihr Schatten huschte für einen Moment über das Boot. So kurz ist mein Leben, dachte Sotirios, nur ein Hauch, ein Schatten.

Dann klappte die Ladeluke auf, und die Ritter kamen einer nach dem anderen nach oben. Sie hatten ihre Verkleidungen abgelegt. Jetzt waren sie wieder sie selbst. Furchtlose Krieger. Zehn Mann in schimmernden Rüstungen mit glänzenden Schwertern. Groß und mächtig, Schulter an Schulter.

Die Seeräuber waren mit einem Mal unentschlossen – sollten sie angreifen oder fliehen? Sie sahen sich an und richteten ihre Blicke auf ihren Anführer, bis dieser schließlich einen Schritt vortrat und drohend seine Axt schwang. In sicherer Entfernung von den Rittern. Als wollte er ihre Entschlossenheit auf die Probe stellen.

Die Ritter hoben ihre Schwerter. Der Anführer der Seeräuber versuchte eine Attacke gegen den Ritter vor ihm, wurde aber gleich zu Boden gestreckt. Das Deck wurde rutschig vom Blut. Sotirios roch den süßlichen Geruch. Brüllend und mit erhobener Axt stürmte der erste Afrikaner auf einen der Ritter los. Ein Schwerthieb trennte den Arm von seinem Körper. Axt und Arm fielen dumpf auf das Deck. Vier der Seeräuber kletterten über die Reling und sprangen ins Wasser. Die beiden anderen waren anscheinend zu stolz, um die Flucht zu ergreifen. Sie hoben ihre Schwerter, kamen aber gar nicht mehr dazu, anzugreifen.

Die Ritter warfen die Leichen und Körperteile ins Meer. Als

die vier, die ins Wasser gesprungen waren, an Bord ihres eigenen Bootes kletterten, holten zwei der Ritter ihre Bögen und traten an die Reling. Wieder sprangen die Seeräuber ins Wasser und schwammen um ihr Leben. Die Ritter zielten und schossen. Die Pfeile fanden ihre Ziele. Die zwei letzten Überlebenden holten tief Luft und tauchten. Mehr als eine Minute waren sie von der Oberfläche verschwunden, doch als sie wieder auftauchten, um Luft zu holen, wurden auch sie von den Pfeilen der Ritter getroffen.

Keine Zeugen!, sagte einer der Mönche zum Kapitän, bevor sie wieder unter Deck verschwanden.

*

Der Wind flaute ab, sodass sie acht Tage brauchten, um Sizilien zu umrunden. Bald darauf schlugen sie einen nördlichen Kurs ein. Nach ein paar Tagen tauchte im Westen ein großes Land auf – laut Ciro war das Sardinien – und ein paar Tage später eine weitere Insel, die fast mit der anderen zusammenzuhängen schien. Der Schiffsverkehr war hier dichter. Zwei der Ritter standen gemeinsam mit Sotirios, Achelous und Ciro an der Reling. Wachsam beobachteten sie Fischer und Lastkähne.

Gut einen Monat nach dem Auslaufen liefen sie in der Dämmerung den Hafen Portoferraio auf Elba an. Drei der Ritter gingen an Land und blieben ein paar Stunden weg. Als sie wieder zurückkamen, segelten sie in die Bucht und ankerten dort. Nachts hielten die Mönche abwechselnd gemeinsam mit Sotirios, Achelous und Ciro Wache. Sie sagten kein Wort und tauschten nicht einmal Blicke mit ihnen. Nur ihre glühenden Augen verrieten, dass sie wach waren.

Im Morgengrauen des nächsten Tages fuhren sie weiter. Der Wind war schwach. Sie brauchten zwei Tage, um die kurze Strecke zwischen Elba und Livorno zurückzulegen. Als sie die Hafenstadt endlich erreichten, wartete eine kleine Armee auf sie. Stattliche Ritter zu Pferd, schwer bewaffnete Soldaten in voller

Rüstung. Sie luden die Truhen auf Wagen und deckten sie mit Planen ab. Einer der Rittermönche reichte dem Kapitän einen Lederbeutel voller klingender Münzen. Sie blieben stehen und sahen den eskortierten Wagen nach, bis sie nicht mehr zu sehen waren. Der Kapitän wog den Lederbeutel in der Hand. Dann drehte er sich zu seiner Mannschaft um und grinste, als hätte ihn gerade ein innerer Dämon verlassen, sodass er endlich wieder er selbst war. Nun, sagte er, wer kommt mit ins Wirtshaus?

Die geheime Geschichte der Medici

Florenz 1480

Lorenzo de' Medici saß in einer Fensternische des Palastes und sah nach unten auf die Menschenmenge, die sich auf dem Platz versammelt hatte. Welch ein Leben dort herrschte. Lachen, Grölen und Musik. Buden und Karren, Zigeuner und Akrobaten, Huren und Taschendiebe, Barbiere und Wahrsagerinnen, Gemüsehändler und Fleischer. Bei ihm im Zimmer saß ein schriftkundiger Diener mit Feder und Tinte bereit. Lorenzo räusperte sich und begann zu diktieren:

> *Gran maestro Pierre d'Aubusson!*
> *Mein Freund! Lassen Sie mich Ihnen gleich als Erstes versichern, dass die vierundzwanzig Truhen wohlbehalten angekommen und nun in den besten Händen sind. Des Weiteren will ich die Gelegenheit nutzen, Ihrem stolzen Orden und Ihren heldenmutigen Rittern zu dem gottbegnadeten Sieg über die Türken zu gratulieren. Ich versichere Ihnen: Die ganze christliche Welt bejubelt den heroischen Sieg der Johanniter über die Mus-*

lime. Überall summen die gleichen Worte auf den Lippen der Menschen: Pierre d'Aubusson und seine tapferen Ritter haben mit Gottes Hilfe die Übermacht der Türken niedergeschlagen!

Es klopfte an der Tür. Der Schreiber sah beunruhigt zu seinem Herrn auf.

Ja?, grunzte Lorenzo.

Die Tür ging auf, und ein Lakai schob vorsichtig seinen Kopf durch den Türspalt.

Mein Herr, man schickt mich, Euch mitzuteilen, dass ein Gast um eine Audienz bittet.

Wer?

Leonardo, mein Herr. Der Maler aus Vinci, er bittet demütigst darum, sich mit Euch wegen eines Eurer Aufträge besprechen zu können.

Schick ihn hoch, ich bin fast fertig.

Mit einer Handbewegung hieß er den Lakai gehen und beendete in aller Eile den Brief:

Diplomaten haben mir mitgeteilt, dass die letzten Türken die Insel bereits verlassen haben. Der Heldenmut der Ritter und der christliche Kampfeswille werden von Königen und Bauern, von Fürsten und Handwerkern, ja sogar von den Ärmsten der Armen in den schäbigsten Spelunken gefeiert. Die Schilderungen des Kampfes in Guillaume Caoursins wortmächtigem Epos Obsidionis Rhodiae urbis descriptio *begeistern gute Christen von Rom bis in den kalten Norden. Und ich bin stolz, mich als Ihren Freund bezeichnen zu dürfen. Lassen Sie es mich wissen, wenn Sie das nächste Mal über das Meer fahren, damit ich Ihnen von Angesicht zu Angesicht erläutern kann, welche Pläne wir haben, um den geheimen Schatz zu verbergen.*

Für immer Ihr hingebungsvoller Freund,

Lorenzo I. de' Medici

Florenz, AD 1480

Florenz   *1513*

Im Jahre 1513 wird Giovanni di Lorenzo de' Medici zum Papst gewählt. Er wählt den Namen Leo X. Gleichzeitig übernimmt sein Neffe Lorenzo di Piero de' Medici d. J. die Herrschaft über Florenz.

Lorenzo ist beunruhigt. Obwohl er ein gutes Verhältnis zu seinem Onkel hat – dieser lässt ihn wie einen päpstlichen Ambassadeur über Florenz herrschen –, weiß er, dass die Kirche seit zweihundert Jahren auf der Jagd nach der Bibliothek des Teufels ist. Wiegt die Loyalität seines Onkels der Familie gegenüber schwerer als die gegenüber der katholischen Kirche? Hinter dem Rücken des Papstes überlässt Lorenzo die Sammlung zwei Großmeistern, die das Geheimnis bewahren sollen: Machiavelli und Michelangelo.

Michelangelo hat gerade die Decke der Sixtinischen Kapelle vollendet. Jetzt haben die Medici ihn engagiert, um die nackte Fassade der Basilika von San Lorenzo in ein Kunstwerk zu verwandeln.

Der andere Großmeister ist Niccolò Machiavelli. Die Medici hatten Machiavelli nicht nur seines Amtes als Kanzler der florentinischen Stadtregierung enthoben, sondern ihn auch wegen Verrats ins Gefängnis geworfen. Lorenzo jedoch setzt ihn wieder auf freien Fuß. Als Dank widmet Machiavelli ihm sein Werk *Der Fürst*:

Da ich Eurer Hoheit nun meine Dienste anbieten will, habe ich in meinem sparsamen Besitz nichts gefunden, das ich mehr liebe und wertschätze und das meine Dienstbereitschaft besser zeigt, als die Kenntnis der Taten all der großen Männer, die ich mir im Laufe meines Lebens ebenso wie durch intensive Studien vergangener Zeiten angeeignet habe.

1527 stirbt Machiavelli und wird als Großmeister zunächst nicht ersetzt. Die Medici haben andere Sorgen. Krieg. Die Florentiner rebellieren und treiben die Medici aus der Stadt. 1530 übernimmt der Clan jedoch wieder die Kontrolle über Florenz. Dieses Mal mit Lorenzos Sohn Alessandro an der Spitze, der 1537 von seinem Verwandten Lorenzino ermordet wird. Im gleichen Jahr übernimmt Cosimo die Macht.

Viele Jahre ist Michelangelo der einzige Großmeister. Erst 1550 bindet Großherzog Cosimo zwei weitere Großmeister an sich. Der eine heißt Marcello Cervini degli Spannochi. Der andere ist ein Franzose, der ihm von Königin Katharina aufs Wärmste empfohlen worden ist.

Sein Name lautet: Michel de Nostradamus.

Nostradamus' geheime Geschichte

Florenz 1549

Michel de Nostradamus sah sich stöhnend in dem kühlen Kellergewölbe um. Er stützte sich mit der linken Hand an die kalte Steinsäule. Mit der rechten umklammerte er das Amulett. Die grauschwarze Steinsäule und das Deckengewölbe wurden vom Licht der Fackeln erhellt. Vor seinen Augen formten die Flammen seltsame Muster. Sie wurden zu einem Tor, das sich öffnete, sodass er in den Himmel blicken konnte. Und dort oben stand ein Thron, umgeben von einem Regenbogen, vor dem ein Meer aus Glas lag, das wie Kristalle schimmerte. Auf dem Thron saß eine Gestalt eingerahmt von strahlendem Glanz. Sie hielt eine Schriftrolle in der rechten Hand und las mit donnernder Stimme: *Der Körper ohne Seele soll nicht mehr gequält werden!* Hinter der Gestalt stand ein mächtiger Engel und rief: *Der göttliche Geist wird die Seele erfreuen, denn am Tag des Todes wird sie wiedergeboren werden!* Er sah die Welt, wie sie war und ist und sein wird, er sah Kriege und Erdbeben, sah Könige auf die Welt kommen und sterben. Vor den Augen von Nostradamus wurden die ganze Welt und der Himmel sichtbar: Hagel und Feuer, brennende Steine und Blut fielen vom Himmel auf die Erde. Und hinter dem lodernden Inferno sah er einen mächtigen Engel auf die Erde hinabsteigen, gehüllt in eine Wolke und mit einem Regenbogen um den Kopf. Sein Gesicht war wie die Sonne und seine Füße wie zwei Säulen aus Feuer. In der Hand hielt er ein aufgeschlagenes Buch und rief: *Siehe das Wort in seiner Ewigkeit!*

*

Siehe das Wort in seiner Ewigkeit!

Langsam kam Nostradamus wieder zu sich. Wo war er? Seine Knie zitterten, und er sackte in sich zusammen. Mit einer Hand stützte er sich auf die geöffnete Truhe.

Wo?

Im Keller.

Natürlich.

Im Kellergewölbe des Medicipalastes. Sein Körper bebte und zitterte, er schwitzte und bekam kaum Luft. Was war passiert? Wie lange war er schon hier? Minuten? Stunden? Tage? Die Zeit ließ sich nicht messen. Er öffnete die Faust und sah auf das blass schimmernde Amulett. Cosimo hatte es als »Pythias Heiligtum« bezeichnet. Er stöhnte, war er krank? Wenn es nur nicht die Pest war! Diese Seuche kannte er zu gut! Vorsichtig legte er das Amulett zurück in die schwere Eisenschatulle und klappte sie zu. War er auf der anstrengenden Reise von Salon hierher nach Florenz verrückt geworden? In seinem Inneren hörte er den Widerhall der Worte so klar und deutlich, dass er sich auch noch Tage später, als er wieder in seiner Studierkammer in Salon war, an jede Silbe erinnerte. *Das Wort in seiner Ewigkeit…* Was bedeutete das?

Das Wort in seiner Ewigkeit.

Die alten Truhen, vierundzwanzig an der Zahl, standen in Reih und Glied in dem verschlossenen Kellergewölbe. Seit siebzig Jahren, hatte Großherzog Cosimo gesagt. Nur zwei von ihnen waren geöffnet worden. Die Schmiede des Fürsten hatten dafür Tage gebraucht – und all ihr Fachwissen. Jede dieser Truhen hatte einen unschätzbaren Wert. In ihnen war all das Wissen der Vergangenheit bewahrt, alles, was je gelehrt worden war, was die Götter gesagt hatten. So viele Antworten auf die Rätsel des Lebens und des Todes. Wissenschaft und Astronomie, okkulte Riten und mathematische Berechnungen, alte Epen und Dramen, berühmte Reden, philosophische Gedanken, politische Rhetorik, Gedichte und Lieder, Zauberformeln und göttliche Riten. Alles verstaut in vierundzwanzig Truhen.

Das Wort in seiner Ewigkeit.

Warum ich?, dachte er. Warum hatte Cosimo ausgerechnet ihn gebeten, über diesen mächtigen Schatz zu wachen? Wie konnten sie ihm ein solches Vertrauen entgegenbringen? Nostradamus ließ seinen Blick über die Truhen schweifen. Cosimo hatte ihn den »Schatz der Johanniter« genannt. Die Kirche sprach von der *Bibliotheca Diaboli*.

Der Bibliothek des Teufels.

*

»Nostradamus! Mein Freund! Ihr seht blass aus.«

Nostradamus war die zahlreichen Steintreppen nach oben bis in Cosimos Audienzhalle getaumelt, in der der Herzog mit zwei Beratern zusammensaß.

Inmitten des großen Raumes blieb Nostradamus stehen. Das Licht der Sonne fiel durch das farbige Glas in einem der Fenster und wurde zu regenbogenfarbenen Strahlen aufgespalten.

»Mein Herr«, murmelte er erst auf Französisch, weil er wieder vergessen hatte, wo er war, und dann auf Italienisch.

»Ja?«, sagte Cosimo und stand von seinem Stuhl auf.

»Im Kellergewölbe, zwischen den Truhen ... Ich hatte da ganz plötzlich ...« Er zögerte, bevor er das Wort aussprach: »Eine Vision!«

Die Berater sahen sich beunruhigt an. Der Herzog signalisierte einem Diener, dass er dem Franzosen etwas zu trinken bringen sollte.

»Was für eine Vision?«, fragte der Herzog.

»Ich weiß nicht, ich habe Engel gesehen, Engel im Himmel. Und ich habe … in die Zukunft geblickt.«

»In die Zukunft? Monsieur Nostradamus?«

»Ja, in die Zukunft.«

»Und was habt Ihr gesehen?«

»Kriege, Brände, Katastrophen.«

Cosimo sah ihn lange an. Auf seiner Stirn hatte sich eine tiefe Falte gebildet.

»Aber seid nicht beunruhigt, mein Herr, ich habe auch Euch gesehen und dass Ihr noch ein langes Leben vor Euch habt«, sagte Nostradamus. Er hatte nichts in dieser Richtung gesehen, wollte seinen Auftraggeber aber nicht erzürnen.

»Das freut mich zu hören«, sagte Cosimo in einem schwer zu deutenden Tonfall.

Die Berater murmelten leise, offensichtlich verunsichert über die Laune des Herzogs.

»Sagt mir, guter Nostradamus, habt Ihr einen ebenso guten Einblick in die Vergangenheit?«

»Ich …?«

»Es heißt, ich stünde hinter dem Mord an Lorenzino vor dem Campo San Polo in Venedig im letzten Jahr.«

»Wirklich?«

»Was seht Ihr?«

»Ich …«

Cosimo platzte vor Lachen. »Nun, Ihr habt recht. Dieser Emporkömmling!«

Der Herzog ging zu Nostradamus und geleitete ihn zu einem Stuhl neben seinen Beratern. »Setzt Euch, guter Mann, Ihr seht wirklich nicht ganz gesund aus.«

»Ich …«

»Aber es gibt nichts, was eine Nacht voll geruhsamen Schlafes nicht kurieren könnte.«

Eine Taube flog draußen vom Fenstersims auf. Das Flattern jagte ihm einen Schauer über den Rücken. Der Diener kam mit einem silbernen Tablett, auf dem ein großes Glas Wasser stand. Nostradamus trank begierig.

»Die Königin hält große Stücke auf Euch, aber das wisst Ihr ja.«

Einen Augenblick lang wurde er unsicher. Wieder setzte er das Glas an die Lippen, dieses Mal aber, um seine Verwirrung zu verbergen. Spielte Cosimo auf seine Ehefrau an, Elenora von Toledo, die *Duchessa di Firenze*? Aber sie war keine Königin. Er musste Katharina de' Medici meinen.

»Eine höchst liebenswerte Frau«, sagte Nostradamus.

Cosimo blinzelte ihm zu. »Oh, spart Euch Eure Schmeicheleien. Ich weiß sehr gut, was für ein Drachen Katharina sein kann. Aber sie achtet Euch sehr.«

»Danke, mein Herzog.«

»Ohne ihre Empfehlung hätte ich mich nicht außerhalb von Florenz nach jemandem umgeschaut, der sich um den Johanniterschatz kümmert. Aber hier in dieser Stadt kann man zurzeit wirklich nicht wissen, wem man trauen kann und wem nicht.«

Er sah zu seinen Beratern, die betreten mit den Füßen scharrten.

»Ich habe eine Frage«, sagte Nostradamus.

»Dann fragt!«

»Der allergrößte Schatz …«

»Der in Ägypten?«

»Was sollen wir damit tun?«

Cosimo breitete die Arme aus. »Wir können kaum in Ägypten einmarschieren, um ihn zu holen, oder?«

»Das verstehe ich.«

»Solange nur wir wissen, dass es ihn gibt. Und wo er ist …«

»Ich …«

»Ihr müsst etwas erfinden. Ein Rätsel, einen Code, etwas, das nur wir verstehen.«

»Gut, mein Herzog. Ich habe mir auch schon Gedanken gemacht. Im Kloster Abbadia San Salvatore habe ich eine fantastische Bibel gesehen, eine Version der Vulgata des heiligen Hieronymus, die ...«

»Ausgezeichnet, ganz ausgezeichnet!«, unterbrach Cosimo ihn und gab dem Diener an der Tür ein Zeichen, dass er mehr Wein wollte.

Nostradamus räusperte sich nervös. »Wenn der Herzog einverstanden ist, würde ich gerne zurück nach Salon fahren, um weiter an einem guten Versteck für den Schatz zu arbeiten.«

»Vernünftig, mein Herr, vernünftig! In Florenz weiß man nie, wer einem über die Schulter schaut oder einen Dolch im Ärmel versteckt. Ich vermute, dass Salon ein friedlicher Ort ist?«

»Oh ja, sehr friedlich, mein Herzog, sehr friedlich.«

»So sei es denn!«

»Darf ich noch so freimütig sein, eine Bitte vorzubringen?«

»Ja?«

»Das Amulett ...«

»Ja?«

»Die Truhen müssen natürlich hier im Keller des Palasts bleiben, bis wir ein dauerhaftes Versteck gefunden haben.«

»Natürlich.«

»Aber das Amulett ... Ich weiß nicht, es inspiriert mich ...«

»Das Amulett, das man als ›Pythias Heiligtum‹ bezeichnet?«

»Genau, es ...«

»So nehmt es mit! Wenn es Euch inspiriert, nehmt es mit.«

Salon-de-Provence *1550*

In der Stille seiner Studierkammer öffnete er jede Nacht die Eisenschatulle, in der das Amulett sich befand. Es strahlte eine beruhigende Energie aus, versetzte ihn an einigen Abenden aber richtiggehend in Trance. Voller Eifer hatte er eine Reihe von Strophen zu Papier gebracht und veröffentlicht. Er nannte sie *Almanach für das Jahr 1550*. Das Buch war verblüffend gut aufgenommen worden. Jetzt plante er die Herausgabe eines weiteren, ja vielleicht mehrerer, eines für das jeweils kommende Jahr. Mit etwas Glück brachten ihm seine Prophezeiungen ebenso viel ein wie die Medizin.

Die Worte des mächtigen Engels und der glänzenden Gestalt auf dem Thron dröhnten noch immer in seinen Ohren. Er hatte sie aufgeschrieben, aber was bedeuteten sie? Welchen versteckten Sinn enthielten sie? Er verstand sie nicht, spürte aber, dass hinter den Worten ein tieferer Sinn lag, wie man manchmal bei bestimmten Texten wusste, dass zwischen den Zeilen etwas ganz anderes stand. Er hatte die göttlichen Worte auf dem feinsten Papier und mit frisch gespitzter Feder notiert, aber niemals veröffentlicht. Er hatte das Gefühl, dass es falsch wäre. Er wusste nicht recht, was er damit machen sollte. *Siehe das Wort in seiner Ewigkeit!* Wie sollte er das verstehen? Die Ungewissheit quälte ihn. Wie wenn einem ein vergessenes Wort auf der Zunge lag.

Salon-de-Provence   *1555*

Erst fünf Jahre später wagte Nostradamus es, die Worte aus seiner Vision zu veröffentlichen. Er hatte bereits eine Reihe von Almanachen herausgegeben. 1555 erschien seine erste Ausgabe von *Les Prophéties*, eine Sammlung vierzeiliger Strophen, sogenannter *Quatrains*. In den Prophezeiungen erhielten die Worte folgende Form:

Der Körper ohne Seele wird nicht mehr länger geopfert,
der Tag des Todes wird zum Tag der Geburt.
Göttlicher Geist beglückt die Seele,
*siehe das Wort in seiner Ewigkeit.**

Das Amulett von Delphi hatte er im Jahr zuvor wieder zurückgegeben. Das Versteck war perfekt.

In den Jahren, nachdem er den Auftrag erhalten hatte, den Johanniterschatz zu verstecken, arbeitete Nostradamus nicht nur unermüdlich an seinen eigenen Prophezeiungen und Almanachen, sondern auch an einer großartigen Deckoperation, um seinen Auftrag erfolgreich durchführen zu können. Schon früh

---

* *Le corps sans ame plus n'estre en sacrifice:*
Iour de la mort mis en natiuité:
L'esprit diuin fera l'ame felice
Voiant le verbe en son eternité.
Les Prophéties (1555, 2. Aufl.), Centurie 2, Strophe 13.

424

erkannte er, dass der Postweg zwischen Salon und Florenz so unsicher war, dass er mit Cosimo und den anderen nur codiert kommunizieren durfte. In seinen Prophezeiungen teilt er seine Furcht mit den Lesern:

Die Briefe vom großen Propheten werden gefangen,
in die Hände des Tyrannen werden sie geraten.[*]

Sollte ein Brief in die falschen Hände geraten, könnte die gesamte Operation enttarnt werden. Nostradamus und Großherzog Cosimo haben die paranoide Furcht, dass Unbefugte ihr Geheimnis erfahren könnten: Vicarius Filii Dei, Könige, Herzöge und Fürsten, der Papst oder sonst jemand in der katholischen Kirche, Mitglieder des französischen Hofes von Königin Katharina, Florentiner, Berater und Diener, ja sogar Mitglieder der Medici-Familie, denen Cosimo nicht traut. Die Liste der möglichen Personen ist beinahe endlos.

Anfang März 1555 erhält Nostradamus eine Nachricht von Cosimo. Der Herzog hat einen weiteren Wächter verpflichtet. Er möchte, dass Nostradamus ihn trifft. Der neue Mann heißt Marcello Cervini degli Spannochi.

Marcello Cervini habe ein nahes und gutes Verhältnis zu den Medici, berichtet Cosimo. Er sei in Florenz ausgebildet worden, und sein Vater sei ein persönlicher Freund des Medici-Papstes Clemens VII. gewesen. Marcello Cervini selbst sei Sekretär von Papst Paul III. gewesen, der seine Ausbildung am Hof der Medici in Florenz genossen habe. Ein paar Jahre zuvor habe Marcello Cervini den Auftrag bekommen, die Bibliothek des Vatikans durchzuarbeiten. Er trüge deshalb den Titel *Bibliothecarius Sanctae Romanae Ecclesiae* (Bibliothekar der Heiligen Römischen

---

[*] *Du grand Prophete les letres seront prinses*
  Entre les mains du tyrant deviendront.
  Les Prophéties (1555, 2. Aufl.), Centurie 2, Strophe 36.

Kirche). Im Moment versähe er in Rom das Amt des Kardinal-priesters der Kirche *Santa Croce in Gerusalemme.*

Nostradamus fühlte keine Erleichterung darüber, einen wei-teren Vertrauten an die Seite gestellt zu bekommen, um sich die Verantwortung zu teilen. Im Gegenteil. Die Nachricht erschüt-terte ihn. Auf der Stelle reiste er nach Florenz, um den Her-zog zu warnen. In seinem Gepäck hatte er einen Brief, der eine enge Verbindung von Marcello Cervini degli Spannochi und dem Rector der Vicarius Filii Dei, Francesco Franciotto, belegte. Großherzog Cosimo war im Begriff, einen gefährlichen Mann in seine Dienste zu nehmen.

Santa Croce in Gerusalemme war die geheime Basis von Vica-rius Filii Dei in Rom.

Vatikanpalast 1555

»Eure Heiligkeit!«

Francesco Franciotto, Kardinal *in pectore* und Rector des Ordens Vicarius Filii Dei, kniete vor dem neu gewählten Oberhaupt der katholischen Kirche nieder. Gestern noch war Marcello Cervini degli Spannochi ein ganz gewöhnlicher Kardinal gewesen. Heute war er Papst. Voller Ehrerbietung küsste Franciotto seinen Ring. Als Kardinal von *Santa Croce in Gerusalemme* in Rom war Marcello Cervini ein loyaler Unterstützer von Franciottos Orden von Kriegermönchen. Tags zuvor, am 9. April, dem vierten Tag der Papstwahl, hatte sich das Kardinalskollegium endlich auf Marcello Cervini geeinigt. Die Wahl war am Morgen des nächsten Tages durch eine Abstimmung in der Cappella Paolina bestätigt worden, bei der er alle Stimmen außer seiner eigenen erhalten hatte. Danach war er zum Bischof geweiht und zum Papst gekrönt worden.

»Lieber Francesco«, sagte der Papst. »Ich habe mich bei der Wahl zwar gegen diese widerspenstigen Franzosen durchgesetzt, aber deshalb bin ich doch noch immer dein demütiger Freund. So steh also auf!«

Mit einiger Mühe kam Francesco Franciotto wieder auf die Beine und sah seinem alten Freund in die Augen.

»Hast du dir schon einen Namen ausgesucht?«

»Ich behalte den meinen.«

»Marcello?«

»Marcellus.«

»Natürlich.«

»Der Zweite.«

»Marcellus II. Ein guter Name.«

»Also! Schluss mit den Formalitäten! Glaubst du etwa, ich weiß nicht, warum du gekommen bist?«

»Die *Bibliotheca Diaboli*«, flüsterte Francesco Franciotto.

»Die Bibliothek des Teufels«, erwiderte der Papst mit einem Nicken.

»Wir kommen nicht weiter.«

»Sag das nicht. Ich habe gute Neuigkeiten. Großherzog Cosimo hat voller Demut darum gebeten, dass ich ihm behilflich bin, die Sammlung vor Außenstehenden zu schützen.«

Francesco Franciotto konnte sein ungläubiges Lachen nicht zurückhalten. »Ist das wahr? Er hat dich …?«

»Ohne Zweifel haben wir das der Vorsehung unseres Herrn zu verdanken.«

Francesco Franciotto bekreuzigte sich.

»Der Herzog hat den anderen Wächter gebeten, mir einen Besuch abzustatten und mich in alles einzuweisen«, sagte der Papst. »Ein seltsamer Kauz. Franzose. Mediziner und Astrologe. Angeblich jemand, der in die Zukunft blicken kann.« Letzteres sagte er mit einem Lachen.

»Ein Ketzer?«

»Ein bekehrter Jude, wenn ich richtig informiert bin.«

»Ja, ja …«

»Er ist gerade auf dem Weg nach Florenz. Und wird dann zu mir geschickt werden.«

»Wir nähern uns unserem Ziel«, sagte Francesco Franciotto andächtig.

Papst Marcellus II. legte die Hand fest um das Kreuz, das er auf der Brust trug.

22 Tage später

Was für ein seltsamer Mann!

Papst Marcellus II. hatte sich gerade von dem Franzosen verabschiedet, der den Namen Nostradamus trug. Warum Großherzog Cosimo ihm den Auftrag gegeben hatte, sich um die *Bibliotheca Diaboli* zu kümmern, war nicht zu fassen. Wobei er ihm tatsächlich nichts verraten hatte. Verärgert sah Marcellus ein, dass er einen widerwilligen Großherzog Cosimo aus Florenz zu sich zitieren musste, um die notwendigen Informationen zu bekommen. Dann würde er die Kriegermönche der Vicarius Filii Dei aussenden, um die Sammlung zu holen. Sollten sich die Truhen allerdings in einem der Paläste in Florenz befinden, käme das einer Kriegserklärung gleich. Sie mussten also vorsichtig vorgehen. Irgendwie musste er den Herzog überzeugen, die Sammlung an einen anderen, sichereren Ort zu bringen. Erst auf dem Transport konnten die Kriegermönche es wagen, gegen das Medici-Heer vorzugehen. Er hustete. Seine Gesundheit war in der letzten Zeit wirklich nicht gut. Glücklicherweise hatte sich dieser Nostradamus als guter Arzt und Apotheker herausgestellt und ihm persönlich eine lindernde Mixtur gebraut. Sie hatte nach Anis und fremdartigen Kräutern geschmeckt. Schon als er den Flacon geleert hatte, war es ihm besser gegangen. Aber jetzt – er hustete wieder, und in seiner Lunge gurgelte es. Er räusperte sich und versuchte, den Schleim zu lösen, aber der Husten wollte nicht nachlassen. Als füllte sich seine Lunge langsam mit glühendem Sand. Das blasse Gesicht mit dem gepflegten Bart nahm eine bläuliche Farbe an. Er fasste sich an die Kehle und rang nach Luft. Aber seine Lunge war leer. Hustend und keuchend wedelte er mit den Armen. Als er fiel, ging die Tür auf. Ein Kammerdiener und mehrere Kardinäle und Berater eilten ihm zu Hilfe. Jemand klopfte ihm auf den Rücken. Halb bewusstlos wurde er hochgehoben und zum Fenster getragen. Als einer der Kardinäle es öffnete, damit er frische Luft bekam, fiel der Flakon von Nostradamus zu Boden und zerbrach in tausend Stücke.

*

Am 1. Mai 1555, zweiundzwanzig Tage nach seiner Ernennung, starb Papst Marcellus II.

Florenz 1555

»Ein Orden vertrauter Hüter«, sagte Nostradamus.

»Hm?« Großherzog Cosimo musterte ihn skeptisch. »Vertraute Hüter?«

»Bibliothekare. Männer der Worte. Ehrenmänner. Ich habe mir sogar schon Gedanken über einen Namen gemacht: *Heiliger Hüterorden von Cäsars Schriften.*«

»Und wie soll ein Bibliothekar eine derart wertvolle Sammlung bewachen?«

»Nicht einer. Viele. Sind die Truhen alle an einem Ort, sind sie viel zu leicht zu finden. Warum verteilen wir sie nicht über ganz Europa?«

Cosimo schwieg und dachte nach. »Über ganz Europa?«, sagte er schließlich.

»Ein aufgeteilter Schatz ist viel schwieriger zu finden. Und nur ein Mann hat die Liste der Bibliothekare. Ihr.«

»Bibliothekare«, murmelte Cosimo. »Warum nicht. Es ist uns ja auch gelungen, das Grab des Cäsar geheim zu halten…«

»Das Grab des Cäsar?«, fragte Nostradamus.

»Im Pantheon. Cäsars Urne wurde aus der Laterankirche dorthin gebracht. Das war Machiavellis Vorschlag. Natürlich. Machiavelli war eben Machiavelli. Er hatte gewaltige Pläne. Mir war nie richtig klar, wie er sich das vorgestellt hat. Jedenfalls hat Michelangelo den Auftrag ausgeführt. Es handelte sich ja bloß um eine Urne mit Staub und Asche. Sie liegt versteckt in einem Hohlraum hinter dem Grab Raffaels. Wir wollten keinen Aufruhr. Aber genug damit. Diese Bibliothekare, von denen Ihr gesprochen habt. Werden die auch dichthalten?«

»Mein Herzog, wem könnt Ihr trauen, wenn nicht einem Bibliothekar? Einem Mann der Ordnung. Er sieht das Wort in seiner Ewigkeit und weiht sein Leben den Büchern, den Worten, allem, was einmal niedergeschrieben wurde. Keiner von ihnen – mit Ausnahme des Großmeisters, Eurem eigenen Bibliothekar hier an der Laurenziana-Bibliothek – wird das Geheimnis kennen. Jeder einzelne der Bibliothekare wird den Auftrag bekommen, eine versiegelte Truhe mit alten Dokumenten zu bewachen. Ich werde eine Gruppe vertrauenswürdige Handwerker und Steinmetze in alle Bibliotheken schicken, um sicherzustellen, dass jede Truhe ein sicheres, beständiges Versteck erhält. Wenn sich alles wieder beruhigt hat, könnt Ihr die Truhen wieder hervorholen.«

»Und sollte ich unvermittelt sterben? Es gibt da so eine Tendenz in unserer Familie …«

»Ich werde Euch einen verschlüsselten Brief dazu schreiben, wo wir die Liste der Bibliotheken verstecken und wo ich das Amulett bereits versteckt habe. Das Schreiben könnt Ihr Euren Nachkommen hinterlassen.«

Cosimo lächelte. »Das Testament des Nostradamus.«

VIII

Ambruzzia-Basis – Montecasetto –
Toskana – Florenz
Freitag

Und Berechja und Elkana waren Torhüter bei der Lade.
Aber Schebanja, Josafat, Natanael, Amasai, Sacharja,
Benaja und Elieser, die Priester, bliesen mit Trompeten
vor der Lade Gottes.

1. Buch der Chronik

Darum seid auch ihr bereit! Denn der Menschensohn
kommt zu einer Stunde, in der ihr's nicht erwartet.

Matthäusevangelium

Und ich sah in der rechten Hand dessen,
der auf dem Thron saß, ein Buch, innen und
außen beschrieben, versiegelt mit sieben Siegeln.

Offenbarung des Johannes

KAPITEL 27

Ambruzzia–Basis

AMBRUZZIA-BASIS,
NACHT AUF FREITAG

I

Ein Transporthelikopter des Militärs holte uns auf dem Landeplatz des Vatikans ab und flog uns durch die Nacht zur Nato-Basis Ambruzzia unweit von Rom. Dort wurden Nick Carver, William Blackmore, Fabrizio Biniscotti und ich in einer Kolonne offener Jeeps von der Rollbahn zu einer unterirdischen Anlage gebracht, die von hohen Stacheldrahtzäunen umgeben und von Flutlicht beschienen war. Von oben war die Anlage kaum sichtbar, und von Nahem sah sie aus wie eine Tiefgarageneinfahrt. Wir wurden durch mehrere Sicherheitsschleusen gelotst, vorbei an Kontrollräumen mit flimmernden Bildschirmen und weiter durch einen dunklen Saal mit einer riesigen selbstleuchtenden Weltkarte an der Wand, in dem 40 bis 50 Mitarbeiter an irgendwelchen Konsolen saßen.

»Was…«, begann ich.

»Nicht fragen«, unterbrach Nick Carver mich.

Nach dem Hightech-Flügel kamen wir in den Konferenzteil. Hinter Milchglasscheiben lagen Sitzungsräume, Vortragssäle, Laboratorien, Büros und eine Bibliothek. Wir fuhren mit dem Aufzug ein paar Etagen nach unten und kamen zu einer Art Hotelrezeption.

Das Erste, was mir auffiel, war ein Paar hochhackige rote Schuhe. Beine in glänzendem Nylon unter einem kurzen Rock und einer straff sitzenden Bluse.

»Bjørn!«, rief sie.

»Angelica!«

Unsere Umarmung war eines Liebespaares würdig.

Wir brauchten ein paar Minuten, um uns gegenseitig über die Geschehnisse der letzten Tage zu informieren. Als wir fertig waren, wandte Angelica sich an Nick Carver: »Wann fahren wir?«

Er sah sie etwas ratlos an.

»Wenn der Papst Ihnen gesagt hat, wo das Kloster der Vicarius Filii Dei liegt«, drängelte sie, »worauf warten wir dann noch?«

»Ich verstehe Ihren Frust und Ihre Ungeduld, Frau Moretti«, sagte Nick Carver. »Aber eine uralte Festung dieser Größe zu stürmen erfordert einiges an militärischer Planung. Geben Sie uns ein paar Stunden.«

»Haben Sie ihnen von Bernardo erzählt?«, fragte ich Angelica.

Sie schüttelte den Kopf. »Ich wollte erst wissen, was Sie dazu meinen.«

»Bernardo?«, fragte Nick Carver.

»Sein voller Name ist Bernardo Caccini.« Ich sah zum vatikanischen Chefkonservator Fabrizio Biniscotti hinüber. »Sie kennen ihn vielleicht?«

»Natürlich. Der Chefbibliothekar der Biblioteca Medicea Laurenziana«, sagte Biniscotti.

»Sie müssen ihn so schnell wie möglich herholen!«, sagte ich.

II

»Montecasetto!«

An der schwarzen Plasmawand leuchtete auf einer riesigen Italienkarte ein roter Fleck auf. Angelica und ich saßen in der Einsatzzentrale, dem *Command Control Center*, der Ambruzzia-Basis. Bei uns waren Nick Carver, William Blackmore, Chefkonservator Fabrizio Biniscotti und eine Gruppe Männer und Frauen, die Nick *operatives* nannte. Nick selbst stand an einer Konsole und zoomte eine verlassene Gebirgsregion im Nordosten Roms heran.

»Montecasetto ist das Kloster des Mönchsordens Vicarius Filii Dei«, sagte er. Die Karte verwandelte sich in eine Satellitenaufnahme. Die Klosteranlage war nach außen hin von einer hohen Mauer umgeben. Innerhalb lagen Sportplätze und militärische Exerzierplätze. Ein Wallgraben und eine innere Mauer umschlossen das eigentliche Klostergebäude und die beiden großen Burghöfe.

»Seit mehr als fünfhundert Jahren dient Montecasetto als Hauptquartier eines Ordens von Kriegermönchen: Vicarius Filii Dei«, fuhr Nick Carver fort. »Da das Kloster so abgelegen ist, hat es weder eine lokale noch touristische Bedeutung. Die Bevölkerung des nächstgelegenen Dorfs hält es für ein Benediktinerkloster. Unbefugte haben dort nie Zutritt erhalten. Die ältesten Teile des Klosters sind auf einem alten heidnischen Kultplatz errichtet worden. Ende des 6. Jahrhunderts etablierte sich dort der Benediktinerorden. Das Skriptorium und die Bibliothek des Klosters beherbergten damals viele tausend Kodizes, bebilderte Pergamente und Schriftrollen. 1349 wurden Teile des Klosters durch ein Erdbeben zerstört. Im 16. Jahrhundert übernahmen erst die Jesuiten und dann die Vicarius Filii Dei Montecasetto. Über die Jahrhunderte waren die Kriegermönche der verlängerte Arm des Papstes bei operativen und militärischen Einsätzen. Auf ihr Konto gehen einige spektakuläre Aktionen während der beiden Weltkriege, um religiöse Reliquien zu sichern. Aber die etwas zögerliche Beziehung des Papstes zu seinem militärischen Orden hat auch einer Unsitte Vorschub geleistet, die viele der Kardinäle von Vicarius Filii Dei zu nutzen wussten. Der jetzige Kardinal des Ordens, Maximo Romano, sitzt im Vatikan unter Hausarrest. Mit Unterstützung seiner rechten Hand, Prodekan und Dr. theol. Draco Rizzo, hat er den Orden für seine persönlichen Ziele genutzt.«

»Und da werden Lorenzo und Silvio gefangen gehalten?«, fragte Angelica, als wollte sie sich vergewissern, dass wir endlich ein konkretes Ziel vor Augen hatten und nicht bloß irgendwelche codierten Andeutungen.

»Ja, Frau Moretti, wir haben allen Grund zur Annahme, dass Professor Moretti und Ihr Sohn Silvio in Montecasetto sind. Was mich zu unserem Aktionsplan bringt. Die Einheiten, die nicht bereits per Auto unterwegs sind, fliegen morgen früh um null fünfhundert mit dem Transporthelikopter los. Uns steht eine Spezialeinheit zur Verfügung, die aus Elitesoldaten der *Delta Force* besteht, unterstützt durch die *Navy SEALs*, das *1st Special Operations Wing* und die *Special Activities Division* der CIA. Die Einheit wird gerade über den Aufbau und die Architektur des Klosters gebrieft.« Er sah auf die Uhr. »In ein paar Stunden geht es los, ich würde vorschlagen, dass wir bis dahin alle noch ein bisschen schlafen.«

III

Angelica und ich gingen gemeinsam zum Hotelflügel.

Wir blieben vor ihrem Zimmer stehen. Raum 243. Auf meiner eigenen Schlüsselkarte stand 256. Sie steckte die Karte in den Schlitz des Schlosses. Es piepte und leuchtete grün.

Kommst du mit rein, Bjorn?

Aber natürlich sagte sie das nicht. Stattdessen gab sie mir rasch einen Kuss auf die Wange und sagte: »Dann sehen wir uns morgen!«

Morgen.

Etwas, das uns erwartet.

Etwas, das noch nicht geschehen ist.

Vielleicht ein Versprechen.

Morettis Geschichte (VIII)

ZWISCHENSPIEL: DIE SCHRITTE DES HENKERS
MÖNCHSKLOSTER MONTECASETTO
NACHT AUF FREITAG

Schwere Schritte draußen auf dem Flur. Sie schleichen sich in seinen Traum, bis er aufwacht. Irgendetwas stimmt hier nicht. Er hört es den Schritten an. Sie wirken deplatziert, so früh am Morgen.

Er denkt: Warum geschehen die meisten Hinrichtungen vor Sonnenaufgang? Um die barbarische Handlung im Schutz der Dunkelheit zu begehen? Weil sie es in der Bibel so gemacht haben? Sogar einige US-Bundesstaaten folgen noch der alten Tradition und richten ihre Verbrecher im Schutz der schwindenden Nacht hin.

Die Schritte bleiben vor der Tür stehen. Silvio wacht auf.

Papa?

Pst.

Ist es schon Morgen?

Ja, es ist Morgen.

Ich bin aber noch so müde.

Dann schlaf noch ein bisschen.

Ein Schlüssel wird ins Schloss geschoben. Es klickt und knackt.

Bringen sie das Frühstück?, fragt Silvio.

Ich weiß es nicht.

Ich habe keinen Hunger.

Ist nicht schlimm.

Die Tür geht auf. Licht fällt in die Zelle. Vier Silhouetten. Draco, Bartholomäus, Nicola und ein Mönch, den er nie zuvor gesehen hat. Sie tragen ihre Kutten. Lorenzo sieht verwirrt zu Bartholomäus, der seinem Blick ausweicht.

Aufstehen!, sagt Draco.

Bringen Sie mir das Buch?, fragte Lorenzo.

Anziehen!

Was ist denn passiert?

Anziehen! Jetzt!

Wo ist das Buch?

Bartholomäus: Tun Sie, was er sagt.

Lorenzo sieht ihn fragend an und wartet auf ein heimliches Signal, das nicht kommt. Er hört es ihren Stimmen an. Irgendetwas stimmt nicht. Es ist etwas geschehen. Irgendetwas stimmt hier ganz und gar nicht.

Papa?, sagt Silvio unsicher.

Es ist in Ordnung. Wir ziehen uns an.

Schnell!

Papa? Wohin gehen wir?

Ich weiß es nicht.

Sie ziehen sich an. Silvio muss aufs Klo. Auch er muss pinkeln. Aber nicht vor den Mönchen. Silvio stellt sich vor den Bottich, sie hören das Plätschern des dünnen Strahls.

Niemand kennt den Tag oder die Stunde von Jesu Rückkehr, sagt Draco.

Jesu Rückkehr?

Der Jüngste Tag.

Von was reden Sie?

Die Zeit ist um. Wir lobpreisen Gott im Himmel.

Was meinen Sie? Was ist passiert?

Sie müssen mit uns kommen, sagt Bartholomäus leise. Mit dem Tonfall eines Arztes, der seinem Patienten nicht sagen will, dass alle Hoffnung vergebens ist.

Wohin mitkommen?

Ein verzweifelter Ton hat sich in seine Stimme geschlichen. Er sieht einen kahlen, kalten Kellerraum vor sich. Ratten. Mönche in dunklen Kutten. Grausame Gerätschaften, deren Funktion man nicht einmal erahnt, bevor sie einem angelegt werden…

Kommen Sie!, befiehlt Draco.

Papa?

Es passiert uns nichts, Silvio.

Der anonyme Mönch nimmt seinen Oberarm.

Silvio beginnt zu weinen. Papa! Papa?

Warten Sie!, ruft er, als würde das Warten irgendeinen Sinn machen. Warten worauf?

Die Mönche führen sie hinaus auf den Gang. Silvio schreit. Wie die Schweine daheim auf dem Hof seines Großvaters, wenn sie zur Schlachtbank geführt wurden. Aber wie konnte Silvio wissen, was passieren würde?

Bartholomäus!, ruft Lorenzo. Sie müssen uns helfen! Bitte. Wenigstens Silvio, ich flehe Sie an!

Ruhe!, brüllt Draco.

Silvio heult.

Was werden sie tun?, fragt er sich. Werden sie uns erschießen? Erhängen? Köpfen? Oder richten sie uns nach irgendeinem archaischen religiösen Ritual hin?

Ich weiß, wo das Buch ist!, ruft er. Verzweifelt.

Die Mönche bleiben stehen.

Ich weiß, wo es ist, fährt er fort. Das Buch. In der Bibliothek! Das Buch, das ich brauche, um den Brief von Nostradamus zu entschlüsseln.

Wo?, fragt Draco.

Ich werde es Ihnen zeigen.

Sie eilen über den Flur und über die Treppe nach unten. Im Kloster herrscht hektische Aktivität. Überall rennen Mönche herum. Sie tragen Säcke, Kisten und Kästen. Was geht hier vor?

Mit einem gewaltigen Schlüssel schließt Nicola die Tür der Bibliothek auf. Dann schaltet er das fahle Licht ein. Die Reihen der Regale werden fast vom Halbdunkel geschluckt.

Wo?, wiederholt Draco.

Lorenzo nimmt den Zettel von Francesco hervor:

~LM~ILP!~F~

Draco schnappt sich den Zettel und liest.

Was bedeutet das?, fragt er.

Lorenzo erklärt: *LM* – das bin ich. Lorenzo Moretti. *F* steht für Francesco. *ILP* kann nur eins bedeuten: *Index Librorum Prohibitorum*. Die Liste der nach der katholischen Kirche verbotenen Bücher.

Draco starrt auf den Zettel, um sicherzugehen, dass diese Deutung Sinn macht. Er sieht Nicola fragend an.

Nicola sagt: Alle Werke des *Index Librorum Prohibitorum* stehen in der gleichen Sektion wie die päpstlichen Dekrete und die Enzykliken. Neben der Sammlung der Apostolischen Konstitution und den Ermahnungen.

Schnell!, brüllt Draco.

Nicola läuft voran. Über den Hauptgang in den größten Raum der Bibliothek. Dann nach links um das Regal mit der Aufschrift *Edictum* herum. Vorbei an der Sektion mit den päpstlichen Bullen. Durch einen Vorhang und in einen dunklen Raum, den Lorenzo nie zuvor gesehen hat. Jemand schaltet das Licht ein.

Hier!, ruft Nicola. Sie bleiben vor einem hohen Regal mit verbotenen Büchern stehen.

Die Sammlung des *Index Librorum Prohibitorum* im Kloster Montecasetto ist vollständig und umfassend. Sorgsam archiviert und über die Jahrhunderte von den Mönchen zusammengetragen.

Wo?, schreit Draco.

KAPITEL 28

Die Felsenburg

MONTECASETTO, FREITAGMORGEN

I

Aus der Luft sah Montecasetto wie eine uneinnehmbare Felsenburg aus.

Angelica und ich waren in der Morgendämmerung geweckt worden. Kaum wach, waren wir auch schon in einem von mehreren Helikoptern auf dem Weg nach Nordosten. Die Wolken hingen blutrot am Himmel. Militärische Kommandos drangen aus den Funkgeräten. *»Jupiter an alle Einheiten...«* Nach einer guten halben Stunde erblickten wir das Kloster. Grau und dunkel, mit dicken Mauern, Schießscharten, runden Türmen und spitzen Dächern. Es wirkte massiv und mächtig, als wäre es ein Teil des Felsens, auf dem es einmal errichtet worden war, ja als wäre es direkt aus dem Berg gewachsen. Hohe, senkrechte Mauern. Schwarze Fenster wie blinde Augen.

Irgendwo in diesem Überbleibsel aus dem Mittelalter versteckten die Mönche Lorenzo und Silvio Moretti.

»Jupiter an alle Einheiten – klar zum Einsatz!«

Eine Kolonne von Militärfahrzeugen näherte sich über die Landstraße. Angelica legte ihre Hand auf meinen Arm und drückte ihn. Ich streichelte sie vorsichtig und versuchte, sie zu beruhigen. Angelicas Lippen formten ein stummes Gebet.

»Jupiter an alle Einheiten – Zugriff!«

Mit gepanzerten Fahrzeugen und Transportlastwagen drangen sie durch das Haupttor in das Innere des Klosters vor, während mehrere Helikopter außerhalb landeten. Unser Helikopter setzte im nördlichen Burghof auf. Der Rotor wirbelte Kies und kleine Steinchen auf, die wie Projektile an die Wand und die Fenster knallten. Die Schiebetüren wurden geöffnet.

»*Go! Go! Go!*«

Die Soldaten sprangen heraus und gaben einander Deckung, während sie an den massiven Türen Stellung bezogen.

Gute Soldaten klopfen nicht an. Sie sprengen Türen. Innerhalb weniger Sekunden hatten die Männer ihre C4-Ladungen im Türspalt und am Schloss befestigt und detonieren lassen. Sehr effektiv. Wenn auch nicht gerade im Einklang mit dem Denkmalschutz.

Mit geladenen Waffen stürmten sie das Kloster. Erst jetzt durften Angelica und ich den Helikopter verlassen. Auch wir trugen schusssichere Westen, Militäruniformen und Helme. Angelica klammerte sich an meinen Arm. Gemeinsam mit Nick Carver liefen wir geduckt zum nächsten Eingang.

Bis jetzt war kein Schuss zu hören gewesen. Bis jetzt. Wo hatten die Mönche sich versteckt? Durch das Funkgerät hörten wir, wie die Soldaten im Kloster vorrückten.

»*Ready!*«

»*Enter!*«

»*Clear!*«

II

Im Inneren war das Kloster dunkel und kahl. Ein abgestandener Geruch lag auf den Fluren. Schwere Türen führten in leere, dunkle Räume mit Kruzifixen an den Wänden. Hier und da lagen alte Bibeln. Gebetsräume, Speisesäle, Hallen. Skriptorien, die in Lesesäle und Trainingsräume umgewandelt worden waren. In der Kapelle hing ein riesiger, dunkler Wandteppich mit Motiven aus der Bibelgeschichte. Die spartanischen Zellen der Mönche lagen in einem eigenen Flügel.

Nirgendwo war ein Mensch.

Im ersten Stock des Nordwestflügels befand sich eine gewaltige Bibliothek. Die Soldaten mussten auch hier die Tür sprengen. Wir traten ein und nahmen gleich den strengen Geruch von Staub und Leder wahr. Hohe Bücherregale erstreckten sich bis hoch hinauf ins Gewölbe. Zehntausende von Werken. Ikonen und Reliquien. Wandteppiche mit religiösen Motiven und Schilde. Und inmitten all dessen ein hohes Kreuz. Staub tanzte im Licht, das durch die hohen Fenster fiel, aber Menschen waren nirgends zu sehen.

III

Angelica wurde immer verzweifelter. Wo waren Lorenzo und Silvio? Was war mit ihnen passiert?

Während die Soldaten den Klosterkomplex durchsuchten, gingen Angelica, Nick Carver und ich zurück in den Hof. Wir setzten uns auf eine Steinbank. Niemand sagte ein Wort. Was sollten wir auch sagen? Von drinnen hörten wir die Rufe der Soldaten. *Ready! Enter! Clear!* Nach einer langen Wartezeit kam ein Offizier zu uns, der sich an Nick Carver wandte.

»Leer, Sir!«

»Leer!«, platzte Angelica hervor.

»Das Kloster ist verlassen«, sagte der Offizier, noch immer an Nick Carver gerichtet. »Wir haben die Durchsuchung noch nicht abgeschlossen, aber es deutet nichts darauf hin, dass noch jemand hier ist.«

»*Solutio Sanctorum*«, murmelte Nick Carver.

»Was?«, fragte Angelica fast schon hysterisch.

»Ein Begriff aus dem frühen Mittelalter«, erklärte Nick. »*Solutio Sanctorum* bedeutet in etwa ›Auflösung heiliger Dinge‹. Wenn ein Kloster oder eine Glaubensgemeinschaft sich durch einen mächtigen Feind in seiner Existenz bedroht sah, verschwanden sie einfach von der Erdoberfläche. Jeder – vom Abt bis zum einfachen Mönch – verließ das Kloster oder seinen Tempel und tauchte in irgendeiner Stadt unter. Eine Flucht, gleichzeitig aber auch eine heilige Handlung.«

»Und die Geiseln?«, fragte ich.

Der Offizier sah von mir zu Angelica.

Angelica fasste sich an den Mund. »Oh Gott…«

»Nein, verstehen Sie das nicht falsch«, sagte der Offizier. »Wir haben sie nur noch nicht gefunden. Hier sind sie jedenfalls nicht.«

Morettis Geschichte (IX)

ZWISCHENSPIEL: DIE FLUCHT
TOSKANA
FREITAGMORGEN

Die Reflexion im Seitenspiegel blendet Lorenzo. Sie fahren seit dem Morgengrauen. Niemand hat ihm gesagt, wohin. Es hat fast den Anschein, als führe der Mönch, der am Steuer sitzt, aufs Geratewohl. Vielleicht um seine Verfolger zu verwirren. Wenn es denn überhaupt Verfolger gibt. Was er sehr hofft.

Lorenzo blickt immer wieder zu Bartholomäus. Er wartet auf ein Zwinkern, ein Lächeln, ein Zeichen, dass Bartholomäus alles unter Kontrolle hat. Was ist mit seinem Plan, ihnen zur Flucht zu verhelfen? Etwas muss geschehen sein. Etwas Unerwartetes. Er hofft, dass Bartholomäus einen neuen Plan hat.

*

Francesco hatte die Nostradamus-Sammlung genau da versteckt, wo Lorenzo es vermutet hatte. Als sie in die Lücke zwischen den Büchern des *Index Librorum Prohibitorum* in der Klosterbibliothek geschaut hatten, waren die Werke von Nostradamus nicht zu übersehen gewesen.

Francesco hatte die ganze Sammlung in einem Anflug von Wahn oder ketzerischem Spott hinter den verbotenen Büchern versteckt.

*

Auf seinem Schoß liegt *Les Prophéties*, verlegt von Macé Bonhomme, Lyon, 2. Ausgabe 1555. Er starrt lange auf die Reihe der
Buchstaben, die den Namen eines Buchdruckers bildet:

MBOMAOMDCNMLEHEV C3443

Ein Transpositionscode: Macé Bonhomme 1555. Nur der letzte
Teil steht noch aus.

C3443

Er hat endlich alles verstanden. Wie einfach es ist, wenn man
erst die Logik hinter allem verstanden hat.

Das C in C3443 ist die römische Zahl für 100. Wie in englisch
century – Jahrhundert. Nostradamus hat seine Prophezeiungen in
Hundertergruppen eingeteilt. *Centurien*.

Die erste Drei in C3443 bedeutet also Centurie drei.

Die erste Vier steht für die Strophe vier.

Die zweite Vier für Zeile vier.

Die letzte Drei bedeutet Wort drei.

Er schlägt die richtige Seite des Buchs auf, findet Wort drei in
Zeile vier der vierten Strophe – und muss lachen.

> 4 Quãd feront proches le defaut des lunaires,
> De l'vn a l'autre ne diftant grandement,
> Ftoid, ficcité, danger vers les frontieres,
> Mefmes ou l'oracle a prins commencemẽt.

Das Schlüsselwort lautet: *oracle*.

Das Orakel.

*

Sie sitzen in einem Kleinbus mit getönten Scheiben. Hinten, wo die Mönche Lorenzo und Silvio platziert haben, ist eine Art Sitzgruppe mit einem Tisch in der Mitte. Darauf liegen die Blätter mit den diversen Codes und das Vigenère-Quadrat. Lorenzo tut so, als wäre er höchst konzentriert und könnte den Code im Laufe der nächsten Minuten knacken. Wenn er nur genug Ruhe bekommt, um sich zu konzentrieren. Aber er will nicht zeigen, wie weit er tatsächlich gekommen ist. Nicht, bevor er dazu gezwungen wird.

Silvio lehnt die Stirn an die Scheibe und sieht nach draußen. Aber er scheint die Landschaft nicht wirklich wahrzunehmen. Ein Speichelfaden hängt aus seinem Mund. Lorenzo macht sich Sorgen um ihn. Er sieht nicht gesund aus.

Sie sind irgendwo an der Ostküste. Die Meeresoberfläche ist still. Einladend. Am Strand stehen Sonnenschirme. Boote mit gestrafften Segeln. Sie haben L'Aquila passiert, Teramo und San Benedetto del Tronto. Sie fahren also in die richtige Himmelsrichtung. Nach Norden. Wissen sie, wohin sie müssen? Ist das Ganze ein Spiel? Oder raten sie einfach? Draco sieht immer wieder zum Himmel. Nach was hält er Ausschau? Sucht er nach einem Helikopter? Man soll die Hoffnung ja nicht aufgeben. Es musste doch Verfolger geben. Warum sollten sie sonst aus dem Kloster geflohen sein?

Als sie über die Steintreppe nach unten geführt worden waren, war er sich sicher gewesen, dass sie Silvio und ihn umbringen würden. Liquidieren. Der Burghof war voller Busse und Autos gewesen, und die Mönche hatten schwere Koffer hin und her geschleppt. Sie selbst waren zu ihrem Kleinbus geführt worden, begleitet von sechs Mönchen. Draco und Bartholomäus. Paolo, der Fahrer. Nicola. Und zwei andere, die er zuvor noch nie gesehen hatte und deren Namen er auch nicht kannte. Diese beiden sind mit Maschinenpistolen bewaffnet.

Sie waren durch die zwei Burghöfe und das Tor gefahren und auf eine Landstraße gekommen. Dann waren sie auf eine unbefestigte Straße eingebogen, die noch aus Kaiser Neros Zeiten zu stammen schien. Auf dieser Straße hatten sie ihm aus unerfindlichen Gründen eine Kapuze über den Kopf gezogen. Aber er durfte keine Panik bekommen, er musste an Silvio denken, durfte ihm keine Angst einjagen. Die Gedanken waren wieder zurück in seine Kindheit geschweift. Zu dem Freund, der ihn in diesem Schrank eingesperrt hatte.

Luft ... ich brauche Luft ...
Denk an Silvio! Mach ihm keine Angst!
Luft!

*

Nach einer Stunde hatten sie angehalten und ihm die Kapuze abgenommen. *Endlich!* Er hatte nach Atem gerungen. Zum Glück hatte Silvio geschlafen. Draco war ausgestiegen und hatte mit jemandem telefoniert. Er hatte nicht gehört, was gesprochen wurde. Aber Dracos Körpersprache verriet, wie aufgebracht er war.

Die zwei namenlosen Mönche haben die Maschinenpistolen auf dem Schoß. Sie sind zwischen dreißig und vierzig. Haben ausdruckslose Gesichter. Sind die ganze Zeit über hellwach. Wenn ihnen ein Polizeiwagen entgegenkommt, umklammern sie die Waffen fester, als wollten sie alles und jeden niederschießen, der sich ihnen in den Weg stellt. Aber so verrückt können sie doch nicht sein, denkt er. Wenn wir auf eine Straßensperre stoßen, müssen sie doch einsehen, wie aussichtslos ihre Lage ist. Oder?

Er dreht sich zu seinem Sohn um.

Wie geht es dir, Silvio?

Schweigen.

Silvio?

Gut.

Bist du müde?

Ein bisschen. Wohin fahren wir?

Ich weiß es nicht.

Kannst du nicht fragen?

Später.

Glaubst du, wir fahren nach Hause?

Möglich, vielleicht fahren wir nach Hause!

Möglich?

Wir sind bestimmt auf dem Weg nach Hause. Bestimmt!

Ist Mama dann da?

Aber sicher. Sie wartet bestimmt schon sehnsüchtig auf uns.

Mama fehlt mir.

Mir auch.

*

Während er so tut, als arbeitete er an der Dechiffrierung, lauscht er heimlich immer wieder auf das Gespräch zwischen Draco und Bartholomäus.

Der Papst hat uns verraten, sagt Draco. Er hat uns alle verraten. Die biblische Prophezeiung geht in Erfüllung.

Welche?, fragt Bartholomäus unsicher.

Verstehst du denn nicht?

Was soll ich verstehen, Draco?

Der Heilige Vater ist der Antichrist.

Bartholomäus bekreuzigt sich.

Er hat seine Berufung verraten, fährt Draco fort, unseren Herrn. Der Papst hat alles verraten, er hat alles gesagt. Über Vicarius Filii Dei, Montecasetto, alles, genau wie es geschrieben steht.

Wie konnte er nur, erwidert Bartholomäus.

Alles!, fährt Draco fort. Nach so vielen Jahren. Ein Verräter gegen Gott. Gegen alles, was heilig ist. Er hat sich zu einem Werkzeug des Teufels gemacht.

Des Teufels?

Was schreibt Paulus über den Antichrist? Was schreibt er über den Gesetzlosen, den für immer Verlorenen? Ja, genau wie der

Papst setzt er sich selbst über alles, was heilig ist. Über Gott. Wie der Papst hält er in Gottes Tempel Einzug und ernennt sich selbst zum neuen Gott.

Das ist richtig. Aber Satan, Draco?

So offenbart er sich, wenn die Zeit reif ist. Der Gesetzlose wird sich zu erkennen geben, der, den unser Herr Jesus am Tag seiner Wiederkehr mit seinem Atem ausrotten wird. Mit all seiner Herrlichkeit.

Halleluja!, flüstert Bartholomäus.

Wenn der Gesetzlose kommt, schöpft er seine Kraft aus Satan. Er kommt mit gewaltiger Kraft. Mit Wundern. Mit falschen Zeichen. Wer anderes also ist der Papst als der Antichrist? Mit allerlei Unrecht verführt er die Verlorenen. Aber sie werden ihr Urteil bekommen, halleluja, alle, die nicht an die Wahrheit geglaubt haben und die ihre Freude am Unrecht hatten.

Halleluja und Amen.

Was schreibt Johannes?, fährt Draco fort. Er spricht jetzt mehr zu sich selbst als zu Bartholomäus. Es ist euch zu Ohren gekommen, dass der Antichrist kommen wird, schreibt Johannes, noch einmal, denn es hat zuvor schon andere Antichristen gegeben. Aber dieser wird der letzte sein. Die Endzeit vor dem Jüngsten Tag. Und wer ist der Lügner, der Antichrist, wenn nicht der, der verleugnet, dass Jesus der Heiland ist? Der Odem des Antichristen ist in der Welt. Der Papst! Er ist der Verräter. Er ist der Antichrist!

Der Papst ist der Antichrist, wiederholt Bartholomäus.

Der Papst!, sagt Draco ein weiteres Mal.

Wir waren blind.

Wir haben es erst jetzt erkannt. Wir haben die Zeichen nicht richtig gedeutet. Nicht vor dem heutigen Tag.

Amen!

Unsere Zeit ist um, sagt Draco. Mit dem Antichrist wird unsere Welt untergehen. Aber mit den Worten des Herrn, mit der Bundeslade, werden wir Jesus Christus begegnen und ihm in seinem letzten Kampf beistehen.

Wie in einer synchronisierten Bewegung drehen sie sich zu Lorenzo um.

*

Endlich sieht er, was Nostradamus gedacht hat. Er ist fast fertig mit der Entschlüsselung der ersten Briefchiffre. AZCJP-POEGGWS. Aber ohne die andere ergibt sie keinen Sinn. Was für ein hintersinniges Geflecht der alte Seher gesponnen hat. Ein verrücktes Netz aus Logik und Wahn. Er muss lächeln. Alles hängt zusammen. Für all die wirren Spuren gibt es eine Erklärung. Es kommt nur darauf an, sie zu finden, sie zu erkennen und all das Überflüssige zu entfernen. Aber er wird kein Wort sagen, bevor er nicht wirklich muss. Absolut muss. Oh nein, nicht diesem Draco. Und auch nicht Bartholomäus. Die Lösung wird er für sich behalten. So lange er kann. Die Lösung ist sein Ticket zum Leben. Zur Freiheit.

KAPITEL 29

Der Dieb

AMBRUZZIA-BASIS,
FREITAGVORMITTAG

I

Weg. Allesamt.

Die Mönche. Professor Lorenzo Moretti. Der kleine Silvio. Weg.

Angelica war untröstlich. Lebten sie? Waren sie ermordet und in ein ausgetrocknetes Flussbett an einer einsamen Landstraße geworfen worden? Nick Carver und ich hatten abwechselnd versucht, sie zu beruhigen und zu trösten. Ihr klarzumachen, dass die Mönche offenbar Wind von unserem Erscheinen bekommen hatten und die Geiseln mit an einen andern Ort genommen hatten. Einen sichereren Ort. Jemand aus dem Vatikan musste sie gewarnt haben.

Angelica war ungeduldig, meinte, wir würden unnütz Zeit vergeuden. Die Codes waren eine Sackgasse, sagte sie. Vergesst die Codes! Findet Lorenzo! Findet Silvio!

Leichter gesagt als getan. Nick und ich versuchten ihr zu erklären, dass alles zusammenhing. Die Codes. Das Versteck der Mönche. Der Professor und Silvio.

Alles.

Exakt um neun Uhr versammelten Nick Carver und der Chefkonservator Fabrizio Biniscotti eine Gruppe aus DARPA-Experten im Kommandoraum. Der Stab zählte achtundvierzig Männer und Frauen. Herausragende Autoritäten ihrer jeweiligen obskuren Fachgebiete: Kryptologie, Geschichte des Altertums und der Renaissance, Archäologie, Theologie, Linguistik.

Im Laufe der Nacht war Chefbibliothekar Bernardo Caccini aus Florenz eingeflogen worden. Ich war unendlich erleichtert, dass er noch am Leben war. Und dass er sich – und nicht ich – vor dieses Forum aus Fachleuten stellen würde, um ihnen zu erklären, dass die Bibliothek von Alexandria nach wie vor existierte.

Auf einer Bank ganz hinten im Raum saß William Blackmore. Neurobiologe. Professor in Stanford. Ich hatte im Internet über ihn recherchiert. Tausende Treffer. Und dabei hatte ich gedacht, er würde in Texas Pferde züchten und Rodeos organisieren ... Was hatte er mit Nick Carver zu schaffen? Wieso war er hier? Ein Neurobiologe? Ich hatte versucht, weitere Informationen aus Nick herauszubekommen, aber nur eine sehr schwammige Antwort bekommen.

Nick Carver gab dem Stab einen kurzen Lagebericht über die Operation in Montecasetto. Danach bat er mich, den Versammelten kurz zu schildern, was Angelica und ich herausgefunden hatten.

Zuerst fasste ich zusammen – Tag für Tag, Quelle für Quelle, Anagramm für Anagramm –, was Angelica und ich erlebt und aufgedeckt hatten. Die Anwesenden hörten mir gebannt zu. Als ich mit dem Bericht am Ende war, stellte ich ihnen Bernardo Caccini vor. Der grauhaarige Mann trat mit seiner stillen Autorität vor Nick Carvers Mitarbeiterstab. Langsam und detailliert erzählte er die Geschichte der alexandrinischen Bibliothek, ehe er die Bombe platzen ließ: dass die wichtigsten Texte aus der Bibliothek in Alexandria auf vierundzwanzig Truhen aufgeteilt worden waren, die noch heute an vierundzwanzig geheimen, in ganz Europa verteilten Orten existierten.

II

Als das erstaunte Raunen verebbt war, kamen die Fragen der Fachleute. Vor allem die Historiker waren skeptisch. Doch Bernardo Caccini beantwortete fast alles souverän. Cäsars Motive. Wie die Operation geheim gehalten worden war. Der Transport der Truhen von Rom in das Heilige Land und über die Tempelritter, die Johanniter und die Medici wieder zurück nach Europa.

Nostradamus' Rolle in dem ganzen Spiel erklärte er folgendermaßen:

»Als Nostradamus die Nachfolge von Machiavelli und Michelangelo antrat, gründete er einen Orden mit vierundzwanzig vertrauenswürdigen und achtbaren Bibliothekaren. *Die Hüter der Schrift*. Und er ernannte den ersten Großmeister: den Chefbibliothekar der Biblioteca Medicea Laurenziana. Aber Nostradamus vertraute ihm nie die Liste der vierundzwanzig Bibliothekare an – er setzte ihn nur allgemein in Kenntnis des Geheimnisses. Jeder der vierundzwanzig Bibliothekare nahm eine Truhe entgegen, und keiner von ihnen wusste von den anderen. Nostradamus' detaillierten Anweisungen gemäß wurden die Truhen in Verstecken in den vierundzwanzig Bibliotheken eingemauert. Keiner der Männer wusste, *was* er bewachte, nur, dass der Auftrag heilig war: In Gottes Namen sollten sie loyal eine Truhe mit alten Texten bewachen.«

Ich meldete mich und fragte: »Wie konnte die Zusammenarbeit von Nostradamus und den Medici einfach in Vergessenheit geraten?«

Bernardo Caccini holte tief Luft, ehe er antwortete.

»Der Grund dafür ist in Cosimos privatem und öffentlichem Leben dieser Zeit zu finden. Er hatte Siena und Montalcino besiegt. Er hatte Genua die Insel Elba abgekauft, aber die dortigen Bewohner waren alles andere als begeistert von ihrem neuen

Herrscher. Selbst zu Hause in Florenz war er umstritten. Die Stadt war nie einfach zu regieren. Zusätzlich zu all den Kriegen und Machtkämpfen stand Cosimo privat unter Druck. Er war mit seiner Familie aus dem Palazzo Vecchio in den Palazzo Pitti umgezogen. Und 1562 passierte die Tragödie: Seine Ehefrau und vier seiner Kinder starben bei einer Pestepidemie. Zwei Jahre später erkrankte Cosimo und überließ einen Großteil seiner Macht seinem 23 Jahre alten Sohn Francesco, der sich mehr für Frauen, Chemie und Alchemie interessierte als für die historischen Geheimnisse und die versteckten Truhen. Nostradamus' ausgeklügelter Plan war bis ins kleinste Detail umgesetzt worden – aber zu welchem Nutzen? Cosimo war zu geschwächt, um sich darum zu kümmern, und Francesco interessierte das nicht. 1569 erhob Papst Pius V. Cosimo vom Herzog von Florenz zum Großherzog der Toskana. Er war jetzt nur noch eine Ebene unter königlichem Status. Noch mehr Verantwortung. Zwei Jahre später fand die Seeschlacht von Lepanto statt. Cosimos Streitkräfte waren Teil der Koalition aus Spaniern, Neapolitanern, Sizilianern, Sarden, Venezianern, Genuesen sowie dem Vatikan und den Johannitern, die die türkische Flotte des Osmanischen Reiches schlug. In Vorbereitung auf die Schlacht hatte Cosimo Galeeren bauen lassen und eine Kriegsmarine aus Wehrpflichtigen, Söldnern und Sklaven aufgestellt. Er hatte sich selbst zum Großmeister des von ihm gegründeten militärischen St.-Stephans-Ordens ernannt. Cosimos Geheimdienst deckte dabei immer neue Attentatspläne auf. Eine Truppe Schweizer Söldner diente ihm als Leibwache. Oh ja, man muss sich das Leben eines Florentiner Herrschers im 16. Jahrhundert ziemlich dramatisch vorstellen. Als Cosimo 1574 starb, hatte die Familie Medici ganz andere Sorgen als die vierundzwanzig Truhen, die Nostradamus beiseitegeschafft hatte.«

»Und wer weiß heute, wo sie sind?«, fragte ich.

»Nachdem er die Truhen verschickt hatte, schrieb Nostradamus seinen Brief an Cosimo I. In dem Brief erinnert er seinen

Auftraggeber daran, wo er die Anweisung für die Bibliothekare und das Delphi-Amulett versteckt hat. Und diesen Brief, von dem Professor Lorenzo Moretti eine Kopie besitzt, hat Regina Ferrari in der Gonzaga-Sammlung der Uffizien-Bibliothek entdeckt. Nostradamus war damals wahrscheinlich davon ausgegangen, dass die Truhen einige wenige Jahre versteckt werden müssten, bis die Unruhen zwischen den Medici sich gelegt hätten. Aber es kam anders. Das Geheimnis starb mit Cosimo. Zu jeder Zeit hat jeweils nur ein einziger Mensch von dem Plan gewusst – der jeweilige Großmeister der Hüter der Schrift, also meine Vorgänger. Aber weder sie wussten, noch weiß ich, welche vierundzwanzig Bibliotheken Nostradamus ausgewählt hat.«

»Damit kommen wir nicht weiter«, seufzte ich. »Wir brauchen den Brief von Nostradamus an Cosimo I. Die Kopie haben Lorenzo und die Mönche. Das Original wurde aus Regina Ferraris Büro gestohlen. Und keiner weiß, von *wem*!«

Bernardo Caccini räusperte sich. »Da muss ich Sie korrigieren. Ich weiß sehr genau, wer den Originalbrief gestohlen hat.«

»Wer? Woher wissen Sie das?«

»Weil ich ihn gestohlen habe.«

III

Mit einem kleinen Lächeln zog Bernardo Caccini ein zusammengefaltetes Blatt aus der Innentasche seines Jackets.

»Ich würde lieber sagen, ich habe den Brief *geliehen*, zu unser aller Bestem«, sagte er und hob die Hand mit dem Blatt in die Luft. »Dies ist der Brief von Nostradamus an Cosimo I. Als ich von der Entführung Professor Morettis hörte, war mir sofort klar, was Regina Ferrari entdeckt hatte und worum es bei der Entführung ging. Und ich wusste, dass Regina gerade in Bologna war und den Brief sicher nicht mitgenommen hatte. Vergessen Sie nicht – zu dem Zeitpunkt kannten nur ich und

Vicarius Filii Dei den Inhalt dieses Dokumentes. Darum bin ich so schnell ich konnte zu den Uffizien geeilt. Ich kenne alle Mitarbeiter der Bibliothek, sie sind es gewohnt, mich zu sehen, deswegen hat keiner über meinen Besuch gestutzt. Die Tür zu Reginas Büro war wie immer unverschlossen. Der Schlüssel zu ihrem Schreibtisch hing an der Lampe.« Er lächelte schuldbewusst. »Alles nur im Dienst der guten Sache. Wie Angelica und Bjørn schmerzlich erfahren mussten, tauchten nur wenige Stunden später die Männer von Vicarius Filii Dei dort auf, um sich das Original zu sichern.«

»Warum sagen Sie das erst jetzt?«, platzte Nick Carver heraus.

Ich ahnte einen mühsam unterdrückten Trotz in Bernardo Caccinis Blick. *Wem* hätte er von dem Brief erzählen sollen? Der Polizei? Den Behörden? Angelica und mir? Möglicherweise war er kurz davor gewesen, als wir plötzlich Hals über Kopf aus der Bibliothek fliehen mussten. Nick Carver? Den er erst vor wenigen Minuten kennen gelernt hatte? Auf all das hätte er hinweisen können. Aber er begnügte sich zu sagen: »Es hat niemand gefragt.«

Er faltete das Dokument auf dem Lichtfeld eines Dokumentenprojektors auseinander. Mehrere Anwesende riefen, dass er um Himmels willen vorsichtig sein solle. »Für was halten Sie mich denn?«, entgegnete Caccini. »Das ist natürlich eine Kopie. Das Original liegt sicher verwahrt, wo es die ganze Zeit hingehört hätte: in einem Tresor!«

»Wieso haben Sie nichts mit dem Brief unternommen?«, fragte Nick Carver, noch immer ungehalten.

»Was hätte ich denn damit unternehmen sollen?«

»Ihn jemandem zum Entschlüsseln geben, zum Beispiel!«

»Glauben Sie etwa, das hätte ich nicht versucht? Ich arbeite mit Worten. Codes zu lösen ist nicht mein Kompetenzbereich. Aber ich habe es nicht gewagt, jemanden zu kontaktieren, von dem ich nicht wusste, ob ich ihm voll und ganz vertrauen kann. Darum habe ich mehrfach versucht, in Kontakt mit Angelica

Moretti und Bjørn Beltø zu treten. Am Ende waren sie es, die mich gefunden haben. Bedauerlicherweise wurden wir von den Mönchen unterbrochen, als ich ihnen gerade den Brief zeigen wollte.«

IV

Endlich hatten wir den Brief. Die Chiffren. Etwas, woran wir arbeiten konnten.

Nick Carver schloss die Kamera an, die das Bild mit den Chiffren auf die riesige Plasmaleinwand übertrug.

**L'ABATTES AILS BOT
MBOMAOMDCNMLEHEV C3443
AZCJPPOEGGWS
GRNVLGFFCGQMFVNBP**

Nick Carver beäugte die Chiffren mit Kennermiene. Als könnte er mit einem kurzen Blick das Rätsel hier und jetzt lösen. Aber nein. Er nickte einer Gruppe von etwa zwanzig Mitarbeitern zu.

»Wir haben ein Team der besten Kryptoanalytiker der CIA einberufen«, sagte er. »Sie arbeiten ausschließlich mit Codes und Chiffren. Über verschlüsselte Verbindungen nach Langley haben sie Zugang zu Spezialprogrammen und einer Dechiffrierungstechnologie, die die meisten Chiffren innerhalb weniger Minuten knackt. Ihnen steht geballte Computerkraft zur Verfügung. Milliarden Berechnungen in der Sekunde. Das nennt man *Brute-Force*-Angriff. Banal ausgedrückt, tasten sie sich voran. Nicht blind, sondern mit Hilfe von bestimmten Dechiffrierungsalgorithmen. Wo also ein Normalsterblicher ein Leben lang bräuchte, alle unterschiedlichen Entschlüsselungsmodelle auszuprobieren, erledigen unsere Leute die Arbeit in nur wenigen Minuten.«

Angelica fasste meine Hand. Gespannt. Nervös. Wahrscheinlich tat sie es ganz unbewusst. Aber es fühlte sich gut an.

»Frequenzanalyse gestartet«, sagte ein rothaariger Mann, der aussah, als wäre er höchstens fünfzehn.

Die Experten starrten auf ihre Bildschirme, über die horizontal und vertikal Tausende von Zahlen flimmerten. Basierend auf dem grafischen Schlüsselsymbol, dem Anagramm und der Zeile mit den Zeichen und Zahlen leiteten die Spezialisten ab, dass die erste Zeile ...

L'ABATTES AILS BOT

... die Schlüsselinformation lieferte, die der Entschlüsselung der zwei letzten Chiffren zugrunde lag:

AZCJPPOEGGWS
GRNVLGFFCGQMFVNBP

Ich selbst hätte bestimmt zwei bis drei Jahre gebraucht, um zu demselben Ergebnis zu kommen. Für die Spezialisten war es offensichtlich.

»Es ist wie zwei verschiedene Sprachen nebeneinanderstellen«, erklärte eine junge Frau. »Selbst wenn man keine der Sprachen versteht, sieht man doch, dass sie sich unterscheiden.«

»Stammen die Chiffren aus dem 16. Jahrhundert?«, rief ein farbiger Mann.

»Korrekt«, antwortete Nick Carver.

»Wann genau?«

»Wahrscheinlich nach 1555.«

»In welchem Jahr kam *La Cifra* von Bellaso heraus? 1552?«, fragte der Farbige.

»1553«, korrigierte ihn die junge Frau. »Glaubst du, das ist ...«
»...eine Vigenère-Chiffre.«
»Einverstanden. Laut Frequenzanalyse ist das offensichtlich eine Vigenère-Chiffre.«
»Okay«, sagte der Farbige, der der Teamleiter zu sein schien. »Dann nehmen wir uns jetzt mal die erste Zeile vor:

L'ABATTES AILS BOT

»Irgendwelche Vorschläge...?«
Die junge Frau fing an zu lachen. »Mein Gott, das ist doch ein Kinderspiel. L'ABATTES AILS BOT ist ein einfaches Anagramm: *Battista Bellaso*.«

»*Yesss!*«, sagte der Farbige. »Giovan Battista Bellaso. Na klar. Damit ist die Theorie der Vigenère-Chiffre bestätigt. Bellaso war der Erste mit dieser Methode«, erklärte er für uns andere. »Jetzt müssen wir noch das Schlüsselwort in der Kombination MBOMAOMDCNMLEHEV C3443 finden.«
»Das Schlüsselwort scheint ein Transpositionscode zu sein«, sagte der Rothaarige.
»Oder auch ein Anagramm«, antwortete die junge Frau.
Sie fütterten ihre Computer mit der Buchstaben- und Zahlenreihe.
»Macé!«, rief die junge Frau nach einer Weile.
»Bonhomme!«, rief der Rothaarige. »Aber MDLV?«
»Schon mal was von römischen Zahlen gehört?« Die junge Frau lachte. »Nicht alle Zahlen sind binär, weißt du. MDLV steht für 1555.«
Die Lösung leuchtete auf dem Bildschirm auf.

»Macé Bonhomme war einer von Nostradamus' Verlegern«, erklärte Nick Carver. »Was hat Bonhomme 1555 herausgegeben?«

Hastiges Tastengeklapper.

»In der Datenbank haben wir eine Faksimileausgabe von Nostradamus' *Les Prophéties*, herausgegeben von Macé Bonhomme in Lyon 1555«, sagte der Rothaarige.

»Super. Runterladen!«

Auf der Plasmaleinwand erschien die Titelseite.

»Dann vermute ich, dass C3443 verrät, auf welcher Seite wir suchen müssen.«

»Sir«, sagte die junge Frau. »Ich hätte einen Vorschlag. Könnte das C für die römische Zahl 100 stehen? Nostradamus hat seine Prophezeiungen *Centurien* genannt, was 100 bedeutet.«

»Hervorragend«, sagte der Farbige. »Probieren wir Folgendes aus: Die erste Drei führt uns zur dritten Centurie.«

Sie blätterten sich durch die Faksimileausgabe auf dem Bildschirm.

»Die erste Vier führt uns zu Strophe vier. Die zweite Vier in die vierte Zeile. Und die letzte Drei zum dritten Wort. Das da wäre ...«

Er vergrößerte den Text auf der Leinwand. Die Worte waren undeutlich, aber lesbar:

> 4 Quád feront proches le defaut des lunaires,
> De l'vn a l'autre ne diſtant grandement,
> Ftoid, ſiccité, danger vers les frontieres,
> Meſmes ou l'oracle a prins commencemĕt. *

»Sir«, sagte die junge Frau. »Das dritte Wort ist – *oracle*.«

»*Oracle!*«, wiederholte der Farbige glucksend.

Weniger kluge Köpfe – wie meiner – würden Wochen, wenn nicht Monate brauchen, um Nostradamus' Chiffren zu knacken. Mit Hilfe ihrer Computerprogramme hatten die erfahrenen Codeknacker der DARPA diesen Job in wenigen Minuten erledigt.

»Was ist eigentlich ein Vigenère-Quadrat?«, fragte ich.

»Sir«, sagte der Farbige, »ein Vigenère-Quadrat ist eine polyalphabetische Substitutionschiffrierung, die ...«

»Ach, vergessen Sie's!«, sagte ich. »Machen Sie einfach weiter!«

---

* Faksimile der Originalausgabe, verlegt von Macé Bonhomme, Lyon 1555.

Dank des Schlüsselwortes und des Dechiffrierungsprogram-
mes brauchte der Computer eine halbe Sekunde, um

AZCJPPOEGGWS

in *Michelangelo* zu übersetzen.

»Und das andere Wort?«, fragte ich.

»Das andere Wort…«, sagte Nick Carver. Er stand über den
Computer der jungen Frau gebeugt.

GRNVLGFFCGQMFVNBP

Er summte vor sich hin. »Das andere Wort ist der Name… einer Kirche.«

Morettis Geschichte (X)

ZWISCHENSPIEL: DER LÜGNER
TOSKANA
FREITAGVORMITTAG

Sie sind auf einen einsamen Rastplatz bei Ginestrella zwischen Bologna und Florenz abgefahren. Draco, Bartholomäus und die übrigen Mönche sitzen an einem Picknicktisch im Freien. Sie haben eine Karte zwischen sich ausgebreitet und diskutieren, welche Route sie nehmen sollen. Lorenzo und Silvio sind in dem Kleinbus sitzen geblieben. Lorenzo hat die Mönche schon eine ganze Weile beobachtet. Sie sind ganz auf ihre Sache konzentriert. Er gibt Silvio ein Zeichen und legt den Zeigefinger an die Lippen. Silvio nickt. Er versteht. Hand in Hand schleichen sie sich aus dem Bus. Er ist schräg geparkt, sodass die Mönche die Tür nicht sehen können. Geduckt laufen sie vom Bus weg, zur Straße. Wenn sie Glück haben, kommt bald ein Auto. Sonst können sie in das Wäldchen laufen und sich zwischen den Bäumen und Büschen verstecken. Lorenzo schaut nach hinten. Noch verdeckt der Kleinbus ihre Flucht. Er würde gerne schneller laufen, aber das schafft Silvio nicht. Gleich haben sie die Straße erreicht.

Plötzlich: ein Ruf.

Bartholomäus.

Er kommt hinter ihnen hergestürmt. Lorenzo zieht Silvio hinter sich her, aber das nützt nichts. Sie sind zu langsam. Und ein Auto ist auch nicht in Sicht.

Bartholomäus stürzt sich auf Lorenzo, reißt ihn zu Boden. Mit einem dumpfen Schlag landen beide auf dem Asphalt. Bartholomäus liegt auf ihm.

Warum?, keucht Lorenzo und schnappt nach Luft.

Bartholomäus antwortet nicht.

Ich dachte, Sie wären unser Freund, redet Lorenzo weiter. Ich habe geglaubt, Sie wollten uns helfen.

Bartholomäus steht auf, wischt sich Sand und Dreck von den Kleidern.

Sie hätten es längst begreifen müssen. Sie sind schließlich Professor.

Was begreifen?

Haben Sie wirklich geglaubt, ich würde meine Aufgabe verraten? Meinen Orden?

Aber Sie haben doch gesagt…

Haben Sie geglaubt, ich würde meinen Gott und Herrn Jesus Christus verraten? Ihretwegen? Um irgendjemandes willen? Für einen Professor sind Sie sehr leichtgläubig.

Draco lächelt nur. Höhnisch.

Ich war nie Ihr Freund, Professor Moretti, sagt Bartholomäus.

Lorenzo antwortet nicht.

Ihr Auftrag ist Ihnen von Gott gegeben, sagt Draco zu Lorenzo.

Euer Gott ist ganz offensichtlich nicht meiner.

Sie erkennen es selbst nicht, aber Sie sind ein Instrument unseres Herrn. Sie sollen uns helfen, die Bundeslade zu finden, Professor. Das ist Ihre Berufung. Gott hat Sie in diese betrübliche Welt gesetzt, damit Sie uns im Kampf gegen den Antichrist beistehen.

Ehrlich gesagt…

Wir sind alle Werkzeuge des Herrn, Professor Moretti. Ob wir es wollen oder nicht. In diesem Kampf gibt es viele Feinde. Antichrist. Satan. Baphomet, Baal, Beelzebub und alle Dämonen der Hölle. Die Endzeit ist angebrochen. Jesu Christi Wiederkunft ist nah. Er kehrt zurück, zu richten die Lebenden und die Toten. So steht es geschrieben. Unsere Pflicht, Professor, ist es, ihm beizustehen. Koste es, was es wolle.

Grob zerren die Mönche sie zurück zum Kleinbus.

Silvio weint.

So!, sagt Draco. Wo müssen wir hin?

Mir fehlt nicht mehr viel, bis ich …

Wo müssen wir hin?

Wenn Sie mir noch etwas …

Zum dritten und letzten Mal: Wo müssen wir hin?

Ich bin praktisch fertig mit …

Draco reißt Silvio zur Seite und zieht eine Pistole. Silvio kreischt hysterisch.

Professor Moretti, sagt Draco, ich glaube, Sie haben den Ernst der Lage nicht richtig verstanden.

Lassen Sie den Jungen los!

Wo müssen wir hin?

Tun Sie ihm nichts! Ich werde alles sagen!

Sagen Sie es!

Die eine Chiffre bedeutet: Michelangelo.

Stille.

Michelangelo?, fragt Draco.

Ja. Michelangelo.

Was soll das bedeuten? Michelangelo? Das kann doch alles bedeuten.

Darum hat Nostradamus auch zwei Codes verwendet. Sie hängen zusammen.

Und wie lautet der zweite?

Mit dem bin ich noch nicht ganz fertig.

Meine Geduld ist am Ende.

Ich stehe kurz vor der Lösung!

Jetzt!

Draco zielt mit der Pistole auf Silvio.

Lorenzo denkt: Er droht nur. Er tut das, um mich zu zwingen.

Er macht niemals ernst. Natürlich nicht. Aber ich kann nicht riskieren, mich zu irren. Was, wenn er verrückt ist? Wenn er es doch ernst meint?

Mit dem Vigenère-Quadrat vor sich auf dem Tisch schreibt er die letzte Chiffre – GRNVLGFFCGQMFVNBP – unter das Schlüsselwort ORACLE.

Schlüsselwort:	**ORACLEORACLEORACL**
Chiffretext:	**GRNVLGFFCGQMFVNBP**

Was wird das?, fragt Draco.

Er sucht die Stelle, wo das erste O im Klartext auf ein G im Chiffretext stößt. Es ergibt ein S.

S!, ruft er. Der erste Buchstabe ist ein S!

Weiter.

Lorenzo fährt fort. Mühsam. Das R des Klartexts und das R des Chiffretexts treffen sich in einem A.

A!, ruft er. Und der nächste Buchstabe ist ein N.

San?, fragt Draco.

Dann ein T. Und ein A! Santa! *Santa!*

Santa *was*?

C! Und R!

Schneller!

O! C! E! Santa Croce! Lorenzo ruft den Namen. Laut, gellend.

Schlüsselwort:	**ORACLEORACLEORACL**
Chiffretext:	**GRNVLGFFCGQMFVNBP**
Klartext:	**SANTACROCE**

Santa Croce?, fragt Draco.

Ja! Santa Croce!

Müssen wir nach Rom?

Rom?

Wir sollen zur Kirche *Santa Croce in Gerusalemme* in Rom?

Kaum. Es fehlen noch einige Zeichen der Chiffre. Und es gibt mehrere Santa Croce. Zwei in Rom. Eine in Venedig. In Lecce. In Cagliari. Aber es muss die Kirche in Florenz sein!

Finden Sie es heraus!

Er fährt mit der Entschlüsselung fort. Seine Hände zittern. Das Q wird F. Ja! Er muss recht haben. M wird ein I. F wird ein R. V wird E. N wird N. B wird Z. P wird E.

Schlüsselwort:	**ORACLEORACLEORACL**
Chiffretext:	**GRNVLGFFCGQMFVNBP**
Klartext:	**SANTACROCEFIRENZE**

Firenze!

Und wieder ruft er.

Wir müssen nach Santa Croce in Florenz! Glauben Sie mir! Lassen Sie Silvio los! Santa Croce! In Florenz!

Pause …

Santa Croce? Santa Croce in Florenz – Draco spricht immer langsamer, als ihm der Zusammenhang dämmert – ist die Basilika, in der Michelangelo begraben ist.

KAPITEL 30

Eskorte

FLORENZ,
FREITAGNACHMITTAG

I

Michelangelo war ein alter Mann, als er am 18. Februar 1564 in
Rom starb, nur drei Wochen vor seinem 89. Geburtstag. Sein
Leichnam wurde zuerst in einen Sarkophag in der Santi-Apos-
toli-Kirche in Rom gelegt. Aber schon wenige Tage später er-
füllte sein Neffe Lionardo Buonarroti den letzten Wunsch des
Meisters: Er brachte ihn heim in seine geliebte Toskana, nach
Florenz, um ihn in der Basilika Santa Croce zu bestatten.

Die Florentiner liebten und bewunderten den großen Künstler ihrer Stadt. Tausende Bürger folgten dem Sarg zur letzten
Ruhestätte.

II

Auf dem Flughafen in Florenz erwarteten uns zwei Polizeiwagen und vier Polizeimotorräder. Sie hatten Order erhalten, unseren Bus in die Stadt zu eskortieren. Die Kolonne verließ den
Flughafen und bahnte sich einen Weg durch den dichten Verkehr.

Während des Fluges hatten Nick Carver, der vatikanische
Chefkonservator Fabrizio Biniscotti und der Chefbibliothekar
der Laurenziana, Bernardo Caccini, ununterbrochen telefoniert,
um wenigstens die allernötigsten Genehmigungen für uns zu

organisieren. Man kann nicht einfach mit Hammer und Mei-
ßel auf Florenz' Kulturdenkmäler losgehen. »Es ist sehr hilfreich,
sich auf den Papst und den Ministerpräsidenten berufen zu können«, bemerkte Caccini trocken.

Die Polizeieskorte beschleunigte, als wir auf die Autobahn kamen. Blaulichter blinkten, und Sirenen heulten. Von der Stadt-
autobahn fuhr die Kolonne ins Stadtzentrum ab. Hier lief der
Verkehr zäher. Widerstrebend fuhren die Autofahrer an den
Rand, um die drängende, lärmende und blinkende wilde Jagd
der Einsatzwagen und Motorräder vorbeizulassen. Wir folgten
der Viale Alessandro Guidoni, bogen in die Via Enrico Forlanini ab, fuhren Richtung Viale Francesco Redi, kreuzten den
Bahnhof und fuhren weiter auf die Piazza della Libertà zu. Die
breiten Avenuen und Alleen verengten sich schnell zu schmalen
Stadtgassen.

»Erster Halt: Santa Croce!«, sagte Nick Carver. »Wo Michelangelo neben Machiavelli, Galileo Galilei und Dante begraben
liegt.«

Morettis Geschichte (XI)

ZWISCHENSPIEL: HEIMWÄRTS
FLORENZ
FREITAGNACHMITTAG

Schneller!, ruft Draco.

Routiniert drängt Paolo den Kleinbus durch die Auto-schlange. Er nutzt jede Lücke, die sich öffnet, schwenkt zwischen den Spuren hin und her und prescht eiskalt bei Orange über die Ampeln. Je näher sie dem Zentrum von Florenz kommen, desto dichter wird der Verkehr.

Fahren wir nach Hause?, fragt Silvio. Er kennt sich wieder aus.

Ja, antwortet Lorenzo. Jetzt geht's nach Hause.

Sie fahren von der Autostrada del Sole auf die Autostrada Firenze Mare ab und weiter auf die Viale Alessandro Guidoni. Auf der verkehrsreichen Via Enrico Forlanini werden sie von einer Polizeieskorte überholt. Sie überqueren die Eisenbahnschienen und die Piazza della Libertà. Die Kolben der Maschinenpistolen liegen auf den Oberschenkeln der Mönche.

KAPITEL 31

Santa Croce

FLORENZ,
FREITAGNACHMITTAG

I

Wenige Blocks vor Santa Croce verstummten die Sirenen. Die
Eskorte manövrierte sich durch die schmalen Gassen bis auf den
Platz vor der Basilika. Unter der Statue von Dante setzten sie
uns ab. Die Polizeiwagen und Motorräder fuhren in eine Seitengasse und parkten dort. Ich griff nach Angelicas Hand, als
wir uns durch die Touristenhorden einen Weg die Steintreppe
hinauf zum Eingang bahnten.

In der Kirche wurden wir von einer Gruppe Wissenschaftler und Handwerker erwartet. Hätte Nick die offizielle Prozedur befolgt, wären jetzt alle Mann hier gewesen – der Erzbischof, der Kardinal, der leitende Priester, der Abt, die Mönche,
der Stadtantiquar, der Stadtrat, der Polizeipräsident und seine
Mannschaft. Mir war schleierhaft, wie er es geschafft hatte, sie
außen vor zu halten, aber es war keiner von ihnen zu sehen.

Gedämpftes, respektvolles Gemurmel füllte Santa Croce. Eine
Mutter mit zwei Jungen. Ein altes Ehepaar mit aufgeschlagenem
Reiseführer. Eine Horde Japaner. Ein Vater, der ein schlafendes
Mädchen auf dem Arm trug. Eine ältere Dame im Rollstuhl.
Ein glatzköpfiger Mann, der von der Aufsicht angesprochen
wurde, als er ein Foto mit Blitz machte.

II

Unter den 250 Personen, die innerhalb der Kirchenmauern beigesetzt sind, befinden sich Bürger, die tapfer für Florenz gekämpft haben, und Mitglieder einflussreicher Familien. Entlang der Wände: die Grabstätten von Größen wie Galilei, Rossini und Machiavelli. Michelangelos gewaltiges Grabmal – gestaltet von Giorgio Vasari – war an sich schon ein Kunstwerk. Vor dem Sarkophag mit Michelangelos Büste darauf saßen drei Figuren, die die Bildhauerkunst, die Malerei und die Architektur symbolisierten.

Wenn uns niemand zuvorgekommen war, würden wir Nostradamus' Testament in Michelangelos Grab finden. Die Liste über die vierundzwanzig europäischen Bibliotheken, die die Truhen mit den wichtigsten Werken der Bibliothek von Alexandria bargen.

Wenn uns niemand zuvorgekommen war ...

Morettis Geschichte (XII)

ZWISCHENSPIEL: SILVIO
FLORENZ
FREITAGNACHMITTAG

Er hält Silvios Hand, als sie Santa Croce betreten. Ein kleines, warmes Händchen. Die Kirche ist voller Touristen. Dracos Männer haben ihre Hände unter die Kutten geschoben. Sie sind bewaffnet. Was haben sie eigentlich vor? Er versteht es nicht. Am liebsten würde er Silvio schnappen und loslaufen. Einfach laufen. Weg! So verrückt können die Mönche nicht sein, dass sie hier drinnen auf sie schießen? Oder? Brauchen sie sie überhaupt noch?

Sein Atem geht schwer. Die vielen Touristen. Alles ist so eng. Menschenmassen wecken in ihm schnell das Gefühl, eingesperrt zu sein. Wie damals. In dem Schrank.

Papa, wimmert Silvio. Lass mich los!

Loslassen?

Du drückst meine Hand so fest!

*

Der Kleinbus parkt draußen im Halteverbot auf dem Platz, mit eingeschaltetem Warnblinker. Draco hat Eintrittskarten für alle gekauft. Lächerlich, denkt Lorenzo. Wir sind entführt und gegen unseren Willen hierher nach Santa Croce gebracht worden, und er kauft Eintrittskarten, damit wir in die Kirche können.

Ich dachte, wir wollten nach Hause, nörgelt Silvio.

Bald.

Kirchen sind langweilig.

Das hier ist aber nicht irgendeine Kirche, weißt du.

Die sehen doch alle gleich aus.

*

Draco sieht sie als Erster. Er holt mit der Hand aus und schlägt Lorenzo auf die Brust. Die anderen bleiben stehen.

Da sieht er sie. Bei Michelangelos Grab.

Angelica. Bjørn Beltø. Zwei Männer, die er erkennt, ehe ihm die Namen wieder einfallen: Fabrizio Biniscotti und Bernardo Caccini.

Zurück!, flüstert Draco.

Vorsichtig, um keine Aufmerksamkeit zu erregen, schiebt er den Professor zurück in Richtung Eingang.

Papa, warum ..., beginnt Silvio.

Draco zischt ihm zu, dass er leise sein soll. Scharf. Silvio verstummt.

Wollen Sie schon wieder raus?, fragt ein Aufseher.

Dem Jungen ist nicht wohl, sagt Draco.

Oh, das tut mir leid, sagt der Aufseher.

Wir müssen raus.

Das hier ist der Eingang. Der Ausgang ist auf der anderen Seite.

Können Sie uns hier rauslassen? *Per favore*. Dem Jungen ist schlecht.

Lorenzo nimmt ihn auf den Arm. Silvio blinzelt schläfrig durch den riesigen Kirchenraum. Plötzlich zuckt er zusammen.

Mama!

Die Stimme gellt durch den Raum.

Wie hat er sie in dem Gewimmel entdecken können?

Es befinden sich an diesem Tag sicher hundert Mütter in der Kirche. Aber eine von ihnen erkennt die Stimme wieder, den Ton, den Klang.

Mama!

Angelica dreht sich um. Lorenzo sieht, wie ihre Lippen den Namen ihres Sohnes formen. Sie setzt sich in Bewegung, um zu ihnen zu laufen.

Kommt! Kommt! Kommt! Dracos Stimme. Er zieht sie hinter sich her zur Tür, stößt mehrere Touristen beiseite, die lauthals protestieren.

Silvio weint schluchzend. Ruft nach seiner Mutter.

Zwei von Dracos Männern haben ihre Waffen unter den Kutten hervorgezogen. Laute, panische Schreie. *Terroristen!*, ruft ein Amerikaner mit Schirmmütze und Schultertasche. Etliche Touristen werfen sich auf den Boden.

KAPITEL 32

Der Sohn

FLORENZ,
FREITAGNACHMITTAG

Ohne ein Wort, eine Erklärung, stürzte Angelica Richtung Eingang davon.

»Silvio!«, rief sie.

Mehrere von uns liefen hinter ihr her. Wir drängelten uns durch die Eingangstür nach draußen, raus auf die Seitentreppe. Die Schlange stehenden Touristen wurden auseinandergetrieben. Jemand leistete Widerstand und wollte unbedingt hinein. Andere kletterten über die Holzabtrennung. Eine pummelige Frau wurde umgerissen. Ein Kind, das seine Eltern verloren hatte, stand da und heulte. Ein Kinderwagen kippte um.

Kein Silvio weit und breit.

»Silvio!«, schrie Angelica.

Ich versuchte, sie zurückzuhalten. Sie musste sich getäuscht haben. Aber sie riss sich los. Stürmte auf den Platz vor der Kirche. Dort war niemand zu sehen.

»Silvio …«

»Vielleicht war er es ja gar nicht«, sagte ich.

Angelica drehte sich zu mir um. Das Gesicht tränenüberströmt. »Glauben Sie, ich erkenne meinen eigenen Sohn nicht wieder?«

IX

Florenz – Cesena
Freitagabend bis Sonntag

Ich sah den Engel im Marmor und meißelte,
bis ich ihn freigelegt hatte.

MICHELANGELO

Und er ist angetan mit einem Kleide,
das in Blut getaucht ist, und sein Name heißt:
»Das Wort Gottes«.

OFFENBARUNG DES JOHANNES

KAPITEL 33

Michelangelos Grab

FLORENZ,
NACHT AUF SAMSTAG

I

Die riesigen Scheinwerfer warfen ein scharfes Licht auf Michelangelos monumentales Grabmal in der hintersten Ecke von Santa Croce. Im Schutz einer Plane, die über ein Aluminiumgerüst gespannt war, waren Handwerker und Archäologen unter der Aufsicht eines Priesters, von dem niemand von uns so genau wusste, was er eigentlich hier zu suchen hatte, dabei, den Sarg des Renaissancegenies zu heben. Mit Hilfe von Meißeln, Druckluftbohrern und einem Minibagger waren die Bodenfliesen aufgestemmt und der Sarg freigelegt worden. Die Ketten des Krans klirrten, als der Sarg auf ein paar Balken abgestellt wurde.

»Wollen wir hoffen, dass die Überschwemmung keinen unersetzbaren Schaden angerichtet hat«, sagte der Chefkonservator Fabrizio Biniscotti. Damit meinte er die große Überschwemmung 1966, durch die große Teile der Florentiner Innenstadt zerstört und Tausende von Kunstwerken, alten Büchern und Kleinodien vernichtet worden waren.

»Öffnen Sie den Sarg!«, ordnete Nick Carver an.

William Blackmore verschränkte die Arme vor der Brust und trat einen Schritt nach hinten, als fürchtete er, es könne irgendetwas Unerwartetes aus der Truhe herausgeschnellt kommen.

Mit einem scharrenden Geräusch wurde die schwere Abdeckung entfernt.

Mein Herz hämmerte. Beißender, muffiger Gestank schlug uns entgegen.

II

Michelangelo.

Die sterblichen Überreste von Michelangelo di Lodovico Buonarroti Simoni lagen in der Mitte des Sarges, eingehüllt in ein morsches Leichenhemd. Haarbüschel bedeckten Kinn und Schädel der Leiche wie vertrocknete Spinnenweben. Die Knochen der Arme und Hände, die einst einige der großartigsten Kunstwerke der Welt geschaffen hatten, lagen über Kreuz auf dem eingesunkenen Brustkasten. Es war kaum noch mehr übrig von ihm als Staub und Knochen.

Auf der Brust, unter zerbröselnden Gebeinen, ruhte ein Zepter.

Als wollte er das Geheimnis noch im Tode schützen.

Mein Atem stockte, mein Herz übersprang ein paar Schläge, und meine Knie wurden ganz weich.

Der Chefkonservator Fabrizio Biniscotti bekreuzigte sich, fiel auf die Knie und sprach ein stummes Gebet.

Bernardo Caccini schaute von mir zu Nick Carver, der nickte. Behutsam umfasste Caccini das Zepter und löste es aus der zerbrechlichen Umklammerung des Skelettes.

Am oberen Ende war eine Krone mit Lorbeerkranz zu erahnen. Der dicke, lange Stab war mit stilisierten Rosen verziert. Er endete in einem Handknauf oder Griff.

Ich konnte mir Michelangelos großartige Beerdigung lebhaft vorstellen. Die Menschenmassen. Und zwei Männer, die im Geheimen miteinander konspirierten. Viele Meilen von Florenz entfernt lag Nostradamus krank und geschwächt darnieder. Von seinem Krankenlager aus kommunizierte er mit Cosimo I. In der Nacht vor der Bestattung schmuggelten sie einen versiegelten, als Zepter getarnten Zylinder in Michelangelos Sarg.

In dem Zepter: die Liste der vierundzwanzig Bibliotheken.

III

Nick Carver holte eine mit Schaumstoff gefüllte Schatulle und schnitt mit einem Cutter die Konturen des Zepters heraus. Caccini legte den Stab hinein und bedeckte das Ganze mit einer weiteren Schicht Schaumstoff. Dann kettete Nick den Handgriff der Schatulle mit einer Handschelle an sein eigenes Handgelenk.

»Alles klar?«, fragte er in die Runde.

Unsere archäologische Forschungsgruppe verließ Santa Croce. Eskortiert von zwei Polizeiwagen fuhren wir die kurze Strecke zur Laurenziana-Bibliothek und gingen in Bernardo Caccinis speziell ausgerüstetes Handschriften-Labor. Die italienische Polizei und Nick Carvers Einsatztruppe stellten Posten vor und in der Bibliothek ab.

Zwei von Caccinis engsten Mitarbeitern erwarteten uns im Labor. Sie befestigten das Zepter mit zwei Klammern auf einer Gummimatte auf der Arbeitsplatte, um es mit einem Luftdruckstrahl zu reinigen. Dann inspizierten sie den Stab Zentimeter für Zentimeter. Mit unendlicher Behutsamkeit machten sie sich an das Lösen des festsitzenden unteren Teils. Als er sich schließlich aus dem Griff der Jahrhunderte zu lösen begann, ließ er sich wie ein Drehverschluss öffnen.

In dem Zepter lag eine lange metallene Hülse, deren Außenseite mit wasserabweisendem Wachs versiegelt war.

Caccinis Leute brauchten eine halbe Stunde, um die Wachsversiegelung zu entfernen und die Hülse freizulegen. Die Endstücke waren entweder mit der Hülse verschweißt oder verlötet, sodass die Spezialisten eine weitere Stunde brauchten, um mit einer Goldschmiedesäge eine Öffnung zu schaffen.

Endlich konnten wir das alte Pergament aus der Hülse ziehen. Vorsichtig und ganz langsam wurde es entrollt.

IV

Es war keine Überraschung, dass die Liste der Bibliotheken ebenfalls codiert war. Sie waren in zwei Spalten aufgelistet, jeder Name eine verschlüsselte Chiffre:

Dhdvxv Tjhpdpxv	Fxvdpxvvvlhv
Dldnlrvjhfd Dhtp	Hdtphvh
Dldnlrvjhfd Fdpdtlfjh	Jndvjrz
Dldnlrvjhfd Fjhvvht Fdvjhftdn	Rdndvlpd Jhlnljjhlvvnltfjh
Dldnlrvjhfd Jhpèxh	Ldjlhnnrpnd
Dldnlrvjhfd Pdndvhvvldpd	Nnhphpvlpxp
Dldnlrvjhfd Thjld	Nrxxth
Dldnlrvjhfd Vdlpvh-Jhphxlèxh	Pdtfldpd
Dldnlrvjhfd Väfjvlvfjh	Vvlhv Vdpnv Rhvht
Fdrlvxndt	Xdnnlfhnnldpd
Frtdlh	Zlvvhnvddfj
Frtxlpldpd	Rvvhtthlfjlvfjh Jrhdldnlrvjhn

Zusammen mit der Liste enthielt die Hülse noch vier weitere Pergamente mit Skizzen der vierundzwanzig Innenräume der Bibliotheken. Sechs Zeichnungen auf jeder Kalbshaut zeigten, wo im Gebäude die Truhen eingemauert waren.

Zusätzlich fanden wir ein Pergament mit zwei weiteren Chiffren:

AMULETTE:
AACCCDEEEEEEFGIIIILLLLMMNNOOOPPRZ

und

ANTI MEXICO LUNA ASIA AZUR END
FINDET DEN BOGEN, WO BLUT REGNET

Blutregen ...
  Schon wieder.

V

Caccini lächelte erwartungsvoll. Fabrizio Biniscotti warf einen Blick auf die Liste und gab sie an Nick Carver weiter.

»Ich vermute, Ihre Leute brauchen nicht lange, um die Liste und die beiden neuen Codes zu dechiffrieren.«

Damit hatte er recht. Wenige Minuten, nachdem sie die Chiffren mittels einer verschlüsselten Mail auf den Weg geschickt hatten, kam die Antwort – fix und fertig dechiffriert.

»Ihr werdet begeistert sein«, sagte Nick Carver, der als Erster den Bericht der Kollegen las.

»Die Zeichenzeile, die an das Amulett geknüpft ist, AACCCDEEEEEEFGIIIILLLLMMNNOOOPPRZ, ist ein Anagramm. Durch Umsortieren der Buchstaben erhält man LORENZO IL MAGNIFICO CAPPELLE MEDICEE. Das dürfte bedeuten, dass das Delphi-Amulett im Grab von Lorenzo *il Magnifico* in der Medici-Kapelle liegt.«

Chefkonservator Fabrizio Biniscotti lächelte. »All die historischen Ereignisse greifen ineinander wie ein Uhrwerk.«

»Für die Entschlüsselung der zweiten Chiffre sind zwei Schritte notwendig«, fuhr Nick Carver fort. »Bei dem ersten Teil handelt es sich ebenfalls um ein Anagramm. ANTI MEXICO LUNA ASIA AZUR END wird schlicht und ergreifend zu CODEX AMIATINUS LAURENZIANA. Diese Bibel befindet sich hier in der Laurenziana-Bibliothek.«

Das *Blut regnete* also im Amiatinus-Kodex.

VI

Wir hatten keine Zeit zu verlieren.

Während Bernardo Caccinis Handschriftenexperten sich daranmachten, die Liste zu scannen und an Nick Carvers Expertenteam zu schicken, begaben wir anderen uns in den Sammlungsflügel der Bibliothek. Unter den über 11 000 seltenen Handschriften und 4500 Inkunabeln, Folianten und mittelalterlichen Büchern befanden sich auch einige der seltensten Manuskripte der Welt: Werke von Platon, Vergil, Sophokles, Tacitus, Plinius, Aischylos, Quintilian, Justinian und Guicciardini. Ganz zu schweigen vom *Codex Amiatinus*, der ältesten existierenden Version der *Biblia Vulgata*.

Das wundervollste Buch der Welt.

Allein der Anblick der 1300 Jahre alten Bibel ließ mich ehrfurchtsvoll erzittern. Das Buch wurde in Northumbria als Gabe für den Papst angefertigt. Und wenn das Alter noch nicht beeindruckend genug ist, dann vielleicht die Größe und das Gewicht: Das Buch ist 50 Zentimeter hoch, 34 Zentimeter breit, 18 Zentimeter dick und wiegt 34 Kilo. Der Text ist auf 1040 Seiten Kalbshaut geschrieben. Nicht gerade ein E-Book.

Aber wo in einem tausend Lederseiten dicken Buch soll man mit der Suche beginnen?

Unendlich langsam blätterten wir uns Seite für Seite durch die mürben Pergamente. Die Schrift war harmonisch, symmetrisch. Wir fanden die lateinische Randnotiz, auf die Piero Ficino uns hingewiesen hatte, über das Orakel von Delphi, das den göttlichen Odem des Herrn einatmete und dafür die Gabe der Hellsichtigkeit erlangte. Aber nirgends stand etwas von Blutregen.

So saßen wir eine ganze Weile da und blätterten weiter, ohne etwas zu finden. Aber wir wussten auch nicht, wonach wir suchten. Ich war zu erschöpft und müde, all die offensichtlichen Fragen zu stellen oder die offensichtlichen Antworten zu sehen.

Morettis Geschichte (XIII)

ZWISCHENSPIEL: DAS VERSTECK
GENUA
NACHT AUF SAMSTAG

Sie haben in einem Kiefernwäldchen kurz vor Genua gehalten. In weiter Ferne ahnt Lorenzo Schiffslaternen auf dem dunklen Meer. Paolo hat etwas zu essen gekauft. Sie sind nur wenige Minuten von dem Laden entfernt.

Wie durch ein Wunder – oder dank der Ineffektivität der Polizei – hatten sie es aus Florenz herausgeschafft. Sie hatten die Stadt über San Gaggio verlassen. In Lucca haben sie die Kennzeichen eines fast identischen Kleinbusses gestohlen. Und jetzt stehen sie, mehr oder weniger verborgen, auf einem Rastplatz. Es riecht nach Kiefernsprossen und Moos.

Silvio schläft in Lorenzos Armbeuge. Die Mönche diskutieren mit gedämpften Stimmen. Das eine oder andere Wort sickert bis zu ihm durch. Sie arbeiten einen neuen Plan aus, eine neue Strategie. Wollen sich etwas sichern.

Liste ... Amulett ... Nostradamus' Testament ...

KAPITEL 34

Das Delphi-Amulett

FLORENZ,
SAMSTAGMORGEN

I

Wir schliefen ein paar Stunden auf den harten Holzbänken im Lesesaal. In der Zwischenzeit wurde die Medici-Kapelle für den Publikumsverkehr gesperrt und die Ausgrabungsausrüstung von Santa Croce dorthin geschafft, weil wir hofften, im Grab von Lorenzo *il Magnifico* das Delphi-Amulett zu finden. Er war in der *Sagrestia Nuova* bestattet, der neuen Sakristei, die direkt an die alte und majestätische *Cappella dei Principi*, die Kapelle der Fürsten, angrenzte. Der Medici-Papst Leo X. hatte Michelangelo gebeten, die Neue Sakristei als Mausoleum für seinen Vater Lorenzo und Onkel Giuliano zu entwerfen, der bei der Pazzi-Verschwörung erstochen worden war. Michelangelo begann 1520 mit der Arbeit. Er war nicht nur als Architekt verantwortlich, sondern auch für etliche der berühmten Skulpturen, die das Grabmal schmückten. Aber die Kapelle war noch nicht fertig, als Michelangelo Florenz verließ und 1534 nach Rom zog. Vollendet wurde die *Sagrestia Nuova* erst zwanzig Jahre später. Und 1554 wurde Lorenzo *il Magnifico* in seine neue Grabstätte umgebettet. Mit in den Sarg gelegt bekam er das Delphi-Amulett.

II

Lorenzo *il Magnifico* ruhte unter Michelangelos Skulptur *Madonna mit Kind*. Eine Plane überdachte das Loch im Boden, während die Handwerker den Sarg des Renaissancemäzens Lorenzo freilegten – er war nicht nur Michelangelos Gönner gewesen, sondern hatte auch Leonardo da Vinci, Machiavelli und viele andere unterstützt. Sein leiblicher Sohn wurde Papst Leo X., sein Adoptivsohn Clemens VII.

Wenn unsere Hinweise und Theorien stimmten, sollte das Delphi-Amulett um seinen Hals liegen.

Mein Atem ging in kurzen Stößen, mein Mund war trocken. Man sollte meinen, dass das Ereignis in Santa Croce mich an Graböffnungen und den Anblick berühmter Skelette gewöhnt hätte. Aber nein. Mein Herz pochte, die Knie zitterten. Würden wir hier tatsächlich das Amulett finden?

Dann passierte etwas Unvorhergesehenes. Im Augenblick, als der Deckel abgenommen werden sollte, griff Nick Carver ein. Er bat die Handwerker zu warten und forderte uns alle auf, ein paar Schritte zurückzutreten.

Aus einer Seitentür traten zwei Männer in Schutzanzügen. Hinter einem der Visiere erkannte ich William Blackmore.

»Nick?«, rief ich.

Er schien zu wissen, was ich fragen wollte.

»Lorenzo *il Magnifico* ist 1492 gestorben, aber Nostradamus und die Medici haben das Amulett erst 1554 in Verbindung mit der Umbettung in die Neue Sakristei in den Sarg geschmuggelt.«

»Aber wozu die Schutzanzüge?«

»Später«, wimmelte er mich mit einem Handwedeln ab.

»Aber ...«

»Später!«

Ich versuchte, mir selber einen Reim darauf zu machen. Konnten gefährliche Bakterien in dem Sarg sein? Wieso hatte er diese

Vorsichtsmaßnahmen dann nicht bei der Öffnung von Michelangelos Sarg angeordnet? Schutzanzüge? Gegen was mussten sie sich schützen?

Die beiden Männer schoben den Deckel beiseite. Schauten in den Sarg. William Blackmore streckte den Daumen hoch. Der andre griff in den Sarg.

Das Delphi-Amulett.

Aus enttäuschend weiter Entfernung erhaschte ich einen Blick auf das Amulett, als der Kollege Blackmores es von Lorenzos morschem Skelett zog und in eine schwere Schatulle legte.

Wieso durften wir keinen Blick darauf werfen, es berühren?

Ich begegnete Nick Carvers Blick und zog die Stirn fragend in Falten. Später, sagte sein Blick.

III

Als William Blackmore nach einigen Stunden ohne Schutzanzug zurückkehrte, signalisierte er Nick mit erhobenem Daumen, dass alles gut gelaufen war.

Aber was?

»Was haben Sie herausgefunden?«, fragte ich ungeduldig.

»Wir müssen zuerst noch ein paar Untersuchungen vornehmen«, sagte Nick Carver. »Sie werden sich noch gedulden müssen.«

»Was ist mit dem Amulett?«

»Hören Sie... Vor dreitausend Jahren landete das Amulett in Griechenland und später dann im Apollon-Tempel. Möglicherweise war es Kriegsbeute, Bezahlung für irgendetwas, ein Geschenk. Pythia, die Wahrsagerin, trug das Amulett an einer Kette um den Kopf. Ungefähr hundert Jahre vor Christus erlebte der Tempel eine unruhige Phase. Der Betrieb musste sozusagen umorganisiert werden, man kämpfte gegen ständige Angriffe von außen. Als der Tempel 83 vor Christus von einem Erdbeben erschüttert wurde, wurde das Amulett gerettet und in die Metropole Alexandria gebracht, wo man den Göttern, der Wissenschaft und dem Okkultismus huldigte. Das Amulett wurde den Schätzen der Alexandria-Bibliothek beigefügt. Den Priestern und Philosophen der Stadt galt das Delphi-Amulett als ein geheimnisvolles Heiligtum. Ein Mysterium. Nachdem Cäsar sich mit der Bibliothek aus dem Staub gemacht hatte, blieb das Amulett in einer der vierundzwanzig Truhen. Bis Nostradamus es herausnahm. Haben Sie es immer noch nicht verstanden?«

»Was verstanden?«

»Das Delphi-Amulett ist ein Bruchstück der Steintafeln, die vor vielen tausend Jahren in der Bundeslade lagen.«

IV

Während wir geschlafen hatten, hatte Nick Carvers Team die Liste der Bibliotheken entschlüsselt, in denen die vierundzwanzig Truhen mit den Schriften aus Alexandria versteckt waren.

Beatus Rhenanus	Cusanusstift
Bibliotheca Bern	Farnese
Bibliotheca Cambridge	Glasgow
Bibliotheca Chester Cathedral	Palatina Heiliggeistkirche
Bibliotheca Genève	Jagiellonka
Bibliotheca Malatestiana	Klementinum
Bibliotheca Regia	Louvre
Bibliotheca Sainte-Geneviève	Marciana
Bibliotheca Sächsische	Stift Sankt Peter
Capitular	Vallicelliana
Corbie	Wittelsbach
Corviniana	Österreichische Hofbibliothek

Vierundzwanzig Namen. Vierundzwanzig Bibliotheken.

Die Chiffrierung war laut Nick Carvers Code-Experten leicht zu knacken gewesen. Zuerst war jeder zweite Buchstabe des Alphabets – A, C, E, G usw. – durch das Zeichen rechts von sich ersetzt worden, sodass A zu B wurde usw. Danach war der gleiche Prozess mit den Buchstaben wiederholt worden, die in der ersten Runde ausgelassen worden waren, ebenso wie mit den Buchstaben, die in der ersten Runde ersetzt worden waren. Dann hatte man den Prozess erneut für alle Buchstaben wiederholt. Nick Carvers Experten hätten kaum auf den Computer zurückgreifen müssen, um herauszufinden, dass das achtmal vorkommende DLDNLRVJHFD im codierten Text BIBLIOTHECA heißen musste.

Ich nahm Nick Carver beiseite.

»Wie viele dieser Bibliotheken existieren noch?«

»Alle. Das hat die DARPA bereits überprüft. Einige wenige haben im Laufe der Jahrhunderte die Örtlichkeit gewechselt, aber die ursprünglichen Gebäude stehen alle noch. Und damit dürften auch die Truhen noch in den Wänden oder Böden eingemauert sein, wie auf Nostradamus' Zeichnungen angegeben. Wie gesagt, die meisten Bibliotheken befinden sich in ihren ursprünglichen Palästen, Universitäten und Monumenten.«

Bernardo Caccini – Chefbibliothekar der Laurenziana und Großmeister *der Hüter der Schrift* – war natürlich am neugierigsten von uns allen. Gierig las er die Namen, lachte, schnaubte und gab erstaunte Laute von sich.

KAPITEL 35

Die Truhe in Cesena

CESENA,
SAMSTAGNACHMITTAG

I

Die am nächsten gelegene Bibliothek der Liste – Malatestiana in Cesena – war etwa zweieinhalb Stunden von Florenz entfernt.

Als unsere Autokolonne am Samstagnachmittag vor der altehrwürdigen Bibliothek vorfuhr, erwarteten uns bereits die Bibliothekschefin, zwei Bibliothekare und drei Vertreter der Kulturverwaltung. Sie waren sichtlich nervös.

Die Biblioteca Malatestiana gilt als Europas erste öffentliche Volksbibliothek und befindet sich seit über 550 Jahren in den gleichen prunkvollen Räumlichkeiten. Unter den 340 seltenen Kodizes der Bibliothek befindet sich unter anderem die *Etymologiae* des Gelehrten Isidor von Sevilla aus dem 7. Jahrhundert.

Ich liebe Bücher. Ihr Gewicht. Ihren Duft. Die Typografie und Gestaltung. Aber allem voran liebe ich Bücher für das, was sie beinhalten. Spannende Geschichten. Vermittlung von Gedanken und Ideen. Wissen. Reflexionen. Über dreitausend Jahre haben Bücher all das vermittelt, was wir Menschen gelernt und erfahren haben. Erst mit der Erfindung der Schrift war es möglich, unsere Erfahrungen und all unser Wissen mit unseren Nachkommen zu teilen. Und genau deshalb hat das Schicksal der verlorenen Bibliothek in Alexandria uns immer schon so gefesselt. All das darin methodisch gesammelte und katalogisierte Wissen. Die Weisheit des Altertums.

Nach der Skizze von Nostradamus sollte die Truhe mit den

Schriftrollen aus Alexandria in der Wand eines Nebenraumes im Keller eingemauert sein. Die Chefbibliothekarin wusste sofort, welche Kammer gemeint war, als sie die Zeichnung sah. »Die Kellerkrypta«, sagte sie. »Hat das etwas mit dem alten Dokument zu tun, das ich zu lesen bekommen habe, als ich die Leitung der Bibliothek übernommen habe?«

Bernardo Caccini schüttelte diskret den Kopf.

Sie legte die Hand vor den Mund. »Entschuldigung«, flüsterte sie, teils bedauernd, teils amüsiert, offensichtlich verunsichert. »Ich weiß – streng geheim!« Sie blinzelte Caccini fragend zu. »Und was ist in der Wand? Eine Schatztruhe? Eine Leiche?«, fragte sie in einem Tonfall, der ihre Befürchtung verriet, mit dem Scherz womöglich allzu nah an der Wahrheit zu sein.

II

Der Keller wurde von Deckenlampen beleuchtet, die mit ihrem kärglichen Licht die Räume eher noch verdunkelten als erhellten. Erst als wir unsere Taschenlampen anknipsten, bekamen wir einen Überblick über die Säulengänge.

Die Kammer war winzig klein und mit alten Büromöbeln, aufgerollten Wandkarten und einem Globus vollgestellt, der aus Kolumbus' Zeiten hätte stammen können. Die Mannschaft, mit der wir angerückt waren, brauchte eine halbe Stunde, um den Raum auszuräumen, die Scheinwerfer zu installieren und den Druckluftbohrer und das übrige benötigte Material herbeizuschaffen. Die Chefbibliothekarin verfolgte die Arbeit mit Skepsis. Allein ihr Respekt für Bernardo Caccini und Fabrizio Biniscotti hielt sie davon ab, zu protestieren.

Die beiden Seitenwände und die Gewölbedecke waren weiß gekalkt. Die hintere Wand war gemauert. Laut Nostradamus sollte die Truhe sich genau dort befinden.

Nick Carver nickte den Handwerkern zu, die mit dem Pressluftbohrer auf die Steinwand losgingen. Sie entfernten Stein um Stein, bis der schmale Hohlraum dahinter freigelegt war. Der muffige Kellergeruch mischte sich mit trockenem Steinstaub.

III

Die Truhe stand auf einem Eisenrahmen auf dem Boden des Hohlraumes hinter der Steinwand.

Solide. Schwer. Mit einem Handgriff an beiden Enden. Ein eingebautes Schloss war mit einem dicken Eisenband verbunden, das kreuzweise um die Truhe gespannt war.

»Eine Truhe?«, fragte die Chefbibliothekarin neugierig.

»Leider keine Leiche«, scherzte Nick Carver, um von den Fragen abzulenken, die er schon kommen ahnte und so lange wie möglich hinauszögern wollte.

Es brauchte vier Mann, um die Truhe aus dem Hohlraum zu ziehen und durch den Keller und über die Steintreppe nach oben zum Wagen zu tragen.

Bei aller Freude über die Dinge, die wir gerade entdeckten, ließ mich die Grübelei über das einzige Rätsel, mit dessen Lösung die Vergangenheit nicht rausrücken wollte, nicht los. Der Hinweis, der keinen Sinn ergab. Die Aufforderung, den Bogen zu finden, wo Blut regnete.

Aber natürlich gab es einen Zusammenhang – ich sah ihn nur nicht.

Morettis Geschichte (XIV)

ZWISCHENSPIEL: MIT GOTTES HILFE
FLORENZ
SAMSTAGABEND

Sie sind wieder zurück in Florenz. Lorenzo hat irgendwie verstanden, dass die Mönche eine neue Teufelei planen. Sie sind davon überzeugt, der Bundeslade dicht auf der Spur zu sein, und meinen, dass die alte Weissagung sich nun bald erfüllt. Die Mönche wollen herausgefunden haben, dass die heilige Gesetzeslade in der Basilika San Lorenzo versteckt ist. Dass die Medici vor fünfhundert oder sechshundert Jahren die Bundeslade von den Johannitern gekauft und in San Lorenzo versteckt haben. Und dass die Gruppe, der Angelica und Bjørn Beltø sich angeschlossen haben, das morgen während der Messe aufdecken will. Die Mönche wollen unbemerkt in ihren Mönchskutten die Kirche betreten und das Überraschungsmoment für sich nutzen. Und ihre Waffen. Mitten im Gottesdienst. Der Rest, wie er aus den Gesprächen und Gebeten der Mönche entnommen hat, liegt in der Hand des Herrgotts.

KAPITEL 36

Die Schriftrollen

FLORENZ,
SAMSTAGABEND

I

Wieder eskortiert von der Polizei, kehrten wir mit der Truhe aus Cesena in das Handschriftenlabor in der Laurenziana zurück. Die erste der vierundzwanzig Truhen aus Alexandria …

Sie zu öffnen stellte uns vor eine größere Herausforderung, als wir gedacht hatten. Schloss und Eisenband waren so zusammengeschweißt, dass wir die Truhe bei dem Versuch, sie aufzubrechen, zerstören würden. Also blieb uns nichts anderes übrig, als irgendwie das Schloss zu öffnen. Am Ende bestellte Bernardo Caccini einen Schlosser, der für seine Vergangenheit als Einbrecher und Tresorknacker bekannt war, aber selbst er kämpfte eine Stunde mit dem Schloss, ehe es seinen Widerstand aufgab und sich mit einer Reihe rasselnder und klickender Geräusche öffnete.

Behutsam klappten wir den schweren Deckel auf.

II

Zuoberst lag ein Seidentuch. Darunter folgten die mit Baumwolle und Seidenlappen geschützten Schriftrollen. Etliche davon waren aus Vellum, einem besonders hochwertigen Kalbsleder, andere aus Papyrus, das erstaunlich gut erhalten war. Alte Schriftrollen haben viele Feinde. Hitze. Sonnenlicht. Insekten.

Feuchtigkeit. Aber derjenige, der die Schriften der alexandrinischen Bibliothek konserviert hatte, hatte alles richtig gemacht. Die Baumwolle und Seide in der Truhe diente nicht nur als Puffer zwischen den Rollen, sondern nahm auch die Feuchtigkeit in der Truhe auf. Und die Tatsache, dass die Truhen in Wänden und Böden eingemauert worden waren, gewährleistete eine gleichmäßig niedrige Temperatur. Die älteste erhaltene Papyrushandschrift in Europa ist der 2350 Jahre alte Derveni-Papyrus, doch in dieser Truhe lagen Schriftrollen, die noch älter waren. Die meisten waren glücklicherweise Vellum-Originale oder, wie Bernardo Caccini andeutete, Kopien, die von Papyrus auf Pergament übertragen worden waren.

III

Fabrizio Biniscotti schaute von Bernardo Caccini zu Nick Carver.

»Sollen wir …?«

»*Oh, what the hell!*«, antwortete Carver in breitestem Amerikanisch.

Biniscotti nahm eine mit einem Band zusammengehaltene Rolle aus der Truhe. Er legte die Rolle auf die Laborbank und zog das Band ab. Mit langsamen Bewegungen öffnete er die Schriftrolle.

Ich schaute ihm über die Schulter.

Περίλημμα

Ein altgriechisches Inhaltsverzeichnis. Die offizielle Sprache in der Bibliothek von Alexandria. Eine Liste der Schriftrollen in der Truhe. Mehrere hundert Titel alleine in dieser einen Truhe.

»Thales von Milet, Pythagoras, Archimedes«, las Nick laut vor. »Aristoteles' *Poetik, Metaphysik, Nikomachische Ethik, Eude-*

mus, Über die Philosophie, Über die Ideen, Über die Komödie, Über die Gerechtigkeit, Rhetorik (Gryllus), Protreptikos. Platons *Menexenos.* Homers *Ilias. Odyssee.* Euklids *Elemente.* Zarathustras *Avesta.* Sophokles' *Ödipus.* Pytheas' *Über den Ozean* – in dem er über Thule und wahrscheinlich auch über Norwegen schreibt, Bjørn! Solons *Atlantis.* Archimedes' *Erfindungen.* Sokrates' *Mein Leben.*«

»Und das? Was ist das?«, platzte Biniscotti heraus. »*Septuaginta!* Die griechische Übersetzung des Alten Testamentes! Und noch ältere Abschriften! Ist das möglich?«

Eine Träne rollte über Caccinis Wange. »Wissenschaft. Philosophie. Literatur. Dramatik. Werke, die wir für immer verloren glaubten. Werke, von denen nur alte und unvollständige Übersetzungen vorliegen. Hier sind sie. Allesamt. Mein Gott, hier sind sie! Allesamt!«

Mit zitternden Händen rollte Biniscotti eine der Schriftrollen auf. »Kann das wahr sein? Das sieht aus wie Pythagoras' *Lehrsatz.*«

Wir sahen einander an.

»Und das ist nur die erste der Truhen«, sagte Nick Carver. Seine Stimme klang brüchig. »Wir haben noch dreiundzwanzig vor uns.«

»Der Schatz der Bibliothek von Alexandria«, flüsterte Bernardo Caccini.

KAPITEL 37

Blutregen

FLORENZ,
SONNTAGMORGEN

I

Blutregen ...

So ist es immer. Jedenfalls bei mir. Wenn du glaubst, du wärst fertig, ist immer noch was übrig.

Finde den Bogen, wo Blut regnet.

Wieso hatte Nostradamus diesen Hinweis auf den unbegreiflichen Blutregen hinterlassen? Wir hatten die Liste gefunden, die uns zu den vierundzwanzig Truhen führte. Doch es sollte noch mehr zu finden sein. Aber was? Die Bundeslade? *Finde den Bogen, wo Blut regnet.* Was bedeutete das? Ich verstand, dass die Lösung sich irgendwo im *Codex Amiatinus* versteckte, aber wo sollten wir suchen? Auf welcher der 1040 Seiten des Kodex könnte es Blut regnen?

Ich hatte die ganze Nacht wie ein Stein auf einem der Feldbetten geschlafen, die in der Bibliothek aufgestellt worden waren. Der traumlose Schlaf schien mein Hirn gereinigt zu haben. Als ich langsam aus dem Schlaf glitt und die Augen aufschlug, hatte ich die Lösung. In der uralten Bibel regnete das Blut natürlich an der offenbarsten Stelle.

II

Als ich aufstand, saß Angelica schon hellwach da und rauchte. Ihr Gesicht war faltig.

»Nicht geschlafen?«, fragte ich.

»Ich weiß nicht. Ich glaube nicht. Nicht viel.«

»Angelica – ich habe eine gute Neuigkeit! Ich habe die Lösung mit dem Blutregen gefunden. Ich weiß jetzt, wo im *Codex* ...«

»Oh, können Sie nicht einfach damit aufhören!«

»Aufhören?«

»Das führt doch zu nichts!«

Der Ausbruch kam so überraschend und heftig, dass mir keine Antwort einfiel.

»Du verstehst doch gar nichts!«, fuhr sie fort, mich jetzt plötzlich duzend. »Das Einzige, was dir wichtig ist, sind diese Schriftrollen, die Codes und Rätsel. Aber das hier ist keine archäologische Expedition. Du scheinst zu vergessen, dass wir Lorenzo und Silvio suchen!«

Das stimmte nicht. Wirklich nicht. Ich hätte ihr am liebsten gesagt, dass sie jetzt ungerecht war. Die Codes waren ein Instrument, Professor Moretti und Silvio zu finden. Nichts anderes. Eine Methode. Außerdem hatte ich nie darauf bestanden, an dieser Jagd teilzunehmen. Ganz und gar nicht. Wäre es nach mir gegangen, hätte ich längst wieder in meinem Bett in Oslo gelegen. Angelica war zu mir gekommen. Sie hatte mich angefleht. Und jetzt machte sie mich herunter, weil ich keinen Erfolg vorweisen konnte? Weil ich vagen historischen Spuren folgte, wofür mich meine Ausbildung und mein Beruf prädestinierten? Hielt sie mich für einen Superhelden? Aber wie sollte ich ihr das alles sagen? Es kam mir kleingeistig vor, jetzt den Beleidigten zu geben. Sie hatte ja recht, es war uns noch nicht gelungen, ihren Mann und Sohn aufzuspüren. Noch nicht. Aber das musste nicht heißen, dass wir auf der falschen Spur waren.

Angelica merkte, dass mir ihre Worte sehr nah gingen. Als sie weitersprach, klang sie schon viel versöhnlicher: »Ich weiß, dass du es gut meinst, Bjørn. Aber all diese Codes, diese Anagramme und Rätsel – nichts von alldem hat uns näher zu Lorenzo oder Silvio gebracht. Ich bin es so leid. Ich will die beiden zurückhaben! Verstehst du das? Ich brauche keine alten Schriftrollen und Entdeckungen. Ich will einfach nur meinen Mann und meinen Sohn zurück!«

Ohne mich anzusehen oder auf eine Antwort zu warten, stand sie auf und ging. Ich blieb stehen und schaute hinter ihr her. Sie hatte recht. Auf ihre Weise. Ich sah ja ein, dass fünfhundert Jahre alte Rätsel ihre beiden Lieben in der Gegenwart nicht herbeizaubern konnten. Aber im Gegensatz zu Angelica war ich davon überzeugt, dass die Lösung dort zu suchen war, wo unsere und die Wege der Mönche sich kreuzten. Wir suchten alle nach dem Gleichen. Was auch immer das sein sollte.

Trotz Nick Carvers diverser Spionagesatelliten und sonstiger Hightech-Ausrüstung waren und blieben die Mönche unauffindbar. Und mit ihnen Lorenzo und Silvio Moretti. Alles in allem waren also die uralten Hinweise die einzigen Anhaltspunkte, die wir hatten.

III

Die Offenbarung des Johannes hat mich schon immer fasziniert. In ihr finden sich die dramatischsten Szenen der Weltliteratur. Die Apokalypse. Der Weltuntergang. Die Endzeit.

Und die letzte Lösung des Rätsels, das Nostradamus hinterlassen hatte.

»Nostradamus hat sich umständlich ausgedrückt, um etwas Überdeutliches zu verschleiern«, erklärte ich.

Um mich herum standen Nick Carver, William Blackmore, Bernardo Caccini und Fabrizio Biniscotti und lauschten aufmerksam meinen Ausführungen. Aufgeregt hatte ich sie geweckt und verkündet, ich hätte eine Theorie, wie man das Geheimnis des Kodex lüften könnte. Jetzt stand ich mit einer viel gelesenen Ausgabe des Neuen Testamentes in der Hand vor ihnen.

»Das Wort, nach dem wir gesucht haben, *Blutregen*, kommt nicht in der Bibel vor. Genauso wenig wie dort steht, dass es Blut regnet. Nicht explizit.«

Ich schlug die Offenbarung des Johannes auf.

»›Und der erste Engel blies seine Posaune; da kam Hagel und Feuer, mit Blut vermengt, und fiel auf die Erde‹.[*] Und wenn Hagel und Feuer mit Blut vermischt auf die Erde fallen«, sagte ich, »kann man sagen, dass es Blut regnet.«

»Unglaublich!«, platzte Bernardo Caccini heraus. »Sie haben recht! Blutregen! Wie wahr!«

Er konsultierte ein Register über die Verteilung der Bibelstellen im *Codex Amiatinus*, ehe er behutsam die entsprechende Seite der Offenbarung in der alten Bibel aufschlug. Aber wo stand dort irgendein Hinweis auf die Bundeslade? Es gab keine Randnotiz. Und definitiv keinen konkreten Hinweis auf die Gesetzestruhe.

Nichts. Hatte ich mich geirrt?

Nein.

Es brauchte einen schwachsichtigen Dozenten aus Norwegen, um das zu entdecken, was alle Experten übersahen.

Nicht im Text. Aber in der Illumination. In dem farbigen, vergoldeten Bild, das den ersten Buchstaben in der linken Spalte schmückte: vor zwei der mächtigen Engel des Herrn schimmerte die Bundeslade.

Aber es waren weder die zwei Seraphim noch die Abbildung der Bundeslade, die mich in begeistertes Lachen ausbrechen ließen.

Es war der Hintergrund.

Die Sphinx in Ägypten.

---

[*] Offenbarung des Johannes, Kap. 8, Vers 7.

IV

Nick Carver sah mich fragend an. Ein erhebendes Gefühl.

»Ich verstehe nicht, wie die Abbildung der Sphinx uns einer Lösung näherbringen soll«, sagte er. »Darf ich in Erinnerung rufen, dass der *Codex Amiatinus* eine northumbrische Bibel aus dem 8. Jahrhundert ist. Wie soll die Zeichnung der Sphinx in einer 1300 Jahre alten Bibel Licht auf etwas werfen, das sich viele tausend Jahre zuvor in Ägypten ereignet hat? Woher sollten die Mönche in Northumbrien wissen, wo die Steintafeln in der Bundeslade versteckt waren? Und wieso malten sie die Sphinx in den *Codex Amiatinus*, der ein Geschenk für den Papst war?«

»Sie machen einen Denkfehler«, sagte ich. »Ein logischer Fehlschluss. Die Mönche haben überhaupt nichts gewusst.«

»Und wie konnten sie dann den Hinweis einbauen?«

»Es war umgekehrt. Es war Nostradamus – nicht die Mönche –, der wusste, dass das Geheimnis in der Sphinx verborgen ist. Nostradamus hat im *Codex Amiatinus* geblättert und sich gedacht, dass er die Zeichnung als Hinweis nutzen kann. *Finde den Bogen, wo Blut regnet.* Die Mönche hatten die Pyramide, die Sphinx und die Lade als Illustrationen gemalt. Nostradamus hat beschlossen, sie als Hinweis für Cosimo I. und seine Nachfolger zu nutzen.«

Nick Carvers Gesicht war abzulesen, wie es ihm zu dämmern begann.

»Die Mönche haben nichts gewusst«, murmelte er. »Sie haben die Sphinx nicht als Hinweis gemalt. Nostradamus hat die Illumination als Hinweis genutzt – achthundert Jahre später.« Er schlug sich mit dem Handrücken gegen die Stirn. Dann packte er mich recht unerwartet an den Oberarmen. »Wir müssen nach Ägypten.«

»Wir?«

»Es muss noch viel vorbereitet werden!«

Es hörte sich fast so an, als wollte er auf der Stelle das Geheimnis lüften, das die Sphinx seit fast fünftausend Jahren hütete.

V

Angeregt und sehr zufrieden mit mir trat ich aus der Bibliothek auf den Platz vor der Basilika San Lorenzo und setzte mich auf die Steintreppe. Florenz erwachte. Die Sonntagsstille wurde von ersten Geräuschen durchbrochen: einem Ruf, einem Kläffen, Autohupen.

Die Sphinx, dachte ich. Was verbirgt sie? Was ist ihr Rätsel?

Schritte hinter mir. William Blackmore. Er setzte sich neben mich. Zündete sich eine Zigarette an. Hielt mir die Schachtel hin. Und zu meiner eigenen Überraschung nahm ich eine. Dabei rauche ich gar nicht. Aber jetzt war mir nach einer Zigarette. Wirklich. Er reichte mir sein Feuerzeug.

»Smart gedacht«, sagte er. »Blutregen. *Codex Amiatinus*. Offenbarung des Johannes. Die Sphinx.«

Ich nahm einen Lungenzug und fing an zu husten. Eine Mutter schob ihren Kinderwagen an uns vorbei. William Blackmore inhalierte tief und mit Wohlbehagen und stieß den Rauch durch die Nase wieder aus.

»William Blackmore«, sagte ich in fragendem Tonfall. »Sie sind also Neurobiologe …?«

Wir hatten noch nicht viele Worte gewechselt. Ich konnte ihn nicht richtig einordnen. Wer er war und was er hier zu suchen hatte, war mir nach wie vor nicht ganz klar.

»*Howdy*«, sagte er scherzend.

»Was machen Sie hier, William? Zusammen mit Nick Carver?«

»Ich habe mich schon gewundert, wann Sie fragen würden. Nick und ich arbeiten zusammen.«

»Er arbeitet für die amerikanischen Behörden. In gewisser Weise kann ich Ihr Interesse ja verstehen. Aber Sie sind Neurobiologe ...«

»Nick hat mich vor einigen Jahren aufgesucht, nachdem er einige wissenschaftliche Artikel von mir gelesen hatte, die ich in *Nature – Journal of the Experimental Analysis of Behavior* veröffentlicht hatte. Er war sehr interessiert. Seine Arbeit überschnitt sich mit unserer Forschung.«

»Hirnfunktionen und Religiosität?«

»Kurz zusammengefasst, ja. Sie haben mich gegoogelt, nehme ich an. Ich leite ein Forschungsprojekt in Stanford, in dem es um die Verortung von Religiosität und Gottesverständnis im menschlichen Gehirn geht. Und auch um das Verständnis und die Auswirkung parapsychologischer Phänomene auf das Gehirn.«

»Das erklärt noch immer nicht, wieso Sie mit Nick Carver zusammenarbeiten. Oder was Sie am Delphi-Amulett, der Bundeslade oder den vierundzwanzig Truhen aus der Bibliothek von Alexandria interessiert.«

»Wie Sie selbst gesehen haben, befindet sich die Bundeslade im Vatikan.«

»Dann sind es also die Steintafeln, nach denen Sie suchen?«

»Die Steintafeln mit den Zehn Geboten?« Munteres Lächeln. »Graviert mit Gottes Fingernägeln? Die Bundeslade. Gebaut auf direkte Order und Anweisungen Gottes persönlich. Ein Behältnis für die Steintafeln mit den Zehn Geboten, die der Herr Mose am Berg Sinai überreicht hat. Gottes irdischer Thron.« Er sah mich an. »Was, wenn die Bundeslade etwas ganz anderes ist?«

»Glauben Sie, dass an all den Spekulationen was dran ist? Dass die Bundeslade eine Waffe ist? Eine Energiequelle ungeahnter Stärke?«

»Bis jetzt hat noch niemand herausbekommen, was die Bundeslade ursprünglich war. Die Bibel nicht. Nicht die Ägypter.

Niemand. Manchmal muss man weit zurück in die Vergangenheit, um Antworten auf die Fragen zu finden, die wir uns heute stellen. Die großen Fragen. Gibt es Gott? Wer ist Gott? Wie hängen die Religionen und der Gottesglaube mit der Parapsychologie und der Magie zusammen?«

Ich sog an der Zigarette. »*Diese* Fragen, ja.«

»*Diese* Fragen«, wiederholte William Blackmore leise lachend.

»Sind es diese Geheimnisse, nach denen der Vatikan, Vicarius Filii Dei, die Hüter der Schrift und Gott weiß wer noch alles die ganzen Jahre gesucht haben?«

»Sie waren nach einer *Idee* von Gott und der Bundeslade auf der Jagd. Durch die Jahrtausende von der Bibel und der Mythologie geformt.«

»Aber jetzt suchen wir nach etwas ganz anderem?«

»Ja… Etwas ganz, ganz anderem. Wir leben in einer rationalen Zeit, Bjørn. Heute lässt sich das meiste erklären. Aber nicht alles. So gesehen unterscheiden wir uns gar nicht so sehr von unseren Vorvätern. Bedenken Sie – im Altertum war der Okkultismus Teil des Glaubens. Es gab keine Trennung zwischen Okkultem, Magischem und Religiösem. Alles hing zusammen. Die Magie war ein Geschenk der Götter an uns Menschen. Durch die Magie konnte der Mensch dem Göttlichen einen Schritt näherkommen.«

»Im Christentum ist kein Platz für Magie.«

»Die christliche Kirche errichtet hohe Mauern zwischen dem Göttlichen und Heiligen und der okkulten Mystik. Das Judentum ist da offener. Putzig, eigentlich. Die Kabbala – der jüdische Mystizismus, der inzwischen mit dem *New Age* verschmolzen ist – erforscht die Grauzone zwischen einem Schöpfer und seiner Schöpfung, zwischen dem Ewigen und dem Vergänglichen.«

»Genau wie die Ägypter…«

»Wohl wahr. Die Ägypter machten keinen Unterschied zwischen dem Göttlichen und Religiösen auf der einen Seite und dem Magischen und Okkulten auf der anderen. Alles war Teil des gleichen mystischen Universums.«

»Jetzt weiß ich immer noch nicht, was Sie hier machen und wonach wir *eigentlich* suchen.«

»Das, wonach wir suchen, Bjørn, ist größer als das Delphi-Amulett, größer als die Bibliothek von Alexandria, größer als die Bundeslade.«

Ich zog etwas zu heftig an der Zigarette und hielt die Luft an, während ich auf die Fortsetzung wartete.

»Streng genommen ist die Suche abgeschlossen«, sagte er. »Dank Ihnen. Das, was wir suchen, befindet sich in der Sphinx.«

Ich entließ den Rauch durch Mund und Nase und versuchte, ein Husten zu unterdrücken.

»Aber was? Wonach suchen Sie?«

Er sah mich lange an, milde lächelnd, ehe er antwortete: »Gott.«

ZWISCHENSPIEL
(XV)

Lorenzo und die Mönche erreichen die Basilika San Lorenzo kurz vor dem Gottesdienst. Die Mönche sind gespannt und voller Hoffnung. Sie gehen davon aus, dass sie mit der Bundeslade von hier wegfahren werden. Sie haben die alte Prophezeiung so ausgelegt, dass sie auf diesen Tag weist, dieses Ereignis.

Paolo parkt auf dem Bürgersteig auf der anderen Seite des Platzes, gegenüber dem Eingang zur Basilika und der Bibliothek. Einige Minuten beobachten sie den Andrang der Touristen und Kirchgänger.

Plötzlich zuckt Draco zusammen. Er zeigt auf zwei Männer, die aus dem Portal der Bibliothek treten und die wenigen Schritte zur Kirchentür gehen.

Bernardo Caccini, sagt er.

Wer?, fragt Paolo.

Der Chefbibliothekar der Laurenziana. Der andere ist Fabrizio Biniscotti.

Wer?, wiederholt Paolo.

Chefkonservator der Kommission für Heilige Archäologie im Vatikan. Das bedeutet, dass wir am richtigen Ort sind, sagt Draco.

Mit unter den Mönchskutten verborgenen Waffen steigen Draco und seine Männer aus dem Bus. Die Touristen treten ehrerbietig zur Seite. Gleichzeitig bemerkt Lorenzo mehrere Männer, die rund um die Piazza parkende Lieferwagen verlassen und sich zielstrebig auf die Kirche zubewegen. Paolo ist mit seiner Aufmerksamkeit bei den Touristen, die direkt vor ihrem Bus stehen, und bemerkt weder die Männer noch das Muster, die militärische Präzision, mit der sie sich vorwärtsbewegen.

Am richtigen Ort, denkt Lorenzo.

VI

Ich versuchte gerade, von Nick Carver mehr über William Blackmores Theorie zu erfahren, als wir den ersten Schuss hörten.

Wir rannten die Treppe vor der Bibliothek hinunter auf die Piazza vor der Basilika. Menschen rannten über den Platz. Jemand schrie hysterisch. Tauben flatterten auf. Verlassene Marktstände standen zwischen Statuen und Laternenpfählen. Ein Tisch voller Sonnenbrillen war umgekippt, die Brillen lagen auf den Steinplatten verstreut. Die italienischen Polizisten hatten ihre Waffen gezogen. Keiner wusste genau, auf wen er zielen sollte. Neuerliche Salve. Hinter einer Statue entdeckte ich ein paar Soldaten aus Nicks Spezialeinheit. Nick und ich liefen an der Fassade entlang. Obwohl er nicht bewaffnet war, fühlte ich mich in seiner Nähe irgendwie sicherer. Ich bin kein Held und kann es gar nicht leiden, wenn um mich herum geschossen wird.

Ein Schuss verjagte auch die letzten trägen Tauben vom Platz. Er kam von einer der Souvenirbuden. Ein Fiat-Kleinbus stand schräg auf dem Bürgersteig. Die Windschutzscheibe war pulverisiert. Der Fahrer versuchte, unter das Lenkrad zu kriechen. Hinter ihm stand ein Mann mit einer Maschinenpistole im Anschlag. Er hob die Waffe. Ein neuer Schuss – ich bekam nicht mit, woher der kam – traf ihn an der Hand. Er ließ die Maschinenpistole fallen. Zwei Männer tauchten zwischen den Sitzreihen des Kleinbusses auf und schossen auf einen von Nicks Soldaten, der hinter einem großen Blumenkasten kniete. Den Gewehrkolben in die Schultergrube gedrückt. Den Kopf leicht zur Seite geneigt. Hoch konzentriert. Bereit, seinem Ziel das Ohrläppchen – oder den Kopf – abzuschießen. Er beantwortete das Feuer nicht. Vögel kreisten unruhig über dem Platz, unsicher, ob sie landen wollten oder nicht. Ein paar Polizisten mit erhobenen Waffen kamen angelaufen. Jemand gab einen Schuss in die Luft ab und traf eine Taube, die in einer Wolke aus Federn herabstürzte. Eine betagte Marktfrau lief genau in die Schusslinie und wurde von einem Polizisten zu Boden gerissen.

Ein Afrikaner mit dem Arm voller gefälschter Designertaschen machte sich aus dem Staub und verlor eine nach der anderen. Als die Magazine der beiden Männer in dem Kleinbus leer waren, tauchten ganz hinten zwei weitere Männer zwischen den Sitzen auf. Sie legten die Läufe der Maschinenpistolen auf Rückenlehnen vor sich und schossen los.

Zwischenspiel
(XVI)

Lorenzo schützt Silvio mit seinem Körper. Sie kauern zwischen den Sitzen des Kleinbusses.

Nicht schießen! Kinder!, ruft er. Nicht schießen! Hier sind Kinder!

Sein Rufen wird von den Schusssalven übertönt.

Der Bus bewegt sich. Er schaut in den Mittelgang. Der Fahrer versucht den Bus von seinem Versteck unter dem Lenkrad aus zu lenken und die Flucht anzutreten. Sie kommen nur ein paar Meter weit, ehe der Bus gegen eine Betonbank kracht. Ein Fenster nach dem anderen wird zerschossen. Glasscherben rieseln auf ihre Köpfe.

Nicht schießen!, ruft Lorenzo wieder. Hier ist ein Kind im Bus!

Keiner hört ihn.

Wenige Sekunden später hört die Schießerei auf. Schreie sind zu vernehmen. Eine Kakophonie von Sirenen. Die dröhnenden Rotorblätter eines Helikopters.

Professor!

Dracos Stimme. Direkt neben ihm. Lorenzo schaut hoch. Draco und Bartholomäus knien im Mittelgang.

Was?, ruft Lorenzo.

Kommen Sie!

Ich muss auf Silvio aufpassen.

Kommen Sie!

Wohin?

Draco und Bartholomäus fassen seine Jacke und ziehen ihn von Silvio weg. Der Junge fängt zu schreien an. Lorenzo stemmt sich dagegen, aber die beiden sind stärker als er. Sie ziehen ihn unter die Sitze auf der anderen Seite des Mittelganges. Bartholomäus setzt sich auf den Sitz und zieht ihn neben sich hoch.

Er braucht mich als Schutzschild, denkt Lorenzo mehr wütend als ängstlich. Draco setzt Silvio auf seinen Schoß.

Draco und Bartholomäus richten ihre Waffen auf ihre beiden Geiseln.

Silvio!, ruft Lorenzo.

Der Junge schreit.

Mein Gott, lasst den Jungen los!, ruft Lorenzo. Ihr könnt doch nicht ein Kind als lebenden Schutzschild missbrauchen!

Bartholomäus drückt die Metallmündung schmerzhaft fest gegen seine Schläfe.

Papa!, schreit Silvio.

Wir erschießen die Geiseln!, ruft Draco.

Niemand scheint ihn zu hören.

Wir haben Geiseln!, ruft er lauter. Wir schießen!

Zieht ab!, brüllt Bartholomäus.

Abziehen!, wiederholt Draco.

Lorenzo sieht den Rücken des Fahrers und die Köpfe der zwei Mönche, deren Namen er nicht kennt. Der dritte liegt auf dem Doppelsitz vor Draco und Silvio und hält sich die blutende Hand.

Die Stille verheißt nichts Gutes, denkt Lorenzo.

In dem Augenblick rauscht ein Helikopter dicht über die Hausdächer.

VII

Drei Soldaten hingen an Seilen unter dem Helikopter. Für mich wäre das definitiv kein Job. Ich leide unter Höhenangst.

Die Männer seilten sich wie Zirkusartisten in Windeseile nach unten ab und landeten auf dem Dach des Busses. Am Boden kam ein Soldat aus seinem Versteck hervorgesprungen und warf eine Blendgranate in den Bus.

Ein blendender Lichtblitz, ein scharfer Knall. Ungefährlich, aber paralysierend.

Die Soldaten aus dem Helikopter drangen durch die zerschlagenen Fenster ein. Weitere Soldaten bezogen draußen Position. Einer stürmte geduckt durch die Bustür nach drinnen. Ich rechnete mit neuerlichen Schusssalven. Ein paar grauenvolle Sekunden sah ich Professor Morettis und Silvios leblose Körper vor mir.

Da entdeckte ich Silvio. Er stand auf einem Sitz an einem zerschossenen Fenster. Die Soldaten waren damit beschäftigt, die bewaffneten Mönche unschädlich zu machen. Und mittendrin stand Silvio. Blutend von den Glassplittern, halb taub und völlig benommen von dem Lichtblitz und dem Knall der Blendgranate schwankte er vor und zurück.

»Silvio!«, schrie Angelica.

Sie wurde von zwei Polizisten zurückgehalten.

Manchmal wächst man über sich hinaus und handelt gegen seine eigene Angst. Vielleicht waren es Angelicas verzweifelte Rufe. Vielleicht Silvios Anblick an dem Busfenster. Ich kann nicht sagen, woher ich den Mut nahm. Aber ich ergriff die Chance, dass niemand in der Nähe war und mich aufhalten konnte, und stürmte geduckt zu dem Kleinbus.

»Silvio!«, rief ich.

Er hörte mich nicht.

Ich streckte mich durch das zerschlagene Fenster, packte ihn und hob ihn heraus. Mit Silvio unter dem rechten Arm, halb über meine Hüfte geschwungen, taumelte ich von dem Bus weg zurück zu Angelica.

Erst als ich ihn Angelica übergab, löste sich etwas in ihm. Er begann zu schluchzen.

»Oh, Silvio! Silvio! Silvio!« Angelica drückte ihren Sohn weinend an sich.

Der Kampf im Bus war vorbei. Der Fahrer und der an der Hand verletzte Mönch standen mit erhobenen Händen da. Ein Schrank von einem Mann hatte die Hände hinter dem Nacken verschränkt. Hoch erhobenes Haupt. Wie ein stolzer König inmitten einer Revolution.

Einer der Soldaten führte Professor Moretti aus dem Bus.

Hinter ihnen verließen die Mönche in Reih und Glied den zerschossenen Kleinbus. Ich zählte sechs. Glassplitter im Haar. Einige bluteten. Der größte ging vorweg. Was für ein Riese. Die Soldaten brachten sie zu den Polizisten, die ihnen Handschellen anlegten und sie in die Polizeiwagen verfrachteten.

Ich sah mir das Wiedersehen zwischen Angelica und dem Professor aus der Distanz an.

Sie hatten sich in ein stilles Eckchen unter einem Laternenpfahl zurückgezogen. Mehrere Minuten standen sie dort in inniger, stummer Umarmung. Eng umschlungen drückten sie sich aneinander. Sie hatten Silvio zwischen sich auf dem Arm. Er wollte seine Mutter nicht mehr loslassen. Sie wiegten hin und her. Wie Schilf im Wind. Sie weinten leise. Kein Wort. Nur diese Umarmung. Dann setzten sie den Jungen ab, sahen sich tief in die Augen und küssten sich.

Ein Neuanfang, dachte ich.

Epilog

Herr der Wahrheit, Vater der Götter,
Schöpfer der Menschen und Tiere. [...]
Du hast Himmel und Erde erschaffen.

HYMNE ZU EHREN DES GOTTES AMUN-RE
ÄGYPTISCHES TOTENBUCH
(2400 V. CHR.)

Am Anfang schuf Gott Himmel und Erde.
Und die Erde war wüst und leer, und es war finster
auf der Tiefe; und der Geist Gottes schwebte
auf dem Wasser.

SCHÖPFUNGSGESCHICHTE
1. BUCH MOSE
(950 V. CHR.)

So wie jede Geschichte einen Anfang hat, hat sie auch einen Schluss.

Ich fuhr von Florenz heim nach Oslo – meine graue und schöne Stadt –, in einem merkwürdigen Zustand von Euphorie und Traurigkeit. Ich freute mich über alles, was wir herausgefunden hatten, alle Rätsel, die wir gelöst hatten, und über die Tatsache, dass wir Professor Moretti und Silvio gerettet hatten. Zugleich belasteten mich die Morde an Regina Ferrari und Theophilus de Garencières. Außerdem war ich erfüllt von der unterdrückten Sehnsucht nach einer unerreichbaren Frau.

Ich saß in meinem Büro in der Universität, als Nick Carver mich von einem Satellitentelefon aus einer ägyptischen Wüste anrief. Seine Stimme verschwand immer wieder zwischendurch. Er wollte, dass ich käme. Ich hätte mit Angelica und Professor Moretti zur Lösung des Rätsels beigetragen, sagte er, darum sei es nur recht und billig, dass wir den Fund eher zu sehen bekämen als der Rest der Welt.

»Fund? Was für ein Fund?«, fragte ich. Ich war nun mal ein neugieriger Mensch.

Ägypten

LUXOR,
DONNERSTAG

Ich landete am späten Nachmittag in Luxor. Die Sonne hing schwer und träge am nachmittäglichen Himmel.

Luxor, oberes Ägypten … Amun-Res Stadt. Der mächtigste aller Götter, bis Jahve ihn mit göttlicher Allmacht vom Thron stieß und zunichtemachte. Ein Sonnengott. Kein Wunder, dass ich fast vor Hitze verging.

Ich war schon einmal hier gewesen, hätte also auf die erdrückende Hitze vorbereitet sein sollen.

William Blackmore erwartete mich am Flughafen. Nick Carver befand sich noch immer an einem Ort in der Wüste. Angelica und Professor Moretti waren früher am Tag aus Florenz eingetroffen.

Am Abend versuchte ich in unserem Hotel in Luxor, Blackmore das große Geheimnis zu entlocken. Er wollte nichts sagen. Aber er gab uns eine kurze Zusammenfassung dessen, was uns die nächsten Tage erwartete. Morgen: die Wüste. Samstag: Gizeh und die Sphinx.

»Fahren wir nach Sinai?«, schlug ich vor. Immerhin hatte Moses dort die Steintafeln mit den Zehn Geboten überreicht bekommen.

»Falsche Richtung!«, sagte Blackmore.

Im Westen lag die riesige Sahara.

Der Kamil-Krater

UWEINAT-WÜSTE, FREITAG

Dieses Pantheon toter Götter ...

Vor viertausend Jahren haben die Babylonier den mächtigen Marduk angebetet, die Ägypter den Sonnengott Amun-Re und seine Heerschar untergeordneter Gottheiten. Dann kam *der ohne Namen*, Elohim, der Jahve der Juden, und sagte: Du sollst keine anderen Götter haben neben mir. Er kriegte seinen Willen. Ein Gott nach dem anderen verkümmerte unter dem unbarmherzigen Mangel an Anbetung: die Götter der Babylonier, der Ägypter, der Griechen, der Römer. Ihre Tempel verfielen, ihre Gemeinschaften starben aus. Keiner glaubte mehr an sie.

Aber hat es sie deshalb niemals gegeben?

Wie eine urzeitliche Flugechse schwirrte der Helikopter über die Wüste.

Ich hatte mir ein wogendes Sandmeer vorgestellt, eine gewaltige, von warmen Winden vorangetriebene Dünung, so weit das Auge reichte nichts als Sand, Sand, Sand. Und vielleicht eine Oase, ein fruchtbarer grüner Wüstenhain rings um ein Wasserloch in all dem Sand. Aber die Wüste war anders. Wir hatten fast 1000 Kilometer in dem Helikopter über einer leblosen Landschaft von verlassenen Ebenen und Höhenzügen zurückgelegt. Eine karge Hölle aus Schotter und Steinen, Felsen und Bergkuppen ohne Sanddünen, Oasen, Kamelkarawanen, Dromedare oder umherstreifende Beduinen.

Die meisten von uns dösten vor sich hin, als William Blackmore uns aufforderte, nach draußen zu schauen. Ich weiß nicht, was ich zu sehen gehofft hatte – eine Pyramide, einen Turm, ein ägyptisches Stonehenge –, sicher aber nicht das Nichts, das sich unter mir offenbarte. Er musste mich mit der Nasenspitze darauf stoßen. Ein Krater. Ein Kreis in der Landschaft.

Einen Steinwurf davon entfernt war ein Lager mit Zelten, Baracken, Containern und allradgetriebenen Fahrzeugen errichtet worden. Ein Farbklecks in der monotonen Unendlichkeit der Wüste.

Mit dröhnenden Rotoren flog der Helikopter einen großen Bogen, ehe er ein paar hundert Meter vom Lager und dem Krater entfernt zur Landung ansetzte. Kleine Steine und Schutt wurden gegen den Rumpf gewirbelt. Der Motor verstummte. Blackmore öffnete die Tür.

Die Hitze traf mich wie ein Faustschlag und drückte mich zurück in meinen Sitz. Fünfzig Grad. Mindestens. Ich stöhnte.

»Auf, auf«, trällerte Angelica.

Professor Moretti klopfte mir aufmunternd auf die Schulter.

Wie machen sie das bloß, die Leute, die solche Hitze ertragen?

»Bjørn?« Nick Carvers Stimme. »Sind Sie hier drin? Oder sind Sie schon geschmolzen?«

Gelächter.

Ich riss mich zusammen, stemmte mich von dem Sitz hoch und kletterte aus der Kabine.

Raus in die sengende Sonne. Die unerträgliche Hitze.

»Da sind Sie ja!«, sagte Nick Carver und warf mir einen Sonnenhut zu. Er stand schweißnass in einer Wolke aus Sand und Staub. In seiner Khakiuniform sah er aus wie Howard Carter auf der Suche nach Tutanchamun. Ich war vorrangig auf der Suche nach Schatten, weil ich das Gefühl hatte, jeden Moment vom Hitzeschlag dahingerafft zu werden.

»Willkommen im Kamil-Basislager!«, sagte Nick. »Ihr friert hoffentlich nicht?«

Ich hatte keinen Sinn für diesen Scherz, hatte genug damit zu tun, zu überleben.

Nick Carver führte uns vom Landeplatz zu einer Baracke des Lagers. Ein benzinbetriebenes Aggregat auf der Rückseite betrieb eine Klimaanlage, die die Temperatur drinnen auf etwas über zwanzig Grad runtergekühlt hatte. Es war, als beträte man einen Kühlschrank.

Noch ganz benommen vom Flug und der Hitze setzten wir uns um einen Kunststofftisch, auf dem Nick Carver einen Stapel Papiere und Bücher ausgebreitet hatte. Er wirkte feierlich und aufgeregt.

»Willkommen im Gouvernement Al-Wadi al-dschadid, in der Uweinat-Wüste und dem Kamil-Basislager.« Er hielt eine Karte von Ägypten hoch und zeigte auf einen Punkt in der untersten linken Ecke. »Hier befinden wir uns! 600 Meter nördlich der Grenze zum Sudan, zwölf Meilen östlich der Grenze nach Libyen. Mit anderen Worten: mitten im Niemandsland.«

Er holte Wasserflaschen aus einem kleinen Kühlschrank und reichte uns eine üppig gefüllte Schale mit angerichtetem Obst. Orangenspalten, halbe Äpfel, Melonenscheiben und ganze Weintrauben. Ich leerte meine Wasserflasche in zwei großen Zügen und begann, an einer Melonenscheibe zu saugen.

»Zuerst einmal möchten William und ich uns bei Ihnen entschuldigen, dass wir Sie hierher in die Wüste bestellt haben, und um Verständnis bitten, dass wir so viel Zeit darauf verwenden, Ihnen den Hintergrund dieser Geschichte darzulegen«, sagte Nick. »Wie ich bereits am Telefon sagte, hat jeder von Ihnen es sich redlich verdient, bis ins Detail zu erfahren, worum es eigentlich geht. Ich meine, nach allem, was Sie erlebt und durchgemacht haben ... Ohne Sie wäre es uns wahrscheinlich nie gelungen, die Rätsel zu lösen, die Nostradamus' Testament uns aufgegeben hat.«

Ich sah Professor Moretti nach Angelicas Hand greifen.

»Ich möchte gerne damit beginnen, Ihnen ein paar Zeilen aus der Bibel vorzulesen. Nicht im Geiste der Verkündigung, sondern um Ihnen ein Gefühl dafür zu geben, wo wir uns befinden. Ich werde ein Stück aus dem Alten Testament lesen, 1. Buch Mose, 2. Kapitel, wo ein neuer und ganz anderer Schöpfungsbericht den ersten überlappt.«

Er schlug die Bibel auf, räusperte sich und begann laut zu lesen:

So sind Himmel und Erde geworden, als sie geschaffen wurden. Es war zu der Zeit, da Gott der HERR Erde und Himmel machte. Und all die Sträucher auf dem Felde waren noch nicht auf Erden, und all das Kraut auf dem Felde war noch nicht gewachsen; denn Gott der HERR hatte noch nicht regnen lassen auf Erden, und kein Mensch war da, der das Land bebaute.[*]

Nick legte die Bibel beiseite. »Zwei Ereignisse in der Region, in der wir uns gerade befinden, haben dazu beigetragen, einige der mächtigsten Epen der altjüdischen Religion zu formen, die sich im Laufe der Jahrtausende zum Christentum entwickelte. Lassen Sie mich mit dem älteren der beiden Ereignisse beginnen. Dazu müssen wir mehr als zehntausend Jahre in der Geschichte zurückgehen. Im Kielwasser der letzten Eiszeit gab es einen dramatischen Klimawandel in der Region, in der wir uns jetzt befinden – der Wüste, die heute zu Ägypten, Tschad, Libyen und Sudan gehört. Dank eines plötzlich feuchten Klimas blühte die Landschaft auf. Üppige Akazienwälder und Sumpfgebiete entstanden, die so wild waren, dass sie nicht von Menschen bewohnt werden konnten. Genau hier, wo jetzt die Wüste ist! Dreitausend Jahre hat die Wüste geblüht. Die Pflanzen, die Tiere und der Überfluss an Wasser haben natürlich viele Jäger-

---

[*] 1. Buch Mose, Kap. 2, Vers 4–5.

stämme angezogen. Hier konnten sie im Überfluss leben. Erinnert das jemanden an die Schilderung des Garten Edens in der Bibel?«

Nick las weiter:

… und ein Nebel stieg auf von der Erde und feuchtete alles Land. Da machte Gott der HERR den Menschen aus Erde vom Acker und blies ihm den Odem des Lebens in seine Nase. Und so ward der Mensch ein lebendiges Wesen. Und Gott der HERR pflanzte einen Garten in Eden gen Osten hin und setzte den Menschen hinein, den er gemacht hatte. Und Gott der HERR ließ aufwachsen aus der Erde allerlei Bäume, verlockend anzusehen und gut zu essen, und den Baum des Lebens mitten im Garten und den Baum der Erkenntnis des Guten und Bösen.[*]

»Dann, vor 7300 Jahren, fand wieder ein Klimawechsel statt. Alles trocknete ein. Alle Pflanzen und Wälder starben ab. Vor 5500 bis 6000 Jahren wurde dieser Teil der Sahara so trocken und ungastlich, dass die Stämme, die bis dahin hier gelebt hatten, die Gegend verlassen mussten. Sie zogen nach Osten – in die fruchtbaren Landstriche am Ufer des Nils. Vertrieben von ihren Göttern. Verwiesen aus dem Paradies. Was schreibt die Bibel darüber?«

Er schlug das Buch wieder auf und las:

Da wies ihn Gott der HERR aus dem Garten Eden, daß er die Erde bebaute, von der er genommen war. Und er trieb den Menschen hinaus und ließ lagern vor dem Garten Eden die Cherubim mit dem flammenden, blitzenden Schwert, zu bewachen den Weg zu dem Baum des Lebens.[**]

---

[*] 1. Buch Mose, Kap. 2, Vers 6–9.
[**] 1. Buch Mose, Kap. 3, Vers 23–24.

Nick zog die Augenbrauen hoch und sah uns an, als wollte er fragen, ob wir verstanden hatten. »Diese Völkerwanderung – aus einer paradiesischen Gegend, die verwüstet war, in die ebenso fruchtbare Nil-Landschaft – war die Grundlage für das spätere mächtige ägyptische Reich der Pharaonen. Aber das ist eine ganz andere Geschichte.«

»Der Garten Eden ist eine Allegorie«, sagte Angelica. »Ein Gleichnis. Die Geschichte ist nicht wörtlich zu nehmen.«

»Auf genau diesen Punkt kommen wir noch zurück«, sagte Nick.

»Ist es überhaupt möglich, den biblischen Garten Eden zu lokalisieren?«, fragte William Blackmore. »Das Gebiet zwischen Euphrat und Tigris – Mesopotamien – ist ja wohl ein heißer Kandidat.«

Nick las weiter:

Und es ging aus von Eden ein Strom, den Garten zu bewässern, und teilte sich von da in vier Hauptarme. Der erste heißt Pischon, der fließt um das ganze Land Hawila, und dort findet man Gold; und das Gold des Landes ist kostbar. Auch findet man da Bedolachharz und den Edelstein Schoham. Der zweite Strom heißt Gihon, der fließt um das ganze Land Kusch. Der dritte Strom heißt Tigris, der fließt östlich von Assyrien. Der vierte Strom ist der Euphrat.[*]

»Welche anderen der Flüsse außer Euphrat und Tigris lassen sich noch identifizieren?« fragte er. »Es wird viel geraten und spekuliert, basierend auf Annahmen von Historikern und Theologen. Flavius Josephus schreibt in seinem Werk über die Geschichte der Juden, *Antiquitates Judaicae*, dass der Nil einer der vier Ströme des Paradieses ist. Der erste, Pischon, ist schwer zu identifizieren. Flavius Josephus meinte, dass der Pischon der

---

[*] 1. Buch Mose, Kap. 2, Vers 10–14.

Ganges in Indien ist, während der französische Rabbi Rashi – bekannt für seine Auslegungen der Tora und des Talmud – meinte, der Pischon müsse der Nil sein. Das Land Hawila, wo es Gold gibt, duftende Harze und Onyxe, wird von den meisten in Äthiopien platziert. Das Land Kusch ist das Gebiet des heutigen Sudans und Äthiopiens. Folglich behaupten die Äthiopier hartnäckig, dass *Gihon* der Blaue Nil sein muss, der in Khartoum im Sudan auf den Weißen Nil trifft. Kurz und gut – ziemlich verwirrend, das Ganze.«

»Wollen Sie damit andeuten, dass diese Wüste einstmals der Garten Eden war?«, fragte Professor Moretti amüsiert.

»Ganz und gar nicht«, antwortete Nick Carver.

»Zumindest nicht im wörtlichen oder biblischen Sinne«, übernahm William Blackmore. »Was uns interessiert, ist, wie die Idee vom Garten Eden entstanden ist. Wie kann eine Geschichte, die von Generation zu Generation weitergegeben wird, sich nach und nach zu einem Mythos entwickeln, der schließlich Eingang in die Bibel findet?«

»Kurzum: Wir glauben, dass die Darstellung des Gartens Eden in der Bibel von den Nachkommen derer entworfen wurde, die das einst so fruchtbare Paradies verlassen mussten«, sagte Nick. »Der Mythos vom Garten Eden ist ihre idyllisierte Version des Paradieses, die in den Erzählungen der vertriebenen Stämme an den Lagerfeuern entlang des Nils immer und immer wieder neu erschaffen wurde.«

»Nicht unähnlich der Geschichte der Sintflut«, fuhr William Blackmore fort. »Der Mythos der Sintflut basiert vermutlich auf einem Ereignis, das vor 7600 Jahren stattfand, als das Mittelmeer sich ausdehnte und das Schwarze Meer füllte. Die Stämme, die an den fruchtbaren Ufern des Schwarzen Meeres lebten, sahen mit an, wie das Wasser immer weiter stieg. Zuerst einen Meter, dann zwei, drei Meter – am Ende waren es ungefähr dreißig Meter. Die Geschichte des steigenden Wassers nahmen die Stämme mit, als sie ihre Sachen packten und flüchteten.

Im Laufe der Jahrtausende ist aus dieser Geschichte der Mythos um die Sintflut entstanden. Erstmals schriftlich wiedergegeben im mesopotamischen Gilgamesch-Epos, später veredelt im Alten Testament.«

»Es ist natürlich kein Zufall, dass wir uns genau an dieser Stelle befinden«, sagte Nick. »Der Grund ist ein dramatisches Ereignis, das sich vor fünftausend Jahren hier abspielte. Wie Sie vom Helikopter aus sehen konnten, gibt es in der Nähe einen Krater. Den Kamil-Krater. Der wurde erst 2008 von einem Kurator des Naturkundemuseums in Mailand entdeckt. Mit Hilfe von Google Earth. 2010 bestätigte eine italienisch-ägyptische Forschungsexpedition, dass es sich um einen fünftausend Jahre alten Meteoritenkrater handelt. Ich weiß, dass es heiß dort draußen ist, aber wollen wir es uns trotzdem anschauen?«

Ich hätte gerne protestiert, war aber viel zu neugierig. Folgsam zog ich den Sonnenhut tief in die Stirn und setzte die Sonnenbrille auf meine bereits verbrannte Nase.

Auch wenn ich diesmal darauf eingestellt war, war es nicht schön, die kühle Baracke zu verlassen und nach draußen in die gleißende Sonne zu treten. In die Verbrennungsanlage, wo die Cherubim ihr flammendes Schwert schwangen. Selbst die Skorpione hatten sich verdrückt.

Von der Baracke waren es vielleicht fünfzehn, zwanzig Meter bis zum Rand des Kamil-Kraters. Angelica und der Professor gingen Hand in Hand. Ein romantischer Spaziergang bei fünfzig Grad Hitze. Ich taumelte mit wenigen Metern Abstand hinter ihnen her. Ich war fast sicher, dass die Gummisohlen meiner Schuhe bereits schmolzen.

Der Krater maß etwa vierzig, fünfzig Meter im Durchmesser. Ein großer, runder Sandkasten. Der ausgefranste Rand bestand aus Schotter und riesigen Steinbrocken, die beim Einschlag des Meteoriten vor fünftausend Jahren hochkatapultiert worden waren. Die Jahrtausende und der Wüstenwind hatten den Krater mit Sand gefüllt. Um den Krater herum, unter schützenden, an vier Stangen befestigten Stoffdächern, saßen Forscher in weißen Overalls und arbeiteten im Sand und Schotter. Zwischen den Erhebungen um den Kraterrand hatten sie dünne weiße Schnüre gespannt, die ein Schachbrettmuster aus gleich großen Quadraten bildeten. Nicht unähnlich einer archäologischen Ausgrabungsstätte.

Nick Carver führte uns am äußeren Kraterrand entlang. Er bückte sich und nahm eine Handvoll Erde vom Boden auf.

»All das hier«, sagte er und ließ die Krumen zwischen den Fingern hindurchrieseln, »und die Wüste um uns herum – ja, die ganze Erde und überhaupt das komplette Universum – wurde im Bruchteil einer Sekunde erschaffen.«

»*The Big Bang!*«, sagte Angelica.

»Die Elememte sind so alt wie die ältesten Sterne im Universum«, fuhr Carver fort. »Aber vier Elememte entstanden bereits beim Big Bang. Eines davon, Lithium, fand sich auch in dem Meteoriten, der genau hier eingeschlagen ist. Silbergrau und weich, das leichteste aller Metalle. Heutzutage wird Lithium zur Behandlung von Nervenproblemen eingesetzt, bei bipolaren Störungen beispielsweise. Und der Meteorit bestand auch noch aus anderen Elementen: Eisen, nicht weiter überraschend. Technetium, ein silbrig graues, radioaktives und instabiles Metall, das äußerlich an Platin erinnert. Iridium, ein extrem hartes, silbrig weißes Metall, das wie Lithium in der Medizin verwendet wird. Selbst heute können die Forscher in den oberen Erdschichten noch minimale Spuren des Meteoriten nachweisen. Wir haben in unserem Labor in Virginia bereits Mikropartikel aus dem Kamil-Krater analysiert. Heftig.«

Wir drehten eine rasche Runde um den Krater, ehe wir wieder in die kühle Baracke flüchteten. Nick Carver suchte ein paar Fotografien aus dem Papierstapel und ließ sie herumgehen.

»Die Sphinx«, erläuterte er. »Genauer gesagt: dreidimensionale Bilder der durchleuchteten Sphinx, erstellt mit Hilfe seismischer, elektromagnetischer und geomagnetischer Messwerte und im Nachhinein digital bearbeitet. Sehen Sie den hellen Bereich, der in Richtung des dunklen Flecks verläuft?«

Im Kalkstein, ungefähr dort, wo das Herz sich befunden hätte, wenn die Sphinx ein lebendes Wesen wäre, war eine Verdunkelung zu erkennen – wie ein Geschwür –, umgeben von einem hellen Lichtkranz.

»Was ist das?«, fragte Angelica.

»Die helle Linie ist ein Tunnel, der mit Stein und Zement aufgefüllt wurde, als die Sphinx erschaffen und der Tunnel gegraben wurde. Offensichtlich, um ein Versteck zu versiegeln. Der dunkle Fleck ist ein Stein in einer Höhle.«

»Der Meteorit?«, schlug ich vor.

»Genau«, sagte Nick. »Der Meteorit, der vor fünftausend Jahren den Kamil-Krater formte. Und das war kein kleiner Meteorit. Die Astronomen schätzen ihn auf 1,3 Meter im Durchmesser und sein Gewicht auf zwischen fünf und zehn Tonnen, ehe er auf die Erdoberfläche auftraf.«

»Wie ist es ihnen gelungen, etwas so Schweres bis nach Gizeh zu transportieren?«, fragte Angelica.

»Wahrscheinlich auf die gleiche Weise, wie sie schwere Statuen und Obelisken durch ganz Ägypten transportiert haben: mit Hilfe von Schlitten und Sklaven.«

»Verglühen Meteoriten nicht normalerweise, wenn sie in die Erdatmosphäre eintreten?«, fragte Professor Moretti.

»Die meisten verglühen, ja«, sagte Nick. »Aber dieser ist mit einer Geschwindigkeit von über 3,5 Kilometer pro Sekunde auf der Erdoberfläche eingeschlagen.«

Wir saßen sprachlos da und versuchten zu verstehen, warum

Nick Carver so Feuer und Flamme war. Ich schwitzte. Ich hatte Durst. Und ich war neugierig. Furchtbar neugierig.

Die Erde wird jedes Jahr von Tausenden von Meteoriten getroffen. Was machte da einer mehr oder weniger schon für einen Unterschied?

Ein Meteorit … Was war das Besondere an ausgerechnet diesem?

Gizeh

KAIRO,
SAMSTAG

Schleier von Staub und Sand flattern in dem heißen Wind. Wie Gebirgssilhouetten vor dem flirrenden Horizont ragen die drei Pyramiden von Gizeh auf: Cheops, Chephren und Mykerinos.

Ich liebe alles, was alt ist. Wie die Pyramiden. Als Moses den brennenden Dornbusch sah, als Sokrates den Schierlingsbecher trank, als Cäsar und Kleopatra ein Liebespaar wurden, als Jesus ans Kreuz geschlagen wurde – selbst da waren die Pyramiden schon uralt. Prähistorisch. Mystisch…

Um die archäologische Ausgrabungsstätte war eine mehrere Meter hohe Umzäunung aus Baugerüsten, Maschendraht und Planen errichtet. Auf einem Schild stand in mehreren Sprachen: *Wir bitten um Ihr Verständnis! – Restaurationsarbeiten! Ein Projekt der UNESCO.*

Die verdeckte Operation war gelungen. Mehrere Zeitungen hatten begeistert über die Restauration der Sphinx berichtet.

Nick Carver und William Blackmore überreichten uns ID-Karten, wie sie sie selber um den Hals trugen. Dann führten sie uns hinter ein bewachtes Tor in einen Lagerbereich. Ein oranger Plastikzaun leitete die Arbeiter und Archäologen der Anlage zu einem weiteren Tor in dem Zaun. Bewaffnete Soldaten kontrollierten unsere ID-Karten. Sie winkten uns aus der Schlange durch eine weitere Sicherheitsschleuse in eine Baracke, wo wir Mobiltelefone und Kameras abgeben mussten. Dann wurden wir wieder nach draußen in die Hitze entlassen. Raus zum ältesten und bekanntesten Monument der Zivilisation, der größten

Statue der Welt, die vor vier- oder fünftausend Jahren aus einer natürlichen Kalksteinformation gehauen worden war. Forscher streiten noch heute darüber, wie alt sie wirklich ist.

Die Sphinx.

Der Körper eines Löwen, der Kopf eines Gottes.

Zielstrebig wie Touristen-Guides führten Nick Carver und William Blackmore uns unter das nasenlose Gesicht und um die enormen Vorderpfoten herum, wo die Arbeiter dabei waren, einen Tunnel unter der Felsstatue zu graben. Ein Lastwagen, die Ladefläche voller Steinbrocken und Sand, passierte uns in einer Wolke aus Staub und Dieseldunst.

Auf dem Plateau auf der Nordseite der 73 Meter langen Statue – zwischen der Sphinx und dem Weg zu den Pyramiden – war eine provisorische Barackensiedlung errichtet worden, die die Archäologen und die Ausgrabungsleitung als Feldhauptquartier nutzten. Wir gingen eine aus groben Brettern zusammengezimmerte Treppe hoch. Auf der ersten Tür stand:

Nicholas Carver
Head of Excavation

William Blackmore
Head of Scientific Research

Das Büro war eng, aber klimatisiert. Nick nahm fünf Flaschen eiskaltes Wasser aus dem Kühlschrank und warf sie uns zu. Wir setzten uns um einen Klapptisch.

Angelica, Professor Moretti und ich auf der einen Seite, Nick Carver und William Blackmore auf der anderen. Ich schraubte den Verschluss von der Flasche und trank einen Schluck. Draußen war das Surren und Dröhnen der Grabungsmaschinen und Lastwagen zu hören.

»Ich hoffe, Sie haben nach dem anstrengenden Tag und der langen Reise gestern gut geschlafen«, sagte Nick. Er warf einen Blick auf seine Armbanduhr. »Für William und mich ist dies ein sehr spannender Tag. Im Laufe der nächsten Stunden werden die Arbeiter bis zum Meteoriten vorgedrungen sein. Er wird in einer gepolsterten Bleikiste verpackt auf direktem Weg in die USA geschickt und von einem Forscherteam in Empfang genommen werden. Und Sie? Sind Sie bereit für die letzte Etappe?«

Wir nickten und bekundeten durcheinandermurmelnd unsere Zustimmung.

Nick Carver legte die Hände vor sich auf den Tisch und spreizte die Finger. »Der Meteorit... denn er ist es, um den sich alles dreht. Ein Meteorit...« Er hielt inne und rang mit den Worten, ehe er fortfuhr. »Wir kennen vier Fragmente des Kamil-Meteoriten: Das erste und größte Fragment ist der eigentliche Meteorit, der seit vier- bis fünftausend Jahren in der Sphinx eingemauert ist. Den wollen wir heute freilegen. Das zweite und dritte Fragment sind zwei flache Steine, die abgebrochen sind, als der Meteorit auf die Erde aufgeschlagen ist. Diese beiden Steine wurden als heilige Gesetzestafeln in der Bundeslade aufbewahrt, die die Israeliten auf ihre Wüstenwanderung mitgenommen haben. Wo die beiden Steinplatten später abgeblieben sind und wo sie sich heute befinden, haben wir noch nicht herausgefunden. Das vierte und kleinste Fragment ist nur ein Splitter: das Delphi-Amulett. Der Schmuckstein des Orakels von Delphi. Ein magischer Schmuck, dem heilige Eigenschaften zugesprochen wurden. Das Delphi-Amulett bescherte dem Orakel und später Nostradamus angeblich die Fähigkeit, in die Zukunft zu blicken.«

Nick Carver ließ den Blick in die Runde schweifen.

»Vier Fragmente, die alle von ein und demselben Meteoriten stammen.«

William Blackmore übernahm. »Für die Ägypter war der Meteorit magisch und heilig. Sie waren überzeugt, dass er ihnen übersinnliche Kräfte verlieh. Der Stein setzte sie in direkten Kontakt mit den Göttern. Den Toten. Der Zukunft. Sie glaubten aufrichtig daran, dass er die Pforte zum Reich der Götter öffnete, zum Jenseits. Sie waren überzeugt, dass er eine heilige Verbindung zwischen dem irdischen und dem überirdischen Leben darstellte. Sie glaubten, dass er Zeit und Raum aufhob und es möglich machte, in die Zukunft zu schauen. All das haben sie mit fester Überzeugung geglaubt.«

»Die Ägypter waren nicht bloß religiös gläubig«, fuhr Nick fort. »Sie glaubten auch an Magie und praktizierten sie. Astrologie. Alchemie. Sie verehrten und erforschten das Okkulte. Das Verborgene, Mystische. Kräfte, die sich nicht erklären ließen und für die wir heute noch keine Erklärung haben. Der Meteorit *war* magisch. Für sie. Ein okkultes Heiligtum.«

Angelica warf mir einen fragenden Blick zu. *Kapierst du was?*

Professor Moretti räusperte sich. »Meinen Sie, dass dieser Meteorit auf gewisse Weise die Naturgesetze aufgehoben hat?«

»Nein, keineswegs. Die Naturgesetze sind absolut«, sagte Blackmore. »Aber was wissen wir eigentlich über die Naturgesetze? Selbst im Jahr 2012? Die Ägypter dürften es definitiv so erlebt haben, als hätte der Meteorit die Grenze zwischen Wirklichkeit und überirdischer Magie weggewischt.«

»Warten Sie…«, sagte Angelica und breitete die Arme aus. »Helfen Sie mir zu verstehen. Ich deute Ihre Aussage so, dass dieser Meteorit dazu beigetragen hat, dass die Ägypter glaubten, sie könnten in direkten Kontakt mit ihren Göttern treten und in die Zukunft schauen. Aber wo kommt unser Gott da ins Bild? Auch wenn Moses einige Jahre in Ägypten gelebt hat, ist es doch noch ein weiter Schritt von den unzähligen ägyptischen Göttern zum Gott Jahve, wie wir ihn aus dem Alten Testament kennen.«

William Blackmore nickte nachdenklich. »Lange bevor das Judentum eine Religion wurde, öffnete der Meteorit den alten Ägyptern die Pforte zum Reich der Götter. Zu der Zeit hatten alle ihre eigenen Götter. Götter für Wind und Wetter, Götter für gute Ernten, Götter für Fruchtbarkeit. Manche Götter waren an bestimmte Regionen und Gebiete geknüpft, andere an bestimmte Völker oder Stämme. Die Wurzeln des Glaubens an den allmächtigen Jahve sind wohl eher in der mesopotamischen Götterwelt zu finden als in der ägyptischen. Viele Religionen und Götter entstammen älteren Religionen und Gottheiten. Der Meteorit hat jedem ermöglicht, *seinen* Göttern zu begegnen. Die Ägypter trafen ihre Götter, wie die Juden tausend Jahre später ihren Gott trafen: Jahve.«

»Viele Götter in einem kleinen Meteoriten«, sagte Angelica.

»Oder keiner!«, sagte ich.

»Oder keiner«, wiederholte William Blackmore.

Er sah mich mit einem Blick an, der sagte: *Du hast es verstanden, Bjørn.* Obgleich ich ehrlich gesagt nur die Konturen dessen erahnte, was er uns zu erklären versuchte.

Blackmore strich sich über die Bartstoppeln. »Das abrahamitische Projekt, alle Götter in einer allmächtigen Gottheit zu vereinen, war extrem ambitiös. Man wollte die Heerschar ungleicher und widerspenstiger Götter aus dem Weg haben und alle Macht in einem einzigen Gott zusammenführen. Jahve. *Unser Herrgott*, wie wir ihn heute in unseren Kirchen nennen. Und der Gott, dem wir in den Büchern Mose begegnen, ist im Vergleich zu seinen Konkurrenten kompromisslos und greift hart durch:

Du sollst keine anderen Götter haben neben mir. Du sollst dir kein Bildnis noch irgendein Gleichnis machen, weder von dem, was oben im Himmel, noch von dem, was unten auf Erden, noch von dem, was im Wasser unter der Erde ist. Bete sie nicht an und diene ihnen nicht![*]

---

[*] 2. Buch Mose, Kap. 20, Vers 3–5.

Du sollst ihre Götter nicht anbeten noch ihnen dienen noch tun, wie sie tun, sondern du sollst ihre Steinmale umreißen und zerbrechen. Aber dem HERRN, eurem Gott, sollt ihr dienen.[*]

Klare Worte. Und er scheut weder Zuckerbrot noch Peitsche:

Denn ich, der HERR, dein Gott, bin ein eifernder Gott, der die Missetat der Väter heimsucht bis ins dritte und vierte Glied an den Kindern derer, die mich hassen, aber Barmherzigkeit erweist an vielen Tausenden, die mich lieben und meine Gebote halten.[**]

Zweifellos eine gelungene Kombination aus Drohungen und Versprechungen. Fast vier Milliarden Menschen gehören heute dem Kulturkreis an, der sich zu dem Gott bekennt, der der abrahamitischen Religion entspringt.«

»Und welcher Gott steckte nun in dem Meteoriten?«, fragte Angelica.

»Alle. Oder keiner«, sagte William Blackmore. »Alle, die die Kraft des Meteoriten gespürt haben, füllten ihre Visionen mit ihren Göttern und Vorstellungen. Die Ägypter begegneten Amun-Re und Osiris. Die jüdischen Propheten sprachen mit dem Herrn. In den hinterher gedeuteten und festgehaltenen Visionen beschrieben die Propheten ihre Erlebnisse als Offenbarungen. Aber jeder erlebte es anders. Ein Wikinger hätte Odin getroffen. Die Mayas hätten Hunahpu und Xbalanque vor Augen gehabt. Ein Grieche wäre Zeus begegnet, ein Römer Jupiter. Hindus und Buddhisten hätten das Nirwana erlebt. Und das Orakel von Delphi und Nostradamus? Die haben gar keine Götter vor sich gesehen. Sie haben die Zukunft geschaut. Genau wie

---

[*] 2. Buch Mose, Kap. 23, Vers 24–25.
[**] 2. Buch Mose, Kap. 20, Vers 5–6.

bei den Propheten waren die Halluzinationen mit ihrem Glaubensapparat verknüpft.«

Halluzinationen, dachte ich bei mir. *Die Kraft des Meteoriten* ... William Blackmore und Nick Carver sprachen von Göttern und Kräften, die nicht irgendwo im Himmel existierten, sondern nur in uns selbst, in unserer eigenen Vorstellungswelt.

»Mein gesamtes Berufsleben habe ich dem Studium des menschlichen Gehirns und dem Einfluss von Religion und Göttern darauf gewidmet«, sagte William Blackmore. »Das Gehirn ist disponiert für den Glauben. Wir glauben nur an verschiedene Dinge, verschiedene Götter. Christen, Juden und Muslime. Hindus, Buddhisten und Sikhs. Alle haben sie einen komplexen und ausgeklügelten Glaubensapparat. Andere glauben an das Paranormale, das Fantastische, Okkulte, Magie, *New Age* und Astrologie. Sie glauben mit der gleichen Überzeugung daran wie die Religiösen. Und all diesen Gefühlen, diesen Überzeugungen, können ganz konkrete Bereiche des Gehirns zugeordnet werden. Das Gehirn ist das komplizierteste und komplexeste Organ des menschlichen Körpers. Eine Kommandozentrale für all unsere rationalen und irrationalen Handlungen, Gedanken und Gefühle.«

Er sah uns einen nach dem anderen an. Ich versuchte, mir mein eigenes Gehirn vorzustellen – das gerade arg gefordert wurde.

»Manche Gehirne gehören Genies und großen Denkern. Andere Gehirne schaffen Despoten. Manche Gehirne bringen große Kunst hervor, andere die schrecklichsten Grausamkeiten. Und das Gehirn lässt sich manipulieren. Einfach. Die meisten von uns tun das jeden Tag. Indem wir eine Tasse Kaffee trinken. Eine Zigarette rauchen. Eine Pille nehmen. Wir trinken ein Glas Wein oder Bier, einen Drink. Warum? Um unser Gehirn und unseren Sinnesapparat zu stimulieren und zu manipulieren. Drogen haben einen noch stärkeren Effekt. Manches macht einen schlapp. Anderes hebt die Stimmung. Manche Stoffe lösen

Halluzinationen und Wahnvorstellungen aus, andere haben einen psychedelischen, bewusstseinserweiternden Effekt. Wir hören und sehen Dinge, die nicht da sind. Wir werden in tranceartige Zustände versetzt, in denen die Wirklichkeit sich auflöst. Halluzinationen. Illusionen. Visionen. Religiöse Offenbarungen.«

William Blackmore machte eine kurze Pause, ehe er fortfuhr.

»Und genau diesen Effekt haben die chemischen Stoffe in diesem Meteoriten auf das menschliche Gehirn. Stellen Sie es sich als Sauerstofftrip vor. Die Zusammensetzung der Stoffe in dem Meteoriten beeinflusst das Gehirn aller, die ihm nahe kommen. Wie eine Dosis LSD. Der Meteorit ruft Halluzinationen und religiöse Visionen hervor, die als göttliche Offenbarungen gedeutet wurden.«

Wir saßen da, sahen uns an und versuchten, die Reichweite dieser Enthüllung zu erfassen.

»Haben sie ihn deshalb in die Sphinx eingemauert?«, fragte Angelica. »Um diese *Kräfte*... loszuwerden?«

»Die Ägypter mussten sich vor dem Meteoriten schützen«, sagte Blackmore. »Den Schmuckstein konnten sie kontrollieren, weil er so klein war. Die Steintafeln ebenfalls. Man musste nur dafür sorgen, dass die Leute sich weit genug entfernt hielten. Und das ist ihnen ja gelungen... Aber die Kräfte des großen Meteoriten waren zu stark. Darum haben sie ihn in der Sphinx eingemauert. Als Selbstschutz, sozusagen.«

»Von was für Kräften sprechen wir eigentlich?«, fragte ich. »Strahlung?«

»Das wollen wir herausfinden«, sagte Blackmore. »Möglicherweise handelt es sich um Strahlung, aber wahrscheinlicher um Partikel, die der Meteorit abgibt. Mikroskopisch feiner Staub. Die Kombination der Elememte in dem Meteoriten beeinflusst das Gehirn auf eine Weise, die nicht ohne Weiteres erklärbar ist. Warum hatte ich wohl einen Schutzanzug an, als wir das

Delphi-Amulett in der Medici-Kapelle geborgen haben? Wir wollten kein Risiko eingehen. Schließlich wussten wir, was für eine Wirkung das Amulett haben kann.«

»Inwiefern die Stoffe aus dem Meteoriten das menschliche Gehirn beeinflussen, ist uns bislang noch unbekannt«, fuhr Nick fort. »Forscher aller möglichen Fachrichtungen warten nur darauf, den Meteoriten auf den Tisch zu kriegen, um ihre Messungen und Experimente durchzuführen. Astrophysiker, Partikelphysiker, Kernphysiker, Atomphysiker, Festkörperphysiker, Plasmaphysiker, Biophysiker, Neurobiologen, Astronomen, Hirnforscher, Hirnchirurgen, Psychiater, Psychologen, Chemiker. *You name it!* Hier geht es nicht um Magie. Ein Meteorit aus dem Weltraum ist wie alles andere den Naturgesetzen unterworfen. Aber er bringt immer auch neues Wissen, neues Verständnis, neue Erkenntnisse mit sich.«

»Die Forscher haben den Steinstaub aus dem Krater und das Delphi-Amulett diversen Analysen unterzogen«, sagte Blackmore. »Mit Spektroskopen wurde das Lichtspektrum gemessen, das er reflektiert. Sie haben ihn mit einer Neutronenkanone mit Neutronen bombardiert. Mit verblüffenden Resultaten. Der Amulett-Stein ist kaum einen Zentimeter groß, ein Steinsplitter von der Größe eines Fingernagels ungefähr. Das verschafft uns eine Ahnung von der Kraft des Meteoritenbrockens in der Sphinx.«

»Moses«, sagte Nick Carver. »Henoch. Abraham. Hesekiel. Jeremia. Zusammen mit vielen anderen Propheten – vom Orakel von Delphi bis zu Nostradamus – waren sie alle Opfer der Kraft des Meteoriten.«

»Was haben Sie damit vor?«, fragte ich. »Sieht das Pentagon militärisches Potenzial darin? Wollen Sie den Effekt der Stoffe in dem Meteoriten auf die menschliche Sinneswahrnehmung irgendwie nutzen?«

»Einige von uns sind an den neuen Erkenntnissen interessiert, die er uns liefern kann«, sagte Nick Carver. »Für Gebiete wie

Physik und Astronomie. Psychologie. Parapsychologie. Medizin.« Er nickte William Blackmore zu. »Religion und Gottesverständnis. Aber Sie haben recht, Bjørn. Das ist eine berechtigte Frage. Was haben wir damit vor? Warum verwenden die amerikanischen Behörden gewaltige Ressourcen darauf, etwas aufzuspüren, was als uralte religiöse Reliquie galt, in Wahrheit aber ein Meteorit ist?«

»Die Wahrheit ist… Da wäre noch eine Sache«, sagte Nick Carver.

Er tauschte einen Blick mit William Blackmore.

Keiner von uns sagte etwas. Wir sahen sie erwartungsvoll an.

»Gestern am Kamil-Krater habe ich gesagt, dass ein Bestandteil des Meteoriten Technetium ist. Auf die Eigenschaften dieses Stoffes bin ich nicht eingegangen.« Er nickte bedächtig. »Technetium gibt es nicht in natürlichem Zustand – weder auf der Erde noch sonst wo in unserem Sonnensystem. Bis 1945 existierte es nur theoretisch.«

»Wie kann etwas nur theoretisch existieren?«, fragte ich.

»Wie ein Gott«, antwortete Blackmore.

»Oder eine logische Lücke im Periodensystem«, sagte Nick.

»Was wollen Sie uns eigentlich sagen?«, fragte Professor Moretti.

»Es gibt kein Technetium!«, fuhr Carver fort. »Nicht als natürlichen Stoff. Lassen Sie es mich Ihnen erklären: Die Zeit, die es braucht, um die Anzahl der radioaktiven Atomkerne in einem Stoff zu halbieren, wird Halbwertszeit genannt. Sie kennen alle den radioaktiven Stoff Uran? Die Halbwertszeit der gewöhnlichsten Variante beträgt 4,5 Milliarden Jahre. Das erklärt, wieso es noch so viel Uran auf der Erde gibt. Technetium hat eine sehr viel kürzere Halbwertszeit – bei der Variante, die am längsten hält, sind es 4,2 Millionen Jahre. Das bedeutet, dass von dem Technetium, das vor fast fünf Milliarden Jahren bei der Bildung unseres Sonnensystems entstand, nichts – absolut nichts – mehr übrig ist. Das heißt weiter, dass alles Technetium, das es heute noch auf der Erde gibt, vom Menschen gemacht ist.«

»Wie können wir aus nichts etwas machen?«, fragte ich.

»Technetium ist ein Abfallprodukt der Arzneimittelindustrie und nicht zuletzt von Atomkraftwerken. Ihr in Norwegen habt euch Sorgen wegen der Atomanlage Sellafield gemacht. Eins der Abfallprodukte dort ist eben Technetium. Der Fund von Technetium in dem Meteoriten kann also nur eins bedeuten: Wenn vor vier-, fünftausend Jahren in Ägypten ein technetiumhaltiger Meteorit aufgeschlagen ist, muss eine hochentwickelte Zivilisation hinter dem Vorkommen dieses Elementes stehen. In welcher Form auch immer. Aus welchem Grund auch immer.«

Keiner von uns sagte etwas.

»Einige Physiker und Astronomen der Expertengruppe fragen sich, ob eine fremde Zivilisation den Meteoriten möglicherweise als Signal im Weltraum platziert hat, dass es sie irgendwo da draußen gibt. Eine radioaktive Botschaft sozusagen. Andere neigen eher zu der Theorie, dass der Meteorit der Rest eines zerstörten Planeten ist, einer untergegangenen Zivilisation. Wir wissen es schlicht und ergreifend nicht, das alles sind nur Vermutungen, wir müssen weiterforschen. Wenn unser Expertenteam den Meteoriten untersucht und die Stoffe analysiert hat, wissen wir hoffentlich mehr. Oder auch nicht.«

Das Walkie-Talkie, das an der Wand hing, begann zu knistern.

»*Base to Carver.*«

Nick Carver streckte sich nach hinten und nahm es herunter.

»*Carver to base – receiving.*«

Durch das Rauschen hindurch hörten wir eine Stimme mitteilen, dass Operation Alpha soeben abgeschlossen worden sei und Operation Beta demnächst starten solle.

»Alpha«, erklärte William Blackmore, »bedeutet, dass der

Meteorit jetzt in der Bleikiste verstaut ist, in der er transportiert werden soll. Beta ist der nächste Schritt, nämlich, die Kiste mit Hilfe eines Bulldozers durch den Tunnel aus der Sphinx zu holen.«

Wir hatten uns unter dem malträtierten Gesicht der Sphinx versammelt, als der Bulldozer aus dem Tunnel kam. Vorne auf der Schaufel stand die Bleikiste. Anderthalb Meter hoch und breit. Nicht sonderlich spektakulär. Kein Regenbogen. Kein leuchtendes Flimmern der Luft. Keine Sphärenmusik.

Nichts.

Der Bulldozer fuhr langsam an uns vorbei. Ich schloss die Augen – und spürte nichts. Nicht einmal ein Flüstern Gottes. Kein Aufblitzen der Zukunft.

Nichts.

Auf einem wartenden Lastwagen stand ein gepolsterter Container. Der Bulldozer senkte die Schaufel und schob die Bleikiste hinein.

»*Base to Carver*«, krächzte die Stimme im Walkie-Talkie. Operation Beta war abgeschlossen.

»Mit Operation Gamma beginnen«, antwortete Nick in das Walkie-Talkie, obwohl er es genauso gut hätte rufen können. Wahrscheinlich gehörte das dazu.

»Sie wissen hoffentlich, was Sie da tun«, sagte Angelica.

Nick Carver sah sie fragend an.

»Wenn Sie damit an die Öffentlichkeit gehen«, fuhr sie fort. »Sie werden *den Glauben* zerstören! Den Glauben an Gott auf neurale Impulse reduzieren. Damit machen Sie die Offenbarungen zu Halluzinationen. Wunder zu Wahnideen. Damit vernichten Sie alles Heilige.«

Eine Windbö brachte eine Sandwolke mit sich.

»Oh, ich weiß nicht«, sagte William Blackmore. »Der Glaube ist stärker als das Wort. Menschen haben zu allen Zeiten geglaubt. In allen Kulturen. Von Afrika bis zu den Inseln der Südsee. Menschen haben immer ihre Götter verehrt und sich ihre Himmelreiche gesucht. Der Mensch ist genetisch dafür disponiert zu glauben. Der Glaube liegt in uns. Warum? Weil ein Gott diesen Glauben in uns gepflanzt hat? Oder weil es unser innigster Wunsch ist, dass es einen Gott gibt, einen Sinn, einen Zusammenhang, einen Schöpfer, einen Initiator. Und vor allen Dingen: eine barmherzige Vaterfigur, die uns nach dem Tod erwartet, tröstet, unseren Schmerz lindert und den Tod zu einem Übergang macht – nicht zu einem Abschluss.«

Angelica sah ihren Ehemann an, als wollte sie ihn um Unterstützung bitten. Dann schüttelte sie den Kopf, sprachlos.

»Ich weiß genau, was passieren wird, wenn wir die Neuigkeiten über den Meteoriten und die Bundeslade öffentlich machen«, sagte William Blackmore. »Die Atheisten werden sagen: *Haben wir's nicht gesagt?* Und die Gläubigen werden« – er lächelte – »weiter glauben. Genau wie vorher. Der Glaube wohnt in uns. Entweder geben wir uns ihm hin oder nicht. Der Glaube ist eine Sehnsucht. Eine Hoffnung. Und Sehnsucht und Hoffnung wird der Mensch immer in sich tragen.«

Sehnsucht und Hoffnung.

Ja, ja. Das ist doch was.

In der späten Nachmittagssonne stand die Hitze flirrend in der Luft. Wir verteilten uns auf die wenigen Schattenflecken. Zufällig – oder auch nicht – landeten Angelica und ich am selben Schattenplatz.

Im Schatten der Sphinx.

Sie sah so zerbrechlich aus. Zerbrechlich und zierlich. Ich hätte sie am liebsten an mich gezogen und in den Arm genommen.

Ich schaute in den Himmel. Wo es früher einmal von Göttern gewimmelt hatte.

»Wie geht es Silvio?«, fragte ich, um das aufgeladene Schweigen zwischen uns zu brechen.

»Er wacht immer noch von Albträumen auf. Aber ich weiß nicht, wie viel er von dem Ganzen überhaupt begriffen hat.« Sie lächelte vor sich hin. »Er schickt mir begeisterte SMS aus Disneyland. Er ist mit seiner Großmutter in Paris. Um zu vergessen.« Sie strich sich eine Haarsträhne aus dem Gesicht. »Er war bei einem sehr guten Psychologen. Ich denke, er wird sich wieder fangen.«

»Und du?«

»Ich?« Sie sah mich an. »Ich kann nicht klagen. Oder doch, ein bisschen. Ich habe aufgehört zu rauchen.«

Angelica. Mein Engel.

Ich stand da und betrachtete sie insgeheim.

So unfassbar schön. So unfassbar verheiratet. So unfassbar unwiderstehlich. So unfassbar unerreichbar.

Plötzlich drehte sie sich um und sah mich an.

»Woran denkst du?«, fragte sie in spielerischem, herausforderndem Ton.

Sie musste es verstanden haben. Ich antwortete nicht. An dich, hätte ich sagen können. An dich und mich. Aber das sagte ich natürlich nicht.

»Ach, Bjørn.« *Bjorn.* Sie hielt meinen Blick fest. Ein sanftes Lächeln. »In einer anderen Zeit, einer andern Welt ...«

Sie beugte sich unvermittelt vor und gab mir einen hastigen Kuss auf die Wange. Dann drehte sie sich um, ehe ich etwas sagen konnte. Ich sah sie auf ihren Ehemann zugehen, der in einem anderen Schatten stand und wartete. Professor Lorenzo Moretti hob die Hand und winkte mir zu. Munter, freundschaftlich. Linkisch winkte ich zurück. Angelica drehte sich nicht um. Sie griff nach der Hand ihres Mannes, verschränkte ihre Finger mit den seinen und zog ihn mit sich aus meinem Leben. Hinter der Pfote der Sphinx entschwand sie aus meinem Blickfeld.

In eine andere Zeit, eine andere Welt.

So endet diese Geschichte. Irgendwo muss sie ja enden. Warum also nicht hier, in Ägypten, wo vor fünftausend Jahren ein Meteorit aus der Tiefe des Universums auf die Erde donnerte und unsere Welt veränderte. Die Ägypter haben dem Meteoriten magische Eigenschaften zugeschrieben. Er erfüllte sie mit Visionen von Göttern, mit Bildern aus der Zukunft. Später kamen andere Propheten, andere Götter, andere Visionen. Und noch immer – fünftausend Jahre später – leben die gleichen Vorstellungen in uns weiter. In den Mythen. In den Religionen. In unserem kollektiven Bewusstsein.

Man kann auch über weniger ins Staunen geraten.

Der gute Nostradamus wird kaum gewusst haben, was er da eigentlich bewachte. Vierundzwanzig Truhen, okay. Eingemauert in Wände und Böden der zu seiner Zeit wichtigsten Bibliotheken. Vierundzwanzig Truhen mit den wertvollsten Schriftrollen der Bibliothek von Alexandria. Und mehr noch als das: mit den Hinweisen auf eine Erkenntnis, die wir Menschen nicht in der Lage sind zu begreifen. Damals nicht. Und heute wohl auch noch nicht.

Es gab Zeiten, da haben wir geglaubt, alles drehte sich um die Götter. Oder um Gott, den einzigen und allmächtigen. Und dann zeigt sich, dass es eigentlich nur um uns selbst geht.

Um dich und mich.

Gewissenhaft haben sie das Geheimnis gehütet; zuerst Cäsar und die Römer, dann die Tempelritter und Johanniter, zum Schluss die Medici und Nostradamus' loyale Zunft der Bibliothekare.

Fünfhundert Jahre lang war das Geheimnis vergessen. Und am Ende haben wir das Ganze aufgedeckt. Eine bunte Truppe, zusammengeführt durch das Schicksal und die Launen des Zufalls. Regina Ferrari und Theophilus de Garencières, die ermordet wurden, weil sie dem Wahnsinn im Wege standen. Angelica und Lorenzo Moretti. Carlo Cellini, Piero Ficino, Tomasso Vasari, Fabrizio Biniscotti und Bernardo Caccini. Nick Carver und William Blackmore.

Und ich. Bjørn Beltø. Ein schüchterner Typ aus Norwegen.

Ans Himmelszelt mit seinem Vorhang aus Sternen zu blicken erfüllt mich mit Staunen und Demut. Mit suchenden Fragen. Ich denke: Ist Gott eine Kraft? Kein Geist, sondern eine Urkraft, die das Universum verbindet? Im Altertum haben unsere Vorväter den gleichen Himmel mit Göttern besiedelt. Sie haben Figuren und Zusammenhänge in die Positionen der Sterne hineingelesen. Sie zogen Linien zwischen den Sternen und sagten die Zukunft voraus. Genau wie Nostradamus.

Die Wissenschaft hat den Himmel zurückerobert. Ihr Wissen vertrieb die Götter aus dem Himmel in das Reich des Glaubens. Trotzdem ist das Universum noch immer voller Geheimnisse. Mysterien. Verborgener Kräfte. Und zweifellos: denkender Wesen – vielleicht uns gar nicht so unähnlich.

Unsere Verwunderung und unser Erstaunen formen uns als Menschen. Verbinden und unterscheiden uns. Vereinen uns im Glauben und Zweifel. In Sehnsucht und Hoffnung. Zu allen Zeiten haben wir die unsichtbaren Götter verehrt, die verborgenen Kräfte des Daseins.

Wir sind alle Gäste in der Zeit. Zeit ist eine Hummel, die

durch die Geschichte fliegt. Ich denke an die Sekunden und Minuten, die sich zu Tagen und Jahren zusammensetzen, ich denke an die Jahrhunderte, die langsam dahinrollen und sich ineinander verhaken. Und ich denke an die Ewigkeit. An all das, was ist und immer war.

Der Kalender der Maya endet bekanntlich 2012. Wie knauserig. Die Zeit endet nicht aufgrund eines Kalenders. Irgendwann erreicht jeder Kalender sein natürliches Ende, sein letztes Datum, seine kalendarische Endstation. Wie ein Buch eine letzte Seite hat, ein Maßband seinen letzten Zentimeter. Und wie ein Herz, das früher oder später seinen letzten Schlag tut.

Der Faden, dessen Ende wir gefunden und den wir zu entwirren versucht haben, hat sich durch Tausende von Jahren gewunden. Durch die Zeit. Ein in die Geschichte verwobenes Netzwerk dorniger Ranken.

Zeit ist ein Wirbel, der dich gefangen hält – bis er dich freigibt.

Bücher sind nicht dazu da, daß man ihnen blind vertraut,
sondern daß man sie einer Prüfung unterzieht.

DER NAME DER ROSE
UMBERTO ECO

Bücher und Handschriften

Liste der historischen (authentischen) Handschriften,
Kodizes und Bücher, die im Roman erwähnt werden

Almanache
(1550–1566) Nostradamus' bekannteste Bücher mit Weissagungen. Der erste *Almanach* erschien 1550. Je nach Jahr gab er bis zu drei Almanache heraus. Die detaillierteren Vorhersagen nannte er *Almanachs*, die eher generellen Vorhersagen *Presages*.

Antiquitates Judaicae
(ca. 93) Ein zwanzigbändiges Historienwerk über die Geschichte des jüdischen Volkes, auf Griechisch verfasst von dem jüdischen Historiker Flavius Josephus.

Biblia Vulgata
(ca. 382) Eine lateinische Übersetzung des Alten Testamentes aus dem Hebräischen und des Neuen Testamentes aus dem Griechischen. Die offizielle lateinische Bibelübersetzung der römisch-katholischen Kirche im Mittelalter.

Bíoi Parállēloi
(vor 120) (»Parallele Leben«) Sammlung mit Biografien berühmter Griechen und Römer des griechischen Historikers Plutarch.

Buch Henoch
(ca. 300 v. Chr. – 300 n. Chr.) Eine jüdische religiöse Schrift, die aus den meisten biblischen Kanons weggelassen wurde (mit Ausnahme

z. B. dem der äthiopisch-orthodoxen Kirche). Man spricht traditionellerweise vom ersten bis dritten Buch Henoch, um die einzelnen überlieferten Fassungen zu bezeichnen. (Henochs viertes Buch ist erdichtet).

Bücher Mose
(ca. 950 v. Chr. – 450 n. Chr.) Die fünf Bücher, die die hebräische Bibel (Tanach) und das Alte Testament einleiten.

Clavicula Salomonis
(1400–1500) (»Schlüsselchen Salomos«) Ein sogenanntes Grimoire (schwarzmagische Schrift) aus Italien, in dem 72 Geister (Dämonen) aufgelistet werden, die sich in König Salomos Gefangenschaft befanden.

Codex Amiatinus
(ca. 700) Die älteste existierende Version der *Biblia Vulgata*. St. Ceolfrid bestellte 692 drei Exemplare, die im Wearmouth-Jarrow-Kloster im angelsächsischen Königreich Northumbria angefertigt wurden. Auf der Reise nach Rom, wo er dem Papst die Bibel überreichen wollte, starb St. Ceolfrid jedoch, und der Kodex landete in dem toskanischen Kloster Abbadia San Salvatore am Monte Amiata. 1786 übernahm die Biblioteca Medicea Laurenziana in Florenz den Kodex.

Corpus Hermeticum
(ca. 100–300) Eins der bekanntesten hermetischen Werke über Magie und Alchemie. In Ägypten ab 100 n. Chr. auf Griechisch verfasst. Die Sammlung besteht aus 17 philosophisch-religiösen, in Dialogform geschriebenen Traktaten, beeinflusst von neuplatonischem und gnostischem Gedankengut. Die Texte sollten Geheimnisse aus der Zeit Mose aufdecken. Ab 1455 zirkulierte eine Neuausgabe in Florenz, mit Unterstützung Cosimo de' Medicis und der Gelehrten an seinem Hof.

De Bello Alexandrino
(ca. 40 v. Chr.) (»Der alexandrinische Krieg«) Das Werk wird Cäsar zugeschrieben, wurde aber vermutlich von Aulus Hirtius oder Gaius Oppius verfasst.

De Genesi ad Litteram
(401–415) Das Werk des Kirchenvaters Augustinus von Hippo über das buchstäbliche Verständnis des 1. Buches Mose.

De honesta disciplina
(1504) Ein wissenschaftliches Werk, das Nostradamus bei seiner Arbeit an den Weissagungen nutzte. Verfasst von dem florentinischen Gelehrten Pietro Crinito (Crinitus).

De Mysteriis Aegyptiorum
(ca. 300) Eine religiös-philosophische Schrift über Magie und magische Rituale, angeblich verfasst von dem griechischen neuplatonischen Philosophen Jamblichos, der unter anderem als Lehrer in Alexandria wirkte. Das Werk wurde in Venedig (1497) und in Lyon (1549) neu aufgelegt und gilt als einer von Nostradamus' Quellentexten.

De Officiis Ministrorum
(vor 397) Ein eklektisches Handbuch der christlichen Ethik von dem Kirchenlehrer und Heiligen Ambrosius von Mailand.

Derveni-Papyrus
(ca. 340 v. Chr.) Gilt als Europas älteste erhaltene Papyrus-Handschrift. Die Schriftrolle wurde 1962 entdeckt und umfasst 260 Fragmente.

De vita Caesarum
(121) Zwölf Biografien über Julius Cäsar, verfasst von dem römischen Schriftsteller, Historiker, Sprachforscher, Altertumsforscher und Verwaltungsbeamten Gaius Suetonius Tranquillus.

Docet Romanum Pontificem
(1521) Bulle von Papst Leo X., in der Martin Luther exkommuniziert und mit dem Bann belegt wird. Die Bulle ergänzt das *Exsurge Domine* (1520), eine Generalabrechnung des Papstes mit Luthers 95 Thesen und der Kritik am Papsttum.

Faciens misericordiam
(1308) Päpstliche Bulle Papst Clemens' V. über ein Verfahren gegen den Templerorden und die Einberufung zum Kirchenkonzil 1310. Die Bulle legte nachdrücklich fest, dass das Schicksal der Tempelritter in der Hand des Papstes lag.

Hieroglyphica
Altertumswerk, das die Grundlage für *Orus Apollo* gewesen sein soll.

Index Librorum Prohibitorum
(1559-1948) Die Liste der katholischen Kirche über verbotene Bücher. Die Liste wurde im 16. Jh. begonnen und bis 1948 laufend aktualisiert. 1966 wurde sie vom Papst endgültig abgeschafft.

Konstantinische Schenkung
(ca. 750–859) *(Constitutum Donatio Constantini)* Eine gefälschte Urkunde, in der der römische Kaiser Konstantin die Macht über das westliche Römerreich an den Papst übergibt.

La Cifra
(1553) Giovan Battista Bellasos Werk, das die damalige Chiffriertechnik revolutionierte. Bellasos polyalphabetische Substitution war eine Weiterführung der Arbeit von Leon Battista Alberti in *De cifris* (1466).

Les Prophéties

(1555–1558) Nostradamus' Sammlung der nach seiner Meinung wichtigsten und weitblickendsten Weissagungen. Die erste Ausgabe (Centurien 1–3 einschl. 53 Strophen aus Centurie 4) erschien 1555, eine erweiterte Version (Centurien 1–6 einschl. 53 Strophen aus Centurie 7) erschien 1557. Im Folgejahr wurde das Werk um die Centurien 8–10 erweitert.

Mirabilis liber

(1522) (Vollständiger Titel: *Mirabilis liber qui prophetias revelationesque, necnon res mirandas, preteritas, presentes et futuras, aperte demonstrat*) Eine prophetische, in Frankreich herausgegebene Schrift, die auf Visionen und Prophezeiungen Heiliger basiert. Dieses Werk gilt als eine der wichtigsten Quellen Nostradamus'.

Nag-Hammadi-Schriften

(4. Jh.) Eine 13 Papyrus-Kodizes umfassende Sammlung – vorrangig gnostische Literatur –, die 1945 in Ägypten entdeckt wurde. Die Sammlung umfasst insgesamt tausend Seiten mit koptischen Übersetzungen älterer griechischer Texte. (Kodex 14 ist frei erfunden.)

Obsidionis Rhodiae urbis descriptio

(ca. 1481) Die »Erzählung über die Belagerung von Rhodos« wurde vom Vizekanzler der Johanniter Guillaume Caoursin verfasst. Der gerade erst erfundene Buchdruck machte sie zu einem der ersten europäischen Bestseller.

NOSTRADAMUS
INTERPRETATION DES
HIÉROGLYPHES de HORAPOLLO

ORVS APOLLO

NOTES HIEROGLYPHIQVES
fa dicht Epstolam de ff
B. a f B. fondator ff

Marcel PETIT - C.P.M.

Orus Apollo
(vor 1555) (Vollständiger Titel: *Orus Apollo Fils de Osiris Roy de Aegypte Niliacque. Des Notes Hieroglyphiques*) 182 von Nostradamus verfasste Epigramme oder Strophen, angeblich die Nachdichtung des griechischen Altertumswerkes *Hieroglyphica*. (Die zitierten Chiffren sind erfunden.)

Pastoralis Praeeminentiae
(1307) Päpstliche Bulle Clemens' V. an alle christlichen Monarchen, sämtliche Tempelritter gefangen zu nehmen und ihren Besitz zugunsten der Kirche zu beschlagnahmen. Hinter alldem steckte König Philipp IV. von Frankreich.

Prophezeiungen
s. *Les Prophéties*.

Pseudomonarchia Daemonum
(1577) Eine Liste mit 69 Dämonen, die im Appendix von Johann Weyers Grimoire *De praesigiis daemonum* erwähnt werden.

Ptahhoteps Lehre
(ca. 2345 v. Chr – ca. 2180 v. Chr.) Ägyptische Lebensweisheiten.

Pyramidentexte
(ca. 2495 v. Chr. – ca. 2345 v. Chr.) Ägyptische Formeln und Sprüche, mit denen die königlichen Gräber beschriftet wurden und die für eine sichere Reise der Pharaonen in das Todesreich sorgen sollen.

Regnans in coelis
(1308) Päpstliche Bulle Clemens' V., in der er zum 15. Ökumenischen Konzil in Wien einberuft, mit der Absicht, den Templerorden zu zerschlagen.

Sargtexte

(ca. 1986 v. Chr. – 1633 v. Chr.) Ägyptische religiöse Sprüche – eine Fortführung der Pyramidentexte, aber für das gewöhnliche Volk.

Schriftrollen vom Toten Meer

(150 v. Chr. – 70 n. Chr.) *(Qumran-Schriftrollen)* Eine 972 Texte umfassende Sammlung, die in den Jahren 1947 bis 1956 in Felshöhlen nordwestlich vom Toten Meer entdeckt wurde. Die Schriftrollen enthalten alttestamentarische Schriften (40 %), Apokryphen/Pseudepigrafen (30 %) und Gesetzestexte/Kommentare (30 %). Die *Tempelrolle*, die Instruktionen für den Tempelbau und religiöse Reinigungsriten enthält, ist eine neun Meter lange Textrolle, die in Höhle 11 gefunden wurde.

Steganographia

(1499) Verfasst von Johannes Trithemius, deutscher Abt, Okkultist und Kryptologe. Das Werk, in dem es u. a. um Magie und die Kommunikation mit Geistern über große Distanzen geht, enthält die ersten primitiven Beispiele polyalphabetischer Substitutionschiffrierung. Auf dem *Index Librorum Prohibitorum* von 1609 bis 1900.

Tempelrolle

s. *Schriftrollen vom Toten Meer.*

Totenbuch

(ca. 1550 v. Chr. – ca. 50 n. Chr.) Eine ägyptische Sammlung von Zaubersprüchen, Beschwörungsformeln und liturgischen Anweisungen, die den Toten sicher durch die Unterwelt ins Leben danach geleiten sollen.

Vitae Paparum Avenionensis

(1308) Das sogenannte Chinon-Pergament wurde 2001 im geheimen Archiv des Vatikans entdeckt. Laut dieses Dokumentes hat Papst Clemens V. die Templer von den Anklagen freigesprochen, die gegen sie erhoben worden waren.

Voynich-Manuskript

(15. Jh.) Ein 240 Vellum-Seiten umfassendes Manuskript mit Illustrationen und einem unverständlichen, in unbekannten Zeichen geschriebenen Text.

Erfundene Werke und Quellen

Buch der Weisen
Bibliothek des Teufels (*Bibliotheca Ditis Patris*/*Bibliotheca Diaboli*)
4. Buch Henoch (s. *Buch Henoch*)
Luzifer-Evangelium
Nag Hammadi Codex XIV (s. *Nag-Hammadi-Schriften*)
Nostradamus' Testament
The Shrine of Sacred Secrets
6. Buch Mose

Den Gotteshelm, auch *Religionshelm* genannt, gibt es tatsächlich! Er wurde 1980 von den Professoren Stanley Koren und Michael Persinger entwickelt. Über vierzig Jahre hat Persinger mit Hilfe der Methoden der kognitiven Neurowissenschaft die Verarbeitung religiöser und parapsychologischer Eindrücke durch das Gehirn erforscht. Persingers Buch *Neuropsychological Bases of God Beliefs* (1987) war eine wichtige Quelle für die Darstellung der Hirnfunktionen in diesem Roman. Die kritischen Interpretationen von Nostradamus' Weissagungen basieren größtenteils auf James Randis *The Mask of Nostradamus* (1990). Die Beiträge des Religionshistorikers Asbjørn Dyrendal zu Nostradamus in *Fyrster i tåkeland* (»Fürsten im Nebelland«, Hg. Terje Emberland und Arnfinn Pettersen, 2001) waren auch sehr hilfreich. Nostradamus' Strophen – entnommen der Originalausgabe von *Les Prophéties* (1555, 2. Aufl. verlegt in Lyon von Macé Bonhomme) – wurden mit freundlichem Beistand von Thomas Lundbo vom Autor selbst ins Norwegische übersetzt. Die Faksimiles in *Nostradamus, Bibliomancer: The Man, the Myth, the Truth* von Peter Lemesurier (2010) waren unschätzbar wertvoll. Mein besonderer Dank gilt Professor Gaute Einevoll für seine Erläuterungen zu den physikalischen Eigenschaften des Meteoriten. Ebenso danke ich Bjørn Are Davidsen, der mir sowohl persönlich als auch mit seinem Buch *Da jorden ble flat* (»Als die Erde flach wurde«, 2010) in Bezug auf die alexandrinische Bibliothek und Religionsgeschichte weitergeholfen hat. Dank auch an die Lektoren und Redakteure Øyvind Pharo, Egil Birkeland, Arnstein Bjørkly, Joakim Botten, Åse Myhrvold Egeland, Inger-Lise M. Harris, Eva Christine Kuløy, Thomas Lundbo, Kari Spjældnes,

Trygve Åslund und alle anderen – ihr wisst, wer gemeint ist –, die mir mit Informationen, Vorschlägen und wertvollen Einwänden beigestanden haben. Ohne euch wäre dieses Buch ein anderes geworden. Die Verantwortung für Fehler, Ungenauigkeiten und einen Haufen künstlerischer Freiheiten liegt selbstverständlich bei mir. Ich bediene mich munter in der Grauzone zwischen Fantasie und Realität. Große Teile des Erzählten basieren auf real Erlebtem, realen Menschen und realen wissenschaftlichen Theorien, kurz gesagt: Fakten. Aber in der Belletristik fließen Fakten und Abenteuer zusammen und bilden eine neue Wirklichkeit – die nur in Ihrer und meiner Fantasie existiert.

TOM EGELAND

Literatur

Michael A. Persinger, *Neuropsychological Bases of God Beliefs*, Praeger, 1987

James Randi, *The Mask of Nostradamus*, Charles Scribner's Sons, 1990

Peter Lemesurier, *Nostradamus, Bibliomancer. The Man, the Myth, the Truth*, Career Press, 2010

Michel de Nostradamus, *The Writings of Nostradamus. The Complete Prophecies for the Future, Past and Present, Including the Almanacs*, 1555–1566

Terje Emberland, Arnfinn Pettersen (Hg.), *Fyrster i tåkeland*, Humanist forlag, 2001

Bjørn Are Davidsen, *Da jorden ble flat*, Luther forlag, 2010

Justin Pollard, Howard Reid, *The Rise and Fall of Alexandria*, Penguin Books, 2006

Roy MacLeod (Hg.), *The Library of Alexandria*, I. B. Tauris, 2000–2010

Christopher Hibbert, *The Rise and Fall of the House of Medici*, Penguin Books, 1974–1979

Paul Strathern, *The Medici. Godfathers of the Renaissance*, Vintage Books, 2003

James Hannam, *God's Philosophers. How the Medieval World Laid the Foundations of Modern Science*, Icon Books, 2009

Tim Parks, *Medici Money, Banking, Metaphysics and Art in Fifteenth-Century Florence,* Profile Books, 2005

The Museum of the Medici Chapels and the Church of San Lorenzo, Sillabe, 1999

Cristina Bucci, *Palazzo Vecchio,* Scala, 2007

Trond Svandal, *Hellige krigere. Johannitterne på Værne kloster* (»Heilige Krieger. Die Johanniter im Kloster Værne«), Valdisholm forlag, 2010

Simon Singh, *Koder. Skjulte budskap fra det gamle Egypt til kvantekryptografi* (»Codes. Versteckte Botschaften aus dem alten Ägypten bis zur Quantenkryptografie«), Aschehoug, 2000–2006

Tom Egeland,

geboren 1959, gilt als einer der meistgelesenen Thriller-Autoren Norwegens. Zwei Jahre vor dem Erscheinen von Dan Browns »Sakrileg« schrieb Tom Egeland seinen internationalen Bestseller »Frevel«, der in 18 Sprachen übersetzt wurde. Von 1992 bis 2006 arbeitete Tom Egeland als Nachrichtenchef bei dem norwegischen Fernsehsender TV2 in Oslo, seit 2006 widmet er sich ganz dem Schreiben.

Mehr von Tom Egeland:

Das Luzifer Evangelium (nur als E-Book erhältlich)
Der Pakt der Wächter (nur als E-Book erhältlich)
Wolfsnacht (nur als E-Book erhältlich)
Tabu (nur als E-Book erhältlich)

Michael Robotham
Sag, es tut dir leid

480 Seiten
ISBN 978-3-442-31316-7
auch als E-Book und
Hörbuch erhältlich

Als Piper Hadley und ihre Freundin Tash McBain spurlos aus dem kleinen Ort Bingam bei Oxford verschwinden, erschüttert es das ganze Land. Trotz aller Bemühungen können sie nie gefunden werden. Isoliert von der Außenwelt werden sie von ihrem Entführer gefangen gehalten, bis Tash nach drei Jahren die Flucht gelingt. Kurz darauf entdeckt man ein brutal ermordetes Ehepaar in seinem Haus in Oxford. Der Psychologe Joe O'Loughlin, der einen Verdächtigen befragen soll, vermutet, dass dieses Verbrechen mit der Entführung der beiden Mädchen in Zusammenhang steht. Währenddessen hofft Piper verzweifelt auf Rettung durch ihre Freundin. Doch mit jeder Stunde wächst ihre Angst. Denn der Mann, der sie in seiner Gewalt hat, ist in seinem Wahn zu allem fähig.

www.goldmann-verlag.de
www.facebook.com/goldmannverlag

Um die ganze Welt des
GOLDMANN Verlages
kennenzulernen, besuchen Sie uns doch
im Internet unter:

www.goldmann-verlag.de

Dort können Sie
nach weiteren interessanten Büchern *stöbern*,
Näheres über unsere *Autoren* erfahren,
in *Leseproben* blättern, alle *Termine* zu Lesungen und
Events finden und den *Newsletter* mit interessanten
Neuigkeiten, Gewinnspielen etc. abonnieren.

Ein *Gesamtverzeichnis* aller Goldmann Bücher finden
Sie dort ebenfalls.

Sehen Sie sich auch unsere *Videos* auf YouTube an und
werden Sie ein *Facebook*-Fan des Goldmann Verlags!

www.goldmann-verlag.de
www.facebook.com/goldmannverlag